BASTEI
LÜBBE

Margaret Weis
Tracy Hickman

## Das dunkle Schwert

# Der Weg nach Merilon

Roman

Ins Deutsche übertragen
von Eva Bauche-Eppers

BASTEI LÜBBE

BASTEI LÜBBE TASCHENBUCH
Band 20 344

Erste Auflage: Juni 1998


Deutsche Lizenzausgabe 1998 by
Bastei-Verlag Gustav H. Lübbe GmbH & Co.,
Bergisch Gladbach
Originaltitel: Doom of Darksword
Der Roman erschien bereits in zwei Teilen unter den Titeln:
›Der Weg nach Merilon‹ und ›Der Fluch der Wahrheit‹.
Lektorat: Stefan Bauer
Titelbild: Mick van Houten
Umschlaggestaltung: Quadro Grafik, Bensberg
Satz: Fotosatz Steckstor, Rösrath
Druck und Verarbeitung:
Brodard & Taupin, La Flèche, Frankreich
Printed in France
ISBN 3-404-20344-5

# Der Ruf

»Saryon ...«

Die Stimme erreichte den Katalyten in dem Niemandsland zwischen Bewußtlosigkeit und dem erinnerten Alptraum seines Lebens.

»Heiligkeit, vergebt mir!« murmelte er fiebernd. »Laßt mich zurückkehren in unser Refugium! Befreit mich von dieser schrecklichen Bürde. Ich kann sie nicht länger tragen!« Während er sich auf der harten Pritsche hin und her warf, legte Saryon die Hände vor die geschlossenen Augen, wie um die furchtbaren Bilder abzuwehren, die auf sein im Schlaf schutzloses Bewußtsein eindrangen. »Ich habe getötet! Nicht einmal, Heiligkeit, o nein! Zweimal. Zwei Männer haben meinetwegen sterben müssen!«

»Pater Saryon!« Die vorhin noch einschmeichelnde Stimme wiederholte den Namen des Katalyten mit einem gereizten Unterton.

Der Gerufene wand sich auf den Laken. »Hört meine Beichte, Heiligkeit«, rief er gequält, »und dann bestraft mich nach Eurem Gutdünken! Ich verdiene Strafe, sehne mich nach Strafe! Die Buße wird mich erlösen von ihren Gesichtern, ihren Augen, die mich verfolgen!« Gepeinigt, schlaftrunken fuhr er in die Höhe. Nach Tagen, in denen er keine Ruhe gefunden hatte, war er vor Übermüdung und nervlicher Erschöpfung nicht mehr in der Lage, einen klaren Gedanken zu fassen. Er hatte keine klare Vorstellung davon, wo er sich befand oder wie es kam, daß diese Stimme – deren Besitzer seines Wissens Hunderte von Meilen weit entfernt war – so klar und deutlich zu ihm sprach. »Der erste war ein junger Mann aus unserem Orden«, bekannte Saryon stockend. »Der Hexenmeister bediente sich meines Lebens, um ihn zu ermorden. Der arme Junge konnte sich nicht wehren. Und jetzt ist auch der Hexenmeister tot! Er lag vor mir, hilflos, durch *meine Kraft* seiner Magie beraubt! Joram ...« Die Schultern des Katalyten sanken herab. »Joram ...«

»Saryon!« Die Stimme klang befehlend, und es gelang ihr endlich, den Katalyten aus seiner Betäubung zu reißen.

»Ja?« In seiner feuchten Kutte fröstelnd, hielt Saryon verwirrt Umschau. Er befand sich nicht im Baptisterium, sondern in einer kalten Gefängniszelle, umgeben von Tod: Mauern aus von Menschenhand geschaffenen und von Menschenhand übereinander geschichteten Steinquadern; die hölzernen Deckenbalken trugen die schändlichen Spuren von Werkzeug; eiserne Gitterstäbe aus der unheiligen Werkstatt der Schwarzen Künste bildeten eine trostlose Barriere gegen die Kraft des Lebens. »Joram?« rief Saryon mit vor Kälte steifen Lippen, obwohl schon ein erster Blick ihm zeigte, daß der junge Mann nicht da war, auch sein Bett an der gegenüberliegenden Wand sah unberührt aus.

»Aber natürlich!« Saryon lief es kalt den Rücken hinunter. Joram war draußen, in der Wildnis, um sich des Leichnams zu entledigen ... Aber wessen Stimme war es dann, die er so deutlich gehört hatte?

Der Katalyt barg den Kopf in den zitternden Händen. »Gütiger Almin, erbarme dich meiner«, flehte er inbrünstig. »Wenn es dich wirklich gibt, nimm mein Leben und erlöse mich von dieser Qual, diesem Elend. Denn ich spüre, daß ich den Verstand verliere ...«

»Saryon! Ihr könnt mir nicht ausweichen, wenn das Eure Absicht sein sollte! Ihr *müßt* mich anhören, ob Ihr wollt oder nicht!«

Der Katalyt hob den Blick. Mit weit aufgerissenen Augen starrte er ins Halbdunkel der Zelle, und eine Kälte wehte ihn an, die bitterer war als der ärgste Winterfrost. »Heiligkeit?« rief er mit bebender Stimme, stand mühsam auf und schaute forschend um sich. »Heiligkeit? Wo seid Ihr? Ich kann Euch nicht sehen, und doch höre ich ... Was hat das alles zu bedeuten?«

»Ihr hört meine Gedanken in Eurem Kopf, Pater Saryon«, erklärte die Stimme. »Ich spreche zu Euch aus dem Baptisterium. Wie das möglich ist, braucht Euch nicht zu kümmern. Meine Macht ist sehr groß. Seid Ihr allein?«

»J ... ja, Heiligkeit, zur Zeit noch. Aber ich ...«

»Nehmt Euch zusammen, Pater!« Die Stimme klang wieder gereizt. »Eure Gedanken sind dermaßen verworren, daß ich sie nicht lesen kann. Ihr braucht nicht zu sprechen. *Denkt*, was Ihr sagen wollt, und ich werde es hören. Ich gebe Euch einen Moment Zeit, im Gebet Sammlung zu finden, und dann erwarte ich, daß Ihr mir Eure ungeteilte Aufmerksamkeit schenkt.«

Die Stimme schwieg, doch Saryon spürte die Anwesenheit des ungebetenen Gastes in seinem Bewußtsein – wie das Summen eines Insekts. Er rang um Fassung, allerdings nicht im Gebet. Obwohl er soeben noch den Almin angefleht hatte, ihn zu töten, und es in seiner Verzweiflung durchaus ernst meinte, erwies der Selbsterhaltungstrieb sich als stärker. Allein die Tatsache, daß Bischof Vanya sich auf diese Art in seinen Kopf einzuschleichen erdreistet hatte, erschreckte und ärgerte ihn, auch wenn er wußte, daß es ihm nicht zustand, an einem Kirchenfürsten Kritik zu üben. Als bescheidener Katalyt sollte er vermutlich stolz sein, daß der mächtige Bischof sich herabließ, seinen unwichtigen Gedanken Aufmerksamkeit zu schenken. Doch tief in demselben dunklen Winkel, aus dem die quälenden Träume stammten, fragte eine kalte Stimme: Wieviel weiß er? Gibt es eine Möglichkeit, ihm Sand in die Augen zu streuen?

»Heiligkeit«, meinte Saryon zögernd, während er sich langsam um die eigene Achse drehte und voll Unbehagen die Schatten mit den Blicken zu durchdringen versuchte, als fürchtete er, den Bischof jeden Moment aus der Ziegelmauer heraustreten zu sehen, »es fällt mir schwer, meine Gedanken zu ordnen. Meine Wißbegier . . .«

»Dieselbe Wißbegier, die Euch vor siebzehn Jahren verführt hat, auf verbotenen Pfaden zu wandeln?« fragte der Bischof unwillig.

»Ja, Heiligkeit«, erwiderte Saryon demütig, »ich gestehe, das ist meine große Schwäche, und sie hindert mich daran, Euren Worten die gebührende Aufmerksamkeit zu schenken, solange ich nicht weiß, wie es möglich ist, daß wir uns unterhalten, obwohl wir so weit voneinander entfernt sind. Ich . . .«

»Eure Gedanken sind ein fürchterliches Durcheinander! So kommen wir nicht weiter. Also gut.« Bischof Vanyas Stimme in Saryons Kopf hörte sich ärgerlich an, aber auch resigniert. »Es ist notwendig, Pater, daß ich, als das geistige Oberhaupt unseres Volkes, auch mit den entferntesten Weltengegenden in Verbindung bleibe. Ihr wißt, dort draußen gibt es Bestrebungen, unseren Orden wieder auf das zu reduzieren, was wir früher gewesen sind: dienstbare Geister in Tiergestalt. Aufgrund dieser Bedrohung ist es von größter Wichtigkeit, daß viele meiner Besprechungen auf vertraulicher Basis stattfinden.«

»Ja, Heiligkeit«, murmelte Saryon nervös. Die dunkle Nacht vor dem vergitterten Zellenfenster zerfloß zu grauer Morgendämmerung. Er hörte vereinzelte Schritte in den Straßen – Leute, die mit der

Sonne ihr Tagewerk begannen. Von ihnen abgesehen, schlief das Dorf. Wo blieb Joram? Hatte man ihn gefaßt, den Leichnam entdeckt? Der Katalyt verkrampfte die Hände ineinander und bemühte sich, den Ausführungen Vanyas zu folgen.

»Durch Magie, Pater Saryon, wurde für den Bischof des Reiches diese Krypta geschaffen, eine geheime Ratskammer, die es ihm ermöglicht, sich unbelauscht mit seinen Vasallen zu beraten, besonders im Zusammenhang mit gewissen delikaten Aufträgen, von denen – zum Besten des Volkes – nichts an die Öffentlichkeit dringen darf . . .«

Ein Netz von Spionen, mußte Saryon unwillkürlich denken. Die Kirche, der Orden, die Institution, der er sein Leben geweiht hatte, das alles war in Wirklichkeit nichts anderes als eine riesige Spinne, die in der Mitte eines Netzes von gewaltigen Ausmaßen lauerte und jede Bewegung all derer spürte, die in dem klebrigen Gespinst zappelten. Eine schreckliche Vorstellung, und Saryon versuchte sofort, sie abzuschütteln. Obwohl er am ganzen Leib zitterte, brach ihm der Schweiß aus, und geduckt wartete er darauf, daß der Bischof ihn für seine ketzerischen Gedanken rügte, aber Vanya verbreitete sich weiter, als hätte er nichts gehört, über die geheime Ratskammer und daß mittels der ihr innewohnenden Magie zwei Partner über weite Entfernungen in Gedanken miteinander sprechen konnten.

Saryons Anspannung wuchs, er biß so fest die Zähne zusammen, daß seine Wangenmuskeln schmerzten. Statt auf die Erklärungen des Bischofs zu achten, überlegte er angestrengt. Er hat nicht gemerkt, was mir eben durch den Kopf gegangen ist, sagte er zu sich selbst. Es wird sein, wie er gesagt hat – ich muß mich konzentrieren, um ihn zu erreichen. Wenn das stimmt und wenn ich meine Gedanken unter Kontrolle halten kann, gelingt es mir vielleicht, mich gegen ihn abzuschirmen.

An diesem Punkt wurde Saryon bewußt, daß auch er nur die Gedanken ›hörte‹, die Vanya ihm zugänglich machte. Er war nicht imstande, die von dem Bischof aufgerichteten Barrieren zu überwinden. Saryon wurde ruhiger. Er wartete, bis sein Oberhirte zu Ende war.

»Ich verstehe, Heiligkeit«, dachte er und konzentrierte sich darauf, seine Worte in das Bewußtsein des Bischofs zu lenken.

»Ausgezeichnet, Pater.« Vanya schien erfreut zu sein. Es gab eine kurze Pause, der Bischof wählte und überdachte *seine* nächsten Worte, doch als er weiter sprach – oder als seine Gedanken in Saryons Bewußtsein Gestalt annahmen –, geschah es rasch und präzise wie das Aufsagen auswendig gelernter Floskeln. »Es war ein gefährlicher Auftrag, mit dem ich Euch betraut habe, Pater Saryon – diesen jungen Mann, diesen Joram, dingfest zu machen. Deswegen wurde ich unruhig, als ich nichts von Euch hörte. Die Sorge hat mich bewogen, mit einem vertrauenswürdigen Gewährsmann Kontakt aufzunehmen.«

Simkin, dachte Saryon, bevor er es verhindern konnte.

So deutlich stand das Bild des sonderbaren Tausendsassas vor seinem inneren Auge, daß es sich dem Bischof mitgeteilt haben mußte.

»Wie bitte?« Die Unterbrechung schien Vanya aus dem Konzept gebracht zu haben.

»Nichts, gar nichts«, beeilte Saryon sich zu versichern. »Ich bitte um Entschuldigung, Heiligkeit. Etwas hat mich abgelenkt ... draußen ...«

»Dann schlage ich vor, daß Ihr Euch vom Fenster entfernt, Pater«, bemerkte der Bischof sarkastisch.

»Ja, Heiligkeit.« Saryon grub die Fingernägel in die

Handflächen, um sich durch den Schmerz zu größerer Aufmerksamkeit zu zwingen.

Wieder entstand ein kurzes Schweigen – mußte Vanya sich erst besinnen, wo er stehengeblieben war? Vielleicht hätte er sich Notizen machen sollen, dachte Saryon gereizt, weil er sich unbelauscht fühlte, doch schon sprach die Stimme weiter, diesmal mit einem fast greifbaren Unterton mitfühlender Sorge.

»Wie schon gesagt, ich war beunruhigt Euretwegen, Pater Saryon. Und jetzt hat sich dieser Gewährsmann, der über Euch wachen sollte, seit mehr als achtundvierzig Stunden nicht mehr bei mir gemeldet. Ich mußte Gewißheit haben! Es ist Euch doch nichts zugestoßen, Pater?«

Was konnte Saryon antworten? Daß seine Welt kopfstand? Daß er sich mit letzter Kraft an seinen Verstand klammerte? Daß er noch vor wenigen Minuten die Erlösung durch den Tod erfleht hatte? Der Katalyt zögerte. Er konnte alles bekennen, dem Bischof gestehen, daß er über Joram Bescheid wußte, Seiner Heiligkeit Vergebung erbitten und versprechen, ihm den Jungen auszuliefern, wie befohlen. Ein paar unangenehme Minuten, dann war es überstanden, und seine gepeinigte Seele hatte Frieden.

Draußen fegten Windböen durch die Straßen – Nachzügler des Unwetters der vergangenen Nacht – und stemmten sich gegen die Mauern des Gefängnisgebäudes, in dem vergeblichen Bemühen, Einlaß zu erzwingen.

Saryon hörte den Wind reden, wie schon einmal, vor siebzehn Jahren, als Bischof Vanya ein neugeborenes Kind zum Tod verurteilt hatte.

»Pater Saryon!« Vanyas Stimme, kalt und gefühllos, schien aus der Vergangenheit herüberzudringen. »Ihr hört mir schon wieder nicht zu!«

»Ich – ich versichere Euch, es geht mir gut, Heiligkeit«, stammelte Saryon. »Ihr habt keinen Grund, Euch meinetwegen Sorgen zu machen.«

»Ich danke dem Almin dafür, Pater«, sagte Vanya in demselben Tonfall, in dem er allmorgendlich dem Almin für sein Frühstück zu danken pflegte. Dann stockte er wieder. Saryon glaubte Unschlüssigkeit zu spüren, einen inneren Zwiespalt. Die nächsten Gedanken erreichten ihn nur zögernd. »Es ist an der Zeit, Pater, daß Ihr und Euer – hm – Beschützer ... nun ja, daß Ihr Euch kennenlernt. Ich weiß von der Erschaffung des Dunklen Schwertes ...«

Saryon schloß die Augen.

»... und jetzt dürfen wir nicht länger abwarten. Der junge Mann ist eine zu große Gefahr für uns.« Vanyas Gedankenstimme wurde streng. »Joram muß so schnell wie möglich ins Baptisterium gebracht werden, und dazu braucht Ihr die Hilfe meines Gewährsmannes. Geht zu Blachloq. Sagt ihm, daß ich ...«

»Blachloq!« Der Katalyt sank auf die Pritsche. Sein Herzschlag dröhnte ihm in den Ohren wie Jorams Schmiedehammer. »Euer Gewährsmann?« Saryon hob die zitternden Hände an den Kopf. »Heiligkeit, Ihr könnt unmöglich Blachloq meinen!«

»Ich versichere Euch, Pater ...«

»Er ist ein Renegat, ein abtrünniger *Duuk-tsarith*! Er ...«

»Abtrünnig? Er ist ebensowenig ein abtrünniger *Duuk-tsarith*, wie Ihr ein abtrünniger Priester seid. Er ist ein *Duuk-tsarith*, ein ranghohes Mitglied Ihrer Organisation, mit größter Sorgfalt für dieses Unternehmen ausgesucht, genau wie Ihr.«

Saryon umklammerte seinen kahlen Schädel, als könnte er so den Aufruhr seiner Gedanken bändigen. Blachloq, der grausame, mordende Hexenmeister, war ein *Duuk-tsarith*, einer der Erzwinger, deren Aufgabe es war, in Thimhallan das Recht zu wahren. Er war im Auftrag der Kirche tätig. Und er war verantwortlich für kaltblütigen Mord, für den Überfall auf ein Dorf, den Raub der Nahrungsvorräte und womöglich für den Hungertod der Dorfbewohner im Winter.

»Heiligkeit« – Saryon leckte sich die trockenen, rissigen Lippen –, »dieser Hexenmeister war ein schlechter Mensch! Ein Verbrecher! Ich sah, wie er einen jungen Diakon aus unserem Orden tötete, in dem Dorf . . .«

Der Bischof ließ ihn nicht ausreden. »Kennt Ihr nicht das alte Sprichwort: ›Die Nacht scheint jenen am dunkelsten, die im Licht wandeln‹? Seien wir nicht voreilig in der Beurteilung gewöhnlicher Sterblicher, Pater Saryon. Wenn Ihr in Ruhe nachdenkt, werdet Ihr bestimmt feststellen, daß der bedauerliche Zwischenfall von Notwendigkeit diktiert wurde, oder vielleicht war es ein Unfall.«

Saryon sah vor seinem inneren Auge den Hexenmeister den Wind anrufen; sah, wie eine gewaltige Sturmbö den wehrlosen Diakon packte, als wäre er ein dürres Blatt, und ihn gegen die Hauswand schleuderte. Er sah den zerschmetterten Leib tot zu Boden gleiten.

»Heiligkeit«, wagte Saryon zaghaft einzuwenden.

»Genug, Pater!« unterbrach ihn der Bischof scharf. »Ich habe keine Zeit für Euer scheinheiliges Gewinsel. Blachloq tut, was nötig ist, um seiner Rolle als verräterischer Hexenmeister gerecht zu werden. Er spielt ein gefährliches Spiel mitten unter den Adepten der Schwarzen Magie, Saryon. Was bedeutet schon ein Leben, verglichen mit dem Leben Tausender oder den Seelen von Millionen! Das ist es, was er in der Hand hält.«

»Ich verstehe nicht . . .«

»Dann gebt mir Gelegenheit, es zu erklären! Ich vertraue Euch dies unter dem Siegel striktester Verschwiegenheit an, Pater Saryon. Bei unserem letzten Gespräch im Baptisterium erwähnte ich die Schwierigkeiten mit Sharakan. Seither hat sich die Situation noch zugespitzt. Die Katalyten, die den Gesetzen unseres Ordens abgeschworen haben, bekommen immer mehr Zulauf. Jedem, der darum bittet, gewähren sie freigiebig von ihrem Leben. Vermutlich aus diesem Grund glaubt der Herrscher von Sharakan, zunehmend feindselig auftreten zu können. Er hat Kirchenbesitz beschlagnahmt und seinem Staatsschatz einverleibt. Er hat den Kardinal ins Exil geschickt und ihn durch einen dieser illoyalen Katalyten ersetzt. Er plant, Merilon zu erobern und zu besetzen, und er hat mit den Nigromanten, bei denen Ihr lebt, einen Vertrag geschlossen, daß sie ihn mit ihren teuflischen Waffen beliefern ...«

»Wie furchtbar«, murmelte Saryon, der nur mit halbem Ohr zuhörte und sich verzweifelt den Kopf zerbrach, was er tun sollte.

»Der Herrscher von Sharakan will mit Hilfe der Waffen seine Eroberungspläne verwirklichen. Obwohl Blachloq auf seiner und der Seite der Nigromanten zu stehen scheint, trifft er in Wirklichkeit Vorbereitungen, sie in eine tödliche Falle zu locken. So wird es uns möglich sein, Sharakan zurückzuschlagen und die Nigromanten endgültig zu vernichten. Blachloq hat alles unter Kontrolle oder *hatte* alles unter Kontrolle, bis dieser junge Mann, dieser Joram, das Arkanum entdeckte.«

Mit wachsender Erregung wurden Vanyas Gedankenbilder immer verworrener und unzusammenhängender, Saryon vermochte ihnen nicht mehr zu folgen. Es entstand ein beinahe schmerzhaftes Schweigen, während der Bischof sich bemühte, seine Selbstbeherrschung wiederzugewinnen, dann vermochte er etwas ruhiger die Kommunikation fortzusetzen.

»Jorams Entdeckung ist eine Katastrophe, Pater, das werdet Ihr doch begreifen? Der Besitz von Arkanum verhilft Sharakan unter Umständen zum Sieg! Deshalb ist es von größter Wichtigkeit, daß Ihr und Blachloq den jungen Mann sowie das Instrument der furchtbaren Macht, die er dem Vergessen entrissen hat, ins Baptisterium bringt, und zwar umgehend, bevor Sharakan davon erfährt.«

Saryons Kopf begann zu schmerzen. Glücklicherweise herrschte auch in seinen Gedanken ein solches Durcheinander, daß er nur wirre und zusammenhanglose Fragmente übermittelte: Blachloq ein Doppelagent – Arkanum eine Gefahr für die Welt – eine Falle für die Nigromanten ...

Joram, Joram, Joram ...

Saryon wurde ruhiger. Er war sich darüber klargeworden, was er tun mußte. Nichts sonst war von Bedeutung. Kriege zwischen Königreichen. Das Leben Tausender. Das alles war zu gewaltig, um es zu begreifen. Aber das Leben *eines* Menschen?

Wie kann ich ihn zurückbringen, wo ich doch weiß, welches Schicksal ihn erwartet? Und ich weiß es jetzt, gestand Saryon sich ein. Vorher war ich blind, aber nur, weil ich bewußt die Augen schloß.

Der Katalyt hob den Kopf und schaute starr in die Dunkelheit, als gelte es, dem Blick des Bischofs standzuhalten. »Heiligkeit«, fiel er ihm entschlossen ins Wort, »ich weiß, wer Joram ist.«

Vanya verstummte abrupt. Saryon spürte Zweifel, Vorsicht, Angst, aber nur wie einen flüchtigen Hauch. Der Reichsbischof von Thimhallan zählte fast achtzig Jahre, und seit vierzig Jahren bekleidete er sein hohes Amt.

Er beherrschte sein Metier.

»Was soll das heißen?« Die Verblüffung in der Gedankenstimme des Bischofs wirkte durchaus echt.

»Ihr wißt, wer er ist? Er ist Joram, der Sohn einer geistesgestörten Frau namens Anja ...«

Saryon fühlte, wie eine gelassene Kraft ihn durchströmte. Endlich war er fähig, der Wahrheit ins Gesicht zu sehen.

»Er ist Joram«, schleuderte er dem Bischof entgegen, »der Sohn des Kaisers von Merilon.«

# Im Stand der Gnade

Ein lastendes Schweigen senkte sich über die triste Gefängniszelle. So absolut war dieses Schweigen, daß Saryon glaubte – hoffte! –, Vanya hätte den Kontakt unterbrochen, aber dann meldete sich die Gedankenstimme wieder zu Wort. »Wie seid Ihr zu der Vermutung gekommen, Pater Saryon?« Der Katalyt konnte fühlen, wie der Bischof sich behutsam über den schwankenden, trügerischen Boden tastete. »Hat Blachloq . . .«

»Beim Almin, wußte er Bescheid?« Vor Überraschung sprach Saryon laut in die Dunkelheit hinein. »Nein«, fuhr er fort, »niemand hat es mir gesagt. Es brauchte mir niemand zu sagen. Ich wußte es einfach. Woher?« Er zuckte ratlos mit den Schultern. »Woher weiß ich, wieviel Magie ich der Welt entziehen und einem Bildner von Holz gewähren muß, damit er einen Stuhl formen kann? Es ist eine Sache der Kalkulation, der Addition von Fakten – Gewicht und Größe des Mannes, seine Fähigkeiten, sein Alter, die Schwierigkeit seines Vorhabens und so weiter. Denke ich bewußt an all diese Einzelheiten? Nein. Ich habe so viel Übung und Erfahrung darin, daß ich die Lösung weiß, ohne überlegen zu müssen, wie ich darauf gekommen bin. Und auf diese Weise, Heiligkeit, habe ich auch Jorams wahre Identität herausgefunden.« Saryon schüttelte den Kopf und schloß die Augen.

»Mein Gott, wie könnte ich es vergessen. Dieses Kind, ein Junge, tot, ohne Magie geboren und verurteilt zu sterben. Ich war der letzte, der ihn auf den Armen hielt!« Tränen quollen zwischen seinen Lidern hervor. »Ich brachte ihn in den Hort zurück an jenem Tag, und ich saß neben dem Bettchen und wiegte ihn auf den Armen, stundenlang. Ich wußte, nach mir würde niemand ihn mehr berühren dürfen, bis man ihn zum Baptisterium brachte, wo er ...« Saryon sprang auf und wanderte durch den kleinen Raum. »Vielleicht ist es Einbildung, aber ich glaube, das hat ein Band zwischen uns geknüpft. Mein Herz wußte, wer Joram war, auch wenn mein Verstand es nicht wahrhaben wollte, und als ich endlich bereit war, auf mein Herz zu hören, erkannte ich die Wahrheit.«

»Ihr seid ganz sicher, daß es die Wahrheit ist?« Die Gedankenstimme verriet unterdrückte Erregung.

»Wollt Ihr es leugnen?« rief Saryon grimmig. Er blieb stehen und starrte ins Dachgebälk hinauf, als sähe er den Bischof dort oben schweben. »Wollt Ihr leugnen, daß Ihr mich absichtlich hergeschickt habt, in der Hoffnung, daß ich die Wahrheit herausfinden würde?«

Der Bischof zögerte lange, bevor er antwortete; Saryon stand das Bild eines Mannes vor Augen, der die Tarockkarten in seiner Hand mustert und überlegt, welche er ausspielen soll. »Habt Ihr es Joram gesagt?«

Wirkliche Furcht klang aus dieser Frage, Furcht, die Saryon spürte und zu verstehen glaubte.

»Nein, selbstverständlich nicht«, erwiderte er. »Wie konnte ich ihm eine so phantastische Geschichte erzählen? Er würde mir nicht geglaubt haben, nicht ohne Beweise. Und die habe ich nicht.«

»Nein? Was sind das denn für Faktoren, die Ihr zusammengezählt haben wollt?« fragte Vanya lauernd.

Saryon schüttelte ungeduldig den Kopf. Er nahm seine Wanderung wieder auf, doch am Zellenfenster blieb er stehen. Draußen war es Tag geworden, Helligkeit strömte in das kalte Gefängnisgebäude, und das Dorf der Nigromanten erwachte. Rauch stieg in den

Himmel und zerflatterte im Wind. Ein paar Frühaufsteher machten sich auf den Weg zur Arbeit oder schauten nach, ob ihr Haus bei dem Unwetter der vergangenen Nacht Schaden genommen hatte. Saryon legte die Hände auf das Fensterbrett und beugte sich vor, als er ein Stück entfernt einen von Blachloqs Gefolgsleuten zwischen den Häusern laufen sah.

Wo blieb Joram? Warum kam er nicht? Saryon verschloß sich gegen die bösen Ahnungen, die in ihm aufstiegen, und begann wieder auf und ab zu gehen, weil er hoffte, die Bewegung würde ihm helfen, sich zu konzentrieren, und ihn gleichzeitig wärmen.

»Alle Faktoren?« wiederholte er gedankenvoll. »Ja, es gibt – andere Faktoren ... Der junge Mann sieht aus wie seine Mutter, die Kaiserin. Oh, es ist keine auffallende Ähnlichkeit. Das harte Leben, das er geführt hat, hat Spuren in seinem Gesicht hinterlassen. Seine Brauen sind buschig und düster. Er lächelt selten. Aber er hat ihr Haar, wunderschönes schwarzes Haar, das ihm in Locken bis auf die Schultern fällt. Ich habe gehört, daß seine Mutter – das heißt, die Frau, die ihn großgezogen hat – sich weigerte, es abschneiden zu lassen. Und manchmal ist da ein Ausdruck in seinen Augen – hoheitsvoll, Respekt heischend ...« Saryon seufzte. Sein Mund war trocken; die Tränen in seiner Kehle schmeckten wie Blut. »Und natürlich ist er tot, Heiligkeit. Er hat keine Magie.«

»Der Toten sind viele in dieser Welt.«

Der Bischof versucht herauszufinden, wie genau ich Bescheid weiß, kam es Saryon plötzlich zu Bewußtsein. Oder vielleicht suchte er nach Beweisen. Mit weichen Knien setzte sich der Katalyt an den kleinen, primitiven Tisch vor der Feuerstelle. Als er nach dem handgefertigten Tonkrug griff, mußte er feststellen, daß das Wasser darin von einer Eisschicht bedeckt war. Mit einem vorwurfsvollen Blick auf das graue

Aschenhäufchen des ausgebrannten Feuers stellte er den Krug wieder hin.

»Ich weiß, daß es viele Tote gibt, Heiligkeit«, meinte er bedrückt. Ohne es zu merken, sprach er wieder laut vor sich hin. »Ich selbst habe in Merilon mehr als genug von ihnen geprüft und verurteilt, wenn Ihr Euch erinnert. Um für tot erklärt zu werden, muß ein Kind bei zwei oder drei Prüfungen auf magisches Talent versagen. Aber wir beide wissen, Heiligkeit, daß diese Toten immer noch über Magie verfügen, wenn auch nur in geringem Maß.« Er schluckte mühsam, sein trockener Hals schmerzte. »Ich habe nie ein Kind erlebt, das bei allen drei Prüfungen versagte, nur den Prinzen von Merilon. Er ist tot, Heiligkeit. Wahrhaftig tot. Kein Funke Leben regt sich in ihm.«

»Wissen die Nigromanten davon?« Das Verhör ging erbarmungslos weiter. Saryons Schläfen begannen zu pochen. Er sehnte sich nach Stille, sehnte sich danach, die Stimme in seinem Bewußtsein zum Schweigen zu bringen, nur wußte er nicht, wie das zu bewerkstelligen war, außer, er rannte sich an der Ziegelmauer den Schädel ein. Widerwillig beantwortete er die Frage.

»Nein. Joram hat gelernt, seinen Makel zu verbergen. Er ist ein Meister der Illusion und der Taschenspielerei. Offenbar hat die Frau, die sich als seine Mutter ausgab, ihn darin unterrichtet. Joram weiß, was ihm droht, sollte man ihn entdecken. Selbst die Toten und Ausgestoßenen würden ihn bestenfalls davonjagen, schlimmstenfalls sogar ermorden.« Der Katalyt holte tief Atem. »Aber das hat Blachloq bestimmt schon berichtet«, fügte er ungeduldig hinzu.

»Blachloq weiß, was für ihn notwendig ist zu wissen«, antwortete Vanya. »Ich hatte meine Vermutungen, das gebe ich zu, und er unternahm die erforderlichen Schritte, um sie entweder zu bestätigen oder zu entkräften. Ich hielt es nicht für angebracht, die Situation ausführlich mit ihm zu besprechen.«

Saryon rückte unbehaglich auf seinem Stuhl herum. »Aber Ihr haltet es für angebracht, sie mit mir zu besprechen«, murmelte er.

»Ja, Pater.« Des Bischofs Gedanken erreichten Saryon jetzt deutlich und entschieden. »Ich nehme in Euch gewisse Verbundenheit mit diesem Jungen wahr, eine wachsende Zuneigung. Dieses Gefühl wirkt als verderbliches Gift in Eurer Brust, Pater Saryon, und Ihr müßt Euch davon befreien. Ja, vielleicht habe ich Euch hergeschickt in der Hoffnung, daß Ihr mir bestätigt, was ich schon lange vermutete. Jetzt kennt Ihr das Geheimnis, Saryon, ein furchtbares Geheimnis. Die Nachricht, daß der echte Thronfolger lebt, würde uns der Gnade unserer Feinde ausliefern. Die Gefahr ist so ungeheuer, daß es kaum Worte gibt, sie zu beschreiben! Was, wenn bekannt würde, Saryon, daß der Thronfolger ohne Magie ist? Unruhen im Volk wären unsere geringste Sorge. Man würde die Herrscherfamilie stürzen, aus dem Land jagen. Merilon wäre eine leichte Beute für die Eroberungsgelüste Sharakans. Das begreift Ihr doch?«

»Aber ja, Heiligkeit.« Wieder versuchte Saryon, seine Lippen zu befeuchten, aber seine Zunge fühlte sich an wie aus Watte. »Ich begreife es.«

»Dann begreift Ihr auch, warum es so ungeheuer wichtig ist, daß Joram ...«

»Warum jetzt auf einmal und vorher nicht?« verlangte Saryon zu wissen. Kälte und Müdigkeit verliehen ihm ungewohnten Mut. »Ihr hattet Joram hier in der Falle und in Blachloq einen Helfer, der fähig war, Euch Joram auf dem Silbertablett zu präsentieren. Oder warum sich überhaupt die Mühe machen, Joram gefangenzunehmen? Wenn er so gefährlich ist, warum ihn nicht einfach aus dem Weg räumen? Nichts leichter, als ihn zu töten, besonders für Blachloq. Warum mich hineinziehen?«

»Ihr wurdet gebraucht, um die letzten Zweifel auszuräumen«, unterbrach Vanya Saryons Gedankengang. »Bis jetzt konnte ich nur annehmen, daß dieser Joram der Prinz ist. Eure ›Faktoren‹ haben sich sehr zufriedenstellend addiert, wie ich es mir dachte. Und was Eure Bemerkung über das ›aus dem Weg räumen‹ betrifft – ecclesia non sitit sanguinem, Pater Saryon!«

Der Katalyt senkte den Kopf. Er hatte den Tadel verdient. Obwohl er den Glauben verloren hatte, an seine Kirche und seinen Gott, war es für ihn unvorstellbar, daß der Bischof von Thimhallan den Auftrag zu einem Mord gegeben haben könnte. Sogar die für tot befundenen Kinder wurden nicht getötet, sondern in die Kammer des Wartens gebracht, um dort still aus einer Welt zu scheiden, in der es keinen Platz für sie gab. Und der Mord an dem jungen Diakon, das war Blachloq gewesen. Die *Duuk-tsarith* lebten nach ihren eigenen Gesetzen, und bestimmt war es für Bischof Vanya kein leichtes gewesen, den Hexenmeister nach seinem Willen zu lenken.

»Ich will Euch etwas gestehen, Pater. « Der Schmerz in den Gedanken des Bischofs ließ Saryon zusammenzucken, weil er ihn mitempfand wie seinen eigenen. »Ich spreche zu Euch davon, damit Ihr besser versteht. Ohne die unglückselige Entdeckung des Arkanums hätte ich den Jungen dort bei den Nigromanten unbehelligt gelassen, wenigstens bis zu unserem von langer Hand vorbereiteten Vernichtungsschlag gegen die ganze Brut. Versteht Ihr, Saryon? Es wäre so einfach gewesen, Joram unter ihnen zu verlieren, all diese Gefahren für unsere Welt auf einen Schlag zu beseitigen, ohne die Bevölkerung zu beunruhigen. Sharakan in die Schranken weisen, die rebellischen Katalyten bestrafen, die Adepten der Schwarzen

Magie niederwerfen, uns von einem toten Prinzen befreien – es hätte so einfach sein können!«

Erneut die Stille in der Stille.

Tief aufseufzend legte Saryon den Kopf in die Hände. Als die Gedankenstimme weitersprach, sickerte sie wie ein beschwörendes Wispern in sein Bewußtsein.

»Noch ist nichts verloren, Pater. Das Schicksal Merilons liegt in *Euren* Händen, wenn nicht das Schicksal der ganzen Welt.«

Entsetzt richtete Saryon sich auf. »Nein, Heiligkeit! Ich will nicht ...«

»Ihr wollt nicht die Verantwortung übernehmen? Ich fürchte aber, es bleibt Euch keine Wahl. Ihr habt einen Fehler gemacht, und jetzt müßt Ihr dafür bezahlen. Ich bin nicht ganz unwissend, was das Arkanum betrifft, seht Ihr, und ich weiß, daß Joram nie gelernt haben könnte, es zu bearbeiten, ohne die Hilfe eines Katalyten.«

»Heiligkeit, mir war nicht bewußt ...«, wandte Saryon gequält ein.

»Wirklich nicht? Der Verstand mag Euch Rechtfertigungen geliefert haben, aber im Innern war Euch das Sündhafte Eures Tuns durchaus bewußt! Ich spüre Eure Schuld, Pater, eine Schuld, die Euren Glauben zerstört hat. Und Euch wird keine Absolution zuteil werden, bis Ihr getan habt, was Eure Pflicht ist. Bringt mir diesen jungen Mann, übergebt ihn der geistlichen Macht, und Ihr werdet Frieden finden.«

»Und was – was geschieht dann mit ihm?« fragte Saryon zaghaft.

»Das soll Euch nicht kümmern, Pater«, erwiderte der Bischof streng. »Der junge Mann hat sich zweifach versündigt – er hat getötet, und er hat leichtfertig bewirkt, daß eine alte Bedrohung wieder ihr verderbenbringendes Haupt erhebt. Denkt an Eure schuldbeladene Seele, Pater Saryon, und strebt nach Wiedergutmachung!«

Wenn ich nur könnte, dachte Saryon müde.

»Pater« – Vanyas Unmut war nicht zu verkennen –, »ich spüre Zweifel und Unentschlossenheit, wo es nur Reue und Demut geben sollte!«

»Vergebt mir, Heiligkeit.« Saryon preßte die Hände gegen die Schläfen. »Das alles kommt so plötzlich. Ich brauche Zeit, um mit mir ins reine zu kommen ...« Ein plötzlicher Verdacht ließ ihn stocken und erst nach kurzem Zögern fortfahren. »Heiligkeit, wie läßt es sich eigentlich erklären, daß Joram am Leben geblieben ist? Wie hat Anja ...«

»Was soll das, Pater Saryon? Wieder Fragen?« unterbrach ihn Vanya verärgert. Es entstand eine unbehagliche Pause.

Saryon schluckte. Er schämte sich seiner Aufsässigkeit, aber die Fragen blieben, hartnäckig, drängend. Der Bischof mußte es gemerkt haben, denn die Gedanken, die Saryon als nächstes erreichten, umschmeichelten ihn wie eine warme Decke.

»Vielleicht habt Ihr recht, Pater. Ihr braucht etwas Zeit. Ich bin zu ungeduldig, ich gebe es zu. Die Situation erscheint mir so besorgniserregend, die Gefahr, in der wir schweben, so real, daß ich jede Rücksicht vermissen ließ. Ein weiterer Tag wird keinen Unterschied machen. Heute abend melde ich mich wieder, um die letzten Einzelheiten zu besprechen. Durch die Krypta habe ich die Möglichkeit, Euch jederzeit, an jedem Ort zu finden. Meine Gedanken folgen Euch überallhin, wie das alte Sprichwort sagt.«

Saryon fröstelte. Das war keine angenehme Vorstellung. »Ihr seid sehr gütig, Heiligkeit«, murmelte er.

»Möge der Almin mit Euch sein und Euch geleiten.«

»Ich danke Euch, Heiligkeit.«

Wieder herrschte Stille, und diesmal wußte Saryon,

daß der Bischof sich zurückgezogen hatte. Er stand vom Tisch auf und ging zu seiner Pritsche. Nachdem er sich die fadenscheinige Decke bis zum Kinn gezogen hatte, lag er dort und zitterte vor Kälte und Angst. Die frühe Morgensonne, die blaß durch das vergitterte Fenster hereinschien, vermittelte weder Hoffnung noch Wärme. Saryon starrte mit leeren Augen auf die flirrenden Schatten in der staubdurchtanzten Helligkeit und versuchte zu begreifen, was ihm geschehen war, aber Betroffenheit und Verwirrung lähmten seine Vernunft.

Zornig kämpfte er gegen die rebellischen Gefühle an, die in ihm gärten.

»Zu wissen, daß der Bischof, aus Sorge um sein Volk, dieses Mittel gefunden hat, über es zu wachen und vor Schaden zu bewahren, sollte mich mit tiefer Dankbarkeit erfüllen. Wäre mein Gewissen rein, würde ich mich nicht gegen diesen Zugriff auf mein Bewußtsein sträuben«, hielt Saryon sich vor. »Nur wegen meiner Sünden zitterte ich vor Angst bei der Vorstellung, daß er die Macht hat, meine Gedanken zu durchwühlen wie ein Dieb! Schließlich gehöre ich mit Leib und Seele der Kirche. Ich sollte nichts zu verbergen haben.«

Er drehte sich auf den Rücken und beobachtete das Zurückweichen der Dunkelheit zwischen den Dachbalken.

»Oh, wieder Frieden zu finden! Vielleicht stimmt es, was der Bischof gesagt hat. Vielleicht habe ich den Glauben verloren wegen meiner Schuld, einer Schuld, die ich mir nicht eingestehen will? Würde ich meine Sünden bekennen und meine Strafe annehmen, wäre ich erlöst. Erlöst von Zweifeln und Selbstvorwürfen!«

Der Katalyt erlebte einen Augenblick tiefen Friedens, der warm und tröstlich die furchtbare, schwarze, kalte Leere in seinem Inneren ausfüllte. Wäre

Bischof Vanya dagewesen, hätte Saryon sich ihm zu Füßen geworfen.

Aber Joram ...

Ja, was wurde aus Joram? Der Gedanke an den rätselhaften jungen Mann ließ die Seifenblase des Seelenfriedens zerplatzen. Die Wärme, die ihn eingehüllt hatte, begann sich zu verflüchtigen. Nein! Saryon bemühte sich, das wohlige Gefühl zu bewahren.

»Gib es zu«, argumentierte er mit sich selbst, »Joram macht dir angst! Vanya hat recht. Der Junge ist eine wirkliche Gefahr. Es wäre eine Erleichterung, ihn los zu sein und die Verantwortung für dieses Schwert des Bösen, besonders jetzt, da ich die Wahrheit kenne. Pflegten das nicht die Ahnen zu sagen: ›Wahrheit macht frei‹?«

Na schön, konterte Saryons zynische, schwarze Seele, aber was *ist* die Wahrheit? Hat Vanya deine Fragen beantwortet? Was ist wirklich geschehen damals? Wenn Joram der Thronfolger ist, wie kommt es, daß er noch lebt?

Der Katalyt schloß die Augen, um das Sonnenlicht und die Schatten auszusperren. Wieder einmal hielt er das Kind auf dem Arm und wiegte es sacht, während seine Tränen auf das ahnungslose kleine Wesen niederfielen. Und wieder fühlte er Jorams Hand auf der Schulter, wie in der vergangenen, grauenhaften Nacht in der Schmiede. Er sah den sehnsüchtigen Hunger in den schwarzen, kalten Augen – den Hunger nach Liebe, der Joram sich von Kind an verschlossen hatte. Joram erkannte diese Liebe in Saryon. Das Band existierte! Hätte Saryon noch an den Almin geglaubt, wäre er vielleicht versucht gewesen, darin Seinen Willen zu sehen. Hatte er das Recht, das Band zu zerreißen, zu verraten?

*Was wird aus Joram?* Die Frage, die er dem Bischof gestellt hatte, hallte durch sein Bewußtsein. Er kannte die Antwort. Bischof Vanya hatte dem Kind das Recht zu leben abgesprochen, über den Mann würde er kein anderes Urteil fällen.

Saryon öffnete die Augen und stellte sich der grauen Morgendämmerung, die ihm keine Wärme schenkte, dafür aber die Wahrheit – auch wenn sie noch so kalt war.

Wenn ich Joram ausliefere, heißt das, ich überantworte ihn seinen Henkern.

Der trügerische Friede verließ den Katalyten, und zurück blieb dasselbe trostlose Gefühl der Leere, wie er es vorher empfunden hatte. Es gab zu viele unbeantwortete Fragen, zu viele Lügen. Bischof Vanya hatte den Kaiser und die Kaiserin belogen und sie glauben gemacht, ihr Kind sei tot. Er hatte Saryon belogen, als er ihn hinter Joram herschickte, und wäre Saryon ahnungslos gewesen, würde er immer weiter gelogen haben, davon war der Katalyt überzeugt. Er konnte Vanya nicht trauen. Er konnte niemandem trauen. Die einzige Wahrheit, an die Saryon sich halten konnte, lag in ihm selbst. Er seufzte schwer. Dieser Wahrheit wollte er folgen und hoffen, daß sie ihn durch den Morast führte, in den er sich verirrt hatte.

Wo steckte Joram überhaupt? Er hätte längst zurück sein müssen. Irgend etwas mußte passiert sein ...

Zwei dunkle Gestalten materialisierten sich in der Mitte des Zimmers, wie Geister aus Saryons verstörtem Gewissen. Furchtsam blickte der Katalyt zu ihnen auf, bis einer von ihnen zu sprechen begann.

»Meiner Treu«, bemerkte eine Stimme, so hell und spöttisch wie die Sonne, »sieh dir das an, Joram. Du und ich, wir bieten dort draußen den Gefahren der Wildnis kühn die Stirn, während hier unser Pater Calvitium liegt und schläft, als wäre er tot, wie es übrigens auch der Baron von Dunstable Manor zu tun pflegte, bevor man ihn schließlich lebendig begrub.«

# Fleckentfernung

»Joram?« fragte Saryon zögernd. Er hatte sich aufgerichtet und starrte die beiden jungen Männer an, die mitten in der Gefängniszelle standen. Sie waren so plötzlich aufgetaucht, aus dem Nichts, daß Saryon zuerst nicht wußte, waren sie wirklich oder Manifestationen seiner Gedanken.

Aber die Stimme, die antwortete, klang durchaus wirklich und überdies gereizt. »Wer, zur Hölle, sollte es sonst sein?« schnappte Joram und stellte seine reale Anwesenheit unter Beweis, indem er an den Tisch trat und nach dem Wasserkrug griff. Als er die Eisschicht darin bemerkte, stellte er ihn mit einem Fluch wieder hin.

»Pst!« warnte Saryon, aber es war zu spät.

Das Gesicht eines vom Lärm herbeigelockten Wachpostens erschien am Fenster und veranlaßte Jorams Begleiter, einen erschreckten Warnruf auszustoßen.

»Erbarmen! Lauft um euer Leben! Rettet euch vor dem garstigen Ungeheuer ... Oh, bitte tausendmal um Vergebung« – als das Gesicht des Postens sich verdüsterte –, »'s ist kein garst'ges Ungeheuer, nur einer von Blachloqs Männern. Irrtum meinerseits. Der Geruch hat mich wohl getäuscht.« Der Posten verschwand zornig knurrend, während Simkin schnüffelte und sich die Nase zuhielt.

Saryon war von der Pritsche aufgesprungen und zu Joram geeilt.

»Geht es dir gut?« fragte er besorgt.

Der junge Mann betrachtete ihn aus vor Erschöpfung trüben Augen, das finstere Gesicht wirkte eingefallen. Seine Kleider waren zerrissen und beschmutzt, nicht nur mit Erde, sondern einige Flecken konnten nur von Blut stammen, wie Saryon zu seinem Entsetzen bemerkte. Blut klebte auch an seinen Händen.

»Alles in Ordnung«, erwiderte Joram müde und sank auf einen Stuhl.

»Aber ...«, Saryon legte ihm die Hand auf die Schulter, »du siehst furchtbar aus.«

»Ich habe gesagt, mir fehlt nichts!« fauchte Joram und befreite sich mit einem heftigen Ruck von der freundschaftlichen Berührung. Er musterte den Katalyten durch den schwarzen, glänzenden Vorhang der Haarsträhne, die ihm ins Gesicht gefallen war. »Wir haben alle schon bessere Zeiten gesehen, wenn's darum geht.«

»Gegen diese Behauptung muß ich mich entschieden verwahren!« warf Simkin ein, griff mit weitausholender Gebärde ein orangefarbenes Seidentuch aus der Luft und betupfte sich die Nase. »Bitte wirf mich nicht in einen Topf mit euch Banausen.«

In der Tat schien Simkin soeben von einer Abendgesellschaft am kaiserlichen Hof gekommen zu sein. Die einzige Veränderung in der Aufmachung des gekkenhaften jungen Mannes bestand darin, daß er von Kopf bis Fuß schwarz gekleidet war – nicht einmal ausgenommen die Spitzen an den Handgelenken.

Stumm wandte Saryon sich von Joram ab. Er rieb die kalten Hände gegeneinander und schob sie dann in dem vergeblichen Bemühen, sie zu wärmen, in die weiten Ärmel seiner abgetragenen Kutte.

»Hat man Euch letzte Nacht Schwierigkeiten gemacht, bei der Rückkehr von der Schmiede?« fragte Joram den Katalyten.

»Nein. Die Posten wußten, daß ich bei – bei Blachloq war.« Saryon hatte Schwierigkeiten, den Namen des Hexenmeisters auszusprechen. »Ich sagte ihnen, er hätte mich weggeschickt, weil er mich vorläufig nicht mehr brauchte. Aber ihr?« Der Katalyt blickte ratlos von Joram zu Simkin. »Wie seid ihr hergekommen? Und wo seid ihr gewesen? Hat jemand euch gesehen?« Unwillkürlich schaute er durch das Fenster zu dem Haus gegenüber, wo Blachloqs Söldner sich eingerichtet hatten, um die Gefangenen im Auge zu behalten.

»Uns gesehen! Mon dieu, was für eine Beleidigung!« Simkin schniefte. »Als ob ich mich in diesem Aufzug in der Öffentlichkeit sehen lassen würde!« Verächtlich schwenkte er einen schwarzumhüllten Arm. »Ich trage das nur wegen des mehr oder weniger traurigen Anlasses.«

»Aber wie seid ihr hergekommen?« wiederholte Saryon hartnäckig.

»Via Transversale, selbstverständlich.« Simkin zuckte die Schultern.

»Aber – das ist unmöglich!« stieß Saryon in fassungslosem Staunen hervor. »Die *Thon-Li*, die Hüter der Transversalen! Sie würden euch aufgehalten haben ... Ihr hattet keinen Katalyten, um euch genügend Leben zu gewähren oder sie für euch zu öffnen ...«

»Papperlapapp.« Simkin winkte mit einer von schwarzer Spitze umflatterten Hand. Während er mit gestelzten Schritten durchs Zimmer wanderte und dabei den Glanz seiner blankgeputzten schwarzen Lackschuhe bewunderte, redete er unbekümmert weiter. »War ich nicht eben im Begriff, eine kleine Anekdote zum besten zu geben? Der Anblick dieser unerfreulichen Visage am Fenster hat mir nicht nur den Appetit aufs Frühstück verdorben, sondern mich auch ganz durcheinandergebracht. Was war es noch?«

»Joram!« Saryon bemühte sich, Simkins Redeschwall zu ignorieren. »Wo ...«

»Ach ja, ich weiß.« Simkin legte die Fingerspitzen an die gerunzelte Stirn. »Der Baron und seine irrtümliche Bestattung. Er nahm es mit Humor. Zwar hatte er Schwierigkeiten, unter der Marmorplatte hervorzukriechen, und es gab ein paar kritische Momente, als wir uns – in der Überzeugung, es mit einem Vampir zu tun zu haben – anschickten, ihm einen Pfahl durchs Herz zu treiben. Natürlich riefen wir gleich den *Theldara,* und kurze Zeit später war unser Freund so gut wie neu. Nun ja, irren ist menschlich. Aber die trauernde Witwe – hui! Das ist eine andere Geschichte.« Simkin stieß einen kleinen Seufzer aus. »Sie konnte ihm einfach nicht verzeihen, daß er mit seiner ›Auferstehung‹ die Beisetzungsfeierlichkeiten so rüde unterbrochen hatte.«

»Joram! Wo bist du so lange gewesen? Was ist passiert?« gelang es Saryon, eine Atempause Simkins zu nutzen.

»Wo ist das Dunkle Schwert?« fragte Joram schroff zurück.

»In deinem Versteck. Ich habe es zurückgebracht, wie versprochen. Es ist in Sicherheit«, fügte Saryon hinzu, als er Jorams dunkle Augen mit plötzlichem Mißtrauen auf sich ruhen sah. »Du hast richtig vermutet – ich konnte nicht zerstören, was ich erschaffen half.«

Joram stand auf. »Simkin, geh ans Fenster und paß auf«, befahl er.

»Muß ich? Wenn dieser Kretin wieder sein Gesicht an die Scheibe drückt, wird mir übel, garantiert!«

»Geh ans Fenster und paß auf!« wiederholte Joram grimmig.

Das Seidentuch vor Mund und Nase, gehorchte Simkin. »Der fragliche Kretin ist über die Straße gegangen, zu einem Plausch mit seinesgleichen«, berichtete er nach einem Blick hinaus. »Sie tun alle fürchterlich aufgeregt. Ich wüßte gern, weshalb.«

»Wahrscheinlich haben sie Blachloqs Abwesenheit

bemerkt«, meinte Joram, der vor seinem Bett niedergekniet war, die Hand unter die schmierige Matratze schob und ein in Stoff gewickeltes, längliches Bündel hervorzog. Er wickelte es hastig aus, warf einen Blick auf das zum Vorschein kommende Schwert, nickte zufrieden und drehte sich zu Saryon herum. Im fahlen Sonnenlicht wirkte das Gesicht des älteren Mannes grau.

»Vielen Dank«, rang Joram sich widerwillig ab.

»Danke mir nicht. Ich wünschte beim Almin, es läge am Grund des Flusses!« antwortete Saryon heftig. »Besonders nach den Ereignissen der letzten Nacht!« Er hob flehend die Hände. »Komm zur Besinnung, Joram! Vernichte diese Waffe des Bösen, bevor sie dich vernichtet!«

»Nein!« Joram wich den sorgenvollen Augen des Katalyten aus und schob das Bündel ärgerlich wieder unter die Matratze. »Ihr habt heute nacht erlebt, welche Macht mir diese Waffe verleiht. Glaubt Ihr wirklich, darauf würde ich verzichten? Mein Tun und Lassen geht Euch überhaupt nichts an, alter Mann!«

»Es geht mich etwas an«, gab Saryon leise zurück. »Ich war dabei! Ich habe dir geholfen, einen Mord zu . . .« Der Katalyt biß sich auf die Lippen; sein Blick flog zu Simkin.

»Schon gut.« Joram erhob sich vom Boden. »Simkin weiß Bescheid.«

Natürlich, dachte Saryon ergeben bei sich. Simkin weiß immer über alles Bescheid, irgendwie. Der Katalyt konnte sich des Gefühls nicht erwehren, daß die Wahrhaftigkeit, sein Leitstern durch den Sumpf von Lüge und Verrat, ihn soeben schnöde im Stich gelassen hatte.

»Genaugenommen habt Ihr Grund, ihm zu danken, Katalyt«, fuhr Joram fort. Er hatte sich auf sein Bett gelegt und verschränkte die Arme unter dem Kopf.

»Ohne ihn hätte ich es nie geschafft, den ›Ereignissen der letzten Nacht‹, wie Ihr es nennt, den rechten Anschein zu geben.«

»Ja«, meldete Simkin sich vergnügt zu Wort. »Er wollte seine Bürde einfach irgendwo ablegen – heilige Einfalt! Ich meine, es sollte doch aussehen, als wäre unser guter alter Blachloq von Zentauren getötet worden, nicht wahr? Meiner Treu! Seine Schergen – ach! verwaist und führerlos irren sie umher – sind dumm, aber wirklich so dumm! Angenommen, sie finden ihren einstigen Herrn und Meister am Fuß eines Baumes, mit einem großen blutigen Loch im Bauch und weit und breit keine Spuren, keine Waffe. Ist es wahrscheinlich, frage ich, daß sie beiläufig die Schultern zucken und sagen: ›Sieht aus, als wäre der Chef von diesem Ahorn erledigt worden. Was es nicht alles gibt!‹ O nein – sie würden angerannt kommen, alle Einwohner auf dem Dorfplatz zusammentreiben und unangenehme, beleidigende Fragen stellen, wie zum Beispiel: ›Wo waren Sie gestern nacht?‹ oder ›Warum hat der Hund gegen Morgen gebellt?‹ Um das zu vermeiden, haben wir dem teuren Verblichenen auf einer kleinen Lichtung seinen vorläufigen Ruheplatz zugewiesen, als Mittelpunkt eines dramatischen, aussagekräftigen Arrangements.«

Saryon wurde plötzlich übel. Er sah Joram die Schmiede verlassen, den Leichnam des Hexenmeisters auf den Schultern. Die schlaffen Hände des Toten baumelten dicht über dem Boden. Der Katalyt spürte, wie seine Knie nachgaben. Er sank auf einen Stuhl und starrte entsetzt auf Jorams blutbeflecktes Hemd.

Joram folgte seinem Blick, schaute an sich hinunter und verzog den Mund. »Zartbesaitet, alter Mann?«

»Du solltest es verschwinden lassen«, meinte Saryon ruhig, »bevor die Wachen es sehen.«

Joram zögerte einen Moment, dann zuckte er die

Schultern und fing an, das Hemd aus dem Hosenbund zu ziehen. »Simkin«, ordnete er an, »mach Feuer . . .«

»Aber lieber Freund!« protestierte Simkin. »Warum ein gutes Hemd verschwenden? Gib her, das werden wir gleich haben. Die Gräfin d'Longeville hat mir gezeigt – ihr wißt schon, die mit den vielen Ehemännern, die einer nach dem anderen eines geheimnisvollen Todes starben. Sie ist auch eine Meisterin im Entfernen von hartnäckigen Flecken. ›Eingetrocknetes Blut? Nichts leichter als das, lieber Simkin‹, sagte sie zu mir. ›Die meisten Leute regen sich völlig unnötig darüber auf.‹ Man braucht weiter nichts tun als . . .« Simkin fing das Hemd auf, das Joram ihm zuwarf, und rieb mit seinem orangefarbenen Seidentüchlein über den Fleck. Das Blut verschwand. »Na also, was habe ich gesagt? Rein und weiß wie frisch gefallener Schnee – wenn man den Schmutzrand am Kragen außer acht läßt.«

Simkin musterte das Hemd mit einem geringschätzigen Lächeln.

»Wie war das mit der Leiche?« unterbrach ihn Saryon heiser. »Was für ein ›Arrangement‹?«

»Zentaurenspuren!« Simkin lächelte stolz. »Meine Idee.«

»Spuren? Wie?«

»Na, ich habe mich selbst in einen Zentauren verwandelt, selbstverständlich«, antwortete Simkin und lehnte sich gegen die Wand. »Ein Riesenspaß. Hin und wieder leiste ich mir so ein Vergnügen, als Entspannung. Ich bin herumgetrampelt, habe den Boden zerstampft und alles getan, um den Anschein zu erwecken, es hätte ein erbitterter Kampf stattgefunden. Glaubt es oder nicht, ich war sogar versucht, mich selbst zu töten und meinen Leichnam neben Blachloqs zurückzulassen. Realismus in Vollendung.

Aber« – er seufzte –, »ein Künstler sollte sich nicht gänzlich in seiner Kunst verlieren.«

»Macht Euch keine Sorgen, Katalyt«, schnappte Joram verächtlich, »niemand wird Verdacht schöpfen.« Er wollte in sein Hemd schlüpfen, zögerte und warf es zerknüllt auf die Matratze. Dann bückte er sich, zog einen abgeschabten Lederpacken unter dem Bett hervor und nahm ein frisches Hemd heraus. »Wo steckt überhaupt Mosiah?« fragte er und schaute sich stirnrunzelnd um.

»Ich – ich weiß es nicht«, antwortete Saryon, dem jetzt erst zu Bewußtsein kam, daß er den jungen Mann nicht gesehen hatte. »Er schlief, als wir gegangen sind. Die Posten müssen ihn weggebracht haben!« Saryon stand auf und eilte zum Fenster.

»Vermutlich ist er geflohen«, äußerte Simkin gelassen. »Diese Trottel könnten ein Küken nicht daran hindern auszuschlüpfen, und ihr wißt ja, daß Mosiah davon gesprochen hat, sich allein in die Büsche schlagen zu wollen.« Simkin gähnte so ausgiebig, daß seine Kiefer knackten. »Saryon, alter Knabe, Ihr habt doch nichts dagegen, wenn ich Euer Bett benutze, oder? Ich fühle mich ungemein schläfrig. Zeuge eines Mordes, Mithilfe bei der Vertuschung einer Straftat – es war ein anstrengender Tag. Herzlichen Dank.« Ohne Saryons Antwort abzuwarten, ging Simkin durchs Zimmer und streckte sich wohlig auf der freien Pritsche aus. »Garderobe«, befahl er und war augenblicks mit einem langen, weißen, spitzenbesetzten Linnennachthemd bekleidet. Nachdem er Saryon zugezwinkert hatte, glättete er Bart und Schnurrbart, schloß die Augen und war im nächsten Moment entschlummert. Es dauerte nicht lange, bis die tiefen Atemzüge in ein behagliches Schnarchen übergingen.

Jorams Gesicht verdüsterte sich. »Glaubt Ihr das auch?« fragte er Saryon.

»Was? Daß er das Dorf verlassen hat, ganz allein?« Der Katalyt rieb sich die brennenden Augen. »Warum nicht? Mosiah hat allen Grund zu glauben, daß ihn hier niemand vermißt.« Er bedachte Joram mit einem anklagenden Blick. »Würde es dir etwas ausmachen?«

»Ich hoffe, er ist tatsächlich geflohen«, sagte Joram ausdruckslos und stopfte das Hemd in die Hose. »Je weniger er weiß, desto besser. Für ihn, wie auch für uns.«

Er schien sich wieder hinlegen zu wollen, änderte jedoch seine Meinung, ging hinüber zum Tisch und goß Wasser in eine Schüssel, nachdem er die Eisschicht in dem Krug durchbrochen hatte. Dann hielt er die Luft an und tauchte das Gesicht in die Schüssel. Anschließend trocknete er sich mit dem Hemdärmel ab, strich sich mit den gespreizten Fingern das feuchte Haar zurück und begann schließlich seine Hände zu säubern. Um das eingetrocknete Blut abzukratzen, nahm er die Eisstücke, die auf dem Wasser schwammen. »Wohin gehst du?« verlangte Saryon zu wissen.

»Zur Schmiede, um zu arbeiten«, antwortete Joram. Er hatte die Hände an der Hose abgewischt und machte sich daran, seine dicke, zottige Lockenmähne in drei Strähnen zu teilen und zu flechten. Hin und wieder zuckte er zusammen und verzog schmerzlich das Gesicht, während er sich ungeduldig bemühte, die widerspenstige Haarflut zu bändigen.

»Aber du schläfst fast im Stehen ein«, protestierte Saryon. »Außerdem wird man dich nicht hinauslassen. Simkin hat vorhin ganz recht gehabt.« Er deutete zum Fenster. »Überzeug dich selbst. Die Posten sind nervös ...«

Joram schaute aus dem Fenster. »Ein Grund mehr für uns, so zu tun, als wäre nichts passiert. Während meiner Abwesenheit könntet Ihr versuchen, etwas über Mosiah herauszufinden.« Er warf sich einen

Umhang über die Schultern, kehrte zum Fenster zurück und schlug mit der Faust ungeduldig gegen die Gitterstäbe. Die Wachposten, die zusammenstanden, drehten sich um, und einer von ihnen kam nach einer kurzen Beratung mit den anderen über die Straße, entriegelte die Tür und riß sie auf.

»Was willst du?« knurrte er.

»Ich muß zur Arbeit«, gab Joram mürrisch Auskunft. »Befehl von Blachloq.«

»Befehl von Blachloq?« Der untersetzte Mann runzelte die Stirn. »Wir haben keine Befehle von ...« Er brach ab und schluckte hörbar. »Zurück ins Haus, los, los!«

»Klar.« Joram hob die Achseln. »Aber du erklärst dann dem Hexenmeister, weshalb ich nicht in der Schmiede war, obwohl dort jede Hand gebraucht wird, um die Waffenlieferung für Sharakan fertigzustellen.«

»Was gibt's?« Ein zweiter Posten kam heran. Alle miteinander wirkten nervös und schienen sich unbehaglich zu fühlen. Ihre Blicke flogen ständig hin und her: von einem zum andern, über die Gesichter der Leute auf der Straße und zu Blachloqs Residenz auf dem Hügel.

»Er behauptet, er hätte Befehl, sich in der Schmiede zu melden. « Der eine Posten zeigte mit dem Daumen auf Joram.

»Dann bring ihn hin«, meinte sein Kumpan.

»Aber gestern hieß es noch, sie sollten hinter Schloß und Riegel bleiben. Und Blachloq hat nichts ...«

»Ich habe gesagt, bring ihn hin«, brummte der zweite Posten mit einem vielsagenden Blick.

»Na, dann komm«, sagte der Mann und versetzte Joram einen brutalen Stoß.

Saryon schaute den beiden nach. Die Nervosität der Söldner hatte auf die Bevölkerung übergegriffen. Der

Katalyt sah Männer auf dem Weg zur Arbeit im Vorübergehen finstere Blicke auf Blachloqs Handlanger werfen, die diese Blicke mit gleicher Feindseligkeit erwiderten. Frauen, die sonst um diese Zeit zum Markt gingen oder mit der Wäsche an den Fluß hinunter, standen hinter den Fenstern ihrer Häuser; Kinder, die zum Spielen hinaus wollten, wurden zurückgezogen. Wußten die Nigromanten von Blachloqs Verschwinden, oder war ihr Benehmen nur die Reaktion auf das sichtliche Unbehagen seiner Leute? Saryon wußte es nicht und wagte nicht zu fragen. Er fühlte sich wie betäubt vor Erschöpfung und Sorge, ließ sich auf einen der wackligen Stühle fallen und stützte den Kopf in die Hände. Eine laute Stimme erschreckte ihn so, daß ihm das Herz bis zum Hals schlug, aber es war nur Simkin, der etwas über Karten vor sich hin murmelte. Offenbar spielte er im Schlaf Tarock.

»Der letzte Stich fällt an den König der Schwerter ...«

# Warten ...

Nie war Saryon ein Vormittag langsamer vergangen, eine zähe Ewigkeit, mühsam vorangetrieben vom Schlag seines Herzens, seinen Atemzügen, dem Heben und Senken seiner geschwollenen Lider. Kurz nach Jorams Weggang hatte es im Haus gegenüber ein lebhaftes Hin und Her gegeben, und der Katalyt vermutete, daß ein Teil von Blachloqs Männern beschlossen hatte, sich auf die Suche nach ihrem verschwundenen Anführer zu machen. Jetzt wartete er in wachsender Anspannung darauf, durch Geschrei und Tumult zu erfahren, daß der Leichnam des Hexenmeisters gefunden worden war.

Der Katalyt konnte nichts anderes tun als warten. Er beneidete Joram um seine Arbeit in der Schmiede, die Körper und Geist die Möglichkeit bot, sich in erlösende Tätigkeit zu flüchten. Beim Anblick Simkins, der sich wohlig auf seiner Pritsche räkelte, schrie jeder Muskel im Körper Saryons nach Ruhe, und er konnte der Versuchung nicht länger widerstehen, im Schlaf Zuflucht vor seinen Ängsten und quälenden Gedanken zu finden. Er legte sich auf Jorams Bett, in der Hoffnung, schnell in gnädiges Vergessen zu sinken, doch kaum hatte er das Gefühl, von der Müdigkeit übermannt zu werden, glaubte er, Vanya rufen zu hören, und fuhr zitternd wieder in die Höhe.

»Heute abend muß ich Vanya Rede und Antwort stehen!« In der Aufregung über Jorams Rückkehr hatte Saryon diese Bedrohung aus seinem Gedächtnis verbannt. Jetzt fiel sie ihm wieder ein, und die Minuten, die auf bleiernen Füßen vorübergeschlichen waren, bekamen plötzlich Flügel.

Eingeschlossen in der Gefängniszelle, aufgeputscht

von Hunger und Mangel an Schlaf, begannen Saryons Gedanken sich endlos um die Begegnung mit dem Bischof zu drehen, gefangen wie ein Stück Holz im Mahlstrom.

»Ich werde Joram nicht ausliefern!« sagte er entschlossen zu sich selbst. Soviel stand fest. Je länger der Katalyt jedoch über sein bevorstehendes Gespräch mit dem Bischof nachdachte, desto schmerzlicher kam ihm zu Bewußtsein, daß er womöglich gar keine Wahl haben würde. Außer, Vanya verfügte über die Gabe, mit den Toten zu sprechen, wie man es von den Nekromanten behauptete, waren seine Bemühungen, mit Blachloq Kontakt aufzunehmen, am heutigen Tag erfolglos geblieben. Er würde von Saryon den Grund erfahren wollen, und der Katalyt wußte, daß er nicht stark genug war, die Wahrheit zu verheimlichen.

»Joram hat ihn getötet, mit einer Waffe, geschmiedet aus Dunkelheit, erschaffen mit meiner Hilfe!« hörte Saryon sich gestehen.

Wie ist das möglich? würde Bischof Vanya ungläubig fragen. Ein halbwüchsiger Knabe und ein Katalyt in mittleren Jahren überwinden einen *Duuk-tsarith*? Einen Hexenmeister mit der Gabe, den Wind aus dem Himmel herbeizurufen, um einen Menschen wie ein dürres Blatt zu zermalmen? Einen Hexenmeister, der die Macht besaß, sein Opfer mittels eines fressenden Giftes unter unsäglichen Qualen in einen zuckenden, sich windenden Klumpen Fleisch zu verwandeln? So einen Mann wollt ihr getötet haben?

Auf dem Rand von Jorams Pritsche sitzend, verschränkte Saryon die Hände, bis die Knöchel weiß hervortraten. »Er schickte sich an, Joram zu töten, Heiligkeit«, bereitete er seine Verteidigung vor. »Ihr selbst habt gesagt, daß die Kirche Mord nicht billigt. Blachloq befahl mir, ihm Leben zu gewähren, die magische Kraft der Welt in seinen Körper überzuleiten, um diese fluchwürdige Tat zu begehen! Aber i. brachte es nicht über mich, Heiligkeit! Blachloq war böse, verderbt durch und durch, habt Ihr das nicht gesehen? Ich sah es. Ich hatte schon einmal erlebt, wie er einen Menschen tötete. Ich konnte nicht zulassen, daß er es wieder tat! Also entzog ich ihm sein Leben, seine Magie. War das falsch? War es falsch, Heiligkeit, daß ich versuchte, einen Mord zu verhindern? Ich ahnte doch nicht, wie es enden würde!« Kopfschüttelnd starrte Saryon auf seine ausgetretenen Schuhe. »Ich wollte ihn nur seiner Kraft berauben, damit er uns nicht mehr gefährlich werden konnte. Ihr müßt mir glauben, Heiligkeit! Nichts von alldem, was passiert ist, lag in meiner Absicht!«

»Wer hat den Narren?« ließ Simkin sich plötzlich in strengem Ton vernehmen. Saryon stockte vor Schreck der Atem. Er legte eine zitternde Hand auf die Brust und warf dem jungen Mann einen strafenden Blick zu.

Simkin schien fest zu schlafen. Er rollte sich auf den Bauch. »Habt Ihr den Narren, Katalyt?« meinte er undeutlich. »Wenn nicht, droht Eurem König große Gefahr . . .«

Dem König droht Gefahr. Ja, daran gab es keine Zweifel. Sobald Vanya vom Tod seines Gewährsmannes erfuhr, würde nichts, was der Katalyt sagte oder tat, den Bischof davon abhalten können, die *Duuk-tsarith* zu beauftragen, Joram umgehend zu ergreifen und ins Baptisterium zu bringen.

»Aber . . .« – Saryon umklammerte den Rand der Matratze und grub die Finger in den mürben Bezug –, ». . . Joram ist tot! Es wird ihnen nicht gelingen, ihn aufzuspüren. Das ist der Grund, weshalb Vanya entweder mich oder Blachloq braucht. Allein kann er den Jungen nicht finden. Die *Duuk-tsarith* wittern das Leben in uns, die Magie. Mich werden sie finden, aber für die Toten sind sie taub und blind. Oder vielleicht finden sie mich doch nicht, weder mich noch Joram.«

Die plötzliche Eingebung traf Saryon wie ein Schlag. Es hielt ihn nicht auf dem Bett, er stand auf und ging in dem kleinen Innenraum des Gefängnisgebäudes auf und ab. In Gedanken überprüfte er seine Kalkulation auf neue Fehler. Es gab keine. Er war sich der Richtigkeit seiner Überlegung so sicher wie der allerersten mathematischen Formel, die er zu Füßen seiner Mutter gelernt hatte.

Zu jeder Aktion existiert eine entgegengesetzte, gleichwertige Reaktion. So lehrten es die Ahnen. In einer Welt, die Magie verströmt, gibt es auch eine Macht, die Magie absorbiert – das Arkanum. Die Nigromanten, die es entdeckt und erforscht hatten, schmiedeten daraus zur Zeit der Eisenkriege Waffen von unvorstellbarer Macht. Nachdem sie besiegt waren, erklärte man ihre Technologie zur Schwarzen Kunst, sie selbst wurden verfolgt, verjagt oder gezwungen, sich zu verstecken, wie die Bewohner der kleinen Siedlung, in der Saryon jetzt lebte. Das Wissen um das Arkanum geriet über dem Überlebenskampf in der Wildnis mehr und mehr in Vergessenheit, bis nichts davon geblieben war als bedeutungslose Worte in einer rituellen Litanei und unverständliches Geschreibsel in alten Büchern, an deren Vorhandensein sich kaum noch jemand erinnerte.

Unverständlich, nur nicht für Joram. Er hatte das Erz gefunden, die Geheimnisse erforscht, ein Schwert geschmiedet ...

Langsam schob Saryon die Hand unter Jorams Matratze. Als er das kalte Metall des in zerrissene Stoffetzen gehüllten Schwertes berührte, zuckte er zurück, suchte aber trotzdem weiter, bis seine Finger einen kleinen Lederbeutel ertasteten. Er zog ihn aus seinem Versteck und betrachtete ihn nachdenklich.

Auch wenn er überzeugt war, daß es funktionierte – hatte er die Kraft, den Mut?

Hatte er die Wahl?

Zögernd löste er die Lederschnur, die den Beutel verschloß. Er enthielt drei wenig bemerkenswerte Steinbrocken, die aussahen wie schlichtes Eisenerz.

Saryon hielt den geöffneten Beutel auf der Handfläche und starrte fasziniert auf den Inhalt.

Arkanum! Das war der Trumpf in seinem Ärmel, mit dem er den Bischof daran hindern konnte, das Spiel zu gewinnen. Saryon nahm einen der Steine heraus. Er war schwer und merkwürdig warm. In Gedanken versunken, umschloß er ihn mit der Faust und drückte ihn an die Brust. Seine Magie ermöglichte es dem Bischof Vanya, ihn zu finden. Das Arkanum würde die Magie absorbieren und ihn schützen wie ein Schild. Damit war er für Bischof Vanya so unerreichbar wie einer der Toten.

»Und damit bin ich fast einer der Toten«, murmelte Saryon und drückte die Faust mit dem Stein fester an die Brust, »denn wenn ich das tue, stelle ich mich außerhalb der Gesetze. Ich leugne alles, was man mich von klein auf zu glauben gelehrt hat. Ich leugne mein ganzes Leben. Alles, wofür ich bis jetzt gelebt habe, wird zerfallen und mir durch die Finger rinnen wie Staub. Ich werde die Welt neu erfahren müssen. Eine kalte Welt, eine erschreckende Welt. Eine Welt ohne Glauben, eine Welt ohne tröstliche Antworten, eine Welt des Todes ...«

Saryon zog an der Lederschnur, schloß den Beutel und verstaute ihn wieder unter der Matratze. Den Stein, den er herausgenommen hatte, hielt er immer noch in der geballten Faust. Da seine Entscheidung jetzt getroffen war, handelte er rasch, mit der Zielstrebigkeit und Logik des fähigen Mathematikers.

»Ich muß zur Schmiede gehen. Ich muß Joram von

der Gefahr überzeugen, in der wir schweben. Wir werden fliehen, ins Außenland. Wenn die *Duuk-tsarith* hier eintreffen, sind wir längst fort.«

Ohne den Stein aus der Hand zu legen, spritzte Saryon sich Wasser ins Gesicht, griff nach seinem Umhang und warf ihn über die Schultern. Mit einem Blick zurück auf den schlummernden Simkin klopfte er an das vergitterte Fenster und winkte einem der Posten.

»Was wollt Ihr, Katalyt?«

»Hat man euch heute morgen keine neuen Befehle bezüglich meiner Person gegeben?« fragte Saryon mit einem Lächeln, von dem er hoffte, daß es unschuldige Einfalt ausdrückte.

»Nein«, erwiderte der Posten mit finsterer Miene.

»Ich – hm – ich werde heute in der Schmiede gebraucht.« Saryon schluckte. »Der Schmied braucht Leben, um eine schwierige Arbeit ausführen zu können.«

»Davon weiß ich nichts.« Der Mann zögerte. »Wir hatten Order, das Gefängnis zu bewachen und niemanden hinauszulassen.«

»Aber das galt doch bestimmt nur für letzte Nacht«, meinte Saryon. »Sind inzwischen keine neuen Anweisungen gekommen?«

»Vielleicht ja, vielleicht nein«, brummte der Posten und spähte verstohlen zu dem Haus auf dem Hügel. Saryon, der seinem Blick folgte, sah einen Trupp von Blachloqs Söldnern vor dem Haupteingang zusammenströmen. Er wünschte sich verzweifelt, zu wissen, was vor sich ging.

»Also ich glaube, das geht in Ordnung«, meinte der Wachposten schließlich. »Aber ich werde Euch begleiten.«

»Selbstverständlich.« Saryon unterdrückte einen erleichterten Seufzer.

»Ist der Verrückte noch drin?« Der Posten deutete mit einer ruckartigen Kopfbewegung auf das Gefängnisgebäude.

»Wer? Simkin?« Der Katalyt nickte.

Der Wächter schaute an ihm vorbei durch das Fenster und sah den jungen Mann in voller Länge auf dem Bett liegen, den Mund weit offen. Sein Schnarchen war bis auf die Straße hinaus zu hören, und genau in diesem Moment ließ ein besonders heftiger Schnaufer förmlich die Wände erbeben.

»Schade, daß er nicht an seinem eigenen Schnarchen erstickt.« Der Posten entriegelte die Tür, ließ den Katalyten hinaus und schloß sie mit einem lauten Knall wieder. »Gehen wir, Priester«, sagte er und setzte sich in Bewegung.

Auf dem Weg durch die von Ziegelhäusern gesäumten Dorfstraßen – Häuser, deren Anblick Saryon immer noch einen Schauer über den Rücken jagte; Häuser, errichtet von Werkzeugen und Menschenhand, statt durch Magie aus den Elementen geformt –, bemerkte der Katalyt die zunehmende Unruhe unter den Leuten. Viele Männer gaben nicht einmal vor zu arbeiten, sondern standen in kleinen Gruppen beisammen, unterhielten sich gedämpft und musterten den grimmig dreinblickenden Posten.

»Wartet nur«, knurrte Saryons Begleiter, während er die Blicke drohend erwiderte. »Bald werden wir uns um euch kümmern.« Doch er war ganz offensichtlich beunruhigt und ratlos.

Der Katalyt konnte es ihm nicht verübeln. Vor fünf Jahren war der Mann namens Blachloq im Dorf der Nigromanten erschienen. Er behauptete, ein Abtrünniger aus den Reihen der mächtigen *Duuk-tsarith* zu sein, und binnen kurzem hatte er die unumschränkte Herrschaft an sich gerissen – aus den Händen Andons, des sanftmütigen alten Mannes, der zuvor das Oberhaupt des Zirkels des Rades gewesen war. Unterstützt von seinen Schergen – Mördern und Dieben, die von den *Duuk-tsarith* eigens für diese Aufgabe ausgesucht worden waren – gelang es dem Hexenmeister, sich die Dorfbewohner endgültig untertan zu machen. Er regierte sie durch Angst und das Versprechen, daß für die Adepten der Schwarzen Magie jetzt die Zeit gekommen war, sich zu erheben und wieder den ihnen zustehenden Platz in der Welt einzunehmen. Doch es gab einige, die sich offen gegen den Hexenmeister und seine Handlanger stellten. Jetzt, da ihr mächtiger Herr und Gebieter auf unerklärliche Weise verschwunden war, fühlten sich seine Männer mit gutem Grund nicht recht wohl in ihrer Haut.

»Was ist das denn für eine schwierige Arbeit heute, Priester?«

Saryon zuckte zusammen. Es kam ihm vor, als hätte sein Aufpasser ihm diese Frage bereits zum zweitenmal gestellt, doch weil er so mit seinen Gedanken beschäftigt gewesen war, wußte er es nicht genau.

»Ich glaube, es geht um eine ... eine besondere Waffe, die für das ... das Königreich Sharakan bestimmt ist«, stammelte er und fühlte, wie ihm das Blut heiß in die Wangen stieg. Der Posten nickte und verfiel wieder in unbehagliches Schweigen. Aus den Augenwinkeln belauerte er mißtrauisch die Dorfbewohner, an denen sie vorüberkamen.

Saryon wußte, daß er Sharakan ruhig erwähnen konnte. Das große Königreich im Norden des Außenlandes rüstete für den Krieg und hatte den Zorn – und die Furcht – der Katalyten geweckt, weil es nicht davor zurückgeschreckt war, die Adepten der Schwarzen Magie um Beistand zu bitten. Aus diesem Grund wurde im Dorf der Nigromanten seit etwa einem Jahr Tag und Nacht gearbeitet; man schmiedete

Pfeilspitzen, Lanzenspitzen und Dolche. Der Besitz dieser Waffen, von starken Hexenmeistern überdies mit magischen Eigenschaften ausgestattet, machte Sharakan zu einem gefährlichen Feind. Und gerade im Augenblick war Sharakans eiserner Dolch auf die Kehle des altehrwürdigen, wunderschönen Merilon gerichtet.

Kein Wunder, daß Bischof Vanya besorgt war. Daraus konnte Saryon ihm keinen Vorwurf machen, und während er über die Situation nachdachte, vermochte er sich einer gewissen Bangigkeit nicht zu erwehren. Jahrhundertelang hatte der Orden der Katalyten den Frieden zwischen den verschiedenen Königreichen Thimhallans bewahrt, doch jetzt begann das feine Gewebe der Ausgewogenheit und Diplomatie sich aufzulösen. Sharakan machte kein Geheimnis aus seinen Eroberungsplänen, und obwohl die Kirche alles tat, vor dem Rest der Welt die gespannte Lage zu verharmlosen, um eine Panik zu verhüten, breiteten die Gerüchte sich aus wie ein Lauffeuer und mit ihnen die Angst.

Aber, dachte Saryon, jetzt ist Blachloq tot, und alles wird sich ändern! Andon, der weise alte Mann, das ehemalige Oberhaupt des Zirkels, war immer gegen das Gerede vom Krieg im Dorf. Jetzt, da Blachloq nicht mehr da war, um die Gemüter zu erhitzen, würde es dem alten Mann bestimmt gelingen, seine Leute wieder zur Vernunft zu bringen.

Vor unserem Weggang werde ich ihn warnen, nahm Saryon sich vor. Ich werde ihm sagen, daß Blachloq sie in eine Falle führen sollte. Ich ...

»Wir sind da«, verkündete sein Bewacher und hielt den Katalyten zurück, der geistesabwesend weiterging. Mit einem Ruck wurde er sich seiner Umgebung wieder bewußt, hörte das Klingen des Hammers und den fauchenden Atem des Blasebalgs – Herz und

Lunge eines riesigen Ungeheuers, das mit feurig glühenden Augen im Dunkel seines Schlupfwinkels lauerte. Der Herr dieses Ungeheuers, der Schmied, stand am Eingang. Ein wahrer Hüne, sowohl magisch wie auch handwerklich begabt, galt der Schmied als die treibende Kraft der Fraktion bei den Nigromanten, die den Krieg befürwortete, allerdings nicht unter der Führung Blachloqs. Niemand würde sich mehr freuen, vom Tod des Hexenmeisters zu hören, als der Schmied. Und es gab keinen Zweifel, daß die nun führerlosen Söldner nichts Gutes von diesem riesenhaften Mann und der großen Zahl seiner Anhänger zu erwarten hatten.

Er war in einer Unterhaltung mit einigen jungen Männern aus dem Dorf begriffen, doch beim Anblick des Söldners verstummten sie. Die jungen Männer zogen sich in das Halbdunkel der Höhle zurück, in der man die Schmiede eingerichtet hatte; der Schmied selbst musterte den Handlanger Blachloqs mit kalter Verachtung und ging wieder an seine Arbeit.

»Pater ...« Saryon fühlte eine Berührung an der Schulter und drehte sich überrascht herum.

»Mosiah!« rief er freudig und streckte die Arme aus, um den jungen Mann an die Brust zu ziehen. »Wie ist es dir gelungen zu flieh ...« Der Gedanke an seinen Bewacher ließ ihn innehalten. »Das heißt, wir haben uns Sorgen ...«

»Pater«, unterbrach ihn Mosiah höflich, »ich muß mit Euch sprechen. Unter vier Augen. In einer – einer religiösen Angelegenheit«, meinte er mit einem Blick auf den Söldner. »Es dauert nicht lange.«

»Schon gut«, sagte der Mann widerwillig. Er spürte die Augen des Schmieds im Nacken. »Aber bleibt in der Nähe.«

Mosiah zog Saryon unter das Vordach eines Schuppens, in dem die Pferde standen, die zum Beschlagen gebracht wurden. »Pater«, erkundigte er sich im Flüsterton, »wohin wollt Ihr?«

»Zu – zu Joram. Ich muß ihm etwas sagen.«

»Geht es um dieses Gerücht?«

»Welches Gerücht?«

»Blachloq. Er ist verschwunden.« Mosiah schaute Saryon forschend ins Gesicht. »Habt Ihr nichts davon gehört?«

»Nein.« Der Katalyt wandte die Augen ab und trat tiefer in den Schatten.

»Man hat einen Suchtrupp ausgeschickt.«

»Woher weißt du das?«

»Ich war in Blachloqs Haus, als Simkin auftauchte, um seinen Schergen die Neuigkeit zu berichten.«

»Simkin?« Saryon starrte Mosiah an. »Wann? Was hat er gesagt?«

»Ganz früh heute morgen.« Mosiah sprach schnell, ohne den Posten aus den Augen zu lassen. »Gestern nacht, nachdem Ihr und Joram gegangen wart, kamen die Schergen und nahmen mich mit. Angeblich wollte Blachloq mich verhören, doch als wir beim Haus ankamen, war er nicht da. Irgend jemand sagte, er wäre mit Euch zur Schmiede gegangen. Wir warteten, aber er kam nicht zurück. Einige seiner Männer liefen zur Schmiede, um ihn zu suchen, er blieb jedoch verschwunden. Dann, gegen Morgen, erschien Simkin und erzählte, Blachloq wäre in die Wildnis gegangen, um eine alte Rechnung mit den Zentauren zu begleichen ...«

Saryon stöhnte auf.

Mosiah schwieg und musterte ihn neugierig. »Das kommt für Euch nicht überraschend, Pater, stimmt's? Hab' ich mir gedacht. Was ist eigentlich los?«

»Ich kann es dir jetzt nicht sagen!« antwortete Saryon halblaut. »Hat man dich einfach so gehen lassen?«

»In der Verwirrung habe ich mich davongemacht. Ich wollte Andon warnen. Blachloqs Männer versammeln sich da oben und machen Pläne, eine mögliche Rebellion im Keim zu ersticken. Sie haben Waffen – Keulen und Messer, Pfeil und Bogen ...«

»He, nun macht schon! Ich habe nicht den ganzen Tag Zeit«, rief der Wachposten, dem offenbar daran gelegen war, den feindseligen Blicken des Schmiedes zu entkommen.

»Ich muß gehen«, meinte Saryon und wandte sich ab.

»Ich komme mit.«

»Nein! Geh zurück zum Gefängnis. Behalte Simkin im Auge. Der Almin weiß, was er als nächstes sagt oder tut!«

»Ja«, nickte Mosiah nach kurzem Überlegen, »das ist eine gute Idee. Ihr kommt auch wieder?«

»Sicher!« antwortete Saryon hastig. Ihm fiel auf, daß der wartende Söldner den jungen Mann zweifelnd ansah, als käme es ihm merkwürdig vor, daß Mosiah ohne Bewacher unterwegs war. Falls der Mann jedoch in Erwägung zog, Mosiah zurückzuhalten, brachte ein neuerlicher Blick auf den Hünen am Amboß ihn davon ab.

»Der Priester hier behauptet, er hätte Befehl, bei einer besonders schwierigen Arbeit zu helfen«, berichtete der Posten dem Schmied, während sie sich gegenseitig finster anstarrten.

»Ihr wißt schon – die Waffen für Sharakan.« Saryon befeuchtete sich die trockenen Lippen. Die Hammerschläge im hinteren Teil der Höhle verstummten. Der Katalyt sah Joram den Kopf heben, in seinen dunklen Augen spiegelte sich die rote Glut der Kohlen in der Feuerstelle. »Dieser junge Mann, Joram, arbeitet daran ...«, fügte er stockend hinzu. Sein Vorrat an Lügen war erschöpft.

Der Schmied verzog den Mund wie zu einem Lächeln, aber dann zuckte er nur mit den Schultern und sagte: »Ach ja.« Er winkte mit der rußgeschwärzten Hand. »Dann geht zu ihm, Pater. Du nicht!« fuhr er den Söldner an und wog bedeutungsvoll den schweren Hammer in der riesigen Faust, als er sah, wie dem Mann die Zornesröte ins Gesicht stieg. Mit einem halblauten Fluch machte der Posten auf dem Absatz kehrt und bog in die Straße ein, die zu dem Haus auf dem Hügel führte.

»Ihr solltet Euch beeilen, Pater«, bemerkte der Schmied gelassen. »Es wird bald Ärger geben, und bestimmt wollt Ihr da nicht hineingezogen werden.« Er schlug mit dem Hammer auf das Hufeisen, das er in der Zange hielt. Saryon bemerkte, daß das Eisen kalt war und längst geschmiedet. Der Trupp junger Männer drängte sich wieder vor dem Höhleneingang; es schienen immer mehr zu werden.

»Ja, vielen Dank«, sagte er. »Ich brauche nur ein paar Minuten.«

Das Hämmern übertönte sogar Saryons Gedanken, als er sich einen Weg durch herumliegendes Werkzeug und Gerümpel bahnte. Erinnerungen an das Geschehen der vergangenen Nacht überfielen ihn. Unwillkürlich flog sein Blick zu der Stelle am Boden, wo der blutüberströmte Leichnam des Hexenmeisters gelegen hatte ...

»Beim Haupt des Almin! Was tut Ihr hier?« stieß Joram zwischen zusammengebissenen Zähnen hindurch. Eine rotglühende Lanzenspitze lag vor ihm auf dem Amboß. Er packte sie mit der Zange, um sie in den Eimer mit Wasser zu tauchen, aber Saryon hielt seinen Arm fest.

»Ich muß mit dir reden, Joram!« rief er ihm ins Ohr. »Wir sind in Gefahr!«

»Was? Haben sie die Leiche gefunden?«

»Nein. Eine andere Gefahr. Viel schlimmer. Ich – du weißt, daß ich von Bischof Vanya den Auftrag hatte, dich ihm auszuliefern. Nach meiner Ankunft hier habe ich es dir gesagt.«

»Ja«, entgegnete Joram. Die buschigen schwarzen Brauen vereinten sich zu einer düsteren, strengen Linie über den funkelnden Augen. »Ihr habt es mir gesagt. Nachdem ich es bereits von Simkin erfahren hatte, aber Ihr habt es mir gesagt.«

Saryon errötete. »Ich weiß, daß du mir nicht traust, doch hör mir zu! Bischof Vanya hat sich wieder mit mir in Verbindung gesetzt. Frag nicht, wie, aber er hat Mittel und Wege.« Seine Hand tastete nach dem Stück Arkanum, das er in einer Tasche seiner Kutte verstaut hatte. »Er verlangt, daß Blachloq und ich dich ergreifen und ins Baptisterium bringen, dich und das Dunkle Schwert.«

»Der Bischof weiß von dem Schwert?« zischte Joram. »Ihr habt es ihm . . .«

»Nicht ich – Blachloq! Er war ein Spitzel, ein *Duuk-tsarith* im Auftrag der Kirche. Ich habe jetzt nicht die Zeit für lange Erklärungen. Vielleicht weiß der Bischof schon, daß Blachloq tot ist und daß du ihn getötet hast. Er wird die *Duuk-tsarith* beauftragen, dich zu ergreifen. Er muß es tun, er fürchtet die Macht des Dunklen Schwertes . . .«

»Ihn gelüstet nach der Macht des Dunklen Schwertes«, berichtigte Joram grimmig.

Saryon verharrte; das war ihm noch nicht in den Sinn gekommen. »Mag sein«, sagte er heiser. Sein Hals schmerzte, weil er schreien mußte, um sich Gehör zu verschaffen. »Aber wir müssen fort, Joram! Mit jeder Minute, die wir zögern, wächst die Gefahr!«

»Wir?« Auf Jorams Gesicht erschien das halbe Lächeln, das eher einer zynischen Grimasse glich. »Ihr seid nicht in Gefahr, Katalyt! Warum übergebt Ihr mich nicht einfach Eurem Bischof?« Er mied den forschenden Blick des Katalyten und schob die inzwischen abgekühlte Speerspitze wieder ins Feuer. »Ihr habt doch Angst vor mir. Ihr habt Angst vor dem Arkanum. Blachloq ist von meiner Hand gestorben. Ihr tragt daran keine Schuld.« Joram legte das Eisenstück auf den Amboß zurück und schaute darauf nieder, ohne es wahrzunehmen. »Wir gehen ins Außenland«, sagte er so leise, daß Saryon sich vorbeugen mußte, um ihn bei dem herrschenden Lärm zu verstehen. »Ihr wißt, was das bedeutet. Besonders, da keiner von uns über Magie verfügt. Warum also? Warum ist Euch so daran gelegen, mit mir zu kommen?«

An einer Antwort scheinbar nicht interessiert, nahm Joram seine Arbeit wieder auf.

Ja, warum? fragte Saryon sich selbst und musterte die kräftigen bloßen Schultern des Jungen; das drahtige schwarze Haar, das sich aus dem Zopf gelöst hatte und in feuchten Locken um das harte junge Gesicht fiel. Was hatte noch in der vor Müdigkeit rauhen Stimme mitgeklungen? Furcht und – Hoffnung?

Joram hat Angst, kam es Saryon zu Bewußtsein. Er ist entschlossen, aus dem Dorf zu fliehen, aber noch hat er nicht den Mut aufgebracht, sich allein in die gefahrvolle, unwegsame Wildnis hinauszuwagen.

Weshalb ich mit dir gehen will, Joram? Ein dicker Kloß steckte Saryon im Hals, als hätte er eine der glühenden Kohlen verschluckt. Dazu könnte ich dir sagen, daß ich dich vor langer Zeit auf den Armen hielt; dein Köpfchen lag an meiner Schulter, und ich wiegte dich in den Schlaf. Ich könnte dir sagen, daß du der Prinz von Merilon bist, der Erbe des Throns, und daß ich es beweisen kann!

Aber nein. Dir das jetzt zu erzählen wäre unklug. Ich glaube fast, es ist besser, wenn du es nie erfährst. Mit diesem Wissen und dem schwelenden Zorn in dir würdest du Unglück über uns alle bringen – deine Eltern, die unschuldigen Bürger Merilons ...

Saryon zog fröstelnd die Schultern hoch. Nein, wiederholte er stumm, wenigstens das will ich nicht auf mein Gewissen laden! Ich werde das Geheimnis bewahren bis zu meinem Tod. Aber welchen anderen Grund kann ich diesem Jungen nennen? Ich will dich begleiten, Joram, weil mir dein Wohlergehen am Herzen liegt? Wie er darüber spotten würde!

»Ich gehe mit dir«, antwortete Saryon endlich, »weil ich versuchen will, meinen Glauben wiederzufinden. Die Kirche war für mich einst das Herz aller Dinge, so fest und unverrückbar wie das Baptisterium. Jetzt fällt sie vor meinen Augen in Trümmer, zerfressen von Intrigen und Habgier. Ich habe dir gesagt, daß es für mich keinen Weg zurück mehr gibt, und das meinte ich ernst.«

Joram hob den Kopf von seiner Arbeit, um den Katalyten anzusehen.

Die dunkelbraunen Augen waren kühl und leidenschaftslos, aber Saryon bemerkte ein kurzes Flackern der Enttäuschung, ein winziges Flämmchen Hoffnung auf eine andere Antwort, das schnell und gründlich erstickt wurde.

Saryon war erschüttert und wünschte fast, er hätte ausgesprochen, was sein Herz ihm zu sagen eingab. Aber der Moment ging vorüber.

»Nun gut, Katalyt«, sagte Joram kalt. »Mir ist es recht, wenn Ihr mitkommt. Ich möchte Euch in meiner Nähe haben; Ihr wißt zu gut über das Arkanum Bescheid. Jetzt geht zum Gefängnis zurück. Ich muß hier fertig werden.«

Saryon stieß einen Seufzer aus. Er hatte das Richtige gesagt, aber das war ein schwacher Trost. Er griff in die Tasche und zog das Stück Arkanum heraus. »Eins noch. Kannst du mir hierfür eine Fassung anfertigen?

Und ich brauche eine Kette, damit ich es um den Hals tragen kann.«

Überrascht nahm Joram den Stein und schaute von ihm zu Saryon. In den dunklen Augen glomm Mißtrauen. »Wozu?«

»Ich glaube, es wird den Bischof daran hindern, mich zu bespitzeln. Es absorbiert die Magie.«

Joram zuckte die Schultern und nickte dann. »Ich bringe es mit, wenn ich nachher zu Euch komme.«

»Es muß bald sein!« meinte Saryon drängend. »Noch vor heute abend ...«

»Macht Euch keine Sorgen, Katalyt«, unterbrach ihn Joram. »Heute abend sind wir längst weit weg von hier. Übrigens«, fügte er hinzu, während er sich wieder dem Amboß zuwandte, »habt Ihr Mosiah gefunden?«

»Ja. Er wartet im Gefängnis, mit Simkin.«

»Dann ist er also doch nicht allein geflohen«, murmelte Joram.

»Was sagst du?«

»Wir nehmen ihn mit. Und Simkin. Sagt den beiden, daß sie sich bereithalten sollen.«

»O nein! Nicht Simkin!« protestierte Saryon. »Mosiah vielleicht, aber nicht ...«

»Wir brauchen Magiekundige wie Simkin und Mosiah, Katalyt«, fiel Joram ihm brüsk ins Wort. »Mit Euch, um ihnen Leben zu gewähren, und der Macht, die mir das Dunkle Schwert verleiht, gelingt es uns vielleicht tatsächlich, das alles heil zu überstehen.« Er musterte Saryon kalt. »Ich hoffe, das ist keine Enttäuschung für Euch.«

Ohne ein Wort kehrte Saryon ihm den Rücken und ging durch die Schmiede zum Ausgang, wobei er beflissen die Stelle mied, wo der Hexenmeister den Tod gefunden hatte. Unter einem Eimer glaubte er einen Blutfleck zu entdecken und wandte schaudernd den

Blick ab. Es stimmte ihn nicht traurig, diesen Ort zu verlassen. Obwohl er inzwischen Sympathie für die Menschen empfand und Verständnis für ihre Art zu leben, wurzelte der Abscheu vor den unheiligen Künsten der Technologie zu tief, um nicht doch ein ständiges Gefühl des Unbehagens zu erzeugen. Saryon kannte die Gefahren des Außenlandes und war naiv genug anzunehmen, das Leben in der Natur sei in jedem Fall besser, als an einem Ort zu leben, wo der Mensch die Natur manipulierte.

Und wohin würde der Weg sie führen? Nach Sharakan vielleicht – trotz der Gefahr, mitten in einen Krieg hineinzugeraten. Saryon kümmerte nicht, wohin es sie verschlug. Jeder Ort war recht – nur nicht Merilon!

Ja, er war bereit und willens, sich den Gefahren des Außenlandes und einer ungewissen Zukunft zu stellen. Aber, gütiger Almin, dachte Saryon, während er den Weg zum Gefängnis einschlug –

Warum Simkin?

# ... in einer Krippe liegend

»Ich war dabei. Ich habe alles mit angesehen, und meiner Treu«, berichtete Simkin mit gedämpfter, ehrfurchtsvoller Stimme, »es war eine großartige Inszenierung. Wie unser düsterer, romantischer Held sein blitzendes Schwert in des Hexenmeisters Brust stieß . . .«

»Gut für Joram«, sagte Mosiah beifällig.

»Nun, ›blitzendes Schwert‹ ist eigentlich nicht ganz zutreffend«, korrigierte Simkin seine Wortwahl und griff wie beiläufig einen protzigen Handspiegel mit verschnörkeltem Silberrahmen aus der Luft. Er legte den Kopf zurück, musterte prüfend sein Gesicht, zupfte ordnend an dem weichen Flaum um das Kinn und zwirbelte schwungvoll die Enden seines Schnurrbarts. »Ehrlich gesagt, ist dieses Schwert das häßlichste, was ich je gesehen habe, abgesehen von dem vierten Kind der Marchesa von Blackborough. Natürlich ist auch die Marchesa selbst keine Schönheit. Jeder, der sie kennt, weiß, daß die Nase, mit der sie abends zu Bett geht, nicht dieselbe ist, mit der sie morgens zum Frühstück erscheint.«

»Was . . .«

»Sie kriegt es einfach nicht besser hin, weißt du? Ihr magisches Talent ist halt minimal. Früher wurde gemunkelt, sie sei tot, aber man konnte es nie beweisen, und außerdem – ihr Mann ist ein so besonders guter Freund des Kaisers. Und wenn sie sich nur ein klein wenig mehr Zeit nehmen würde – wer weiß? Vielleicht ist das mit der Nase ja tatsächlich nur Schusseligkeit.«

»Simkin, ich . . .«

»Aber bei aller Liebe, ich begreife nicht, weshalb sie

darauf besteht, Kinder in die Welt zu setzen, und zwar ganz besonders häßliche Kinder. ›Dagegen müßte es ein Gesetz geben‹, bemerkte ich zur Kaiserin, die mir von ganzem Herzen beipflichtete.«

»Wie sieht das Schwert denn aus?« gelang es Mosiah einzuwerfen, als Simkin Atem holte.

»Schwert?« Simkin betrachtete ihn verwirrt. »Oh, Jorams Schwert, das ›Dunkle Schwert‹, wie er es nennt. Sehr zutreffend, möchte ich hinzufügen. Wie es aussieht?« Er ließ den Spiegel mit einem Fingerschnippen verschwinden und schaute sinnend zur Zimmerdecke. »Laß mich nachdenken. Übrigens, gefällt dir mein Anzug? Das Schwarz war mir doch zu trist. Ich nenne diese Farbkombination *Blut und Hirn*, zu Ehren des teuren Verblichenen.«

Mosiah begutachtete die blutrote Hose, den purpurnen Rock und die rote Weste mit kaum verhohlenem Abscheu und nickte.

Nachdem Simkin die Spitzen an den Handgelenken zurechtgezupft hatte, ließ er sich auf einer der Pritschen nieder und kreuzte die wohlgeformten Beine, um die purpurne Hose möglichst vorteilhaft zur Geltung zu bringen.

»Das Schwert«, fuhr er fort, »sieht aus wie ein Mensch.«

»Was du nicht sagst!«

»Ja, beim Almin!« verteidigte Simkin sich beleidigt. »Ein Mensch aus Eisen zwar, aber dennoch ein Mensch. Ungefähr so ...« Simkin stellte sich kerzengerade hin, die Füße zusammen, die Arme waagerecht zur Seite ausgestreckt. »Das ist der Griff«, erläuterte er und reckte den dünnen Hals aus dem Kragen. »Obendrauf hat es eine Kugel als Kopf.«

»Du hast auch eine Kugel als Kopf – eine Hohlkugel!« schnaubte Mosiah.

»Überzeug dich selbst, wenn du mir nicht glaubst«,

schlug Simkin vor und ließ sich wieder auf die Pritsche fallen. Er gähnte. »Es steckt unter der Matratze, in Lumpen gehüllt wie ein Wickelkind.«

Mosiahs Blick flog zu Jorams Lagerstatt, seine Hände zuckten. »Nein. Das könnte ich nicht«, sagte er nach einem Moment der Unentschlossenheit.

»Wie du willst.« Simkin zuckte die Schultern. »Ich wüßte gern, ob sie die Leiche schon entdeckt haben. Und findest du diese Farben nicht doch zu auffällig für ein Begräbnis?«

»Welche Macht soll dieses Dunkle Schwert angeblich haben?« fragte Mosiah, der Simkins Frage offenbar gar nicht gehört hatte. Langsam stand er auf, durchquerte das Zimmer und blieb neben der Pritsche stehen. »Was hat es Blachloq angetan?«

»Hm.« Simkin legte sich hin, verschränkte die Arme unter dem Kopf und betrachtete mit plötzlichem Interesse seine Schuhe. Stirnrunzelnd änderte er die Farbe von Rot in Purpur. »Du mußt wissen, ich hatte keinen besonders guten Platz, als Zange an einem rostigen Nagel. Ich war fast soweit, mich noch schnell in einen Eimer zu verwandeln, die können erheblich besser sehen als Zangen. Als Zange starrt man mit einem Auge immer an die Wand, Eimer hingegen ...«

»Komm endlich zur Sache!« fuhr Mosiah ihn ungeduldig an.

Simkin schnupfte auf und entschied sich in der Farbe seiner Schuhe doch wieder für Rot. »Unser allseits verhaßter Tyrann bediente sich eines Zaubers als Waffe – grünes Gift. Kennst du ihn vielleicht?« erkundigte Simkin sich beiläufig. »Hat scheußliche Auswirkungen aufs Nervensystem. Lähmung, furchtbare Schmerzen ...«

»Armer Joram«, sagte Mosiah leise.

»Ja, armer Joram«, bestätigte Simkin. »Er war so gut wie verloren.« Die stets ironische Stimme klang plötzlich ernst. »Ich dachte wirklich, alles wäre zu Ende. Dann fiel mir etwas Merkwürdiges auf. Der Zauber hüllt den Körper des Opfers in ein giftig-grünes Leuchten, doch Jorams Hände, in denen er das Schwert hielt, waren frei davon, und langsam verblaßte der Schimmer auch an seinen Armen und dem Rest seines Körpers. Dann griff unser guter alter Freund, der Katalyt, ein und entzog dem Hexenmeister die Lebenskraft. Ein guter Einfall von ihm, kam auch gerade zur rechten Zeit. Das Schwert schien Blachloqs Zauber entgegenzuwirken, aber nicht schnell genug, um Joram davor zu bewahren, in einen zitternden, grünen Gallertklumpen verwandelt zu werden.«

»Dann neutralisiert es also Magie«, bemerkte Mosiah. Er strich mit den Fingerspitzen über die Matratze, verlangend, aber unentschlossen. Als er gedankenverloren einen flüchtigen Blick aus dem Fenster warf, fröstelte er unwillkürlich. Es war früher Nachmittag, aber immer noch kalt. Die fahle Sonne war gänzlich hinter trüben, grauen Wolken verschwunden, die wie eine schwere, erstickende Decke auf dem Ort lasteten. Die Straßen waren leer. Keiner von Blachloqs Schergen war zu sehen und auch kein Dorfbewohner. Sogar der Lärm aus der Schmiede war verstummt.

Mosiah gab sich einen Ruck. Er kniete nieder, schob die Hand unter die Matratze und zog behutsam das Stoffbündel darunter hervor, dann kauerte er sich auf die Fersen, wickelte es aus und starrte auf das Schwert hinunter. Sein Gesicht verzerrte sich vor Widerwillen.

»Was habe ich gesagt?« Simkin rollte sich herum und stützte sich auf einen Ellenbogen, um besser sehen zu können. »Greuliches Ding, nicht wahr? Ich persönlich würde mich nicht einmal als Toter damit sehen lassen, obwohl Joram das nichts ausmachen dürfte.« Erwartungsvoll hielt er inne, aber Mosiah lachte nicht. »He, nun komm schon! Nicht einmal als Toter.«

Mosiah beachtete ihn nicht. Fasziniert betrachtete er das Schwert, unfähig, den Blick abzuwenden. Es war tatsächlich eine primitive, häßliche Waffe. Früher einmal, vor langer Zeit, hatten die Nigromanten Schwerter von präziser Schönheit und kalter Eleganz geschaffen, mit funkelnden Klingen und Griffen aus Silber und Gold. Magische Schwerter, durch Rune und Spruch mit Zauberkraft begabt. Doch nach dem Ende der Eisenkriege galten Schwerter in Thimhallan als Waffen des Bösen, Schöpfungen der Schwarzen Magie. Die Kunst ihrer Herstellung geriet in Vergessenheit. Joram kannte Schwerter nur von den Abbildungen in den Büchern, die er im Dorf der Nigromanten entdeckt hatte. Und obwohl der junge Mann einiges vom Schmiedehandwerk verstand, hatte er weder die Kenntnisse noch die Zeit oder Geduld, eine Waffe zu erschaffen, wie die Männer sie ehemals voller Stolz an der Seite trugen.

Das Dunkle Schwert, das Mosiah jetzt in Händen hielt, war aus Arkanum geschmiedet, einem schwarzen, glanzlosen Metall. Im Feuer geboren, mit Leben erfüllt von dem widerstrebenden Katalyten, war die Waffe nichts weiter als ein Metallstab, mit ungeschickten Hammerschlägen in Form gebracht und mühsam mit einer Schneide versehen. Joram wußte nichts davon, daß man Griff und Klinge getrennt anfertigte, um sie anschließend zusammenzufügen. Sein Schwert war aus einem Stück geschmiedet, und – wie Simkin gesagt hatte – es ähnelte einem menschlichen Wesen. Das Kreuzstück zwischen Griff und Klinge erinnerte an seitlich ausgestreckte Arme. In dem Bemühen, die Waffe auszubalancieren, hatte Joram oben einen runden Knauf angefügt und damit ungewollt die bizarre

Skulptur eines zu Stein erstarrten Mannes geschaffen. Mosiah war im Begriff, das unansehnliche und furchteinflößende Ding wieder unter der Matratze zu verstauen, als die Tür aufgerissen wurde.

»Leg das hin!« sagte eine rauhe Stimme.

Vor Schreck hätte Mosiah die Waffe beinahe fallen gelassen.

»Joram«, meinte er schuldbewußt und drehte sich um. »Ich wollte nur ...«

»Ich habe gesagt, leg es hin«, wiederholte Joram schroff. Er stieß die Tür ins Schloß, durchquerte mit schnellen Schritten das Zimmer und riß Mosiah das Schwert aus den Händen. »Und laß in Zukunft die Finger davon!«

»Keine Sorge.« Mosiah stand auf und wischte sich an der Hose die Hände ab, als hätte er etwas Ekelerregendes berührt. »Ich werde es nie wieder anfassen. Nie wieder!« fügte er bekräftigend hinzu, wandte sich ab, ging zum Fenster und starrte mürrisch hinaus.

Die draußen herrschende Stille strömte in die Zelle und hüllte die drei Menschen ein wie unsichtbarer Nebel. Joram schob die Waffe in die Schwertscheide, die er nach den Bildern in den alten Schriften angefertigt hatte. Er schaute zu Mosiah, wollte etwas sagen, tat es aber nicht. Statt dessen holte er den Lederbeutel unter seinem Bett hervor und füllte ihn mit den wenigen Kleidungsstücken, die er besaß. Anschließend suchte er zusammen, was in der Zelle an Eßbarem vorhanden war, und packte es ein. Mosiah hörte ihn rumoren, stellte sich aber taub. Sogar Simkin verhielt sich ruhig. Er begutachtete seine Schuhe und war eben im Begriff, den linken rot und den rechten purpurn zu färben, als nach zaghaftem Klopfen die Tür aufging.

Saryon trat ein. Niemand sagte etwas. Der Katalyt schaute von dem roten, zornigen Gesicht Jorams zu dem blassen Gesicht von Mosiah, seufzte und schloß die Tür hinter sich.

»Sie haben den Leichnam gefunden«, berichtete er mit gesenkter Stimme.

»Großartig!« Simkin schwang die zweifarbigen Füße über die Bettkante. »Ich muß sofort hin und ...«

»Nein«, unterbrach ihn Joram befehlend. »Du bleibst hier. Es gibt einiges zu bereden. Wir gehen weg von hier! Noch heute!«

»Das kann nicht dein Ernst sein!« beschwerte Simkin sich jammernd. »Und die Beerdigung verpassen? Nachdem ich mir solche Mühe gegeben habe?«

»Ich fürchte, es muß sein«, sagte Joram trocken. »Hier, Katalyt.« Er reichte Saryon eine schlichte Kette mit dem Stück Arkanum als Anhänger. »Euer Talisman.«

Saryon nahm die Kette entgegen. Während er sie schweigend betrachtete, war sein Gesicht ernst und bleich.

»Pater?« fragte Mosiah besorgt. »Was quält Euch?«

»Zu vieles«, erwiderte der Katalyt leise und hängte die Kette um, wobei er achtgab, den Anhänger unter seiner Kutte zu verbergen. »Blachloqs Männer haben die Stadt abgeriegelt. Niemand kann mehr herein oder hinaus.«

Joram stieß einen zornigen Fluch aus.

»Das ist doch zum junge Hunde kriegen!« platzte Simkin heraus. »Verflixt und zugenäht! Dabei wird es garantiert eine phantastische Beerdigung. Der Höhepunkt der Saison in dieser gottverlassenen Gegend. Und das Beste daran«, fuhr er verdrossen fort, »die Dorfbewohner ergreifen bestimmt die Gelegenheit, ein paar von Blachloqs Wichten gehörig durchzuwalken, und Wichte walken ist das Größte überhaupt!«

»Wir können hier nicht länger bleiben.« Joram verknotete den Umhang am Hals und zog ihn so über die Schultern, daß er das Schwert verdeckte.

»Aber warum denn nicht?« verlangte Mosiah zu wissen. »Nach allem, was ich von Simkin gehört habe, wird jeder glauben, daß Blachloq von Zentauren getötet wurde. Sogar seine eigenen Leute werden sich davor hüten, lästige Fragen zu stellen. Simkin hat recht. Auch mir ist aufgefallen, was für Blicke die Dörfler diesem Gesindel nachwerfen. Deshalb haben Blachloqs Männer das Dorf abgeriegelt. Aus Angst. Und zu Recht! Wir werden sie bekämpfen, und wenn sie erst vertrieben sind, dann haben wir nichts und niemanden mehr zu fürchten ...«

»Doch«, fiel Saryon ihm ins Wort. Seine Hand umfaßte das Amulett. »Bischof Vanya hat mit mir gesprochen.«

»Ich wette, er nimmt an der Beerdigung teil«, bemerkte Simkin.

»Sei still«, fuhr Mosiah ihn an. »Was soll das heißen, er hat mich Euch ›gesprochen‹, Pater Saryon? Wie ist das möglich?«

Während er immer wieder ängstlich aus dem Fenster schaute, erzählte Saryon den drei jungen Männern in kurzen Worten von seinem Gespräch mit dem Bischof und verschwieg nur, was er über Jorams wahre Herkunft wußte.

»Noch vor Einbruch der Dunkelheit müssen wir fort sein«, schloß er. »Wenn der Bischof weder mich noch Blachloq erreichen kann, weiß er, daß etwas Schlimmes passiert ist, und wird die *Duuk-tsarith* benachrichtigen.«

»Seht ihr? Jeder, der was gilt, wird bei der Beerdigung sein«, kommentierte Simkin murrend.

»Die Erzwinger!« Mosiah erbleichte. »Wir müssen Andon warnen ...«

»Ich komme gerade von Andon«, unterbrach ihn

Saryon mit einem Seufzen. »Ich habe versucht, ihm die Gefahr bewußt zu machen, aber ich befürchte, es ist mir nicht gelungen. Die *Duuk-tsarith* bereiten ihm nur halb soviel Sorge wie der Gedanke, seine Mitbürger könnten sich auf einen Kampf mit den Söldnern einlassen.« Als er Mosiahs kummervollen Gesichtsausdruck bemerkte, fügte er hinzu: »Ich glaube nicht, daß die Erzwinger den Nigromanten etwas antun werden. Wir können davon ausgehen, daß der Orden in dauernder Verbindung mit Blachloq stand. Sie hätten das Dorf jederzeit zerstören können, wäre das ihre Absicht gewesen. Für sie zählen nur Joram und das Arkanum. Wenn sie feststellen, daß er fort ist, werden sie seiner Spur folgen. Sie werden uns folgen ...«

»Aber die Leute hier sind meine Freunde, fast wie eine Familie«, wandte Mosiah ein. »Ich kann sie nicht im Stich lassen.«

Bedrückt schaute er durch das Fenster auf die menschenleere Straße.

»Es sind auch meine Freunde«, mischte Joram sich unvermutet ein. »Begreif doch, wir lassen sie nicht im Stich. Fortgehen ist das Beste, was wir für sie tun können.«

»Glaub mir, wenn wir bleiben, nützt ihnen das nichts, wir bringen sie höchstens in Gefahr.« Saryon legte Mosiah die Hand auf die Schulter. »Ich weiß aus einem früheren Gespräch mit Bischof Vanya, daß er eine offene Konfrontation mit den Nigromanten nach Möglichkeit vermeiden will, um das Volk nicht durch Nachrichten von einem Krieg zu beunruhigen. Aus diesem Grund war Blachloq hier – um die Nigromanten zusammen mit Sharakan ins Verderben zu locken. Vanya hofft immer noch, diesen Plan verwirklichen zu können. Er hat auch kaum eine andere Wahl.«

»Aber Andon wird ihnen doch nicht sagen, daß er weiß ...«

»Das soll nicht unsere Sorge sein!« unterbrach ihn Joram schroff. »Mich interessiert es jedenfalls nicht.« Er verschnürte den Packen und warf ihn sich auf den Rücken. »Du und Simkin, ihr könnt ja hierbleiben, wenn ihr wollt.«

»Und dich und diesen kahlköpfigen Wunderling allein in der Wildnis herumirren lassen?« meinte Simkin indigniert. »Ich könnte ja nachts nicht mehr schlafen bei dem Gedanken.« Mit einem Wink veränderte er seine Kleidung. Das Rot seiner Kleider wandelte sich zu einem verwaschenen Braungrün. Ein langer grauer Umhang legte sich über seine Schultern, an seinen Beinen erschienen hüfthohe Lederstiefel. Ein kecker Hut mit einer wippenden Pfauenfeder saß auf seinem Kopf. »Zurück zu *Dreck und Dung*«, meinte er gottergeben.

»Du kommst auf keinen Fall mit uns!« rief Mosiah.

»Uns?« wiederholte Joram. »Ich wußte gar nicht, daß wir irgendwohin gehen.«

»Du weißt, daß ich dich nicht allein lasse.«

»Das freut mich«, sagte Joram ruhig.

Bei der unerwarteten Wärme in der Stimme seines Freundes errötete Mosiah, aber die Freude währte nicht lange.

»Selbstverständlich begleite ich euch«, verkündete Simkin hochmütig. »Wer sonst könnte euch führen? Ich treibe mich seit Jahren im Außenland herum. Wie ist das mit euch? Kennt ihr den Weg?«

»Vielleicht nicht«, sagte Mosiah und musterte Simkin feindselig, »aber bevor ich mich *deiner* Führung anvertraue, laufe ich schon lieber ein paarmal im Kreis. *Ich* habe keine Lust, als Ehemann der Feenkönigin zu enden«, fügte er mit einem vielsagenden Blick auf den Katalyten hinzu.

Diese Anspielung auf ein beinahe verhängnisvolles Abenteuer, das er mit Simkin als Führer erlebt hatte, schien Saryon dermaßen zu erschrecken, daß Joram sich einmischte. »Simkin kommt mit«, sagte er fest. »Vielleicht würden wir auch ohne ihn den Weg durchs Außenland finden, aber wir haben ein bestimmtes Ziel, und da kann nur er uns den Zugang verschaffen.«

Der Katalyt sah Joram besorgt an, denn er glaubte zu wissen, welches Ziel der junge Mann im Sinn hatte, doch bevor er etwas sagen konnte, fuhr Joram fort: »Außerdem, Simkins Magie wird uns helfen, an Blachloqs Männern vorbei zu kommen.«

»Das ist nun wirklich keine Schwierigkeit.« Simkin verdrehte gelangweilt die Augen. »Schließlich gibt es die Transversalen.«

»Nein!« Saryons Stimme klang schrill vor Angst. »Willst du den *Duuk-tsarith* in die Arme laufen?«

»Na ja, ich könnte uns alle in Hasen verwandeln«, schlug Simkin nach angestrengtem Grübeln vor. »Wir ergreifen das gleichnamige Panier und ...«

»Pater?« ertönte eine brüchige Stimme von draußen. »Pater Saryon? Seid Ihr da?«

»Andon!« Der Katalyt öffnete rasch die Tür. »In des Almins Namen, was ist geschehen?«

Der alte Nigromant schien dem Zusammenbruch nahe zu sein.

Seine Hände zitterten, die sonst gütigen Augen blickten verstört, seine Kleidung war in Unordnung. »Joram, einen Stuhl«, befahl Saryon, doch Andon schüttelte den Kopf.

»Keine Zeit.« Er rang nach Atem, offenbar war er gelaufen. »Ihr müßt kommen, Pater.« Der alte Mann klammerte sich an Saryon. »Ihr müßt es ihnen ausreden! Nach all diesen Jahren! Sie dürfen nicht kämpfen!«

»Andon, nun beruhigt Euch doch. So ist es gut. Tief atmen. Und jetzt erzählt mir, worum es geht.«

Der Katalyt ergriff beschwichtigend die Hände des Alten.

»Der Schmied!« sagte Andon. »Er plant, Blachloqs Leute anzugreifen.« Der alte Mann rang die Hände. »Er und seine Truppe junger Heißsporne sind vielleicht schon auf dem Weg zum Haus des Hexenmeisters! Es erfüllt mich mit Dankbarkeit zu sehen, daß ihr« – er schaute treuherzig von Joram zu Mosiah – »nicht unter ihnen seid.«

»Ich glaube nicht, daß ich da helfen kann, mein Freund«, wollte Saryon antworten, aber Joram umfaßte seinen Arm.

»Wir kommen mit Euch, Andon«, sagte er und nickte Saryon bedeutungsvoll zu. »Euch wird schon etwas einfallen, da bin ich sicher«, fuhr er aufmunternd fort. »Eine wunderbare Gelegenheit für eine Eurer erbaulichen Predigten.« Er trat dich an Saryon heran und flüsterte ihm ins Ohr: »Das ist unsere Chance!«

Saryon schüttelte den Kopf. »Ich begreife nicht . . .«

»In dem Durcheinander können wir uns davonmachen!« zischte Joram beschwörend. Er schaute zu Simkin und Mosiah, die seinen Plan sofort begriffen zu haben schienen. In diesem Moment hörte man Rufe und Schreie aus der Richtung der Schmiede. Irgendwo weinte ein Kind. Fensterläden wurden zugeschlagen, Türen verriegelt.

»Es hat angefangen!« rief Andon außer sich. Er lief aus der Tür die Straße hinauf. Joram und Mosiah eilten ihm nach. Dem Katalyten blieb nichts anderes übrig, als seine Kutte zu schürzen und ihnen zu folgen.

»Voilà«, bemerkte Simkin vergnügt, während er sich ohne sonderliche Eile in Bewegung setzte, »vielleicht komme ich nun doch noch dazu, an einer Beerdigung teilzunehmen.«

# Hinterhalt!

»Da ist der Katalyt! Ich habe euch doch gesagt, daß der alte Mann ihn holen würde!«

Saryon hörte die Worte und nahm aus dem Augenwinkel eine Bewegung wahr. Mosiah schrie auf, dann keifte Simkin: »Laß mich los, du großes, haariges Untier!« Dann gab es Tumult, vergebliches Sträuben, Knurren und Grunzen.

»Tut, was man euch sagt, und niemand kommt zu Schaden!«

Grobe Finger umklammerten Saryons Handgelenk und drehten ihm den Arm auf den Rücken. Schmerz zuckte wie eine Flamme vom Ellenbogen bis in seine Schulter. Der Katalyt rang nach Atem, doch stellte er verwundert fest, daß sein Zorn größer war als seine Furcht. Vielleicht lag es daran, daß er die Angst seiner Peiniger spürte. Sie verriet sich in den rauhen, schweren Atemzügen und den heiseren Stimmen. Er konnte sie wittern: ein schaler Geruch von Schweiß und billigem Wein, dem Blachloqs Männer ausgiebig zugesprochen hatten.

Der Angriff war schnell und unerwartet erfolgt. Die Schergen des Hexenmeisters mochten in vieler Hinsicht nicht besonders schlau sein, aber sie verstanden ihr Handwerk. Man hatte sie ins Dorf hinuntergeschickt mit dem Auftrag, den Katalyten herbeizuschaffen, und als sie Andon das Gefängnis betreten sahen, ahnten sie, daß der alte Mann ihnen unabsichtlich die Arbeit erleichtern würde. Im Schatten einer Gasse warteten Blachloqs ehemalige Handlanger, bis der Katalyt und seine Freunde vorbeigingen, und dann war der Kampf vorüber, bevor er richtig begonnen hatte.

Joram, der vergeblich gegen die Umklammerung eines stämmigen Gegners ankämpfte, konnte sein Schwert nicht erreichen. Mosiah lag auf der Straße, niedergehalten von einem gestiefelten Fuß im Nakken; er blutete aus einer Platzwunde am Kopf. Den greisen Andon hatten die Söldner zur Seite geschleudert. Einer der Männer hatte sich auf Saryon gestürzt und ihm den Arm auf den Rücken gedreht. Was Simkin betraf – er war verschwunden. Der Angreifer, der sich der farbenprächtig kostümierten Gestalt bemächtigen wollte, starrte ungläubig auf seine leeren Hände.

Der Anführer der Söldner ließ den Blick über das Schlachtfeld wandern, um sich zu vergewissern, daß kein Widerstand mehr zu erwarten war, dann stellte er sich vor Saryon ihn. »Katalyt, gewährt mir Leben!« forderte er, sichtlich bemüht, den herrischen Ton und die einschüchternde Haltung seines mittlerweile toten Befehlshabers nachzuahmen.

Doch er und seine Leute waren gewöhnliche Verbrecher, keine von eherner Disziplin geprägten *Duuktsarith.* Saryon bemerkte, wie die Augen des Mannes abirrten, sein Blick wanderte voller Unbehagen die leere Straße entlang, in Richtung der Schmiede. Lärm und Geschrei verrieten, daß dort etwas im Gange war. Die Nigromanten zogen in die Schlacht. Saryon schüttelte den Kopf, und der Söldner verlor die Beherrschung.

»Hast du nicht gehört?« brüllte er mit überschnappender Stimme. Dann winkte er dem Mann, der Saryon festhielt. »Brich ihm den Arm!«

»Beim Blut des Almin, Katalyt, seid doch kein Narr!« rief Joram beschwörend. »Tut, was er sagt. Gewährt *ihm* Leben.«

Der Söldner hinter Saryon ruckte an seinem verdrehten Arm. Während der Katalyt sich auf die Lippen biß, um nicht aufzuschreien, warf er einen erstaunten Blick auf Joram und sah dessen dunkle Augen rasch und bedeutungsvoll zu Mosiah huschen.

»Ja, Pater Saryon«, stöhnte Mosiah. Der Stiefel des Söldners drückte seine Wange in den Dreck der Straße, so daß er Joram nicht sehen konnte, aber er hatte den bedeutungsvollen Unterton der Stimme bemerkt. »Bringt Euch nicht in Gefahr. *Gewährt Leben*!«

»Nun gut«, sagte der Katalyt und neigte scheinbar ergeben den Kopf. Der Ausdruck der Erleichterung auf dem Gesicht des Söldnerführers war beinahe mitleiderregend.

Die Schmerzen machten es Saryon schwer, sich zu konzentrieren, doch er begann, das Gebet zu sprechen, das die Magie der Welt anzog und in seinem Körper sammelte. Schon als kleines Kind hatte er dieses Gebet gelernt, deshalb mußte er sich glücklicherweise nicht lange besinnen. Es war nicht genug Zeit, um die Menge Leben zu errechnen, die er Mosiah zuleiten konnte, ohne sich selbst zu schwächen, selbst wenn sein aufgewühlter Verstand noch in der Lage gewesen wäre, die nötigen mathematischen Kalkulationen anzustellen, und er beschloß, das Exeunt ganz zu öffnen. Auch wenn er sich dabei verausgabte – sie hatten nur diese eine Chance. Wenn der Versuch mißlingt, dachte der Katalyt mit einer Abgeklärtheit, die ihn selbst erstaunte, dann macht es ohnehin keinen Unterschied mehr. Blachloqs Schergen werden uns töten, aus Wut und Angst.

Als Reaktion auf sein Gebet spürte der Katalyt den Zustrom magischer Energie. Es hatte eine Zeit gegeben, da erfüllte dieses weihevolle Gefühl des Einsseins mit der Welt Saryon mit einem fast euphorischen Glücksgefühl. Blachloq hatte dem ein Ende gemacht. Seit er gezwungen gewesen war, dem Hexenmeister Leben zu gewähren – Leben, das jener in Tod verkehrte –, haßte Saryon das Singen in seinem Blut. Jetzt war er zu angespannt, zu begierig, es diesen Mördern heimzuzahlen, um sich über seine Empfindungen im klaren zu sein, doch er genoß wieder das Erlebnis, die Magie in sich zu spüren, auch wenn er sie gleich weitergeben mußte. Angefüllt mit Leben, öffnete Saryon ein Exeunt zu Mosiah.

Die Zauberkraft sprang als gleißender Blitz von dem Katalyten zu dem Empfänger über, was nur geschieht, wenn der Katalyt sich für seinen Zauberer rückhaltlos verausgabt. Die Luft knisterte, der Söldner; der Saryon gepackt hielt, zuckte zusammen und lockerte seinen Griff ein wenig, doch im selben Moment begriff der Anführer, daß er übertölpelt worden war. Die Klinge eines Messers funkelte in der Spätnachmittagssonne.

Saryon, der unwillkürlich abwehrend den freien Arm hob, vernahm ein drohendes Knurren. Der Mann hinter ihm stieß einen Warnruf aus, und der Anführer wirbelte herum, den stoßbereiten Dolch in der Hand. Er sah sich Mosiah gegenüber, aber der vorhin noch so harmlos erscheinende junge Mann hatte sich verändert. Zottiges Fell umhüllte seinen Körper, in einem geifernden Rachen knirschten nadelspitze Reißzähne, seine Hände waren Pranken, seine Fingernägel gebogene Krallen. Der anspringende Werwolf prallte gegen den Söldner und rammte ihn zu Boden. Entsetzliche Schmerzensschreie zerrissen die Luft und endeten abrupt mit einem schaurigen Gurgeln.

Der Werwolf ließ von seinem Opfer ab und fixierte Saryon. Vor dem starren Blick der glutroten Augen wich der Katalyt zurück, während er fühlte, wie ein urzeitlicher Schrecken von seiner Seele Besitz ergriff. Blut und Geifer troffen von den Lefzen der Kreatur, ein röchelndes Knurren stieg aus der gewaltigen Brust. Dann glitten die Augen von Saryon ab und hefteten sich auf den Söldner, der, hinter den Rücken des Katalyten geduckt, diesen in seiner Angst als Schild benutzte. Hände stießen Saryon nach vorn, in den Rachen des Ungeheuers, aber der Werwolf wich behende aus, und der Katalyt fiel schwer auf Hände und Knie. Der Werwolf setzte an ihm vorbei, und gleich darauf hörte er den schrillen Entsetzensschrei des Söldners, gefolgt von einem triumphierenden Grollen.

Benommen und schmerzgepeinigt, aller Energie beraubt, verfolgte Saryon das Handgemenge um sich herum wie ein unbeteiligter Zuschauer. Er sah, wie Joram dem Mann, der ihn festhielt, das Messer aus der Hand trat und sich dann auf ihn stürzte. Seine wütend, allerdings unbeholfen geschwungenen Fäuste richteten nicht viel aus, und der Söldner hatte Gelegenheit, einen wohlgezielten Kinnhaken anzubringen.

Joram taumelte zurück und tastete nach seinem Schwert, aber der kampferfahrene Söldner nutzte seinen Vorteil und drang wieder auf ihn ein, als plötzlich aus dem Nichts ein Strohbesen auftauchte und wild auf ihn loszudreschen begann.

»Nimm das, du Wicht!« keifte der Besen gehässig, attackierte den Verdutzten aus jeder nur vorstellbaren Richtung, schlug ihn auf den Kopf, stäubte ihm den Rücken, glitt ihm zwischen die Beine und brachte ihn zu Fall. Platt auf dem Bauch liegend, schützte der Mann den Kopf mit den Händen, aber der Besen prügelte weiter auf ihn ein und wiederholte: »Wicht!«

Der erschöpfte Katalyt hatte den vagen Eindruck, daß ihre Angreifer die Flucht ergriffen. Er versuchte aufzustehen, doch es rauschte in seinen Ohren. Er fühlte sich schwach und krank. Hände, die stark waren und doch überraschend behutsam, halfen ihm auf. Obwohl die Worte gleichgültig klangen wie immer, nahm er einen Unterton von Sorge wahr, der ihn erstaunte.

»Seid Ihr verletzt?«

Mit schwimmenden Augen schaute der Katalyt in Jorams Gesicht. Die Züge des Jungen wirkten wie aus Stein gemeißelt.

»Seid Ihr verletzt, Katalyt?« wiederholte der junge Mann kühl. »Könnt Ihr gehen, oder müssen wir Euch tragen?«

Saryon seufzte. »Nein, ich kann gehen«, antwortete er und machte sich mit ruhiger Würde von dem stützenden Arm los.

»Gut. Dann kümmert Euch um den alten Mann.« Joram deutete auf Andon, der aufgestanden war und sich bekümmert umschaute. Drei der Söldner lagen auf der Straße, die übrigen hatten die Flucht ergriffen. Zwei waren tot, verstümmelt; die starken Kiefer des Werwolfs hatten ihnen das Genick gebrochen. Saryon war überrascht, daß er kein Mitleid empfand, nur eine Art ingrimmiger Befriedigung, die ihn erschreckte. Ein dritter Mann lag in einer Entfernung wimmernd am Boden, Gesicht und Arme von roten Striemen übersät. Strohhalme lugten aus seiner Kleidung wie geknickte Federkiele. Simkin stand neben ihm. »Wicht!« murmelte er und gab ihm einen Tritt.

Der Söldner stöhnte und verschränkte die Arme über den Kopf. Schnüffelnd griff Simkin das orangefarbene Seidentuch aus der Luft und betupfte sich die Stirn. »Ein recht echauffierendes kleines Scharmützel«, bemerkte er. »Ich transpiriere.«

»Du schon wieder!« Mosiah saß in normaler Gestalt auf einer Türschwelle und hechelte in der Manier des Werwolfs, der er gewesen war. Die Platzwunde an seinem Kopf blutete heftig, sein Gesicht war eine Maske aus Staub, Schmutz und Schweiß, seine Kleider waren zerrissen. Er lehnte müde an der Tür und versuchte, wieder zu Atem zu kommen. »Ich habe nie – habe nie die Magie so stark gespürt!« bekannte er schwach, schloß die Augen und griff sich mit der Hand an die Stirn. »Mir ist so – so schwindlig . . .«

»Das geht bald vorüber«, meinte Saryon beruhigend. »Ich hatte keine Ahnung, daß du ein so bedeutender Magus bist«, fügte er hinzu, bevor er sich abwandte, um den verstörten Andon zu trösten.

»Ich auch nicht«, erwiderte Mosiah beinahe ehrfürchtig. »Simkin sagte etwas von einem großen, haarigen Untier, und dann erfüllte mich die Magie! Als würde das Leben der ganzen Welt in mich einströmen, mich durchfluten. Ich fühlte mich hundertfach . . .«

»Oh, wen interessiert das schon!« schnitt Joram ihm ungeduldig das Wort ab. »Behalt's für dich!«

Mosiah verstummte abrupt und stand beleidigt von der Türschwelle auf. Andon betrachtete Joram verblüfft; Simkin begann verlegen ein Liedchen zu summen. Nur Saryon begriff. Auch er spürte den scharfen Stachel der Eifersucht. Auch er kannte den Neid auf jene, die mit der Gabe des Lebens gesegnet waren.

Niemand sprach, alle starrten sich unbehaglich an, und keiner schien recht zu wissen, was er tun sollte. Alles war unwirklich, wie in einem Traum. Die Sonne, die in einem Meer aus Feuer versank, griff mit langen roten Fingern in die Straßen. Ihre Glut loderte auf den Fensterscheiben der häßlichen Steinhäuser, spiegelte sich in den gebrochenen Augen der Toten, glitzerte bei der Schmiede in dem Metall von Messern und Dolchen, Pfeil- und Lanzenspitzen. Das Geschrei von der Dorfmitte her wurde lauter und rückte näher.

»Joram hat recht«, meinte Saryon endlich und versuchte das unheimliche Gefühl abzuschütteln, an diesem Ort und gleichzeitig woanders zu sein. »Die Sonne geht unter – es wird höchste Zeit.«

»Höchste Zeit?« Andon kehrte in die Wirklichkeit zurück und starrte den Katalyten fassungslos an. »Aber Ihr könnt nicht fortgehen, Pater! So hört doch!« Angst malte sich auf das zerfurchte, gütige Gesicht. »Unser friedliches Dasein ist zu Ende! Sie ...«

In diesem Moment ertönte der Gong, dröhnend, unheilverkündend.

»Der Mnemore!« rief Andon und rang kummervoll die Hände.

Neun Gongschläge hallten über das Dorf. Saryon spürte die Erschütterung und fragte sich, ob die Erde selbst vor Zorn erbebte.

»Es ist Krieg«, sagte Joram grimmig. »Welchen Weg, Simkin?«

»Dort entlang, die Straße hinunter«, antwortete der Gefragte. Sein übliches geziertes Gehabe löste sich in Luft auf wie das orangefarbene Seidentüchlein, das er eben noch an die Nase gedrückt hatte. Ohne noch ein Wort zu verlieren, eilte er mit großen Schritten davon.

»Kommt schon! Ihm nach!« drängte Joram. »Sonst verlieren wir ihn aus den Augen.«

»Das Glück wird uns nicht beschieden sein«, brummte Mosiah. Er schüttelte dem alten Mann flüchtig die Hand. »Lebt wohl, Andon. Vielen Dank für alles.«

»Ja, vielen Dank«, sagte auch Joram, doch er schaute dabei zur Schmiede. Der Kampfeslärm schwoll an. Nach einem letzten Blick drehte Joram sich um und ging. In der hereinbrechenden Dämmerung war Simkin kaum noch auszumachen, aber man sah die Feder an seinem Hut flattern wie einen Wimpel. »Beeilt Euch, Saryon!« rief er über die Schulter.

»Ja, geht nur voraus. Ich komme gleich nach«, erwiderte der Katalyt. Er konnte sich nicht entschließen zu gehen und hatte Angst zu bleiben. Andon schien zu ahnen, was in ihm vorging.

»Ich weiß, weshalb Ihr geht«, sagte er mit einem schwachen Lächeln, »und ich vermute, ich sollte dankbar sein, daß Ihr das Arkanum aus unserem Dorf schafft. Wenigstens diese Versuchung bleibt uns erspart.« Er seufzte. »Aber es tut mir leid, Euch Lebwohl sagen zu müssen. Möge der Almin mit Euch sein, Pater Saryon«, schloß er leise.

Saryon wollte den Segensspruch erwidern, aber die Worte kamen ihm nicht über die Lippen. Es wurde erzählt, daß in der Welt der Ahnen diejenigen, die ihre Seele den Mächten der Finsternis verkauft hatten, nicht mehr fähig waren, den Namen Gottes auszusprechen.

»Katalyt!« hörte er Joram ungeduldig rufen.

Saryon wandte sich ab und verließ den alten Mann ohne Abschiedswort. Als er, bevor die Dunkelheit alles verschluckte, noch einmal zurückschaute, sah er Andon neben den Leichen der getöteten Söldner stehen, den Kopf gesenkt, mit hängenden Schultern. Der alte Nigromant hatte die Hand vor die Augen gelegt, und der Katalyt wußte, daß er weinte.

# Das Außenland

Simkin führte seine Schützlinge aus dem Dorf der Nigromanten und dann nach Norden, durch eine dicht mit Buschwerk bestandene Schlucht, überschattet von üppig belaubten Bäumen. Unter diesem Dach vertiefte die Abenddämmerung sich schnell zur Nacht. Einen Weg durch das verfilzte Gestrüpp zu finden wurde schwierig und manchmal fast unmöglich. Obwohl Joram protestierte, bestanden die anderen darauf, daß sie nur bei Licht weitergehen wollten.

»Blachloqs Männer haben andere Sorgen, nach dem Lärm zu urteilen«, erklärte Mosiah finster. Er war im Dunkeln in einen Stechginsterbusch gestolpert und mußte blind nach den Dornen in seinen Beinen tasten. »In dieser gottverlassenen Gegend kann man sich alle Knochen brechen oder in irgendein Loch fallen und dort verfaulen! Mit einer Fackel kämen wir viel schneller voran!«

»Eine Fackel!« schnaubte Simkin. »Wie anspruchslos du bist, mein Junge!«

Große Motten mit leuchtenden Flügeln erschienen aus dem Nichts. Sie flatterten über ihren Köpfen und verströmten ein grünliches, überraschend weitreichendes Licht. Saryon hätte gerne darauf verzichtet, denn nach einem Blick auf die feindliche, abweisende Wildnis, durch die ihr Weg führte, fürchtete er sich doppelt so sehr wie zuvor in der Dunkelheit.

Sie folgten dem Einschnitt noch ein Stück weit, bis die Mauer der Dornbüsche sich auf ein Sumpfgebiet öffnete. Hohe Bäume ragten aus dichten Nebelschwaden, ihre Wurzeln sahen in dem gespenstischen Licht der Riesenmotten aus wie in den Boden geschlagene Krallen. Simkin hob die Hand.

»Haltet euch auf festem Boden«, mahnte er und winkte beiläufig nach links hinüber. »Paßt auf, daß ihr nicht in diesen Schlamassel hineingeratet. Einmal drin, kommt man schwer wieder raus.«

»Dann sollten wir abwarten, bis es hell wird«, sagte Joram matt, und plötzlich kam Saryon zu Bewußtsein, wie erschöpft der junge Mann sein mußte. Auch er selbst war müde, aber wenigstens hatte er tagsüber etwas ruhen können.

»Von mir aus.« Simkin zuckte die Achseln. »Ich *glaube* nicht, daß wir befürchten müssen, während der Nacht von irgend etwas angeknabbert zu werden«, fügte er bedeutungsvoll hinzu.

»Ich bin zu müde, um mir deswegen Sorgen zu machen«, murmelte Joram.

Sie kehrten in die Schlucht zurück und fanden einen verhältnismäßig trockenen Platz zum Übernachten. Nachdem Joram seinen Umhang auf dem Boden ausgebreitet hatte, streckte er sich mit einem Seufzer der Erleichterung darauf aus, legte die Hand auf das Schwert neben sich und schloß die Augen.

»Wohin sind wir überhaupt unterwegs?« erkundigte sich Mosiah flüsternd.

Joram wandte den Kopf und sah zu ihnen auf. »Merilon«, sagte er und war im nächsten Moment fest eingeschlafen.

Mosiah schaute zu Saryon, der den Kopf schüttelte.

»Das habe ich befürchtet. Man muß ihm das ausreden. Joram darf nicht nach Merilon gehen!« Der Katalyt strich mit den Händen immer wieder über den fadenscheinigen Stoff seiner Kutte und wiederholte: »Joram darf nicht nach Merilon gehen!«

Mosiah rückte unbehaglich hin und her, sagte aber nichts.

Saryon ließ die Schultern sinken. Von diesem – seinem einzigen – Verbündeten war keine Hilfe zu erwarten. Mosiahs Herz bewog ihn zu schweigen, wider besseres Wissen, weil auch er sich danach sehnte, Merilon zu sehen – Merilon, die wunderbare, die sagenumwobene, verzauberte Stadt der Träume. Als Saryon aufseufzte, verschloß sich sein Gesicht, als befürchtete er, von ihm mit Bitten und Argumenten bedrängt zu werden, aber der Katalyt schwieg und schaute sich furchtsam um; all seine Ängste und bösen Erinnerungen an einen früheren Aufenthalt in der Wildnis stürmten auf ihn ein.

»Gute Nacht, Pater«, sagte Mosiah unbeholfen und legte Saryon die Hand auf die Schulter. »Ich werde Euch beistehen, wenn Ihr morgen früh mit Joram redet, obwohl ich nicht glaube, daß es viel nützt.«

Er bettete sich auf den kalten Boden, rückte wärmesuchend dicht an Joram heran und lag nach wenigen Atemzügen in tiefem Schlaf – dem ruhigen Schlaf jugendlicher Unschuld. Der Katalyt betrachtete ihn neidvoll und betrübt. Dann ließ Simkin die Motten verschwinden, und die Nacht kam wieder zu ihrem Recht. Die Dunkelheit schien zwischen den Bäumen hervorzukriechen und löschte alle Konturen aus. Saryon fröstelte in der kalten Luft.

»Ich halte Wache«, machte Simkin sich erbötig. »Ich habe den ganzen Tag geschlafen, und der kleine Tanz vorhin hat meinen Blutdruck in die Höhe getrieben. Legt Euer kahles Haupt zur Ruhe, Pater.«

Saryon war müde, so müde, daß er hoffte, der Schlaf möchte ihn überwältigen und das sich unerbittlich drehende Mühlrad seiner Gedanken zum Stillstand bringen. Aber die Schrecken der Wildnis und der Klang von Jorams Stimme, die ›Merilon‹ sagte, strömte durch das Gehirn des Katalyten und hielten die Räder in Bewegung.

Ein bitterkalter Wind raschelte in den wenigen toten Blättern, die sich hartnäckig an die Zweige klammerten. Saryon zog die Kutte fester um den Leib und versuchte, das Gefühl wachsender Verzweiflung und Mutlosigkeit abzuschütteln, indem er sich sagte, der Grund dafür wäre seine Müdigkeit und das Entsetzen über den Tod des Hexenmeisters. Leider fruchtete das gute Zureden nichts, und Jorams Ankündigung, nach Merilon zu gehen, machte alles noch schlimmer.

Saryon fror; Kälte und Angst setzten ihm zu. Bei dem kleinsten Geräusch durchzuckten ihn eisige Schauer. Waren das Augen, die ihn aus der Dunkelheit anstarrten? Er fuhr hoch und hielt verstört nach Simkin Ausschau. Der junge Mann saß friedlich auf einem Baumstumpf. Saryon glaubte, seine Augen im Finstern leuchten zu sehen, und hatte das Gefühl, daß sie mit einem Ausdruck der Belustigung auf ihm ruhten. Der Katalyt verkroch sich wieder in seine Kutte, schloß die Augen und konzentrierte all seine Gedanken auf das, was er am Morgen zu Joram sagen wollte.

Allmählich drehte das Rad sich langsamer und stand endlich still.

Der Katalyt sank in einen von schweren Träumen durchzogenen, unruhigen Schlaf. Seine Hand umfaßte trostsuchend das Arkanum an seinem Hals, und schlaftrunken kam ihm zu Bewußtsein, daß die Macht des Steins offenbar wirkte.

Bischof Vanya hatte sich nicht gemeldet.

Am nächsten Morgen erwachte Saryon steif und mit schmerzenden Gliedern. Obwohl er keinen Hunger verspürte, zwang er sich, etwas zu essen. »Joram«, begann er zögernd, ein Stück altbackenes Brot in der Hand, »wir müssen miteinander reden.«

»Wappne dich, mein Freund«, warf Simkin fröhlich

ein. »Pater Spielverderber hat vor, dir deinen Besuch in Merilon auszureden.«

Jorams Gesicht verhärtete sich, seine Augen wurden schmal, und Saryon warf einen verärgerten Blick auf den boshaften Schalk, der nur unschuldig lächelte und sich bequem zurechtsetzte, um die Folgen seiner heimtückischen Bemerkung zu genießen.

»Bischof Vanya rechnet damit, daß du in Merilon auftauchst, Joram!« gab Saryon zu bedenken. »Er weiß von Anja und ihrem Versprechen von Ruhm und Reichtum. Du läufst ihm geradewegs in die Arme – ihm und den *Duuk-tsarith*.«

Joram hörte schweigend zu, dann zuckte er die Schultern.

»Die *Duuk-tsarith* sind überall«, meint er kühl. »Also bin ich immer in Gefahr, wohin ich mich auch wende. Ist das richtig?«

Saryon konnte es nicht leugnen.

»Dann gehe ich nach Merilon«, sagte Joram ruhig. »Nach den Worten meiner Mutter habe ich in dieser Stadt ein Geburtsrecht einzufordern, und das werde ich tun!«

Wenn du nur wüßtest, was für ein Geburtsrecht das ist! dachte Saryon bitter. Du bist nicht der illegitime Sohn eines bedauernswerten, verführten Mädchens und ihres unglücklichen Liebhabers. Du brauchtest nicht zurückzukehren wie ein Bettler, um dein Erbe von einer Familie zu beanspruchen, die vor siebzehn Jahren ihre Tochter verstießen und aus dem Haus jagten.

Nein. Du könntest zurückkehren als Prinz, unter Tränen willkommen geheißen von deiner kaiserlichen Mutter, in die Arme geschlossen von deinem kaiserlichen Vater ...

... ergriffen von den *Duuk-tsarith*, zum Tode verurteilt und zur Grenze Thimhallans geschleppt, dem von magischem Nebel verhüllten Rand der Welt und dort ins Nichts gestoßen.

»Die Seele dieses Unglücklichen ist tot.« Saryon glaubte Bischof Vanyas Stimme durch den kalten, feuchten Dunstschleier tönen zu hören. »Möge nun der Leib sich der Seele zugesellen, damit dieses elende Geschöpf doch noch gerettet werde.«

Ich muß Joram die Wahrheit sagen! Das wird ihn umstimmen.

»Joram.« Saryons Herz schlug so heftig, daß er kaum einen Ton herausbrachte. »Joram, es gibt etwas, das ich dir ...«

Dann meldete sich die Stimme der Vernunft zu Wort. Nur weiter, raunte sie, sag Joram, daß er des Kaisers Sohn ist. Sag ihm, daß er hingehen kann und den Titel des Prinzen von Merilon beanspruchen. Wird das ihn umstimmen? Würde es dich umstimmen, an seiner Stelle?

»Was denn?« fragte Joram ungeduldig. »Wenn Ihr etwas zu sagen habt, dann sagt es, und hört auf zu murmeln. Aber seid versichert, Ihr vergeudet Euren Atem. Ich bin fest entschlossen. Ich gehe nach Merilon, und nichts, was Ihr sagt, wird daran etwas ändern!«

Ja, er hat recht, erkannte Saryon. Es blieb ihm nichts anderes übrig, als seine Worte hinunterzuschlucken wie bittere Medizin.

Sie setzten ihren Weg nach Merilon fort.

Nach Saryons fester Überzeugung waren die nächsten fünf Tage die furchtbarsten seines Lebens. Es dauerte drei Tage, den Sumpf zu durchqueren. Der Gestank dort drehte allen den Magen um und hinterließ einen öligen Geschmack im Mund, der ihnen den Appetit verdarb. Obwohl es nicht an frischem Wasser mangelte, verlieh der faulige Geruch dem Wasser einen bitteren, unreinen Geschmack, und sie hatten immer Durst, auch wenn sie noch soviel tranken. Und dem feuchten Holz vermochte nicht einmal Magie ein wärmendes Feuer zu entlocken. Nie sahen sie die Sonne oder hörten sie auf zu frieren. Nebelschwaden wanden sich wie Tentakel zwischen den Bäumen und regten höchst unerwünscht die Einbildungskraft an. Ohne daß sie je etwas zu Gesicht bekamen, hatten sie ständig das Gefühl, beobachtet zu werden.

»Was soll eigentlich das dauernde Geschnüffel?« fragte Mosiah übellaunig, während er hinter Simkin durch das bleiche Gras trottete. »Und erzähl mir bloß nicht, du läufst hier einfach deiner Nase nach!«

»In gewissem Sinne schon.«

»Nun mach einen Punkt! Wie kannst du riechen, welchen Pfad wir einschlagen müssen? Wie kannst du überhaupt etwas riechen, außer diesem elenden Verwesungsgestank?« Mosiah blieb stehen und wartete, bis der müde Katalyt herangekommen war.

»Es ist nicht der Pfad, den ich riechen kann, sondern *was* diesen Pfad gebahnt hat«, erklärte Simkin. »Ich glaube zwar nicht, daß Es sich im Sumpf verirrt, denn Es lebt schon lange in dieser Gegend, aber ich sage immer, man kann nicht vorsichtig genug sein.«

»Es? Was für ein Es? Warum folgen wir einem Es?« verlangte Mosiah zu wissen, aber Simkin hielt ihm den Mund zu.

»Keine Aufregung. Meistens schläft Es am Tag tief und fest. Nachts geht Es auf Pirsch – oho! Da ist nichts und niemand sicher vor diesen Reißzähnen und den großen, scharfen Krallen. Aber kein Wort davon zu unserem frommen und furchtsamen Freund.« Simkin blinzelte verschwörerisch. »Sonst bringen wir ihn am Ende keinen Schritt mehr weiter.«

Und als wären diese geheimnisvollen Bemerkungen

nicht schlimm genug, fühlte ihr Cicerone sich hin und wieder bemüßigt, Alarm zu schlagen.

»Seht doch! Da vorn!« rief Simkin und klammerte sich zitternd an Mosiah.

»Was? Wo?« Mosiah schlug das Herz bis zum Hals. Die ›großen, scharfen Krallen‹ hatten bei ihm einen unauslöschlichen Eindruck hinterlassen.

»Da! Siehst du's denn nicht?«

»Nein!«

»Schau hin! Diese Augen, wie sie funkeln! Alle sechs! Ah, jetzt ist Es verschwunden.« Mit einem erleichterten Prusten griff Simkin das orangefarbene Tuch aus der Luft und betupfte sich die Stirn. »Glück gehabt. Es konnte uns nicht wittern, denn Es besitzt keinen sehr ausgeprägten Geruchssinn. Oder war es das Gehör? Ich verwechsle das immer . . .«

Entweder kannte Es den Weg, oder Simkin kannte ihn, weil sie doch endlich das Sumpfgebiet hinter sich ließen und auf dem Grund einer weiteren Schlucht herauskamen, die allerdings keinen Ausgang hatte. Sie waren so dankbar, dem Morast und dem fürchterlichen Gestank entronnen zu sein, daß die Aussicht, in die vor ihnen aufragenden steilen Felsen hineinsteigen zu müssen, ihnen fast spaßig erschien. Der Pfad war deutlich zu erkennen und anfangs leicht zu begehen. Die frische, kalte Luft und der Sonnenschein verliehen ihnen zusätzliche Kräfte. Sogar der Katalyt fühlte sich erfrischt und hielt mit den anderen Schritt.

Doch je weiter sie gingen, desto spärlicher wurden die Markierungen, und der Pfad führte immer steiler bergan.

Nach zwei Tagen, an denen sie über Geröllfelder kletterten, Umwege machten, um den Pfad wiederzufinden, und auf windgepeitschten Felsabsätzen übernachteten, war Saryon derartig erschöpft, daß er die meiste Zeit wie ein Schlafwandler hinter seinen

Gefährten hertrottete und nur zu sich kam, wenn er vom Weg abkam oder Mosiahs stützende Hand am Arm spürte. Er blieb nur deshalb in Bewegung, weil er sich darauf konzentrierte, einen Fuß vor den anderen zu setzen, und alles andere – Kälte, Schmerzen, Mattigkeit – verdrängte. In diesem Zustand merkte er oft nicht, daß die anderen stehengeblieben waren, um zu rasten, und wenn man ihn dann aufhielt und zurückbrachte, sank er zu Boden, legte den Kopf auf die Knie und phantasierte von Straßen in die Unendlichkeit.

Schließlich jedoch schenkten die körperliche Anstrengung und die frische Luft dem Katalyten, was er so lange entbehrt hatte – Schlaf, so traumlos tief, daß nicht einmal die Erinnerung an den Tod des Hexenmeisters oder die Schmerzen seiner überanstrengten Muskeln ihn zu stören vermochten. Eines Morgens, am fünften Tag ihrer Flucht aus dem Dorf der Nigromanten, erwachte er mit klarem Kopf und fühlte sich ungewöhnlich erfrischt und ausgeruht.

An diesem Morgen stellte er zudem fest, daß sie in die falsche Richtung marschierten.

# Die Lichtung

Sie standen auf dem Kamm der Felsbarriere und schauten hinunter auf dicht bewaldetes Hügelland. Eigentlich hätte ihnen die Morgensonne genau in die Augen scheinen müssen, aber sie stieg rechter Hand gemächlich dem Zenit entgegen.

Dann marschieren wir ja fast exakt nach Norden, auf Sharakan zu, dachte Saryon. Merilon lag viel weiter östlich. Soll ich etwas sagen? fragte er sich unschlüssig. Vielleicht ist Joram zur Vernunft gekommen, hat seine Meinung geändert und sich entschlossen, doch nicht nach Merilon zu gehen. Vielleicht ist er zu stolz, um offen einzugestehen, daß er sich geirrt hat. Oder vielleicht hat er seinen Entschluß mit den anderen besprochen, und ich war nur zu erschöpft, um es zu merken.

Saryon versuchte sich zu besinnen, ob die jungen Leute über eine Änderung ihrer Pläne gesprochen hatten, aber die letzten paar Tage waren für ihn wie ein Alptraum gewesen, an den er sich nur vage und verschwommen zu erinnern vermochte.

Um eine Blamage zu vermeiden, beschloß der Katalyt, die Sache unerwähnt zu lassen und abzuwarten, ob eine zufällige Bemerkung oder irgendein Vorkommnis ihm eine Erklärung lieferte.

Simkin führte sie von der Höhe hinunter in die Wälder. Noch waren sie alle froh, dem Sumpfgebiet und den tristen Felsen entronnen zu sein, doch bei genauerem Hinsehen folgte dem anfänglichen Hochgefühl rasch die Ernüchterung. Trotz der winterlichen Jahreszeit hing noch das Laub an den Bäumen – ein fahlbrauner Blätterfilz, der fauligen Modergeruch verströmte. Eine großblättrige Schlingpflanze wucherte über den Pfad, dem sie folgten, und versperrte ihnen den Weg.

»Hatte es mit diesem Grünzeug nicht irgendeine Bewandtnis?« Simkin rieb sich das Kinn. »Es fällt mir partout nicht ein ... Ist es womöglich eßbar?«

Mosiah näherte sich dem Pflanzengewirr und wollte vorsichtig darüber hinwegsteigen. Sofort umfaßten die Blätter wie gierige Hände seine Fußknöchel, brachten ihn zu Fall und zogen ihn mit dem Kopf voran in die Ranken hinein.

»Helft mir!« Mosiahs Stimme überschlug sich beinahe vor Angst. Lange Dornen bohrten sich in sein Fleisch, und aus den Hilferufen wurden Schmerzensschreie. Joram riß das Dunkle Schwert heraus, sprang zu der Stelle, wo Mosiah zappelnd verschwand, und hieb wütend auf die sich windenden und aufbäumenden Ranken ein. Bei der Berührung der Klinge färbten sich die fleischigen Blätter schwarz und verdorrten. Die Pflanze gab ihr Opfer frei. Die Freunde zogen Mosiah heraus, blutend, aber sonst unversehrt.

»Sie hat mein Blut getrunken«, sagte er schaudernd und starrte voller Abscheu auf den dunkelgrünen Schlund, der ihn beinahe verschlungen hätte.

»Ach, jetzt fällt's mir wieder ein«, verkündete Simkin fingerschnippend. »Eine Kijwinde. Sie betrachtet uns als eßbar. Was wollt ihr, ich wußte doch, daß es mit Nahrungsaufnahme zu tun hatte«, verteidigte er sich bei Mosiahs anklagendem Blick.

Sie marschierten weiter, Joram voran, um mit dem Dunklen Schwert den Weg zu bahnen.

Saryon beobachtete seine Gefährten aufmerksam, in der Hoffnung, aus einem Wort oder einer Geste auf ihre Pläne schließen zu können. Joram und Mosiah schienen es zufrieden zu sein, sich von Simkin führen zu lassen, und Simkin – ein fideler Robin Hood in seinem *Dreck und Dung* – oder *Matsch und Modder-*

Kostüm – führte sie, ohne jemals zu zögern oder sich auch nur einmal besinnen zu müssen. Sie kamen gut voran – zu gut. Mosiah deutete mehr als einmal auf Knochenmale, die eindeutig als Wegmarkierung aufeinandergestapelt worden waren. In der gefrorenen Erde zeichneten sich Zentaurenspuren ab, und etwas später gelangten sie zu einer Stelle, wo das Rankengewirr förmlich niedergewalzt und etliche hohe Bäume wie junge Schößlinge umgeknickt waren.

»Ein Riese«, erklärte Simkin. »Gut, daß wir nicht in der Nähe waren, als er sich hier ausgetobt hat. Sie sind zwar nicht bösartig, aber auch nicht besonders helle und betrachten Menschen als herrliches Spielzeug. Unglücklicherweise gehen sie mit ihrem Spielzeug nicht besonders pfleglich um.«

Jedesmal, wenn durch eine Lücke im Blätterdach der Himmel zu sehen war, konnte Saryon am Stand der Sonne erkennen, daß sie immer noch in Richtung Norden gingen.

Und niemand sagte etwas dazu.

Vielleicht haben weder Joram noch Mosiah eine Ahnung, wo Merilon liegt, dachte der Katalyt. Beide sind in einem FeldMagi-Dorf an der Grenze des Außenlandes aufgewachsen. Joram kann lesen, Anja hat es ihn gelehrt. Aber hat er je eine Weltkarte zu Gesicht bekommen? Ist es möglich, daß er Simkin blind vertraut?

Aber das war schwer zu glauben – Joram traute niemandem. Und doch – nach einiger Zeit gelangte Saryon zu der Überzeugung, richtig vermutet zu haben. Die Unterhaltung seiner drei Begleiter drehte sich fast ausschließlich um Merilon.

Mosiahs Kindermärchen über die magische Stadt aus Kristall übertrumpfte Simkin mit seinen wunderlichen Anekdoten vom Leben bei Hofe. Gelegentlich steuerte auch Joram etwas bei: Geschichten, die Anja ihm erzählt hatte und die Saryon am stärksten berührten.

Anjas Schilderungen waren erfüllt von einer bitteren Traurigkeit – Erinnerungen einer Verbannten, die dem Katalyten, der viele Jahre in Merilon gelebt hatte, ein lebendiges Bild der Stadt vor Augen führte, das mit seiner melancholischen Stimmung allerdings kaum etwas gemein hatte mit dem Merilon Simkins oder Mosiahs.

Aber wenn Joram seine Meinung nicht geändert hatte, weshalb führte Simkin sie in die falsche Richtung?

Während er mit den anderen hinter ihm durch den Wald stapfte, ließ er den sträflich vergnügt wirkenden jungen Mann nicht aus den Augen und bemühte sich – zum wiederholten Mal – zu durchschauen, welches Spiel er trieb.

Leider mußte er sich – auch zum wiederholten Mal – nolens volens geschlagen geben. Es war unmöglich, aus der Spielweise des jungen Mannes auf sein Blatt zu schließen, besonders weil er nach Belieben Trümpfe aus dem Ärmel zauberte.

Simkin war schlicht ein wandelndes Rätsel. Man konnte als einigermaßen sicher annehmen, daß er älter war als seine beiden Freunde, vermutlich Anfang Zwanzig, obwohl er – je nach Lust und Laune – alles glaubhaft verkörpern konnte, den halbwüchsigen Bengel ebenso wie den siebzigjährigen Greis. Ein Mann, der seine Vergangenheit so häufig wechselte wie seine Kleider; ein Mann, in dessen Adern die Magie perlte wie Wein; ein Mann mit entwaffnendem Charme, ein geistreicher Flunkerer ohne jeden Respekt, nicht einmal vor dem Tod. Alle mochten Simkin, doch keiner traute ihm.

Man nimmt ihn nicht ernst, überlegte Saryon. Und ich glaube, daß mehr als einer diese Überheblichkeit später bereut hat – falls er dazu noch in der Lage war. Dieser beunruhigende Gedanke half dem Katalyten, einen Entschluß zu fassen.

»Es freut mich, daß du nun doch meinem Rat folgst und nicht nach Merilon gehst, Joram«, bemerkte Saryon eines Tages während der Mittagsrast.

»Was soll das?« Joram musterte den Katalyten mit jäh erwachtem Mißtrauen. »Selbstverständlich gehe ich nach Merilon.«

»Dann sind wir vom Weg abgekommen«, meinte Saryon ruhig. »Wir gehen nach Norden, in Richtung Sharakan. Merilon liegt fast genau im Osten. Wenn wir umkehren ...«

»... geraten wir geradewegs in das Reich der Elfenkönigin«, fiel ihm Simkin ins Wort. »Vielleicht träumt unser zölibatärer Freund ja heimlich davon, sich wieder in ihre duftenden Arme zu schmiegen ...«

»Das tue ich nicht!« schnappte Saryon. Sein Gesicht brannte und – es läßt sich nicht leugnen – auch sein Blut, bei der Erinnerung an die leidenschaftliche, wunderschöne Elfe Elspeth.

»Wir können gerne umkehren, wenn Ihr darauf besteht, penibler Pater«, fuhr Simkin fort, während er angelegentlich zu den Baumwipfeln aufsah. »Nicht weit von hier gibt es einen Pfad, auf dem Ihr wieder in den Sumpf gelangt, wo es Euch so gut gefallen hat. Am Ende jenes Pfades liegt der Elfenring – Ihr erinnert Euch sicher –, und unterwegs habt Ihr Gelegenheit, einen Blick auf die faszinierenden Bewohner des Zentaurenlandes zu werfen, einen sehr kurzen Blick, bevor man Euch die Augen aus dem Kopf reißt. Solltet Ihr das überstehen, gibt es ganz in der Nähe noch andere Sehenswürdigkeiten: Drachenhöhlen, Greifenhorste, Basiliskengrotten, die Schlupfwinkel von Chimären und die Behausungen von Riesen, ganz zu schweigen von den Faunen, Satyrn und sonstigen ...«

»Kurz gesagt, dieser Weg ist sicherer«, unterbrach Mosiah ungeduldig seinen Redeschwall.

»Was denn sonst?« antwortete Simkin beleidigt. »Ich bin weder ein passionierter Wanderer noch so versessen auf eure Gesellschaft, daß ich diese Reise unnötig verlängern würde! Indem wir die Nähe des Flusses meiden, wo die Scheusale am dichtesten gesät sind, sparen wir an Haut, was wir an Stiefelleder verschleißen. Sobald wir die nördliche Grenze des Außenlandes erreicht haben, wenden wir uns nach Osten, in Richtung Merilon.«

Es klang plausibel, selbst Mosiah fand nichts daran auszusetzen, und Saryon verzichtete auf weitere Einwände, obwohl er nicht restlos überzeugt war. Auch fragte er sich, ob Joram Bescheid gewußt hatte oder ob es Simkin tatsächlich gelungen war, sein stets waches Mißtrauen einzuschläfern.

Wie für ihn typisch, äußerte der wortkarge junge Mann sich nicht und vermittelte durch sein Schweigen den Eindruck, er hätte das alles längst mit Simkin besprochen, doch Saryon war der Ausdruck der Bestürzung nicht entgangen, der über sein Gesicht gehuscht war.

Sie drangen immer tiefer in den Wald ein, und am siebten Tag im Außenland näherte ihre Stimmung sich dem Tiefpunkt. Die Sonne ließ sie im Stich, als fände sie dieses Land zu öde und trist, um ihr Licht daran zu verschwenden. Tag für Tag unter einem schiefergrauen Himmel marschieren zu müssen, der sich schon früh zu pechschwarzer Nacht eintrübte, machte sie alle vier verdrossen und einsilbig.

Der Wald schien kein Ende zu nehmen, und die blutdurstigen Kijwinden waren allgegenwärtig. Abgesehen vom Rascheln der Blätter, herrschte gespenstische Stille – kein Tier vermochte den fleischfressenden Pflanzen auf Dauer zu entkommen. Trotzdem hatte jeder der Männer das unbehagliche Gefühl, beobachtet zu werden, und gab immer wieder der Versuchung nach, über die Schulter zu blicken oder herumzuwirbeln und einer Gefahr die Stirn zu bieten, die gar nicht vorhanden war.

Es wurden keine Geschichten von Merilon mehr erzählt. Es wurde überhaupt kaum gesprochen. Joram war mürrisch und verdrossen, Simkin unausstehlich, Saryon unglücklich und verängstigt und Mosiah böse auf Simkin. Alle miteinander waren müde und erschöpft. Nachts hielten sie zu zweit Wache und starrten furchtsam in die Dunkelheit, bis es ihnen vor den Augen flimmerte.

Ein Tag nach dem anderen ging vorüber. Der Wald erstreckte sich in die Unendlichkeit; die Kijwinden ließen keine Gelegenheit aus, zuzustechen und Blut zu trinken. Ohne einen Blick für die ewig gleiche und niemals erfreuliche Umgebung setzte der Katalyt stoisch einen Fuß vor den anderen, als Mosiah, der vor ihm ging, plötzlich stehenblieb.

»Pater!« sagte er leise und griff nach Saryons Arm.

»Was ist?« Erschreckt hob der Katalyt den Kopf.

»Da!« Mosiah streckte die Hand aus. »Vor uns. Sieht das nicht aus wie – Sonnenlicht?«

Saryon kniff spähend die Augen zusammen. Joram, der herangekommen war, starrte ebenfalls in die angegebene Richtung.

Sie waren umgeben von hohen Bäumen. Zu ihren Füßen wanden sich die Kijranken, und der Himmel über ihnen war bleigrau. Doch ein Stück voraus sahen sie gelbes, warmes Licht zwischen den Bäumen hindurchscheinen.

»Ich glaube fast, du hast recht«, meinte Saryon mit gedämpfter Stimme, als könnte ein lautes Wort das verheißungsvolle Bild verschwinden lassen. Bis zu diesem Moment war ihm nicht bewußt gewesen, wie sehr er sich nach Sonnenschein gesehnt hatte. Er wandte sich an Simkin. »Was kann das sein?« fragte er und deutete nach vorn. »Ist dieser gräßliche Wald zu Ende?«

»Hm«, brummte Simkin, dem nicht recht wohl zu sein schien. »Ich weiß es nicht genau. Wartet lieber, bis ich nachgesehen habe.« Und bevor jemand ihn aufhalten konnte, war er verschwunden, Umhang, Stiefel, Hut, Feder – alles.

»Ich wußte es!« sagte Mosiah grimmig. »Er hat sich verirrt und will es nicht zugeben! Aber wenn er glaubt, ich warte hier, bis er wieder aufzutauchen geruht, hat er sich getäuscht!«

Er folgte Joram, der im Laufschritt vorauseilte und mit kräftigen Schwerthieben das Gewirr der Kijwinden zerteilte. Saryon lief hinter ihnen her.

Der Lichtschein wurde heller, je näher sie kamen. Es ging auf Mittag, die Sonne mußte im Zenit stehen. Der Katalyt dachte sehnsüchtig an Wärme und Licht und daran, endlich den Bäumen mit ihrem toten Laub und den blutsaugenden Schlingpflanzen zu entkommen. Plötzlich hörte er ein willkommenes Geräusch – das Murmeln von Wasser. Wo es frisches Wasser gab, gab es vielleicht auch Früchte und Nüsse! Endlich kein ungeschickt herbeigezaubertes, geschmackloses Brot mehr und kein bitteres, faulig schmeckendes Wasser.

Unvorsichtig liefen sie dem Licht entgegen, ohne noch einen Gedanken daran zu verschwenden, ob irgend jemand oder irgend etwas sie belauerte. Saryon wäre durchaus bereit gewesen, sein Leben hinzugeben, um noch ein letztes Mal die warme Sonne auf dem Gesicht zu spüren.

Die Männer stürmten zwischen den Bäumen hervor, blieben abrupt stehen und verharrten in ehrfürchtigem Staunen.

Von einem wolkenlosen Himmel brannte die Sonne auf eine große Lichtung im Wald.

Ihr Licht funkelte in den Kaskaden eines Wasserfalls, tanzte auf den eiligen Wellen eines schmalen Flüßchens, zerstäubte zu einem regenbogenfarbenen Feuerwerk in dem heißen Dampf über einem brodelnden Tümpel und legte sich golden über hohes Gras und duftende Blumen.

»Der Almin sei gepriesen!« hauchte der Katalyt.

»Nein, wartet!« Simkin erschien plötzlich aus dem Nichts. »Geht nicht weiter. Was ihr da seht, ist nicht ganz geheuer!«

»Das ist also nicht ganz geheuer!« seufzte Mosiah träge.

Er, Joram und Saryon hatten sich an den saftigen Beeren gütlich getan, die an den Büschen rund um die heißen Quellen wuchsen, räkelten sich nun im weichen Gras und genossen den sonnenwarmen, würzigen Duft.

»Wenn hier etwas nicht ganz geheuer ist, dann unser guter alter Simkin höchstselbst.«

Obwohl der Schalk sich weigerte, einen Fuß auf die Lichtung zu setzen, ließen seine drei Gefährten sich nicht von ihrem Entschluß abbringen, an Ort und Stelle das Nachtlager aufzuschlagen.

»Wir passen schon auf«, sagte Joram ungeduldig, als er Simkins dunkle Andeutungen nicht mehr hören konnte. »Du mußt zugeben, das hohe Gras bietet ausgezeichnete Deckung. Ohne selbst bemerkt zu werden, können wir jede Gefahr hören und sehen, die sich uns vielleicht nähert.«

Simkin verfiel in mürrisches Schweigen. Während die anderen die sonnenüberflutete Lichtung erkundeten, schlenderte er verdrossen hinterdrein und machte seiner Gereiztheit Luft, indem er Blumen die Köpfe abriß. Die anderen tranken von dem kühlen Wasser der Fälle, badeten in der heißen Quelle und labten sich an den Beeren. Dann breiteten sie unter einem Baum am Rand der Lichtung ihre Decken aus und aalten sich in einem neu erwachten Kameradschaftsgefühl.

Nur Simkin fand keine Ruhe. Er setzte sich hin, sprang wieder auf und spähte zum Wald hinüber. Zwischendurch wechselten die Farben seiner Kleider von einer grellen Zumutung zur anderen.

»Beachtet ihn gar nicht«, empfahl Mosiah, als er merkte, daß der Katalyt Simkin beobachtete und ein besorgtes Gesicht machte.

»Er benimmt sich merkwürdig«, antwortete Saryon.

»Als ob das was Neues wäre!« Mosiah lachte auf.

»Erzählt uns von Merilon, Pater. Ihr habt dort gelebt, und doch laßt Ihr uns fabulieren und sagt nichts dazu. Ich weiß, es ist Euch nicht recht, daß wir doch hinziehen ...«

»Schon gut, ich weiß. Ich bin ebenso unleidlich gewesen wie Simkin.« Saryon lächelte. Er fühlte sich angenehm müde, aber einem Schwatz nicht abgeneigt, und begann ausführlich von dem Merilon zu schwärmen, an das er sich erinnerte, von der Erhabenheit der Kathedrale aus Kristall und den Wundern der Stadt. Er beschrieb die bizarren Kutschen, die, gezogen von riesigen Eichhörnchen, Pfauen oder Schwänen, auf den Flügeln der Magie ihre adligen Passagiere zur täglichen Audienz im Kristallpalast des Kaisers hinauf in die Wolken trugen. Er berichtete von dem Hain und dem Grabmal Merlyns, des großen Magiers, der sein Volk in diese Welt geführt hatte. Er sprach von den zauberhaften Sonnenuntergängen im ewigen Frühling und Sommer und von den Tagen, an denen es Rosenblüten regnete.

Mosiah lauschte mit offenem Mund, an den Baumstamm gelehnt. Joram lag auf dem Rücken, das Gesicht der Sonne zugewandt; die sonst harten Züge wirkten entspannt und weich.

Seine dunklen Augen hatten einen träumerischen Glanz, vielleicht stellte er sich vor, selbst in einer solchen Kutsche zu sitzen.

Der Katalyt wurde von Simkin unterbrochen, der hinter einem Baum hervorsprang und mit gerunzelter Stirn auf die Lichtung starrte.

»Leg dich endlich hin, du machst uns ganz verrückt«, sagte Mosiah ärgerlich.

»Wenn ich mich hinlege, stehe ich nie wieder auf«, gab Simkin im gleichen Ton zurück. »Mir werden vor Langeweile Hörner wachsen, wie dem Comte d'Grundie bei einer der Reden des Kaisers. Von Stund an ging er nur noch mit Hut.«

»Hört nicht auf ihn, Pater«, sagte Mosiah, an den Katalyten gewandt. »Erzählt weiter. Ignoriert ihn einfach.«

»Nicht nötig«, meinte Simkin hochmütig. »Ich gehe. Wie schon gesagt, mir gefällt es hier nicht!«

Er nickte bekräftigend mit dem Kopf, den mittlerweile eine grüne Kappe mit einer langen Fasanenfeder zierte, drehte sich um und verschwand in der Wildnis.

»So habe ich ihn noch nie erlebt«, bemerkte der Katalyt nachdenklich. Weil eine vorstehende Baumwurzel sich ihm in den Rücken bohrte, stand er auf und zog seine Decke ein Stück zur Seite. »Vielleicht hätten wir ihn nicht fortlassen sollen . . .«

»Falls Ihr ein Mittel kennt, ihn aufzuhalten«, gab Joram gleichmütig zu bedenken, während er kleine Stücke Brot einem Raben zuwarf. Der Vogel hatte im Geäst des Baumes gesessen, unter dem sie lagen, und war nach anfänglichem Zögern zu Boden geflattert, um mit vornehmer Herablassung das angebotene Futter aufzupicken. Es war bezeichnend für ihre sorglose, behagliche Stimmung, daß keiner sich fragte, woher dieser Vogel aufgetaucht war, nachdem sie seit Tagen kein Lebewesen zu Gesicht bekommen hatten.

»Ach, Simkin fehlt nichts«, sagte Mosiah, der lächelnd den Vogel beobachtete. »Er ist nur schlecht gelaunt, weil er sich verirrt hat und es nicht zugeben will. Er wird sich schon wieder beruhigen. Ich möchte noch etwas über Merilon hören, zum Beispiel über die schwebenden Plattformen aus Marmor und die Gildehallen ...«

»Wenn er sich verirrt hat, dann wir auch!« Saryons friedvolle Stimmung war dahin. Der Sonnenschein erschien ihm plötzlich zu heiß, zu grell und verursachte ihm Kopfschmerzen.

»Fangt nicht wieder von Simkin an, Katalyt!« rief Joram verdrießlich und traf den Vogel versehentlich mit einer Brotrinde.

Unter zornigem Krächzen flog der Rabe auf, setzte sich auf einen Ast und glättete beleidigt sein zerzaustes Gefieder. »Ich habe euch all mählich satt – alle beide!«

»Pst!«

Bei dem scharfen Geräusch, scheinbar aus dem Nichts, zuckten alle zusammen. Mosiah warf einen hastigen Blick auf den Vogel, doch bevor er etwas sagen konnte, materialisierte Simkin sich mitten auf der Lichtung. Sein Hut war verrutscht, und das schmale, spitze Gesicht wirkte blaß unter dem weichen Bart.

»Was gibt's?«

Joram war aufgesprungen und griff instinktiv nach seinem Schwert.

»Runter! In Deckung!« zischte Simkin und zog ihn mit sich in das hohe Gras.

Die anderen folgten seinem Beispiel, ließen sich auf den Bauch fallen und wagten kaum zu atmen.

»Zentauren?« fragte Mosiah in gepreßtem Flüsterton.

»Schlimmer!« antwortete Simkin leise. »*Duuk-tsarith*!«

# Gefangen!

»*Duuk-tsarith*!« Mosiah stöhnte auf.

»Aber das ist unmöglich!« flüsterte Saryon. »Sie können uns nicht aufgespürt haben, das Dunkle Schwert schützt uns! Bist du sicher?«

»Beim Almin, Pater«, antwortete Simkin aufgebracht, »natürlich bin ich sicher! Zugegeben, im dunklen Wald sieht man nicht gut, besonders, wenn die Leute, die man beobachtet, schwarze Gewänder tragen. Aber wenn Ihr wollt, kann ich ja hingehen und sie fragen ...«

In diesem Moment stieß der Rabe ein heiseres Krächzen aus, das sich wie ein Lachen anhörte, und flog davon.

»Vielleicht fragen wir ihn«, bemerkte Simkin mit grimmigem Spott. »Wie lange hat sich dieser Vogel hier herumgetrieben?«

Der Katalyt schüttelte den Kopf und seufzte. Das hohe Gras vermittelte ihm keineswegs ein Gefühl der Geborgenheit, und er wünschte sich verzweifelt, in den Erdboden hineinkriechen zu können. Der Waldrand war mehr als fünfzig Schritte entfernt. Vielleicht gelang es ihnen, dorthin zu flüchten und sich im Dikkicht zu verbergen.

»Im Namen Almins, was tun wir jetzt?« fragte Mosiah drängend.

»Fliehen!« riet Saryon mit bebenden Lippen. »Fort von hier, so schnell wie möglich ...«

»Das ist sinnlos«, entgegnete Simkin. »Sie wissen von unserer Anwesenheit, und sie sind nicht weit weg – im Wald auf der anderen Seite des Wasserfalls. Es sind wenigstens zwei, und sie haben uns durch die Augen ihres gefiederten Kumpans beobachtet. Es gibt kein Versteck, in das er uns nicht folgen könnte – außer die Transversalen ...«

»Nein!« wehrte Saryon hastig ab. Er war bleich geworden. »Damit würden wir uns selbst ans Messer liefern.«

»Diesmal bin ich mit dem Priester einer Meinung«, meldete Joram sich zu Wort. »Du vergißt, daß ich tot bin. Wenn ich eine der Transversalen betrete, haben sie mich in der Falle.«

»Was bleibt uns dann noch übrig?« Mosiahs Stimme drohte überzuschnappen. »Wir können nicht fliehen, wir können uns nicht verstecken ...«

»Dann greifen wir an«, fiel Joram ihm ins Wort.

Die braunen Augen waren kalt; der Schatten eines Lächelns spielte um die vollen Lippen. Sein Gesicht, durch die grüne Wand der Halme gesehen, wirkte raubtierhaft.

»Nein!«

Der Katalyt schauderte.

»Wirklich eine ausgezeichnete Idee«, raunte Simkin aufgeregt. »Der Rabe wird ihnen sagen, daß wir sie bemerkt haben. Sie werden erwarten, daß wir zu fliehen versuchen, und haben vermutlich die entsprechenden Vorkehrungen getroffen. Doch sie rechnen ganz bestimmt nicht damit, daß wir sie umgehen und angreifen!«

»Die Rede ist von *Duuk-tsarith*!« erinnerte ihn Saryon ernst.

»Wir haben das Überraschungsmoment auf unserer Seite, und wir haben das Dunkle Schwert!« hielt Joram ihm entgegen.

»Blachloq hätte dich fast getötet!« rief Saryon mit gedämpfter Stimme und ballte verzweifelt eine Hand zur Faust.

»Ich habe daraus gelernt! Außerdem – haben wir eine andere Wahl?«

»Ich weiß nicht! Aber ich will kein Morden und Blutvergießen ...«

»Wir oder sie, Pater.« Mosiah legte die Hände zusammen und sprach ein paar Worte. Mit einem Flimmern in der Luft materialisierten sich vor ihm ein Bogen und ein Köcher mit Pfeilen. »Seht her. Ich habe mich in den magischen Formeln für Waffen und Krieg geübt, wie alle in unserem Dorf. Und ich verstehe damit umzugehen. Jetzt haben wir Joram und das Dunkle Schwert, und wenn Ihr mir Leben gewährt ...«

»Wir sollten uns beeilen«, drängte Simkin, »bevor sie die ganze Lichtung mit einem Bannzauber belegen.«

»Wenn Ihr nicht mitkommen wollt, Pater«, sagte Mosiah, »dann gewährt mir jetzt Leben. Ihr könnt hier warten, bis ...«

»Nein, Joram hat recht«, antwortete Saryon leise. »Wenn ihr auf diesem Irrsinn besteht, komme ich mit. Ihr braucht mich vielleicht für – für andere Zwecke. Ich kann mehr tun, als Leben gewähren«, meinte er mit einem bedeutungsvollen Blick auf Joram, »ich kann es auch nehmen.«

»Dann folgt mir!« befahl Simkin flüsternd. Tief geduckt schlich er langsam durch das hohe Gras auf den Wasserfall zu, dabei fand er noch Zeit, sich wieder ein neues Kostüm zuzulegen.

»Und wo wirst du sein?« erkundigte sich Mosiah anzüglich.

»Mitten im Schlachtengewühl, wo sonst?« erwiderte Simkin mit tiefer, hallender Stimme.

Er war jetzt in Schlangenleder gekleidet, sehr passend für jemanden, der sich durch das Gras schlängelte.

Leider wurde der positive Effekt durch einen Helm beeinträchtigt, der sein Gesicht verdeckte, ihn zu fast völliger Blindheit verurteilte und vom Aussehen her entfernt an einen umgestülpten Eimer gemahnte.

»Es sind *Duuk-tsarith,* wahrhaftig«, flüsterte Saryon.

Es war später Nachmittag; die Sonne neigte sich dem Horizont entgegen. Wenn er sich in seinem Versteck an der Grenze zwischen Wiese und Wald ein wenig aufrichtete, konnte der Katalyt die beiden Gestalten in ihren langen schwarzen Gewändern deutlich erkennen. Er seufzte, denn seine Hoffnung, wieder nur einem von Simkins Streichen aufgesessen zu sein, hatte sich nicht erfüllt.

Nein, diesmal handelte es sich tatsächlich um Hexenmeister – Mitglieder des sinistren Ordens der *Duuk-tsarith.* Sie standen bewegungslos, wie lauschend, die Hände vor dem Leib gefaltet, das Gesicht im Schatten der schwarzen Kapuze verborgen. Um auch den letzten Zweifel auszuräumen, saß der Rabe auf einem Baum neben den beiden.

Seine Augen glühten rot im Sonnenlicht, das durch die Zweige fiel. Saryon betrachtete die schwarzgekleideten Männer wie gebannt. Seine Gedanken wanderten zurück zum Baptisterium, wo er von zwei *Duuk-tsarith* beim Lesen verbotener Schriften ertappt worden war ...

»Das muß ihr Katalyt sein«, flüsterte er und schüttelte die unwillkommene Erinnerung hastig ab. Langsam und vorsichtig, als wäre auch diese geringfügige Bewegung schon zuviel, hob er die Hand und deutete auf eine dritte Person in einem langen Reiseumhang. An der Tonsur am Hinterkopf war der Priester zu erkennen. Er und ein vierter Mann standen ein wenig abseits, dem Anschein nach in ein Gespräch vertieft, bei dem der vierte Mann seine Worte durch lebhafte Handbewegungen unterstrich. Dieser Mann war es, der Saryon vor ein Rätsel stellte. Er war größer als seine Begleiter und trug einen Umhang aus kostbarem Stoff. Wenn er gestikulierte, sah man an seinen Fingern Juwelen blitzen.

Der Katalyt machte die anderen auf ihn aufmerksam. »Ich weiß nicht, was ich von ihm halten soll. Er ist kein *Duuk-tsarith*, sonst würde er den schwarzen ...«

»Vielleicht eine andere Art von Hexenmeister?« fragte Joram. Er war aufgeregt und wog und drehte das Dunkle Schwert in der Hand, um es besser in den Griff zu bekommen.

»Nein«, antwortete der Katalyt ratlos. »Es ist eigenartig, aber nach seiner Kleidung würde ich ihn für einen ...«

»Wen interessiert das, solange er kein Erzwinger ist!« unterbrach ihn Joram schroff. »Also haben wir nur zwei ernstzunehmende Gegner. Ich übernehme einen davon. Ihr und Mosiah kümmert euch um den anderen. Wo ist Simkin?«

»Hier«, antwortete eine Grabesstimme aus den metallenen Tiefen des Helms. »Es ist verblüffend schnell dunkel geworden, findet ihr nicht auch?«

»Das liegt an deinem Visier, Dummkopf. Du setzt den vierten Mann außer Gefecht.«

»Was für ein Visier?« kam die klägliche Antwort, während der Helm sich hin und her bewegte. »Was für ein vierter Mann?«

»Der Mann, der ... Ach was! Bleib, wo du bist, damit du uns wenigstens nicht behinderst. Du, Mosiah, gehst nach links; ich gehe nach rechts, den Katalyten nehmen wir in die Mitte.« Er lief geduckt davon, Mosiah schlug die entgegengesetzte Richtung ein, und Saryon folgte ihnen, mit einer Miene, die all seine Ängste widerspiegelte.

»Das ist nicht mein Fehler«, brummte Simkin verdrießlich unter seinem Helm hervor. »Eine blöde Erfindung. Ich tappe völlig im dunkeln. Edle Ritter, heroische Zeiten – zum Kuckuck! Kein Wunder, daß Artur einen runden Tisch hatte. Er konnte das verflixte Ding nicht sehen! Vermutlich ist er dauernd dagegengelaufen und hat die Ecken abgestoßen! Ich . . .«

Aber Simkin sprach nur zu sich selbst.

Mosiahs Hände zitterten vor Angst und Aufregung. Erst nach mehreren Versuchen gelang es ihm, den Pfeil auf die Sehne zu legen. »Gewährt mir Leben, Pater«, flüsterte er.

Mit brüchiger Stimme sprach der Katalyt die Worte, die seinen Körper in ein Gefäß für die Magie der Welt verwandelten. Er war nicht in der Kunst geschult worden, Zauberer und Hexenmeister im Kampf zu unterstützen; das erforderte ganz bestimmte Fähigkeiten, die er nicht besaß. Er konnte Mosiahs bereits sehr großes Potential verstärken und es ihm ermöglichen, Zauber zu wirken, für die seine Kraft allein nicht ausreichte. Aber bei Blachloqs Schergen hatten sie es mit primitiven Schlägern zu tun gehabt, während ihnen hier erfahrene Hexenmeister gegenüberstanden. Keiner von ihnen wußte genau, was ihn erwartete oder wie er sich verhalten sollte.

Das ist Irrsinn! ging es Saryon durch den Kopf. Irrsinn! Tu etwas, bevor es zu spät ist!

»Aber es ist zu spät«, gab Saryon sich selbst zur Antwort. »Wir haben keine andere Wahl!«

»Pater!« flüsterte Mosiah drängend.

Mit gesenktem Kopf legte Saryon eine Hand auf den Arm des Jungen und rezitierte die Worte, die das Exeunt herstellten. Wie perlender Wein strömte die Magie von ihm zu Mosiah. Auf dem Gesicht des jungen Mannes erschien ein entrückter Ausdruck, seine Lippen öffneten sich, seine Augen glänzten.

Saryon fühlte, wie ihn der Mut verließ. »Nein, Mosiah, warte ... Du kannst nicht ...«

Zu spät. Während er halblaut die Worte hersagte, die er von den Nigromanten gelernt hatte, spannte Mosiah den Bogen und sandte den Pfeil in die Richtung des ihm zunächst stehenden Erzwingers. Er hatte nur flüchtig gezielt, aber während der Pfeil durch die Luft schnellte, belegte der junge Magus ihn mit dem Zauber, ein beliebiges warmblütiges, lebendiges Ziel zu suchen und zu töten. Der in der Vergangenheit von den Nigromanten entwickelte Zauber ermöglichte es auch ungenügend ausgebildeten Truppen, in der Schlacht erfolgreich zu kämpfen.

Aber nicht in dieser Schlacht.

Was für eine Kleinigkeit erregte die Aufmerksamkeit des Hexenmeisters? Vielleicht war es das Rascheln von Mosiahs Kleidern, die die Grashalme streiften. Vielleicht war es das Schwirren der Bogensehne oder das Wispern der Federn am Pfeilschaft. Oder vielleicht war es das warnende Krächzen des Raben, obwohl es fast zu spät kam.

Schneller als der Pfeil, der auf sein Herz zuflog, stieß der Mann in dem schwarzen Gewand ein befehlendes Wort hervor und streckte die Hand aus. Eine Flamme zuckte auf, und von dem tödlichen Pfeil blieb nur ein Aschefaden, der sich im Wind auflöste.

Der zweite *Duuk-tsarith* handelte ebenso schnell wie sein Gefährte. Mit erhobenen Armen rief er einen Befehl, und wie eine schwarze Decke vom Himmel senkte sich Dunkelheit herab. Der strahlende, sonnige Tag wurde zu stockfinsterer, erstickender Nacht. Saryon konnte nichts mehr sehen und kauerte starr vor Angst im Gras. Dann, als seine Augen sich an die Dunkelheit gewöhnten, erfüllte eine merkwürdige, silbrige Helligkeit den Wald, unter deren Einfluß die Leiber der Menschen ein gespenstisches rötlichweißes Leuchten verströmten. Der Katalyt erkannte deutlich die erstaunten Gesichter des vierten Mannes und des Priesters, als sie in ihre Richtung schauten.

Zufällig hatte Saryon sich an einer Stelle niedergeduckt, die ihm gute Deckung gewährte. Trotz des seltsamen Schimmers seiner Haut war er vermutlich nur schwer zu entdecken. Mosiah jedoch hatte sich aufgerichtet, um den Pfeil abzuschießen. Von der plötzlich hereingebrochenen Nacht überrascht, stand er in einer Aura silberner Helligkeit, deutlich zu sehen für die beiden Erzwinger. Mit einem wilden Aufschrei hob er den wieder gespannten Bogen.

Einer der *Duuk-tsarith* sprach.

Mosiah ließ den Bogen sinken und griff sich an den Hals.

»Ich – ich . . .« Er versuchte etwas zu sagen, aber die Lähmung, die der Zauber des Hexenmeisters bewirkte, raubte ihm die Stimme. Seine Augen verdrehten sich; verzweifelt rang er nach Luft, aber es war ein vergeblicher Kampf.

Saryon richtete sich halb auf, in der Absicht, sich im Namen aller zu ergeben und um Gnade zu bitten, als er unvermutet von einer dunklen Gestalt angerempelt wurde, die an ihm vorbeistürmte. Mosiah traten die Augen aus den Höhlen, sein Gesicht verfärbte sich langsam dunkel, doch schon warf sich Joram vor seinen Freund und hob das Dunkle Schwert. Das geisterhafte Licht hatte keine Macht über die Klinge, sie war ein Szepter der Nacht in seiner Hand.

An dem Schwert zerschellte auch der Zauber des Hexenmeisters. Würgend und keuchend sank Mosiah in sich zusammen. Saryon fing ihn auf und ließ ihn behutsam zu Boden gleiten, während Joram schützend das Schwert über sie beide hielt.

Mit grimmigem Fatalismus wartete der Katalyt auf den frostigen Windhauch, der ihr Blut in Eis verwandelte, oder darauf, daß ein Abgrund sich auftat, um sie alle zu verschlingen, denn er war überzeugt, daß nicht einmal die Macht des Dunklen Schwertes ausreichte, um solche Zauber abzuwehren. Doch nichts geschah.

Als er zwischen den Halmen hindurchlugte, sah er den vierten Mann herankommen. Vielleicht hatte er etwas gesagt – das Rauschen des Wasserfalls übertönte die meisten anderen Geräusche. Beide *Duuk-tsarith* hatten dem hochgewachsenen Mann das Gesicht zugewandt. Mit einem Wink gebot er ihnen, beiseite zu treten, und die Hexenmeister gehorchten mit einer ehrerbietigen Verneigung.

Saryons Verwunderung nahm zu. Wer war dieser Mann, dem die gefürchteten Erzwinger ohne Widerrede gehorchten?

Wer immer es sein mochte, er näherte sich Joram kaltblütig, ohne Angst, und musterte den jungen Mann forschend.

»Seid vorsichtig, Garald«, rief der Mann in dem langen Reisemantel, den Saryon für einen Katalyten hielt. »Dieses Schwert ist keine gewöhnliche Waffe!«

»Keine gewöhnliche Waffe?« Garald lachte – ein wohlklingendes, kultiviertes Lachen. »Ich danke Euch für die Warnung, Kardinal«, rief er, »aber dieses Schwert erscheint mir nur in einer Hinsicht ungewöhnlich: Es ist das unansehnlichste, das mir je unter die Augen gekommen ist!«

»Ihr habt ganz recht, Euer Gnaden . . .«

Kardinal! Bestürzt erkannte Saryon an der Farbe der Gewänder, die unter dem Umhang des Mannes hervorlugten, wen er vor sich hatte – einen Reichskardinal! Und dieser Garald – sein Name klang vertraut, aber Saryon war zu aufgewühlt, um klar denken zu können. Die kostbaren Gewänder, die Anrede ›Euer Gnaden‹ ...

Der Kardinal fuhr fort: »... aber es ist dieses selbe unansehnliche Schwert, das den Zauberbann Eurer Leibwächter gebrochen hat.«

»Dieses Schwert? Faszinierend.«

Der vornehm gekleidete Fremde war inzwischen so nahe herangekommen, daß Saryon ihn in dem magischen Mondschein erkennen konnte. Dem Wohlklang der Stimme entsprachen die harmonischen Gesichtszüge, die feingezeichnet waren, ohne jedoch Weichheit oder Schwäche auszudrücken. Die Augen wirkten groß und intelligent, der Mund fest, mit einem Anflug von Humor. Das Haar schimmerte rötlich in dem seltsamen Licht. Eine ungebärdige Locke fiel verwegen in die breite, klare Stirn.

Der Fremde blieb vor Joram stehen und streckte die in feines Leder gehüllte Hand aus. »Gib mir dein Schwert, Junge«, forderte er mit einer Stimme, die weder drohend noch befehlend klang und doch ausdrückte, daß der Sprecher Gehorsam gewohnt war.

»Kommt her und nehmt's Euch!« lautete Jorams trotzige Antwort.

»›Nehmt es Euch‹, *Euer Gnaden*«, berichtigte ihn der Kardinal entsetzt.

»Vielen Dank, Kardinal« – Garald lächelte –, »aber dies ist kaum der geeignete Zeitpunkt, Wegelagerer in höfischer Etikette zu unterweisen. Komm schon, Junge. Gib mir dein Schwert, und dir geschieht nichts.«

»Nein! *Euer Gnaden*.« Jorams Stimme triefte vor Hohn.

»Joram, sei doch vernünftig«, raunte Saryon verzweifelt, aber der junge Mann ignorierte ihn.

»Was ist das für ein Bursche?« fragte Mosiah halblaut und richtete sich auf, nur um gleich wieder stillzuhalten. Der elegante Fremde hatte die Erzwinger von Joram abgezogen, Mosiah aber offenbar in ihrer Obhut gelassen. Mosiah fühlte die glitzernden Augen der Hexenmeister auf sich ruhen, er sah die gefalteten Hände eine unmerkliche Bewegung machen und wagte kaum zu atmen.

Saryon schüttelte abwehrend den Kopf und hielt den Blick unverwandt auf Joram und diesen Garald gerichtet, der nach Jorams sturer Weigerung noch einen Schritt vor tat. Joram straffte sich drohend und hob das Schwert.

»Nun gut«, meinte der Fremde schulterzuckend. »Ich nehme die Herausforderung an.«

Nachdem er den Umhang über die Schultern auf den Rücken geworfen hatte, zog er sein Schwert aus der Scheide und nahm mit der Beiläufigkeit und Präzision des geübten Fechters Kampfstellung ein. Saryon schnürte sich die Kehle zusammen. Das Schwert war ebenso elegant, schön und imposant wie der Mann, der es führte. Das Mondlicht brannte in der hellen Klinge, lief wie eine silberne Flamme die Schneide entlang und brach sich in der ziselierten, zu Falkenschwingen ausgeschmiedeten Parierstange.

Der Falke. Etwas regte sich in Saryons Gedächtnis, aber es war ihm unmöglich, seine Aufmerksamkeit lange genug von Joram abzuwenden, um in seiner Erinnerung zu forschen. Der Junge war eine klägliche, fast mitleiderregende Gestalt, verglichen mit der blendenden Erscheinung seines Gegners, und doch vermittelten sie beide den gleichen Eindruck von Stolz, Furchtlosigkeit und Mut, der in Saryons Augen von dem adligen Blut kündete, das in den Adern sowohl des Mannes wie auch des Jungen floß.

Unbeholfen ahmte Joram die Haltung seines Kontrahenten nach. Er wußte über die Kunst des Fechtens nur, was er in den Büchern gelesen hatte, und das war nicht der Rede wert. Seine Ungeschicklichkeit schien Garald zu belustigen, obwohl der Kardinal bedenklich den Kopf schüttelte und warnend sagte: »Euer Gnaden, ich glaube ...«

Joram nutzte den Augenblick, in dem Garald abgelenkt war, um anzugreifen.

Ungeachtet der wachsamen *Duuk-tsarith,* schnellte Saryon aus seinem Versteck empor. Er konnte nicht zulassen, daß Joram diesen Mann verletzte oder gar tötete.

»Halt ...«, rief er, aber die Worte erstarben ihm auf den Lippen.

Das Klirren von Stahl, ein Schmerzensschrei – Joram hielt sich die geprellte Hand und beobachtete verdutzt, wie das Dunkle Schwert in hohem Bogen durch die Luft flog und vor den Füßen des Kardinals landete.

»Ergreift ihn und den anderen«, befahl Garald den wartenden *Duuk-tsarith,* die nicht zögerten, von ihrer Zauberkraft Gebrauch zu machen. Mit nur einem Wort beschworen sie die Nullmagie, deren Eigenschaft es ist, das jeweilig Opfer der magischen Energie zu berauben, die jedem Menschenwesen unverzichtbar ist. Mosiah fiel wimmernd zu Boden, aber Joram blieb stehen, starrte die Erzwinger unter finster gesenkten Brauen an und rieb sich die immer noch schmerzende Hand.

»Ich bitte um Verzeihung, Euer Gnaden«, äußerte einer der Hexenmeister, »aber dieser Knabe reagiert nicht auf unseren Zauber. Er ist tot.«

»Oh, wahrhaftig?« Garald musterte Joram mit einem Ausdruck von distanziertem Mitleid, der den Jungen tiefer verwundete als jeder Schwertstich. Er preßte stumm die Lippen zusammen, während ihm die Zornesröte ins Gesicht stieg. »Versucht einen anderen, stärkeren Zauber«, sagte der Fremde, ohne

Joram aus den Augen zu lassen, »aber fügt ihm keinen Schaden zu. Ich möchte von ihm wissen, was es mit diesem merkwürdigen Schwert auf sich hat.«

»Und was ist mit dem Katalyten, Euer Gnaden?« fragte der Hexenmeister mit einer Verbeugung.

Garald hob überrascht den Kopf, und sein Blick fiel auf Saryon.

»Beim Blut des Almin, Kardinal«, sagte er, »hier haben wir jemanden aus Eurem Orden! Laßt mich Euch behilflich sein, Pater«, fügte er höflich hinzu und streckte dem verstörten Katalyten die Hand entgegen.

Trotz des respektvollen Tonfalls waren die Worte nicht als Bitte, sondern als Befehl zu verstehen, und Saryon mußte wohl oder übel gehorchen. Garald griff nach seinem Arm und half ihm aus dem Gebüsch heraus.

Joram, der sich unbeobachtet glaubte, tat ein paar vorsichtige Schritte auf die Stelle zu, an der sein Schwert lag, erstarrte jedoch zu völliger Reglosigkeit, als drei Reifen aus Feuer sich aus der Luft über ihn senkten – der eine umschloß seine Knie, der andere die Taille und der dritte seine Arme in Höhe der Ellenbogen.

Die Feuerringe berührten ihn nicht, aber er spürte die verzehrende Hitze, die sie verströmten, und wagte sich nicht zu rühren.

Nachdem sie sich auf diese Weise des Jungen versichert hatten, schauten die *Duuk-tsarith* in Erwartung weiterer Befehle schweigend auf ihren Gebieter.

»Sucht die Lichtung ab«, trug Garald ihnen auf. »Vielleicht sind unsere Besucher nicht allein. Aber zuerst erlöst uns bitte von dieser verflixten Dunkelheit!«

Die *Duuk-tsarith* gehorchten. Im Nu war es wieder hellichter Tag, und alle standen geblendet in der grellen Nachmittagssonne. Als Saryons Augen sich an die Helligkeit gewöhnt hatten, merkte er, daß die Hexenmeister wie Ausgeburten der Finsternis mit ihr verschwunden waren.

Er hielt suchend Ausschau, als ihm bewußt wurde, daß Garald zu ihm sprach.

»Ich hoffe sehr, Ihr gehört nicht zu diesen jungen Strauchdieben, Pater«, sagte er ruhig, aber mit einer gewissen Kälte in der Stimme. »Auch wenn mir zu Ohren gekommen ist, daß abtrünnige Katalyten das Land durchstreifen sollen.«

»Ich bin kein abtrünniger Katalyt, Euer Gnaden«, protestierte Saryon, dann stockte er, und das Blut stieg ihm in die Wangen. »Nun ja, vielleicht doch«, gab er kleinlaut zu, »aber urteilt nicht, bevor Ihr meine Geschichte gehört habt.« Er wandte sich an den Kardinal, der zu ihnen getreten war. »Ich – wir sind keine Strauchdiebe, das versichere ich Euch!«

»Dann erklärt mir euer befremdliches Verhalten«, forderte Garald ihn mit einiger Schärfe auf.

»Ich kann es erklären, glaubt mir.« Saryon rang die Hände. »Es war ein Versehen ...«

Er wurde von den beiden Erzwingern unterbrochen, die sich plötzlich vor Garald materialisierten.

»Ja?« fragte er. »Was habt ihr gefunden?«

»Nichts weiter, Euer Gnaden, nur dieses Ding hier.« Eine der schwarzgekleideten Gestalten hielt mit ausgestrecktem Arm einen großen Eimer aus Holz in die Höhe.

»Ein ungewöhnlicher Fund, so weit entfernt von jeder menschlichen Ansiedlung, aber sonst wohl kaum bemerkenswert«, meinte Garald, nachdem er den Fund mit einem gleichgültigen Blick gestreift hatte.

»Es handelt sich um einen durchaus bemerkenswerten Eimer, Euer Gnaden«, sagte der *Duuk-tsarith*.

»Nein, nein«, meldete der Eimer sich hastig zu Wort, »nur ein schlichter, gewöhnlicher Eimer. An mir ist überhaupt nichts Bemerkenswertes, ganz und gar nichts!«

»In des Almins Namen!« hauchte Garald, während der Kardinal unwillkürlich zurückwich und ein rasches Gebet murmelte.

»Eine schlichte Schüssel, ein kläglicher Kübel, ein trauriger Topf«, plapperte der Eimer weiter. »Gilt's den Durst zu löschen oder die hochwohlgeborenen Füße zu kühlen – stets zu Diensten, guter Herr . . .«

»Donner und Doria!« rief Garald. Er riß dem Hexenmeister den Eimer aus der Hand und schüttelte ihn. »Simkin, du Holzkopf! Erkennst du mich nicht?«

Zwei Augen tauchten am Rand des Eimers auf und fixierten den hochgewachsenen Mann durchdringend. Sie zwinkerten ein paarmal heftig, ein hohles Lachen ertönte, und der Eimer nahm die Gestalt des flaumbärtigen jungen Mannes an, gewandet in sein liebstes *Matsch und Modder*-Kostüm.

»Garald!« rief er und schloß sein Gegenüber in die Arme.

»Simkin!«

Garald klopfte ihm auf den Rücken.

Der Kardinal schien über das Auftauchen Simkins noch weniger erfreut zu sein als über den sprechenden Eimer.

Er hob den Blick zum Himmel, barg die Hände in den weiten Kuttenärmeln und schüttelte den Kopf.

»Ich habe Euch wirklich nicht erkannt«, meinte Simkin, trat einen Schritt zurück und betrachtete den Edelmann mit leuchtenden Augen. »Was hat Euch in diese scheußliche Gegend verschlagen? Doch einen Moment, ich möchte Euch meinen Freunden vorstellen. Joram, Mosiah . . .« Simkin drehte sich zu den bei-

den herum, scheinbar ohne zu bemerken, daß der eine gelähmt am Boden lag und der andere von drei feurigen Reifen daran gehindert wurde, sich zu bewegen.
»... darf ich bekannt machen: Seine Königliche Hoheit, Garald, Kronprinz von Sharakan.«

# Der Kronprinz

»Das sind also Freunde von dir?« Der Blick des Prinzen glitt über Mosiah hinweg und blieb an Joram haften. Die Reifen aus sengendem Feuer zwangen den jungen Mann stillzuhalten, wenn er sich nicht ernsthafte Verbrennungen zuziehen wollte. Trotzdem drückte das starre Gesicht keine Angst aus, sondern Zorn und Verbitterung über diese unrühmliche Niederlage.

»Sie stehen mir näher als leibliche Brüder«, bekräftigte Simkin. »Ihr erinnert Euch, auf welch tragische Weise ich meinen kleinen Bruder verloren habe? Der liebe gute Nat. Es war im Jahr ...«

»Ja, ja«, unterbrach ihn der Prinz hastig. Er wandte sich an die *Duuk-tsarith*. »Gebt sie frei.«

Die Erzwinger verneigten sich; mit einer Geste und einem Wort hoben sie den Zauber der Nullmagie erst von Mosiah, der tief Atem holte und mit ausgebreiteten Armen kraftlos auf dem Rücken liegenblieb. Auch die Feuerringe, die Joram hielten, verschwanden, aber der junge Mann machte von seiner Freiheit keinen Gebrauch, sondern verschränkte die Arme vor der Brust und starrte erhobenen Hauptes zum sonnendurchfluteten Waldrand hinüber. Es gab dort nichts Besonderes zu sehen, aber seine Haltung drückte unmißverständlich aus, daß er aus freiem Willen auf diesem Fleck stehenblieb und entschlossen war, dort stehenzubleiben, bis er tot umfiel.

Garalds Lippen zuckten. Er legte den gekrümmten Zeigefinger an den Mund, um sein Lächeln zu verbergen, und wandte sich erneut an Simkin. »Und der Katalyt?«

»Der glatzerte Geselle ist auch ein Freund von mir«,

erklärte der junge Mann und schaute sich nach allen Seiten um. »Wo steckt Ihr denn, Pater? Ach, da. Prinz Garald – Pater Saryon.«

Der Prinz verneigte sich anmutig, eine Hand auf dem Herzen, wie es im Norden Sitte war. Saryon erwiderte die Verbeugung weniger graziös, er befand sich in einem Zustand der Verwirrung, in dem er kaum noch wußte, was er tat.

»Pater Saryon«, der Prinz wies auf den Katalyten, der ihn begleitete, »hier stelle ich Euch Seine Eminenz, Kardinal Radisovik, vor, Freund und Berater meines Vaters.«

Saryon kniete demütig nieder, um die Fingerspitzen des weißgekleideten Kardinals zu küssen, aber der Priester ergriff seine Hand und hob ihn auf.

»Diese unterwürfigen Huldigungen haben wir bei uns im Norden abgeschafft«, erklärte er. »Es ist mir ein Vergnügen, Euch kennenzulernen, Pater Saryon. Ihr seht erschöpft aus. Wollen wir nicht auf die Lichtung zurückkehren? Die heißen Quellen dort bewirken ein so angenehm mildes Klima, findet Ihr nicht auch?«

Bei diesen Worten merkte Saryon, wie sehr er fror, und ihm fiel auf, daß sie beim Betreten des Waldes tatsächlich einen Schritt vom Frühling zurück in den Winter getan hatten. Simkins Worte kamen ihm wieder in den Sinn: *Diese Lichtung ist nicht ganz geheuer*. Allerdings nicht! Der Prinz hatte sich mittels seiner Zauberkraft ein angenehmes Plätzchen für sein Nachtlager geschaffen, und sie waren ahnungslos in dieses kleine Eldorado hineingetreten! Was für unglaubliche, naive Dummköpfe ...

»Euch umwittert der Hauch eines großen Abenteuers, Pater«, fuhr Radisovik fort, während sie nebeneinander zur Lichtung spazierten. »Es ist bestimmt eine faszinierende Geschichte, auf welchen Wegen ein

Mann der Kirche in solche« – der Kardinal suchte nach Worten –, »interessante Gesellschaft geraten konnte.«

Nichts hätte liebenswürdiger sein können als diese von höflichem Interesse geprägte Einleitung zu einer zwanglosen Plauderei, aber Saryon hatte den Austausch bedeutungsvoller Blicke zwischen dem Prinzen und Radisovik bemerkt, und es war gewiß kein Zufall, daß er, Saryon, von dem Kardinal zur Lichtung geleitet wurde, während der Prinz und Simkin sich um Mosiah kümmerten.

Saryon begriff. *Man will uns getrennt verhören, dann vergleichen der Prinz und Radisovik, was sie erfahren haben.* Und wie diskret sie sich verständigt hatten, ohne ein Wort zu sprechen!

Die hohe Kunst der Diplomatie und der höfischen Intrige. Bei dem Gedanken an das Geheimnis, das er hütete, durchfuhr Saryon ein Stich der Angst. Er hatte keine Begabung für derlei Spiele.

Während er neben dem Kardinal herging und mit einem Ohr der freundlichen Konversation lauschte, kam es ihm plötzlich zu Bewußtsein, daß auch Radisovik ein Renegat sein mußte; der Mann, von dem Vanya gesprochen hatte; der Priester, der den wahren Kirchenfürsten ins Exil geschickt hatte.

Was für eine merkwürdige Begegnung!

War dies Zusammentreffen die Antwort auf Gebete, die Saryon nicht gesprochen hatte? Oder wieder nur ein Beweis, daß es im Universum nichts gab, kein höheres Wesen, keinen Gott, nur Leere, Kälte und Gleichgültigkeit?

Die Zeit würde es erweisen. Saryon fragte sich, wieviel ihnen davon noch blieb.

»Wie geht es dir, junger Freund?« fragte der Prinz den erstaunten Mosiah in dem Tonfall distanzierter Anteilnahme.

»Viel – viel besser, Euer Gnaden«, stammelte Mosiah verlegen. Als er sah, daß der Prinz niederknien wollte, um ihm zu helfen, versuchte er schnell, sich alleine aufzurappeln. »Bitte, bemüht Euch nicht, Ho ... Hoheit. Es geht mir gut, wirklich.«

»Ich hoffe, Ihr verzeiht uns diese Behandlung«, meinte Garald. »Ihr werdet verstehen, daß man in der Wildnis außerordentlich vorsichtig sein muß.«

»Aber ja, Euer Gnaden.« Mosiah, der sich auf Simkin stützte, war so rot im Gesicht, als hätte er Fieber. »Wir – wir haben Euch auch verwechselt ...«

»Wahrhaftig?« Garald hob interessiert eine feingezeichnete Augenbraue.

»Vergebung, Euer Gnaden«, mischte einer der *Duuk-tsarith* sich ein, »aber es wird spät. Wir sollten uns auf die Lichtung begeben, wo es sicher ist.«

»O ja. Danke, daß Ihr mich erinnert.« Der Prinz wies auf Mosiah. »Würdet Ihr Euch dieses jungen Mannes annehmen und ihn zu seinem Ruheplatz geleiten?«

Der Erzwinger tat, wie ihm geheißen. Die Hände nach dem Brauch seines Ordens vor dem Leib gefaltet, blieb er neben seinem Schützling stehen, ohne ihn zu berühren, doch Mosiah begriff, daß es sich um einen Befehl handelte, nicht um eine Aufforderung. Er setzte sich in Bewegung, und der Hexenmeister folgte ihm, schwarz und lautlos wie ein Schatten. Joram verharrte immer noch trotzig an derselben Stelle und tat, als ginge ihn das alles nichts an. Der zweite *Duuk-tsarith* hatte ihn derweil keinen Moment aus den Augen gelassen.

Auch Garald sah zu Joram hin und wandte sich mit gedämpfter Stimme an Simkin. »Deine Freunde sind ein merkwürdiges Trio, aber dieser junge Mann mit dem Schwert fasziniert mich besonders. Was weißt du über ihn?«

»Angeblich von hoher Geburt. Illegitim. Mutter entehrt. Lief davon. Sohn wuchs als FeldMagus auf. Kleiner Rebell. Tötete Verwalter. Floh ins Außenland. Etliche Ungereimtheiten. Unser Hochwürden sollte ihn zu Bischof Vanya bringen. Konnte oder wollte nicht. Haufen Ärger. Jetzt der Schwarzen Magie verfallen, alle beide«, rasselte Simkin herunter, scheinbar sehr zufrieden mit seiner Zusammenfassung.

»Hm.« Garald musterte Joram von Kopf bis Fuß. »Und das Schwert?«

»Arkanum.«

Der Prinz holte tief Atem.

»Arkanum? Bist du sicher?« flüsterte er und zog Simkin dichter zu sich heran.

Simkin nickte.

Garald stieß den angehaltenen Atem durch die Zähne. »Der Almin sei gepriesen«, sagte er andächtig. »Begleite mich. Ich möchte mit diesem jungen Mann reden und brauche deine Hilfe. So, ihr seid aus dem Dorf der Nigromanten gekommen?« bemerkte er mit erhobener Stimme zu Simkin, als sie beide sich Joram näherten.

»Allerdings, Hochwohlgeboren«, bestätigte Simkin heiter. »Und ich muß gestehen, ich bin froh, jener rustikalen Umgebung entflohen zu sein. « Das orangefarbene Seidentuch flatterte vom Himmel in seine ausgestreckte Hand. In den Strahlen der tiefstehenden Sonne sah es aus wie ein tanzendes Flämmchen. »Der Geruch, Prinz, war absolut unerträglich, glaubt es mir. Glühende Kohlen, Schwefeldämpfe. Ganz zu schweigen von diesem infernalischen Gehämmere Tag und Nacht.«

Sie blieben vor Joram stehen, der stur nach vorn

schaute und sich weigerte, ihre Anwesenheit zur Kenntnis zu nehmen.

»Dein Name ist Joram?« erkundigte Garald sich höflich.

Mit sichtlichem Widerwillen bequemte Joram sich, den Prinzen anzusehen. »Gebt mir mein Schwert zurück«, verlangte er heiser.

»Gebt mir mein Schwert zurück, *Euer Gnaden*«, berichtigte ihn Simkin im Tonfall des Kardinals.

Joram warf ihm einen zornigen Blick zu. Garald überspielte sein Lachen mit einem Räuspern. Er nutzte die Gelegenheit, um Jorams Gesicht im Licht der Nachmittagssonne zu studieren.

»Ja«, sagte er zu sich selbst, »ich glaube, daß er von hoher Geburt ist. Ein edler Stein in ungeschlachter Fassung. Und ich kenne das Gesicht!« Garald runzelte sinnend die Stirn. »Dieses Haar – wundervoll! Die Augen – stolz, empfindsam, intelligent. Zu intelligent. Ein gefährlicher junger Mann. Immerhin hat er das Arkanum entdeckt. Aber was hat er damit vor? Ahnt er auch nur, welche furchtbare Macht er zu neuem Leben erweckt hat? Ahnt es überhaupt irgend jemand?«

»Mein Schwert!« wiederholte Joram starrsinnig, während er mit finsterer Miene die Musterung des Prinzen über sich ergehen ließ.

»Du mußt entschuldigen. Ein Kratzen im Hals ... Die Windblumen ...« Garald neigte leicht den Kopf. »Selbstverständlich kannst du dein Schwert wiederhaben.« Er warf einen Blick auf die am Boden liegende Waffe. »Außerdem möchte ich mich für unser Verhalten entschuldigen. Ihr habt uns überrascht, und wir reagierten zu hastig.« Der Prinz schenkte dem jungen Mann ein ernstes Lächeln.

Verblüfft und ratlos schaute Joram von dem Prinzen zu seinem Schwert und wieder auf den Prinzen. Eine dunkle Röte stieg in seine Wangen, und er runzelte die Brauen, doch sein Zorn war verraucht. Zurück blieb ein Gefühl der Scham. Zum erstenmal in seinem Leben war sich Joram schmerzlich seiner schäbigen Kleider und struppigen Haare bewußt.

Mißtrauisch und ohne Garald aus den Augen zu lassen, ging Joram langsam zu der Stelle, wo das Schwert lag – ein Relikt der Nacht im sonnenbeschienenen Gras. Der Prinz rührte sich nicht, und auch der schwarzgewandete *Duuk-tsarith* stand regungslos wie eine Statue. Joram hob die Waffe auf und schob sie hastig in die schmucklose Hülle, auf der der Blick des Prinzen mit Geringschätzung ruhte.

»Kann ich gehen?« fragte Joram schroff.

»Ich befürchte, ihr seid in gewisser Hinsicht immer noch unsere Gefangenen«, antwortete der Prinz diplomatisch, »doch es wäre mir lieber, ihr könntet euch entschließen, heute nacht unsere Gäste zu sein. Gebt uns Gelegenheit, wiedergutzumachen, was ...«

»Hört auf, uns zu verspotten«, fuhr Joram auf, »Euer Gnaden!« Er hatte einen bitteren Geschmack im Mund. »Ihr hattet jedes Recht, uns anzugreifen, ja sogar zu töten. Und was das Schwert betrifft, es ist primitiv und wertlos, verglichen mit dem Euren« – Joram konnte sich nicht helfen, seine Augen richteten sich verlangend auf die herrliche Klinge, die der Prinz in einer magischen Lederscheide an der Hüfte trug –, »aber ich habe es selbst geschmiedet, mit meinen eigenen Händen. Und ich hatte nie zuvor ein echtes Schwert gesehen.«

»Wertlos auf keinen Fall«, sagte Garald. »Nicht ein Schwert aus Arkanum, das Magie zu absorbieren vermag ...«

Joram warf einen scharfen Blick auf Simkin, der unschuldig lächelte.

»Komm mit mir auf die Lichtung«, fuhr Garald fort.

»Es ist wärmer dort, und wir sind gefeit vor den Gefahren, die nach Einbruch der Dunkelheit hier lauern.« Der Prinz trat neben Joram und legte ihm die Hand auf die Schulter.

Es war eine Geste wie zwischen Freunden. Oder die Geste eines Mannes, der ein störrisches Tier besänftigen will. Joram zuckte unter der Berührung zusammen. Er sah das Mitleid in den Augen des Mannes und beherrschte nur mühsam das Verlangen, die Hand von seiner Schulter zu schlagen. Warum beherrschte er sich? Weshalb die Skrupel? Es war Joram plötzlich sehr wichtig, den Respekt dieses Mannes zu gewinnen.

»Wo kommst du her, Joram?« fragte Garald.

»Ist das von Bedeutung?« fragte Joram schroff zurück.

»Wo stammt deine Familie her, wollte ich sagen«, berichtigte sich der Prinz.

Wieder flog Jorams Blick unter gerunzelten Brauen zu Simkin, der neben ihnen her schlenderte. Garald lächelte. »Ja, er hat mir einiges über dich erzählt. Ich muß gestehen, ich bin furchtbar neugierig. Simkins kurzem Überblick konnte ich entnehmen, daß dein Leben nicht einfach gewesen ist. Vielleicht hältst du meine Fragen für einigermaßen unverschämt. Du magst sogar recht haben, aber ich bin weit gereist und kenne die meisten der adligen Familien hierzulande, außerdem muß ich zugeben, daß du mir bekannt vorkommst. Kennst du deinen Familiennamen?«

Die Scham, die in Jorams Gesicht brannte, war Antwort genug, aber er warf stolz den Kopf zurück. »Nein.« Mehr hatte er nicht sagen wollen, aber das aufrichtige Interesse, mit dem Garald ihn betrachtete, verlockte ihn weiterzureden. »Ich weiß nur, daß meine Mutter Anja hieß und daß sie aus Merilon stammte. Mein Vater war – war ein Katalyt.« Seine

Lippen zuckten, er schaute zur Lichtung, wo man Saryon mit dem Kardinal sprechen sehen konnte.

»Gütiger Almin!« Der Prinz war seinem Blick gefolgt. »Du willst doch nicht andeuten . . .«

»Selbstverständlich nicht!« Joram begriff, welchem Irrtum Garald erlegen war. »Nicht er!« Die Bitterkeit ergriff wieder von ihm Besitz. »Als er mich zeugte, beging mein Vater ein Verbrechen. Man verurteilte ihn zur Wandlung, und jetzt steht er als lebende Statue an der Grenze zur Schattenwelt.«

»Mein Gott«, murmelte der Prinz. Statt Mitleid drückte seine Stimme jetzt Sympathie aus. »Dann ist deine Familie also in Merilon ansässig.« Wieder studierte er Jorams Züge. »Ja, das paßt zu dem, was mein Gefühl mir sagt. Wenn ich nur . . .«

Ärgerlich schüttelte er den Kopf und forschte in seiner Erinnerung, doch sein Gedankengang wurde von Simkin unterbrochen, der unflätig gähnte. »Es ist mir von Herzen zuwider, unser faszinierendes Plauderstündchen zu beenden, aber vor dem Abendessen würde ich doch gerne noch ein kleines Nickerchen halten.« Wieder ein Gähnen. »Es ist nicht leicht, ein Eimer zu sein. Ganz zu schweigen von der Tatsache, daß Eure schwarzgewandeten Leibwächter in Wirklichkeit zwei große Tölpel sind, die im Gras über mich stolperten. Auch ein Holzeimer hat seine edlen Teile und läßt nicht gerne auf sich herumtrampeln.« Mit einem indignierten Schniefen betupfte er sich die Nase.

»Aber natürlich, mein Freund, dein Nickerchen sei dir gegönnt.« Garald lächelte. »Du siehst ein wenig blaß aus.«

»Autsch!« Simkin zog den Kopf zwischen die Schultern. »Diese Anspielung war Eurer nicht würdig, mein Prinz. Süße Träume. Dir auch, o Schwelger in Weltschmerz und Melancholie.« Er winkte Joram zu und ließ sich von den Strömungen der warmen Frühlingsluft auf die Lichtung hinaustragen.

»Seit wann kennt Ihr Simkin?« fragte Joram unwillkürlich, während er zuschaute, wie der grüne Umhang und die grüne Kappe mit der Fasanenfeder flatternd und wippend entschwanden.

»Simkin kennen?« Der Prinz hob belustigt die Augenbrauen. »Ich kann mir nicht vorstellen, daß irgend jemand ihn jemals gekannt hat.«

»Nun, Radisovik, was habt Ihr herausgefunden?«

Nacht – wirkliche Nacht, nicht durch Magie heraufbeschworen – hatte sich über die Lichtung gesenkt. In der Mitte des Lagerplatzes brannte ein kleines Feuer. Man hatte es entzündet, um zwei Kaninchen zu braten, die der Prinz schon vormittags in Schlingen gefangen hatte, und jetzt erfüllte es die friedliche Waldlichtung mit anheimelnder Helligkeit. Eigentlich war der Prinz, dem seine eigenen magischen Kräfte sowie die seiner Leibwächter zu Gebote standen, auf Feuer und Schlingen nicht angewiesen. Mit einer Handbewegung hätte er ein opulentes Mahl herbeizaubern können. Doch Garald legte Wert darauf, in jeder Beziehung unabhängig zu sein. Man wußte nie, wann man gezwungen sein mochte, ohne Magie auszukommen.

Der Prinz und der Kardinal spazierten zwischen den Bäumen einher, in Sichtweite des Lagers und unter den wachsamen Augen der *Duuk-tsarith*. Der Katalyt saß neben dem Feuer, hielt einen Becher mit heißem Tee zwischen den Händen und hatte sichtlich Mühe, die Augen offenzuhalten. Nicht weit von ihm schlief Mosiah in eine der weichen Decken gewickelt, die der Prinz mit eigenen Händen für sie herbeigezaubert hatte. Joram lag neben seinem Freund, aber er war hellwach. Seine Blicke folgten dem Prinzen und dem Kardinal, eine Hand ruhte auf dem Schwert an seiner Seite. Garald fragte sich, ob der Junge wirklich vorhatte, die ganze Nacht wachzubleiben und aufzupassen. Unwillkürlich lächelte er und schüttelte den Kopf. Er war selbst einmal siebzehn gewesen, vor gar nicht so langer Zeit. Jetzt war er achtundzwanzig. Und konnte sich noch gut erinnern.

Ihr dritter Gast, Simkin, hatte sein Bett in einiger Entfernung von seinen Weggefährten in einem Blumenfeld aufgeschlagen. Angetan mit einem plissierten Nachthemd und einer Zipfelmütze, lag er friedlich schnarchend auf dem Rücken, doch ob er wirklich schlief oder nur schauspielerte, war ungewiß. Garald jedenfalls wußte es nicht. Er kannte Simkin aber gut genug, um zu wissen, daß beides möglich war.

»Euer Gnaden?«

»Oh, ich bitte um Vergebung, Kardinal. Ich war geistesabwesend. Bitte sprecht weiter.«

»Was ich erfahren habe, ist von größter Wichtigkeit, Euer Gnaden.« Der leise Vorwurf in der Stimme des Kardinals war nicht zu überhören.

»Ihr habt meine ungeteilte Aufmerksamkeit«, versicherte ihm der Prinz ernst.

»Der Katalyt, Saryon, hat erst vor kurzem mit Bischof Vanya gesprochen.«

»Wie das?« Garalds Interesse erwachte.

»Die Krypta, Prinz, ohne Zweifel, obwohl der arme Mann davon keine Ahnung hat. Doch was er sagt, läßt nur diesen einen Schluß zu. Er hat mir erzählt, daß Vanya auf unsere Vernichtung hinarbeitet ...«

»Das ist nichts Neues«, murmelte Garald stirnrunzelnd.

»Nein, Hoheit. Die Neuigkeit ist, daß Blachloq ein Spion war. Ja, der Mann ist Vanyas Werkzeug gewesen und wurde ins Dorf der Nigromanten geschickt, um dort das Netz zu spinnen, in dem man uns fangen wollte. Sobald wir erst von den Nigromanten und ihren Waffen abhängig waren, sollte Blachloq sich gegen uns und gegen sie wenden. Uns hätte man eine Niederlage bereitet und die Nigromanten ausradiert.«

»Ein gewiefter Schurke, dieser Blachloq«, meinte Garald grimmig. »Aber mir ist aufgefallen, daß Ihr von ihm in der Vergangenheit sprecht.«

»Er ist tot, Euer Gnaden. Der junge Mann«, Radisovik nickte zu Joram hin, »hat ihn getötet.«

»Einen *Duuk-tsarith*?« Garald konnte es nicht glauben.

»Mit dem Schwert, Prinz, und der Hilfe des Katalyten.«

»Aha, das Schwert aus Arkanum.« Garalds Stirn glättete sich. Dann runzelte er wieder die Brauen, als sein Blick auf Joram fiel. »Wirklich ein gefährlicher junger Mann«, bemerkte er und versank in nachdenkliches Schweigen. Der Kardinal schwieg ebenfalls.

»Traut Ihr dem Katalyten?« fragte Garald plötzlich.

»Ja, bis zu einem gewissen Punkt.«

»Was meint Ihr damit?«

»Saryon ist im Herzen ein Gelehrter, Euer Gnaden, ein genialer Mathematiker. Sein Wissensdurst hat ihn verlockt, sich mit den Schwarzen Künsten der Technologie zu beschäftigen. Er ist ein schlichter Mensch. Jemand, der sich nach einem geruhsamen Dasein in den sicheren Mauern des Baptisteriums sehnt. Doch es ist etwas geschehen, das ihn aus der Bahn geworfen hat; etwas, das sein Leben überschattet.«

»Etwas, was mit dem jungen Mann zu tun hat?«

»Ja, Euer Gnaden.«

»Simkin hat einige Andeutungen gemacht – Vanya soll den Katalyten beauftragt haben, ihm Joram ins Baptisterium zu bringen.« Garald zuckte mit den

Schultern. »Nun ja, Simkin redet viel. Ich habe die Hälfte nicht geglaubt.«

»Der Katalyt erzählt dasselbe, Euer Gnaden. Nach seinen Worten erhielt er von Bischof Vanya den Befehl, Joram ohne Aufsehen aus dem Dorf der Nigromanten herauszuschaffen und ihm auszuliefern.«

»Und Ihr glaubt ...«

»Er sagt uns die Wahrheit, aber nicht die ganze Wahrheit. Nach meiner Ansicht ist das der Grund, weshalb er so vorbehaltlos bereit ist, mir alles über Blachloq zu erzählen, mehr, als ich überhaupt wissen wollte. Der arme Mann ist leicht zu durchschauen. Ganz eindeutig flattert er mit seinem gebrochenen Flügel, um mich von dem Nest mit dem Jungen fortzulocken.«

»Und hat er eine Erklärung dafür, weshalb Vanya so erpicht darauf war, den jungen Mann in seine Gewalt zu bekommen?«

»Nur was auf der Hand liegt, Euer Gnaden: daß Joram ohne Magie ist und außerdem ein Mörder. Er hat einen Verwalter erschlagen. Der Katalyt behauptet allerdings, Joram wäre bis aufs Blut gereizt worden. Der Verwalter hat die Mutter des Jungen getötet.«

»Pah!« Garald rieb sich die Stirn. »Wegen einer solchen Lappalie würde Bischof Vanya nicht diesen Aufwand betreiben. Er hätte die Angelegenheit den *Duuktsarith* überlassen. Der Katalyt hält an dieser unwahrscheinlichen Geschichte fest?«

»Und wird nicht davon abgehen, Euer Gnaden, bis zu seinem Tod. Aber mir ist noch etwas an diesem Saryon aufgefallen.«

»Und zwar?«

»Er hat seinen Glauben verloren«, sagte Radisovik leise. »Er ist ein Mann, der alleine in der Dunkelheit seiner Seele umherirrt. So ein Mensch wird sein Geheimnis um so eifersüchtiger bewahren, weil ihm sonst nichts geblieben ist.« Der Kardinal fröstelte in der Kühle unter den Bäumen. »Ganz sicher bin ich natürlich nicht. Die Hexenmeister mit ihren speziellen Methoden könnten es ihm vielleicht entreißen ...«

»Nein!« Garalds Blick flog unwillkürlich zu den düsteren Gestalten, die in diszipliniertem Schweigen nicht weit vom Lagerfeuer standen. »Das wäre der Stil Bischof Vanyas und seines Marionettenkaisers in Merilon. Wenn es der Wille des Almins ist, uns das Geheimnis dieses Mannes zu offenbaren, dann wird es geschehen. Wenn nicht, dann müssen wir uns bescheiden.«

»Amen«, sagte der Kardinal mit unverhohlener Erleichterung.

»Immerhin hat der Almin es gefügt, daß wir rechtzeitig von Blachloqs Verrat erfuhren«, meinte Garald lächelnd.

»Preis und Dank unserem Schöpfer«, entgegnete der Kardinal. »Und nun, Hoheit? Setzen wir trotz allem unsere Reise zu den Nigromanten fort?«

»Aber ja. Das heißt, wenn Ihr einverstanden seid«, fügte Garald eilig hinzu. Der junge Prinz, an schnelles, entschlossenes Handeln gewöhnt, vergaß hin und wieder, den Rat des älteren, erfahreneren Kardinals zu erbitten. Das war einer der Gründe, weshalb sein Vater, der König, sie beide mit dieser Mission betraut hatte.

»Ich halte es für klug, Euer Gnaden, besonders jetzt«, sagte Radisovik verstohlen schmunzelnd. »Nach dem Tod ihres Anführers werden im Dorf der Nigromanten Ratlosigkeit und Verwirrung herrschen. Der Katalyt hat mir berichtet, daß es eine Partei gibt, die für den Frieden ist, und eine andere, stärkere Gruppe, die diesen Krieg befürwortet. Es sollte uns leichtfallen, die Zügel in die Hand zu nehmen und eine Zusammenarbeit mit ihnen zu beginnen.«

»Ja, das ist auch meine Absicht.« Garald blinzelte verschmitzt. »Aber vorläufig besteht doch kein Grund zur Eile, oder?«

Der Kardinal schien überrascht zu sein. »Nun, eigentlich nicht, Euer Gnaden. Wir sollten zur Stelle sein, bevor sich aus dem Wirrwarr ein neuer Führer herauskristallisiert hat ...«

»Eine Woche früher oder später würde keinen großen Unterschied machen, was denkt Ihr?«

»N ... nein, Euer Gnaden«, antwortete der Kardinal ratlos. »Vermutlich nicht.«

»Und was haben unsere Gäste für Pläne? Wohin sind sie unterwegs?«

»Nach Merilon, Euer Gnaden.«

»Ja, das ergibt einen Sinn«, sagte Garald vor sich hin. »Joram sucht seinen Namen und sein Glück. Das kommt uns gut zupaß ...«

»Euer Gnaden?«

»Nichts, nichts. Ich rede nur mit mir selbst. Wenn Ihr keine Einwände habt, Radisovik, schlage ich vor, daß wir eine Woche hier lagern.«

»Und was, wenn ich fragen darf, habt Ihr in dieser Woche vor?«

»Mich als Fechtlehrer zu versuchen. Gute Nacht, Eminenz.«

Mit einer Verbeugung machte Garald kehrt und ging zum Feuer zurück.

»Gute Nacht, Euer Gnaden«, murmelte Radisovik und schaute dem Prinzen verwundert hinterher.

# Joram

Garald kehrte langsam und in Gedanken versunken zum Feuer zurück, während der Kardinal ein seidenes Zelt betrat, das auf den Befehl eines der *Duuk-tsarith* neben den heißen Quellen entstanden war. Trotz seiner Geistesabwesenheit bemerkte der Prinz, daß Saryon ihn und den Kardinal die ganze Zeit über nicht aus den Augen gelassen hatte und daß der Blick des Katalyten jetzt von ihnen zu Joram wanderte. Der junge Mann war nun doch eingeschlafen, aber seine Hand umfaßte immer noch das Schwert.

Der Katalyt liebt ihn, soviel steht fest, dachte der Prinz, während er Saryon unter halb gesenkten Lidern hervor betrachtete. Wie tragisch, daß die Zuneigung offenbar nicht erwidert wird. Radisovik hat recht. Der Mann hütet ein Geheimnis, und freiwillig gibt er es bestimmt nicht preis, doch wenn ich ihn dazu bringen kann, über den Jungen zu sprechen, löst ihm das vielleicht die Zunge. Und ich erfahre gleichzeitig einiges über Joram.

»Nein, bleibt ruhig sitzen, Pater«, sagte Garald, als er bei dem Katalyten angelangt war. »Wenn es Euch recht ist, setze ich mich ein Weilchen zu Euch, außer, Ihr seid müde und wollt Euch zur Ruhe begeben.«

»Vielen Dank, Euer Gnaden«, erwiderte der Katalyt und ließ sich wieder in das weiche, duftende Gras sinken, das Zauberkraft in einen Teppich verwandelt hatte, wie er flauschiger und weicher nicht im kaiserlichen Palast zu finden war. »Ich bin froh über Eure Gesellschaft. Hin und wieder leide ich unter Schlaflosigkeit.« Er lächelte matt. »Es scheint, dies ist eine solche Nacht.«

»Auch ich finde oft keine Ruhe«, meinte der Prinz,

während er neben Saryon Platz nahm. »Mein *Theldara* empfiehlt ein Glas Wein vor dem Zubettgehen.« Ein Kristallkelch erschien in der Hand des Prinzen, gefüllt mit einer rubinroten Flüssigkeit, die im Feuerschein ein Versprechen wärmender Glut verströmte. Er reichte den Kelch dem Katalyten.

»Ihr seid zu gütig, Euer Gnaden.« Saryon errötete vor Dankbarkeit über die Fürsorge des Prinzen. »Auf Euer Wohl.«

Er trank einen kleinen Schluck. Es war ein köstlicher Wein, der Erinnerungen an Merilon und die Festlichkeiten bei Hofe weckte.

»Ich möchte mit Euch über Joram sprechen, Pater«, sagte Garald und streckte sich auf dem Gras aus. Seitlich aufgestützt, konnte er genau in das Gesicht des Katalyten sehen, während sein Kopf und Oberkörper außerhalb des Feuerscheins blieben.

»Ihr seid außerordentlich direkt, Hoheit«, meinte Saryon mit einem leichten Kopfschütteln.

»Eine meiner Schwächen«, bekannte Garald reuevoll und zupfte an den Grashalmen, »wenigstens behauptet das mein Vater. Er wirft mir vor, daß ich den Leuten Angst einjage, wenn ich mich auf sie stürze wie die Katze auf die Maus, statt mich von hinten anzuschleichen.«

»Ich will Euch gerne berichten, was ich über den jungen Mann weiß, Hoheit.« Saryons Blick suchte die in Decken gehüllte Gestalt neben dem Feuer. »Die Geschichte seiner frühen Jahre habe ich von anderen Leuten gehört, aber es gibt keine Veranlassung, an den Fakten zu zweifeln.«

Der Katalyt erzählte von Jorams trostloser, bizarrer Kindheit. Der Prinz lauschte stumm, aufmerksam, fasziniert.

»Es besteht kein Zweifel, daß Anja geistesgestört war«, erklärte Saryon betrübt. »Sie hatte Furchtbares erlebt. Sie mußte mit ansehen, wie der Mann, den sie liebte ...«

»Jorams Vater, der Katalyt«, warf der Prinz ein.

»Ja.« Saryon hüstelte mehrmals. Garald fiel auf, daß der Mann es vermied, ihn anzusehen. »Der Katalyt. Er wurde zur Wandlung verurteilt. Seid Ihr je Zeuge dieser Bestrafung gewesen, Hoheit?« Jetzt schaute der Katalyt dem Prinzen ins Gesicht.

»Nein«, erwiderte Garald kopfschüttelnd. »Und ich bete zum Almin, daß es mir auch in Zukunft erspart bleibt.«

»Ihr seid gut beraten, darum zu bitten«, nickte Saryon und richtete den Blick wieder auf die tanzenden Flammen. »Mir ist es nicht erspart geblieben. Tatsächlich war ich dabei, als das Urteil an Jorams Vater vollstreckt wurde, obwohl ich damals selbstverständlich die Zusammenhänge nicht kannte. Wie verschlungen die Wege des Schicksals sind ...« Er schwieg so lange, daß Prinz Garald ihn behutsam an der Schulter berührte.

»Pater?«

Saryon fuhr auf.

»Was? O ja ...« Fröstelnd barg er die Hände in den Kuttenärmeln. »Es ist eine grauenhafte Strafe. Es heißt, in der Welt der Ahnen wurden Menschen für ihre Verbrechen zum Tode verurteilt. Uns erscheint das barbarisch, vermutlich zu Recht, aber manchmal kann ich mich des Gefühls nicht erwehren, der Tod muß gnädig gewesen sein, verglichen mit unseren zivilisierten Methoden.«

»Ich habe erlebt, wie ein Mann in die Schattenwelt verbannt wurde«, sagte der Prinz halblaut. »Nein, wartet – es war eine Frau. Ja, eine Frau. Mein Vater nahm mich mit, ich war noch ein Junge. Ich bin sicher, daß er versucht hat, mich auf das Ereignis vorzubereiten, aber ich war noch nie durch die Transversalen gereist und so aufgeregt, daß ich nicht begriff, was er mir klarmachen wollte.«

Der Prinz setzte sich auf, schlang die Arme um die Knie und starrte in die Flammen. Die Erinnerung überschattete das ebenmäßige Gesicht und die klaren braunen Augen.

»Worin bestand ihr Verbrechen?«

»Ich versuche mich zu erinnern.« Garald zog die Stirn in Falten. »Es muß etwas Abscheuliches gewesen sein, vermutlich hatte es mit Ehebruch zu tun, denn mein Vater äußerte sich nur sehr vage über die Einzelheiten. Sie war eine Zauberin, das weiß ich noch. *Albanara* – ein vornehmes Mitglied des Hofstaats. Es wurde gemunkelt, sie hätte ihre magischen Kräfte benutzt, um einen Mann zu verführen, gegen seinen Willen.« Garald zuckte die Schultern. »Ich nehme an, das war *seine* Version.

In meiner kindlichen Einfalt glaubte ich, alles wäre nur ein Spiel. Ich war furchtbar aufgeregt. Der gesamte Hofstaat war anwesend, prächtig gewandet, ein Kaleidoskop der verschiedensten Rotschattierungen – eigens zu diesem besonderen Anlaß. Ich war stolz auf meinen Anzug und wollte ihn behalten, aber Vater duldete es nicht. Wir standen dort, an der Grenze, zu Füßen der riesenhaften steinernen Wächter . . .«

Er stockte. »Damals wußte ich nicht, daß diese Männer und Frauen lebendig waren. Mein Vater hat es mir nie gesagt. Sie flößten mir Ehrfurcht ein, wie sie zehn Meter hoch über uns aufragten und mit starren Augen in die Nebelschwaden der Schattenwelt blickten. Ein grau gekleideter Mann trat vor, ein *Duuk-tsarith* wahrscheinlich, obwohl ich mich zu entsinnen glaube, daß sein Gewand etwas anders aussah . . .«

»Der Henker, Euer Gnaden«, erklärte Saryon mit gepreßter Stimme. »Er lebt im Baptisterium und dient den Katalyten. Seine Robe ist grau – die Farbe der Neutralität – und versehen mit den Symbolen der Neun Mysterien, als Hinweis darauf, daß Gerechtigkeit keine Unterschiede kennt.«

»So genau erinnere ich mich nicht. Er war eine beeindruckende Gestalt, ein hochgewachsener Mann, der die Frau, die er gefesselt mit sich führte, so gewaltig überragte wie uns andere die steinernen Wächter. Der Bischof – es muß Vanya gewesen sein, er ist Bischof, solange ich denken kann – hielt eine Rede, in der er sich über die Verbrechen der Frau ausließ. Ich fürchte, ich habe kaum hingehört. Mir war langweilig. Ich wollte, daß etwas passiert.

Vanya kam dann zum Ende. Er flehte zum Almin, sich der Bedauernswerten zu erbarmen. Sie hatte die ganze Zeit ruhig dagestanden und in trotzigem Schweigen den Anklagen gelauscht. Ihr Haar war feuerrot und fiel in wilden Locken bis auf die Hüften. Ihr Kleid war auch rot, rot wie Blut, und ich weiß noch, daß ich dachte: Wie voller Leben ihr Haar ist und wie tot dagegen ihr Kleid. Doch als der Bischof den Almin anrief, warf sie den Kopf zurück und sank auf die Knie, mit einem Aufschrei, der meine kindliche Ahnungslosigkeit in Scherben fallen ließ.

Mein Vater spürte, wie ich zitterte, und drückte mich fest an sich. Der Henker zerrte die Frau vom Boden hoch. Mit ausgestrecktem Arm befahl er ihr zu gehen ... Mein Gott!« Der Prinz schloß die Augen. »Gehen – in diesen entsetzlichen Nebel hinein! Die Unglückliche tat einen Schritt, dann fiel sie wieder auf die Knie. Ihr Flehen um Gnade war jammervoll anzuhören. Sie weinte und bettelte. Schließlich begann sie auf allen vieren rücklings von der Grenze wegzukriechen!«

Garald verstummte und blickte unverwandt in die Flammen.

Sein Mund war ein schmaler, grimmiger Strich.

»Zu guter Letzt«, schloß er, »trug der Henker sie trotz ihres Sträubens bis zum äußersten Rand der Grenze. Die Nebelschwaden hüllten sie beide ein und verbargen sie vor unseren Blicken. Wir hörten einen letzten, furchtbaren Aufschrei und dann – Stille. Der Henker kam zurück – allein. Die Zuschauer gingen auseinander. Zu Hause wurde mir schlecht.«

Saryon äußerte sich nicht.

Garald bemerkte mit Sorge, daß der Katalyt leichenblaß geworden war.

»Es ist nichts, Euer Gnaden«, antwortete Saryon auf die teilnahmsvolle Frage des Prinzen. »Nur – ich selbst bin auch Zeuge vieler Verbannungen gewesen. Die Erinnerung verfolgt mich. Wie Ihr sagt, es ist immer dasselbe. Manche Verurteilte gehen natürlich freiwillig. Stolz, trotzig, erhobenen Hauptes. Der Henker geleitet sie zur Grenze, und sie schreiten in den Nebel hinaus, als gelte es nur, von einem Zimmer ins andere zu gehen. Und doch ist da immer dieser letzte Schrei, der aus den weißen Schwaden zurücktönt, ein Schrei des Entsetzens und der Verzweiflung, der sich auch dem Tapfersten entringt. Ich frage mich, was es ist, das sie sehen . . .«

»Genug davon!« sagte Garald hastig und wischte sich den Schweiß von der Stirn. »Wir werden beide Alpträume haben, also lassen wir das. Erzählt weiter von Joram.«

»Ja, Euer Gnaden. Obwohl auch seine Geschichte einem ungestörten Schlummer nicht eben förderlich ist. Ich erspare Euch die Einzelheiten der Verwandlung zu Stein. Es genügt, wenn Ihr wißt, daß der Henker seines Amtes waltet und daß ich – vor die Wahl gestellt – mich für diesen letzten Augenblick des Entsetzens im Nebel entscheiden würde statt für ein ewiges Leben in Stein.«

»Ja«, murmelte Garald. »Ihr kamt eben auf die Mutter des jungen Mannes zu sprechen.«

»Danke, daß Ihr mich erinnert habt, Euer Gnaden. Anja war gezwungen zuzusehen, wie ihr Liebster von einem lebenden Menschen in lebenden Fels verwandelt wurde, und anschließend brachte man sie zurück ins Baptisterium, wo sie das – das Kind ihrer Sünde zur Welt brachte.«

»Sprecht weiter«, forderte der Prinz ihn auf, denn Saryon war blaß geworden und hatte die Augen niedergeschlagen.

»Ihr Kind der Sünde«, wiederholte Saryon schwerfällig. »Sie nahm das Kind und floh aus dem Baptisterium in die Außenbezirke, wo sie in einem Dorf Arbeit als FeldMagierin fand. Dort wuchs ihr – dort wuchs Joram auf.«

»Diese Anja stammte aus einer adligen Familie? Joram *ist* also von hoher Geburt?«

»Von hoher Geburt? Ja, Euer Gnaden! Zumindest hat Bischof Vanya es mir versichert.« Wieder mußte Saryon sich räuspern.

»Pater, mir scheint, unser Gespräch greift Euch zu sehr an«, sagte Garald besorgt. Die Lippen des Katalyten waren fahl, auf seinem geschorenen Kopf perlte der Schweiß. »Wir reden ein andermal weiter ...«

»Nein, nein, Euer Gnaden«, wehrte Saryon hastig ab. »Es – es freut mich, daß Ihr Interesse an – an Joram zeigt. Und – ich muß mir das vom Herzen reden. Es hat mich sehr bedrückt.«

»Also gut, Pater«, sagte der Prinz, während er sein Gegenüber aus dem Halbdunkel am Rand des Feuerscheins beobachtete, »dann erzählt weiter. Der Junge wuchs also in einem Dorf der FeldMagi auf.«

»Ja. Doch Anja sagte ihm, er sei von edler Herkunft, und sie sorgte dafür, daß er es nie vergaß. Von den anderen Kindern hielt sie ihn fern. Von dem Katalyten des Dorfes erfuhr ich, daß Joram die Hütte, in der sie lebten, nicht verlassen durfte, außer in Begleitung seiner Mutter, und auch dann war es ihm verboten, mit jemandem zu reden. Er blieb allein zu Hause, den ganzen Tag, während Anja auf den Feldern arbeitete. Anja war eine *Albanara*. Sie verfügte über große magische Kräfte, und sie umgab die Hütte mit einem Zauberbann, der verhinderte, daß Joram hinaus- oder jemand anders hineingelangte. Nicht, daß irgend jemand es versucht haben würde«, fügte Saryon hinzu. »Keiner im Dorf mochte Anja. Sie war kalt und hochmütig und prägte dem Jungen ein, er sei besser als die anderen.«

»Sie wußte, daß er tot war?«

»Sie hat es sich selbst nie eingestanden und auch ihm verschwiegen, aber ich vermute, das war mit ein Grund, weshalb sie ihn von allen anderen Kindern fernhielt. Sie wußte, daß Joram im Alter von neun Jahren auf das Feld gehen mußte, um für seinen Lebensunterhalt zu arbeiten. Also brachte sie ihm bei, mit Fingerfertigkeit und Taschenspielertricks seinen Makel zu vertuschen. Bei Hofe betreibt man derlei Hokuspokus als Gesellschaftsspiel, und dort hat sie es zweifellos gelernt. Sie lehrte ihn auch Lesen und Schreiben. Und sie brachte ihn zu seinem Vater.«

Garald starrte den Katalyt mit weit geöffneten Augen an.

»Ja. Joram spricht nie darüber, aber der Dorfkatalyt hat es mir erzählt. Er war es, der ihr die Transversale öffnete. Was dort geschah, kann man nur vermuten, aber der Katalyt sagte mir, bei seiner Rückkehr wäre der Junge leichenblaß gewesen, mit den Augen eines Menschen, der in den wallenden Nebeln der Schattenwelt den Tod geschaut hat. Seit dem Tag, an dem Joram das Standbild seines Vaters gesehen hatte, wurde er selbst zu Stein. Kalt, hochmütig, gefühllos. Wenige haben ihn lächeln gesehen. Niemand sah ihn je weinen.«

Der Prinz musterte den jungen Mann, der neben dem Feuer lag.

Selbst im Schlaf hatten die wie gemeißelt wirkenden Züge sich nicht entspannt, die tiefschwarzen, dichten Brauen verliehen ihnen einen Ausdruck düsterer Strenge.

»Fahrt fort«, sagte der Prinz ruhig.

»Joram war ein gelehriger Schüler und lebte viele Jahre unerkannt als Toter im Dorf der FeldMagi. Ich weiß von ihm selbst, daß er immer gehofft hat, eines Tages über die wahre Magie zu gebieten. Er glaubte Anjas Beteuerungen, daß sich bei ihm wie bei vielen *Albanara* die Gabe später zeigte. Er glaubte, weil er glauben wollte. So, wie er immer noch all die Geschichten über die wunderschöne Stadt Merilon glaubt, die sie ihm erzählt hat. Er arbeitete mit den anderen auf den Feldern, und niemand stellte ihm Fragen. Es war nicht schwer, die FeldMagi zu täuschen«, erklärte der Katalyt. »Jungen in seinem Alter gewährt man kein Leben, aus Gründen, die auf der Hand liegen.«

»Damit der Verwalter sie unter Kontrolle halten kann«, sagte der Prinz grimmig.

»Ja, Euer Gnaden«, meinte Saryon und errötete leicht. »Die jungen Männer verrichten zumeist schwere körperliche Arbeit, wie zum Beispiel neues Land roden. Für solche Arbeiten braucht man keine magischen Kräfte. Noch ein anderer Umstand kam Joram zugute. Als er heranwuchs, hatte das Dorf einen guten Verwalter. Er duldete Jorams verdrossenes Wesen und seine düsteren Stimmungen. Schließlich kannte er ihn von klein auf. Zu dieser Zeit war Anjas Wahnsinn für jeden offensichtlich – sogar für

Joram, nehme ich an, doch er hatte nur sie. Und Mosiah.«

»Aha. Darüber habe ich mich schon gewundert.« Der Blick des Prinzen wanderte zu dem zweiten jungen Mann, der schlafend neben Joram lag.

»Eine merkwürdige Freundschaft, Hoheit. Nach allem, was ich gehört habe, wurde sie von Joram zu keiner Zeit ermutigt. Und doch empfindet er eine gewisse Zuneigung für Mosiah, wie man aus der Tatsache ersehen kann, daß er bereit war, Euch zu bekämpfen, um seinen Freund zu retten. Und Mosiah hält ihm unverdrossen die Treue, auch wenn er bestimmt oft selbst nicht weiß, warum eigentlich. Doch um mit Jorams Geschichte fortzufahren ...«, Saryon rieb sich die Augen, »... wie nicht anders zu erwarten, kam der Tag, an dem Joram erkannte, daß er tot war. Der alte Verwalter war gestorben, und sein Nachfolger nahm Anstoß an Jorams mürrischer Verschlossenheit. Er hielt ihn für einen Unruhestifter und war entschlossen, dem Jungen das Rückgrat zu brechen. Eines Morgens befahl der Verwalter dem Katalyten, Joram Leben zu gewähren, damit er über die Felder schweben und bei der Aussaat helfen konnte. Der Katalyt gehorchte, aber er hätte ebensogut versuchen können, einen Stein mit Leben zu erfüllen. Joram konnte so wenig fliegen, wie ein Leichnam atmen kann. Der Katalyt verkündete lauthals, der junge Mann sei tot, sehr zur Freude des Verwalters, der gleich davon sprach, die *Duuk-tsarith* zu rufen.

Das genügte, um Anja endgültig in den Abgrund des Wahnsinns zu stoßen. Sie verwandelte sich in einen Tiger und sprang dem Verwalter an die Kehle. Er schützte sich instinktiv mit einem magischen Schild, und Anja fiel wie vom Blitz getroffen tot zu seinen Füßen nieder. Ihr Sohn sah es mit an, ohne helfen zu können.«

»Gütiger Almin!« flüsterte der Prinz erschüttert.

»Joram hob einen großen Stein auf«, fuhr Saryon mit erzwungener Ruhe fort, »und warf ihn nach dem Verwalter. Er zerschmetterte ihm den Schädel. Nun war Joram zweifach verdammt – einmal gehörte er zu den lebenden Toten, und dann hatte er noch einen Mord begangen. Er floh ins Außenland. Dort wurde er von Zentauren überfallen und für tot liegengelassen. Blachloqs Männer entdeckten Joram und schafften ihn ins Dorf. Die Nigromanten pflegten ihn gesund und wiesen ihm eine Arbeit in der Schmiede zu. Warum er sich Blachloq nicht angeschlossen hat, weiß ich nicht, aber wie Ihr gemerkt habt, lehnt er jede Autoritätsperson ab.«

»Die Schmiede ... Hat er dort von dem Arkanum erfahren?«

»Nein, Euer Gnaden. Das ist ein Geheimnis, das selbst die Nigromanten nicht kennen. Es ist im Lauf der Jahrhunderte verlorengegangen ...«

»Das hat man uns glauben gemacht.«

»Joram fand Bücher, alte Schriften, die die Nigromanten auf ihrer Flucht ins Exil mitgenommen hatten. Heute können sie nicht einmal mehr lesen. Arme Leute. Sie kämpfen täglich nur ums Überleben. Aber Joram konnte die Bücher natürlich lesen, und in einem davon entdeckte er die Formel, um das Metall aus dem Arkanum-Erz herauszuschmelzen. Mit diesem Wissen schmiedete er das Schwert.«

Der Katalyt schwieg.

Er war sich Garalds forschendem Blick bewußt, der auf ihm ruhte, senkte den Kopf und strich mit fahrigen Bewegungen über seine schäbige Kutte.

»Ich habe den Eindruck, Ihr laßt einiges ungesagt«, bemerkte der Prinz kühl.

»Ich lasse vieles ungesagt, Euer Gnaden«, erwiderte der Katalyt schlicht, hob den Kopf und begegnete dem Blick des Prinzen. »Ich weiß, ich bin ein erbärmlicher Lügner. Doch das Geheimnis, das ich im Herzen bewahre, gehört nicht mir allein, und es preiszugeben könnte für alle Beteiligten unabsehbare Folgen haben. Es ist schon besser, wenn nur ich davon weiß.«

Von dem ältlichen Mann in dem bescheidenen, abgetragenen Kleid seiner Berufung ging eine stille Würde aus, die Garald beeindruckte.

Er erweckte den Anschein, als wäre seine Bürde zu schwer für ihn, und doch würde er sie tragen, bis er zusammenbrach.

*Der Mann hat seinen Glauben verloren* – die Worte des Kardinals. *Dieses Geheimnis ist alles, was er noch hat ...*

Und das Mitleid und die Liebe, die er für Joram empfand.

»Erzählt mir von dem Arkanum«, meinte der Prinz, um dem Katalyten zu verstehen zu geben, daß er nicht die Absicht hatte, weiter in ihn zu dringen. Saryon dankte ihm mit einem matten Lächeln.

»Ich weiß auch nicht sehr viel darüber, Euer Gnaden«, bekannte er. »Nur was ich in den Schriften gelesen habe. Die Verfasser setzten ein Grundwissen voraus und befaßten sich deshalb nur mit den fortgeschrittenen Methoden der Verarbeitung. Sein Vorhandensein basiert auf einem physikalischen Naturgesetz, nach dem es für jede wirkende Kraft eine entgegengesetzt wirkende Kraft gibt, die ihr das Gleichgewicht hält. Daraus folgt, daß es in einer Welt, die Magie verströmt, etwas geben muß, das Magie absorbiert.«

»Arkanum.«

»Ja, Hoheit. Es ist ein Erz, in Aussehen und Eigenschaften dem Eisen vergleichbar und ausgezeichnet zur Herstellung von Waffen geeignet. Insbesondere das Schwert war die bevorzugte Waffe der alten Nigromanten. Erstens ist es ein Schutz gegen feindliche Zaubersprüche, dann kann man es benutzen, um die magischen Barrieren des Gegners zu überwinden, und schließlich dient es dazu, dem Leben des Gegners ein Ende zu bereiten.«

»All das wußte Joram, als er das Dunkle Schwert schuf?«

»Ja, Euer Gnaden. Er schuf es – mit meiner Hilfe. Ein Katalyt muß anwesend sein, um dem Erz Leben zu verleihen.«

Garald starrte ihn ungläubig an.

»Wie Ihr seht, bin auch ich verflucht«, äußerte Saryon ruhig. »Ich habe die geheiligten Regeln unseres Ordens gebrochen und einem Werkzeug der Finsternis Leben eingehaucht. Aber was sollte ich tun? Blachloq wußte von dem Arkanum. Er hatte vor, es für seine eigenen verwerflichen Ziele einzusetzen. Das glaubten wir zumindest. Zu spät fand ich heraus, daß er im Dienst der Kirche stand ...«

»Es hätte keinen Unterschied gemacht«, sagte Garald. »Ich bin sicher, sobald ihm die Macht des Arkanums bewußt geworden wäre, hätte er sich von der Kirche abgewandt und es für sich selbst behalten.«

»Bestimmt habt Ihr recht.« Saryon schaute zu Boden. »Dennoch, wie kann ich mir selbst verzeihen? Joram hat ihn ermordet, müßt Ihr wissen. Der Hexenmeister lag hilflos am Boden. Das Dunkle Schwert hatte seine Magie absorbiert und ich sein Leben. Wir – wir hatten die Absicht, den Hexenmeister den *Duuktsarith* zu übergeben. Es war mein Vorschlag, ihn in eine Transversale zu legen, wo sie ihn finden müßten. Ich hörte einen Schrei ...«

Saryon konnte nicht weitersprechen, seine Stimme brach.

Garald legte ihm die Hand auf die Schulter.

»Als ich mich umschaute, sah ich Joram über dem leblosen Körper stehen, in den Händen das blutbefleckte Schwert. Er hatte geglaubt, ich wollte ihn verraten und ihn auch den Erzwingern ausliefern. Ich sagte ihm, ich hätte nichts dergleichen vorgehabt, aber Joram traut niemandem.« Saryon strich sich mit der Hand müde über das Gesicht. »Er versteckte die Leiche. Am selben Morgen sprach Bischof Vanya zu mir und verlangte, daß ich Joram und das Dunkle Schwert ins Baptisterium bringen sollte.« Saryon richtete die trüben Augen auf den Prinzen. »Wie kann ich das tun, Euer Gnaden?« rief er und rang die Hände. »Wie soll ich mit dem Wissen leben, daß er in die Schattenwelt verbannt wird? Wie soll ich es ertragen, diesen letzten Schrei zu hören und wissen, das ist seine Stimme? Und er ist entschlossen, nach Merilon zu gehen! Ausgerechnet! Ich kann ihn nicht davon abbringen! Aber Ihr könnt es, Euer Gnaden«, rief Saryon plötzlich in höchster Erregung. »Überredet ihn, Euch nach Sharakan zu begleiten. Vielleicht hört er auf Euch . . .«

»Und was soll ich ihm sagen?« hielt Garald ihm entgegen. »Komm nach Sharakan und sei ein Niemand? Wenn Merilon ihm seinen Namen, seinen Titel, sein Geburtsrecht zu bieten hat? Dafür würde jeder Mann ein Risiko auf sich nehmen. Ich werde ihn nicht zurückhalten.«

»Sein Geburtsrecht . . .«, wiederholte Saryon leise und gequält.

»Was sagt Ihr?«

»Nichts, gar nichts. Ich nehme an, Ihr habt recht.«

Aber Saryon erschien ihm so aufgeregt und bedrückt, daß Garald in freundlicherem Ton hinzufügte: »Ich sage Euch was, Pater – ich werde tun, was in meiner Macht steht, um wenigstens die Aussichten des Jungen zu verbessern, sein Ziel zu erreichen. Ich werde ihn lehren, wie er sich schützen kann, sollte er in Schwierigkeiten geraten. Das schulde ich ihm. Er hat uns immerhin davor bewahrt, von Blachloq ins Verderben gelockt zu werden. Wir sind ihm verpflichtet.«

»Ich danke Euch, Hoheit.« Es schien Saryon etwas leichter ums Herz geworden zu sein. »Wenn Ihr mich entschuldigen wollt, Euer Gnaden, ich glaube, ich werde jetzt schlafen können . . .«

»Selbstverständlich, Pater.« Der Prinz sprang auf und war dem Katalyten behilflich, sich zu erheben. »Ich muß mich entschuldigen, daß ich Euch so lange wachgehalten habe, aber die Geschichte dieses jungen Mannes ist faszinierend. Als kleine Wiedergutmachung habe ich ein Bett vorbereitet, mit den feinsten seidenen Kissen und Decken. Aber vielleicht wäre Euch ein Zelt angenehmer? Ich kann . . .«

»Nein, ein Bett neben dem Feuer ist mir recht. Viel besser, als ich es gewohnt bin, Euer Gnaden.« Saryon verneigte sich schwerfällig. »Außerdem bin ich plötzlich so müde, daß ich wahrscheinlich gar nicht merken werde, ob ich auf Daunen oder Kiefernnadeln liege.«

»Wie Ihr meint, Pater. Gute Nacht. Und, Pater« – Garald legte dem älteren Mann die Hand auf den Arm – »gebt Euch nicht die Schuld an Blachloqs Tod. Der Mann war böse. Wäre er am Leben geblieben, würde er nicht geruht haben, bis er Joram getötet und das Arkanum an sich gebracht hätte. Es war der Wille des Almins, daß Blachloq stirbt, und Joram nur das Werkzeug seiner Gerechtigkeit.«

»Vielleicht.« Saryon lächelte matt. »In meinen Augen ist und bleibt es ein Mord. Das Töten fällt Joram leicht – zu leicht. Für ihn ist es eine Möglichkeit, auch Macht auszuüben, ein Ersatz für die Macht der Magie, die ihm versagt blieb. Ich wünsche Euch eine gute Nacht, Euer Gnaden.«

»Möge der Almin über Euch wachen.«

»Das hoffe ich auch«, murmelte Saryon und wandte sich ab.

Bis in die sternenklaren Stunden kurz vor Tagesanbruch wanderte der Prinz von Sharakan ruhelos in der Lichtung auf und ab, eingehüllt in Pelze, die er herbeizauberte, ohne daran zu denken. Seine Gedanken beschäftigten sich mit der seltsamen, düsteren Mär von Wahnsinn und Mord, Magie und ihrem Widerpart.

Als er schließlich glaubte, müde genug zu sein, um Einlaß in das Reich des Schlafs zu finden, blieb er stehen und betrachtete die in tiefem Schlummer liegenden Gestalten, die das Schicksal ihm in den Weg geführt hatte.

War es das Schicksal?

»Dies ist nicht der Weg nach Merilon«, sagte er zu sich selbst. Die Tatsache kam ihm erst jetzt zu Bewußtsein. »Wenigstens nicht der kürzeste und sicherste. Es gibt andere ...

Und wer ist ihr Führer? Laß mich raten. Drei, die noch nichts von der Welt gesehen haben. Einer, der überall und nirgends gewesen ist.« Er trat zu der Gestalt in dem weißen Nachthemd. Kein Säugling in den Armen der Mutter hätte süßer ruhen können als Simkin.

»Was ist das nur wieder für ein Spiel, das du treibst, alter Freund?« murmelte Garald. »Gewiß nicht Tarock. Von all den Schatten, die ich auf diesen jungen Mann fallen sehe, scheint deiner der schwärzeste zu sein.«

Sinnend begab der Prinz sich zu seinem Zelt und überließ den reglosen, wachsamen *Duuk-tsarith* die alleinige Herrschaft über die Nacht.

Doch Garalds Schlummer war nicht ungestört, wie er gehofft hatte.

Mehr als einmal schreckte er auf und glaubte von Ferne das spöttische Lachen eines Eimers zu hören.

# Der Fechtlehrer

»Steh auf!«

Eine Stiefelspitze traf Joram in die Rippen, nicht eben sanft. Verstört, mit wild klopfendem Herzen fuhr er aus den Decken auf und strich sich das wirre Haar aus dem Gesicht.

»Was ...«

»Ich sagte, steh auf«, wiederholte die Stimme.

Prinz Garald stand vor Joram und blickte mit einem freundlichen Lächeln auf ihn herab.

Es war nicht mehr weit bis zum Morgen, stellte Joram fest, als er sich verschlafen umschaute, auch wenn der neue Tag sich erst mit einem schwachen Schimmer über den Baumwipfeln im Osten ankündigte. Das Feuer war heruntergebrannt, daneben lagen seine Gefährten in tiefem Schlaf. Zwei seidene Zelte, deren Wimpel im Morgenwind flatterten, erhoben sich am Rand der Lichtung schemenhaft aus dem grauen Frühnebel. Tags zuvor waren sie noch nicht da gewesen, und man konnte sich unschwer denken, daß sie Kardinal Radisovik und Prinz Garald als Quartier dienten.

In der Mitte der Lichtung, nicht weit von der Feuerstelle entfernt, stand einer der schwarzgekleideten *Duuk-tsarith* in offensichtlich unveränderter Haltung. Er hatte die Hände vor dem Leib verschränkt, sein Gesicht lag im Schatten der Kapuze. Doch der verhüllte Kopf war Joram zugewandt.

»Was gibt's? Was wollt Ihr?« fragte Joram. Im Schutz der Decke tastete er nach seinem Schwert.

»Was wollt Ihr, *Euer Gnaden*«, korrigierte ihn der Prinz mit einem Grinsen. »Das will dir nicht über die Zunge, stimmt's? Ja, nimm das Schwert ruhig mit«, fügte er hinzu. Also war Jorams heimlicher Griff nach der Waffe nicht unbemerkt geblieben.

Verdrossen zog Joram das Dunkle Schwert unter der Decke hervor, aber er stand nicht auf.

»Ich habe gefragt, was Ihr wollt – Euer Gnaden«, sagte er mit höhnisch verzogenem Mund.

»Wenn du vorhast, von dieser Waffe Gebrauch zu machen, dann solltest du vorher lernen, sie nach den Regeln der Kunst zu führen. Ich hätte dich gestern abstechen können wie ein Schaf, statt dich nur zu entwaffnen. Welche Macht das Schwert auch besitzen mag, es nützt dir nicht viel, wenn es irgendwo in einem Gebüsch liegt. Also komm mit. Im Wald gibt es eine Stelle, wo wir üben können, ohne die anderen zu stören.«

Joram zögerte.

Seine dunklen Augen suchten im Gesicht des Prinzen nach dem Grund für diese unbegründete Anteilnahme. Er will herausfinden, was genau es mit dem Schwert auf sich hat, dachte er. Vielleicht will er es mir sogar abnehmen. Was für ein Süßholzraspler er ist – fast so gut wie Simkin. Gestern abend habe ich mich von ihm einwickeln lassen. Das passiert mir nicht wieder. Am besten mache ich gute Miene zum bösen Spiel, falls sich herausstellt, daß ich wirklich etwas lernen kann. Wenn nicht, gehe ich einfach. Und wenn er versucht, das Schwert an sich zu bringen, töte ich ihn.

Es war kühl, und Joram griff nach seinem Umhang, aber der Prinz trat ihm in den Weg. »O nein, mein Freund«, sagte er, »den Umhang brauchst du nicht. Du wirst schon bald ins Schwitzen kommen, glaube es mir.«

Eine Stunde später dachte Joram nicht mehr an seinen Umhang. Die stählerne Klinge des Prinzen bohrte sich neben seinem Kopf in die Erde, so dicht, daß er zusammenzuckte.

»Genau durch den Hals«, bemerkte Garald. »Und du hast es nicht einmal kommen sehen ...«

»Es war kein fairer Kampf«, stöhnte Joram. Er umfaßte die ausgestreckte Hand des Prinzen und raffte sich mühsam auf. »Ihr habt mir ein Bein gestellt!«

»Mein lieber Junge«, antwortete Garald, »wenn du dein Schwert ziehst, um zu kämpfen, dann geht es um Leben und Tod. Dein Leben und den Tod deines Gegners. Ehre ist etwas Schönes, aber die Toten haben herzlich wenig Verwendung dafür.«

»Ein Wort aus berufenem Munde«, knurrte Joram, massierte sich den Unterkiefer und spuckte Blut.

»Ich kann mir den Luxus großer Gesten leisten«, meinte Garald schulterzuckend. »Ich übe mich seit Jahren in der Kunst des Schwertfechtens. Du jedoch mußt jeden Vorteil nutzen, der sich bietet. In der kurzen Zeit, die uns bleibt, kann ich dich nur die Anfangsgründe der Fechtkunst lehren, einige Techniken, die es dir erlauben, auch einem überlegenen Gegner lange genug standzuhalten, daß die besonderen – Eigenschaften des Schwertes auf ihn einwirken und ihn außer Gefecht setzen können.

Und jetzt« – fuhr der Prinz lebhafter fort –, »versuch dein Glück. Sieh her, du hast nur auf das Schwert in meiner Hand geachtet, deshalb war es mir möglich, meinen Fuß hinter deine Ferse zu haken. Nun versuch du es.«

Stunden vergingen. Die Sonne stieg höher, und obwohl sie kaum Wärme spendete, legten die Männer bald ihre Hemden ab. Ihr keuchender Atem hing als weißer Nebel in der Luft, der Boden sah aus wie ein heftig umkämpftes Schlachtfeld, der Wald hallte wider vom Klirren der Schwerter. Als endlich beide so erschöpft waren, daß sie, auf ihre Waffen gestützt, nach Atem rangen, gebot der Prinz Einhalt.

Er sank schnaufend auf einen sonnenwarmen Felsblock und winkte Joram auf den Platz neben sich. Der junge Mann folgte der Einladung, stützte die Hände auf die Knie und ließ schwer atmend den Kopf hängen. Sein geschwollener Unterkiefer tat weh, ein paar Zähne hatten sich gelockert, und er war so müde, daß jeder Atemzug eine Anstrengung bedeutete. Aber es war eine gute Müdigkeit. In den letzten Durchgängen hatte er sich gegen den Prinzen behaupten können, und einmal war es ihm sogar gelungen, Garald die Waffe aus der Hand zu schlagen.

»Wasser«, murmelte der Prinz und hob den Kopf. Eine Feldflasche lag bei ihren Hemden. Mit einer kraftlosen Handbewegung befahl Garald die Flasche zu sich, doch er hatte nicht mehr genug Energie für einen starken Zauber, folglich schleifte der Lederbehälter über den Boden, statt rasch durch die Luft zu fliegen.

Joram trank und gab sie zurück. Garald schüttete etwas Wasser in die hohle Hand und spritzte es sich auf die Brust und ins Gesicht. Eine Gänsehaut überzog seinen Körper.

»Du bist ein tüchtiger Bursche«, sagte Garald zwischen tiefen Atemzügen, die allmählich ruhiger wurden. »Wenn wir uns bis zum Ende der Woche nicht gegenseitig umgebracht haben, kann ich dich in Ehren entlassen . . .«

»Woche? Entlassen?« Die Umrisse der Bäume verschwammen Joram vor den Augen. Er fühlte sich außerstande, komplizierten Gedankengängen zu folgen. »Ich gehe weiter – nach Merilon.«

»Vorläufig nicht.« Garald schüttelte den Kopf und nahm wieder einen Schluck aus der Wasserflasche. »Vergiß nicht, du bist mein Gefangener.« Er wischte sich mit dem Unterarm den Schweiß von der Stirn. »Oder glaubst du, du könntest es mit mir und den *Duuk-tsarith* aufnehmen?«

Joram schloß die Augen. Sein Hals schmerzte, und seine Lungen brannten. An seinem ganzen Körper gab es keine Stelle, die nicht weh tat. »Im Moment könnte ich es nicht einmal mit dem Katalyten aufnehmen«, gestand er mit einem schattenhaften Lächeln.

Sie saßen nebeneinander auf dem Felsblock und ruhten sich aus. Keiner sprach, keiner hatte das Bedürfnis zu reden. Joram fühlte, wie ein angenehmes, warmes Gefühl des Friedens sich in ihm ausbreitete. Seine Umgebung kam ihm zu Bewußtsein – eine kleine Lichtung mitten im Wald, so einladend und freundlich, daß sie wie verzaubert wirkte. Und vermutlich *war* sie verzaubert, kam es Joram in den Sinn, erschaffen durch die Magie des Prinzen.

Es verwunderte ihn, daß sie immer noch allein waren. Sie hatten ein Getöse veranstaltet wie ein ganzes Regiment, und Joram erwartete jeden Moment, den frömmelnden Katalyten auftauchen zu sehen, der sich nicht enthalten konnte, ihm hinterherzuschnüffeln. Dann fiel ihm ein, daß Garald vor ihrem Weggang noch mit den *Duuk-tsarith* gesprochen und ihnen wahrscheinlich befohlen hatte, dafür zu sorgen, daß sie ungestört blieben.

Mir soll's recht sein, dachte Joram bei sich. Es war ein schöner Zufluchtsort – friedlich, still, und die Sonne wärmte den Stein, auf dem er saß. Er hatte sich nie so wunschlos glücklich gefühlt.

»Joram«, sagte Garald, »was willst du tun, wenn du in Merilon bist?«

Joram zuckte die Schultern. Er wünschte sich, der Mann würde schweigen und den Zauber nicht brechen.

»Wir müssen nicht darüber reden«, fuhr Garald fort, als er sah, wie das ausdrucksvolle Gesicht sich verfinsterte. »Vielleicht irre ich mich, aber ich habe das Gefühl, ›nach Merilon gehen‹ ist für dich zu einer fixen Idee geworden. Du scheinst zu erwarten, daß alles in deinem Leben sich schlagartig zum Besseren wendet, nur weil du im Schatten von Merilons schwebenden Palästen stehst. Glaub mir, Joram, du täuschst dich. Ich bin in Merilon gewesen. Nicht in jüngerer Zeit, selbstverständlich.« Er lächelte ironisch. »Aber früher, als noch Frieden herrschte. Und ich kann dir versichern, daß du nicht einmal in Sichtweite der Stadttore kommen wirst. Du bist ein Barbar aus dem Außenland. Die *Duuk-tsarith* werden dich ergreifen, ehe du dich versiehst!«

Die Sonne verschwand hinter einer Wolkenbank. Wind kam auf und strich klagend durch die Zweige.

Fröstelnd stand Joram auf, um zu der Stelle zu gehen, wo sie die Hemden abgelegt hatten.

»Nein, bleib hier, ich hole es«, sagte Garald und hielt ihn mit einer Handbewegung zurück. Auf seinen Wink erhoben sich die beiden Hemden in die Luft und flogen wie große Vögel aus Stoff auf sie zu. »Es tut mir leid. Ich vergesse immer wieder, daß du tot bist. Wir haben so wenig Tote in Sharakan, daß ich nie jemandem wie dir begegnet bin.«

Joram spürte den vertrauten scharfen Schmerz, der ihn jedesmal durchzuckte, wenn er an den Makel erinnert wurde, der ihn in dieser Welt zum Außenseiter machte. Er starrte den Prinzen unter finster gesenkten Brauen an, überzeugt, daß der Mann ihn verhöhnen wollte, aber Garald bemerkte es nicht, er war damit beschäftigt, in sein Hemd zu schlüpfen. »Wie ich Simkin um seine Fähigkeit beneide, nach Lust und Laune seine Kleider zu verändern. Ganz zu schweigen von der Gabe, beliebig seine Gestalt zu verändern. Eimer!«

Grinsend fuhr er in die Ärmel, zog das Hemd glatt und strich sich das Haar zurück. Dann wurde er wieder ernst und führte seinen ursprünglichen Gedankengang fort. »In Merilon werden viele Tote geboren, so hat man uns berichtet.« Die nüchterne Selbstverständlichkeit, mit der er sprach, ließ Jorams Zorn verfliegen. »Besonders in den Reihen des Adels. Man versucht sich ihrer zu entledigen, bringt sie um oder schafft sie heimlich ins Außenland. Hinter der glänzenden Fassade Merilons breitet sich Fäulnis aus, doch sie wollen es nicht wahrhaben und streben danach, die ganze Welt damit zu überziehen. Nun, man wird ihnen Einhalt gebieten.«

»Was geht mich das an«, sagte Joram schroff. Er setzte sich hin und fing an, mit Steinen nach einem Baumstamm am Rand der Lichtung zu werfen.

»Also, was dein Problem betrifft, in die Stadt hineinzugelangen ...«

»Aber das kann doch nicht schwer sein«, fiel Joram ihm ungeduldig ins Wort. »Wir beschaffen uns vornehme Kleider, wenn's nur darum geht. Allein Simkins abgelegte Garderobe ist ein unerschöpflicher Vorrat.«

»Und dann?«

»Dann – dann ...« Joram zuckte heftig mit den Schultern. »Was kümmert Euch das überhaupt – *Euer Gnaden*?« Bei einem verstohlenen Blick über die Schulter sah er, daß Garald ihn mit ruhigem Interesse beobachtete. Die klaren Augen des Prinzen drangen tief in die finsteren, lichtlosen Abgründe von Jorams Seele ein, die er selbst nie zu erforschen gewagt hatte.

»Was hat das eigentlich alles zu bedeuten?« verlangte er ärgerlich zu wissen und zeigte auf das Dunkle Schwert, das nicht weit von ihm auf dem Boden lag. »Was interessiert es Euch, ob ich lebe oder sterbe? Was springt für Euch dabei heraus?«

Garald erwiderte Jorams mißtrauischen Blick, dann verzog sein Mund sich zu einem traurigen, bedauernden Lächeln. »Etwas anderes zählt für dich nicht, habe ich recht? ›Was springt für Euch dabei heraus.‹ Es zählt nicht, daß ich von dem Katalyten deine Geschichte gehört habe, daß ich Mitleid für dich empfinde ... Ah, das paßt dir nicht, aber es ist wahr. Mitleid – und Bewunderung.«

Joram kehrte dem Prinzen den Rücken. Er starrte mürrisch in das verschlungene Geäst der kahlen, toten Bäume.

»Ich bewundere die Intelligenz und Beharrlichkeit, mit der du jahrhundertelang vergessenes Wissen erforscht und dir zunutze gemacht hast. Ich weiß, wieviel Mut dazu gehörte, Blachloq die Stirn zu bieten, und ich bin in deiner Schuld, weil du uns vor dem Ränkespiel des Hexenmeisters bewahrt hast. Aber ich sehe, das befriedigt dich nicht. Du willst mein ›wahres Motiv‹ erfahren.«

»Erzählt mir nicht, Ihr hättet keins«, sagte Joram bitter.

»Also gut, mein Freund. Ich werde dir sagen, was für mich dabei herausspringt. Du nimmst dein Dunkles Schwert und gehst nach Merilon. So oder so nimmst du den Platz ein, der dir gebührt. Du verbirgst die Tatsache, daß du tot bist, was dir keine Schwierigkeiten bereiten dürfte, solange der Katalyt da ist, um dir zu helfen. Daran hast du nie gedacht, stimmt's? Das solltest du aber. Bisher hat es nichts ausgemacht, ob du einen Katalyten gebeten hast, dir Leben zu gewähren oder nicht. Im Dorf der Nigromanten gab es keine Katalyten. Aber in Merilon ist es anders. Man wird erwarten, daß du einen Katalyten in deinen Diensten hast. Mit Saryon an deiner Seite kannst du weiterhin vortäuschen, zu den Lebenden zu gehören. Du überzeugst die Angehörigen deiner Mutter, dich in den Schoß der Familie aufzunehmen. Wer weiß, vielleicht trauern sie immer noch um die Tochter, die fortlief, bevor sie Gelegenheit hatten, ihr zu beweisen, daß sie sie liebten und bereit waren zu vergeben. Oder vielleicht ist die Familie erloschen, du kannst deinen Anspruch beweisen, und man übereignet dir Titel und Ländereien.

Nehmen wir also an«, fuhr Garald in schärferem Ton fort, »dein Unterfangen nimmt ein glückliches Ende, und du bist ein Edelmann von Merilon, ein Edelmann mit Rang und Namen und Besitz, wie es sich gehört. Was also will ich von dir, frischgebackener Fürst oder Graf oder Herzog? Sieh mich an, Joram.«

Der beschwörende Klang der Stimme veranlaßte Joram, sich umzudrehen. »Ich will, daß du nach Sharakan kommst«, sagte der Prinz ernst. »Ich will, daß du mit deinem Dunklen Schwert auf unserer Seite kämpfst.«

Joram starrte ihn fassungslos an. »Wie kommt Ihr darauf, daß ich das tun könnte? Sobald ich bekommen habe, was ich wollte, werde ich ...«

»... nichts weiter tun als Däumchen drehen und den Almin einen guten Mann sein lassen?« Garald lächelte. »Nein, das glaube ich nicht, Joram. Dazu warst du schon bei den Nigromanten nicht imstande. Nicht Angst um dein eigenes Leben hat dich bewogen, dem Hexenmeister entgegenzutreten. Oh, ich weiß nicht genau, was vorgefallen ist, aber wenn es nur um dich ging, warum bist du nicht einfach geflohen und hast es einem anderen überlassen, es mit

Blachloq aufzunehmen? Tief in deinem Innern gibt es etwas, das sich berufen fühlt, die zu beschützen und zu verteidigen, die schwächer sind als du. Das ist dein Geburtsrecht, du bist *Albanara*. Deshalb vertraue ich darauf, daß du Merilon mit Augen sehen wirst, die sich nicht blenden lassen von den Regenbogenwolken, zwischen denen die Menschen dort leben.

Du bist ein FeldMagus gewesen. Beim Almin!« fuhr Garald leidenschaftlich fort, als Joram den Kopf schüttelte und sich wieder umdrehte. »Du hast unter der tyrannischen Herrschaft Merilons gelebt, Joram! Seine starren Traditionen und Anschauungen haben dazu geführt, daß deine Mutter verstoßen und dein Vater in lebenden Stein verwandelt wurden! Du wirst eine Stadt sehen, die überwältigend schön ist, aber diese Schönheit ist nur Tünche, dahinter lauert der Verfall. Es gibt sogar Gerüchte, daß die Kaiserin ...« Garald verstummte abrupt. »Verleumdungen«, sagte er dann leise, »Geschwätz. Das kann ich nicht glauben, nicht einmal von ihnen.«

Der Prinz schwieg. Erst nach einem tiefen Atemzug sprach er weiter: »Begreifst du nicht, was ich sagen will, Joram? Du – ein Fürst von Merilon – kommst zu uns, bereit zu kämpfen, für die Läuterung und Erneuerung deiner alten und zu Recht berühmten Heimatstadt. Mein Volk wäre beeindruckt. Und was noch wichtiger ist, du könntest uns bei den Verhandlungen mit den Nigromanten helfen, unter denen du gelebt hast. Wir hoffen, sie als Verbündete zu gewinnen, aber ich bin sicher, sie wären den Ratschlägen meines Vaters zugänglicher, wenn er auf dich zeigen könnte und sagen: ›Hier seht ihr einen, den ihr liebt und dem ihr vertraut – er kämpft gleichfalls auf unserer Seite!‹ Ich habe doch recht damit, daß sie dich kennen und lieben?« fragte Garald beiläufig.

Joram ahnte nicht, daß die eben gelernten Regeln

des Schwertkampfs auch für Wortgefechte galten, sonst hätte er gemerkt, daß Garald ihn wohlüberlegt in die Enge trieb.

»Sie kennen mich«, antwortete Joram knapp, ohne weiter darüber nachzudenken. Vor seinem inneren Auge sah er sich in Sharakan einreiten, im Glanz der Insignien seines Standes, willkommen geheißen von dem König und seinem Sohn. Das konnte man sich gefallen lassen. Aber mit ihnen in den Krieg ziehen? Pah! Was juckte es ihn, ob . . .

»Ah!« meinte Garald leichthin. »›Sie kennen mich‹, sagst du. Was vermutlich heißt, daß sie dich zwar kennen, aber nicht besonders mögen. Und natürlich scherst zu dich keinen Deut darum, habe ich recht?«

Sofort war Joram auf der Hut. Zu spät.

»Du wirst scheitern in Merilon, Joram. Du wirst überall scheitern.«

»Und wieso – Euer Gnaden?«

»Weil du ein Edelmann sein willst, und vielleicht bist du von Geburt sogar einer. Aber leider, Joram, fehlt dir alles, was einen Edelmann ausmacht«, antwortete Garald kühl.

Die Worte trafen. Zutiefst verletzt, machte Joram einen plumpen Versuch, den Schlag zu erwidern. »Vergebt mir, Euer Gnaden«, erwiderte er höhnisch, »ich besitze keine feinen Kleider wie Ihr. Ich bade nicht in Rosenblättern und parfümiere nicht mein Haar. Die Leute nennen mich nicht Hoheit und reißen sich nicht darum, mir die Füße zu küssen! Noch nicht. Aber eines Tages werden sie's tun!« Er sprang auf und stellte sich mit geballten Fäusten vor Garald hin. »Beim Almin! Eines Tages werden sie's tun! Und Ihr auch, verdammt!«

Garald schaute dem aufgebrachten Jungen kopfschüttelnd ins Gesicht. »Ich hätte es mir denken können. Das ist deine Vorstellung von einem Edelmann und der Grund, weshalb du nie einer sein wirst. Ich glaube fast, daß ich mich in dir geirrt habe, daß du nach Merilon gehörst, weil man dort ganz genauso denkt!« Der Prinz hob den Blick und schaute nach Osten, in die Richtung der fernen Stadt. »Sie werden bald merken, daß sie unrecht haben«, sagte er leise, »und teuer bezahlen für diese Lehre. So wie du.« Er richtete seine Aufmerksamkeit auf Joram, der zornbebend vor ihm stand. »Der Almin lehrt uns, daß nicht der Zufall der vornehmen Geburt den Menschen adelt, sondern die Art, wie er sich seinen Mitmenschen gegenüber verhält. Unter den kostbaren Gewändern, dem Parfüm und dem Schmuck sieht der Körper eines Fürsten nicht anders aus als der eines FeldMagus. Nackt sind wir alle gleich – nichts weiter als Futter für die Würmer. Die Toten haben wenig Verwendung für solche Dinge wie Ehre – erinnerst du dich? Und auch für sonst nichts. Was bedeuten ihnen Rang, Besitz, Herkunft? Wir gehen auf verschiedenen Pfaden durch dieses Dasein, Joram, aber sie alle führen zum selben Ziel – dem Grab. Es ist unsere Pflicht – nein, unser Privileg als Weggefährten, die gesegneter sind als andere –, diesen weniger glücklichen die Straße zu ebnen, soweit es in unseren Kräften steht.«

»Schöne Worte!« stieß Joram wutentbrannt hervor. »Schöne Worte für jemanden, der sich ›Hoheit‹ und ›Euer Gnaden‹ titulieren läßt! Ihr tragt nicht die groben Gewänder der Bauern! Ihr steht nicht bei Morgengrauen auf und schuftet Tag für Tag auf den Feldern, bis Eure Seele verdorrt wie das Unkraut, das Ihr auf den Äckern jätet!« Er deutete mit der ausgestreckten Hand auf den Prinzen. »Ihr habt gut reden! Ihr mit Euren blitzenden Schwertern, seidenen Zelten und Leibwächtern! Seht her, das halte ich von Eurem Geschwätz!«

Joram machte eine obszöne Geste, lachte auf und wandte sich zum Gehen.

Garald packte ihn an der Schulter und drehte ihn herum. Joram riß sich los. Sein Gesicht war verzerrt, er holte aus und schlug nach dem Prinzen, der aber fing die geballte Faust mühelos ab. Mit geübtem Griff umklammerte er Jorams Handgelenk, drehte ihm den Arm auf den Rücken und zwang ihn auf die Knie. Stöhnend vor Schmerz, versuchte Joram, sich ihm zu entwinden.

»Hör auf! Gegen mich zu kämpfen ist sinnlos. Mit einem Wort könnte ich dir den Arm aus dem Gelenk reißen!« sagte Garald schroff und hielt ihn fest.

»Sei verdammt, du, du ...!« Joram spie Gift und Galle. »Du und deine Magie! Wenn ich mein Schwert hätte, dann würde ich ...« Er schaute sich fieberhaft nach der Waffe um.

»Ich gebe dir dein verfluchtes Schwert«, entgegnete der Prinz grimmig. »Dann kannst du dein Glück versuchen. Aber erst hörst du mir zu. Um in diesem Leben etwas vollbringen zu können, muß ich mich meinem Rang entsprechend kleiden und benehmen. Ja, ich trage schöne Kleider, bade und kämme mein Haar, und ich werde dafür sorgen, daß auch du es tust, bevor du nach Merilon gehst. Warum? Weil es zeigt, daß es dich kümmert, was die Leute von dir halten. Was die Titel betrifft – die Leute nennen mich ›Hoheit‹ und ›Euer Gnaden‹ aus Respekt vor meinem Rang. Ich hoffe allerdings, es ist auch Ausdruck ihres Respekts vor mir als Person. Weshalb, glaubst du wohl, habe ich von dir nicht verlangt, mich so anzureden? Weil die Worte dir nichts bedeuten. Du respektierst niemanden, Joram. Du liebst niemanden. Am allerwenigsten dich selbst!«

»Das stimmt nicht!« flüsterte Joram erstickt und suchte mit den Augen nach dem Schwert. Er vermochte kaum etwas zu erkennen; ein Schleier der Wut blendete ihn. »Das stimmt nicht! Ich liebe . . .«

»Dann zeig es!« schrie Garald. Er faßte in das lange schwarze Haar und riß Joram den Kopf zurück, so daß er zu ihm aufblicken mußte. In den schmerzerfüllten, trotzigen dunklen Augen schwelte bitterer Haß.

»Gestern warst du bereit, für Mosiah dein Leben zu riskieren«, fuhr Garald erbarmungslos fort, »und doch behandelst du ihn wie einen räudigen Köter. Und der Katalyt – ein Gelehrter, sanftmütig und nicht mehr jung, der ein friedliches Leben führen sollte und sich den Studien widmen, die seine Welt bedeuten. Er hat dir im Kampf gegen den Hexenmeister beigestanden, und jetzt folgt er dir in die Wildnis, durch Strapazen und Gefahr, obwohl er Gelegenheit hatte, dich der Kirche auszuliefern. Aus welchem Grund, glaubst du wohl? O ja, ich hab's vergessen: sein ›wahres Motiv‹.

Er ›will‹ etwas von dir! Ja, was denn? Beleidigungen, Hohn und Spott?« Garald versetzte Joram einen Stoß, daß er vornüber zu Boden fiel. Er sah das Schwert vor sich liegen, schnellte darauf zu, packte es und sprang auf. Von neuer Kraft erfüllt, wirbelte er zu seinem Feind herum. Garald hatte sich nicht von der Stelle gerührt.

Er betrachtete ihn mit hochgezogenen Augenbrauen und einem geringschätzigen Lächeln.

»Komm her! Wehr dich!« brüllte Joram und stürzte sich auf ihn.

Der Prinz sprach ein Wort und hielt sein eigenes Schwert in der Hand; die Klinge schimmerte silbern im grauen Licht unter dem wolkigen Himmel.

»Na, los doch! Töte mich mit deiner Magie!« forderte Joram ihn heraus. Er war kaum zu verstehen; schaumiger Speichel klebte an seinen Lippen. »Ich bin ja schon tot! Nur dieses Schwert gibt mir Leben! Leben genug, um dich sterben zu sehen!«

Joram wollte töten. Er freute sich darauf. Er spürte förmlich, wie die Klinge in den Körper drang, sah das Blut hervorströmen, die arrogante Gestalt zu Boden sinken, die brechenden Augen sein Gesicht suchen ...

Garald musterte ihn einen kurzen Moment, dann schob er sein Schwert in die Scheide zurück. »Du bist tot, Joram«, sagte er. »Du stinkst nach Tod! Und du hast eine Waffe der Finsternis erschaffen, ebenso tot, wie du es bist. Los doch, töte mich! Töten ist deine Art von Magie!«

Der Aufruhr, der in ihm herrschte, lähmte Joram. Er konnte nicht mehr sehen.

Irgend etwas stieg ihm in die Augen, und er blinzelte krampfhaft.

»Wage es zu *leben*, Joram«, meinte Garald ernst. Die Stimme des Prinzen erreichte Joram wie aus weiter Ferne. »Lebe, und führe dein Schwert für die Sache des Lebens, für die Sache der Lebenden! Sonst kannst du das Schwert genausogut gegen dich selbst richten und jeden Tropfen deines adligen Blutes gleich hier vergießen, damit es wenigstens dem Gras Leben schenkt.«

Er sprach die letzten Worte voller Verachtung, kehrte Joram den Rücken und verließ mit ruhigen Schritten die Lichtung.

Das Schwert in der Hand, sprang Joram hinter ihm her, entschlossen, den hochmütigen Mann zu töten, von dem er sich verhöhnt fühlte. Doch er war blind in seiner Wut. Er stolperte, taumelte und fiel hin. Mit einem wilden, heiseren Aufschrei bemühte er sich, wieder auf die Füße zu kommen, aber er fühlte sich plötzlich schwach und hilflos wie ein kleines Kind. Als er in seiner Verzweiflung das Dunkle Schwert als Krücke benutzen wollte, um sich daran hochzustemmen, sank die Klinge tief in das aufgewühlte Erdreich, und Joram fiel wieder auf die Knie.

Die Hände um den Griff der Waffe geschlungen, die aufrecht vor ihm im Boden stak, spürte Joram, wie alle Kraft ihn verließ. Tränen quollen hinter seinen Augenlidern hervor. Zorn und Ärger stiegen in ihm auf, bis er kaum noch atmen konnte. Ein krampfhaftes Schluchzen sprengte die eiserne Klammer. Kraftlos über sein Schwert gebeugt, weinte Joram die Tränen, die weder Kummer noch Schmerz ihm hatten entringen können, seit er die Verwandlung seines Vaters beobachtet hatte.

# Winternacht

»Wo ist Joram?« fragte Saryon, als der Prinz zum Lagerplatz zurückkehrte. Des Katalyten Augen huschten erschreckt über Garalds bleiches Gesicht, seine verschmutzten Kleider und die Blutflecken auf dem weißen Hemd, wo sich eine der kleinen Verletzungen wieder geöffnet hatte.

»Keine Sorge, Pater«, beruhigte ihn Garald müde. »Er ist noch dahinten im Wald. Wir hatten eine kleine Unterredung ...« Er lächelte reuevoll und wies mit einer vielsagenden Handbewegung auf seinen arg mitgenommenen Aufzug hin. »Er braucht Zeit, um nachzudenken. Wenigstens hoffe ich, daß er denkt.«

»Ganz allein? Ist das nicht zu gefährlich?« Saryon schaute mit bangem Gesicht zum Waldrand. Im Nordwesten türmten sich dunkle, schwere Wolkenmassen auf. Der Wind war umgesprungen und trug warme, feuchte Luft heran, die Regen ankündigte und für den Abend vielleicht sogar Schnee.

»Ihm geschieht nichts.« Garald kämmte sich mit den gespreizten Fingern durch das feuchte Haar. »Wir haben keine Spuren von Zentauren in den Wäldern gesehen. Außerdem ist er nicht allein.« Der Prinz ließ den Blick über den Lagerplatz schweifen.

Saryon begriff sofort. Der zweite *Duuk-tsarith* war verschwunden. Statt beruhigt zu sein, machte der Pater ein noch besorgteres Gesicht. »Vergebt mir, Euer Gnaden«, sagte er zögernd, »aber Joram ist ein – ein Verbrecher. Ich weiß, daß wir belauscht worden sind.« Er nickte unauffällig in Richtung der schwarzgewandeten Gestalt. »Vor ihnen kann man nichts geheimhalten. Was ...«

»Was sie daran hindert, entgegen meinen Befehlen

Joram zu ergreifen und nach Merilon zu bringen? Nichts.« Garald zuckte die Schultern. »Ich könnte sie bestimmt nicht daran hindern. Aber seht Ihr, Pater, als meine persönliche Leibwache haben sie mir Treue gelobt bis in den Tod. Wenn sie diesen Eid brechen und sich hinter meinem Rücken des Jungen bemächtigen, würde man ihnen keinen triumphalen Empfang bereiten. Ganz im Gegenteil. Für ihren Verrat hätten sie die schwerste Strafe zu erwarten, die in den Regeln ihres Ordens vorgesehen ist. Und wie die *Duuk-tsarith* Wortbrüchige aus den eigenen Reihen bestrafen, wage ich mir nicht vorzustellen.« Der Prinz schüttelte sich, dann lächelte er matt. »Das ist Joram ihnen nicht wert.«

Joram vielleicht nicht, aber der Prinz von Merilon ganz gewiß, dachte Saryon. Er würde sein Geheimnis noch besser hüten müssen.

Der Prinz ging in sein Zelt, und Saryon, der zu seinem Ruheplatz bei den heißen Quellen zurückkehrte, sah, daß er Radisovik zu sich winkte. Der in schwarze Gewänder und finsteres Schweigen gehüllte *Duuk-tsarith* verharrte regungslos auf seinem Posten; aus dem Schatten seiner Kapuze beobachtete er alles und nichts. Simkin neckte den Raben; mit einem Stück Fleisch als Lockmittel versuchte er ihn zum Reden zu bewegen.

»Komm schon, du alter Federwisch«, sagte er. »Sprich mir nach: ›Der Prinz ist ein Narr. Der Prinz ist ein Narr.‹ Sag's, und Onkel Simkin gibt dir ein feines Leckerchen.«

Der Vogel musterte Simkin mit schiefgeneigtem Kopf, gab jedoch keinen Ton von sich.

»Sei still, Dummkopf!« zischte Mosiah. Verstohlen wies er mit dem Daumen auf das seidene Zelt, in dem der Prinz und Radisovik verschwunden waren. »Haben wir nicht schon genug Schwierigkeiten?«

»Was? Oh, Garald? Pah!« Simkin grinste und kraulte sich den Bart. »Er würde es für einen Riesenspaß halten. Hat sich selbst manchen Jux geleistet. Einmal erschien er mit einem quicklebendigen Bären zu einem Kostümball bei Hofe. Er stellte ihn als Käpt'n Petz vor, von der Königlichen Marine von Zith-el. Du hättest den König sehen sollen, wie er sich um eine höfliche Konversation mit dem wackeren Seebären bemühte und souverän ignorierte, daß der wortkarge Gast derweil an seinem Spitzenjabot kaute. Trotzdem ging der Preis für das beste Kostüm an jemand anderen. Nun aber zurück zu dir, du rotäugiger Dämon aus der Hölle« – Simkin fixierte den Raben mit strengem Blick. »Sag jetzt: ›Der Prinz ist ein Narr! Der Prinz ist ein Narr!‹« Er sprach mit schriller, krächzender Stimme.

Der Vogel hob einen Fuß und kratzte sich am Schnabel.

»Blöder Vogel!« meinte Simkin beleidigt.

»Simkin ist ein Narr! Simkin ist ein Narr!« kreischte der Rabe, stürzte sich flatternd auf seinen verdutzten Lehrmeister, stiebitzte das Fleisch und trug seine Beute auf einen nahen Baum.

Simkin lachte herzlich, aber Mosiahs sorgenvolles Stirnrunzeln vertiefte sich noch. Er rückte näher an Saryon heran, warf einen furchtsamen Blick auf den *Duuk-tsarith* und fragte leise: »Was, glaubt Ihr, wird geschehen? Was hat der Prinz mit uns vor?«

»Ich weiß nicht«, erwiderte Saryon ernst. »Vieles hängt von Joram ab.«

»Auweia! Dann hängen wir alle«, warf Simkin fröhlich ein und rutschte über den Boden auf die andere Seite des Katalyten. »Die beiden haben sich heute morgen kolossal in die Wolle gekriegt. Der Prinz hat unserem jungen Freund die Haut abgezogen und ihn zum Trocknen in den Wind gehängt, während Joram

Seine Königliche Hoheit einen ... nannte!« Simkin sprach das Wort nicht aus, sondern deutete augenzwinkernd auf den entsprechenden Körperteil.

»Gütiger Almin!« stöhnte Mosiah und wurde bleich.

»Du kannst beten, soviel du willst, aber ich bezweifle, daß es hilft«, meinte Simkin träge. Er schwenkte die Hand durch das heiße Wasser. »Wir sollten uns glücklich schätzen, daß es bei Worten geblieben ist. Der unglückliche Comte d'Chambray hatte weniger Glück. Es geschah während eines Streits mit Baron Roethke. Der Comte rief: ›Ihr seid ein ...!‹ Der Baron darauf: ›Ihr auch!‹ Schnappte sich seinen Katalyten, sagte den Spruch, und schon war's passiert. Vor den Augen der Damen und überhaupt! Ein widerwärtiger Anblick.«

»Ob das stimmt?« fragte Mosiah beunruhigt.

»Ich schwöre es beim Grab meiner Mutter!« antwortete Simkin gähnend.

»Nein, nicht die Sache mit dem Grafen«, schnappte Mosiah. »Das mit Joram.«

Der Katalyt schaute zum Waldrand, als hoffte er wider besseres Wissen, Joram dort auftauchen zu sehen. »Ich halte es durchaus für möglich«, sagte er niedergeschlagen.

»Hängen ist gar keine so üble Art zu sterben«, bemerkte Simkin, der auf dem Rücken lag und die heranziehenden dunklen Wolken beobachtete. »Andererseits – gibt es angenehme Arten? Das ist die Frage.«

»Heutzutage wird niemand mehr aufgehängt«, hielt Mosiah ihm ärgerlich entgegen.

»Schon, aber in unserem Fall machen sie vielleicht eine Ausnahme«, erwiderte Simkin.

»Simkin ist ein Narr! Simkin ist ein Narr!« krächzte der Rabe und kam auf seinem Ast näher gehüpft, in der Hoffnung, noch ein Stück Fleisch zu ergattern.

Ist er ein Narr? dachte Saryon. Nein, gab er sich selbst zur Antwort. Wenn seine Behauptung über das Zerwürfnis zwischen Joram und dem Prinzen der Wahrheit entsprach, dann hatte Simkin – zum erstenmal in seinem Leben und vermutlich ohne es zu ahnen – die Wahrheit gesprochen.

Am späten Nachmittag brach das Unwetter los. Regenfluten stürzten herab, als hätten sich die tiefhängenden Wolken an den spitzen, kahlen Ästen der hohen Bäume die grauen Bäuche aufgeschlitzt. Der Prinz erbat Leben von Kardinal Radisovik und schuf mittels seiner magischen Kräfte einen unsichtbaren Schild über der Lichtung, der sie vor den Wassermassen schützte. Um das zu vollbringen, mußte Garald allerdings die heißen Quellen aufgeben. Saryon vermißte sie schmerzlich. Der Schild bewahrte sie davor, naß zu werden, doch er spendete keine Wärme. Und es verursachte dem Katalyten ein merkwürdiges Gefühl, wenn er aufschaute und den Regen niederprasseln sah, ohne ihn zu spüren: grausilberne Speere, die an einem gläsernen Dach zerschellten.

»Auch ich vermisse die Wärme der Quellen, aber so ist es doch viel angenehmer, als den ganzen Tag in einem stickigen Zelt eingesperrt zu sein, findet Ihr nicht auch, Pater?« erkundigte sich Garald im Plauderton. »Unter dem Schild können wir uns wenigstens im Freien aufhalten. Kommt näher ans Feuer, wenn Ihr friert.«

Obwohl Saryon nicht in der Stimmung war, sich zu unterhalten, folgte er der Einladung und murmelte sogar eine höfliche Erwiderung. Immer wieder irrte sein Blick zu dem dunklen Schatten des Waldes hinter dem dichten Regenvorhang. Stunde um Stunde verging, und Joram kehrte nicht zurück.

Auch der Kardinal versuchte, mit Saryon eine Unterhaltung anzuknüpfen, doch in Anbetracht der sorgenvollen Geistesabwesenheit des Katalyten gab er es bald wieder auf, und nachdem er einen bedeutungsvollen Blick mit dem Prinzen gewechselt hatte, zog er sich in sein Zelt zurück, um in den Schriften zu lesen und zu meditieren.

Neben dem Feuer saßen Garald, Mosiah und Simkin beim Tarock. Das Spiel kam nur mühsam in Gang; in seiner ehrfürchtigen Bestürzung darüber, mit einem Prinzen Karten zu spielen, teilte Mosiah falsch aus, ließ zweimal sein Blatt fallen und machte beim Spiel dermaßen alberne Fehler, daß Simkin vorschlug, er solle seinen Platz dem Vogel überlassen. Doch Garald gelang es bald, eine so entspannte und heitere Atmosphäre zu schaffen, daß Mosiah tatsächlich in des Prinzen Gegenwart zu lachen wagte und sich einmal sogar mit rotem Kopf zu einem schüchternen Witz verstieg.

Saryon bemerkte voller Unbehagen, daß es Garald wiederholt gelang, das Gespräch auf Joram zu bringen, indem er Mosiah während gelegentlicher Spielunterbrechungen bat, Erlebnisse aus seiner Kindheit zu erzählen. Mosiah, der sein Heimweh nie ganz überwunden hatte, war froh und glücklich über diese Gelegenheit, von dem Tun und Treiben in seinem Heimatdorf berichten zu können. Garald lauschte den Geschichten mit einem für einen jungen Mann äußerst schmeichelhaften Interesse und ließ ihn ungehindert reden, doch führte er ihn durch scheinbar beiläufige Fragen immer wieder unauffällig zu Joram zurück.

Woher dieses unverhältnismäßige Interesse? fragte sich Saryon mit wachsender Furcht. Ahnt er die Wahrheit? Der Katalyt dachte an ihre erste Begegnung zurück. Wie merkwürdig und forschend der Prinz Joram betrachtet hatte, als versuchte er sich zu erinnern, weshalb ihm dieses Gesicht so bekannt vorkam. Garald war als Kind oft im Palast von Merilon zu Gast gewesen, und Saryon, der schwer an seinem Geheimnis trug, kam es vor, als würde Joram seiner Mutter, der Kaiserin, von Tag zu Tag ähnlicher. Er hatte eine Art, hochmütig den Kopf zu wenden oder das üppige, glänzende, ungebärdige schwarze Haar zurückzuwerfen, daß Saryon manchmal beinahe geschrien hätte: ›Könnt ihr nicht sehen, ihr Narren? Seid ihr blind?‹

Vielleicht *konnte* Garald sehen. Vielleicht war er *nicht* blind. Auf jeden Fall war er intelligent, scharfsinnig und – trotz seines entwaffnenden Charmes – *Albanara,* der geborene Politiker und Herrscher. Der Staat und sein Volk kamen für ihn an erster Stelle. Was würde er tun, wenn er die Wahrheit kannte oder vermutete? Saryon wußte es nicht. Womöglich nichts anderes als das, was er jetzt tat – bis es Zeit zum Aufbruch war. Der Katalyt grübelte, bis ihm der Kopf weh tat. Die Stunden verstrichen. Der graue, stürmische Nachmittag verdüsterte sich zu einem grauen, stürmischen Abend. Aus dem Regen wurde Schnee. Und immer noch kehrte Joram nicht zurück.

Zum Abendessen wurden die Karten beiseite gelegt. Es gab ein Gulasch, das Garald eigenhändig zubereitete, während er sich begeistert über die verschiedenen Kräuter ausließ, die er unterwegs selbst gesammelt hatte und jetzt mit fachmännischer Nonchalance in den brodelnden Topf streute.

Saryon täuschte vor, mit Appetit zu essen, um den Prinzen nicht zu kränken, doch in Wirklichkeit verfütterte er den größten Teil seiner Portion an den Raben. Der *Duuk-tsarith,* der über Joram gewacht hatte, kehrte zurück, und der andere nahm seinen Platz ein.

Wenigstens hatte es für Saryon den Anschein: Er vermochte die beiden schwarzgekleideten, gesichtslosen Gestalten nicht zu unterscheiden. Der Hexenmeister sprach mit Garald, und aus den wiederholten Blicken des Prinzen zum Waldrand schloß Saryon auf den Gegenstand ihrer Unterhaltung. Seine Schlußfolgerung wurde bestätigt, als der Prinz wenig später zu ihm trat.

»Joram geht es gut, und er ist in Sicherheit«, berichtete er. »Bitte macht Euch keine Sorgen. Er hat in einer Felsspalte Zuflucht gefunden. Man muß ihm Zeit lassen, mit sich ins reine zu kommen. Die Wunde, die ich ihm zugefügt habe, ist tief, aber nicht tödlich, und der kleine Aderlaß wird ihm guttun.«

Saryon war davon nicht überzeugt und Mosiah ebensowenig.

»Ihr entsinnt Euch an die schwarzen Stimmungen, die ihn oft befallen haben, Pater?« fragte der junge Mann und setzte sich neben den Katalyten, der unter den erwartungsvollen Blicken des Raben in den Resten auf seinem Teller stocherte. »In letzter Zeit ist er davon verschont geblieben, aber früher habe ich mehr als einmal erlebt, daß er tagelang im Bett lag, nicht aß, nicht trank, sondern nur schweigend ins Nichts starrte.«

»Ich weiß. Und wenn er bis zum Morgen nicht wieder hier ist, suchen wir ihn«, antwortete Saryon entschlossen.

Es hörte nicht auf zu schneien, und der Prinz sah sich gezwungen, den Schild aufzulösen, denn ihn aufrecht zu erhalten zehrte seine Kräfte auf. Simkin und Mosiah zogen für die Nacht in das große Zelt des Prinzen; Saryon nahm Radisoviks Gastfreundschaft in Anspruch.

Was die *Duuk-tsarith* betraf, so waren sie beide verschwunden, auch wenn der Katalyt wußte, daß sie von irgendeiner Stelle aus den Schlaf des Prinzen bewachten. Wann sie selbst Zeit zum Schlafen fanden, vermochte der Katalyt sich nicht vorzustellen. Er hatte munkeln gehört, daß die Hexenmeister die Fähigkeit besaßen, Körper und Geist in Schlaf zu versetzen, ohne deshalb in ihrer Wachsamkeit nachzulassen, aber das erschien ihm völlig abwegig, und er tat es als Hirngespinst ab.

Dankbar für jede Kleinigkeit, die ihn von seinen Sorgen ablenkte, lag Saryon in der Dunkelheit und dachte über dieses Problem nach, während er auf das Knirschen von Schritten im Schnee lauschte. Endlich schlummerte er ein, aber es war ein unruhiger Schlaf.

Jedesmal wenn er aufwachte, tappte er leise zum Zelteingang, öffnete den Vorhang einen Spalt und spähte hinaus.

Was er zu sehen erwartete, wußte er nicht, denn es schneite so heftig, daß er das Zelt des Prinzen dicht neben dem ihren nur als dunklen Fleck zu erkennen vermochte. Ihm fiel jedoch auf, daß er nicht der einzige war, der keine Ruhe fand. Einmal bemerkte er einen Lichtschimmer in Garalds Zelt und glaubte die hohe Gestalt des Prinzen zu sehen, wie er in die Nacht hinausblickte.

Gegen Morgen hörte es auf zu schneien. Der Katalyt lag in seinen warmen Decken und sah die Morgendämmerung langsam ins Zelt kriechen. Er malte sich aus, wie das Frühlicht durch das Geäst der verschneiten Bäume sickerte. Er schloß die Augen, aber in diesem Moment hörte er das Geräusch, auf das er gewartet hatte – Schritte. Sein Herz zog sich vor Erleichterung zusammen, als er hastig aufstand und die Zeltklappe zurückschlug. Dort verharrte er, von draußen nicht zu sehen.

Joram stand mitten auf der schneebedeckten Lichtung, eingehüllt in einen dicken Umhang. Woher stammte dieses Kleidungsstück? Hatten die *Duuk-tsarith* es ihm gebracht? Diese Frage beschäftigte Saryon, während er in atemloser Spannung abwartete, was Joram als nächstes tun würde.

Joram stapfte durch den tiefen Schnee, blieb vor dem Zelt des Prinzen stehen und zog das Dunkle Schwert unter dem Umhang hervor.

Saryon duckte sich tiefer in den Schatten des Zelteingangs; bei dem Anblick von Jorams Gesicht verkehrte seine anfängliche Erleichterung sich in Furcht.

Er war nicht sicher, was für eine Veränderung er erwartet hatte. Einen gefügigen, demütigen Joram, der reuig jedermanns Vergebung erflehte und Besserung gelobte? Nein – unvorstellbar.

Einen zornigen, trotzigen Joram, entschlossen, nach seiner Fasson zur Hölle zu fahren und jeden anderen dasselbe tun zu lassen? Schon eher. Ein solcher Joram wäre dem Katalyten auf jeden Fall lieber gewesen als der, den er vor sich sah.

Das Gesicht des jungen Mannes war völlig ausdruckslos. Bleich und hager, mit eingesunkenen Wangen und trüben Augen, wartete Joram schweigend, regungslos vor dem Zelt des Prinzen, das Schwert in beiden Händen.

Garald, der die Schritte ebenfalls gehört haben mußte, trat hinaus und musterte die bedrohliche Gestalt, die der frühe Wintermorgen zu ihm geführt hatte. Dem Prinzen drohte keine Gefahr. Die *Duuk-tsarith* befanden sich in der Nähe, ihre magischen Kräfte konnten Joram zerschmettern, bevor er auch nur Zeit hatte, die Waffe zu heben.

Joram war es, der in Gefahr schwebte, und um Mißverständnisse zu vermeiden, achtete Garald darauf, sich langsam und vorsichtig zu bewegen.

»Joram«, sagte er liebenswürdig.

»Euer Gnaden.« Die Antwort erfolgte kalt, gewollt abweisend und schroff. Garalds Schultern sanken herab, er seufzte leise. Dann schien es, daß seine Geduld zu Ende war und Zorn auf diesen starrsinnigen jungen Mann von ihm Besitz ergriff.

»Was willst du?« fragte Prinz Garald bitter.

Joram preßte die Lippen zusammen. Den Blick auf irgendeinen Punkt über der Schulter des Prinzen gerichtet, holte er tief Atem und stieß ihn langsam wieder aus. »Wir haben nicht viel Zeit«, sagte er zu den kahlen Bäumen, dem heller werdenden blauen Himmel, dem schmalen Rand der aufgehenden Sonne. »Eine Woche, habt Ihr gesagt.«

Die Worte klangen so frostig, daß Saryon beinahe überrascht war, den warmen Atem, der sie trug, als weißen Nebelhauch in der Winterluft hängen zu sehen. Joram schluckte. Seine Hände umklammerten den Schwertgriff fester. »Ich habe viel zu lernen«, fügte er hinzu.

Garalds Züge erhellte ein Lächeln, das mehr Wärme verströmte, als die heißen Quellen es je vermocht hatten. Er machte eine Bewegung, wie um dem jungen Mann die Hand auf die Schulter zu legen, ihm auf den Rücken zu klopfen oder in ähnlicher Weise seiner Freude Ausdruck zu verleihen, doch Saryon bemerkte, daß Jorams Wangenmuskeln sich verkrampften; seine gesamte Körperhaltung drückte Abwehr aus.

»Ich hole meine Schwert«, sagte Garald und verschwand wieder in seinem Zelt.

Der Katalyt hatte sich wohlweislich still verhalten, und Joram, der sich unbeobachtet glaubte, gab seine Pose auf.

Als der Prinz wieder herauskam – sein Schwert in der Hand –, zeigte Joram ihm ein Gesicht, das so kalt und starr war wie die unter dem Schnee begrabene Lichtung.

Wie er sich nach Liebe sehnt, dachte Saryon mit wehem Herzen. Und doch, wenn eine Hand die seine ergreifen will, schlägt er sie zur Seite.

Der Prinz und sein Schüler gingen schweigend nebeneinanderher; Garald warf hin und wieder einen Blick auf Joram, der unverwandt geradeaus schaute. Als sie zwischen den Bäumen verschwanden, löste sich eine schwarze Gestalt aus den Schatten und folgte ihnen unbemerkt.

Saryon kam plötzlich zu Bewußtsein, daß er vor Kälte zitterte. Während er sich in seine Decken hüllte, hatte er einen Augenblick lang das Bedürfnis, dem Almin für die sichere Rückkehr seines jungen Schützlings zu danken, doch dann wurde ihm klar, daß sich hinter Jorams verändertem Benehmen nichts anderes verbarg als der feste Entschluß, um jeden Preis sein Ziel zu erreichen. Der Pater war nicht mehr sicher, ob er Grund hatte, seinen gleichgültigen und vielleicht nicht existenten Gott mit Dankgebeten zu belästigen.

Ihm war eher zumute, als sollte er um Erbarmen flehen.

# Die Trennung

Mit dem Ende des Schneefalls erstarb auch der Wind, und der Himmel klärte sich auf. Stille senkte sich über den Wald, doch keine friedliche Stille. Es lag eine Spannung in der Luft, als hätte ein Riese Wolken, Wind und Sonne eingesogen und hielte jetzt in plötzlichem Groll den Atem an.

Jeder auf der Lichtung wußte, daß Stürme tobten, wenn auch nur in der Seele eines jungen Mannes. Äußerlich sah man ihm nichts an; seit dem Morgen seiner Rückkehr war Joram sich treu geblieben – kühl und gleichmütig, schweigsam und reserviert. Er sprach nur, wenn man ihn fragte, und dann waren seine Antworten kurz und vage, als hätte er gar nicht zugehört. Seine Gefährten bekamen ihn nur selten zu Gesicht, er und der Prinz verbrachten die meiste Zeit außerhalb des Lagers. Wenn er dann wieder auftauchte, saß er stumm und in sich gekehrt abseits. Den anderen, die ihn beobachteten, kam es vor, als wären seine Nerven so straff gespannt wie die Saiten eines schlecht gestimmten Instruments.

Saryon konnte nur hoffen, daß die Hand eines Meisters daran arbeitete, behutsam diese Saiten zu lokkern und die reinen Harmonien zu finden, die nach Saryons fester Überzeugung in der düsteren Seele des jungen Mannes verborgen sein mußten. War Garalds Hand die richtige? Saryon begann es zu glauben, und diese Hoffnung erleichterte ihm die Bürde, die er trug. Er hatte keine Ahnung, was sie während ihrer Abwesenheit taten oder worüber sie sprachen: Joram äußerte sich mit keiner Silbe, und Garald meinte nur, daß sie sich in der Fechtkunst übten.

Dann, eines frühen Morgens, wurde der Katalyt

aufgefordert, sie zur ›Arena‹ zu begleiten, wie der Prinz ihren Übungsplatz scherzhaft nannte.

»Wir wollen die Eigenschaften des Dunklen Schwertes genauer erforschen, Pater, und dazu brauchen wir Eure Hilfe«, erklärte Garald, als er und Joram den Katalyten aus seinem unruhigen Schlummer geweckt hatten. Sie standen alle drei vor dem Zelt des Kardinals und sprachen mit gedämpfter Stimme, um die anderen nicht zu stören.

Als er Saryons ernsten, mißbilligenden Gesichtsausdruck sah, stieß Joram einen ungeduldigen Seufzer aus, doch Garald ermahnte ihn mit einer kaum merklichen Handbewegung zu schweigen.

»Ich begreife Eure Vorbehalte, Pater Saryon«, meinte der Prinz freundlich, »aber Ihr könnt doch nicht wollen, daß Joram nach Merilon geht, ohne die Macht der Waffe zu kennen, die er sich geschaffen hat.«

Ich will überhaupt nicht, daß Joram nach Merilon geht, dachte der Katalyt bei sich, doch er sprach es nicht aus. Statt dessen erklärte er sich bereit, mitzugehen, denn er mußte zugeben, daß das Argument des Prinzen stichhaltig war. Außerdem war er selbst insgeheim neugierig auf das Dunkle Schwert. Eingehüllt in einen warmen Umhang, den der Prinz für ihn herbeigezaubert hatte, begleitete er die beiden jungen Leute in den Wald.

»Es tut mir leid, daß wir Euch zu so früher Stunde aus dem Schlaf gerissen haben«, entschuldigte sich Garald unterwegs. »Selbstverständlich hätte ich Kardinal Radisovik bitten können, aber Joram und ich sind der Ansicht, je weniger Menschen über das Dunkle Schwert Bescheid wissen, desto besser.«

Saryon pflichtete ihm von ganzem Herzen bei.

»Trotz der Tatsache, daß Radisovik in seinen Ansichten bemerkenswert fortschrittlich und liberal ist, fürchte ich, daß das Dunkle Schwert seine Toleranz auf eine zu schwere Probe stellen könnte.« Garald lächelte.

»Ich werde nach besten Kräften versuchen, Euch behilflich zu sein, Euer Gnaden«, erwiderte Saryon und schob die kalten Hände in die weiten Ärmel seiner Kutte.

»Ausgezeichnet!« rief Garald herzlich. »Und wir werden nach besten Kräften dafür sorgen, daß Ihr nicht friert – Joram und ich haben damit keine Schwierigkeiten.«

Er wechselte einen Blick mit dem jungen Mann, und Saryon war erstaunt über das kleine Lächeln um den strengen Mund und das verschmitzte Aufflackern in Jorams dunklen Augen. Von einem Moment auf den anderen war es Saryon leichter zumute.

Die ›Arena‹ entpuppte sich als eine freie Stelle mitten im Wald, in einiger Entfernung von der Lichtung.

Obwohl Saryon wußte, daß die wachsamen *Duuk-tsarith* nicht weit sein konnten, sah er keine Spur von ihnen. Oder vielleicht waren die Leibwächter des Prinzen tatsächlich nicht in der Nähe. Vielleicht hatte der Prinz es ernst gemeint, als er sagte, das Geheimnis des Dunklen Schwertes müsse gewahrt bleiben.

Garald hielt sein Wort und schuf für den Katalyten ein regelrechtes Nest aus weichen Kissen. Er hätte auch noch Wein und andere Delikatessen herbeigezaubert, doch Saryon winkte verlegen ab. Er konnte nicht anders, als den Prinzen gernhaben. Garald behandelte den Katalyten mit dem größten Respekt und war stets auf sein Wohlergehen und seine Bequemlichkeit bedacht, ohne je herablassend oder gönnerhaft zu wirken. Und nicht nur Saryon erging es so. Garald begegnete jedem mit dieser liebenswürdigen Höflichkeit – von Simkin und Mosiah bis zu den *Duuk-tsarith* und Joram.

Wie das Volk seinen Prinzen lieben muß, dachte Saryon, während er dem weltgewandten eleganten Edelmann im Gespräch mit dem linkischen, ungelenken Jungen zusah.

Auch Joram schien Garald zu beobachten. Vielleicht rührte daher der Aufruhr in seiner Seele. Saryon wußte, daß Joram alles geben würde, damit man ihm die gleiche Achtung und Zuneigung entgegenbrachte wie diesem Mann. Vielleicht begann er zu verstehen, daß man nur zurückbekommt, was man selbst zu geben bereit ist.

Joram und der Prinz gingen in die Mitte der Arena, aber sie nahmen nicht sofort ihre Fechthaltung ein.

»Überlaß mir dein Schwert für einen Moment«, sagte Garald.

Jorams Augen blitzten. Er zögerte. Dann hielt er ihm mit einer ruckartigen Bewegung die Waffe hin.

Ohne eine Miene zu verziehen, als hätte er den rüden Ton nicht wahrgenommen, ergriff Garald das Schwert und betrachtete es eingehend.

»In den letzten paar Tagen diente es ausschließlich dem Zweck, Jorams Fechtkunst zu verbessern«, sagte er, »und doch merke ich, wie es an mir zehrt, meine Magie aufsaugt, so daß ich mich am Ende des Tages schwach und kraftlos fühle. Doch es hat diese Wirkung nicht, wenn wir zum Beispiel wieder im Lager sind. Dann spüre ich überhaupt nichts.«

»Ich glaube, es entfaltet seine Wirkung nur im Ernstfall«, warf Joram ein, der über seinem Interesse an dem Schwert die plötzlich aufgeflammte Feindseligkeit vergaß. »Dasselbe ist mir beim Kampf mit dem Hexenmeister aufgefallen. Als Blachloq in die Schmiede kam, reagierte das Schwert nicht. Doch als er mich angriff und ich das Schwert hob, um mich zu verteidigen, fühlte ich, wie es – zum Leben erwachte.«

»Ich verstehe«, murmelte Garald nachdenklich.

»Die Waffe antwortet auf einen bestimmten Impuls von dir – Zorn, Furcht, die starken Emotionen, die von einer großen Gefahr ausgelöst werden. Hier ...«, er löste die Schwertscheide vom Gürtel und reichte Joram die prächtige Waffe, »nimm meins. Daß du tot bist, hat keine Bedeutung. Die Magie des Schwertes läßt sich durch einen Befehl aktivieren.« Der Prinz hielt das Dunkle Schwert mit angewinkelten Armen vor sich. Er schüttelte den Kopf. »Ich wünschte, jemand hätte dich im Schmiedehandwerk unterrichtet. Dies wird immer eine plumpe, unhandliche Waffe sein. Aber das ist jetzt nicht wichtig. Sprich die Worte: ›Falke, avant!‹ und greif mich an.«

Joram legte beinahe liebevoll beide Hände um den kunstvoll geschmiedeten Griff von Garalds Schwert und nahm dem Prinzen gegenüber Aufstellung. »Falke, avant!« sagte er und führte den ersten Hieb. Garald parierte mit dem Dunklen Schwert, doch blitzschnell wurde er von seiner eigenen Klinge in Jorams Hand ausmanövriert und an der Schulter verwundet.

»Mein Gott!« Joram sah das Blut am Arm des Prinzen herunterlaufen und senkte das Schwert. »Das wollte ich nicht, bestimmt nicht! Ist es schlimm?«

Saryon sprang auf.

»Ich bin selber schuld«, sagte Garald grimmig und preßte die Hand auf die Wunde. »Es ist nichts. Nur ein Kratzer, seht her.« Er entblößte die Wunde, und Saryon stellte erleichtert fest, daß die Klinge tatsächlich nur die Haut geritzt hatte. Ein schlichter Heilungszauber genügte, um die Blutung zu stillen, und der ›Unterricht‹ nahm seinen Fortgang.

Zumindest, dachte Saryon, weiß ich jetzt, daß die *Duuk-tsarith* nicht in der Nähe sind. Joram würde diesen Zwischenfall nicht überlebt haben. Er war überglücklich, einen Unterton aufrichtiger Sorge aus Jorams Stimme herausgehört zu haben.

»Es war meine eigene Dummheit«, wiederholte Garald reuevoll. »Um ein Haar wäre ich von meiner eigenen Waffe getötet worden!« Er schüttelte das Dunkle Schwert. »Warum hast du nicht geholfen?«

Saryon glaubte die Antwort zu wissen, doch als Mathematiker wollte er zuerst die Probe aufs Exempel machen, bevor er sich äußerte.

»Gebt Joram sein Schwert zurück, Hoheit«, ordnete er an. »Ihr nehmt das Eure und sprecht die Formel, wie er es vorhin getan hat.«

Garald runzelte die Stirn. »Es ist ein starker Zauberspruch, wie Ihr gesehen habt. Ich könnte ihn töten.«

»Das könnt Ihr nicht«, sagte Joram ruhig.

»Ich bin derselben Meinung, Euer Gnaden. Bitte tut, was ich sage, und glaubt mir, das Ergebnis wird Euch faszinieren.«

»Also gut«, meinte Garald, wenn auch mit offensichtlichem Widerstreben. Die Schwerter wurden getauscht, und er und Joram nahmen ihre Plätze ein.

»Falke, avant!« befahl Garald.

Augenblicklich fuhr die silberne Klinge blitzend durch die Luft und stieß wie der Vogel, dessen Name sie trug, auf den Gegner hinab. Joram verteidigte sich mit dem Dunklen Schwert. Seine Bewegungen wirkten schwerfällig und unbeholfen, im Vergleich zu den flinken Paraden und Riposten von Garalds verzauberter Waffe. Joram mußte zurückweichen; die silberne Klinge schickte sich an, ihn zu durchbohren – und wurde im letzten Moment abgelenkt.

Mit einem Schmerzensschrei ließ Garald die Waffe sinken. Er rieb sich den geprellten Arm und schaute zu Saryon hinüber. »Ich nehme an, das wolltet Ihr mir vorführen. Nun gut, warum schützt es ihn, aber nicht mich? Kennt es seinen Herrn?«

»Ganz und gar nicht, Euer Gnaden«, antwortete der Katalyt, erfreut über das gelungene Experiment. »Jetzt verstehe ich diese rätselhafte Bemerkung in einer der alten Schriften. Dort hieß es, daß die Schwerter aus Arkanum von den Legionen der Toten getragen wurden. Ich hielt das für nichts weiter als eine phantasievolle Ausschmückung, ein Schauermärchen. Jetzt ist mir klargeworden, daß diese Passage sich auf Männer bezieht, die tot sind. Eine Waffe aus Arkanum kann nur von jemandem geführt werden, der über keine eigene Zauberkraft verfügt, die gegen die Magie des Schwertes wirken könnte.«

»Wirklich faszinierend«, bemerkte Garald und betrachtete die Waffe beinahe ehrfürchtig. »Dadurch werden Männer, die in einem Krieg der Zauberer kaum mehr als nutzloses Fußvolk wären, zu einer ernstzunehmenden Kampftruppe.«

»Und es ist keine langwierige Ausbildung erforderlich«, fügte Saryon hinzu, der sich mehr und mehr für das Thema begeisterte. Seine Gedanken jagten sich. »Im Gegensatz zu Hexenmeistern, deren Ausbildung praktisch mit dem Tag der Geburt ihren Anfang nimmt, dauert es höchstens ein paar Wochen, Soldaten im Gebrauch der Schwerter zu schulen. Außerdem braucht man keinen Katalyten ...« Saryon merkte, daß er zuviel gesagt hatte, und biß sich auf die Zunge, doch Garald hatte bereits erkannt, worauf er hinauswollte.

»Nein, Ihr habt unrecht!« rief er aufgeregt. »Ich meine, Ihr habt recht – bis zu einem gewissen Punkt. Waffen aus Arkanum *brauchen* keinen Katalyten, um ihre Wirkung zu entfalten. Aber ich weiß von Euch selbst, daß Ihr dem Schwert nach seiner Erschaffung Leben gewährt habt. Angenommen, Ihr tut es jetzt wieder – würde das seine Macht vergrößern?«

»Ganz gewiß!« sagte Joram eifrig. »Versuchen wir's.«

»Ja!« stimmte Garald zu. »Seid Ihr bereit, Pater?«

Saryon schob die Hände in die Kuttenärmel und neigte den Kopf. »Nein«, sagte er.

Die beiden jungen Männer starrten ihn an – Joram zornig, Garald enttäuscht.

»Pater, ich weiß, das ist schwierig für Euch ...«, begann er taktvoll.

»Nein«, wiederholte Saryon mit leiser, hohler Stimme. »Nein, Euer Gnaden. Ich würde alles für Euch tun, was in meiner Macht steht. Aber um keinen Preis gewähre ich diesem Schwert ein zweitesmal Leben, das habe ich geschworen.«

»Eurem Gott?« konnte Joram sich nicht enthalten verächtlich zu fragen.

»Mir selbst«, erwiderte Saryon flüsternd.

»Um alles in der ...«, fuhr Joram ihn an, doch Garald fiel ihm kurzerhand ins Wort.

»Es war ohnehin reine Neugier, sonst nichts«, sagte er beherrscht und wandte sich an Joram. »Für deinen Umgang mit dem Schwert ist diese Frage nicht von Bedeutung. Du kannst nicht darauf zählen, daß ein Katalyt in der Nähe ist, wenn du gezwungen bist, es zu gebrauchen. Komm, probieren wir es mit einem stärkeren Zauber. Ich umgebe mich mit einer unsichtbaren Rüstung, und du versuchst sie zu durchdringen. Pater, wenn Ihr mir Leben gewähren könntet ...«

Es erfüllte Saryon mit aufrichtiger Freude, die Magie der Welt in ein so edles Gefäß zu leiten, und mit Befriedigung sah er Joram gegen seinen Zorn ankämpfen und ihn schließlich beherrschen. Von seinem bequemen Ruheplatz aus erfreute er sich still an den freundschaftlichen Zweikämpfen der junge Leute und hatte Gelegenheit, sein Wissen über das Dunkle Schwert zu vervollständigen. Doch gleichzeitig bedrückte ihn die Gewißheit, in Garalds Achtung gesunken zu sein. Der Prinz mußte Saryons Weigerung, dem Schwert Leben zu gewähren, als Laune eines zimperlichen Gelehrten empfinden. Für Garald war es nicht mehr als ein Werkzeug. Er sah es nicht als die Ausgeburt der Finsternis, den Vernichter von Leben, den Saryon erblickte, wenn er die ungeschlachte Waffe betrachtete.

Was sein Ansehen bei Joram betraf, so mußte der Katalyt sich traurig eingestehen, daß die Meinung des jungen Mannes über ihn nicht mehr schlechter werden konnte.

Nach mehreren Stunden intensiven Trainings kehrten Joram, der Prinz und Saryon ins Lager zurück ... Während der restlichen Woche bezeigte Garald dem Katalyten dieselbe höfliche Liebenswürdigkeit wie zuvor, doch er lud Saryon nie wieder ein, ihn und Joram zur Arena zu begleiten.

Die Woche verlief ereignislos. Joram und Garald übten mit den Schwertern; Saryon genoß etliche interessante philosophische und religiöse Diskussionen mit Kardinal Radisovik; Simkin neckte den Raben, bis der erzürnte Vogel ihm schließlich zum Vergnügen aller ein Stück aus dem Ohr kniff. Mosiah vertrieb sich die Zeit damit, fasziniert und ratlos in den Büchern zu schmökern, die er in Garalds Zelt fand; er betrachtete die Bilder und zerbrach sich den Kopf über den geheimnisvollen Zeichen, die Joram soviel verrieten und für ihn nur bedeutungsloses Gekrakel darstellten. An den Abenden kamen der Prinz und seine Gäste zusammen, spielten Tarock oder berieten Mittel und Wege, nach Merilon hineinzugelangen.

»Simkin kann euch helfen, durchs Tor zu kommen«, sagte Garald am Abend des letzten Tages. Mosiah und Joram saßen nach einer wahrhaft fürstlichen Mahlzeit müde und träge im luxuriösen Zelt des Prinzen. Die idyllische Atempause nach den Strapazen der Flucht aus dem Dorf der Nigromanten näherte sich dem Ende. Mit Bedauern dachten sie daran, daß sie sich morgen wieder in der unbekannten und feindseligen Wildnis mit Kijranken und furchterregenden Ungeheuern herumschlagen mußten. Die Herrlichkeit Merilons erschien ihnen sehr weit entfernt, und es war schwer, ernsthaft zu glauben, daß sie dort neue Gefahren erwarten sollten.

Garald, der einiges davon an ihren Gesichtern ablesen konnte, hielt es für angebracht, mit größerem Nachdruck zu sprechen. »Simkin kennt jeden in Merilon, und man kennt ihn – was den Aufenthalt dort ziemlich interessant gestalten dürfte.«

»Ihr meint, diese verrückten Geschichten, die er ständig zum besten gibt, sind wahr? Ihr habt wirklich einen lebendigen Bären mit zum Kostümball gebracht?« platzte Mosiah heraus, dann wurde er rot und hielt sich erschrocken die Hand vor den Mund.

Aber der Prinz schüttelte nur den Kopf. »Er hat euch also davon erzählt? Armer Vater.« Garald lächelte breit. »Bis heute weigert er sich, in Gegenwart eines Marineoffiziers oder eines Spaßvogels im Bärenkostüm ein Jabot zu tragen. Doch um zu wichtigeren Dingen zurückzukehren ... Saryon hat ganz recht, wenn er euch warnt, nach Merilon zu gehen. Es ist gefährlich, und ihr müßt stets auf der Hut sein. Gefahr besteht nicht nur für Joram. Auch du schwebst in Gefahr, Mosiah. Man betrachtet dich als Rebellen. Du bist von zu Hause geflohen, du hast bei den Adepten der Schwarzen Magie gelebt und verschaffst dir Einlaß in die Stadt unter Vorspiegelung falscher Tatsachen. Wenn man dich entlarvt, wirst du zu Kerkerhaft in den Verliesen der *Duuk-tsarith* verurteilt. Ein ähnliches Schicksal droht auch Saryon, der lange Jahre in Merilon gelebt hat und leicht erkannt werden könnte ...

Nein, Joram, ich versuche nicht, dir deinen Plan auszureden«, unterbrach Garald sich selbst, als er Jorams finstere Miene bemerkte. »Ich rate dir nur, vorsichtig zu sein. Besonders in der Nähe einer bestimmten Person.«

»Ihr meint den Katalyten?« fragte Joram. »Ich weiß, daß er von Bischof Vanya geschickt wurde ...«

»Ich meine Simkin«, erwiderte Garald ernst.

»Na, hab' ich's nicht immer gesagt?« brummte Mosiah, zu Joram gewandt.

Als wüßte er, daß von ihm die Rede war, erhob Simkin die Stimme, und die Männer im Zelt schauten durch den offenen Eingang nach draußen. Er und der Katalyt standen neben dem Feuer. Simkin hatte sich erboten, für Saryon eine Verkleidung zu finden, die es ihm ermöglichen sollte, unerkannt nach Merilon hineinzugelangen, und jetzt ließ er an dem bedauernswerten Priester seinen ganzen perfiden Ideenreichtum aus.

»Ich hab's!« verkündete er soeben frohlockend. »Ihr könnt vollkommen unbemerkt kommen und gehen und Euch noch mit dem Gepäck nützlich machen.« Er schnippte mit den Fingern und sprach ein Wort. Um den Katalyten herum begann die Luft zu flimmern, die Umrisse seines Körpers verschwammen, und plötzlich stand neben dem Feuer ein stattlicher, grauer, bekümmert dreinschauender Esel.

»Dieser Idiot!« fauchte Mosiah und sprang auf. »Warum läßt er den armen Mann nicht in Ruhe! Ich werde ...«

Garald legte ihm die Hand auf den Arm und hielt ihn zurück. »Ich kümmere mich darum«, sagte er.

Während Mosiah zögernd wieder seinen Platz einnahm, sah er, wie der Prinz dem Kardinal ein Zeichen gab, der vor seinem eigenen Zelt stand und das Schauspiel beobachtete.

»Was habt Ihr gesagt, Pater?« fragte Simkin.

Der Esel reckte den Hals, hob den Schwanz und schrie.

»Ihr seid nicht zufrieden? Nach all der Mühe, die ich mir gemacht habe.« Er zog den Esel an einem der langen grauen Ohren. »Bedenkt nur, mit was für einem ausgezeichneten Gehör Ihr gesegnet seid. Ich wette, Ihr könnt auf fünfzig Schritt ein Bündel Heu zu Boden fallen hören. Ganz zu schweigen von der erstaunlichen Fähigkeit, die Augen unabhängig voneinander zu bewegen, was Euch in die Lage versetzt, zu sehen, wohin Ihr geht.« Der Esel schrie wieder und bleckte die Zähne.

»Und die Kinder werden Euch lieben«, fuhr Simkin schmeichelnd fort. »Ihr könntet die kleinen Lieblinge auf Euch reiten lassen. Nun, wenn Ihr unbedingt ein Spielverderber sein wollt ...« Der Esel verschwand, und Saryon kam wieder zum Vorschein.

»Dann muß ich mir eben etwas anderes einfallen lassen.« Simkin rieb sich mürrisch das Kinn. »Heureka!« Wieder schnippte er mit den Fingern. »Eine Ziege! Immer frische Milch ...«

In diesem Moment griff Kardinal Radisovik ein. Unter dem Vorwand, mit Saryon eine theologische Streitfrage diskutieren zu wollen, ergriff er den Katalyten beim Arm und führte ihn zu seinem Zelt hinüber. Unglücklicherweise heftete Simkin sich ihnen an die Fersen.

»Außerdem habt Ihr nie wieder Schwierigkeiten, satt zu werden«, hörte man ihn dozieren. »Ihr könntet einfach alles fressen, pardon, essen ...«

»Ihr wißt über Simkin Bescheid, nicht wahr, Euer Gnaden?« fragte Mosiah den Prinzen. »Ihr kennt sein Spiel. Was hat er vor?«

»Sein Spiel ...«, wiederholte der Prinz nachdenklich. »Ja, ich glaube, ich kenne Simkins Spiel.«

»Dann erzählt uns davon!« drängte Mosiah aufgeregt.

»Nein, lieber nicht«, antwortete Garald mit einem Blick auf Joram. »Ihr würdet es nicht verstehen und womöglich unvorsichtig werden.«

»Aber Ihr müßt es uns sagen! Ich – ich meine, Ihr solltet es uns sagen«, verbesserte Mosiah sich stammelnd, als ihm bewußt wurde, daß er soeben gewagt hatte, einem Prinzen einen Befehl zu geben. »Wenn Simkin gefährlich ist . . .«

»Pah!« Joram verzog geringschätzig den Mund.

»Er ist gefährlich, das stimmt schon«, meinte Garald bedeutungsvoll. »Denkt immer daran.« Er stand auf. »Und jetzt werde ich gehen und den unglücklichen Saryon retten, bevor ihm Hörner wachsen und er das Zelt des Kardinals anknabbert.«

Die Verwandlung in eine Ziege blieb Saryon erspart. Auf den Vorschlag des Prinzen wurde aus Pater Saryon Pater Dunstabel, ein minderer Hauskatalyt, der nach Simkins Angaben Merilon vor über zehn Jahren verlassen hatte.

»Eine halbe Portion, eine graue Maus«, berichtete Simkin. »Einer von den Leuten, an die man sich schon fünf Augenblicke, nachdem sie einem vorgestellt worden sind, nicht mehr erinnern kann. Erst recht nicht mehr nach zehn Jahren.«

»Und falls man sich doch erinnert, wird man es für ganz natürlich halten, daß er sich in den zehn Jahren seiner Abwesenheit verändert hat«, fügte Garald aufmunternd hinzu, weil er sah, daß Saryon von der Idee nicht sonderlich angetan war. »Ihr braucht Euch nicht einmal zu verstellen, Pater. Wir verändern nur Euer Gesicht und Euren Körper. Davon abgesehen, bleibt Ihr derselbe.«

»Aber ich muß mich in der Kathedrale melden, Euer Gnaden«, wandte Saryon störrisch ein. Seine

Angst schien größer zu sein als die offensichtliche Scheu, dem Prinzen zu widersprechen – ein Umstand, der Garald wieder einmal veranlaßte, sich zu fragen, was für ein düsteres Geheimnis dieser unscheinbare Mann so ehern bewahrte. »Über das Kommen und Gehen von uns Katalyten wird genau Buch geführt . . .«

»Nicht unbedingt, Pater«, warf Radisovik begütigend ein. »Es kommt immer wieder vor, daß der eine oder andere durch die bürokratischen Maschen fällt, um es einmal so auszudrücken. Ein minderer Haus-Katalyt ohne jede Bedeutung, wie dieser Pater Dunstabel, kann durchaus für einige Jahre den Kontakt zu seiner Kirche verlieren.«

»Aber aus welchem Grund sollte ich – ich meine, Pater Dunstabel – nach Merilon zurückkehren? Vergebung, Eminenz«, meinte Saryon demütig, aber beharrlich, »der Prinz hat uns nahegelegt, vorsichtig zu sein . . .«

»Das ist ein sehr wichtiger Punkt, den Ihr angesprochen habt«, lobte Garald. »Für Eure Rückkehr kann es vielerlei Gründe geben. Der Zauberer, in dessen Diensten Ihr gestanden habt, faßte den Entschluß, sich dem Rebellengesindel in Sharakan anzuschließen, und Ihr wart plötzlich Euch selbst überlassen.«

»Dies ist eine ernste Angelegenheit, Prinz«, wagte Radisovik einen leichten Tadel vorzubringen.

»Dessen bin ich mir bewußt«, entgegnete Garald kühl. »Aber vielleicht würde das die Aufmerksamkeit zu sehr auf Euch lenken, Pater. Wie wäre es hiermit? Der Zauberer stirbt. Seine Witwe kehrt nach Zith-el zurück, wo ihre Eltern leben. Im Haus ihres Vaters ist kein Platz für Euch, und deshalb, Pater Dunstabel, wird Euch gekündigt. Mit dem Ausdruck größten Bedauerns und erstklassigen Zeugnissen.«

Kardinal Radisovik nickte zustimmend. »Selbst

wenn man Eure Geschichte nachprüfen wollte«, kam er Saryons nächstem Einwand zuvor, »würde es Monate dauern, bis man herausgefunden hätte, daß dieser Lord Quidam überhaupt nicht existiert.«

»Und bis dahin«, schloß der Prinz in einem Ton, der keinen Widerspruch mehr duldete, »werdet Ihr bei uns in Sharakan sein.«

Saryon neigte ergeben den Kopf, denn er fürchtete, durch sein hartnäckiges Sträuben schließlich Mißtrauen zu erregen. Er mußte zugeben, daß der Prinz und der Kardinal recht hatten. Während der fünfzehn Jahre in der Kathedrale hatte Saryon an vielen Abenden Gelegenheit gehabt, zu beobachten, wie die Schlange der neu angekommenen Katalyten sich langsam die Kristalltreppe hinauf und durch die Kristalltore schob. Unter den gelangweilten Augen irgendeines bedauernswerten Diakons trug jeder Katalyt sich in ein Register ein, für das keine Menschenseele sich je wieder interessierte. Wenn jemand die Kontrollen der *Kan-hanar,* die Torwächter Merilons, passiert hatte, fühlte die Kirche sich nicht mehr berufen, eigene Nachforschungen anzustellen. Allein der Gedanke, ein Katalyt könnte sich mit falscher Identität in die Stadt einschleichen, mußte ihnen absurd erscheinen.

Und doch gab es eine Person, die vielleicht Grund hatte, zu vermuten, Saryon könnte nach Merilon zurückkehren, dachte der Katalyt unbehaglich und griff nach dem Arkanum, das an einer Kette um seinen Hals hing. Bedrückt fragte er sich, was Bischof Vanya wohl unternahm, um ihn ausfindig zu machen, und bedauerte fast, den Esel abgelehnt zu haben ...

Am nächsten Morgen erhoben sich alle noch vor Sonnenaufgang. Die jungen Männer und Saryon bereiteten sich darauf vor, Abschied zu nehmen von dem

Prinzen und seinem Gefolge, die am selben Tag zum Dorf der Nigromanten aufbrechen wollten.

»Ende gut, alles gut«, bemerkte Simkin, als sie ihr Frühstück beendeten, »wie der Herzog von Orleans anläßlich der Beisetzung von Lady Magda äußerte. Immer frei heraus, der alte Herr.«

»Simkin ist ein Narr!« krächzte der Rabe, der sich auf Simkins Kopf niedergelassen hatte.

»Es ist kein Ende, sondern ein Anfang, hoffe ich«, sagte der Prinz und lächelte Joram zu. Das Gesicht des jungen Mannes erhellte sich für einen Moment.

»Und jetzt«, fuhr der Prinz fort, »bevor wir Lebwohl sagen müssen, obliegt mir die angenehme Pflicht, die Abschiedsgeschenke zu verteilen ...«

»Aber das ist nicht nötig, Hoheit«, murmelte Saryon schuldbewußt, »Ihr habt bereits mehr als genug für uns getan ...«

»Raubt mir nicht dieses Vergnügen, Pater«, unterbrach ihn Garald und legte ihm die Hand auf den Arm. »Freunden etwas schenken zu können ist mit das Beste daran, ein Königssohn zu sein.«

Er trat vor Mosiah, klatschte einmal in die Hände und streckte sie dann aus, um ein Buch aufzufangen, das sich aus dem Nichts materialisierte.

»Du bist ein mächtiger Zauberer, Mosiah. Mächtiger als viele *Albanara*, die ich kenne. Und das ist nicht ungewöhnlich. Auf meinen Reisen habe ich herausgefunden, daß viele unserer begabtesten Magi in den Dörfern und Gassen geboren werden und nicht in den Herrenhäusern und Villen. Doch Magie erfordert diszipliniertes Lernen, um zur Vollkommenheit zu reifen, oder sie strömt in dich ein und wieder hinaus wie der Wein durch einen hemmungslosen Zecher.«

Der Prinz warf einen Blick auf Simkin, der gerade versuchte, dem Raben eine Feder aus dem Schwanz zu zupfen.

»Studiere es nach Kräften, mein Freund.« Der Prinz legte Mosiah das Buch in die zitternden Hände.

»Vie ... vielen Dank, Euer Gnaden«, stammelte Mosiah. Er hoffte verzweifelt, man möge sein Erröten für Verlegenheit halten, doch Garald begriff, was in ihm vorging, und wußte, es war Scham.

»Die Reise nach Merilon ist lang«, sagte der Prinz leise. »Und du hast einen Freund, der gerne bereit sein wird, dich zu unterrichten.«

Mosiah folgte dem Blick des Prinzen, der sich auf Joram richtete.

»Stimmt das? Willst du mir helfen?« fragte er.

»Selbstverständlich! Ich wußte nicht, daß du lesen lernen wolltest!« antwortete Joram ungeduldig. »Du hättest ein Wort sagen sollen.«

Mosiah umschloß das Buch fest mit beiden Händen. »Ich danke Euch«, wiederholte er, und einen Moment lang, während sie sich anschauten, herrschte vollkommene Übereinstimmung zwischen dem Prinzen und dem FeldMagus.

Garald wandte sich ab. »Nun zu dir, Simkin, alter Freund ...«

»Aber nicht doch, das kann ich gar nicht annehmen. Nein, nein, auf keinen Fall. Nun ja ...«, Simkin seufzte ergeben, »wenn Ihr darauf besteht. Ein oder zwei von den wertvolleren Kronjuwelen vielleicht ...«

»Für dich«, gelang es Garald endlich einzuwerfen. Er reichte Simkin ein Deck Tarockkarten.

»Entzückend!« Simkin unterdrückte ein Gähnen.

»Jede Karte ist von Hand gemalt«, erklärte Garald. »Sie wurden auf die alte Art geschaffen, nicht mittels Magie. Daher sind sie ziemlich wertvoll.«

»Wirklich super, echt. Nochmals vielen herzlichen Dank, alter Knabe«, meinte Simkin ungerührt.

Garald hob eine Hand. »Hier habe ich etwas. Eine Karte, die in deinem Spiel fehlt.«

»Der Joker.« Simkin musterte die Karte mit zusammengekniffenen Augen. »Wie amüsant.«

»Ganz recht, der Joker«, wiederholte Garald und ließ die Karte zwischen den Fingern wandern. »Bewahre die Karten gut auf, Simkin.«

»Ich versichere Euch, Hoheit, sie könnten nicht in besseren Händen sein.«

»Genau wie du«, erwiderte Garald. Er schloß die Hand, und die Karte war verschwunden. Alle schwiegen und tauschten unbehagliche Blicke. Dann lachte der Prinz. »Das war ein Scherz von mir!« sagte er und schlug Simkin auf den Rücken.

»Haha«, machte Simkin, aber es klang hohl.

Garald blieb vor dem Katalyten stehen, der mit gesenktem Kopf seine Schuhspitzen betrachtete. »Für Euch habe ich keine Gabe von materiellem Wert.« Saryon blickte erleichtert auf. »Ich weiß, es wäre Euch ohnehin nicht willkommen. Und doch sollt Ihr nicht leer ausgehen, auch wenn ich damit eher mir einen Gefallen erweise als Euch. Wenn Ihr mit Joram nach Sharakan kommt, möchte ich Euch in mein Gefolge aufnehmen.«

Katalyt am königlichen Hofe! Unwillkürlich schaute Saryon auf Kardinal Radisovik, der ihm ermutigend zulächelte.

Saryon räusperte sich. »Das ist eine unerwartete Ehre, Euer Gnaden. Eine zu große Ehre für jemanden, der gegen die Grundsätze seines Glaubens verstoßen hat.«

»Jedoch nicht zu groß für jemanden, der Loyalität bewiesen hat und ein gutes Herz«, hielt Garald ihm lächelnd entgegen. »Wie schon gesagt, es ist eigentlich ein Geschenk für mich. Ich freue mich auf den Tag, Pater Saryon, wenn ich Euch wieder bitten kann, mir Leben zu gewähren.«

Nachdem er sich mit einem freundlichen Kopfnicken von Saryon abgewandt hatte, trat Garald vor Joram.

»Ich weiß, du willst auch kein Geschenk von mir«, bemerkte Garald und sah ihn an.

»Der Katalyt hat recht: Ihr habt schon genug für uns getan«, antwortete Joram ruhig.

»›Genug für uns getan‹, *Euer Gnaden*«, mahnte der Kardinal streng.

Joram runzelte finster die Brauen, während der Prinz sich bemühte, ernst zu bleiben. »Wie dem auch sei«, meinte er, »es scheint dein Schicksal zu sein, Joram, von mir beschenkt zu werden.«

Wieder streckte der Prinz die Hände aus. Die Luft über den Händen schimmerte und verdichtete sich zu einer handgefertigten Schwertscheide aus Leder. Goldene Runen der Macht waren darin eingraviert, aber das war der einzige Schmuck.

»Ich habe es absichtlich so gelassen«, sagte Garald, »damit du dein Familienwappen einfügen lassen kannst. Jetzt laß mich dir die Besonderheiten erklären.« Er winkte Joram heran. »Ich habe es eigens für dich angefertigt«, fuhr er nicht ohne Stolz fort. »Diese Riemen werden so um die Brust gelegt, siehst du, damit trägst du das Schwert auf dem Rücken; die Runen bewirken, daß es nach Belieben kleiner und leichter wird, also kannst du es unter der Kleidung verbergen und brauchst es so gut wie nie abzulegen.«

Der Prinz schaute Joram eindringlich an. »Denk immer daran«, sagte er mit Nachdruck, »das Dunkle Schwert ist sowohl dein bester Schutz wie auch dein Todesurteil. Trag es stets bei dir, und benutze es nur, wenn dein Leben in Gefahr ist.« Garald richtete den Blick auf Mosiah. »Oder das Leben anderer.«

Joram starrte auf das Geschenk. »Ich – ich weiß nicht, was – ich sagen soll«, brachte er stockend heraus.

»Wie wäre es mit ›Vielen Dank, Euer Gnaden‹«, meinte Garald leise und legte die Schwertscheide in Jorams Hände.

Joram strich mit der Hand über die glatte Oberfläche, zeichnete die verschlungenen Runen nach und betastete die kunstvollen Nähte. Als er aufblickte, sah er die Augen des Prinzen auf sich ruhen, belustigt und siegesgewiß. Joram lächelte.

»Vielen Dank, mein Freund. Danke – Garald«, sagte er fest.

# Der Besuch

Bischof Vanya saß hinter dem Schreibtisch in seinem eleganten Quartier in der Kathedrale von Merilon. Obwohl nicht so prächtig wie seine Gemächer im Baptisterium, war die Wohnung hier weitläufig und komfortabel, bestehend aus Schlaf-, Wohn- und Eßzimmer sowie einem Büro mit Vorzimmer für den Diakon, der für ihn die Aufgaben eines Sekretärs wahrnahm. Von der Kathedrale mit ihren Mauern aus Kristall konnte Vanya auf Merilon hinunterschauen. Wenn er den Blick hob, zeigte sich ihm der Kaiserliche Palast, der am Himmel schwebte wie eine gleißende, schillernde Sonne aus Kristall.

An diesem frühen Abend jedoch hatte der Bischof den Blick gesenkt, und seine Augen waren auf die Stadt gerichtet. Ihm bot sich ein spektakuläres Schauspiel – ein magisch überhauchter Sonnenuntergang, gestiftet von den *Pron-alban* aus der Gilde der Steinbildner, als Willkommensgeschenk für Seine Heiligkeit. Außerhalb der schützenden Hülle um die Stadt herrschte tiefster Winter, Schnee bedeckte das Land, doch in Merilon war es Frühling, die augenblicklich bevorzugte Jahreszeit der Kaiserin. Der Sonnenuntergang war daher ein Sonnenuntergang, wie er sich für einen lauen Frühlingsabend schickte, eine Kreation der *Sif-hanar* in pastellfarbenem Rosa, mit dunkleren Akzenten hier und da und vielleicht einem Tupfer Purpurrot zur Mitte hin.

Es war ein wirklich prachtvoller Sonnenuntergang, und die Einwohner von Merilons Oberstadt schwebten in luftigen Gewändern aus Seide, Spitze und Satin durch die Straßen und bewunderten das aparte Meisterwerk.

Nicht so Bischof Vanya. Die Mühe war an ihn verschwendet. Draußen hätte ein Orkan toben können – tatsächlich wäre das seiner Laune angemessener gewesen. Seine dicken Finger wanderten über die Schreibtischplatte, schoben Dinge hin und her. Es war das einzige sichtbare Zeichen für Mißfallen oder Unruhe, denn das Gesicht des Bischofs wirkte gelassen und beherrscht wie immer. Den zwei schwarzgekleideten Gestalten allerdings, die schweigend vor ihm standen, entging sein nervöses Hantieren nicht, wie sie auch sonst alles wahrnahmen, was um sie herum vorging.

Unvermittelt schlug Vanya mit der flachen Hand auf die Tischplatte. »Es ist mir einfach unbegreiflich, daß ihr *Duuk-tsarith* mit euren geschulten Fähigkeiten nicht in der Lage seid, einen einzigen jungen Burschen ausfindig zu machen.«

Die Gesichter unter den schwarzen Kapuzen wandten sich einander zu, die glitzernden Augen tauschten Blicke. Dann richtete sich die Aufmerksamkeit der beiden *Duuk-tsarith* wieder auf Vanya, und einer von ihnen, eine Frau, übernahm es, auf seine Frage zu antworten. Ihr Ton war respektvoll, aber nicht entschuldigend. Offenbar fühlte sie sich als Herrin der Lage.

»Ich wiederhole, Heiligkeit, wäre der Gesuchte ein normaler junger Bursche, hätten wir keine Mühe, ihn aufzuspüren. Die Tatsache, daß er ein Toter ist, erschwert die Suche, und daß er Arkanum bei sich trägt, läßt unsere Bemühungen so gut wie aussichtslos erscheinen.«

»Ich verstehe das nicht!« explodierte Vanya. »Er existiert! Er ist aus Fleisch und Blut . . .«

»Nicht für uns, Heiligkeit«, wurde er von der Hexe berichtigt, während ihr Ordensbruder bekräftigend mit dem verhüllten Kopf nickte. »Das Arkanum schützt ihn, es schirmt ihn gegen uns ab. Unsere Sinne sind darauf ausgerichtet, Magie wahrzunehmen. Wir gehen unter den Menschen einher und werfen unsichtbare magische Fäden aus, wie eine Spinne beim Bau ihres Netzes. Berühren diese Fäden einen normalen Bewohner dieser Welt, so vermitteln sie uns Impulse seines Lebens, seiner Magie sowie andere Dinge: alles, von seinen Träumen über seinen Heimatort bis zu seiner letzten Mahlzeit. Um aber der Toten habhaft zu werden, müssen wir zu anderen Mitteln greifen. Wir müssen unsere Sinne darauf umstellen, das Fehlen von Leben in ihnen wahrzunehmen. Doch bei diesem jungen Mann, der von dem Arkanum geschützt ist, werden unsere magischen Sinne aufgesogen. Wir fühlen nichts, hören nichts, sehen nichts. Für uns, Heiligkeit, existiert dieser Junge nicht. Deshalb war in der alten Zeit das Arkanum so gefürchtet. Eine Armee von Toten mit solchen Waffen konnte sich einer Stadt nähern, ohne entdeckt zu werden.«

»Pah!« knurrte Vanya. »Ihr redet, als wäre er unsichtbar. Wollt Ihr vielleicht behaupten, er könnte geradewegs hier ins Zimmer marschieren, und Ihr würdet ihn nicht sehen? *Ich* würde ihn nicht sehen?«

Die Kapuze, die den Kopf der Hexe verhüllte, erzitterte leicht, wie von einer gereizten Bewegung oder einem ungeduldigen Seufzer. Als sie weitersprach, klang ihre Stimme betont kühl.

»Natürlich würdet Ihr ihn sehen, Heiligkeit. Und wir auch. Allein in diesem Zimmer würden wir ihn als das erkennen, was er ist, und entsprechend handeln. Aber dort draußen ist er nicht allein, sondern bewegt sich unter Tausenden von Menschen!«

Die Hexe fuhr ungeduldig mit der Hand durch die Luft, und ihr Ordensbruder zuckte unwillkürlich zusammen. Obwohl die *Duuk-tsarith* von frühester Jugend an zu strikter Disziplin erzogen werden, war die Hexe für ihr hitziges Temperament bekannt. Es hätte ihren Gefährten keineswegs überrascht, die Kristallmauer hinter dem Bischof schmelzen zu sehen wie Eis an einem Sommertag.

Doch sie beherrschte sich. Auch die *Duuk-tsarith* machten sich einen Bischof Vanya nicht leichtfertig zum Feind.

»Also gibt es nur einen Weg, ihn in unsere Gewalt zu bekommen – jemand muß ihn uns herbringen«, murmelte Vanya, und seine plumpen Hände krochen wie fette Spinnen über die polierte Schreibtischplatte.

»Es ist nicht der einzige Weg, Heiligkeit, aber der einfachste. Das Schwert stellt natürlich ein Problem dar, aber ich zweifle, daß dieser Joram bisher Zeit oder Gelegenheit gehabt hat, sich wirklich mit der Waffe vertraut zu machen, oder daß er überhaupt weiß, welche Macht sie ihm verleiht.«

»Uns wurde berichtet, Eminenz«, warf der Hexenmeister ein, »daß einer Eurer eigenen Katalyten sich bei dem jungen Mann befindet. Könnten wir nicht durch ihn etwas erreichen?«

»Dieser Katalyt ist ein schwachsinniger Trottel! Wäre es mir gelungen, die Verbindung zu ihm aufrechtzuerhalten, hätte ich ihn unter meiner Kontrolle gehabt.« Vanya schnaufte. Sein gedunsenes Gesicht war fast so purpurn wie sein Bischofsornat. »Doch er hat einen Weg gefunden, sich meinem Zugriff zu entziehen.«

»Arkanum«, sagte die Hexe kühl und faltete wieder die Hände, wie es die Ordensregel vorschrieb. »Es schirmt ihn ebenso wirksam gegen Euren mentalen Ruf ab wie den Jungen gegen unseren Blick.«

Sie schwieg einen Moment, dann glitt sie näher an den Bischof heran, was diesem merkliches Unbehagen verursachte.

»Heiligkeit, wenn Ihr uns die Erlaubnis geben würdet, das Dorf der Nigromanten zu besuchen, könnten wir in Erfahrung bringen, wie er aussieht, wer seine Gefährten sind ...«

»Nein!« schnitt Vanya ihr heftig das Wort ab. »Wir dürfen unter keinen Umständen ihr Mißtrauen wekken! Auch wenn Blachloq jetzt tot ist, hat er die Sache doch so weit vorangetrieben, daß die Nigromanten ihren Bündnisvertrag mit Sharakan aufrechterhalten und so mit in den Krieg hineingezogen werden.«

»Der Katalyt wird sie gewarnt haben.«

»Dann wäre es höchst unklug, dort aufzutauchen und einem aufkeimenden Verdacht neue Nahrung zu geben.«

»Man könnte eine Armee der *DKarn-duuk* gegen sie in Marsch setzen ...«, schlug der Hexenmeister ehrerbietig vor.

»Und eine Panik auslösen.« Bischof Vanya schüttelte den massigen Schädel. »Die Nachricht von ihrer Existenz würde sich ausbreiten wie Feuer in trockenem Gras. Unser Volk lebt in dem Glauben, die Nigromanten wären in den Eisenkriegen vom Angesicht dieser Welt vertilgt worden. Wenn bekannt wird, daß die Adepten der Schwarzen Magie nicht nur existieren, sondern über Arkanum verfügen, gibt es einen Aufruhr. Nein, wir unternehmen nichts, bis wir bereit sind, den vernichtenden Schlag zu führen.«

*Und Seine Eminenz nicht mehr befürchten muß, ein Schatten könnte sein strategisches Genie verdunkeln.* Die Hexe verständigte sich auf dem Gedankengang mit ihrem Ordensbruder.

»Ihr müßt nach dem Katalyten suchen«, fuhr Vanya fort. Er holte tief Luft und stieß sie schnaufend wieder aus, während er die beiden *Duuk-tsarith* vor seinem Schreibtisch mit zusammengezogenen Brauen fixierte. »Ich gebe Euch die Beschreibung dieses Mannes und auch Jorams sowie einer weiteren Person, mit der letzterer früher in Verbindung stand – ein junger Feld-

Magus namens Mosiah. Obwohl sie sich zweifellos getarnt haben werden«, fügte er nach kurzem Überlegen hinzu.

»Eine Tarnung läßt sich im allgemeinen leicht durchschauen, Heiligkeit«, entgegnete die Hexe in belehrendem Tonfall. »Die Leute denken nur daran, ihre äußere Erscheinung zu verändern, nicht aber ihre chemische Struktur oder ihre Gedankenmuster. Es dürfte verhältnismäßig einfach sein, einen FeldMagus aus der Bevölkerung Merilons herauszukennen.«

»Das hoffe ich«, sagte der Bischof streng.

»Wie groß ist die Wahrscheinlichkeit, daß dieser Joram nach Merilon kommt?« erkundigte sich der Hexenmeister.

»Merilon ist für ihn zur fixen Idee geworden«, erklärte Vanya mit einem Wink seiner juwelengeschmückten Hand. »Nach den Worten des FeldKatalyten aus dem Dorf, in dem er aufwuchs, hat ihm seine Mutter wieder und wieder erzählt, daß ihn in Merilon ein großes Erbe erwartet. Wenn Ihr siebzehn wäret, über nicht unbeträchtliche Macht in der Form von Arkanum verfügtet und überzeugt wäret, der Sproß einer reichen und vornehmen Familie zu sein, wohin würdet Ihr gehen?«

Der *Duuk-tsarith* verbeugte sich schweigend.

»Also«, fuhr der Bischof munter fort, »wenn Ihr den Katalyten gefunden habt, bringt ihn mir. Und wenn Ihr diesen Mosiah findet . . .«

»Ihr braucht uns nicht über unsere Pflichten zu belehren«, bemerkte die Hexe schroff. »Wenn es sonst nichts mehr gibt . . .«

»Etwas noch.« Vanya hob die Hand, als die beiden *Duuk-tsarith* Anstalten machten, sich zu entfernen. »Dem jungen Mann darf *nichts* geschehen! Er muß am Leben bleiben. Ihr kennt den Grund.«

»Ja, Eure Heiligkeit.« Nachdem sie sich zum

Abschied verneigt hatten, entfernten sie sich. Das magische Tor der Transversale öffnete sich weit, nahm sie auf und war verschwunden.

Allein gelassen mit dem zerfließenden Sonnenuntergang und dem heraufziehenden Abend, war Bischof Vanya im Begriff, den HausMagi zu läuten, um die seidenen Wandbehänge vorzuziehen und für Licht zu sorgen, doch seine Hand blieb über der Glocke in der Schwebe. Die Transversale hatte sich wieder aufgetan. Eine Gestalt kam zum Vorschein und trat mit selbstbewußten Schritten vor den Schreibtisch des Bischofs.

Bei dem Erscheinen des Mannes in den karmesinroten Gewändern hätte der Bischof respektvoll von seinem Sessel aufstehen müssen. Er tat es erst nach bedeutungsvollem Zögern. Dann erhob er sich betont schwerfällig, glättete mit penibler Sorgfalt seinen Ornat und rückte die schwere Mitra auf dem kahlen Haupt zurecht.

Der Besucher lächelte; zum Zeichen, daß er die subtile Beleidigung verstanden hatte und zu würdigen wußte. Es war ein für ihn typisches, unsympathisch anmutendes Lächeln, das sich auf ein Verziehen der Mundwinkel beschränkte und nie die Augen erreichte – dunkle Augen, überschattet von dicken, schwarzen Brauen.

Wäre Saryon im Zimmer gewesen, hätte er sofort die Ähnlichkeit in den harten Zügen des hübschen, aber strengen Gesichts bemerkt, doch auch das Fehlen einer inneren Wärme, die er bei dem Neffen dieses Mannes wahrzunehmen glaubte – ein Funkeln in der Tiefe von Jorams dunklen Augen. Die Augen dieses Mannes waren kalt und lichtlos wie seine Seele.

»Bischof Vanya«, grüßte der Mann mit einer angedeuteten Verbeugung.

»Prinz Xavier.« Bischof Vanya neigte den Kopf. »Ich

fühle mich geehrt. Dieser unerwartete und unangemeldete Besuch ist eine wirkliche Überraschung.«

»Ohne Zweifel«, bemerkte Xavier verbindlich. Er gab sich stets verbindlich, nie war ihm auch nur die geringste Gemütsbewegung anzumerken.

Zum Mysterium des Feuers geboren, war er in die Reihen der *DKarn-duuk* aufgestiegen, jener Hexenmeister, die in der Kunst der Kriegsführung geschult sind. Außerdem war er der Kaiserin jüngerer Bruder, eine Tatsache, der besondere Bedeutung zukam, in Anbetracht der Kinderlosigkeit des kaiserlichen Paares. Xavier war der Erbe des Throns von Merilon, daher die Anrede ›Prinz‹ und Vanyas widerwillig bezeigter Respekt.

»Und welchem Anlaß verdanke ich das Vergnügen dieses Besuchs?« fragte der Bischof. Er hielt sich so gerade und aufrecht, wie seine beleibte Statur es erlaubte, und starrte mit unverhohlener Abneigung auf den Prinzen, der den Blick seinerseits ohne Sympathie erwiderte.

Xavier verschränkte die Hände hinter dem Rücken, über seinem Skapulier. Da er in seiner Eigenschaft als Bruder der Kaiserin im Palast weilte, hätte er höfische Gewänder tragen können. Im Gegensatz zu den *Duuk-tsarith* waren die *DKarn-duuk* nicht zum Tragen der Ordenstracht verpflichtet, aber Xavier fand es vorteilhaft, daran festzuhalten. Sie gemahnte die Leute – insbesondere seinen Schwager, den Kaiser – an die Macht, die dem Hexenmeister zu Gebote stand.

»Ich hatte den Wunsch, Euch in Merilon willkommen zu heißen, Heiligkeit«, erwiderte er dem Bischof.

»Zu liebenswürdig von Euch, Hoheit«, antwortete Vanya. »Obwohl ich mir der großen Ehre, die Ihr mir erweist, voll bewußt und ihrer gänzlich unwürdig bin, bitte ich Euch zu gehen. Das heißt, wenn es nicht etwas gibt, das ich für Euch tun kann.«

»Es gibt etwas.« Prinz Xavier zog eine manikürte, geschmeidige Hand hinter dem Rücken hervor und hob Aufmerksamkeit heischend den ausgestreckten Zeigefinger. Mit dieser Hand vermochte er nach Belieben Blitze vom Himmel zu rufen oder Dämonen aus der Tiefe. Dem Bischof fiel es schwer, den Blick davon abzuwenden, und er wartete mit einiger Unruhe darauf, daß sein Gast weitersprach. »Ihr könnt dem Mummenschanz ein Ende machen.«

Begreifen lief wie eine Welle über das fleischige Gesicht des Bischofs. Seine Lippen zuckten, und er rieb sich mit dem Handrücken über den Mund. »Vergebung, Hoheit, aber ich habe keine Ahnung, wovon Ihr redet. Ein Mummenschanz?«

»Ihr wißt sehr gut, wovon ich rede.« Unter der aufgesetzten Liebenswürdigkeit klang seine Stimme drohend, doch er ließ die Hand sinken und befingerte ein silbernes Pendant an seinem Gürtel. »Meine Schwester, sie ist ...«

Prinz Xavier verstummte. Vanyas Augen wurden plötzlich groß und musterten ihn mit verschlagenem Interesse.

»Ja, Eure Schwester, die Kaiserin ...«, drängte der Bischof unverfroren. »Was wolltet Ihr sagen? Sie ist was?«

»Was jeder weiß, doch keiner auszusprechen wagt, weil mein verbrecherischer Schwager es mit Eurer Unterstützung für Hochverrat erklärt hat, darüber zu reden«, erwiderte Xavier glatt. »Und nur durch Eure Macht und die Eurer Katalyten wird er in die Lage versetzt, sein schändliches Spiel weiterzutreiben. Macht dem ein Ende. Setzt mich auf den Thron.« Xavier hob lächelnd die Schultern. »Ich bin kein dressierter Bär wie mein Schwager und werde nicht nach Eurer Pfeife tanzen. Aber ich bin ein vernünftiger Mensch und lasse durchaus mit mir reden. Ihr werdet mich brauchen«, fuhr er mit vertraulich gesenkter Stimme fort, »wenn es Krieg geben sollte.«

»Eine tragische Entwicklung, die der Almin von uns abwenden möge«, sagte Bischof Vanya mit frommem Augenaufschlag. »Es ist Euch bekannt, Prinz Xavier, daß der Kaiser gegen den Krieg ist. Er ist gewillt, die andere Wange hinzuhalten ...«

»... und kriegt einen Tritt in den Hintern«, beendete Xavier den Satz für ihn.

Bischof Vanya bekam einen roten Kopf und kniff tadelnd die Augen zusammen. »Bei allem Respekt vor Eurer Stellung und Eurem Rang, Prinz Xavier – ich kann nicht dulden, daß Ihr Euch in dieser despektierlichen Weise über meinen Souverän äußert. Ich weiß nicht, was Ihr von mir wollt. Ich verstehe Eure Worte nicht und verwahre mich gegen Eure Andeutungen. Ihr solltet jetzt gehen. Es ist Zeit für die Abendandacht.«

»Ihr seid ein Dummkopf«, sagte Prinz Xavier freundlich. »Es wäre zu Eurem Vorteil, mit mir zusammenzuarbeiten – und sehr zu Eurem Nachteil, sich mir in den Weg zu stellen. Ich bin ein gefährlicher Feind. Ihr und mein Schwager seid vorläufig sicher – Ihr habt die *Duuk-tsarith* auf Eurer Seite. Aber Ihr könnt diesen Mummenschanz nicht bis in alle Ewigkeit fortsetzen.«

Xavier sprach ein Wort, und die Transversale öffnete sich hinter ihm.

»Wenn Ihr in den Palast zurückkehrt, Hoheit«, meinte der Bischof sanft, »übermittelt Eurer Schwester meine besten Wünsche und daß ich hoffe, sie bei bester Gesundheit zu finden ...« Er stockte.

Für einen kurzen Moment geriet Xavier in Verwirrung. Das Gesicht wurde bleich, die dunklen Augen glitzerten.

»Ich werde es ausrichten, Eminenz«, sagte der

Prinz, während er sich zum Gehen wandte, »und ich werde hinzufügen, daß auch Ihr bei bester Gesundheit seid. Vorerst noch ...«

Die Transversale schloß ihren Rachen über ihm, und das letzte, was Bischof Vanya von Prinz Xavier sah, war der Abglanz seiner tiefroten Gewänder, wie ein Blutschwall aus dem Nichts. Es war ein erschreckendes Bild und beunruhigte den Bischof noch lange, nachdem der Prinz verschwunden war. Mit zitternder Hand betätigte Vanya die Glocke und gab Befehl, umgehend alle Räume zu erleuchten. Und dann ließ er sich eine Flasche Sherry bringen.

# Gwendolyn

»Was sind denn deine Pläne für heute, mein Schatz?«

Das junge Mädchen, dem diese liebevolle Frage galt, beugte sich über die Mutter, legte ihr die weißen Arme um den Hals und schmiegte ihr Gesicht an die von Magie faltenlos und rosig erhaltene Wange.

»Ich will Papa auf den Drei Schwestern besuchen und mit ihm zu Mittag essen. Er hat es vorgeschlagen, weißt du. Und anschließend gehe ich in die Unterstadt, zu Lilian und Marjorie. Oh, nicht so böse dreinschauen, Mama.« Das Mädchen – im Herzen ein Kind, wenn auch mit dem Gesicht und Körper einer Frau – legte die schlanken Finger auf die Lippen der Mutter und zog zärtlich die Mundwinkel nach oben, zu einem Lächeln.

Die Vormittagssonne schlich ins Zimmer wie ein Dieb, stahl sich zwischen den Vorhangspalten hindurch, wanderte über den Boden, blinkte in den Facetten der geschliffenen Vasen und schimmerte auf den Seidenstoffen der nachlässig über Stuhl- und Sessellehnen geworfenen Kleidungsstücke. Um das Federbett, das in der Ecke unter einem gewölbten Baldachin schwebte, machte die Sonne einen Bogen. Bis dorthin vorzudringen war ihr streng verboten. Ohnehin wurde frühestens gegen Mittag das helle Tageslicht ins Zimmer gelassen, wenn Lady Rosamund sich erhoben und – von ihrer Katalytin mit Leben versehen – Toilette gemacht hatte.

Nicht, daß Lady Rosamund ihrer Erscheinung mittels Magie hätte nachhelfen müssen. Darauf war sie stolz und setzte mit Bedacht nur minimale Akzente, die zumeist widerspiegelten, was in Merilon augenblicklich als chic galt. Auch machte sie nicht den Versuch, ihr Alter zu vertuschen. Das wäre unfein gewesen, besonders wenn man eine Tochter hatte, die mit sechzehn Jahren den Kinderschuhen entwachsen war und sich im heiratsfähigen Alter befand.

Lady Rosamund war eine kluge Frau und eine aufmerksame Beobachterin; sie hatte wohl gehört, wie die Damen von Stand hinter ihren aufgespannten Fächern über diejenigen ihrer Geschlechtsgenossinnen spotteten, die jünger aussahen als ihre Töchter, die sie unter die Haube zu bringen versuchten. Die Familie von Lord Samuels und Lady Rosamund gehörte zwar nicht der Nobilität an, aber es genügte eine zur Eheschließung ausgestreckte Hand, um ihnen die Tür zur glanzvollen Welt des Hochadels zu öffnen. Daher verwendete Lady Rosamund große Sorgfalt darauf, sich gut, aber nicht übertrieben kostbar zu kleiden, und sah sich für diese kluge Zurückhaltung mit der Sympathie und Wertschätzung der besseren Gesellschaft belohnt.

Jetzt schaute sie in den Eisspiegel auf ihrem Frisiertisch und lächelte über das, was sie dort reflektiert sah. Ihr Stolz galt allerdings nicht den eigenen Zügen, sondern ihrem verjüngten Ebenbild, das ihr mit der Miene lebenslustiger Unschuld über die Schulter blickte.

Der Schatz der Familie war deren älteste Tochter, Gwendolyn. Sie stellte die Investition in die Zukunft dar; im Gefolge ihrer rosigen Wangen und einer ansehnlichen Mitgift hoffte die Familie aus dem Mittelstand in die gehobenen Kreise aufzusteigen.

Gwendolyn war nicht im klassischen Sinne schön – ihr fehlten das starre, kalte Ebenmaß einer Marmorstatue und die entsprechende ätherische Ausstrahlung, für die man in Merilon zur Zeit schwärmte. Sie war mittelgroß, mit goldenem Haar, lachenden blauen Augen, die das Herz eines Mannes eroberten, und einem sanften, gewinnenden Wesen, das ihr seine Liebe auf Dauer sichern würde.

Ihr Vater, Lord Samuels, war *Pron-alban*, ein Steinbildner, obwohl er sich nicht länger mit der gewöhnlichen Magie seines Berufs befaßte. Er hatte jetzt den Rang eines Gildemeisters inne, eine hohe Position, die er seiner Intelligenz, harter Arbeit und finanziellem Geschick verdankte. Gildemeister Samuels war es gewesen, der einen Weg gefunden hatte, den Riß in einem der gigantischen schwebenden Steinfundamente der Oberstadt von Merilon zu schließen, eine Leistung, die mit der Erhebung in den Ritterstand honoriert wurde.

Der frischgebackene Lord war mit seiner Familie aus dem alten Haus an der Nordseite der Unterstadt in die Avenue Basse der Oberstadt gezogen. Am westlichen Rand des Mannan-Parks gelegen, überschaute ihr neues Domizil sanft gewellte, kurz geschorene Rasenflächen, sauber gestutzte Bäume und vereinzelte, militärisch ausgerichtete Blumenrabatten.

Es war eine wohlhabende Gegend, aber nicht zu wohlhabend. Lady Rosamund wußte es zu schätzen, wenn ihre vornehmen Gäste des Lobes voll darüber waren, ›wie entzückend Ihr dieses kleine Häuschen (etwa zwanzig Zimmer) herausgeputzt habt‹. Und mit großer Befriedigung hörte sie die Gäste beim Abschied sagen: »Diese Umgebung ist doch nicht gut genug für Euch, meine Liebe. Wann seht Ihr Euch nach etwas Besserem um?«

Ja, wann? Bald, so stand zu hoffen, wenn aus Gwendolyn Gräfin Gwendolyn wurde oder Herzogin Gwendolyn oder Marchesa Gwendolyn ... Lady Rosamund seufzte glücklich, während sie ihre liebliche Tochter in dem gefrorenen Spiegelteich bewunderte.

»O Mama, der Spiegel weint!« Gwendolyn streckte

die Hand aus, um einen Wassertropfen aufzufangen, bevor er auf den Federschmuck im Haar ihrer Mutter fallen konnte.

»Wahrhaftig.« Lady Rosamund winkte. »Marie, komm doch bitte her. Gewähre mir Leben.« Die Katalytin ergriff die ausgestreckte Hand und murmelte den rituellen Spruch, der bewirkte, daß Magie von ihr auf die Zauberin überging. Wie ihr Gatte, gehörte auch Lady Rosamund dem Mysterium der Erde an, und obwohl ihre Talente mehr auf dem Gebiet der *Quin-alban* lagen, der Beschwörer, besaß sie doch die Fähigkeit, sämtliche in ihrem Haushalt anfallenden Aufgaben mit bewunderungswürdigem Geschick zu bewältigen. Erfüllt mit Leben, berührte sie den Spiegelteich mit den Fingerspitzen und sprach die Worte, die das Wasser in dem goldenen Rahmen auf ihrem Frisiertisch wieder zu Eis erstarren ließen.

»Das Wetter ist schuld«, bemerkte sie zu ihrer Tochter. »Um nichts in der Welt möchte ich Ihre Hoheit kritisieren, aber ein Wechsel der Jahreszeit wäre mir durchaus willkommen. Auf die Dauer wirkt Frühling doch recht ermüdend, findest du nicht, mein Herzblatt?«

»Einmal Winter zu haben würde mir gefallen, Mama.« Gwendolyn zupfte spielerisch an dem Haar ihrer Mutter. Es war dunkler als das ihre, aber immer noch voll und dicht und bedurfte keiner Magie, um ihm Glanz zu verleihen. »Lilian und Marjorie und ich sind unten bei den Toren gewesen und haben uns die Leute betrachtet, die von draußen hereinkamen. Sie sehen lustig aus mit ihren roten Nasen und Wangen, von oben bis unten mit Schnee bedeckt, und wie sie mit den Füßen aufstampfen, um sie zu wärmen. Und wenn das Tor sich öffnete, konnten wir einen Blick nach draußen werfen, wie in ein weißes, verzaubertes Märchenland. Oh, nun verzieht meine gute Mama wieder ihr wunderhübsches Gesicht und sieht ganz böse und häßlich aus.«

Lady Rosamund mußte lächeln, so kindlich wirkte Gwendolyn, obwohl sie sich um einen strengen Ton bemühte. »Es gefällt mir nicht, daß du so viel Zeit mit deinen Kusinen verbringst ...«, begann sie.

Das war in letzter Zeit ein häufiges Thema, und Gwen hatte ihre Gegenargumente parat. »Aber Mama«, schmeichelte sie, »ich bin so ein gutes Vorbild für sie. Das hast du selbst gesagt. Als sie während der Feiertage bei uns zu Besuch waren, hat man gemerkt, wieviel sie schon gelernt haben. Ihr Benehmen bei Tisch und ihre Konversation – wirklich damenhaft und vornehm. Stimmt es nicht, Marie?« wandte sie sich um Unterstützung an die Katalytin.

»Aber ja, gnädiges Fräulein«, erwiderte die Katalytin mit einem Lächeln. Sie hatte noch zwei Kinder in ihrer Obhut – einen Jungen als Stammhalter und ein Mädchen, das in späteren Jahren die Freude ihrer Eltern sein würde, wenn die ältere Schwester aus dem Haus war. Beide waren entzückend, aber noch sehr jung und ohne ausgeprägte Persönlichkeit. Die Katalytin, die in diesem bescheidenen Haushalt als Kindermädchen und Gouvernante fungierte, machte keinen Hehl aus der Tatsache, daß Gwendolyn ihr Liebling war.

»Stell dir nur vor, Mama«, fuhr das Mädchen fort, »wenn meine Kusinen in befreundete Familien einheiraten würden. Sophia weiß von ihrem Bruder, daß der Sohn von Gildemeister Reynald, Alfred, am Tag nach unserer Abendgesellschaft gesagt hat, Lilian wäre eine ›Wucht‹. Seine eigenen Worte, Mama. Ich glaube wirklich, er wird bald um ihre Hand anhalten.«

»Mein liebes Kind, wie ahnungslos du bist!« Lady Rosamund lachte zärtlich und streichelte ihrer Tochter über die weiße Hand. »Nun ja, falls es dazu kommen sollte, werden deine Kusinen sich bei dir bedanken müssen. Ich hoffe, darüber sind sie sich im klaren. Weil ihr euch schon verabredet habt, will ich dir heute nicht verbieten, dich mit ihnen zu treffen. Doch zukünftig wäre es mir lieb, wenn du deine Besuche in der Unterstadt etwas einschränken würdest. Du bist kein Kind mehr, sondern eine junge Dame, und es ist wichtig, in jeder Beziehung die Form zu wahren.«

»Ja, Mama«, sagte Gwendolyn fügsam, denn sie bemerkte den entschiedenen Zug im Gesicht ihrer Mutter, der Dienstboten, Kindern, der Katalytin und dem Ehemann zu verstehen gab, daß Lady Rosamund ein Dekret erlassen hatte und keinen Widerspruch duldete.

Doch im sorglosen Alter von sechzehn Jahren konnte Gwendolyn nicht lange unglücklich sein. Die nächste Woche lag in weiter Ferne. Erst einmal war heute! Mittagessen mit ihrem geliebten Papa, der sie in ein neues Restaurant bei den Gildehallen führen wollte, das für seine Schokoladenspezialitäten berühmt war. Dann der Nachmittag, den sie mit ihren Kusinen verbringen wollte, bei einem neuentdeckten, aufregenden Zeitvertreib – Flirten.

Das Erdtor war ein Ort voller Geschäftigkeit. Die gewaltige unsichtbare Kuppel, die in ihrer zerbrechlichen Schale das Wunder der Stadt Merilon barg, erhob sich von der Ringmauer in den Himmel. Sieben Tore gewährten Zutritt, aber sechs davon wurden kaum benutzt. Die meiste Zeit waren sie durch einen Zauber verschlossen. Todestor und Seelentor wurden gar nicht mehr geöffnet, seit es die Nekromanten nicht mehr gab, um die Besucher aus dem Grab zu empfangen. Das Lebenstor war für Triumphzüge nach gewonnenen Kriegen bestimmt und stand seit mehr als einem Jahrhundert geschlossen. Am Druidentor begehrte nur der Fluß Einlaß in die Stadt; die Druiden benutzten inzwischen das Hauptportal, wie alle anderen. Das Kommen und Gehen zwischen den äußeren und inneren Welten konzentrierte sich auf Wind- und Erdtor. Die *Kan-hanar*, die Torhüter, gestatteten nur den Ariels, durch das Windtor zu fliegen; aus diesem Grund war das Erdtor der einzige wirkliche Zugang zur Stadt.

Dort herrschte ständig ein reges Treiben von Bewohnern der Stadt, die auf die Ankunft von Freunden und Verwandten warteten oder sich nach einem Besuch wieder von ihnen verabschiedeten. Zur Zeit war es bei der Jugend Merilons Mode, wenigstens einen Teil des Tages dort zu verbringen, Freunde zu treffen, zarte Bande zu knüpfen und zu begutachten, wer alles am Tor um Einlaß nachsuchte.

An diesem Tag war der erste Ankömmling eine vornehme *Albanara* aus einer der äußeren Provinzen. Sie hatte die Transversalen benutzt und schien sich deshalb aus dem Nichts zu materialisieren. Die Zauberin wurde von ihrer Familie aus der Oberstadt erwartet und stieg in die von hundert Kaninchen gezogene Schildpattkutsche, die sogleich in einem eleganten Bogen davonflog.

Der adligen Dame folgte eine Gruppe Katalyten aus dem Baptisterium, die in ihren geflügelten Kutschen durch das Erdtor schwebten. Man erwies ihnen den gebührenden Respekt: Die Männer zogen die Hüte, und die Damen waren alles andere als erbost über die Gelegenheit, bei einem anmutigen Knicks das schneeige Dekolleté und einen zarten Nacken zu zeigen. Der nächste war ein einfacher Kaufmann zu Fuß, müde und halb erfroren. Er wurde mit freudigem Geschrei von sieben lebhaften Kindern in Empfang genommen, die während des Wartens auf den Vater die würdevollen *Kan-hanar* schier zur Verzweiflung getrieben hatten. Den vorläufigen Abschluß machte ein Trupp Studenten, die nach einer mehrtägigen vergnüglichen Exkursion in den Winter zur Universität zurückkehrten. Sie liefen immer wieder hinaus, um sich eine Handvoll Schnee zu greifen, mit dem sie sich gegenseitig und auch die Passanten bewarfen.

Die *Kan-hanar* behandeln jeden Ankömmling auf die gleiche Art, sei er ein Angehöriger des höchsten Adels oder ein niedrig geborener Händler. Jeder wird überprüft, jedem stellt man die gleichen Fragen. Die *Kan-hanar* sind zum Mysterium der Luft geboren und mit der Verwaltung und Organisation des Handels und Wandels in Thimhallan betraut. (Eine Ausnahme bilden die Yhon-Li, die Hüter der Transversalen. Sie sind Katalyten, weil die Transversalen von der Kirche überwacht und betrieben werden.) Die Magi und Erzmagi der *Kan-hanar* dienen dem Staat; sie sind unmittelbar dem Kaiser unterstellt. Zu ihrem Aufgabenbereich gehören auch Pflege und Versorgung der Ariels, jener durch Magie verwandelten, geflügelten Menschen in der Funktion der Nachrichtenüberbringer Thimhallans. Und obwohl die Katalyten die Transversalen beaufsichtigen, sind es die *Kan-hanar*, die ihr magisches Leben aufwenden, um sie zu erhalten. Doch ihre verantwortungsvollste Aufgabe besteht darin, die Stadttore zu bewachen, nicht nur in Merilon, sondern die Tore sämtlicher Stadtstaaten in Thimhallan. Ausschließlich Erzmagi – *Kan-hanar* vornehmer Herkunft, die sich ihren hohen Rang durch jahrelangen Dienst und unermüdliche Studien erworben haben – können zu Torhütern berufen werden, denn von ihnen nimmt man an, daß sie sich der Ehre und des großen Vertrauens, das man in sie setzt, würdig erweisen.

Den *Kan-hanar* obliegt es zu entscheiden, wem gestattet wird, die Tore zu durchschreiten, und wem nicht. Darüber hinaus ist es ihre Pflicht, diejenigen mit einer Genehmigung, die Unterstadt zu betreten, von jenen zu trennen, die buchstäblich höher hinaus dürfen, in die Oberstadt. Letztere werden mit einem Zauber versehen, der es ihnen ermöglicht, die magische, unsichtbare Grenze zwischen den beiden Stadtteilen zu passieren.

Reisende, die keine Gründe angeben können, die ihren Aufenthalt in Merilon rechtfertigen, werden ohne Ansehen der Person am Tor abgewiesen. Die *Kan-hanar* verstehen sich durchzusetzen, doch für den Fall unerwarteter Schwierigkeiten hat man ihnen einige *Duuk-tsarith* zur Seite gestellt, die sich im Hintergrund bereithalten: stumm, unauffällig, wachsam.

An diesem Tag herrschte am Tor besonders starker Andrang, zum Teil deswegen, weil der Landadel in hellen Scharen vor dem ungnädigen Winterwetter flüchtete, das nach Darstellung der *Sif-hanar* – jene Magie, die Wind und Wolken zu lenken vermochten – unerläßlich war für das Gedeihen der Feldfrüchte im Frühling. Gwendolyn und ihre Kusinen, siebzehn und fünfzehn Jahre alt, verbrachten einen unbeschwerten Nachmittag zwischen den zahlreichen Läden und Straßencafés am Tor, bestaunten die Besucher von draußen, musterten mit den kritischen Augen der Jugend Kleidung und Frisuren und brachen mindestens einem Dutzend junger Männer das Herz.

Für Gwendolyn war es ein besonders gelungener Nachmittag, da sie bei ihrem Vergnügen nicht durch die Gegenwart von Marie, der Katalytin, behindert wurde. Gewöhnlich pflegte Marie sie zu begleiten, wenn sie ausging, wie es sich für eine unverheiratete junge Dame aus gutem Hause schickte. Doch heute gebärdeten sich abwechselnd der kleine Bruder und die kleine Schwester weinerlich und trotzig, vermutlich weil sie zahnten, und deshalb war Marie zu Hause unabkömmlich.

Zuerst hatte es ausgesehen, als würde Lady Rosamund darauf bestehen, daß auch ihre Tochter daheimblieb, aber eine Flut von Tränen und die Klage, daß ihr Vater so traurig sein würde, käme sie nicht, wendete das Unheil ab. Lady Rosamund war ihrem Gatten sehr zugetan. Der Posten eines Gildemeisters stellte hohe Anforderungen an den, der ihn innehatte, und wer konnte besser wissen als sie, wie hart Lord Samuels arbeitete, um seiner Familie den angemessenen Lebensstandard zu gewährleisten. Er freute sich wirklich auf das Mittagessen mit seiner Tochter – einer der seltenen Atempausen an seinem geschäftigen Arbeitstag –, und seine Frau hatte nicht das Herz, ihn und ihre Tochter um die gemeinsame Stunde zu betrügen. Entscheidend war auch der Gedanke, daß immer mehr adlige Familien ihren Töchtern erlaubten, ohne Anstandsdame auszugehen – die Folge eines freiheitlichen Geistes, der neuerdings in Merilon umging. Also gestattete Lady Rosamund ihrer Tochter, sie zu erweichen, und nach einigen bangen Minuten verließ Gwendolyn vergnügt das Haus, nachdem Marie ihr genügend Leben für den Tag gewährt hatte.

Alles verlief genau nach Wunsch. Die Angestellten im Büro ihres Vaters himmelten sie an. Die Pralinen und das Konfekt waren unvergleichlich, und Papa neckte sie liebevoll wegen der Schar ihrer Verehrer, nachdem ein junger Herr den Tisch seiner Freunde verlassen hatte, um sie und ihren Vater artig zu begrüßen. Jetzt standen sie und ihre Kusinen am Tor, genossen das abwechslungsreiche Schauspiel und übten sich in dem neuesten Spiel in Sachen Liebe.

Die Regeln waren folgende: Die jungen Frauen pflückten sich kleine Blumensträuße in den prachtvollen tropischen Gärten im Herzen der Unterstadt. Während sie die luftigen Spazierwege entlangschwebten (ihre kleinen, gepuderten Füße sind bloß – das

Kennzeichen der Aristokratie, deren Angehörige fast nie den Boden berühren und deshalb kein Schuhwerk benötigen), lassen die Mädchen ab und zu wie aus Versehen das Sträußchen fallen. Unfehlbar ist ein junger Mann zur Stelle, der die verstreuten Blumen aufsammelt und zurückgibt, nicht ohne zuvor eine von ihm selbst herbeigezauberte Blüte hinzugefügt zu haben.

»Mein Fräulein«, sagte ein galanter Edelmann, der Gwendolyns Strauß aufgefangen hatte, »dieses charmante Bouquet kann nur Euch gehören, denn ich erkenne das Blau Eurer Augen in der *Centaurea cyanus* und das Gold Eures Haares in dieser *Caltha palustris*. Doch es fehlt etwas, und ich nehme mir die Freiheit, es hinzuzufügen.« Eine rote Rose erschien in der Hand des jungen Mannes. »Das Herz des Bouquets, so feurig wie das, welches für Euch in meiner Brust schlägt.«

»Wie liebenswürdig Ihr seid, mein Herr«, murmelte Gwendolyn mit niedergeschlagenen Augen, weil sie wußte, daß ihre langen, seidigen Wimpern dabei besonders hübsch zur Geltung kamen. Sie nahm den Strauß mit bezauberndem Erröten entgegen und steckte kichernd mit ihren Kusinen die Köpfe zusammen, während der junge Mann seinen Weg fortsetzte. Er verschenkte noch Dutzende von Rosen an diesem Tag und mit jeder auch sein Herz.

Schon bald gereichte Gwendolyns Strauß ihr zur Ehre, und (worauf es ankam) er war größer als der ihrer weniger attraktiven Kusinen. Sie schwebten dicht beim Erdtor in der Luft und versuchten sich einig zu werden, ob sie in einem der Cafés eine Portion gezuckertes Eis essen sollten, als das Tor sich öffnete und eine Gruppe von Fremden einließ.

Mit den Leuten von draußen fuhr ein Schwall schneidend kalter, frischer Luft in die parfümierte

Wärme der Stadt. Die Damen rafften mit spitzen kleinen Entsetzensschreien ihre dünnen Kleider um sich, während die Herren markig fluchten und kritische Bemerkungen über die *Sif-hanar* austauschten. Alle Hälse reckten sich, um zu sehen, wer gekommen war – man erwartete jeden Moment das Eintreffen einer Prinzessin aus irgendeiner hinterwäldlerischen Gegend. Es war aber nicht die Prinzessin, nur ein Trupp schneebedeckter junger Männer und ein halberfrorener alter Katalyt. Nach einem gleichgültigen Blick wandten die meisten Schaulustigen sich wieder ab, schlenderten weiter, traten zu einem Schwatz an die wartenden Equipagen oder setzten sich in eines der Cafés, um etwas zu trinken.

Doch einige zeigten Interesse an den Neuankömmlingen, besonders an den jungen Männern, die inzwischen die Kapuzen ihrer Mantelumhänge zurückgeschoben hatten. Jetzt standen sie in der Wärme und schauten sich verwirrt um, während der Schnee auf ihren Schultern und an ihren Stiefeln zu schmelzen begann.

»Die Ärmsten«, meinte Lilian, »sie sind ganz durchnäßt und zittern vor Kälte.«

»Wie stattlich sie sind«, flüsterte Marjorie, die Fünfzehnjährige, die keine Gelegenheit versäumte, den beiden älteren Mädchen zu beweisen, daß sie auch schon erwachsen war. »Bestimmt sind es Studenten von der Universität.«

Die drei jungen Männer und der Katalyt nahmen ihren Platz in der Reihe der Wartenden ein, und die drei jungen Frauen musterten sie mit verschämter Neugier. Die Reihe war noch ziemlich lang. Vorne stritt eine ältliche Matrone mit Dreifachkinn laut und schrill mit den *Kan-hanar* darüber, ob oder ob nicht man verpflichtet war, ihr Zugang zur Oberstadt zu gewähren.

»Ich versichere Euch, guter Mann, ich bin die Mutter des Marquis D'umtour! Weshalb seine Diener nicht zur Stelle sind, um mich abzuholen, weiß ich nicht, nur daß es heutzutage furchtbar schwer ist, gutes Personal zu bekommen! Außerdem ist er schon immer ein großer Nichtsnutz gewesen!« Sie schüttelte giftig ihr Dreifachkinn. »Wartet, bis ich ihn sehe ...«

Die *Kan-hanar* lauschten geduldig der oft gehörten Litanei; sie hatten einen Ariel beauftragt, sich zu vergewissern, ob der Marquis tatsächlich ›vergessen‹ hatte, seine liebe Frau Mutter am Tor abholen zu lassen.

Die Wartenden hinter der streitbaren Matrone musterten sie aufgebracht, aber es blieb ihnen nichts anderes übrig, als auszuharren, bis sie an die Reihe kamen. Einige erhoben sich ungeduldig in die Luft, andere lehnten sich ergeben in ihren Equipagen zurück. Die letzten Neuankömmlinge nahmen ihre feuchten Umhänge ab und schienen sich an der Stadt und den vielen Leuten nicht satt sehen zu können.

Die Mädchen beugten sich scheinbar interessiert über die hauchfeine, schimmernde Ware eines Bänder- und Spitzenhändlers, der seinen bunten Karren unmittelbar neben dem Tor abgestellt hatte. In Wirklichkeit beobachteten sie die Fremden und bemühten sich zu verstehen, was sie redeten.

»In Namen des Almin«, hauchte einer von ihnen, mit blondem Haar und einem ehrlichen, offenen Gesicht, »das ist phantastisch, Joram! Etwas so Wunderbares hätte ich mir nie träumen lassen! Und es ist Frühling!« Von Ehrfurcht und Staunen überwältigt, breitete er die Arme aus.

»Nimm dich zusammen, Mosiah«, wies sein Freund ihn zurecht. Er hatte langes schwarzes Haar und dunkle Augen, und auch er musterte interessiert seine Umgebung, doch falls die Wunder der Stadt ihn beeindruckten, gab das ernste, stolze Gesicht davon nichts preis. Der dritte Jüngling, etwas größer als die beiden anderen, mit einem kurzen weichen Bart, schien sich über die Reaktion seiner Freunde zu amüsieren.

Er selbst hielt eher gelangweilt Umschau, gähnte, zupfte an seinem Schnurrbart und lehnte sich schließlich mit geschlossenen Augen gegen die Mauer. Ihr durchnäßter Katalyt hatte die Kapuze tief ins Gesicht gezogen und hüllte sich frierend in seine Gewänder.

Gwen, die alles genau beobachtet hatte, rümpfte das Näschen. »Studenten!« flüsterte sie spöttisch. »Mit so einem gräßlichen Akzent? Seht euch doch an, was der eine für große Augen macht. Der ist noch nie in einer Stadt gewesen. Vermutlich hat er überhaupt noch nie mit der Zivilisation zu tun gehabt, so wie er angezogen ist.«

Lilian riß erschrocken die Augen auf. »Gwen! Stell dir vor, wenn das Räuber sind, die sich in unsere Stadt einschleichen wollen! Sie sehen ganz danach aus, besonders der Schwarzhaarige.«

Gwen musterte den Schwarzhaarigen aus den Augenwinkeln, während sie geistesabwesend eins der seidenen Bänder befühlte.

»Vergebung, gnädiges Fräulein«, sagte der Händler, »aber Ihr zerknittert meine Ware. Diese besonderen Farbnuancen sind nicht leicht zu erzielen, müßt Ihr wissen. Wenn Ihr etwas kaufen wollt . . .«

»Nein, vielen Dank.« Errötend zog Gwen die Hand zurück. »Wirklich sehr hübsch, aber meine Mutter zaubert alles für mich . . .«

Der Händler entfernte sich verdrossen mit seinem Karren, die Mädchen blieben zurück, tuschelten und warfen verstohlene Blicke auf die Neuankömmlinge.

»Du hast recht, Lilian«, sagte Gwendolyn entschieden. »Genau das sind sie – Straßenräuber, kühn und wagemutig.«

»Wie Sir Hugo, die Geschichte, die Marie uns erzählt hat?« flüsterte Marjorie aufgeregt. »Der Schurke, der die Jungfrau aus der Burg ihres Vaters raubte und auf seinem geflügelten Pferd entführte. Er brachte sie in sein Zelt in der Wüste, erinnert ihr euch? Er warf sie auf die seidenen Kissen, und dann ...« Marjorie stockte. »*Was* tat er dann, als sie auf den seidenen Kissen lag?«

»Weiß ich nicht.« Gwen zuckte sehr damenhaft und anmutig die Schultern. »Ich habe auch schon darüber nachgedacht, aber Marie hört an der Stelle immer auf und erzählt von dem untröstlichen Vater, der seinen Hexenmeister zur Hilfe ruft.«

»Hast du sie einmal nach den Kissen gefragt?«

»Ja, einmal. Aber sie wurde sehr böse und hat mich ins Bett gesteckt«, antwortete Gwen. »Rasch, sie sehen her. Laßt euch nichts anmerken!« Sie drehte sich zum Tor herum und studierte die massive Holzkonstruktion mit derart hingebungsvoller Aufmerksamkeit, als wäre sie einer der Druiden, die es aus den Stämmen von sieben abgestorbenen Eichen geschaffen hatten.

»Wenn es Räuber sind, müßten wir das nicht melden?« raunte Lilian, während auch sie vorgab, das Tor zu bewundern.

»O Gwen!« Marjorie drückte ihre Hand. »Der Schwarzhaarige starrt dich an!«

»Pst! Nicht hinsehen!« Gwendolyn wurde rot und vergrub ihr Gesicht in den Blumen. Sie hatte unter halbgesenkten Wimpern zu dem Jüngling hingespäht und war durch Zufall seinem Blick begegnet. Dieser Blick hatte nichts gemein mit dem schalkhaften, unernsten Zwinkern anderer junger Männer. Er schien ihre jungmädchenhafte Fröhlichkeit zu durchschauen und bis auf den Grund ihrer Seele zu dringen. Sie verspürte einen kurzen, scharfen Schmerz, eigenartig süß und doch erschreckend.

»Nein, wir melden gar nichts. Am besten, wir vergessen die ganze Sache.« Gwens Wangen glühten wie im Fieber. »Kommt, laßt uns gehen ...«

»Nein, warte!« Lilian hielt sie zurück. »Sie sind gleich an der Reihe. Ich möchte zu gerne wissen, wer sie sind.«

»Mich interessiert das überhaupt nicht!« sagte Gwendolyn erhaben und fest entschlossen, dem schwarzhaarigen jungen Mann keine Beachtung mehr zu schenken. Doch inmitten der zahllosen Wunder der weltberühmten Stadt Merilon wurde ihr Blick immer wieder von den dunklen Augen des rätselhaften Fremden angezogen. Als er sich endlich abwandte, fühlte Gwen sich wie von einem der Bannsprüche erlöst, mit denen die *Duuk-tsarith* sich ihrer Gefangenen zu versichern pflegten.

»Gebt Euren Namen an und was Euch nach Merilon führt, Pater«, sagte der Erzmagus förmlich und neigte leicht den Kopf vor dem frierenden Katalyten, der die angedeutete Verbeugung schüchtern erwiderte. Er trug die rote Kutte eines HausKatalyten, doch ohne Besatz, woraus sich ersehen ließ, daß er nicht bei einer Familie von Stand diente. »Ich bin Pater Sar ... Dun-Dunstabel«, stammelte der Katalyt. Sein Gesicht und der kahle Schädel färbten sich rot. »Und wir ...«

»Sardunstabel«, unterbrach ihn der *Kan-hanar* in gedehntem Tonfall. »Dieser Name ist mir nicht vertraut, Pater. Woher seid Ihr gebürtig?« Die *Kan-hanar*, berühmt für ihr phänomenales und bis zur Perfektion geschultes Gedächtnis, haben ein vollständiges Verzeichnis all jener, die in ihrer Stadt leben oder zu Besuch weilen, im Kopf.

»Ich bitte um Vergebung.« Der Katalyt errötete noch tiefer. »Ihr habt mich falsch verstanden. Selbstverständlich ist es meine Schuld, ich ... ich habe leider einen klei ... kleinen Sprachfehler. Mein Name ist Dunstabel. Pater Dunstabel.«

»Hm.« Der *Kan-hanar* musterte den Katalyten eingehend. »Wir hatten hier einen Dunstabel, aber das ist zehn Jahre her. Er war der HausKatalyt des ... des Grafen von Manchua, wenn ich nicht irre?« Er schaute zu seinem Nebenmann, der bestätigend nickte. Der forschende Blick des *Kan-hanar* kehrte zu dem Katalyten zurück. »Aber die Familie ist fortgezogen. Nach außerhalb. Warum ...«

»Meiner Treu! Das ist ja unerträglich!« Mit diesem Ausruf stieß der hochgewachsene bärtige Jüngling sich von der Mauer ab, an der er lehnte, und trat vor. Er schnippte mit den Fingern, orangefarbene Seide flatterte, und sein brauner Umhang samt der arg mitgenommenen Reisekleidung war verschwunden.

Das überraschte Aufatmen der Umstehenden hatte zur Folge, daß auch die bisher uninteressierte Schar der Passanten und Müßiggänger aufmerksam wurde. Der junge Mann war jetzt mit einer purpurnen, seidenen Pluderhose bekleidet, deren Beine sich blähten wie Segel. Um die Taille wand sich eine grellrote Schärpe, dazu passend trug er eine grellrote Weste mit goldenen Borten. Ein purpurnes Seidenhemd mit langen bauschigen Ärmeln bildete das farbliche Pendant zu der enormen Hose. Die Krönung des Ganzen bildete eine höchst bemerkenswerte Kopfbedeckung, vergleichbar einem riesigen purpurnen Kürbis, geschmückt mit einer roten, gekräuselten Straußenfeder.

Ein Raunen durchlief die Menge; es wurde gelacht.

»Ist er's?«

»Aber ja! Den erkenne ich überall!«

»Dieser Schick! Meine Liebe, ich würde alles geben, um beim nächsten Ball im Palast diese Hose zu tragen. Woher nimmt er nur diese Farben?«

Vereinzelter Beifall ertönte. »Vielen Dank«, wandte der junge Mann sich an sein Publikum. »Ja, ich bin's. Ich bin zurückgekehrt.« Er hob die Fingerspitzen an die Lippen und warf einigen wohlhabenden Damen in einer Granatapfelkutsche Kußhände zu. Sie lachten entzückt und winkten mit ihren juwelenbesetzten Fächern. »Diese Kreation«, er deutete mit einer schwungvollen Geste auf seine neue Gewandung, »taufe ich *Willkommen daheim, Simkin*. Ihr könnt Euch die Formalitäten sparen, guter Mann«, fuhr er fort, musterte den *Kan-hanar* mit hochgezogenen Augenbrauen und betupfte sich die Nase mit einem orangefarbenen Seidentüchlein. »Meldet den Verantwortlichen, Simkin ist wieder da und hat seine reisende Schauspieltruppe mitgebracht!« Wieder eine weitausholende Armbewegung, diesmal galt sie den beiden jungen Männern und dem Katalyten, die hinter ihm standen.

Die Menge applaudierte heftiger. Frauen lachten hinter vorgehaltener Hand; Männer schüttelten den Kopf über seinen Aufzug, doch gleichzeitig schauten sie an ihren eigenen langen Gewändern oder Kniehosen herunter und machten nachdenkliche Gesichter. Am Mittag des nächsten Tages sah man die Hälfte der männlichen Aristokratie von Merilon in seidenen Pluderhosen durch die Straßen flanieren.

»Die Verantwortlichen informieren?« wiederholte der *Kan-hanar*, nicht im mindesten beeindruckt von der herandrängenden Zuschauermenge oder den Possen des Jünglings mit den grotesken Hosen. »Ja, das werde ich allerdings tun, darauf könnt Ihr Euch verlassen.« Er nickte den beiden schwarzgekleideten Gestalten zu, die im Hintergrund warteten, und legte dem jungen Mann die Hand auf die Schulter.

»Simkin, im Namen des Kaisers, Ihr seid verhaftet.«

# Willkommen daheim, Simkin

Während er auf das Eingreifen der *Duuk-tsarith* wartete, hielt der *Kan-hanar* Simkin mit festem Griff an der Schulter.

Die Menschenmenge stob vor den nahenden Erzwingern auseinander wie Herbstblätter im Sturm. Inmitten des Flüsterns und Raunens und der erstickten Seufzer, die wohliges Entsetzen ausdrückten, irrte Gwendolyns Blick von Simkin – der die *Kan-hanar* fassungslos anstarrte – zu dessen Freunden.

Der Katalyt war nicht mehr rot, sondern totenbleich. Er streckte die Hand nach dem schwarzhaarigen jungen Mann aus, beschützend und auch zur Vorsicht mahnend. Der andere junge Mann, der Blonde, umklammerte gleichfalls den Arm seines Freundes, und Gwen bemerkte, daß der Schwarzhaarige auf seinen Rücken griff, unter den Umhang.

Waffen gibt es in Merilon nicht, da man sie als die fluchwürdigen Werkzeuge derer betrachtet, die sich der Schwarzen Magie verschrieben haben, dem Neunten Mysterium – der Technik. Das Mädchen, das die Fremden beobachtete, hatte nie ein Schwert zu Gesicht bekommen, aber davon gehört, in den Sagen aus alter Zeit, die Marie zu erzählen pflegte. Gwen wußte intuitiv, daß der Fremde eine solche Waffe trug, daß er und seine Kumpane unzweifelhaft Verbrecher waren und daß er beabsichtigte zu kämpfen.

»Nein!« hauchte sie und legte unwillkürlich die Hand vor den Mund, während sich die kleine Faust um den vergessenen Blumenstrauß krampfte.

Der Schwarzhaarige hatte sich zu dem *Duuk-tsarith* herumgedreht und kehrte Gwendolyn den Rücken zu. Ein leichter Windstoß wehte seinen Umhang zur Seite. Sie konnte sehen, wie seine Hand sich um den Griff des Schwertes legte und es langsam aus der Scheide zog. Der Anblick gemahnte an eine Schlange, die aus ihrer Haut schlüpfte. Die Waffe war schwarz und häßlich, und Gwen wollte verstört die Augen schließen, aber die brennenden Lider gehorchten ihr nicht. Sie war gezwungen, mit fasziniertem Abscheu auf das Schwert und den jungen Mann zu starren, auch wenn es ihr dabei das Herz zusammendrückte und sie das Gefühl hatte, nicht mehr atmen zu können.

Die *Duuk-tsarith* waren inzwischen herangekommen, streckten die Hände nach Simkin aus und wollten den Bannzauber sprechen, der ihnen Gewalt über den Gefangenen verlieh. Den jungen Mann, der sich langsam an seinen Freund heranschob, schienen sie nicht zu bemerken.

»Auf Ehre!« rief Simkin. »Ein schrecklicher Irrtum! Gebt Bescheid, wenn sich alles aufgeklärt hat, seid so gut!«

Ein Flimmern in der Luft, und der *Kan-hanar* stand allein vor dem Erdtor, mit leeren Händen.

Simkin war verschwunden.

»Sucht ihn!« befahl der *Kan-hanar*, obwohl die Erzwinger die Situation viel schneller erfaßt hatten als er. »Ich behalte seine Freunde im Auge.«

Nach dem ersten Staunen über diese unerwartete Wendung huschte Gwendolyns Blick zu dem düsteren Fremden. Offenbar hatte Simkins Verschwinden auch ihn überrascht. Seine Hand am Schwertgriff zögerte, während der Katalyt ernsthaft und drängend auf ihn einredete. Genau in dem Moment, als der *Kanhanar* zu ihm trat, stieß der junge Mann das Schwert in die Scheide zurück und zog hastig den Umhang darüber.

Gwen atmete erleichtert auf, und dann erst kam ihr zu Bewußtsein, daß sie an diesem dubiosen Fremden mehr Interesse bekundete, als es sich für ein junges Mädchen ziemte. In der Hoffnung, daß Lilian und Marjorie die fiebrige Röte ihrer Wangen nicht bemerkt hatten, vergrub sie das Gesicht in den Blumen.

»Loslassen, laßt doch los!« zeterte ein Stimmchen. »Ihr zerquetscht mich ja!«

Vor Schreck ließ Gwen die Blumen fallen. Die Stimme war mitten aus dem Bouquet gekommen.

»Beim Almin, Kindchen«, bemerkte eine der Blumen vorwurfsvoll, »von Fallenlassen war nicht die Rede! Jetzt bin ich ganz geknickt!«

Die Blüten lagen auf der Straße verstreut. Langsam, zögernd, schwebte Gwendolyn zu Boden, kniete neben dem zerzausten Sträußchen nieder und betrachtete es ungläubig. Eine Blume stach aus dem zierlichen Gebilde aus Veilchen und Rosen heraus – eine leuchtend purpurfarbene Tulpe, mit einem roten Streifen in der Mitte und orangefarbenen Blattspitzen.

»Nun, was ist, wollt Ihr mich im Staub liegenlassen?« fragte die Tulpe spitz.

Gwen hob den Kopf, um zu sehen, ob ihre Kusinen sie beobachteten, aber deren Aufmerksamkeit war gänzlich von dem *Duuk-tsarith* in Anspruch genommen. Die Hexenmeister hatten sich nicht von der Stelle gerührt. Wie sie dastanden, die Hände nach Sitte des Ordens gefaltet, die schwarzen Kapuzen tief ins Gesicht gezogen, schienen sie völlig untätig zu sein, doch Gwendolyn wußte, daß sie ihre magischen Netze nach jedem einzelnen in der Menge auswarfen, um ihre Beute aufzuspüren.

Ohne die Hexenmeister aus den Augen zu lassen, griff sie nach der purpurroten Tulpe und hob sie auf.

»Simkin?« fragte sie unsicher. »Was ...«

»Still doch, still!« zischelte die Blume. »Es hat ein

scheußliches Mißverständnis gegeben, ganz sicher. Warum sollte man mich verhaften? Na ja, da war dieser Vorfall mit den Juwelen der Herzogin ... aber daran kann sich unmöglich noch jemand erinnern! Es war ohnehin alles Tand. Das meiste wenigstens ... Wenn ich mit dem Kaiser sprechen kann, wird er alles in Ordnung bringen. Dann wären da noch meine Freunde.« Die Tulpe gab sich einen Anschein von Wichtigkeit. »Könnt Ihr ein Geheimnis bewahren, Kindchen?«

»Nun, ich ...« Gwen betrachtete die grelle Blüte ratlos.

»Pst! Der Junge mit den schwarzen Haaren. Alter Adel. Vater gestorben. Großes Erbe. Mißgünstiger Onkel. Neffen entführt. Bei Riesen gefangen. Ich habe ihn gerettet. Jetzt kehrt er zurück, entlarvt Onkel, fordert Erbe.«

»Wirklich?« Über die Blütenblätter der Tulpe hinweg suchten Gwendolyns Augen den jungen Mann, von dem die Rede war. »Ich wußte es gleich.«

»Aha!« zirpte die Tulpe. »Mir geht ein Licht auf! Dieser Onkel steckt dahinter. Hat erfahren, daß es ihm an den Kragen gehen soll, und wollte mich unschädlich machen. Zu dumm«, fügte die Blume in unheilvollem Ton hinzu, »diesmal wird es nicht bei einer Entführung bleiben. Er wird ihn sich endgültig vom Halse schaffen.«

»O nein!« wisperte Gwendolyn bang. »Ihr müßt doch etwas tun können!«

»Ich fürchte, nein. Außer, Ihr – aber das kann ich unmöglich von Euch verlangen.« Die Tulpe stieß einen abgrundtiefen Seufzer aus; ihre Blütenblätter flatterten. »Ich werde mein Dasein in einer Zwiebelvase fristen. Und meine Freunde? Der Grund des Flusses ...«

»Wie furchtbar! Das darf nicht geschehen! Wenn Ihr

wirklich glaubt, daß ich helfen kann, tue ich es gern.« Dem verstörten Mädchen versagte die Stimme.

»Na schön«, meinte die Tulpe mit scheinbarem Zögern. »Obwohl es natürlich unverantwortlich ist, Euch mit unseren Schwierigkeiten zu behelligen. Ich dachte mir nur – nun ja, ich dachte, Ihr könntet vielleicht ganz arglos da hinübergehen, so als wäre nichts, und den guten alten Katalyten dort beim Arm nehmen und ganz lieb sagen: ›Pater Dungstadel! Es tut mir schrecklich leid, daß ich mich verspätet habe. Papa und Mama erwarten Euch schon!‹ Dann hakt Ihr ihn unter und nehmt ihn mit.«

»Mitnehmen? Wohin?« fragte Gwendolyn ahnungsvoll.

»Nach Hause, wohin sonst«, antwortete die Tulpe sachlich. »Ich nehme an, Ihr habt Platz genug, um uns alle unterzubringen. Natürlich bevorzuge ich ein Einzelzimmer, aber wenn es sein muß, teile ich auch, allerdings nicht mit dem Katalyten. Ihr könnt Euch nicht vorstellen, wie er schnarcht!«

»Ihr meint, ich soll euch alle mit . . . mit nach Hause nehmen?!«

»Selbstverständlich! Und so schnell wie möglich. Bevor diesem elenden Katalyten etwas entschlüpft, das uns alle ins Unglück stürzt. Die treue Seele ist leider nicht allzu helle, wenn Ihr versteht, was ich meine.«

»Aber das kann ich nicht tun! Nicht, ohne vorher Papa und Mama zu fragen. Was würden sie sagen . . .«

». . . wenn Ihr Simkin mit nach Hause bringt? Simkin, den Liebling der oberen Zehntausend? Mein Kind«, fuhr die Tulpe herablassend fort, »mir stehen die Häuser von mindestens zwanzig Prinzen offen! Ganz zu schweigen von den Grafen und Fürsten und Herzögen, die mich buchstäblich auf Knien angefleht haben, bei ihnen zu logieren. Der Fürst von Essac war am Boden zerstört, als ich ablehnte. Drohte mit Selbstmord, stellt Euch vor! Aber sagt selbst, zwanzig Pekinesen? Die Viecher kläffen, ganz zu schweigen von den Haaren überall.« Die Tulpe zuckte mit einem Blütenblatt. »Und natürlich kann ich Euch bei Hofe vorstellen, sobald dieses kleine Malheur bereinigt ist.«

»Bei Hofe!« wiederholte Gwendolyn leise. Bilder des Kristallpalastes tauchten vor ihrem inneren Auge auf. Sie in großer Abendtoilette vor dem kaiserlichen Paar ... ein tiefer Hofknicks, während ihre Hand auf dem starken Arm des schwarzhaarigen Fremden ruhte ...

»Ich tu's!« sagte sie mit plötzlicher Entschlossenheit.

»Gutes Kind!« lobte die Tulpe. »Und jetzt nehmt Euren Strauß und vergeßt mich nicht. Keine Sorge wegen der *Duuk-tsarith*. Sie werden diese Camouflage auf keinen Fall durchschauen. Trotzdem, es würde das Bild wunderbar abrunden, wenn Ihr Euch entschließen könntet, mich an Eurem Busen zu bergen ...«

»Meinem ... Wo? O nein!« murmelte Gwen errötend. »Das geht wirklich nicht.« Sie steckte die Tulpe zwischen die anderen Blumen, nachdem sie den Rest des Straußes vom Boden aufgelesen hatte.

»Nun ja«, bemerkte die Tulpe philosophisch, »man kann nicht alles haben, wie Baron Baumgarten sagte, als seine Frau mit dem Krocketmeister durchbrannte – und der Baron war ein so leidenschaftlicher Spieler.«

»Ich wiederhole, wie lauten Eure Namen, und was führt Euch nach Merilon?« Der *Kan-hanar* musterte die Begleiter des flüchtigen Simkin argwöhnisch.

»Und ich wiederhole ebenfalls, Sir«, Jorams Stimme war anzuhören, welche Mühe es ihn kostete, sich zu beherrschen, »das ist Pater Dunstabel, das ist Mosiah, und ich bin Joram. Wir sind Illusionisten – reisende Gaukler –, und Simkin haben wir zufällig unterwegs getroffen. Er bot sich an, uns Engagements zu verschaffen, und auf die Einladung eines seiner Gönner sind wir nach Merilon gekommen ...«

Saryon neigte den Kopf; in seiner tiefen Verzweiflung hörte er gar nicht mehr zu. Was Joram da erzählte, war eine von Prinz Garald erfundene Geschichte, und damals hatte sie ganz plausibel geklungen. Die Illusionisten, zum Mysterium des Schattens geboren, sind im großen und ganzen eine klassenlose Gesellschaft. Sie sind die Künstler Thimhallans, ständig in der ganzen Welt unterwegs, um die Bevölkerung mit ihren Künsten zu ergötzen. Auch nach Merilon kamen sie oft und gern; ihre besonderen Talente waren bei den Festen der Aristokratie sehr gefragt. Aber Joram erzählte die Geschichte jetzt zum drittenmal, und Saryon spürte beinahe körperlich, daß der *Kan-hanar* kein Wort davon glaubte.

Wir sind verloren, dachte Saryon mutlos.

Das finstere Geheimnis, das er mit sich herumtrug, hatte sich derart in sein Bewußtsein gebrannt, daß er überzeugt war, es müsse für jeden sichtbar sein – ein Mal auf seiner Stirn, wie der Gildestempel auf einer Butterdose. Als die *Kan-hanar* Simkin verhafteten, wußte Saryon keine andere Erklärung, als daß sie Vanya in die Falle gegangen waren. Mehr aus Sorge um das Leben des jungen Mannes als aus Sorge vor Entdeckung hinderte er Joram, das Dunkle Schwert zu ihrer Verteidigung zu ziehen. Saryon gab alles verloren. Ein paar Sekunden noch, dann wollte er Joram raten, den *Kan-hanar* die Wahrheit zu sagen. Er dachte gerade mit wehmütiger Erleichterung, daß sein Leiden nun bald zu Ende sein würde, da spürte er eine sanfte Berührung am Arm.

Als er sich umdrehte, stand er einer jungen Frau von etwa sechzehn oder siebzehn Jahren gegenüber, die ihn begrüßte wie einen lang vermißten Onkel.

»Pater Dungstadel! Wie schön, Euch zu sehen! Bitte verzeiht, daß ich erst so spät komme. Es war ein so schöner Tag, daß meine Kusinen und ich viel zu lange in den Gärten verweilt haben. Seht Ihr den Strauß? Hübsch, nicht wahr? Da ist eine Blume, Pater, die ich eigens für Euch gepflückt habe.«

Das Mädchen hielt ihm eine Blume entgegen. Es war eine Tulpe, stellte Saryon fest, der sie mit nicht geringer Verwirrung betrachtete. Gerade als er danach greifen wollte, fiel ihm die eigentümliche Färbung auf – purpurn, leuchtend rot und orange . . .

Saryon schloß die Augen und stöhnte auf.

»Und Ihr behauptet also, Gwendolyn aus dem Hause Samuels, diese – Herren sind geladene Gäste Eures Vaters?« Der *Kan-hanar* fixierte Joram und Mosiah zweifelnd.

Nachdem Gwendolyn ihre Geschichte erzählt hatte, waren sie, Pater Dunstabel sowie dessen Begleiter von dem diensthabenden *Kan-hanar* in einen der Wachtürme geführt worden. Mittels Magie links und rechts neben dem Erdtor errichtet, dienten die Türme in erster Linie der Bequemlichkeit der Torwächter; dorthin konnten sie sich zurückziehen, wenn der Besucherstrom abflaute, und es war zudem ein Aufbewahrungsort für Akten, Unterlagen, Formulare und sonstige Gerätschaften ihres Amtes. Kaum jemals wurden die Türme benutzt, um Neuankömmlinge zu befragen – die Abfertigung wurde am Tor durchgeführt, routiniert und schnell, um lange Wartezeiten zu verhindern. Nur hatten Simkins dramatisches Erscheinen und sein noch bedeutend dramatischeres Verschwinden zu viele Schaulustige angelockt, die ein unangemessenes Interesse an den Vorgängen bekundeten.

Der Diensthabende hielt es für geraten, sich zur Klärung der Angelegenheit in den Turm zurückzuziehen, und nun stand man dichtgedrängt in der hexagonalen Wachstube, die nicht dafür bestimmt war, sechs Leute und eine Tulpe aufzunehmen.

»Aber ja, selbstverständlich«, antwortete die junge Frau und spielte anmutig mit den Blumen in ihrer Hand. Eine davon zupfte sie heraus, drückte sie an die Wange und betrachtete über die leuchtenden Blütenblätter hinweg den Erzmagus mit einer unschuldigen Koketterie, die er ganz bezaubernd fand. Ihm fiel nicht weiter auf, daß es sich bei der Blume um eine ungewöhnlich farbenprächtige Tulpe handelte oder daß dieses reizende Geschöpf auffallend langsam und stockend sprach, mit vielen unnötigen Pausen. Im Gegenteil, er hielt es für mädchenhafte Scheu, die einer jungen Dame wohl anstand.

Saryon jedoch kannte den wahren Grund – die junge Frau sagte einen vorbereiteten Text auf, und souffliert wurde ihr von der Tulpe! Der Katalyt vermochte sich nur bang zu fragen, ob diese Komödie ihnen nützen würde oder nur die Liste ihrer Missetaten verlängern. Jedenfalls ihm blieb nichts anderes übrig, als seine Rolle zu spielen und darauf zu vertrauen, daß Simkin und das Mädchen das ihre taten.

Was Joram und Mosiah betraf, so wußte Saryon nicht, ob sie durchschauten, was vor sich ging. Der *Kan-hanar* ließ keinen von ihnen aus den Augen, und der Katalyt wagte nicht, ihnen irgendein Zeichen zu geben, doch bei einem raschen Blick in ihre Richtung sah er zu seinem Erstaunen, daß Joram das Mädchen anstarrte, und zwar mit solch brennender Intensität, daß der Katalyt hoffte, sie möge es nicht bemerken. Eine derart leidenschaftliche und unverhohlene Bewunderung mußte sie erschrecken und aus dem Konzept bringen.

Ganz davon abgesehen, fiel Saryon wie ein Stein die Erkenntnis auf die Seele, daß sich ihm möglicherweise ein gänzlich neues Feld unerschöpflicher Ängste und Sorgen eröffnete. Auch wenn nur Jorams Herz auf dem Spiel stand und nicht sein Leben, stieß der Katalyt bei dem Gedanken an seine eigene qualvolle, von Träumen heimgesuchte Jugend einen schmerzlichen Seufzer aus. Als hätten sie nicht schon Probleme genug ...

»Seht Ihr«, erklärte Gwendolyn und strich sich mit der farbenprächtigen Tulpe sinnend über das mit einem Edelstein geschmückte Ohrläppchen, »Simkin und mein Vater, Lord Samuels, der Gildemeister – Ihr kennt ihn?«

O ja, der *Kan-hanar* kannte ihren ehrenwerten Vater und bekundete dies durch eine kleine Verneigung.

Gwen lächelte süß. »Simkin und mein Vater sind alte Freunde, und als Simkin davon sprach, mit seiner ... seiner Trup ... Truppe in Merilon zu ... gastieren, lud mein Vater ihn und seine ... Akteure ein, in unserem Haus Quartier zu nehmen.«

Der *Kan-hanar* schien immer noch Zweifel zu hegen, aber nicht an der Geschichte des jungen Mädchens. Simkin war in Merilon wohlbekannt und wohlgelitten.

Oft weilte er in den vornehmsten Häusern. Tatsächlich war es verwunderlich, daß er sich bequemt haben sollte, in dem verhältnismäßig bescheidenen Heim eines bloßen Gildemeisters Wohnung zu nehmen. Lord Samuels und Lady Rosamund erfreuten sich einer tadellosen Reputation; ihre Familien waren seit Generationen in Merilon ansässig, genaugenommen seit der Gründung der Stadt, und nie hatte es auch nur die Andeutung eines Skandals gegeben. Nein, in Wirklichkeit überlegte der *Kan-hanar,* wie er diese prekäre Angelegenheit am günstigsten regelte, ohne

Lord Samuels oder seine charmante Tochter vor den Kopf zu stoßen.

»Ich muß Euch leider mitteilen«, begann er zögernd, gehemmt von dem Blick der unschuldigen blauen Augen, »daß Simkin verhaftet ist ...«

»Nein!« rief Gwendolyn erschüttert aus.

»Das heißt«, schränkte der *Kan-hanar* ein, »er wäre verhaftet, doch er ist geflo ... Nun ja, er ist sehr plötzlich abgereist ...«

»Ich bin sicher, es handelt sich um ein Mißverständnis«, sagte die junge Frau und warf mit einer entschiedenen Kopfbewegung die goldenen Locken zurück. »Bestimmt kann Simkin alles erklären.«

»Ganz bestimmt kann er das«, brummte der *Kan-hanar* vor sich hin.

»In der Zwischenzeit«, fuhr Gwen fort, trat dichter an den Torwächter heran und legte ihm vertrauensvoll die Hand auf den Arm, »erwartet Papa diese Herrschaften, besonders Pater Dungstadel ...«

»Dunstabel«, berichtigte der Katalyt matt.

»... einen alten Freund der Familie, den wir seit Jahren nicht gesehen haben.« Gwendolyn wandte sich an den Katalyten. »Ich war noch ein Kind, als ihr mich das letzte Mal gesehen habt, Pater. Bestimmt habt Ihr mich gar nicht erkannt.«

»Ganz recht, in der Tat«, stotterte Saryon. »Ich habe Euch allerdings nicht erkannt.«

Er sah, wie die junge Frau das Abenteuer genoß, ohne zu ahnen, in welcher Gefahr sie schwebte. Lächelnd drehte sie sich wieder zu dem *Kan-hanar* herum. Saryon, der sein Herz wild schlagen fühlte, schaute, um sich abzulenken, aus der Tür. Er sah die *Duuk-tsarith* am Tor stehen und sich beratschlagen.

»Der Katalyt und seine Begleiter«, sagte Gwendolyn mit einem höchst gleichgültigen Blick auf Mosiah und Joram, »sind erschöpft von der Reise und frieren.

Es kann doch nichts dagegen sprechen, daß sie derweil mit mir nach Hause kommen. Ihr wißt ja, wo sie zu finden sind, falls sich die Notwendigkeit ergibt.«

Allem Anschein nach war der *Kan-hanar* von diesem Vorschlag angetan. Auch er schaute aus der Tür; sein Blick wanderte von den *Duuk-tsarith* zu der langen Reihe der Wartenden. Zu dieser Tageszeit herrschte der größte Andrang, die Schlange wuchs, Unruhe machte sich breit, und sein Helfer schien der Verzweiflung nahe zu sein.

»Nun gut.« Der *Kan-hanar* hatte einen Entschluß gefaßt. »Ich gebe Euch Passierscheine für die Oberstadt, aber mit eingeschränkter Gültigkeit. Diese Herren« – er warf einen grimmigen Blick auf Mosiah und Joram –, »dürfen nur in der Begleitung Eures Vaters das Haus verlassen.«

»Oder eines anderen Familienmitglieds?« fragte Gwendolyn schmeichelnd.

»Oder eines anderen Familienmitglieds«, brummte der *Kan-hanar* und vermerkte die Einschränkungen in den Schriftrollen, die er ausfertigte.

Der *Kan-hanar* war mit seiner Schreibarbeit beschäftigt, der Katalyt lehnte geistesabwesend an der Wand, und Gwens blaue Augen richteten sich auf Joram. Es war der unschuldige, tändelnde Blick eines Mädchens, das versucht, die Rolle einer Frau zu spielen, doch er verfing sich wie ein kleiner Vogel in den Schlingen der dunkelbraunen Augen eines Mannes, der nichts von solchen Spielen wußte.

Gwendolyn war es gewohnt, den Charme und die Herzenswärme, die sie freigiebig verströmte, in gleicher Weise erwidert zu sehen, und erlebte voller Bestürzung, wie diese Wärme aufgesogen wurde von dem finsteren Abgrund einer kalten, hungrigen Seele.

Es war beunruhigend, sogar erschreckend. Die dunklen Augen zehrten an ihr. Sie mußte diesen Blick abschütteln oder einen Teil von sich verlieren – was das sein könnte, wußte sie nicht, doch allein die Ahnung dessen, was im verborgenen harrte, war furchteinflößend und erregend zugleich ...

Offenbar hatte der Fremde keinerlei Manieren! Dieses Anstarren war im höchsten Maße ungehörig! Gwendolyn fiel keine andere Lösung ein, als wieder einmal den Blumenstrauß fallen zu lassen. Diesmal war es nicht als kokettes Anbandeln gedacht, wie es ihr vorhin noch so großes Vergnügen bereitet hatte. Sich zu bücken und den Strauß aufzuheben gab ihr Gelegenheit, die Selbstbeherrschung wiederzugewinnen und sich dem beängstigenden Blick des unverschämten jungen Mannes zu entziehen. Leider sollte ihr kein Erfolg beschieden sein.

Noch jemand bückte sich nach den verstreuten Blumen, und Gwen sah sich dem dunklen Fremden unvermutet Auge in Auge gegenüber. Beide griffen gleichzeitig nach der purpurroten Tulpe, die übrigens ein gänzlich untulpenhaftes Benehmen an den Tag legte: Die grünen Blätter am Stengel kräuselten sich wie vor innerem Vergnügen, die Blüte schien von einem stummen Lachen geschüttelt zu werden.

»Gestattet, Mylady«, sagte Joram. Seine Hand berührte die ihre.

»Vielen Dank, Sir«, murmelte Gwendolyn, zog die Finger zurück, als hätte sie sich verbrannt, und schnellte förmlich wieder in die Luft.

Joram stand bedächtig auf und überreichte ihr die Blumen – bis auf die Tulpe.

»Mit Eurer Erlaubnis, Mylady«, bemerkte er mit einer Stimme, die auf Gwens verstörte Sinne ebenso düster romantisch wirkte wie seine Augen, »diese möchte ich behalten, zur Erinnerung an unser Zusammentreffen.«

Wußte er über die Tulpe Bescheid? Gwen brachte

nichts weiter heraus als eine der üblichen Floskeln, während sie gebannt zuschaute, wie der junge Mann die Tulpe nahm, die Blütenblätter glättete und sie dann in der Brusttasche seines Hemdes verstaute.

Gwendolyn war überzeugt, einen quiekenden Aufschrei der Entrüstung zu vernehmen, der von dem schweren Umhangstoff erstickt wurde, doch viel mehr beschäftigte sie die Vorstellung, wie es wohl sein mochte, an die Brust dieses jungen Mannes gedrückt zu werden. Sie errötete heiß und wandte sich ab. An die Passierscheine für die Oberstadt dachte sie erst wieder, als der *Kan-hanar* ihr die Dokumente in die Hand drückte, und es fiel ihr schwer, sich auf das zu konzentrieren, was der Mann sagte.

»Ihr benötigt selbstverständlich keinen Paß, Pater Dunstabel, da Ihr Dispens habt, die Kathedrale zu besuchen. Auch die eingeschränkte Gültigkeit betrifft Euch nicht, Ihr könnt Euch frei bewegen. Ich sage das nur, weil Ihr bestimmt die Absicht habt, so schnell wie möglich Euren Orden von Eurer Anwesenheit in Merilon zu unterrichten.«

Eine dezente Aufforderung an den Katalyten, sich umgehend in der Kathedrale zu melden. Saryon verneigte sich demütig. »Möge der Almin Euch einen schönen Tag bescheren, Erzmagus«, sagte er.

»Gleichfalls, gleichfalls, Pater Dunstabel«, erwiderte der *Kan-hanar*. Sein Blick streifte Joram und Mosiah, als wären sie gar nicht vorhanden, und schon eilte er aus dem achteckigen Zimmer, um die nächsten Antragsteller abzufertigen.

Glücklicherweise wurde Gwendolyn gleich vor der Tür von ihren Kusinen abgefangen und mit Fragen bestürmt; das ließ keinen Raum für ungehörige Gedanken in bezug auf den jungen Mann – auch wenn ihr Herz im Takt seiner Schritte zu pochen schien, die ihr folgten wie ein Verhängnis.

»Wenn Ihr mich entschuldigen wollt, Pater Dunstabel«, wandte sie sich an den Katalyten, als wäre er die einzig maßgebliche Person, »ich muß das ... das alles meinen Kusinen erklären. Wenn Ihr und Eure ... Freunde vielleicht eine Erfrischung nehmen möchtet, das Café dort drüben ist sehr hübsch. Ich bin gleich wieder zurück.«

Ohne eine Antwort abzuwarten, eilte Gwendolyn davon, ihre aufgeregten Kusinen im Gefolge.

»Was wird deine Mutter sagen?« stöhnte Lilian, als sie den Teil der Geschichte gehört hatte, den Gwen ihr anvertrauen zu können glaubte.

»Liebe Güte! Du hast recht!« Daran hatte Gwen überhaupt nicht gedacht. Ohne Vorwarnung mit so ungewöhnlichen Logiergästen in der Tür zu schweben!

Lilian und Marjorie wurden eilends zur Oberstadt in Marsch gesetzt, mit der Botschaft, daß der berühmte Simkin gedachte, die Samuels mit seiner Anwesenheit zu beehren. Gwen hoffte inständig, daß die Nachricht von seiner Verhaftung und spektakulären Flucht ihren Eltern noch nicht zu Ohren gekommen war.

Anschließend, um Lady Rosamund Zeit zu geben, die Gästezimmer richten und lüften zu lassen, die Köchin zu informieren und Lord Samuels von der Ehre zu unterrichten, die ihm zuteil werden sollte, kehrte Gwen zu dem Café zurück und bot ihren Gästen an, ihnen die Wunder der Stadt zu zeigen.

Der Katalyt schien sich nicht sehr dafür erwärmen zu können, die beiden jungen Männer aber stimmten mit einer Begeisterung zu, die mitreißend wirkte. Offenbar war dies ihr erster Besuch in Merilon, und Gwen freute sich plötzlich darauf, sie überall herumzuführen. Sie erhob sich in die Luft und wartete, daß man ihrem Beispiel folgte. Erst wunderte es sie, daß nicht nur der Katalyt, sondern auch seine beiden Begleiter am Boden stehenblieben, aber dann fiel ihr ein, daß sie bisher überallhin zu Fuß gegangen waren, und sie fragte sich, warum. Natürlich! Sie waren müde von der Reise, zu müde, um ihre Kraft für Magie aufzuwenden.

»Wir nehmen eine Kutsche«, sagte sie rasch, bevor einer von ihnen zu Worte kam, und winkte eine vergoldete blaue Eierschale heran, die von einem Schwarm Rotkehlchen gezogen wurde. Beim Einsteigen war zu Gwens Verlegenheit Joram zur Stelle, um ihr behilflich zu sein.

Sie wies den Kutscher an, sein Gefährt gemächlich durch das Gewirr der Läden und Buden zu lenken, die um das Erdtor aus dem Boden geschossen waren wie verzauberte Pilze. Zahlreiche Leute wurden aufmerksam, wenn sie vorüberglitten, man erkannte in ihnen Simkins Begleiter und lachte herzlich.

Nachdem sie die Gegend um das Tor hinter sich gelassen hatten, schwebten sie durch die tropischen Gärten und bestaunten die Blumen, die sonst nirgends in Thimhallan wuchsen. Verzauberte Bäume, die den Boulevard des Handwerks säumten, sangen im Chor und hoben die Zweige, als die Kutsche zwischen ihnen hindurchflog. Eine Einheit der Kaiserlichen Garde auf Seepferdchen wippte in perfektem Gleichtakt durch die Luft.

Sie hätte Stunden im Hain und in den Parks verbringen können, aber die Nachmittagssonne näherte sich dem Punkt, der von den *Sif-hanar* als Abenddämmerung festgelegt war. Es wurde Zeit, sich nach Hause zu begeben, und auf Gwens Anordnung gesellte sich ihre Kutsche zu den anderen, die sich in weiten Kreisen zu dem Felssockel der Oberstadt hinaufschraubten.

Gwendolyn, die dem schwarzhaarigen Fremden

gegenübersaß, vermochte kaum zu fassen, wie schnell die Zeit verflogen war. Merilons Wunder in den Augen ihrer Gäste widergespiegelt zu sehen, das brachte ihr erst zu Bewußtsein, wie atemberaubend schön ihre Heimatstadt wirklich war.

Und was dachten die Gäste? Mosiah war schlicht überwältigt; sein hingerissenes, kindliches, naives Staunen ließ ihn den übrigen Passanten fast als komische Figur erscheinen.

Saryon nahm kaum wahr, was um ihn herum vorging; ihn beschäftigten andere Dinge. Die berühmten Sehenswürdigkeiten weckten nur schmerzliche Erinnerungen und machten ihm die Bürde seines Geheimnisses doppelt bewußt.

Und Joram? Endlich sah er die Stadt, deren Herrlichkeit seine Mutter ihm an jedem Abend seiner Kindheit so eindringlich und genau geschildert hatte. Doch er sah sie nicht mit Anjas vom Wahnsinn getrübten Blick. Merilon, die Stadt der Wunder, zeigte sich ihm durch unschuldige blaue Augen und einen Schleier feiner, goldener Haare. Die Schönheit des Anblicks brach ihm fast das Herz.

# Im Haus des Gildemeisters

»Mama«, sagte Gwendolyn, »darf ich dir Pater Dunstabel vorstellen?«

»Pater Dunstabel.« Lady Rosamund reichte dem Katalyten die Fingerspitzen und verbeugte sich leicht. Der Katalyt neigte den Kopf und äußerte murmelnd seinen Dank für die Gastfreundschaft, worauf die Dame des Hauses freundlich, wenn auch etwas zerstreut antwortete, während sie erwartungsvoll über seine Schulter blickte. Lady Rosamund begrüßte ihre Gäste im Vorderhofgarten, wie es in Merilon Brauch war, außerdem bot der Garten ein reizendes Ambiente aus Farnen und Rosenbäumchen.

»Und das sind Mosiah und ... und Joram.« Gwen stieg das Blut in die Wangen. Sie hörte das unterdrückte Kichern ihrer Kusinen im Hintergrund und stellte sich dumm, als sei ihr nicht bewußt, daß sein Name über ihre Lippen kam wie ein Lied. Eine aufmerksame und liebevolle Mutter wie Lady Rosamund würde unter normalen Umständen das Erröten bemerkt und die Wahrheit im selben Moment erkannt haben, in dem die Tochter ihr den jungen Mann vorstellte, aber Lady Rosamund war nervös und nicht ganz sie selbst.

»Meine Herren«, sagte sie, reichte jedem die Hand und spähte dabei an ihnen vorbei und über sie hinweg zum Eingangstor. »Aber wo ist Simkin?« fragte sie schließlich, als niemand mehr auftauchte.

»Lady Rosamund«, sagte Joram und trat vor, »es ist sehr liebenswürdig von Euch, uns Eure Gastfreundschaft anzubieten. Bitte nehmt dies als Zeichen unserer Dankbarkeit an.« Damit zog er die zerdrückte

Tulpe aus dem Hemd und überreichte sie seiner Gastgeberin.

Mit hochgezogenen Brauen und zusammengepreßten Lippen, als hätte sie den Verdacht, das Opfer eines schlechten Scherzes zu sein, streckte Lady Rosamund ungnädig die Hand aus und ...

... und berührte Simkins purpurnen Seidenärmel.

»Gütiger Almin!« schrie sie auf und zuckte entsetzt zurück. Dann faßte sie sich und sagte atemlos: »Ich bitte um Vergebung, Pater.« Sie war fast so rot wie ihre Tochter.

»Eine verständliche Reaktion, Mylady«, antwortete Saryon ernst und schaute Simkin an, der im Garten herumtaumelte, nach Atem rang und sich mit dem orangefarbenen Seidentuch Luft zufächelte.

»Uff! Mein lieber Junge«, sagte Simkin, zu Joram gewandt, »ein Bad könnte nicht schaden. Meiner Treu« – er griff sich an die Stirn und verdrehte die Augen –, »ich fühle mich ganz schwach.«

Ohne lange zu zögern, versammelte Lady Rosamund mit Feldherrenblick ihre Dienerschaft um sich. Mit kühler, gelassener Stimme gab sie Befehle und dirigierte ihre Leute mit dem Geschick eines Magus Bellorum. Die ganze Zeit über vergaß sie nicht, liebenswürdige, mitfühlende Sorge für Simkin an den Tag zu legen, der als Tulpe nicht so welk ausgesehen hatte wie jetzt in menschlicher Gestalt. Lady Rosamund trug den kräftigsten HausMagi auf, Simkin in das beste Vorderzimmer zu geleiten. Ein Wink ihrer eigenen Hand ließ einen weich gepolsterten Diwan erscheinen, auf dem Simkin in tragischer Pose niedersank.

»Marie«, ordnete die Hausfrau an, »den Kräutertrunk ...«

»Herzlichen Dank, meine Liebe«, stöhnte Simkin und rümpfte die Nase, »aber nur ein alter Cognac kann mir helfen, diesen Schock zu überwinden. Ah, Madame«, er schaute mitleidheischend zu seiner Gastgeberin auf, »wenn Ihr wüßtet, was ich erlitten habe! O hallo«, rief er der Dienerin nach, »bringt den guten Jahrgang, Eistraube, Duc d'Montagne, sei so freundlich. Nur heimischer Anbau? Nun ja ...«

Die Dienerin brachte die Karaffe. In den seidenen Kissen des Diwans ruhend, ließ Simkin sich von Marie den Schwenker an die Lippen führen und nahm einen Schluck. »Ah, schon besser.«

Marie wollte das Glas wegnehmen.

»Noch ein Schlückchen, meine Liebe ...«

Simkin richtete sich auf, nahm das Glas, leerte es in einem Zug und sank erschöpft wieder zurück. »Könnte ich vielleicht noch einen klitzekleinen ...?« fragte er mit einer Stimme, als ginge es darum, seinen Letzten Willen zu diktieren.

Die Katalytin reichte ihm das wieder gefüllte Glas, während Lady Rosamund einen Stuhl herbeiwinkte und sich neben Simkin niederließ. »Wovon redet Ihr, Simkin? Was habt Ihr erlitten?«

Simkin ergriff ihre Hand. »Madame«, sagte er, »heute« – dramatische Pause – »wurde ich *verhaftet*!« Er ließ das Seidentuch auf sein Gesicht fallen.

»Gütiger Himmel«, stammelte Lady Rosamund bestürzt.

Simkin pflückte das Tuch wieder von seinem Gesicht. »Ein ganz scheußliches Mißverständnis! Noch niemals bin ich so gedemütigt worden! Und jetzt bin ich auf der Flucht, ein gewöhnlicher Verbrecher!« Sein Kopf rollte kraftlos zur Seite; von Verzweiflung übermannt, warf er den Arm über die Augen.

»Gewöhnlicher Verbrecher?« wiederholte Lady Rosamund mit plötzlich sehr kühler Stimme. Ihr Blick wanderte über Mosiah und Joram in ihren einfachen

Gewändern und streifte mißtrauisch sogar die fadenscheinige Kutte des Katalyten. »Alfred«, bemerkte sie mit gedämpfter Stimme zu einem der Diener, »begib dich zu den Drei Schwestern, und bitte Lord Samuels, umgehend nach Hause zu kommen ...«

»Wirklich sehr fürsorglich von Euch, Madame, ich weiß es zu schätzen«, warf Simkin ein, der sich mit zitternden Armen aufgestützt hatte, »aber ich bezweifle ernsthaft, ob der Herr Gemahl in dieser Sache etwas tun kann. Schließlich ist er nur ein schlichter Gildemeister.«

Lady Rosamunds Gesicht erstarrte zu Eis. »Mein Gatte«, begann sie, »ist ...«

»... nicht in der Lage, mir zu helfen, befürchte ich.« Mit allen Zeichen der Schwäche ließ Simkin sich wieder zurücksinken, faltete das orangefarbene Seidentuch zu einem breiten Streifen und legte ihn sich auf die Stirn. »Nein, Lady Rosamund«, fuhr er fort, bevor sie ihm ins Wort fallen konnte, »wenn schon, dann soll Alfred beim Kaiser vorsprechen. Ich bin sicher, diese bedauerliche Sache wird sich im Nu aufklären.«

»Beim ... beim Kaiser?«

»Aber ja, natürlich«, bestätigte Simkin mit einem Anflug von Gereiztheit. »Ich hoffe doch, Alfred hat Zutritt zum kaiserlichen Palast?«

Lady Rosamunds eisige Indignation schmolz in einer Hitze der Verlegenheit. »Nun, um ehrlich zu sein ... es ist nur, daß wir nie ... ich meine, da war die Zeremonie des Ritterschlags, aber das ...«

»Wie bitte? Kein Zutritt zum Palast? Quelle malheur!« murmelte Simkin und schloß die Augen im Übermaß der Verzweiflung.

Währenddessen standen Mosiah und Saryon vergessen und unbehaglich in einer Ecke. Sie kamen sich absolut überflüssig vor. Besonders Mosiah fühlte sich eingeschüchtert von den Eindrücken der magischen

Stadt und ihren Bewohnern, die ihm an Eleganz, Kultiviertheit und Bildung so himmelhoch überlegen zu sein schienen, daß er sie für höhere Wesen hielt. Er gehörte nicht hierher. Er war nicht erwünscht. Er konnte sehen, daß Gwen und ihre Kusinen sich ein Lächeln verkneifen mußten, wenn er nur den Mund auftat. Wohlerzogen, wie sie waren, bemühten sich die Mädchen, ihre Belustigung über seinen ländlichen Dialekt zu verbergen, doch es gelang ihnen nicht sehr gut.

»Ihr habt recht gehabt, Pater«, flüsterte er Saryon zu, während Simkin seinen großen Auftritt inszenierte und alle Aufmerksamkeit auf ihn gerichtet war. »Es war dumm von uns, nach Merilon zu kommen. Laßt uns gehen, jetzt gleich!«

»Ich fürchte, das ist nicht so einfach, mein Junge«, erwiderte Saryon müde und schüttelte den Kopf. »Die *Kan-hanar* überprüfen nicht nur jeden, der in die Stadt hinein möchte, sondern auch jeden, der hinaus will, und solange es Simkin nicht gelungen ist, sich zu rehabilitieren, wird man uns keinesfalls erlauben, die Stadt zu verlassen. Es bleibt uns nichts anderes übrig, als zu versuchen, am Leben zu bleiben.«

»Versuchen, am Leben zu bleiben?« wiederholte Mosiah ungläubig. Dann sah er das Gesicht des Katalyten. »Ihr meint es ernst!«

»Prinz Garald hat uns gewarnt, daß es gefährlich sein würde«, antwortete Saryon ernst. »Hast du ihm nicht geglaubt?«

»Wenn ich ehrlich sein soll, nein«, brummte Mosiah, während sein Blick aus schmalen Augen zu Simkin wanderte. »Ich dachte, er würde übertreiben. Ich hätte mir nie träumen lassen, daß es hier so ... so *anders* sein könnte! Wir sind Außenseiter! Wenigstens einige von uns«, fügte er leiser hinzu und schaute auf Joram. Er schüttelte den Kopf. »Wie stellt er das an,

Pater? Er scheint ein Teil von all dem zu sein, als gehörte er hierher! Sogar noch mehr als Simkin! Der Tropf ist doch nur ein Possenreißer. Er spielt seine Rolle und genießt den Applaus. Aber Joram hat alles, was die Menschen hier auszeichnet: Schönheit, Anmut.« Er verstummte niedergeschlagen.

Ja, dachte Saryon und betrachtete Joram verstohlen. Er gehört hierher ...

Der junge Mann stand ein paar Schritte entfernt von der Stelle, wo Saryon und Mosiah sich in eine Ecke drückten. Er hatte sich nicht bewußt abgesondert, und doch sah es aus, als wäre auch er sich des Unterschieds zwischen ihnen bewußt. Den Kopf stolz erhoben, beobachtete er Simkin, und dabei spielte ein angedeutetes Lächeln um seinen Mund, als wären sie beide die Eingeweihten in einen geheimen Scherz auf Kosten der übrigen Welt.

Er gehört hierher, und jetzt weiß er es auch, begriff Saryon und fühlte einen schmerzhaften Stich. Schön? So hätte ich ihn nicht beschrieben, mit seinem kalten, verbitterten, schroffen Wesen. Aber man sehe ihn jetzt an. Natürlich ist das meiste davon dem Einfluß des Mädchens zuzuschreiben. Welcher Mann würde nicht schön unter dem Zauber der ersten Liebe? Aber das ist es nicht allein. Er ist ein Mann im Dunkeln, der taumelnd dem Licht entgegenstrebt. Hier in Merilon ist das Licht, eine Flut, die seine Seele mit Glanz und Wärme erfüllt.

Was wird er tun, überlegte Saryon betrübt, wenn er jemals entdeckt, daß Merilons Licht nur eine Finsternis verbirgt, die größer ist als die seine? Saryon schüttelte traurig den Kopf, als er Mosiahs Hand auf dem Arm spürte und seine Aufmerksamkeit wieder dem augenblicklichen Geschehen zuwandte.

Lady Rosamunds Haushalt, der mit so bewunderungswürdiger Präzision und Effektivität funktionierte, kam plötzlich zum Stillstand. Simkin lag schlaff auf dem Diwan und jammerte mit weinerlicher Stimme über ›Anklagebank und Galgen, Block und Daumenschrauben‹, womit er sich die Dame des Hauses nicht unbedingt geneigter machte. Lady Rosamund schwebte in der Mitte des Zimmers und wußte offenbar nicht recht, was sie jetzt tun sollte. Die Dienerschaft stand unschlüssig herum, einige balancierten Teetassen vor sich in der Luft, andere trugen gefüllte Karaffen oder Bettzeug, und alle warteten unschlüssig auf Anweisungen der Hausherrin.

Die Kusinen, Lilian und Marjorie, hatten sich in eine entfernte Ecke zurückgezogen. Auch sie kamen sich überflüssig vor und wünschten von Herzen, sie wären zu Hause. Gwen stand neben Marie, der Katalytin, und obwohl sie sich bemühte, Joram nicht anzuschauen, kehrte ihr Blick immer wieder zu ihm zurück. Sie war blaß geworden und sah noch zarter und lieblicher aus als gewöhnlich. In den blauen Augen schimmerten Tränen; ihre Lippen zitterten.

Aber sie ist unsere einzige Hoffnung, dachte Saryon. Ihm war ein Einfall gekommen, und er beschloß zu handeln. Es konnte nicht mehr viel schlimmer werden. Lady Rosamund stand im Begriff, nach ihrem Gatten zu schicken, und Lord Samuels würde nicht zögern, sie alle miteinander den *Duuk-tsarith* zu überantworten. Vielleicht hatte man Saryon ein schlechtes Blatt zugeteilt, aber er war plötzlich entschlossen, es bis zum bitteren Ende auszuspielen. Außerdem spürte er tief in seinem Innern das überraschende Verlangen, Simkins Bluff auf die Spitze zu treiben.

Leise und unauffällig trat der Katalyt neben Gwendolyn. »Mein Kind«, sagte er halblaut, »habt Ihr an die Ariels gedacht?«

Gwen hielt blinzelnd die Tränen zurück, die ihr aus

den Augen strömen wollten. Ihr Gesicht erhellte sich, und sie wurde abwechselnd rot und blaß. »Aber natürlich«, jauchzte sie. »Mama, Pater Dunstabel hat eine Idee. Warum rufen wir nicht die Ariels? Sie können dem Kaiser eine Nachricht überbringen!«

»Das ist wahr«, meinte Lady Rosamund zögernd.

Saryon kehrte zu seinem Platz im Hintergrund zurück, als Gwen nach vorn stürzte, um ihre Mutter zu bestürmen.

»Was habt Ihr denn jetzt angerichtet?« fragte Mosiah fassungslos, als Saryon wieder neben ihm stand.

»Ich bin mir auch nicht ganz sicher«, gab Saryon zu und barg die Hände in den Ärmeln seiner Kutte.

»Ihr glaubt doch nicht, daß der Tropf diesen Unsinn mit dem Kaiser ernst gemeint hat, oder doch?«

»Ich weiß es nicht«, entgegnete der Katalyt heftig, der plötzlich auch Zweifel verspürte. »Er kannte auch Prinz Garald ...«

»Ein etwa gleichaltriger Prinz, der sich gern hin und wieder einen Streich erlaubt und einem fröhlichen Fest nicht abgeneigt ist, läßt sich wohl kaum mit dem Kaiser von Merilon vergleichen«, zischte Mosiah grimmig. »Da! Seht ihn Euch an!« Er deutete auf Simkin.

Der junge Mann begrüßte den Vorschlag mit einer scheinbar durch nichts zu erschütternden Selbstsicherheit: »Ariels? Prachtvolle Idee. Warum ist mir das nicht selbst eingefallen? Richtet dem geistlichen Herrn in der Ecke meinen tiefempfundenen Dank aus.«

Simkin schien wirklich erfreut zu sein, doch Saryon glaubte, einen falschen Ton aus dem lebhaften Wortschwall herauszuhören.

»Na, einen habt ihr wenigstens glücklich gemacht«, bemerkte Mosiah säuerlich.

Joram betrachtete den Katalyten mit unverhohlener

Anerkennung. Er nickte sogar leicht mit dem Kopf, und ein kurzes Aufleuchten seiner Augen drückte widerwilligen Dank aus, der Saryon das Herz wärmte, obwohl er zunehmend fürchtete, einen Fehler begangen zu haben.

»Der wahren Liebe, die dort aufblüht, mag Euer Geistesblitz ja förderlich sein«, flüsterte Mosiah böse. »Aber was haben wir davon?«

»Eine Galgenfrist«, antwortete Saryon. »Es wird Tage dauern, bis mit einer Antwort aus dem Palast zu rechnen ist.«

»Vermutlich habt Ihr recht.« Mosiah nickte vor sich hin. »Bleibt zu hoffen, daß Simkin sich in der Zwischenzeit ruhig verhält.«

»Wir sollten Merilon schon vorher verlassen haben. Mir ist ein Gedanke gekommen, doch ich kann erst etwas unternehmen, wenn ich in der Kathedrale gewesen bin, und dazu ist es mittlerweile zu spät. Sie gehen jetzt zur Abendmesse.«

»Ich verlasse mit Euch die Stadt, Pater, und frohen Herzens«, sagte Mosiah ernst. »Ich bin ein Dummkopf gewesen, überhaupt herzukommen. Aber was ist mit ihm?« Er nickte zu Joram hin, der Gwendolyn anstarrte. Mosiahs Stimme wurde weicher. »Wie können wir ihn dazu bringen, mit uns zu kommen? Er glaubt, ihm ist in den Schoß gefallen, wonach er sich sein ganzes Leben lang gesehnt hat.«

Prinz Garald, was habt Ihr getan? sagte der Katalyt zu sich selbst. Ihr habt ihn Manieren gelehrt und das Auftreten eines Edelmanns. Doch es ist nur eine Maskerade – der seidene Handschuh, der die Pranke des Tigers verhüllt. Seine Krallen sind eingezogen, aber eines Tages, wenn er hungrig ist oder sich bedroht fühlt, werden sie das zarte Gewebe zerreißen, und die Seide wird sich blutigrot färben. Ich muß ihn von hier wegbringen! Ich muß ihn von hier wegbringen!

Und das wirst du auch, beruhigte er sich. Dein Plan ist gut. Morgen oder übermorgen kannst du schon alles in die Wege geleitet haben. Bis dahin hat man uns wahrscheinlich aus diesem schönen Haus hinausgeworfen. Und was den Kaiser betrifft ...

Simkin war dabei, Marie einen Brief zu diktieren. »›Lieber Bunkie ...‹ Das ist sein Spitzname, müßt Ihr wissen«, fügte er hinzu, als Lady Rosamund erbleichte. »Also: ›Lieber Bunkie ...‹«

Saryon lächelte grimmig. Es hatte nicht den Anschein, als wäre der Kaiser ein großes Problem.

»Dir ist hoffentlich bewußt, daß wir in der Scheune schlafen würden, wenn sie eine hätten?« fragte Mosiah grob.

»Ein Mann auf der Flucht kann keine Ansprüche stellen!« erwiderte Simkin pathetisch und warf sich auf sein Bett.

Man hatte die jungen Leute in der Remise einquartiert, oder vielmehr, es sollte die Remise sein, sobald Lord Samuels sich den Luxus erlauben konnte, eine eigene Kutsche anzuschaffen. Die Dienstboten hatten Betten und sauberes Leinenzeug herbeigezaubert, aber das kleine Haus an der Rückseite des Hauptgebäudes verfügte über keinerlei Annehmlichkeiten.

Lord Samuels hatte die Geschichte von Simkins Verhaftung und Verschwinden bei einer Gildesitzung am Nachmittag gehört. Der Vorfall war Tagesgespräch in Merilon, dessen Einwohner Sinn für alles Bizarre und Außergewöhnliche hatten.

Auch Lord Samuels hatte die Geschichte höchst amüsant gefunden – bis er nach Hause kam und feststellen mußte, daß sie in seinem eigenen Wohnzimmer ihre Fortsetzung fand. Simkin wurde nicht müde zu betonen, welch große Ehre es war, ihn zu Gast zu haben.

»O Verehrtester, tausend Grafen, ganz zu schweigen von etlichen hundert Baronen und ein oder zwei Marquis' haben sich förmlich darum *gerissen*, mich bei sich aufnehmen zu dürfen. Selbstverständlich hatte ich noch keinem zugesagt. Dann kam es zu diesem unglückseligen Zwischenfall« – er verzog schmerzlich das Gesicht –, »vor dem Eure bezaubernde Tochter mich errettete. Und wie hätte ich ihr liebenswürdiges Angebot, mir in ihrem Elternhaus Zuflucht zu gewähren, ablehnen können?«

Leider schien es, als ob Lord Samuels die also beschworene große Ehre nicht recht zu schätzen wußte.

Außerdem erspähte das wachsame Vaterauge, was der liebevollen Mutter entgangen war. Er witterte augenblicklich die Gefahr in Jorams romantischer Erscheinung. Die Wirkung der schwelenden dunklen Augen wurde verstärkt von dem schimmernden, reichen Haar, das Joram auf Prinz Garalds Rat hin kürzer geschnitten hatte. Es fiel ihm lose auf die Schultern, ein Rahmen ungebärdiger schwarzer Locken für das strenge, ernste Gesicht. Des jungen Mannes kräftiger, schlanker Körperbau, die kultivierte Ausdrucksweise und seine geschmeidigen Hände harmonierten merkwürdig gut mit seiner schlichten Kleidung, und alles zusammen verlieh ihm eine geheimnisumwitterte Ausstrahlung, der Simkin mit seinem Gefasel von den finsteren Machenschaften erbschleicherischer Onkel das i-Tüpfelchen aufsetzte. Als wäre das nicht genug, um jedem Mädchen den Kopf zu verdrehen, umgab den jungen Mann eine Aura roher, animalischer Leidenschaft, die Lord Samuels äußerst beunruhigend fand.

Er bemerkte die zarte Röte in den Wangen seiner

Tochter und ihren beschleunigten Atem. Er bemerkte, daß sie zum Abendessen ihr schönstes Kleid trug und sich mit jedem unterhielt, *außer* mit dem jungen Mann. Sichere Anzeichen dafür, daß sie verliebt war. Die Tatsache an sich hätte Lord Samuels mit größter Gelassenheit hingenommen. In letzter Zeit war Gwen ständig in irgendeinen jungen Mann verliebt, die Namen und Gesichter wechselten ungefähr allmonatlich.

Was dem Hausherrn Sorge machte und ihn veranlaßte, seine Tochter gleich nach dem Essen auf ihr Zimmer zu schicken, war der Punkt, daß dieser junge Mann so gar nichts gemein hatte mit den jungen Burschen aus gutem Hause, denen Gwens Schwärmereien bis jetzt gegolten hatten. Das waren halbe Kinder, tolpatschige Welpen, doch bei diesem Bengel lagen die Dinge anders. Obwohl jung an Jahren, besaß er aus irgendeinem Grund die Zielstrebigkeit und Gefühlstiefe eines erwachsenen Mannes – Eigenschaften, von denen Lord Samuels fürchtete, daß sie seine arglose und leicht zu begeisternde Tochter völlig überrumpeln würden.

Auch Joram erkannte seinen Feind sofort. Die beiden musterten einander kühl über den gedeckten Tisch hinweg. Joram sprach wenig; er konzentrierte sich darauf, den Eindruck zu erwecken, daß er Leben besaß, und machte Gebrauch von seiner Fingerfertigkeit, um während des Essens die Illusion aufrechtzuerhalten, daß er sich wie die anderen mittels Magie von den köstlichen Speisen und erlesenen Weinen bediente. Die Täuschung gelang ihm vorzüglich, auch deshalb, weil Mosiah, obwohl ein hochbegabter Mann, bei Tisch seine bescheidene Herkunft nicht verleugnen konnte. Die Suppentasse entzog sich seiner Kontrolle und kleckerte ihren Inhalt über sein Hemd. Der brutzelnde Fleischspieß hätte um ein Haar seinem

Dasein ein vorzeitiges Ende gesetzt. Die Kristallkugeln mit Wein hüpften um ihn herum wie Kinderbälle.

Lilian und Marjorie – man hatte sie eingeladen, über Nacht zu bleiben – versteckten sich fast die ganze Mahlzeit über kichernd hinter den vorgehaltenen Servietten. Verlegen und beschämt hörte Mosiah auf zu essen, saß mit rotem Kopf auf seinem Platz und starrte verdrossen auf seine Hände.

Lord Samuels hob die Tafel frühzeitig auf, mit der Begründung, seine Gäste wünschten bestimmt, sich auszuruhen, vor ihrer *baldigen Abreise*. Von Simkins Beteuerungen, der Kaiser werde Lord Samuels zweifelsohne mit einer Grafschaft belehnen, zum Dank für seine Freundlichkeit gegenüber einem ›geschätzten Intimus Seiner Majestät und einer anerkannten Zierde des kaiserlichen Hofes‹, zeigte der gute Mann sich wenig beeindruckt und wünschte ziemlich kühl eine gute Nacht.

Den Gästen blieb nichts anderes übrig, als sich zu Bett zu begeben; Diener leuchteten ihnen auf dem Weg zur Remise. In dieser Nacht, während Saryon und Mosiah Pläne schmiedeten, um Merilon zu verlassen, und Simkin sich darüber erging, wie er mit der Unterstützung des Kaisers furchtbare Rache an den *Kan-hanar* am Tor üben wollte, dachte Joram an seinen Feind und sann auf seine Vernichtung.

Joram hatte beschlossen, Gwendolyn zu seiner Frau zu machen.

# Einsichten

Der nächste Tag war Siebentag oder Alminstag, auch wenn diese Bezeichnungen in Merilon nicht sehr gebräuchlich waren. Es war ein Tag der Ruhe und Besinnung für einige wenige und für viele ein Tag des Vergnügens und der Entspannung. Die Gilden blieben geschlossen, wie auch alle anderen Läden und Institutionen. In der Kathedrale wurden vormittags zwei Gottesdienste abgehalten: eine frühe Messe bei Sonnenaufgang für die Frommen und Tugendhaften sowie gegen Mittag eine im Volksmund scherzhaft als Säufermesse bezeichnete Andacht für jene, die nach einer durchzechten Nacht nur schwer aus dem Bett fanden.

Wie nicht anders zu erwarten, gehörte die Familie von Lord Samuels zu denen, die sich im ersten Morgengrauen erhoben und zur Frühmesse auf den Weg machten. Lord Samuels lud seine Gäste pflichtschuldig ein mitzukommen. Joram wäre geneigt gewesen anzunehmen, aber ein erschreckter Blick von Saryon veranlaßte ihn zu schweigen. Mosiah lehnte rundweg ab, während Simkin behauptete, immer noch recht schwach zu sein und nicht die Kraft zu haben, sich dem Anlaß entsprechend zu kleiden. Außerdem, fügte er mit einem herzhaften Gähnen hinzu, müsse er auf die Nachricht des Kaisers warten. Saryon wäre gerne mitgegangen, doch er sagte wahrheitsgemäß, daß er noch keine Gelegenheit gehabt hatte, seinen Orden offiziell von seiner Ankunft in Merilon in Kenntnis zu setzen, und er fügte hinzu, daß er es vorziehen würde, den Tag allein zu verbringen. Mit einem Lächeln, das frostiger war als eine geeiste Melone, überließ Lord Samuels sie ihrem Frühstück.

Es war eine schweigsame Mahlzeit, die Gegenwart der Diener verhinderte eine ungezwungene Konversation. Joram aß stumm und geistesabwesend. Nach dem verträumten Ausdruck seiner Augen zu schließen, nährte er sich von den Gedanken an rote Lippen und weiße Haut. Mosiah, der sich endlich unbeoabachtet fühlte, langte kräftig zu. Simkin ging wieder zu Bett.

Saryon aß nur wenig und verließ bald den Tisch. Ein Diener führte ihn zur Hauskapelle, und der Katalyt sank vor dem Altar auf die Knie. Es war eine schöne Kapelle, klein, aber mit viel Geschmack ausgestattet. Die Morgensonne strömte durch kunstvolle Fenster aus farbigem Glas. Bei dem Rosenholzaltar handelte es sich um eine exakte Replik des Altars in der Kathedrale, mit den eingeschnitzten Symbolen der Neun Mysterien. Die sechs Bankreihen boten ausreichend Platz für die Familie und das Personal. Dicke Gobelinteppiche bedeckten den Boden und verschluckten jedes Geräusch, sogar das Zwitschern der Vögel draußen.

Es war ein Ort der Andacht und inneren Einkehr, aber Saryons Gedanken befaßten sich nicht mit dem Almin, noch war er mit dem Herzen bei den Gebeten, die er murmelte, falls zufällig einer der Diener hereinkam.

Wie konnte ich so blind sein! fragte er sich wieder und wieder und umklammerte den Anhänger aus Arkanum an seinem Hals. Wie konnte Prinz Garald so blind sein! Ich sah die Gefahr, sicherlich. Doch anstelle einer düsteren Kluft, die man zu überwinden hoffen konnte, hat sich vor uns ein gähnender, bodenloser Abgrund aufgetan! Ich sah die Gefahr in den großen Dingen, nicht in den kleinen! Aber die kleinen Dinge sind es, die uns zu Fall bringen werden!

Gestern zum Beispiel, als sie zu ihrer Stadtbesichtigung aufbrachen, hatte Saryon gemerkt, daß Gwendolyn im Begriff gewesen war, ihn um Leben zu bitten, daß sie alle sich auf den Flügeln der Magie in die Luft erheben konnten – für Joram unmöglich zu bewerkstelligen, nur Glück bewahrte ihn vor dem Verhängnis. Gwendolyn hatte geschwiegen und eine Kutsche gerufen, wahrscheinlich in der Annahme, sie seien erschöpft von der Reise. Und noch eine Galgenfrist war ihnen beschert: Den Alminstag widmeten die Katalyten der Kontemplation und ihren Studien, und man erwartete von ihnen nicht, ihren Dienstherren Leben zu gewähren.

Das war auch der Grund, weshalb die Gläubigen zu Fuß in die Kathedrale gingen, eine ungewohnte Erfahrung für die Bürger Merilons, die eigens für diesen Tag angefertigte Schuhe trugen – respektlos Alminschoten genannt. Es gab sie in den verschiedensten Ausführungen, je nach Reichtum und Stand des Trägers: von seidenen Slippern bis zu kunstvollen Schuhen aus Kristall, Schuhen aus Gold und Juwelen oder Schuhen ganz aus Edelstein. Zur Zeit war es Mode, Tiere als Schuhwerk abzurichten. In der ganzen Stadt sah man Männer wie Frauen mit Schlangen, Tauben, Schildkröten oder Eichhörnchen an den Füßen. All diesen phantasievollen Schöpfungen war gemeinsam, daß man nur schlecht darin gehen konnte, also ließ sich die Nobilität von Bediensteten in Sänften tragen, die ebenfalls eigens für diesen Tag angefertigt wurden.

Lord Samuels und seine Familie, die *nur* der oberen Mittelklasse angehörten, trugen feine, aber sehr schlichte Trotteurs aus Seide. Die Paßform war nicht besonders gut, und beim Verlassen des Hauses verlor Gwen einen Schuh. Joram hob ihn auf, und nach einem zaghaften Blick auf ihren Vater gewährte Gwen ihm die Ehre, ihr das zarte Gebilde wieder auf den kleinen, weißen Fuß zu stecken. Joram tat es unter den strengen, wachsamen Augen des Vaters, dann setzte die Familie ihren Weg zur Kathedrale fort. Saryon bemerkte den Blick, mit dem Joram Gwendolyn ansah; ihr stieg das Blut in die Wangen, und die Brüste unter dem hauchdünnen Stoff ihres Kleides hoben und senkten sich rasch. Die beiden standen ganz offensichtlich im Begriff, sich Hals über Kopf zu verlieben.

Auf den Knien vor dem Altar liegend, überdachte Saryon diese unvorhersehbare Entwicklung und fühlte, wie die neue Last sich der alten Bürde zugesellte, als ein Schatten über ihn fiel. Erschrocken hob er den Kopf und sah zu seiner Erleichterung Joram neben sich stehen.

»Vergebt mir, Katalyt, wenn ich Eure Andacht störe …« Es war derselbe frostige Tonfall, dessen er sich von Anfang an bedient hatte, wenn er mit Saryon sprach. Doch er verstummte mitten im Satz und starrte mit leeren Augen aus der Tür.

»Du störst mich nicht«, bemerkte Saryon, hielt sich mit einer Hand an der Rückenlehne der reich mit Schnitzereien verzierten Holzbank fest und stand auf. »Ich bin froh, daß du gekommen bist. Ich habe dringend mit dir zu reden.«

»Die Wahrheit ist, Ka…« Joram schluckte. Sein Blick wanderte durch die Kapelle und richtete sich schließlich auf das Gesicht des Katalyten. »Die Wahrheit ist, Pater Saryon, ich bin hergekommen, um Euch zu danken.«

Saryon sank einigermaßen würdelos auf das Samtpolster der Bank.

Joram sah den erstaunten Ausdruck auf dem Gesicht des Katalyten und lächelte schuldbewußt. Es war ein wirkliches Lächeln, bei dem seine Lippen sich verzogen und aus den Tiefen der dunklen Augen ein

Lichtfunke an die Oberfläche tauchte. »Ich bin ein undankbarer Bastard gewesen, stimmt's?« sagte er im Ton einer Feststellung, nicht einer Frage. »Prinz Garald hat es mir gesagt, aber ich wollte ihm nicht glauben. Letzte Nacht aber« – er sprach leise und andächtig, wie ein junger, gläubiger Novize beim Preis des Almin, – »ist mit mir eine Veränderung vorgegangen, Saryon. Ich dachte über all das nach, was Garald mir gesagt hatte, und plötzlich ergab es einen Sinn! Ich erkannte, was ich gewesen war, und ich haßte mich selbst!« Die Worte sprudelten aus ihm heraus; der junge Mann legte eine rückhaltlose Beichte ab. »Ich begriff ... ich begriff, was Ihr gestern für uns getan habt, was wir Euch alles verdanken, und ich habe nie ...«

»Leise!« flüsterte Saryon mit einem furchtsamen Blick zur Tür der Kapelle, die halb offenstand.

Joram verstand und senkte die Stimme. »... und ich habe nie ein Wort des Dankes gefunden. Weder gestern noch bei all den anderen Gelegenheiten.« Er zeigte auf das Dunkle Schwert, das er auf dem Rücken unter seiner Kleidung verborgen trug. »Der Almin weiß, weshalb Ihr mir überhaupt geholfen habt«, fügte er bitter hinzu. Er setzte sich neben Saryon auf die Bank und schaute zu dem Fenster über dem Altar. Die herrlichen Farben der Glasscheiben spiegelten sich in seinen dunklen Augen.

»Ich redete mir ein, Ihr wärt genauso wie ich und nur ein zu großer Heuchler, um es zuzugeben«, fuhr Joram fort. »Ich wollte glauben, daß ich von Euch benutzt wurde, zu Eurem eigenen Vorteil. So dachte ich über jeden. Aber das ist jetzt vorbei. « Das reflektierte Kaleidoskop der Farben irrlichterte in Jorams dunklen Augen und gemahnte den Katalyten an einen Regenbogen vor düsteren Sturmwolken. »Ich weiß jetzt, was es bedeutet, jemanden zu lieben«, sagte er und hinderte Saryon mit der erhobenen Hand daran, ihn zu unterbrechen, »und ich weiß, daß die Sorge um andere Euch bewogen hat, Eurem Gewissen entgegen zu handeln, und nicht Angst um Euch selbst. Oh, die Sorge galt nicht mir!« Er lachte bitter auf. »Ich bin nicht vermessen genug, das zu glauben. Mir ist bewußt, wie ich Euch behandelt habe. Ihr habt mir geholfen, das Schwert zu erschaffen und Blachloq zu töten, für Andon und die Leute im Dorf.«

»Joram ...«, begann Saryon erschüttert, aber die Stimme versagte ihm. Bevor er ihn daran hindern konnte, war der junge Mann von der Bank aufgesprungen und kniete zu Füßen des Katalyten nieder. Er wandte dem sonnenhellen Fenster den Rücken zu, und statt des Regenbogens erkannte Saryon in den von schwarzen Brauen überschatteten Augen die heiße Glut des Schmiedefeuers, das der Atem des Blasebalgs zu immer grellerem Leben entfachte, bis es sich schließlich selbst verzehrte und zu kalter Asche zerfiel.

»Pater«, sagte Joram ernst, »ich brauche Euren Rat, Eure Hilfe. Ich liebe sie! Die ganze Nacht konnte ich nicht schlafen, ich *wollte* nicht schlafen, weil es bedeutet hätte, ihr Bild in meinem Herzen zu verlieren, und das konnte ich nicht ertragen, nicht einmal für einen kurzen Augenblick. Nicht einmal für die Möglichkeit, vielleicht von ihr zu träumen. Ich liebe sie, und ich will sie haben, Pater.«

»Joram!« Ein dumpfer, lähmender Schmerz erfüllte Saryons Brust. Er wollte so vieles sagen, aber das einzige, was er hervorbrachte, war: »Joram, du bist tot!«

»Und wenn schon!« rief Joram zornig aus.

Wieder schaute Saryon besorgt zur Tür, Joram sprang auf, durchquerte mit heftigen Schritten den kleinen Raum und stieß sie ins Schloß, dann fuhr er herum und zeigte mit dem ausgestreckten Finger auf den Katalyten. »Sagt das nie wieder zu mir. Ich weiß, was ich bin! Ich habe die Leute so viele Jahre getäuscht, weshalb sollte ich es nicht auch in Zukunft tun können?« Er schlug mit der Hand durch die Luft. »Fragt Mosiah! Er kennt mich, seit wir Kinder waren! Fragt ihn, und er wird Euch sagen, er wird es Euch schwören beim Augenlicht seiner Mutter, daß ich Leben habe!«

»Aber du hast kein Leben, Joram.« Saryon sprach mit leiser, aber fester Stimme, trotz seines offensichtlichen Widerstrebens, die bittere Wahrheit auszusprechen. »Du bist tot! Vollkommen tot!« Er strich über die Armlehne der Bank. »Dieses Holz besitzt mehr Leben als du, Joram! Ich kann seine Magie spüren! Die Magie, die in allen Dingen dieser Welt enthalten ist, pulsiert unter meinen Fingern. Aber du verfügst über nichts dergleichen, keine Magie, kein Leben, nichts! Verstehst du?«

»Und ich sage, daß es unwichtig ist!« Die schwelende Glut in den zwingenden Augen loderte auf. Joram beugte sich vor und griff nach Saryons Arm. »Seht mich an! Wenn mir Recht geworden ist, wenn ich mein Erbe angetreten habe, ist es nicht mehr wichtig. Niemand wird daran Anstoß nehmen. Man wird nichts anderes sehen als meinen Titel und meinen Reichtum ...«

»Und sie?« gab Saryon traurig zu bedenken. »Was wird sie sehen? Einen toten Mann, der ihr tote Kinder schenkt?«

Der Ausdruck von Jorams Gesicht traf Saryon bis ins Herz. Der Griff des jungen Mannes an seinem Arm verstärkte sich, bis der Katalyt vor Schmerz zusammenzuckte, doch er sagte nichts. Er hätte auch nicht sprechen können, seine innere Bewegung war zu groß, also wartete er schweigend, ohne den mitfühlenden Blick von Joram abzuwenden.

Und langsam erstarb das Feuer in den dunklen Augen. Das Licht löschte aus, die lebhafte Farbe wich aus dem Gesicht, die Haut wurde blaß, die Lippen fahl, Kälte und Dunkelheit ergriffen von den erstarrten Zügen Besitz. Joram ließ Saryon los und richtete sich auf. »Und wieder muß ich Euch danken, Katalyt«, sagte er mit einer Stimme, die so hart war wie sein Gesicht.

»Joram, es tut mir leid.« Saryon war der Hals wie zugeschnürt.

»Nein!« Joram hob die Hand. Für einen kurzen Moment bekam sein Gesicht wieder Farbe. »Ihr habt nur die Wahrheit ausgesprochen, Pater Saryon. Das war notwendig. Es ist etwas, worüber ich nachdenken muß – womit ich fertig werden muß.« Mit einem tiefen Atemzug schüttelte er den Kopf. »Mir tut es leid. Ich habe die Beherrschung verloren. Es wird nicht wieder vorkommen. Ihr werdet mir helfen, Pater, nicht wahr?«

»Joram!« Saryon stand auf. Er war versucht, dem jungen Mann die Hand auf den Arm zu legen, wagte es aber nicht. »Wenn dir dieses junge Mädchen wirklich am Herzen liegt, dann kehre diesem Haus den Rücken, und trage Sorge, daß ihr euch niemals wiederseht. Das einzige Brautgeschenk, das du ihr bringen wirst, ist Kummer.«

Joram starrte Saryon schweigend an. Der Katalyt sah, daß seine Worte den jungen Mann getroffen hatten. Er focht einen inneren Kampf mit sich aus. Vielleicht stimmte es, was Joram gesagt hatte, vielleicht war in den langen Nachtstunden eine Veränderung mit ihm vorgegangen, oder diese Veränderung war das Ergebnis eines langen, allmählichen Prozesses unter dem Einfluß geduldiger, unerschütterlicher Freundschaft und Zuneigung.

Welches Ende das Ringen in Jorams Seele vielleicht

genommen hätte, zu welcher Einsicht er gekommen wäre, sollte Saryon nie erfahren, denn in diesem Augenblick brach das Chaos aus. Die Familie war eben aus der Kathedrale nach Hause zurückgekehrt, als man die Karosse des Kaisers nahen sah, die wie ein Stern aus dem Himmel niedersank.

»Nun, Simkin«, bemerkte der Kaiser schleppend, »in welches Fettnäpfchen seid Ihr denn jetzt wieder getreten?«

Die Verwirrung, die das Erscheinen dieser erlauchten Persönlichkeit im Haushalt der Samuels' ausgelöst hatte, war unbeschreiblich. Ein Fauxpas ohnegleichen, aber der Kaiser war tatsächlich aus seiner Kutsche ausgestiegen und schwebte in den Vorderhofgarten, bevor irgend jemand die erste Erstarrung abgeschüttelt hatte. Glücklicherweise wählte Simkin diesen Moment, um sich aus der Eingangstür und in des Kaisers Arme zu stürzen, mit lautem Weh und Ach und Lamento.

Der Kaiser nahm sich Simkins an, Lady Rosamund kam wieder zur Besinnung, versammelte ihre Heerscharen und bereitete sich zur ruhmreichen Schlacht auf der häuslichen Walstatt. Seine Kaiserliche Majestät wurde formvollendet willkommen geheißen, ins Vestibül geleitet und im Kreise der Familie und Gäste auf den elegantesten Polsterstuhl komplimentiert.

»Wirklich, Bunkie, ich habe keine Ahnung«, erwiderte Simkin wehleidig. »Es ist aber verflixt peinlich, wenn man am Tor, vor allen Leuten, festgehalten wird, als wäre man ein Mörder . . .«

Saryon, der bescheiden im Hintergrund stand, erstarrte bei dieser Bemerkung und sah Jorams Augen wachsam aufblitzen. Simkin, der davon nichts bemerkte, plapperte unaufhörlich weiter.

»Das Gräßliche daran ist«, fuhr er nörgelnd fort, »daß ich hier praktisch eingesperrt bin, und auch wenn es ein wirklich nettes Häuschen ist und Lady Rosamund die Gastfreundschaft in Person, entspricht diese Umgebung natürlich nicht meinem gewohnten Standard.« Er betupfte sich die Augenwinkel mit dem orangefarbenen Seidentuch.

»Na, Simkin, Wir finden, daß Ihr es recht gut getroffen habt«, ermahnte ihn der Kaiser lächelnd und mit einer trägen Handbewegung. »Ein charmantes Domizil, Mylord«, bemerkte er zu Lord Samuels, der sich tief verneigte. »Eure Gemahlin ist ein Juwel, und Wir erkennen ihr Ebenbild in Eurer bezaubernden Tochter. Wir werden für Euch tun, was in Unserer Macht steht, Simkin« – der Kaiser erhob sich, und eine zweite Welle der Aufregung durchlief den gesamten Haushalt –, »doch empfehlen Wir Euch, derweil hier auszuharren, das heißt, sofern Lord Samuels gewillt ist, Euch aufzunehmen.«

Lord Samuels verbeugte sich mehrfach. Ein Vergnügen, eine Freude, selbstverständlich. Die unverdiente Ehre, einen persönlichen Freund Seiner Majestät zu beherbergen ...

»Schon gut«, wehrte Seine Majestät übermüdet ab. »Vielen Dank, Lord Samuels. In der Zwischenzeit, Simkin, werden Wir uns bemühen, in Erfahrung zu bringen, wie die Anklage lautet, wer der Kläger ist und was man in der Sache tun kann. Es wird ein oder zwei Tage dauern, also haltet Euch bedeckt. Auch Unser Einfluß auf die *Duuk-tsarith* hat seine Grenzen.«

»Na schön.« Simkin verzog das Gesicht, dann seufzte er. »Wirklich zu gütig von Euch, Majestät. Darf ich vielleicht bitten ... Ein Wort unter vier Augen ...?«

Er zog den Kaiser beiseite und redete flüsternd auf ihn ein. Worte wie ›Contessa‹, ›Wärmepfanne‹ und

›barfuß bis zum Hals‹ waren zu verstehen. Einmal lachte der Kaiser laut auf. Saryon, der während seiner Jahre in Merilon oft im Palast zu Gast gewesen war, hatte ihn kein einziges Mal so unbeschwert heiter erlebt. Der Monarch schlug Simkin auf den Rücken.

»Wir haben verstanden. Leider müssen Wir Uns jetzt verabschieden – wichtige Staatsgeschäfte und so weiter. Wir ruhen niemals am Alminstag«, erklärte der Kaiser der ehrfürchtig schweigenden Familie, die angetreten war, um den erlauchten Gast zu verabschieden, der eben zur Türe schritt. »Lord Samuels, Lady Rosamund, nochmals Dank, daß Ihr diesem jungen Nichtsnutz unter Eurem Dach Asyl gewähren wollt. Es steht in Bälde wieder ein Feiertag an, und Wir geben im Palast einen großen Ball. Ihr kommt auch, Simkin, und bringt Lord Samuels und seine Familie mit.« Der Blick des Kaisers fiel auf Gwendolyn. »Würde Euch das gefallen, junge Dame?« Unvermittelt kam unter dem gezierten höfischen Gehabe der Mensch zum Vorschein, in dessen väterlichem Lächeln Saryon einen Anflug von Wehmut und Trauer entdeckte.

»O Euer Majestät!« hauchte Gwen und legte beide Hände auf ihr Herz. Sie war so überwältigt, daß sie vergaß, sich zu verbeugen.

»Laßt gut sein«, sagte der Kaiser beschwichtigend, als Lady Rosamund ihre Tochter wegen ihrer schlechten Manieren tadeln wollte. »Wir erinnern Uns noch, wie es war, jung zu sein.« Wieder der Anflug von Wehmut und Bedauern.

Seine Hoheit waren bei der Tür angelangt, und Saryon gratulierte sich dazu, diese jüngste Krise ohne Zwischenfall überstanden zu haben, als er das mutwillige Funkeln in Simkins Augen bemerkte. Sein Herzschlag setzte aus. Er ahnte, was der ›junge Nichtsnutz‹ vorhatte, und als er Simkins Blick auffing, schüttelte der heftig den Kopf. Vergebens – Simkin verkündete mit strahlendem Lächeln: »Meiner Treu, dieser scheußliche Vorfall hat mich doch arg mitgenommen, ich habe ganz vergessen, Euch meine Freunde vorzustellen. Euer Majestät, dies ist Pater Dungstadel ...«

»Dunstabel«, murmelte der geplagte Katalyt und verneigte sich tief.

»Pater«, sagte der Monarch mit einer gemessenen Handbewegung und seinem leichten Nicken des gepuderten und parfümierten Hauptes.

»Und zwei Freunde von mir – Schauspieler. Ihre Künstlernamen lauten Mosiah und Joram. Wir könnten anläßlich des Balles ein Maskenspiel aufführen ...«

Saryon achtete nicht mehr darauf, was Simkin weiter sagte, und auch der Kaiser schien nicht zuzuhören. Mosiahs Gesicht glühte beinahe ebenso rot wie die Rubine an der kaiserlichen Hand, über die er sich ehrfürchtig neigte. Nach ihm trat Joram vor, um dem Herrscher von Merilon seine Reverenz zu erweisen.

Der junge Mann hatte bisher schräg hinter Saryon gestanden, im Schatten eines Alkovens. Er beugte sich über die ihm leutselig entgegengestreckte Hand, ohne sie jedoch zu küssen, und als er sich aufrichtete, geriet er in die Lichtbahn eines Fensters genau gegenüber. Die Sonne hob die klaren Linien seines Gesichts hervor, die hohen Wangenknochen, das kräftige, stolze Kinn. Sie fing sich glitzernd in Jorams Haar, dem Haar seiner Mutter, gerühmt in Versen und Liedern, eine knisternde, üppige Flut, die ein eigenes Leben zu besitzen schien ...

Der Kaiser hielt in seiner leeren, bedeutungslosen Geste inne und starrte auf das Bild, das sich ihm bot. Das Blut wich ihm aus dem Gesicht, die Augen wurden groß, die Lippen bewegten sich lautlos.

Saryon hielt den Atem an. Er weiß es! Der Almin sei uns gnädig! Er weiß es.

Was wird er tun? fragte sich der Katalyt wie gelähmt. Die *Duuk-tsarith* rufen? Er kann doch nicht sein eigen Fleisch und Blut verraten ...

Saryon schaute sich wild nach allen Seiten um. Jeder mußte es doch merken, aber scheinbar war niemandem etwas aufgefallen. Hastig richtete er den Blick wieder auf die schicksalhafte Szene und zwinkerte verblüfft.

Das Gesicht des Kaisers war gelassen wie zuvor. Der Schock des Erkennens war darüber hinweggezogen wie ein Windhauch über die ruhige Oberfläche eines Sees. Er schenkte dem jungen Mann ein Lächeln, das ebenso belanglos war wie die joviale Gebärde der Hand. Joram trat in den Schatten zurück; er war von der Sonne geblendet gewesen und hatte von der flüchtigen Veränderung in den Zügen des Monarchen nichts bemerkt. Der Kaiser wandte sich gleichgültig ab und nahm seine Unterhaltung mit Simkin wieder auf, als wäre nichts geschehen.

»Künstler der ersten Garnitur, meine Freunde«, plauderte Simkin und betupfte sich die Lippen mit seinem unvermeidlichen Seidentüchlein. »Die Einladung in den Palast gilt selbstverständlich auch für Sie, Majestät?«

»Freunde?« Der Kaiser schien sie bereits vergessen zu haben. »Selbstverständlich«, sagte er zerstreut.

»Merkwürdige Jahreszeit für einen Feiertag, nicht wahr, Euer Magnifizenz?« erkundigte sich der penetrante Simkin, während er den Kaiser durch das Spalier der sich verbeugenden Mitglieder des Samuelsschen Haushalts nach draußen geleitete. Die kaiserliche Karosse schwebte über der Straße. Sie bestand zur Gänze aus facettiertem Kristall, dessen Schliff darauf ausgerichtet war, das Sonnenlicht einzufangen und zu reflektieren. Den Bildnern war das Kunstwerk so vollendet gelungen, daß das Gefährt von einer Aura überirdischen Glanzes umhüllt zu sein schien, der die staunenden Untertanen blendete. »Mir ist momentan nicht gewärtig, was eigentlich gefeiert wird.«

Die Erwiderung des Kaisers ging unter im Jubel der Nachbarschaft, die neugierig und begeistert herbeigeströmt war. An Lord Samuels' Reputation und Status gab es von diesem Moment an nichts mehr zu rütteln. Die Hoffnungen etlicher Neider, die darauf spekuliert hatten, dem Gildemeister den Rang abzulaufen, wurden mit Stumpf und Stiel ausgerissen und verdorrten jämmerlich. Von seiner Karosse aus grüßte und segnete der Kaiser seine Untertanen, dann hob sich der Stern wieder gen Himmel und ließ die einfachen Sterblichen zurück, um sich im Abglanz seiner Herrlichkeit zu sonnen.

Im Haus der Samuels' herrschte eitel Freude. Lady Rosamund glühte vor Stolz; ihr Blick wanderte voller Genugtuung immer wieder zu den Neidern, die zwischen Begeisterung und Mißmut schwankend draußen zusammenstanden. Gwen verging beinahe vor Begeisterung über die Einladung zum Ball, bis ihr einfiel, daß sie nichts anzuziehen hatte, und sie in Tränen ausbrach. Mosiah stand vor dem Haus und starrte in einem Zustand versonnener Entrücktheit dem Kaiser in seinem Sternenwagen hinterher. Geweckt wurde er von Kusinchen Lilian, die in ihn hineinlief – ganz zufällig, wie sie errötend versicherte. Nachdem er sich entschuldigt hatte, zog sie ihn ohne viel Federlesens hinter sich her, um ihm den Innengarten zu zeigen und lachte perlende Tonleitern über seine ›süße‹ Art zu reden.

Joram hingegen stellte fest, daß er seinen Feind überrollt hatte – Reiterei, Fußtruppen und Artillerie.

Lord Samuels war zu dem jungen Mann getreten und legte ihm freundschaftlich die Hand auf die Schulter. »Simkin erzählt mir, daß Ihr glaubt, Erbansprüche auf Besitzungen hier in Merilon geltend machen zu können«, sagte er gewichtig.

»Mylord«, antwortete Joram und musterte ihn wachsam, »die Geschichte über den mißgünstigen Onkel ist frei erfunden ...«

Lord Samuels lächelte. »Daran habe ich auch keinen Augenblick lang geglaubt. Gestern abend habe ich aus Simkin die Wahrheit herausgelockt, die übrigens erheblich interessanter ist. Vielleicht kann ich behilflich sein. Ich habe Zugang zu bestimmten Unterlagen ...« Damit schob er den jungen Mann in sein Arbeitszimmer und schloß die Tür hinter ihnen.

Von dem Katalyten nahm keiner Notiz, wofür Saryon von Herzen dankbar war. Er flüchtete sich wieder in die Hauskapelle, wo er sicher sein konnte, ungestört zu bleiben, und sank dort auf eine der Bänke. Die Sonne hatte sich weiterbewegt, und der Raum war in kühle Schatten getaucht. Saryon begann haltlos zu zittern, nicht vor Kälte, sondern vor einem schier unerträglichen Gefühl der Angst.

Durch die Erfahrung der Niedertracht des Menschen hatte er den Glauben an seinen Gott verloren. Das Universum war für ihn nichts weiter als eine der gigantischen Maschinen, von denen er in den alten Schriften der Adepten der Schwarzen Künste gelesen hatte: eine Maschine, die, einmal in Gang gesetzt, unaufhörlich weiterlief und den Gesetzen der Physik folgte. Der Mensch war ein Rädchen im Getriebe, seinen eigenen physikalischen Gesetzen unterworfen und abhängig von den Bewegungen der anderen Leben um ihn herum. Wenn ein Rädchen brach, wurde es ersetzt. Die große Maschine blieb deshalb nicht stehen, sondern fuhr fort zu arbeiten, weiter und weiter, vielleicht bis in alle Ewigkeit. Es war eine düstere, wenig tröstliche Vision des Universums, und doch vermochte Saryon sich leichter damit abzufinden als mit der Vorstellung eines unbedeutenden Gottes, machtgierig, intrigant, korrupt und Kumpan eines Bischofs, der sich als Oberhirte absolute Machtbefugnis über seine ›Herde‹ anmaßte, als wären es tatsächlich blökende Schafe.

Doch zum erstenmal begann Saryon nun, eine weitere Möglichkeit in Betracht zu ziehen, vor der seine Seele furchtsam zurückschreckte. Angenommen, der Almin existierte wirklich, und Er war allmächtig und allwissend. Angenommen, Er wußte die Zahl der Sandkörner an den Ufern der Schattenwelt. Angenommen, Er kannte die Herzen und Gedanken der Menschen. Angenommen, Er hatte einen Plan, einen Plan von so ungeheuren Dimensionen, daß kein bloßer Sterblicher ihn zu erkennen oder zu begreifen vermochte.

Saryon hob den Blick zu dem Altarfenster, wo in farbigem Glasmosaik das Symbol des Almins leuchtete, der neunzackige Stern. »Und angenommen«, flüsterte er vor sich hin, »wir sind Teil dieses Plans, und wie ein Schwimmer in einem tosenden Fluß werden wir davongerissen, getrieben, unserem Schicksal, unserem Untergang entgegen. Wir können uns an Felsen klammern, das rettende Ufer zu gewinnen suchen, doch unsere Kräfte reichen nicht aus. Immer wieder ergreift uns die Gewalt der Strömung, und bald werden sich die dunklen Wasser über uns schließen ...«

Saryon ließ den Kopf in die Hände sinken. Seine Lungen brannten, als wäre er tatsächlich im Begriff zu ertrinken, ein Druck auf der Brust machte ihm das Atmen schwer.

Woher rührte dieser erschreckende Gedanke? Nun,

er wußte, welchen Feiertag man in zwei Wochen begehen würde. Auf den Tag genau achtzehn Jahre, nachdem man ihn hinausgetragen hatte, um zu sterben, würde Joram den Palast von Merilon betreten – um Gast zu sein bei der Gedenkfeier seines eigenen Todes.

# Fein gesponnen ...

Tief unter dem Palast von Merilon, tief unter der Ober- und Unterstadt, tief unter den Gärten und der Gruft des großen Magiers, der sein Volk aus einer feindlich gesonnenen Welt in diese neue Heimat geführt hatte, befindet sich eine Kammer, von deren Existenz nur die Angehörigen jenes Ordens wissen, der in Wahrheit die Macht in Thimhallan besitzt. In dieser geheimen Kammer versammelten sich eines Nachts acht Personen. In schwarze Gewänder gehüllt, die Hände vor dem Leib verschränkt, umstanden sie den neunzackigen Stern, der auf den Boden gemalt war. Jedes im Schatten der Kapuze verborgene Gesicht blickte in dieselbe Richtung, zur neunten Spitze des Sterns, ungeachtet der Tatsache, daß dieser Platz vorläufig noch unbesetzt war.

Alle warteten geduldig; Geduld war ihr Losungswort. Und Geduld, das wußten sie, wurde im allgemeinen belohnt.

Die Luft flimmerte, eine weitere Gestalt materialisierte sich, und der Kreis war geschlossen. Nach einem prüfenden Blick in die Runde nickte das zuletzt erschienene Mitglied der Versammlung – eine Frau –, klatschte in die Hände und ließ einen großen, ledergebundenen Folianten mit unbeschriebenen Blättern aus knisterndem Pergament erscheinen, der in der Mitte des neunzackigen Sterns aufgeschlagen in der Luft schwebte, als läge er auf einem unsichtbaren Pult.

»Beginnt«, forderte sie ihr Gegenüber auf.

Der *Duuk-tsarith* erstattete Bericht. Jedes seiner Worte trug sich mit Flammenschrift auf die leeren Seiten des großen Buches ein.

»Ein Kind, ein kleines Mädchen, ging heute auf

dem Marktplatz verloren«, sagte er. »Es wurde gefunden und seinen Eltern übergeben.«

Die Hexe nickte. Der nächste ergriff das Wort.

»Wir haben den Mord an Lucien, dem Alchimisten, aufgeklärt, Herrin. Nur eine Person verfügte über das erforderliche Wissen, um die Chemikalien so zu vertauschen, daß ihre Vermischung eine Explosion hervorbrachte statt des Verjüngungselixiers, nach dem der Alchimist geforscht haben soll.«

»Sein Lehrling«, sagte die Hexe.

»In der Tat.«

»Und das Motiv?«

»Der Lehrling und Luciens Frau waren ein Liebespaar. Unter der scharfen Frage gestand der Junge sein Verbrechen sowie auch ihren Anteil daran. Beide sind in Gewahrsam und erwarten demnächst ihr Urteil.«

»Gute Arbeit.« Die Hexe nickte wieder; ihr Blick wanderte zum nächsten Zacken des Sterns.

»Die Suche nach dem Toten, Joram, wird fortgesetzt, Herrin. Eine Liste aller Neuankömmlinge in Merilon, die FeldMagi sind oder sein könnten, wurde erstellt. Bisher beläuft sich die Zahl auf elf Personen, die allesamt überprüft worden sind. Alle haben einen legitimen Grund für ihren Aufenthalt in der Stadt, und sieben konnten endgültig als unverdächtig gestrichen werden. Zusätzlich haben uns die Katalyten über alle neu eingetroffenen Brüder ihres Ordens informiert. Beim Vergleich der beiden Listen haben wir eine interessante Übereinstimmung entdeckt.«

Er hielt inne und musterte seine Herrin schweigend, während er sie in Gedanken fragte, ob diese Nachricht für das gesamte Konventikel bestimmt war oder nur für sie. Die Hexe überlegte, dann entließ sie die übrigen und schloß das große Buch.

»Nun?« fragte sie.

»Es handelt sich um einen Pater Dunstabel, ein

HausKatalyt. Er hat Merilon vor einigen Jahren verlassen. Seinen Angaben am Tor zufolge, kehrt er nach dem Tod seines Brotherrn und der Auflösung des Haushalts hierher zurück.«

»Angaben, die sich nachprüfen lassen?«

»Wir sind im Begriff, das zu tun, Herrin. Das Signalement des gesuchten Paters Saryon paßt nicht auf diesen Dunstabel, aber selbstverständlich kann er ohne weiteres sein Aussehen verändert haben. Der interessante Punkt ist, daß einer der jungen Männer bei ihm war, von denen wir wissen, daß sie FeldMagi gewesen sind.«

»Hatte er sonst noch Begleiter?«

Der Hexenmeister zögerte. »Wir wissen von einem, Herrin, und natürlich kann es noch weitere geben. An dem betreffenden Tag herrschte großer Andrang am Tor, und es gab einen Zwischenfall, der zusätzlich für Tumult sorgte.«

»Worum handelte es sich dabei?«

»Die versuchte Verhaftung eines der Begleiter des Katalyten, Simkin.«

Die Hexe schien verärgert die Schultern zu heben. »Das kompliziert die Angelegenheit. Der Kaiser selbst hat in bezug auf Simkin interveniert. Nicht, daß Simkin für uns so wichtig wäre.« Die Hexe vollführte eine wegwerfende Handbewegung. »Die Sache war trivial und leicht zu bereinigen. Aber wir dürfen nicht den Anschein erwecken, daß wir es auf den jungen Mann abgesehen hätten. Der Kaiser würde es als einen Affront betrachten, und er wartet nur auf einen guten Grund, gegen uns vorzugehen – oder gegen Prinz Xavier. Deshalb befleißigt Euch größter Behutsamkeit. Bemächtigt Euch des FeldMagus, wenn es ohne Aufsehen möglich ist, und bringt ihn mir zum Verhör. Oder vielleicht ...« Sie versank in grüblerisches Schweigen.

»Herrin?« fragte der Hexenmeister nach einer Weile respektvoll. »Was wolltet Ihr sagen?«

»Simkin hat früher bereits für uns gearbeitet, nicht wahr?«

»Ja, Herrin, aber ...«

Diesmal war es der Hexenmeister, der zögerte weiterzusprechen.

»Aber?«

»Er ist unzuverlässig, Herrin.«

»Dennoch« – die Hexe hatte ihre Entscheidung getroffen –, »seht zu, was sich in dieser Richtung tun läßt. Er könnte von unschätzbarem Nutzen sein. Natürlich müßt Ihr diskret vorgehen. Ich nehme an, Ihr wißt, wie man ihn zu behandeln hat?«

Der Hexenmeister neigte bejahend den Kopf. »Und der Katalyt?«

»Die Kirche sorgt wie stets für die ihren. Ich werde Bischof Vanya informieren, doch ohne eindeutige Beweise wird er nichts unternehmen. Setzt Eure Untersuchungen fort.«

»Ja, Herrin.«

Die Hexe schwieg. Der Hexenmeister verharrte regungslos auf seinem Platz; er wußte, daß er nicht entlassen war. Endlich sah er die im Schatten der Kapuze funkelnden Augen auf sich ruhen.

»Da war sonst niemand mehr? Niemand außer diesen dreien?«

Der Hexenmeister hatte die Frage erwartet. Er wußte, daß seine Herrin keine Ausflüchte duldete und nur widerwillig die Grenzen ihrer Macht akzeptierte. »Am Tor hatte sich eine große Menschenmenge versammelt«, sagte er mit gedämpfter Stimme, »und es gab einen ziemlichen Aufruhr. Der junge Mann, Joram, ist tot. Nicht nur das, wenn ihm wirklich die Macht des Arkanums zu Gebote steht, könnte er für uns völlig unauffindbar sein und bleiben.«

»Das stimmt«, murmelte die Hexe. »Ihr habt den Haushalt der Samuels' unter Observation?«

»In Anbetracht der Tatsache, daß Seine Majestät die Familie unter seinen Schutz gestellt hat, üben wir größtmögliche Zurückhaltung. Ich habe gezögert, das Personal zu befragen ...«

»Ihr tut recht. Dienstboten schwatzen, und wir müssen verhindern, daß die Verdächtigen kopfscheu werden. Denkt daran, wenn Ihr mit Simkin sprecht. Wenn sie tatsächlich die Gesuchten sind, genügt das leiseste Anzeichen von Gefahr, und sie machen sich davon. Unsere einzige Hoffnung besteht darin, sie in der Stadt festzuhalten. Wenn sie ins Außenland entkommen, sind sie für uns verloren. Lassen wir sie an der langen Leine laufen, und sie werden einen Fehler machen. Wenn es soweit ist, handeln wir.«

»Ja, Herrin.« Der Hexenmeister verbeugte sich tief, sah sich entlassen und verschwand.

Das Wort ›Geduld‹, in die Luft gehaucht, folgte ihm wie ein Segensspruch.

# Der Garten

Die Einwohner Merilons sind der Überzeugung, daß der innere Garten oder Hausgarten, wie man ihn nennt, die Seele des Heims ist. Jede noch so bescheidene Behausung hat ihren Garten, und wenn es nur ein Blumenbeet in der Mitte eines mit Kopfsteinen gepflasterten handtuchgroßen Gevierts ist. Diese grüne Oase spendet die Freude und Harmonie, die für das Wohlergehen einer Familie unerläßlich ist. Die Sage behauptet, daß die Menge Leben, mit der eine Familie gesegnet ist, im Hausgarten ihren Ursprung hat.

Natürlich leisten sich die Wohlhabenden in Merilon wunderschöne und exotische Gärten. Ein liebevoll gestalteter und gepflegter Innengarten konnte in vieler Hinsicht gewinnbringend sein, wie Lord Samuels sehr genau wußte. Status und Ansehen wurzelten und gediehen in einem Hausgarten. Wie bei so vielen Dingen in Lord Samuels' Leben, war auch sein Garten nicht nur eine Augenweide, sondern eine Investition in seine Karriere.

Die Pflege eines Hausgartens erfordert einige Mühe. Lord Samuels hätte sich einen Gärtner leisten können, aber das hätte anmaßend gewirkt, also begann er jeden Morgen sein Tagwerk damit, daß er selbst nach dem Rechten sah. Die Drachenkopfpflanze zum Beispiel – sehr dekorativ und auch ein willkommener Zeitmesser – hatte die unerfreuliche Neigung, zu bestimmten Stunden des Tages blaue Flämmchen auszustoßen, und konnte durchaus Schaden anrichten, wenn man nicht ein Auge darauf hatte. Die Trompetenblume mußte stets sorgfältig ausgeputzt werden, denn wilde Triebe verursachten ärgerliche

Mißtöne. Bei den Fächerpalmen war es unerläßlich, sie allmorgendlich nach dem Wetter auszurichten; der von ihnen hervorgerufene Luftzug wirkte erfrischend an heißen Tagen, doch bei kühlem Wetter mußten die Palmen durch Magie gebändigt werden.

Diese unbedeutenden Mängel schmälerten keineswegs die Schönheit der Anlage, die viel und aufrichtig bewundert wurde. Zugegeben, es war ein kleiner Garten, verglichen mit den Parks der Oberschicht, aber dieses Manko machte eine durchdachte Planung mehr als wett. Die Pfade zwischen den üppigen Büschen, Bäumen und Beeten fügten sich zu einem Labyrinth verschlungener Windungen.

Ein Spaziergänger verlor nicht nur bald das Wohnhaus aus den Augen, sondern über kurz oder lang ließ ihn auch sein Orientierungssinn im Stich. Zwischen den mannshohen Hecken, deren Verlauf Lord Samuels täglich neu konzipierte, konnte man stundenlang umherwandern und auf relativ begrenztem Raum immer Neues entdecken.

Der Aufenthalt im Garten war – gleich nach dem Flirten – Gwens liebster Zeitvertreib.

Zur Zeit war es in den Kreisen der *Albanara* en vogue, auch Mädchen eine gewisse Bildung angedeihen zu lassen. Daher saß Gwen jeden Morgen mit Marie über ihren Lektionen und befaßte sich (dem Anschein nach) mit den höheren Theorien und Philosophien von Magie und Theologie. Es bereitete Lord Samuels Freude, bevor er aus dem Haus ging, einen Blick ins Zimmer seiner Tochter zu werfen und das goldene Köpfchen über ein Buch geneigt zu sehen. Natürlich ahnte er nicht, daß das kluge Buch nach seinem Weggang sich entweder prompt in Luft auflöste oder durch ein anderes ersetzt wurde, das sich mit interessanteren Dingen befaßte, zum Beispiel den Abenteuern des kühnen Sir Hugo.

An manchen Vormittagen übernahm Lady Rosamund die Ausbildung ihrer Tochter und unterrichtete sie in der Führung eines Haushalts, dem Umgang mit Dienstboten und der Kindererziehung. Diese Lektionen bereiteten der Schülerin wie auch der Lehrerin großes Vergnügen; beide verbrachten viel Zeit damit, prachtvolle Luftschlösser zu errichten und auszuschmücken. Doch so gerne sie auch mit ihrer Mutter zusammen war oder in dem romantisch verklärten Schurkenstreichen Sir Hugos schmökerte, freute Gwen sich doch auf den Moment, an dem sie und Marie zu ihrem Spaziergang durch den Garten aufbrechen durften.

Lady Rosamund pflegte lachend zu sagen, daß Gwen das Blut einer Druidin in den Adern haben müsse, denn das Mädchen besaß ein erstaunliches Geschick im Umgang mit Pflanzen, für jemanden, der nicht diesem Mysterium angehörte. Allein durch den Klang ihrer Stimme vermochte sie dem widerspenstigen Rosenstrauch Blüten zu entlocken. Schößlinge, die den Willen zu leben verloren hatten, richteten bei ihrer zarten Berührung resolut die dünnen Ärmchen auf, während Unkraut aller Arten sich bei ihrem Näherkommen förmlich duckte.

Gwen war niemals glücklicher, als wenn sie am späten Vormittag durch den Garten streifte, und es konnte nur Zufall sein, daß Joram zur selben Zeit dort spazierenging. Wenigstens *behauptete* er, es wäre Zufall – er wollte nur eben frische Luft schnappen. Tatsächlich mimte er Überraschung, als er sie ein Stück vor sich zwischen den Rosenbüschen schweben sah. Ihr kunstvoll geflochtenes und aufgestecktes Haar schimmerte golden in der Sonne, und in ihrem pastellfarbenen Sommerkleid mit den flatternden Bändern hatte sie selbst Ähnlichkeit mit einer zarten Blüte.

»Sonne mit Euch, Sir«, grüßte Gwendolyn, während ein feines Rot ihre Wangen überflutete.

»Und mit Euch, Mylady«, erwiderte Joram ernst und schaute zu ihr auf.

»Wollt Ihr Euch nicht zu mir gesellen?« fragte sie schüchtern und machte eine einladende Handbewegung.

Zu ihrer Überraschung verdüsterte sich Jorams Gesicht, die schwarzen, dichten Augenbrauen vereinten sich zu einer strengen, feindseligen Linie. »Nein, vielen Dank, Mylady«, sagte er mit beherrschter Stimme, »ich besitze nicht genügend Leben ...«

»Oh«, rief Gwen eifrig, »Marie wird Euch aushelfen, wenn Euer Katalyt nicht zugegen ist. Marie? Wo steckst du?«

Weil Gwendolyn nach der Katalytin Ausschau hielt, bemerkte sie das schmerzliche Zucken nicht, das über Jorams Gesicht huschte. Marie dagegen, die hinter ihrer Herrin auf dem Weg auftauchte, sah es deutlich. Zwar wußte sie nicht, was es bedeutete, aber sie war einfühlsam genug, um zu begreifen, daß der junge Mann von seinen magischen Kräften keinen Gebrauch machen konnte oder wollte, und als getreue Dienerin schützte sie eigene Unfähigkeit vor, um dem Gast des Hauses eine peinliche Situation zu ersparen.

»Wenn meine Herrin und der junge Herr mir bitte vergeben wollen«, sagte sie, »ich fühle mich ein wenig müde. Ich habe die ganze Nacht bei den Kleinen gesessen.«

»Und ich selbstsüchtiges Biest habe den ganzen Morgen von deiner Energie gezehrt«, rief Gwen reuevoll. »Wartet. Ich komme zu Euch.« Umbauscht von der duftigen, rosigen Wolke ihres Kleides, sank sie tiefer, doch einen Fingerbreit über dem Boden hielt sie inne, um sich nicht an den Steinen des Wegs die nackten Füße aufzuschürfen.

Marie fing Jorams dankbaren Blick auf, aber gleichzeitig fühlte sie sich durchdringend gemustert, als wollte der junge Mann ergründen, was sie bewogen hatte, ihm zu helfen.

»Ich werde Euch den Garten zeigen, wenn Ihr möchtet«, machte Gwen sich zaghaft erbötig.

»Vielen Dank, das würde mich freuen«, erwiderte Joram, ohne Marie aus den Augen zu lassen. »Mein Vater war Katalyt«, fügte er, an sie gewandt, hinzu, als hätte er das Gefühl, eine Erklärung abgeben zu müssen. »Ich bin *Albanara,* doch meine Lebenskraft ist gering.«

»Wahrhaftig?« entgegnete Marie höflich, aber verständnislos.

Wenn es nicht völlig absurd gewesen wäre, hätte sie sich von dem starren Blick des jungen Mannes bedroht gefühlt.

»Ein Katalyt?« fragte Gwen unschuldig. »Und Ihr selbst seid nicht zu dieser Berufung geboren? Ist das nicht ungewöhnlich?«

»Mein ganzes Leben ist ziemlich ungewöhnlich gewesen«, antwortete Joram ernst und reichte Gwen die Hand, um sie zu stützen, während sie neben ihm herschwebte.

»Ich würde gern etwas über das Leben erfahren, das Ihr geführt habt«, meinte Gwen. »Ihr seid in der Welt herumgekommen, nicht wahr?« Sie stieß einen kleinen Seufzer aus. »Ich kenne nur Merilon. Erzählt mir von der Welt draußen. Wie geht es da zu?«

»Manchmal sehr rauh«, erwiderte Joram halblaut. Ein wehmütiger Schatten fiel über sein Gesicht. Er senkte den Blick und sah ihre schlanken weißen Finger in seiner schwieligen Handfläche liegen – ihre Haut glatt und weich, die seine zernarbt von glühendem Metall und den Funken des Schmiedefeuers.

»Ich werde Euch meine Geschichte erzählen, wenn

Ihr sie hören wollt«, sagte er, schaute abrupt zur Seite und musterte mit scheinbarem Interesse ein Büschel prachtvoller Tigerlilien. »Euer Vater kennt sie bereits. Wie Ihr, wurde meine Mutter in Merilon geboren und erzogen. Sie hieß Anja und war eine Albanara . . .«

Er sprach weiter und berichtete Gwen von Anjas tragischem Schicksal, soweit er glaubte, es ihr zumuten zu können. Manchmal wurde seine Stimme so brüchig und leise, daß Gwen sich zu ihm beugen mußte, um seine Worte verstehen zu können.

Marie folgte den jungen Leuten in diskretem Abstand; scheinbar ganz mit sich selbst beschäftigt, sah und hörte sie doch alles.

»Eure Mutter ist also tot, und Ihr seid hergekommen, um Eure Angehörigen ausfindig zu machen und Euer Erbe zu fordern«, sagte Gwen mit Tränen in den Augen, als Joram geendet hatte.

»Ja.«

»Das finde ich großartig, und ich wünsche Euch von Herzen Erfolg bei Euren Nachforschungen. Wenn Ihr die Verwandten Eurer Mutter gefunden habt, lest ihnen ordentlich die Leviten wegen der einfach scheußlichen Art, wie sie die Ärmste behandelt haben. Etwas Furchtbareres kann ich mir gar nicht vorstellen! Zusehen zu müssen, wie der Mann, den man liebt, ein grausames Schicksal erleidet!« Gwen schüttelte den Kopf; eine Träne rann über ihre Wange. »Kein Wunder, daß sie den Verstand verloren hat. Sie muß Euren Vater sehr geliebt haben.«

»Und er liebte sie«, sagte Joram, blieb stehen und ergriff auch Gwendolyns andere Hand. »Er hat den steinernen Tod erlitten, um ihretwillen!«

Gwen errötete. Sie las die unmißverständliche Botschaft in Jorams Augen, fühlte sie im Druck seiner Hände. Ein süßer Schmerz durchzuckte sie, gefolgt von Gewissensbissen. So mit Joram beisammenzustehen wollte ihr plötzlich ungehörig erscheinen. Mit einem schuldbewußten Blick auf Marie entzog sich Gwen dem Griff des jungen Mannes, und er hielt sie nicht fest.

Die Hände auf dem Rücken gefaltet, um nicht wieder in Versuchung zu geraten, betrachtete Gwen angelegentlich die Blumenrabatten längs des Kieswegs und sprach den erstbesten Gedanken aus, der ihr in den Sinn kam. »Nur eins verstehe ich nicht«, sagte sie mit gerunzelter Stirn. »Wenn die Kirche Eurem Vater und Eurer Mutter verboten hat zu heiraten, wie kam es dann zu Eurer Geburt? Haben die Katalyten ...«

In diesem Augenblick eilte Marie an die Seite ihres Schützlings. »Gwen, Liebling, du fröstelst. Ich glaube, die *Sif-hanar* sind heute morgen nachlässig gewesen.« Sie wandte sich an Joram. »Findet Ihr es nicht auch recht kalt für einen Frühlingstag, junger Herr?«

»Nein«, antwortete er, »aber ich bin an Wind und Wetter gewöhnt.«

»Ich friere aber nicht«, wollte Gwen protestieren, als ihr plötzlich ein Gedanke kam. »Du hast wie immer recht, Marie«, meinte sie und rieb sich die bloßen Arme. »Es ist wirklich etwas kühl. Sei ein Schatz, geh ins Haus und hol meinen Schal.«

Zu spät erkannte die Katalytin ihren Fehler. »Die Herrin kann ihren Schal leicht herbeirufen«, sagte sie in zurechtweisendem Ton.

»Nein, nein.« Gwendolyn schüttelte verschmitzt lächelnd den Kopf. »Ich habe nicht mehr viel Leben übrig, und du bist zu erschöpft, um mir welches gewähren zu können. Bitte, hol mir den Schal. Du weißt, wie Mutter sich aufregt, wenn ich mich erkälte. Wir warten hier auf dich. Der junge Herr wird hoffentlich nichts dagegen haben, mir Gesellschaft zu leisten.«

Der junge Herr hatte ganz und gar nichts dagegen,

und Marie blieb nichts anderes übrig, als zum Haus zurückzugehen und den Schal zu suchen, von dem Gwen hoffte, daß er irgendwo unter anderen Kleidungsstücken versteckt lag.

Immer noch die Hände auf dem Rücken gefaltet, aber versucht, den seltsamen, köstlichen Schmerz wieder zu erleben, drehte Gwendolyn sich zu Joram herum und schaute ihm in die Augen. Da war der Schmerz, wenn auch nicht mehr so angenehm wie beim ersten Mal. Wieder hatte sie das Empfinden, daß die Wärme und Heiterkeit ihrer Seele aufgesogen wurden, daß sie mit ihren Emotionen einen unstillbaren Hunger befriedigte, ohne dafür etwas zurückzubekommen.

Der Ausdruck der dunklen Augen war erschreckend, bedrohlicher als eine Berührung, und Gwen senkte den Blick. »Es ... es ist kalt«, murmelte sie stockend und wich zurück. »Vielleicht sollte ich hineingehen ...«

»Bitte nicht, Gwendolyn«, sagte er in einem Ton, der wie ein Schlag ihr ganzes Wesen erschütterte, als hätte ein Blitz sie gestreift. »Bitte, geh nicht. Du weißt, was ich für dich empfinde ...«

»Ich weiß nicht, was Ihr empfindet, nicht im geringsten«, erwiderte Gwen kühl. Ihr Unbehagen war einer prickelnden Erregung gewichen. Jetzt wurde nach Regeln gespielt, die sie beherrschte. »Und mehr noch«, fügte sie hochmütig hinzu, wandte sich ab und streckte die Hand nach einer Lilie aus, »ich will es gar nicht wissen.«

Genauso hatte sie zu dem eleganten Sohn des Grafen von Manchua gesprochen, worauf dieser betörte Jüngling sich ihr zu Füßen warf, seine unwandelbare Liebe beteuerte und noch andere närrische Albernheiten hinzufügte, die später bei ihren Kusinen wahre Lachstürme hervorriefen, als sie ihnen davon erzählte.

Also wartete sie darauf, daß Joram dasselbe tat und sagte.

Ihren kecken Worten folgte nur Schweigen.

Nach einer Weile spähte Gwen verstohlen unter ihren langen Wimpern hervor und erschrak zutiefst.

Joram machte den Eindruck eines zum Tode Verurteilten. Sein Gesicht war bleich unter der Sonnenbräune, er hatte die blutleeren Lippen zu einem schmalen Strich zusammengepreßt, vielleicht um ihr Zittern zu verbergen, vielleicht aber auch, um zu verhindern, daß ihm die Worte entschlüpften, die in seinen Augen brannten. Seine gespannten Wangenmuskeln bebten. Als er sprach, geschah es mit sichtlicher Anstrengung. »Vergebt mir«, sagte er, »ich habe einen Narren aus mir gemacht. Offenbar habe ich die Freundlichkeit, mit der Ihr mir begegnet, falsch gedeutet. Ich werde gehen ...«

Gwen schluckte. Was sagte er da? Was wollte er tun? Er ging wahrhaftig fort, drehte sich um und ging fort; seine Stiefel knirschten auf dem kiesbestreuten Weg, der sich strahlend weiß durch das Grün schlängelte. Aber das gehörte doch nicht zum Spiel!

Plötzlich wurde ihr bewußt, daß es für ihn kein Spiel war. Was er aus seinem Leben erzählt hatte, fiel ihr wieder ein, und diesmal hörte sie es mit dem Herzen einer Frau. Sie fühlte die Kälte, die Trostlosigkeit. Sie erinnerte sich an den Hunger in seinen Augen, und mit einem Teil ihres Wesens ahnte sie auch die Dunkelheit in seiner Seele.

Einen Moment lang verharrte sie regungslos, unter dem Bann der Unschlüssigkeit. Einerseits wollte sie ihn gehenlassen, das kleine Mädchen bleiben, sorglos, keck, verspielt, doch eine andere Stimme flüsterte, daß sie im Begriff war, unwiderruflich etwas Kostbares zu verlieren, das sie nicht hoffen konnte, jemals wiederzuerlangen.

Joram entfernte sich immer weiter von ihr. Der Schmerz, den sie empfand, war nicht mehr reizvoll, sondern dumpf und quälend.

Ihre Magie verebbte, sie sank zu Boden. Joram hatte bereits die nächste Wegbiegung erreicht. Ohne der scharfkantigen Steine zu achten, die in ihre unbeschuhten Füße schnitten und sie bluten ließen, lief Gwen hinter ihm her.

»Warte! Bitte warte!« rief sie verzweifelt.

Beim Klang ihrer Stimme fuhr Joram überrascht herum.

»Bitte, geh nicht weg!« flehte Gwendolyn und streckte die Hände nach ihm aus. Sie stolperte über ihre langen, flatternden Röcke und wäre beinahe gestürzt. Er fing sie auf.

»Verlaß mich nicht, Joram«, flüsterte sie und hob die tränenumflorten Augen zu seinem Gesicht, während er sie behutsam und sanft umschlungen hielt. Sie konnte spüren, daß er am ganzen Körper zitterte, genau wie sie. »Sei mir nicht böse! Ich weiß nicht, warum ich das gesagt habe. Es war dumm und grausam und ...« Sie barg das Gesicht in den Händen und begann zu weinen.

Joram drückte die junge Frau an sich und streichelte ihr über das seidige Haar. Das Blut rauschte ihm in den Ohren. Der Duft ihres Parfüms, die Weichheit des zierlichen Körpers in seinen Armen berauschte ihn. »Gwendolyn«, sagte er mit schwankender Stimme, »darf ich deinen Vater um Erlaubnis bitten, dich zu heiraten?«

Sie konnte sein Gesicht nicht sehen, sonst hätte sie die Dunkelheit in ihm wahrgenommen, die wie ein wildes Tier sprungbereit in einem Winkel seiner Seele lauerte – eine Dunkelheit, von der er selbst glaubte, sie bändigen und beherrschen zu können. Das Mädchen, trotz allem noch ein halbes Kind, hätte sich davon abschrecken lassen, denn nur eine Frau, durch ähnlich bittere Erfahrungen gereift, wäre stark genug gewesen, diesem finsteren Dämonen furchtlos entgegenzutreten. Doch Gwen hielt die Augen niedergeschlagen und nickte stumm.

Joram lächelte. Als er in einiger Entfernung Marie kommen sah, den Schal in der Hand, ermahnte er Gwendolyn mit gedämpfter Stimme, sich zu fassen, und wiederholte, daß er bei der ersten Gelegenheit mit ihrem Vater sprechen würde. Dann war er fort; Gwen stand allein auf dem Pfad, kämpfte gegen die Tränen an und wischte sich das Blut von den Füßen, um nicht die Aufmerksamkeit und den Argwohn ihrer besorgten Gouvernante zu erregen.

Am dritten Abend nach dem Besuch des Kaisers von Merilon lustwandelte ein anderes Paar durch den Garten – Lord Samuels hatte einen kleinen Spaziergang vorgeschlagen, um ungestört mit seiner Gemahlin sprechen zu können.

»Dann ist die Geschichte von dem schurkischen Onkel also erfunden?« fragte Lady Rosamund mit einem gewissen Bedauern.

»Aber ja, meine Liebe«, antwortete Lord Samuels nachsichtig. »Du wirst diesen hanebüchenen Unsinn doch nicht geglaubt haben? Eine Räuberpistole ...«

»Nein, selbstverständlich nicht.« Lady Rosamund seufzte.

»Nun sei nicht enttäuscht«, sagte der Hausherr mit gedämpfter Stimme, während er neben ihr durch die milde Abendluft schwebte. »Die Wahrheit ist erheblich faszinierender, wenn auch vielleicht nicht so romantisch.«

»Wirklich?« Myladys Züge hellten sich auf; sie schaute ihren Gatten an und dachte liebevoll, wie stattlich er doch war. Die konservative blaue Tracht des Gildemeisters kleidete Lord Samuels vorzüglich. Gerade jenseits der Vierzig, war er darauf bedacht, sich körperlich in Form zu halten. Da er nicht zur Aristokratie gehörte, war er nicht der Versuchung ausgesetzt, ihren Lastern zu frönen. Er hatte keinen Wanst von zu reichlichem Essen und kein rotes Gesicht von übermäßigem Weingenuß. Sein Haar war grau, aber kräftig und voll. Lady Rosamund war sehr stolz auf ihn, wie er auf sie.

Wie in Merilon Brauch, war ihre Heirat von den Familien arrangiert worden. Die Zeugung der Kinder erfolgte nach Sitte und Anstand durch das von den Katalyten zelebrierte InNomine, wobei der Samen des Mannes im Rahmen eines feierlichen Rituals auf die Frau übertragen wurde. Die körperliche Vereinigung wurde als ausschließlich den Tieren vorbehalten und des Menschen nicht würdig erachtet und galt als Sünde. Doch Lord Samuels und Lady Rosamund war mehr Glück beschieden als den meisten. Gegenseitiger Respekt, übereinstimmende Ansichten und gemeinsame Ziele bewirkten eine wachsende Zuneigung, die sich zu einer reifen, beständigen Liebe festigte.

»Ja, wirklich«, bestätigte Lord Samuels, während er mit kritischem Auge die Rosen musterte und sich vornahm, sie am nächsten Morgen auf Blattläuse zu untersuchen. »Du erinnerst dich vielleicht an einen Skandal, der ...«

»Ein Skandal!«

»Kein Grund zur Aufregung, meine Liebe. Er liegt schon siebzehn, fast achtzehn Jahre zurück. Eine junge Frau von hoher Geburt ... von sehr hoher Geburt«, fügte er dann bedeutungsvoll hinzu und genoß es offensichtlich, seine Frau im ungewissen zu lassen, »hatte das Unglück, sich in den HausKatalyten zu verlieben. Die Kirche verbot eine Heirat, und die beiden liefen davon. Man entdeckte sie später in einer verfänglichen Situation.«

»Ich erinnere mich, aber Einzelheiten habe ich nie erfahren«, bemerkte Lady Rosamund. »Wir waren damals noch nicht verheiratet, und meine Mutter hielt sehr auf Schicklichkeit.«

Lord Samuels beugte sich zu seiner Frau hinunter und flüsterte ihr etwas ins Ohr.

»Wie abscheulich!« Sie zuckte vor ihm zurück.

»Ja«, meinte ihr Gatte ernst. »Ein Kind wurde bei dieser unheiligen Mesalliance gezeugt. Der Vater erlitt die Wandlung, die junge Frau blieb für die Dauer der Schwangerschaft in der Obhut der Kirche. Man kann mit Fug und Recht annehmen, daß ihre Familie sie anschließend mit offenen Armen wieder aufgenommen hätte. Sie war immerhin das einzige Kind, und es fehlte nicht an Geld, um die Affäre zu vertuschen. Aber der traurige Schicksalsschlag brachte die junge Frau um den Verstand. Sie nahm ihr Kind, floh aus der Stadt und fristete ihr Dasein als FeldMagierin. Ihre Familie versuchte sie ausfindig zu machen, jedoch ohne Erfolg. Die Eltern der unglücklichen Frau sind inzwischen gestorben, und auch sie ist tot, wenn man dem jungen Mann glauben will. Ländereien und Vermögen fielen an die Kirche, mit dem Vorbehalt, das Erbe dem Kind zu übergeben, sollte es irgendwann seine Ansprüche geltend machen. Falls unser junger Freund seine Geschichte beweisen kann . . .«

Lady Rosamund drehte sich zu ihrem Mann herum und forschte in seinen Zügen. »Du weißt, um welche Familie es sich handelt, nicht wahr?«

»Ich weiß es«, nickte er gewichtig und nahm ihre Hand in die seine. »Du kennst sie auch, Liebes. Der junge Mann sagt, der Name seiner Mutter wäre Anja gewesen.«

»Anja«, wiederholte sie nachdenklich. Ihre Augen weiteten sich, und sie legte die Hand vor den Mund. »Gütiger Almin!« murmelte sie.

»Anja, einziges Kind des verstorbenen Barons Fitzgerald ...«

»... ein Vetter des Kaisers ...«

»... auf die eine oder andere Art mit der Hälfte sämtlicher adliger Familien in Merilon verwandt, meine Liebe ...«

»... und einer der reichsten Männer von Merilon«, sagten beide im Chor.

»Bist du sicher?« Lady Rosamund war blaß, sie legte die Hand auf die Brust, um ihr wild schlagendes Herz zu beruhigen. »Dieser Joram könnte ein Hochstapler sein.«

»Die Möglichkeit besteht«, gab Lord Samuels zu, »aber die Angelegenheit läßt sich so leicht überprüfen, daß ein Hochstapler das Risiko nicht eingehen würde. Was der junge Mann erzählt, wirkt glaubhaft. Er weiß vieles, aber nicht zuviel, wohingegen ein Hochstapler meiner Ansicht nach Wert darauf legen würde, auf alle Fragen eine Antwort parat zu haben. Er war wie vor den Kopf geschlagen, als ich ihm seine Herkunft eröffnete und die Größenordnung des zu erwartenden Erbes anklingen ließ. Er hatte keine Ahnung. Mir erschien seine Bestürzung echt. Außerdem sagte er, Pater Dunstabel könne seine Geschichte bestätigen.«

»Und hast du mit dem Katalyten gesprochen?«

»Ja, meine Liebe. Heute nachmittag. Zuerst wollte er nicht mit der Sprache heraus – du weißt, wie diese Katalyten zusammenhalten. Verständlicherweise schämte er sich zuzugeben, daß ein Mitglied seines Ordens so tief sinken konnte. Doch er gab zu, daß Bischof Vanya persönlich ihn mit der Suche nach dem jungen Mann beauftragt hatte. Welchen anderen Grund könnte das haben, als den Erben der Güter

Fitzgeralds ausfindig zu machen?« Lord Samuels rieb sich triumphierend die Hände.

»Bischof Vanya! Persönlich!« hauchte Lady Rosamund.

»Siehst du? Und der junge Mann hat mich gebeten, Gwendolyn den Hof machen zu dürfen.«

»Oh! Und was hast du geantwortet?«

»Ich sagte – mit der gebotenen Strenge selbstverständlich –, daß ich gewillt sei, es wohlwollend zu erwägen.« Lord Samuels umfaßte mit beiden Händen die Revers seiner Amtstracht. »Natürlich muß die Identität des jungen Mannes verifiziert werden. Joram zögert, sich mit dem wenigen, was er in der Hand hat, an die Kirche zu wenden, und ich muß ihm recht geben. Es könnte sich zu einem späteren Zeitpunkt nachteilig für ihn auswirken. Ich habe zugesagt, einige Nachforschungen anzustellen und zu sehen, was es eventuell noch an Beweisen gibt. Zum Beispiel braucht er einen schriftlichen Beweis seiner Geburt. Das sollte verhältnismäßig leicht zu beschaffen sein.«

»Und was ist mit Gwen?« warf seine Frau ein.

Lord Samuels lächelte nachsichtig. »Nun, sprich mit ihr, und finde heraus, was sie darüber denkt ...«

»Das ist doch wohl offensichtlich!« bemerkte Lady Rosamund mit dem Ressentiment einer Mutter, die befürchtet, schon bald die geliebte Tochter hergeben zu müssen.

»In der Zwischenzeit«, fuhr ihr Gatte in beschwichtigendem Ton fort, »sollten wir den beiden erlauben, sich zu treffen, vorausgesetzt, daß wir ein Auge darauf haben.«

»Ich wüßte auch nicht, wie wir sie daran hindern sollten.« Auf einen geistesabwesenden Wink brach eine Lilie vom Stengel und schwebte in Lady Rosamunds Hand. »Gwen hat sich noch bei keinem jungen Mann so aufgeführt wie bei diesem Joram. Sie sind unzertrennlich. Marie ist immer bei ihnen, aber ...« Sie schüttelte den Kopf. Die Lilie entglitt ihren Fingern, sank hinab und hätte fast den Boden berührt. Lord Samuels fing sie auf.

»Du bist müde«, sagte er fürsorglich und gewährte seiner Frau Magie, soviel er entbehren konnte. »Es ist spät geworden. Wir sprechen morgen weiter darüber.«

»Es liegen ein paar aufregende Tage hinter uns, das mußt du zugeben«, meinte sie und stützte sich auf seinen Arm. »Erst Simkin, dann der Kaiser. Nun dies.«

»Ja, unser ruhiges Leben ist aus den Fugen geraten. Das kommt davon, wenn man eine heiratsfähige Tochter im Haus hat.«

»Baronin Gwendolyn«, sagte Lady Rosamund leise vor sich hin, mit einem Seufzer, der zum Teil mütterlichem Stolz entsprang, aber auch mütterlicher Sorge.

Vier oder vielleicht fünf Tage später betrat Joram abends den Garten, auf der Suche nach dem Katalyten. Der wußte selbst nicht mehr, wie lange es her war, daß er Gwendolyn gebeten hatte, seine Frau zu werden. Für Joram war Zeit ohne Bedeutung, wie alles andere auch – nur sie nicht. Jeder Atemzug war erfüllt von ihrem Duft. Seine Augen sahen nur ihr Gesicht. Die einzigen Worte, die er hörte, stammten von ihren Lippen. Er war eifersüchtig auf jeden, dem sie ihre Aufmerksamkeit schenkte. Er war eifersüchtig auf die Nacht, die ihn zwang, sich von ihr zu trennen. Er war sogar eifersüchtig auf den Schlaf, der sie umfangen durfte.

Doch bald fand er heraus, daß der Schlaf einen süßen Trost für ihn bereithielt. In den Gefilden des Schlafs konnte er tun, was er tags nicht zu tun wagte – seinen Träumen von Leidenschaft und Verlangen,

Erfüllung und Inbesitznahme nachgeben. Die Träume forderten ihren Zoll, morgens erwachte Joram schweißüberströmt und mit fliegendem Puls. Doch der Anblick Gwendolyns, wie sie durch den Garten schwebte, fiel wie ein kühler Regen auf seine gequälte Seele. So rein, so unschuldig, so kindlich! Der Gedanke an seine Träume bereitete ihm Übelkeit, er schämte sich; seine Leidenschaft erschien ihm schändlich und verderbt.

Und doch ließ das Verlangen sich nicht unterdrücken. Wenn er auf die schwellenden Lippen blickte, die ihm von Azaleen oder Dahlien oder Geißblatt erzählten, fühlte er in seinen Träumen ihre warme, sanfte Berührung, und sein Körper schmerzte vor Sehnsucht. Wenn sie neben ihm herging, den schlanken, geschmeidigen Leib von einem rosenfarbenen Nichts umhüllt, mußte er daran denken, wie er in den dunklen Stunden der verflossenen Nacht diesen Leib in Besitz genommen hatte. Dann verstummte er und mied ihren Blick, damit sie die Glut in seinen Augen nicht sah, von der er fürchtete, daß sie auf ihre Unschuld erschreckend, verletzend, ja abstoßend wirkte.

Von diesen bittersüßen Qualen umgetrieben, betrat Joram eines Abends spät den Garten, weil er von den Dienern erfahren hatte, daß der Katalyt sich dort aufzuhalten pflegte, wenn er nicht schlafen konnte.

Der übrige Haushalt war zu Bett gegangen. Nach dem Plan der *Sif-hanar* war für diese Nacht kein Wind vorgesehen, deshalb herrschte im Garten tiefe Ruhe. Joram umrundete eine Biegung und stellte sich überrascht, als er Saryon allein auf einer Bank sitzen sah.

»Es tut mir leid, Pater«, sagte er aus dem Schatten eines Eukalyptusbaumes. »Ich wollte Euch nicht stören.« Sehr langsam wandte er sich wieder zum Gehen.

Beim Klang der Stimme hob Saryon den Kopf. Das Mondlicht fiel auf sein Gesicht. Es war das Gesicht Pater Dunstabels, eines Fremden, und wie immer stutzte Joram im ersten Moment. Aber die Augen waren die Augen des Gelehrten, den er im Dorf der Nigromanten gekannt hatte – weise, verstehend, gütig. Nun glaubte Joram, einen Ausdruck von Schmerz zu erkennen, den er sich nicht erklären konnte.

»Nein, Joram, geh nicht«, hielt Saryon ihn zurück. »Du störst nicht. Um die Wahrheit zu sagen, ich habe an dich gedacht.«

»Im Gebet?« fragte Joram spöttisch.

Das verhärmte Gesicht des Priesters wurde so blaß, daß Joram seine Worte bereute. Er hörte Saryon tief aufseufzen, dann strich der Katalyt sich über die Augen und rückte auf der Bank ein Stück beiseite. »Komm, setz dich zu mir«, sagte er.

Joram gehorchte. Seine Spannung löste sich ein wenig unter dem Einfluß der friedlichen, atmenden Stille des nächtlichen Gartens. Er war um Worte verlegen, weil er keine Übung darin hatte auszusprechen, was ihm durch den Kopf ging, doch er spürte eine Art Verpflichtung, diesem Mann etwas von sich mitzuteilen. »Neulich, in der Kapelle«, begann er unbeholfen, »da habe ich zum erstenmal einen ... einen heiligen Ort betreten. Es gab eine Kirche in Walren, eine windschiefe Hütte, wo die FeldMagi einmal jede Woche zusammenkamen, um sich von Pater Tolban ihre übliche Ration Schuldgefühle verabreichen zu lassen. Meine Mutter hat niemals die Tür verdunkelt, wie Ihr Euch denken könnt.«

Saryon nickte, verwundert über die plötzliche Redselig keit.

»Anja sprach zu Gott, zum Almin«, fuhr Joram fort, den Blick unverwandt auf die im Mondschein bleichen Rosen geheftet, »doch nur, um ihm zu danken, daß ich besser war als die anderen. Ich betete nie. Warum auch? Wofür hätte ich danken sollen?« Die alte Bitterkeit stahl sich wieder in seine Stimme. Er schwieg und senkte den Blick auf seine Hände geschickt, geschmeidig, tödlich. Unwillkürlich verschränkte er die Finger und schaute blicklos darauf nieder, während er weiterredete.

»Meine Mutter haßte Katalyten für das, was sie ihr angetan hatten, und sie gab ihren Haß an mich weiter. Ihr habt einmal gesagt, daß es einfacher ist, zu hassen als zu lieben. Erinnert Ihr Euch?« Er blickte Saryon an. »Ihr hattet recht, Pater!« Joram ballte die Hände zu Fäusten. »Mein ganzes Leben lang habe ich gehaßt«, sagte er mit tiefer, leidenschaftlicher Stimme, »ich frage mich, ob ich überhaupt *fähig* bin zu lieben! Es ist so schwer, es schmerzt . . .«

»Joram . . .«, warf Saryon drängend ein.

»Wartet, laßt mich ausreden, Pater.« Die aufgestauten Emotionen brachen sich in einem heftigen Wortschwall Bahn. »Heute abend mußte ich plötzlich an meinen Vater denken.« Er runzelte die schwarzen Brauen. »Ich habe nie sehr oft an ihn gedacht«, sagte er und starrte wieder auf seine Hände. »Wenn ich es tat, sah ich ihn dort in den Grenzlanden stehen, wie aus seinen steinernen Augen Tränen rinnen, während er in das Reich des Todes schaut und sich nach dem Frieden verzehrt, der ihm auf ewig versagt bleibt. Aber hier, in diesem Garten« – Härte und Verbitterung wichen aus seinen Zügen, als er sich tief atmend umschaute –, »stelle ich mir vor, wie er gewesen sein muß – ein Mensch, ein Mann wie ich. Mit . . . Begierden wie den meinen, Begierden, die *er* nicht zu beherrschen vermochte. Und ich sehe meine Mutter, wie sie damals war, ein junges Mädchen, lieblich, schön . . .« Er schluckte.

»Unschuldig, vertrauensvoll«, sprach Saryon für ihn weiter.

»Ja«, antwortete Joram fast unhörbar. Als er den Katalyten anschaute, wunderte er sich über die Qual in dessen Zügen.

Saryon ergriff die Hände des jungen Mannes und drückte sie mit einer Intensität, die ebenso schmerzlich war wie das, was er zu sagen hatte.

»Geh fort von hier, Joram! Jetzt gleich!« drängte er. »Es gibt hier kein Glück für dich! Und es gibt kein Glück für sie, nur Kummer und Leid, wie für deine arme Mutter!«

Störrisch schüttelte Joram den Kopf; die schwarzen Locken fielen ihm ins Gesicht. Er befreite sich aus dem Griff des Katalyten.

»Mein Junge, mein Sohn!« Saryon rang die Hände. »Ich bin dankbar und froh, daß du glaubst, dich mir anvertrauen zu können, und es ist mir ein Bedürfnis, dir zu raten, so gut ich kann. Wenn du nur wüßtest ... Wenn ich nur ...«

»Wenn ich was wüßte?« fragte Joram rasch.

Saryon bemühte sich, die Fassung wiederzugewinnen. »Wenn ich es dir nur begreiflich machen könnte«, beendete er den unterbrochenen Satz schlecht und recht. »Ich weiß, du hast vor, das Mädchen zu heiraten«, sagte er dann langsam.

»Ja«, nickte Joram kühl. »Doch erst müssen natürlich meine Erbansprüche geklärt sein.«

»Natürlich«, wiederholte Saryon matt. »Weißt du noch, worüber wir letztens gesprochen haben?«

»Ihr meint, daß ich ohne Magie bin?« fragte Joram ruhig.

Der Katalyt brachte nur ein Nicken zustande.

Joram schwieg eine Weile. Gedankenverloren fuhr er sich mit den gespreizten Fingern durch sein Haar, wie Anja es vor so langer Zeit getan hatte. »Pater«, sagte er schließlich leise, »habe ich nicht das Recht zu lieben, geliebt zu werden?«

»Joram …« Saryon rang hilflos nach Worten. »Darum geht es doch nicht. Selbstverständlich hast du dieses Recht. Alle Menschen haben es. Liebe ist das Geschenk des Almins …«

»Aber nicht an jene, die tot sind!« höhnte Joram.

»Mein Sohn, was ist Liebe, wenn sie nicht die Wahrheit spricht? Kann Liebe wachsen und gedeihen in einem Garten voller Lügen?« Die Stimme versagte ihm, das Wort ›Lügen‹ schien in der Dunkelheit heller zu leuchten als der Mond.

»Ihr habt recht, Saryon«, sagte Joram entschieden. »Meine Mutter wurde von Lügen ins Verderben gelockt, Lügen brachten sie um den Verstand. Ich *habe* über Eure Worte nachgedacht und beschlossen …« Er holte tief Atem, und Saryon betrachtete ihn mit aufkeimender Hoffnung.

»… Gwendolyn die Wahrheit zu sagen.«

Der Katalyt sank fröstelnd in sich zusammen. Das war nicht die Antwort, die er gerne gehört hätte. Er hüllte sich fester in seine Kutte und überdachte sorgfältig seine nächsten Worte. »Ich bin froh, sehr froh zu hören, daß du nicht vorhast, dieses liebe Kind zu hintergehen«, sagte er schließlich, »aber dennoch bin ich der Meinung, daß eine sofortige Trennung das Beste für euch beide wäre. Vielleicht fügt es sich eines Tages, daß du zurückkehren kannst. Wenn du ihr die Wahrheit sagst, bringst du dich in Gefahr, Joram. Das Mädchen ist jung und ahnungslos. Vielleicht zu jung und ahnungslos, um die Tragweite und Bedeutung dessen zu begreifen, was du ihr sagst. Ein Wort von ihr, und wir sind verloren.«

»Mein Leben bedeutet mir ohne sie nichts«, erwiderte Joram. »Ich weiß, sie ist jung, aber sie verfügt über eine innere Kraft, die von einem guten Herzen herrührt und ihrer Liebe zu mir. Es gibt einen alten Spruch Eures Almins, Katalyt.« Joram lächelte Saryon zu, in seinen dunklen Augen stand ein weicher Glanz. »›Die Wahrheit wird dich befreien.‹ Ich begreife jetzt, was diese Worte bedeuten, und ich glaube daran. Gute Nacht, Saryon.« Er stand auf, und nach kurzem Zögern legte er dem Katalyten die Hand auf die Schulter. »Ich danke Euch«, meinte er befangen. »Manchmal denke ich – wenn mein Vater gewesen wäre wie Ihr, weise, mitfühlend, hätten drei Menschen nicht so viel Leid erfahren. «

Mit einem Gefühl der Peinlichkeit, weil der die Zurückhaltung, die ihm zur zweiten Natur geworden war, aufgegeben hatte, wandte Joram sich ruckartig ab und ging rasch davon, ohne sich noch einmal umzuschauen, deshalb sah er nicht, wie Saryon den Kopf in die Hände sinken ließ und Tränen zwischen seinen geschlossenen Lidern hervorquollen. »Die Wahrheit wird dich befreien«, flüsterte er tonlos. »O mein Gott, du schlägst mich mit meinen eigenen Worten, und sie treffen mich wie die siebenfältige Geißel!«

# Ein verheerender Frost

Die Tage nach diesen Gesprächen im Garten waren Tage ungetrübten Glücks für die Liebenden, aber eine Zeit der Qual für den Katalyten, der die Bürde seines Geheimnisses immer schwerer auf sich lasten fühlte. Lord Samuels und Lady Rosamund betrachteten die ›Kinder‹ mit lächelndem Wohlwollen. Nichts war zu gut für den künftigen Baron und seine Freunde; Lady Rosamund begann sogar schon Überlegungen anzustellen, wie viele Gäste man zum Hochzeitsfrühstück im Speisezimmer unterbringen konnte und ob es schicklich war, auch den Kaiser einzuladen oder womöglich ein Fauxpas.

Dann kam der Morgen, an dem Lord Samuels seinen gewohnten Rundgang im Garten unternahm, nur um sofort wieder ins Haus zu stürzen und einer ungewöhnlich heftigen Gemütsbewegung durch Malediktionen Luft zu machen, die das Personal in Angst und Schrecken versetzten und Lady Rosamund am Frühstückstisch veranlaßten, tadelnd die Brauen zu heben.

»Zur Hölle mit diesen *Sif-hanar*!« donnerte der Hausherr. »Wo, in drei Teufels Namen, steckt Marie?«

»Sie ist bei den Kleinen. Lieber, was ist denn geschehen?« Lady Rosamund erhob sich besorgt.

»Frost! Frost hat's gegeben, das ist geschehen! Sieh dir nur den Garten an!«

Die Familie drängte hinaus. Der Garten bot wahrhaftig einen betrüblichen Anblick. Nach einem Blick auf ihre geliebten Rosen, die jammervoll die Köpfe hängen ließen, legte Gwen verzweifelt die Hand vor die Augen. Reif bedeckte die Bäume, erfrorene Blüten rieselten von den Zweigen wie Schnee, bräunlich verfärbte Blätter lagen auf dem Boden zuhauf. Unterstützt von Marie, die ihm Leben gewährte, tat Lord Samuels sein möglichstes, um die ärgsten Schäden zu lindern, doch er prophezeite düster, daß es geraume Zeit dauern würde, bis der Garten sich von diesem Frosteinbruch erholte.

Das Unglück hatte nicht nur die Samuels getroffen. Ganz Merilon war in Aufruhr, und etliche *Sif-hanar* sahen sich bereits in den Verliesen der *Duuk-tsarith* schmachten, doch bald waren die wirklich Schuldigen gefunden – zwei *Sif-hanar*, von denen jeder geglaubt hatte, der jeweils andere wäre an der Reihe, die Temperatur unter der schützenden Kuppel während der Nacht konstant zu halten. Folglich kümmerte sich keiner von beiden darum. Das Winterwetter draußen bereitete dem Frühling drinnen den Garaus, es wurde Herbst, und ganz Merilon welkte dahin, wie von einem vernichtenden Bannstrahl getroffen.

Lord Samuels ging schlecht gelaunt zur Arbeit. Die Stimmung tagsüber blieb gedrückt, und der Abend ließ keine Wendung zum Besseren erhoffen, denn bei seiner Rückkehr wirkte Lord Samuels noch verdrossener als am Morgen. Nach ein paar Begrüßungsworten verschwand er im Garten, um sich den Schaden nochmals anzusehen. Anschließend setzte er sich wie immer mit seiner Familie und den Gästen zu Tisch, doch er war schweigsam, und sein nachdenklicher Blick kehrte immer wieder zu Joram zurück, sehr zu dessen ratloser Verwunderung.

Gwendolyn verschlug die unerquickliche Atmosphäre den Appetit. Ihren Vater zu fragen, was ihn bedrückte, wäre ein unverzeihlicher Stoß gegen die Etikette gewesen – bei Tisch waren nur heitere Plaudereien über die kleinen Erlebnisse des Tages gestattet.

Natürlich bemerkte auch Lady Rosamund die düstere Stimmung ihres Gatten und fragte sich besorgt nach dem Grund. Es konnte unmöglich nur der Garten sein. Nun, vorläufig war es ihre Aufgabe als Dame des Hauses, die unangenehme Situation nach Möglichkeit zu überspielen und die Gäste zu unterhalten, doch ihre aufgesetzte Fröhlichkeit machte die gespannte Atmosphäre noch unerträglicher.

Samuels jr. hatte an diesem Vormittag gelernt, von seinen magischen Kräften Gebrauch zu machen, und war aus seinem Bettchen geschwebt, aber dann mußte ihn wohl der Mut verlassen haben, denn er stürzte zu Boden und jagte allen einen großen Schreck ein, bis Marie die Beule an seinem Kopf inspiziert und für harmlos erklärt hatte.

Nichts Neues von Simkin, der am Morgen ohne Grund und ohne ein Wort verschwunden war. Doch die blaublütige Freundin einer blaublütigen Freundin einer nicht ganz so blaublütigen Freundin Lady Rosamunds hatte wissen lassen, daß man ihn im Palast gesehen hätte, in der Gesellschaft der Kaiserin. Dieselbe Freundin einer Freundin einer Freundin wußte zu berichten, daß die Kaiserin einen betrübten und niedergeschlagenen Eindruck gemacht habe, aber das konnte nicht verwundern in Anbetracht des bevorstehenden Gedenktages.

»Oh, es war schrecklich«, erinnerte sich Lady Rosamund mit anmutigem Schaudern und kostete von den geeisten Erdbeeren, »der Tag, an dem der Prinz für tot erklärt wurde. Wir hatten ein so herrliches Fest vorbereitet, um seine Geburt zu feiern, und dann mußten wir alles absagen. Weißt du noch, Marie? Die vielen Speisen und Delikatessen, die wir herbeigezaubert hatten ...« Sie seufzte. »Ich glaube, wir haben das meiste davon den Kusinen hinuntergeschickt, man konnte es doch nicht einfach verkommen lassen.«

»Ja, ich entsinne mich gut«, antwortete Marie ernst,

ebenfalls darauf bedacht, die Konversation in Gang zu halten. »Wir ... Pater Dunstabel, was ist mit Euch?«

»Er hat sich verschluckt«, sagte Lady Rosamund fürsorglich. »Ein Glas Wasser.« Sie winkte einem der Diener.

»Vielen Dank«, murmelte Saryon und versteckte dankbar sein Gesicht hinter dem Becher, den der HausMagus an seinen Platz dirigierte. Seine innere Erregung war so groß, daß er ihn mit der zitternden Hand ergreifen und zum Mund führen mußte, anstatt ihn mittels Magie an die Lippen schweben zu lassen.

Nur wenig später erhob sich Lord Samuels brüsk von seinem Stuhl. »Joram, Pater Dunstabel – wenn es recht ist, nehmen wir den Cognac in der Bibliothek.«

»Aber – das Dessert?« fragte Lady Rosamund.

»Danke, nicht für mich«, lehnte Lord Samuels ab und ging aus dem Zimmer, nachdem er Joram einen bedeutungsvollen Blick zugeworfen hatte. Niemand sagte ein Wort. Gwen saß zusammengesunken auf ihrem Platz und sah aus wie eine von ihren erfrorenen Rosen. Joram und Saryon entschuldigten sich bei ihrer Gastgeberin und begaben sich hinter Lord Samuels in die Bibliothek, gefolgt von einem der Diener.

Bei ihrem Eintreten fuhr eine Gestalt aus einem der Sessel empor.

»Mosiah!« meinte Lord Samuels verblüfft.

»Ich bitte um Vergebung, Mylord«, stammelte der junge FeldMagus errötend.

»Wir haben Euch bei Tisch vermißt«, sagte Lord Samuels kühl. Es war eine höfliche Lüge. Bei der Mißstimmung im Speisezimmer hatte niemand das Fehlen Mosiahs bemerkt.

»Ich glaube, ich habe die Zeit vergessen. Ich konnte mich einfach nicht losreißen ...« Mosiah hielt erklärend ein Buch in die Höhe.

»Dann geht jetzt und laßt Euch vom Personal einen Imbiß bereiten«, schnitt Lord Samuels ihm das Wort ab und hielt mit einer unmißverständlichen Gebärde die Tür auf.

»Vie ... vielen Dank, Mylord.« Mosiahs Blick irrte von den grimmigen Zügen des Hausherrn zu der beunruhigten Miene Jorams. Schließlich sah er fragend den Katalyten an, aber der schüttelte nur wortlos den Kopf. Mit einer Verbeugung verließ Mosiah das Zimmer, und Lord Samuels bedeutete seinem Diener, den Cognac einzuschenken.

Die Bibliothek war ein anheimelnder, gemütlicher Raum, vom Herrn des Hauses ganz nach seinem Geschmack eingerichtet – als Arbeitszimmer und Refugium. Die soliden Möbel waren aus magisch gestaltetem Holz – ein massiger Eichenschreibtisch, mehrere bequeme Sessel und verschnörkelte Bücherregale. Die Bücher und Schriftrollen darin entsprachen Lord Samuels' Amt und Stellung in der Gesellschaft. Er war ein gebildeter Mann – anders hätte er nicht in den Rang eines Gildemeisters aufsteigen können –, doch er war nicht zu gebildet. Das hätte man in besseren Kreisen als Versuch betrachtet, sich über seinen Stand zu erheben, und Lord Samuels wie auch seine Frau waren peinlich darauf bedacht, respektvolle Distanz zu denen zu wahren, die auf der sozialen Stufenleiter über ihnen standen, was allgemein gewürdigt wurde. Man war sich in diesen höheren Sphären einig, daß Lord Samuels ›wußte, wohin er gehörte‹.

Jorams Blick glitt beim Eintreten unwillkürlich über die Reihen der Buchrücken. Er hungerte nach Wissen wie ein Verschmachtender nach Brot und kannte bereits jeden einzelnen Band. Die Zeit, die er nicht bei Gwen sein konnte, verbrachte er mit Mosiah in der Bibliothek. Wie versprochen, hatte er dem Freund das

Lesen beigebracht. Mosiah war ein eifriger Schüler, lernwillig und intelligent. Sehr bald hatte er sich die Grundbegriffe angeeignet, und in seiner erzwungenen Untätigkeit erwies sich die Bibliothek für ihn als Segen.

Er vergrub sich in die Schriften und studierte sie mit verbissener Sorgfalt, meistens ohne Hilfe, da Joram anderweitig beschäftigt war. Ganz besonders fesselten ihn die Texte, die sich mit der Theorie und praktischen Anwendung von Magie befaßten, da er von diesen Dingen bisher nichts geahnt hatte. Joram fand diese Bücher langweilig und überflüssig, aber Mosiah verwendete fast all seine Mußestunden darauf, sich größeres Wissen über seine magischen Kräfte anzulesen.

Saryon für seinen Teil nahm die Bücher überhaupt nicht wahr. Er erkannte kaum etwas von seiner Umgebung, nicht einmal den Stuhl, den Lord Samuels für ihn herbeiwinkte und dann schleunigst wieder auf den alten Platz dirigieren mußte, als der Katalyt sich geistesabwesend auf einem leeren Fleck niederlassen wollte.

»Es war meine Schuld«, wehrte Saryon zerstreut die Entschuldigungen seines Gastgebers ab. »Ich habe nicht aufgepaßt ...« Seine Stimme erstarb.

»Vielleicht solltet Ihr häufiger ausgehen, Pater«, schlug Lord Samuels vor, während sein Diener Cognac aus einer Kristallkaraffe in zerbrechliche Glaskelche strömen ließ. »Ihr und auch dieser Junge – Mosiah. Das lange Herumsitzen im Haus ist nicht gesund. Ich kann verstehen, weshalb dieser junge Mann meinen Garten den berühmten Parks der Unterstadt vorzieht« – er warf Joram mit leicht gerunzelter Stirn einen vielsagenden Blick zu –, »aber ich bin der Meinung, Ihr und Mosiah solltet die Wunder unserer Stadt besichtigt haben *vor Eurer Abreise*.« Vielleicht legte er nur unbewußt eine besondere Betonung auf die letzten Worte.

Alarmiert schaute Joram auf Saryon, aber der Katalyt konnte seinen Blick nur mit einem Schulterzucken erwidern. Es galt abzuwarten; Lord Samuels war offenbar bestrebt, das Gespräch in unverbindlichen Bahnen zu halten, bis der Diener das Zimmer verlassen hatte. Joram versteifte sich, seine Hände umklammerten die Armlehnen des Stuhls.

»Verstehe ich recht, daß Ihr früher einmal hier gelebt habt, Pater Dunstabel?« erkundigte sich Lord Samuels.

Saryon nickte matt.

»Dann kennt Ihr die Stadt. Aber Euer Freund Mosiah ist zum erstenmal hier. Und doch höre ich von meiner Frau, daß er stundenlang hier sitzt und liest!«

»Er liest eben gern, Mylord«, entgegnete Joram schroff.

Saryon erschrak. Während der Woche mit Prinz Garald hatte Joram einen Hauch von Höflichkeit und Anstand erhalten, und er wiegte sich in dem Glauben, ein neuer Mensch geworden zu sein, aber Saryon wußte, es war nur eine oberflächliche Veränderung, wie die erstarrte Kruste eines Lavastroms. Feuer und Wut brodelten noch unter der trügerisch glatten Oberfläche. Ein Riß in der Kruste, und sie würden mit Urgewalt hervorbrechen.

»Habt Ihr sonst noch einen Wunsch, Mylord?« fragte der Diener.

»Nein, vielen Dank«, erwiderte Lord Samuels. Der Mann verbeugte sich und ging. Lord Samuels belegte die Tür mit einem Schließzauber, und sie waren unter sich in dem halbdunklen Raum, in dem es schwach nach staubigem Pergament und altem Leder roch.

»Wir haben eine Angelegenheit zu besprechen, die alles andere als erfreulich ist«, begann Lord Samuels in geschäftsmäßigem Tonfall. »Ich habe die Erfahrung gemacht, daß es nichts einbringt, solche Dinge auf die lange Bank zu schieben, also komme ich gleich zur Sache. Es haben sich Schwierigkeiten ergeben, was Eure Eintragung ins Geburtenregister betrifft.«

Er hielt inne, wie um Joram Gelegenheit zu geben, sich zu äußern, vielleicht erwartete er sogar ein reuiges Geständnis des jungen Mannes. Doch Joram sagte nichts. Seine dunklen Augen blieben unverwandt auf Lord Samuels gerichtet, so daß es schließlich der Lord war, der den Blick abwandte und sich betreten räusperte.

»Ich behaupte nicht, daß Ihr mich absichtlich belogen habt«, fuhr der Lord fort. Der Cognac schwebte unangetastet neben ihm in der Luft. »Und ich gebe zu, daß ich das Dilemma vielleicht noch vergrößert habe, weil ich zu enthusiastisch gewesen bin. Wahrscheinlich habe ich falsche Hoffnungen in Euch geweckt ...«

»Was ist mit den Eintragungen?« fragte Joram leise. Vor seinem inneren Auge sah der Katalyt den Fels bersten und das flüssige Feuer herausströmen.

»Kurz gesagt – sie existieren nicht«, antwortete Lord Samuels und breitete die Hände aus. »Mein Freund hat den Vermerk über die Aufnahme der Frau in den Krankentrakt des Baptisteriums gefunden, aber von einem Kind ist nichts erwähnt – Pater Dunstabel, fühlt Ihr Euch nicht wohl? Soll ich einen Diener rufen?«

»Nein, o nein. Bitte keine Umstände«, murmelte Saryon fast unhörbar, nahm einen Schluck Cognac und rang nach Atem, als die brennende Flüssigkeit durch seine Kehle rann. »Eine leichte Indisposition. Es ist gleich vorüber.«

Joram schickte sich wieder an, etwas zu sagen, aber Lord Samuels hob die Hand, und obwohl es ihm sichtlich schwerfiel, fügte sich der junge Mann und schwieg.

»Nun, sicherlich gibt es mancherlei Erklärungen dafür. In Anbetracht dessen, was Ihr mir von dem tragischen Schicksal Eurer Mutter berichtet habt, ließe es sich mit ihrem damaligen Gemütszustand vereinbaren, daß sie die Dokumente eventuell mitgenommen hat, um so wahrscheinlicher, falls sie glaubte, eines Tages zurückkehren und ihr rechtmäßiges Erbe fordern zu können. Hat sie Euch gegenüber jemals das Vorhandensein solcher Dokumente erwähnt?«

»Nein«, antwortete Joram einsilbig.

»Joram«, man konnte Lord Samuels die Verärgerung über den Ton des jungen Mannes schwerlich verdenken, »ich gebe mir große Mühe, Euch Glauben zu schenken. Ich habe keine Mühe gescheut, in Eurer Sache Nachforschungen anzustellen. Selbstverständlich ging es mir dabei nicht ausschließlich um Euch, sondern auch um meine Tochter, deren Glück mir mehr als alles andere am Herzen liegt. Leider ist es so gekommen, daß sie sich in Euch – nun ja, verliebt hat. Und Ihr Euch in sie. Deshalb halte ich es für das Beste, wenn vorläufig jedes weitere Zusammentreffen unterbleibt ...«

»Verliebt? Ich *liebe* sie, Mylord!« rief Joram dazwischen.

»Wenn Ihr meine Tochter wirklich liebt, wie Ihr behauptet«, sprach Lord Samuels unbeeindruckt weiter, »dann werdet Ihr mit mir übereinstimmen, daß es in ihrem Interesse ist, wenn Ihr umgehend das Haus verlaßt. Sollte sich herausstellen, daß Eure Angaben beweisbar sind und Eure Ansprüche zu Recht bestehen, gebe ich natürlich meine Einwilligung zu ...«

»Ich sage die Wahrheit, das müßt Ihr mir glauben!« rief Joram leidenschaftlich und erhob sich halb von seinem Stuhl. Seine dunklen Augen glänzten, die Zornesröte war ihm ins Gesicht gestiegen. Lord Samuels hob mißbilligend die Brauen und legte die Hand neben die kleine Silberglocke, mit der er dem Personal zu läuten pflegte. Saryon entging diese Bewegung nicht, er griff beschwichtigend nach Jorams Arm und veranlaßte den jungen Mann, sich langsam wieder zurücksinken zu lassen.

»Ihr wollt also Beweise! Was für Beweise?« Joram atmete schwer. Um Beherrschung ringend, hatte er die Hände so fest um die Stuhllehne gekrampft, daß die Fingerknöchel weiß hervortraten.

Lord Samuels seufzte. »Mein Freund sagt, die Hebamme, mit der er im Baptisterium gesprochen hat, wäre überzeugt, daß ihre Vorgängerin – die Hebamme, die zur Zeit Eurer Geburt dort tätig war – sich womöglich erinnern könnte, wegen der ungewöhnlichen Begleitumstände. Wenn Ihr ein Mal hättet«, er zuckte die Schultern, »irgendein besonderes Kennzeichen, das sich ihr eingeprägt hat, dann würde die Kirche ihre Aussage ohne Zweifel anerkennen. Sie ist jetzt eine ranghohe *Theldara* im Dienst der Kaiserin«, wandte er sich erklärend an den Katalyten, der ihm aber gar nicht zuhörte.

Saryons Kopf schmerzte unerträglich; sein Pulsschlag dröhnte ihm in den Ohren. Er wußte, was Joram gleich sagen würde; er konnte den Hoffnungsschimmer auf seinem Gesicht erkennen; er sah, wie die Lippen des jungen Mannes sich bewegten und er mit beiden Händen in den Stoff des Hemdes griff, das seine Brust verhüllte.

*Ich muß es verhindern!* dachte der Katalyt verzweifelt, aber ein lähmendes Gefühl der Angst ergriff von ihm Besitz. Seine Lippen waren steif, er konnte nicht sprechen, nicht atmen. Er fühlte sich wie zu Stein verwandelt. Er hörte Joram reden, aber die Worte erreichten ihn wie durch einen dichten Nebel.

»Ich habe ein Mal!« Die kräftigen Hände rissen das Hemd auf. »Etwas, woran sie sich bestimmt erinnern wird! Seht! Diese Narben! Anja sagte, sie stammten von den Fingernägeln der ungeschickten Hebamme, als sie mich aus dem Leib meiner Mutter zog! Das ist der Beweis für meine wahre Identität!«

Nein! Nein! schrie Saryon stumm. Nicht die Fingernägel einer ungeschickten Hebamme! Er sah das Bild vor sich, mit schmerzender Deutlichkeit. Diese Narben, sie stammen von den Tränen deiner Mutter, Joram, deiner wirklichen Mutter, der Kaiserin, die sie in der prachtvollen Kathedrale von Merilon über ihrem toten Sohn vergoß. Kristallene Tränen, die zersplitterten, zerschellten, rotes Blut strömte über die weiße Haut des Säuglings. Bischof Vanyas grämlicher Blick, weil das Kind jetzt nochmals der rituellen Waschung unterzogen werden mußte ...

Die Bücher schienen drohend näherzurücken ... Bücher ... verbotene Bücher ... verbotenes Wissen. Die *Duuk-tsarith* ... schwarze Gewänder wie düstere Schwingen ... ersticken ... keine Luft ...

Dunkelheit.

# In der Nacht

»Wird er leben?«

»Ja.« Die *Theldara* trat aus dem Zimmer, in das man den allem Anschein nach leblosen Katalyten getragen hatte.

Sie musterte den jungen Mann, der vor ihr stand. In dem harten Gesicht und den wilden schwarzen Haaren erkannte sie keine Ähnlichkeit mit ihrem Patienten, aber der Schmerz und die Sorge in den dunklen Augen ...

»Seid Ihr sein Sohn?« fragte sie.

»Nein.« Der junge Mann schüttelte den Kopf. »Ich bin ein ... ein Freund.« Es klang beinahe sehnsüchtig. »Wir haben gemeinsam einen langen Weg zurückgelegt.«

Die *Theldara* runzelte die Brauen. »Ja. Ich spüre an den Impulsen des Körpers, daß dieser Mann lange in der Fremde gewesen ist. Er liebt Ruhe und Gelehrsamkeit, seine Farben sind weiche Grau- und Blautöne, trotzdem sehe ich ihn von einer aggressiven roten Aura umgeben. Wäre es nicht unmöglich in diesen Friedenszeiten, würde ich sagen, Euer Freund hätte Kämpfe und blutige Auseinandersetzungen erlebt. Doch es ist nirgends Krieg ...« Die Druidin schaute Joram fragend an.

»Nein«, bestätigte er.

»Daher«, fuhr die *Theldara* fort, »muß es sich um einen innerlichen Konflikt handeln. Dieser Konflikt wirkt sich negativ auf die Lebenssäfte aus, er stört die Harmonie seiner Physis! Und da ist noch etwas, ein Geheimnis, an dem er schwer zu tragen hat ...«

»Wir alle haben unsere Geheimnisse«, unterbrach Joram sie schroff. »Kann ich zu ihm?«

»Einen Moment, junger Mann!« Die *Theldara* sagte es in strengem Ton und ergriff Jorams Arm.

Sie war eine grobknochige, hochgewachsene Frau in mittleren Jahren und stand in dem Ruf, eine der besten Heilerinnen Merilons zu sein. Sie hatte – zu ihrer Zeit – mit den vom Wahnsinn Umnachteten gerungen, bis ihre heilenden Kräfte die Oberhand gewannen und friedvolle Klarheit in die verstörten Gemüter einzog. Sie half den Lebenden in diese Welt und den Sterbenden, sie zu verlassen. Begabt mit starken Händen und einem noch stärkeren Willen, vermochte Jorams finsterer Blick sie nicht im mindesten einzuschüchtern.

»Hört mich an«, sagte sie mit gedämpfter Stimme, wie um den Katalyten im Nebenzimmer nicht zu stören. »Wenn Ihr sein Freund seid, solltet Ihr ihn bewegen, sich Euch anzuvertrauen. Wie ein Dorn im Fleisch das Blut, so vergiftet dies Geheimnis seine Seele. Beinahe hätte es seinen Tod verursacht! Das und die Tatsache, daß er seit geraumer Zeit kaum etwas gegessen und nur wenig geschlafen hat. Ihr habt vermutlich nichts davon bemerkt, oder?«

Joram konnte nichts weiter tun, als die Frau grimmig anzustarren.

»Wie ich es mir dachte!« Die Druidin rümpfte die Nase. »Ihr jungen Leute – immer nur mit euch selbst beschäftigt!«

»Was fehlt ihm denn eigentlich?« Joram schaute durch die Tür in das abgedunkelte Zimmer. Beruhigende Musik, entworfen von der *Theldara*, entströmte einer Harfe, die sie im hinteren Teil des Raums aufgestellt hatte. Unsichtbare Finger zupften die Saiten in einem Rhythmus, der darauf abgestimmt war, die Fehlschwingungen in Psyche und Physis des Patienten zu harmonisieren.

»Der Laie nennt es ›Almins Hand‹. Die einfachen

Leute glauben, daß die Hand Gottes den Betreffenden niederwirft. Wir wissen natürlich«, führte die *Theldara* sachlich aus, »daß es sich um eine tiefgreifende Störung des natürlichen Flusses der Körpersäfte handelt, bei der es zu einer unzureichenden Versorgung des Gehirns kommt. In manchen Fällen sind Lähmungserscheinungen die Folge, Sprachstörungen, Blindheit ...«

Jorams Blick kehrte erschreckt zu der Druidin zurück. »Aber doch nicht bei ...« Er konnte nicht weitersprechen.

»Bei ihm? Eurem Freund?« Die *Theldara* war auch bekannt für ihre spitze Zunge. »Nein. Dankt dem Almin dafür – und mir. Er ist eine starke Persönlichkeit, Euer Freund, oder er wäre längst unter der erdrückenden Last zusammengebrochen, die er mit sich herumträgt. Seine Selbstheilungskräfte sind beträchtlich, und es ist mir gelungen, mit der Hilfe der Haus-Katalytin« – Joram sah schemenhaft Marie neben dem Krankenbett stehen –, »seine Gesundheit wiederherzustellen. Er wird sich noch einige Tage schwach fühlen, doch ansonsten geht es ihm wieder gut, so gut wie nur möglich, solange Körper und Geist nicht von dem quälenden Geheimnis geläutert, die Gifte herausgetrieben sind. Sorgt dafür, daß er ißt und schläft ...«

»Besteht die Gefahr, daß der Anfall sich wiederholt?«

»Durchaus, wenn er nicht besser auf sich achtet. Und das nächste Mal ... Nun, wenn es zu einem nächsten Mal kommt, dann bedeutet es aller Voraussicht nach das Ende. Meinen Umhang«, wandte die *Theldara* sich an einen der Diener, der sich augenblicklich entfernte, um den Auftrag auszuführen.

»Ich weiß, um was für ein Geheimnis es sich handelt«, sagte Joram düster.

»Wirklich?« Die *Theldara* sah ihn erstaunt an.

»Ja. Weshalb überrascht Euch das?«

Sie dachte einen Moment schweigend nach, dann schüttelte sie den Kopf. »Nein«, sagte sie überzeugt. »Ihr glaubt vielleicht, es zu kennen, doch es ist nicht so. Ich habe sein Vorhandensein mit meinen Händen gespürt. Es ist tief in ihm verborgen, so tief, daß ich es in seinen Gedanken nicht finden konnte.« Die *Theldara* betrachtete Joram wissend aus zusammengekniffenen Augen. »Ihr glaubt, das Geheimnis, das er bewahrt, hat mit Euch zu tun, nicht wahr? Daß Ihr tot seid. Er mag diese Tatsache vor der Welt verheimlichen, aber sie befindet sich ganz an der Oberfläche seines Bewußtseins und ist leicht zu entschlüsseln für jene von uns, die wissen, wie. O keine Angst! Wir *Theldara* schwören einen uralten Eid, die Privatsphäre unserer Patienten zu respektieren. Er stammt noch aus der früheren Welt, von einem der Größten unserer Zunft – einem Mann namens Hippokrates. Wir, die wir so tief in Herz und Seele zu schauen vermögen, müssen durch solch einen starken Schwur gebunden sein.«

Sie breitete die Arme aus und gestattete dem Haus-Magi, ihr den Umhang über die Schultern zu legen. »Jetzt geht zu Eurem Freund. Redet mit ihm. Er hat lange Zeit Euer Geheimnis mit Euch geteilt. Gebt ihm zu verstehen, daß Ihr bereit seid, das seine mit zu tragen.«

»Das werde ich«, nickte Joram ernst. »Ich kann mir nur nicht vorstellen, was ihn derartig bedrückt. Ich kenne diesen Mann sehr gut oder glaubte wenigstens, ihn zu kennen. Gibt es keinen Anhaltspunkt?«

Die *Theldara* überprüfte die Kräutermixturen und Trünke in dem großen Holzkasten, den sie stets und überall mit sich führte. Schließlich hob sie den Kopf und schaute Joram noch einmal an. »Nur einen«, meinte sie. »Häufig werden solche Anfälle von einem Schock ausgelöst. Versucht Euch zu erinnern, wovon gesprochen wurde, bevor er zusammenbrach. Vielleicht hilft Euch das weiter. Der Almin allein kennt die Lösung dieses Rätsels, fürchte ich.«

Joram schwieg darauf, dann sagte er leise: »Vielen Dank, daß Ihr ihm geholfen habt.«

»Ich wünschte, ich könnte dasselbe von Euch sagen!« Die *Theldara* nickte ihm kurz und wenig freundlich zu, dann schwebte sie den Gang hinunter, um sich von Lord Samuels und Lady Rosamund zu verabschieden.

Joram starrte geistesabwesend hinter ihr her, während seine Gedanken sich mit der Szene in der Bibliothek beschäftigten. Er und Lord Samuels hatten darüber gesprochen, wie Jorams Anspruch auf sein Erbe zu beweisen wäre. Der junge Mann konnte sich nicht besinnen, ob Saryon sich an dem Gespräch beteiligt hatte, allerdings war er auch viel zu sehr mit seinen eigenen Angelegenheiten beschäftigt gewesen, um dem Katalyten irgendwelche Aufmerksamkeit zu schenken. Wovon war die Rede gewesen, unmittelbar bevor der Katalyt zusammenbrach?

»Aber ja.« Er legte die Hand auf die Brust. »Wir sprachen über diese Narben . . .«

Gwendolyn saß in ihrem Zimmer, allein in der Dunkelheit. Ihre Augen brannten vom Weinen, aber jetzt hatte sie keine Tränen mehr und badete ihr Gesicht in Rosenwasser, weil sie fürchtete, es könnte am nächsten Morgen geschwollen sein.

»Auch wenn ich nicht mit Joram sprechen kann, er wird mich doch sehen«, sagte sie zu sich.

Der Mond übergoß Merilon mit seinem durch die Magie der *Sif-hanar* verschönten Perlenglanz. Der silbrige Schimmer umschmeichelte auch Gwen, aber sie empfand ihn nicht als schön, sondern fröstelte unwillkürlich. Das kalte Auge des Mondes schien ohne Mitleid oder Anteilnahme auf ihren Kummer zu schauen; wo das weiße Licht sie berührte, wirkte ihre jugendfrische Haut leichenhaft und fahl.

Gwen erschien die Dunkelheit tröstlicher, sie stand auf und zog den Vorhang vor – gewöhnlich hätte ein Wink mit der Hand genügt, doch sie fühlte sich ausgehöhlt und aller magischen Kraft beraubt.

Lord Samuels, dem von der *Theldara* versichert worden war, daß Pater Dunstabel sich bis zum Morgen wieder ganz erholt haben würde, hatte seiner Tochter verboten, mit Joram zu sprechen oder ihm zu erlauben, sie anzusprechen, bis die Erbschaftsangelegenheiten des jungen Mannes zufriedenstellend geklärt werden konnten.

»Nicht, daß ich ihn beschuldige, ein Hochstapler zu sein«, hatte Lord Samuels seine Tochter zu trösten versucht, die sich bitterlich weinend an ihre Mutter schmiegte. »Ich glaube seine Geschichte. Aber wenn sie sich nicht beweisen läßt, ist er ein Niemand. Ein Mann ohne Besitz, ohne Herkommen. Er ist ein Feld-Magus! Und bis es ihm gelingt, seine Ansprüche durchzusetzen, wird er es auch bleiben. Schlimmer noch, er ist mit dem Stigma der Sünde behaftet . . .«

»Es war nicht seine Schuld!« hatte Gwen leidenschaftlich aufgeschrien. »Warum soll er für die Tat seines Vaters büßen?«

»Ich weiß das, Kleines«, antwortete Lord Samuels. »Und ich bin sicher, wenn ihm sein Recht geworden ist, werden alle anderen derselben Meinung sein. Es tut mir leid, daß es so gekommen ist, Kind.« Er strich seiner Tochter zärtlich über das Haar, denn er liebte sie aufrichtig, und es brach ihm das Herz, ihr Kummer bereiten zu müssen. »Es war mein Fehler«, fügte er seufzend hinzu, »denn ich habe dieser Verbindung meinen Segen gegeben, bevor ich die Fakten kannte.

Aber es schien mir eine so gute ... Investition in deine Zukunft zu sein ...«

»Und vielleicht wird noch alles gut, mein Herzblatt!« Lady Rosamund trocknete mit einem Batisttüchlein die tränennassen Wangen ihrer Tochter. »Übermorgen findet im Palast der große Ball statt. Die damalige Hebamme ist jetzt die persönliche *Theldara* der Kaiserin. Dein Vater wird ein Treffen arrangieren, und dann werden wir sehen, ob sie sich an Joram erinnert. Wenn ja, nun, das wird eine Freude! Und wenn nicht, dann denk nur an die jungen Edelleute auf dem Ball, die dir mit Vergnügen helfen werden, den jungen Mann zu vergessen.«

*Den jungen Mann zu vergessen.* Gwendolyn legte beide Hände auf ihr wehes Herz. *Investition in deine Zukunft.*

»Bin ich denn so oberflächlich?« fragte sie sich. »Ist es wirklich so, daß ich nichts anderes im Sinn habe als ein heiteres, sorgloses, vergnügtes Leben?« Sie ließ schuldbewußt den Blick durch das Zimmer schweifen, das von vager Helligkeit erfüllt war, denn die Vorhänge aus dünnem Stoff vermochten das Mondlicht nicht völlig auszuschließen. »Offenbar«, dachte sie, »erwecke ich diesen Eindruck, sonst hätten meine Eltern nicht diese Dinge gesagt.«

Als sie sich ihre Reden und Träume während der vergangenen Tage ins Gedächtnis rief, verzehnfachten sich ihre Gewissensbisse.

»Wenn ich von Joram träumte«, flüsterte sie vor sich hin, »träumte ich von ihm in kostbaren Gewändern und nicht in den einfachen Kleidern, die er jetzt trägt. Ich habe mir ausgemalt, wie er über seine Ländereien schwebt, umgeben von seinen Dienern, oder bei einem Spiel Königs Lösegeld auf edlen Pferden dahin galoppiert oder wie er mich mitnimmt, wenn er einmal im Jahr seine Landgüter inspiziert, wo die Feld-

Magi sich respektvoll vor uns verbeugen ...« Sie schloß die brennenden Augen. »Aber *er* war ein Feld-Magus! Ein Bauer – einer von denen, die sich verbeugten! Und wenn es ihm nicht gelingt, seinen Erbanspruch zu beweisen, wird er zu seinem früheren Leben zurückkehren. Könnte ich neben ihm stehen, in Staub und Schmutz, und den Kopf neigen? ...«

Einen Moment lang überkamen sie Zweifel. Angst erfüllte sie. Sie war noch nie in einem Dorf der Feld-Magi gewesen, aber Joram hatte ihr davon erzählt. Sie stellte sich vor, wie die Sonne ihre weiße Haut verbrannte, der Wind ihr blondes Haar verwirrte und das schwere Tagewerk ihren Rücken krümmte. Sie sah sich am Abend über die Felder nach Hause schlurfen, zu müde, um über den Boden zu schweben. Aber da war Joram neben ihr, gemeinsam kehrten sie in der Dämmerung zu ihrer Hütte zurück. Er legte den Arm um ihre Schultern und stützte sie. Wenn sie dann in ihrem Heim angelangt waren, würde sie das bescheidene Essen kochen (»Bestimmt kann ich lernen, wie man kocht«, flüsterte sie in das Halbdunkel ihres Zimmers.), während er ihren Kindern beim Spielen zusah ...

Gwendolyn errötete, ein Gefühl der Wärme durchströmte ihren Körper. Kinder. Die Katalyten würden das InNomine zelebrieren und seinen Samen in ihren Leib übertragen. Sie fragte sich, wie das bewerkstelligt wurde, denn es war ein Thema, über das ihre Mutter niemals sprach. Keine anständige Frau sprach darüber, es schickte sich nicht. Doch Gwendolyn konnte nicht anders, als daran zu denken, und es war merkwürdig, daß diese Neugier sie ausgerechnet jetzt überkam, während sie Joram vor sich sah, wie er sein Abendbrot verzehrte und sie dabei anschaute, mit seinen dunklen Augen, in denen sich der Feuerschein spiegelte ...

Die Wärme jenes gedachten Feuers erfüllte Gwendolyn und hüllte sie in einen goldenen Schimmer, der in ihrer Phantasie das bleiche, kalte Licht des Mondes überstrahlte. Sie legte den Kopf auf die Arme und begann erneut zu weinen, aber diese Tränen entströmten einem anderen Quell, tiefer und lauterer, als sie ihn je in sich vermutet hätte. Es waren Tränen des Glücks, denn sie wußte jetzt, daß sie Joram uneigennützig liebte. Sie hatte ihn als Baron geliebt, sie würde ihn als FeldMagus lieben. Was auch geschah, wohin er auch ging, ihr Platz war an seiner Seite.

Hätte Gwendolyn die ganze Beschwerlichkeit des Lebens gekannt, das sie so unschuldig mit Joram zu teilen beschloß, wäre ihr Herz, in dem zum erstenmal die Liebe einer Frau erwachte, vielleicht verzagt. Die Hütte, die sie sich vorstellte, war mindestens fünfmal so groß wie die ärmliche Behausung eines wirklichen FeldMagus, und das einfache Mahl, das sie dort zubereitete, hätte eine ganze Familie einen Monat lang ernährt. Die Kinder, an die sie errötend dachte, waren gesund und gediehen prächtig.

Doch in ihrer gegenwärtigen Stimmung hätte sie das womöglich nicht abzuschrecken vermocht. Je härter ihr Los, desto freudiger wollte sie es annehmen und so die Aufrichtigkeit ihrer Liebe beweisen! Sie hob den Kopf, Tränen glitzerten auf ihren Wangen. Sie hoffte, daß es Joram *nicht* gelingen würde, Titel und Vermögen zu erringen! Vor ihrem inneren Auge sah sie ihn dastehen, vernichtet, geschlagen, während sie von ihrem Vater gepackt und fortgezerrt wurde.

»Aber ich werde mich losreißen!« wisperte sie mit einer Inbrunst, daß es beinahe klang wie ein heiliger Schwur. »Ich werde zu Joram laufen, und er wird mich in die Arme nehmen, und wir beide werden zusammensein, auf immer und ewig ... auf immer und ewig«, wiederholte sie, sank auf die Knie und faltete die Hände. »Bitte, heiliger Almin«, flüsterte sie, »bitte laß mich einen Weg finden, ihm das zu sagen! Bitte!«

Ein Gefühl tiefen Friedens ergriff von ihr Besitz, und sie lächelte. Ihr Gebet war erhört worden. Morgen würde sich eine Möglichkeit ergeben, Joram heimlich zu treffen und ihm alles zu sagen. Sie lehnte den Kopf gegen die Bettkante und schloß die Augen. Das Mondlicht sickerte durch die Fenstervorhänge, berührte die Lippen des Mädchens und ließ das glückliche Lächeln darauf zur Maske erstarren. Die Tränen auf ihren Wangen trockneten in dem kalten Schein, und Marie, die hereinkam, um nach ihrem Liebling zu schauen, erschrak und sprach selbst ein inbrünstiges Gebet zum Almin, während sie die Schlummernde in die Kissen bettete und zudeckte.

Marie wußte so gut wie jeder andere, daß, wer zu lange im Licht des Mondes schläft, verflucht ist ...

Joram verbrachte die Nacht am Krankenlager des Katalyten. Kein Mond leuchtete über seinen Gedanken, denn die *Theldara* hatte dafür gesorgt, daß der beunruhigende Einfluß des nächtlichen Gestirns ihren Patienten nicht störte. Die Harfe im Hintergrund des Zimmers ließ ihre beruhigenden Melodien ertönen – die Weise eines Hirten, der mit Flötenspiel den Morgen begrüßt, voller Dankbarkeit, daß die Stunden der Gefahr und des einsamen Wachens vorüber sind. Eine Kristallkugel über dem Bett verbreitete gedämpfte Helligkeit, um den Kranken die Schrecken fernzuhalten, die im Dunkeln lauern. Einer anderen Kugel entstiegen aromatische Dämpfe, die die Lungen reinigten und das Blut läuterten.

Inwieweit das alles Saryon nützte, war fraglich, da – wie die *Theldara* gesagt hatte – das Geheimnis von

Jorams wahrer Identität für ihn verderblicher war als ein Krebsgeschwür. Keine Kräuter vermochten etwas gegen dieses Gift, keine Heilkräfte einer *Theldara* waren stark genug, den Körper zu zwingen, sich mittels der ihm innewohnenden Magie gegen den heimtückischen Mörder zur Wehr zu setzen. Saryon lag in einem von der *Theldara* bewirkten magischen Schlaf, abgeschirmt gegen alle Vorgänge um ihn herum. Das war vermutlich die einzige Therapie, die ihm vorläufig helfen konnte, aber es war nur eine vorübergehende Linderung, denn sobald der Zauber verflog, lastete die Bürde wie zuvor auf den Schultern des Katalyten.

Doch wenn die beruhigende Musik und die aromatischen Kräuter dem eigentlichen Patienten auch kaum zu helfen vermochten, so waren sie ein Segen für den, der neben ihm wachte. Am Krankenlager des Mannes, der so viel für ihn getan und so wenig Dank erhalten hatte, erinnerte sich Joram an das trostlose Gefühl der Verlassenheit, das ihn überfiel, als er noch fürchtete, der Katalyt sei tot.

»Ihr versteht mich, Pater«, sagte er und hielt die abgezehrte Hand umfaßt, die auf der Bettdecke lag. »Ihr versteht mich besser als jeder andere. Mosiah, Simkin – sie besitzen Magie, sie haben Leben. Ihr wißt, Saryon, was es heißt, sich nach der Gabe der Magie zu sehnen! Erinnert Ihr Euch? Ihr habt es mir einmal erzählt. Ihr habt mir erzählt, daß Ihr als Kind zornig auf den Almin gewesen seid, weil er Euch das Los eines Katalyten zugedacht und die Magie versagt hatte. Vergebt mir! Ich bin blind gewesen, so blind!« Joram legte die Stirn auf die Hand des Katalyten. »Gesegneter Almin!« stöhnte er gequält. »Ich schaue meine Seele an und erblicke ein grauenhaftes Ungeheuer. Prinz Garald hatte recht. Ich begann Freude am Töten zu haben. Ich genoß das Gefühl der Macht, das ich dabei empfand! Jetzt begreife ich, daß es nicht Macht war. Es war Schwäche, Feigheit. Weder hatte ich den Mut, mir selbst ins Auge zu sehen, noch meinem Gegner. Ich mußte einen günstigen Moment abwarten, aus dem Hinterhalt zuschlagen; zuschlagen, während er hilflos war! Nur Ihr und Garald habt mich davor bewahrt, diesem grauenhaften Ungeheuer in mir anheimzufallen. Ihr und Gwendolyn. Ihre Liebe erfüllt meine Seele mit Licht.«

Joram hob den Kopf und starrte voller Abscheu auf seine Hände. »Aber wie kann ich sie mit diesen Händen berühren? Mit Händen, an denen Blut klebt? Ihr habt recht, Saryon!« Er sprang auf. »Wir müssen fort hier! Aber nein!« Halb abgewandt, blieb er stehen. »Wie könnte ich? Sie ist mein Licht! Ohne sie stürzte ich wieder ins Dunkel zurück. Die Wahrheit. Ich muß ihr die Wahrheit sagen. Schonungslos! Daß ich tot bin. Ein Mörder ... Wenn ich es erkläre, hört es sich nicht gar so schlimm an. Der Verwalter hat meine Mutter getötet. Ich war in Gefahr. Ich handelte in Notwehr.« Joram setzte sich wieder. »Blachloq war ein durch und durch böser Mensch, der zehnfach den Tod verdiente für das Leid, das er anderen zufügte. Ich werde es ihr begreiflich machen. Sie wird es einsehen. Und sie wird mir verzeihen, wie Ihr mir verziehen habt, Pater. Ihre Liebe und Vergebung und Eure Güte werden mich zu einem neuen Menschen machen ...«

Joram verstummte. Er lauschte dem Harfenspiel, das jetzt der Stimme einer Mutter glich, die dem Kind in ihren Armen ein Wiegenlied singt. Die Klänge weckten keine beglückenden Erinnerungen in dem jungen Mann. Anja hatte ihm weniger süße Wiegenlieder gesungen, wenn sie Nacht für Nacht raunend von dem furchtbaren Schicksal seines Vaters erzählte.

Die *Theldara* konnte es nicht wissen, aber das tröstliche Wiegenlied bescherte Saryon böse Träume. In seinem Zauberschlaf sah er sich als jungen Diakon, wie er einen leeren, stillen Gang hinunterging, auf den Armen ein in eine Decke mit dem kaiserlichen Wappen gehülltes Kind. Er hörte sich tränenerstickt eben dieses Lied singen, in dem Wissen, daß seine Stimme die letzte war, die das Kind je hören würde.

Der Katalyt stöhnte und bäumte sich auf, er warf den Kopf auf dem Kissen hin und her, abwehrend – oder verneinend ...

Joram, der nicht ahnte, was ihn quälte, sah gepeinigt auf ihn nieder. »Ihr verzeiht mir doch, Pater, nicht wahr?« flüsterte er. »Ich brauche Eure Verzeihung ...«

# Am Morgen

»Hallo? Jemand zu Hause? Ich ... Bei Almins Zehennägeln!« Simkin taumelte rücklings gegen die Wand und griff sich ans Herz. »Mosiah!«

»Simkin!« stieß der andere junge Mann hervor, kaum weniger überrascht als sein Gefährte. Aus entgegengesetzten Richtungen kommend, wären sie an der Ecke des Korridors beinahe zusammengeprallt.

»Mein Gott!« Simkin, von Kopf bis Fuß in grünen Satin gewandet, griff das unvermeidliche orangefarbene Seidentuch aus der Luft und wischte sich mit zitternder Hand den Schweiß von der Stirn. »Ich hätte um ein Haar vor Schreck die Hose verloren, wie es dem Grafen von Cherbourg passiert ist. Es war so ein Spleen des Marquis, sich als *Duuk-tsarith* zu verkleiden. Man konnte auf den ersten Blick erkennen, daß der schwarze Umhang, den er trug, nicht echt war. Nun hat der Graf leider nicht die besten Nerven. Er glaubte, die Hexenmeister hätten ihn erwischt, seine Magie verpuffte, und da stand der Ärmste – die Hose um die Fußknöchel, all seine Geheimnisse entblößt. Die Affäre war eine ziemliche Sensation bei Hofe, obwohl ich fand, daß man ein reichlich großes Trara machte um eine solche Kleinigkeit. Ich drückte der Gräfin mein aufrichtiges Bedauern aus ...«

»Ich habe *dich* erschreckt?« empörte sich Mosiah, als es ihm gelang, ein Wort einzuwerfen. »Was fällt dir denn ein, so aus dem Nichts aufzutauchen? Und wo hast du gesteckt?«

»Oh, hier und dort, hin und wieder, über und all«, antwortete Simkin heiter und warf einen flüchtigen Blick in das Gesellschaftszimmer des Hauses. »Sag mal, wo sind denn alle anderen? Insbesondere unser tragischer Liebhaber. Schmachtet er immer noch, oder hat er die Kleine endlich vernascht und ist wieder ansprechbar?«

»Sei still!« fuhr Mosiah ihn wütend, aber mit gedämpfter Stimme an. Nach einem raschen Blick in die Runde packte er Simkins Arm und zog ihn in die Bibliothek. »Du Idiot! Bist du übergeschnappt, so zu reden? Wir haben schon genug Schwierigkeiten!« Er knallte die Tür zu.

»Wirklich?« fragte Simkin unverhohlen begeistert. »Ausgezeichnet! Ich fing schon an, mich furchtbar zu langweilen. Was haben wir angestellt? Sind wir in flagranti ertappt worden? Mit der Hand unter ihrem Rock?«

»Schämst du dich nicht?«

»In ihrem Mieder?«

»Hör zu! Lord Samuels behauptet, daß Joram nicht in der Lage ist, die Behauptungen über seine Herkunft zu beweisen, und hätte ihn gestern abend fast aus dem Haus geworfen. Aber Saryon bekam einen Anfall, und sie mußten eine *Theldara* rufen ...«

»Der Katalyt? Einen Anfall? Wie geht's dem alten Knaben?« Simkin bediente sich ungeniert vom Cognac des Hausherrn. Er schnupperte prüfend. »Immer noch das einheimische Erzeugnis«, murmelte er stirnrunzelnd. »Er könnte sich wahrhaftig einen besseren Tropfen leisten. Warum er's wohl nicht tut? Na ja, ich nehme an, man muß gelegentlich Zugeständnisse machen.« Er leerte das Glas. »Nicht tot, hoffe ich?«

»Nein!« Mosiah entrang ihm die Cognacflasche. »Nein, es geht ihm wieder gut. Aber er braucht noch Ruhe. Lord Samuels gestattete uns zu bleiben, aber nur bis zum Ball des Kaisers morgen abend.«

»Was passiert dann?« Simkin gähnte. »Verwandelt Joram sich Schlag zwölf in eine Riesenratte?«

»Er soll dort jemanden treffen, eine *Theldara,* die ihn als kleines Kind gekannt hat und als Anjas Sohn identifizieren kann.«

Simkin hob verwundert die Augenbrauen. »Gut und schön, das klingt alles wirklich amüsant, aber ist irgend jemandem vielleicht der Gedanke gekommen, daß Joram sich seither etwas verändert hat? Ich meine, was sollen wir tun, um dem alten Mädchen auf die Sprünge zu helfen? Den guten Jungen ausziehen und auf ein Eisbärenfell bugsieren? Das haben wir mit dem ... verflixt. Ich habe beim Grab meiner Mutter geschworen, dieses Stückchen für mich zu behalten.« Er war auffallend rot geworden. »Wo war ich? Ach ja. Wickelkinder. Ich habe die Erfahrung gemacht, mußt du wissen, daß alle Babys gleich aussehen. Des Kaisers Mutter und so.«

»Wie?« Mosiah ging unruhig im Zimmer auf und ab und hörte nur mit halbem Ohr zu.

»Alle Babys sehen aus wie des Kaisers Mutter.« Simkin nickte weise. »Ein großer runder Schädel, den sie nicht hoch halten kann, Pausbacken, blinzelnde Äuglein und dieser ratlose Gesichtsausdruck ...«

»Hör auf mit dem Blödsinn!« fiel Mosiah ihm ins Wort. »Joram hat von seiner Geburt Narben zurückbehalten. Du hast sie auch schon gesehen. Diese kleinen weißen Male auf seiner Brust?«

»Ich kann mich nicht erinnern, jemals größeres Interesse an Jorams Brust gehabt zu haben«, bemerkte Simkin. »Nur ein unübersehbarer Mangel an Haaren ist mir aufgefallen. Vermutlich hat man sie alle für seinen Kopf aufgebraucht.«

»Im Dorf wurde viel über diese Narben geredet«, sagte Mosiah nachdenklich, ohne Simkins Einwurf Beachtung zu schenken. »Ich kann mich erinnern, daß die alte Marm Hudspeth behauptete, Anja würde ihre Zähne in sein Fleisch schlagen und sein Blut trinken.

Er hat nie darüber gesprochen, wie er wirklich dazu gekommen ist. Natürlich ist es auch keine Frage, die man Joram einfach so stellen würde. Vielleicht hatte ich sogar Angst zu fragen.« Mosiah lachte abgehackt. »Vielleicht hatte ich Angst, er könnte es mir sagen ...

»Und nun wird der Fluch also zum Segen, genau wie in den Geschichten der HausMagi«, meinte Simkin und strich sich mit dem kleinen Finger über den Schnurrbart, während ein Lächeln um seine Lippen spielte. »Unser Frosch verwandelt sich in einen Prinzen ...«

»Kein Prinz«, berichtigte ihn Mosiah verärgert. »Ein Baron.«

»Tut mir leid, alter Junge. Ich vergesse immer wieder, daß du in der Wildnis aufgewachsen bist, intellektuelles Notstandsgebiet und so. Übrigens«, wechselte er hastig das Thema, weil Mosiahs Gesicht immer finsterer wurde, »ich bin eigentlich zurückgekommen, um euch alle zu überreden, mich zu begleiten. Allgemeine Volksbelustigung in Merlyns Hain drunten. Die Künstler veranstalten dort die Generalprobe ihrer Darbietungen für Seine Langweiligkeit morgen abend. Wirklich unterhaltsam. Es ist erlaubt, mit Gegenständen zu werfen, wenn's nicht gefällt. Irgendwann gegen Mittag geht's los. Wo ist Joram?«

»Er wird nicht mitkommen«, sagte Mosiah. »Lord Samuels hat ihm verboten, sich Gwendolyn zu nähern, bevor seine Angelegenheiten geregelt sind. Aber dann wurde er ins Gildehaus gerufen, und Joram hofft, doch noch mit ihr sprechen zu können. Er treibt sich seit dem Frühstück im Garten herum. Saryon ist zu schwach, er kann nirgends hingehen.«

»Dann bleibt es bei uns zwei beiden«, meinte Simkin und schlug Mosiah auf den Rücken. »Ich wette, du bist seit Tagen nicht vor die Tür gekommen, stimmt's?«

»Nun ...« Mosiah schaute sehnsüchtig aus dem Fenster.

»Keine Bange. Es kann dir nichts passieren. Schließlich bin ich bei dir, und ich stehe unter dem Schutz des Kaisers. Niemand wagt es, Hand an mich zu legen. Außerdem wimmelt es da unten vor Menschen. Wir verlieren uns einfach in der Menge.«

»Ha!« schnaubte Mosiah mit einem vernichtenden Blick auf Simkins grellgrünen Staat. »Das möchte ich erleben, wie du es fertigbringst, dich in der Menge zu verlieren ...«

»Was? Gefällt es dir etwa nicht?« fragte der junge Mann verletzt. »Ich nenne es *Grelles Grasgrün*. Aber du hast wohl recht. Es ist ein bißchen auffällig. Was hältst du davon: Du kommst mit, und ich dämpfe mich ein wenig. Hier«, er wedelte mit der Hand, »wie ist das? Ich taufe die Farbe – warte mal ... *Prune putride*. Jetzt sehe ich so trist aus wie du. Nun gib dir einen Ruck und komm mit, alter Junge.« Simkin gähnte wieder und betupfte sich anschließend verdrossen die Nase mit einem Tüchlein. »Ich habe eine Ewigkeit im Palast verbracht und mich einfach gelangweilt, fast so schlimm wie Herzog Montbank damals. Der Kaiser gab wieder einmal eine seiner gefürchteten Anekdoten zum besten. Die meisten von uns schliefen ein, doch als wir erwachten, fanden wir den Herzog im ganzen Saal verteilt ... Ich habe jedenfalls die Grafen und Herzöge satt! Ich sehne mich nach dem unverbildeten Proletariat. Menschen vom einfachen Schlag, wie man sagt.«

»Den einfachen Schlag kannst du haben!« brummte Mosiah und ballte versuchsweise die Fäuste, während Simkin zu den Bücherregalen hinüberschlenderte, um mit schiefgelegtem Kopf die Büchertitel zu lesen. »Was hast du gesagt, mein Junge?« fragte er über die Schulter.

»Ich denke laut«, antwortete Mosiah.

Insgeheim sehnte er sich danach, den Hain Merlyns zu besuchen, eines der größten Wunder von Thimhallan. Den für seine Schönheit berühmten Park zu durchstreifen und auch noch die Künste der besten Illusionisten bestaunen zu dürfen, erschien dem Feld-Magus wie die Erfüllung eines Traums. Doch er wußte, daß Saryon es nicht billigen würde; der Katalyt hatte wieder und wieder betont, daß ihre Anwesenheit in Merilon möglichst geheim bleiben mußte.

Jetzt sind wir schon fast zwei Wochen hier, dachte Mosiah, und nichts ist passiert. Der Katalyt meint es gut, aber er ist ein hoffnungsloser Schwarzseher! Ich werde vorsichtig sein. Außerdem, Simkin hat recht. Es ist zwar merkwürdig, aber er steht tatsächlich unter dem Schutz des Kaisers ...

»He«, riß Simkin ihn plötzlich aus seinen Gedanken, »wäre es nicht ein Spaß, dieses im höchsten Maße einschläfernde Werk über *Die vielfältigen Anwendungsmöglichkeiten der Magie im Haushalt* in etwas Spannenderes zu verwandeln? *In der Gewalt der Zentauren* zum Beispiel ...«

»Nein, es wäre kein Spaß!« Mosiah hatte einen Entschluß gefaßt. »Komm schon, gehen wir, bevor du uns hier gänzlich unmöglich gemacht hast.« Er packte Simkin an seinem *Prune putride*-Ärmel und zerrte ihn aus der Tür.

Während er sich gehorsam hinausführen ließ, warf Simkin über die Schulter einen Blick auf die Bücherregale, murmelte ein Wort und zwinkerte. Das orangefarbene Seidentuch flatterte durch die Luft und legte sich über *Die vielfältigen usw.* Tuch und Buch verschwanden, statt dessen erschien ein anderer, in braunes Leder eingeschlagener Band im Regal.

»Mit detaillierten, farbigen Illustrationen«, sagte Simkin leise und grinste verschmitzt.

Joram hielt sich im Garten auf, in der Hoffnung, Gwendolyn zu begegnen; so wie sie hinausgegangen war, um vielleicht ihn zu treffen. Doch als er sie endlich neben Marie auf einer Bank zwischen den Rosen sitzen sah, verneigte er sich nur kühl und schlug einen anderen Weg ein.

Er wagte nicht, sie anzusprechen. Wenn sie sich nun weigerte, mit ihm zu reden? Wenn sie ihn nicht lieben konnte als den Menschen, der er wirklich war?

»Und wenn die Beweise nicht ausreichen? Wenn man mir nicht glaubt und mich davonjagt?« kam es Joram in den Sinn. Die plötzliche Erkenntnis, daß seine Pläne, Hoffnungen und Träume ohne weiteres um ihn herum einstürzen könnten, begrub ihn beinahe unter den Trümmern. »Warum habe ich letzte Nacht daran nicht gedacht? Wie könnte sie einen Mann lieben, der nicht weiß, wer er ist?«

»Joram, bitte ... Warte einen Moment ...«

Er blieb stehen, drehte sich aber nicht um. Hinter sich hörte er Marie tadelnd sagen: »Gwendolyn, geh ins Haus. Dein Vater hat verboten ...« Ein bitteres Lächeln umspielte seinen Mund.

»Ich weiß, was Papa gesagt hat«, erwiderte Gwendolyns Stimme, deren aus Kummer und Schmerz entstandene Festigkeit Joram freudig erschreckte, »und ich werde seinen Willen respektieren. Ich will mich nur nach Pater Dunstabel erkundigen. Du möchtest bestimmt auch wissen, wie es ihm geht.«

Als die Stimmen näher kamen, drehte Joram sich halb herum. Aus den Augenwinkeln erhaschte er einen Blick auf Gwendolyn. Er sah die schlaflose Nacht in den Schatten unter den blauen Augen. Er sah die Spuren von Tränen, die alle Magie und alles Rosenwasser nicht aus dem blassen Gesicht zu bannen vermochten. Sie hatte geweint, weil sie ihn verlieren sollte. Sein Herz schlug so heftig, daß er kaum überrascht gewesen wäre, es aus seiner Brust springen und zu ihren Füßen niederfallen zu sehen.

»Bitte, Joram, warte nur einen Augenblick. Wie geht es Pater Dunstabel heute morgen?«

Eine Hand berührte scheu seinen Arm, und Joram schaute in die ihm zugewandten blauen Augen, in denen solche Liebe stand, solche Traurigkeit, daß er die junge Frau am liebsten in seine Arme gerissen hätte, um sie mit seinem eigenen Körper gegen den Schmerz abzuschirmen, den er bestimmt war, ihr zuzufügen. Sein Herz war so übervoll, daß es ihm die Sprache verschlug. Er konnte sie nur ansehen, und in seinen dunklen Augen brannte ein Feuer, das heißer war als die Glut in der Schmiede.

Aber was konnten sie einander sagen? Marie beobachtete sie streng, mißbilligend. *Sobald ich die Frage nach dem Befinden des Katalyten beantwortet habe, wird Marie ihre Schutzbefohlene ins Haus bringen. Falls Gwen sich weigert, gibt es eine Szene. Man wird die HausMagi rufen, vielleicht sogar Lord Samuels ...*

Joram schaute Gwen an; Gwen erwiderte seinen Blick. Erhört der Almin die stummen Gebete Liebender?

Es hatte den Anschein, denn in diesem Augenblick ertönte lautes Geschrei aus dem Haus.

»Marie!« rief eine der HausMagierinnen. »Komm schnell!«

Eine andere Magierin kam auf der Suche nach der Katalytin in den Garten geeilt. Der junge Herr hatte Vogel gespielt und war in die Voliere geraten. Jetzt wurde er von einer zornigen Pfauenhenne gejagt, die er von ihrem Nest gescheucht hatte, und wer weiß, was für ein grausames Schicksal ihn vielleicht ereilte! Die Katalytin mußte zur Hilfe kommen!

Marie zögerte. Dem kleinen Jungen drohten vielleicht ein paar schmerzhafte Schnabelhiebe, aber sie war eine kluge Frau und wußte, daß ihr kleiner Liebling im Garten in weit größerer Gefahr schwebte. Wieder hörte man den jungen Herrn Samuels aufschreien, diesmal noch kläglicher. Es half nichts. Nachdem sie Gwendolyn streng aufgefordert hatte, ihr unverzüglich ins Haus zu folgen, auch wenn sie genau wußte, daß sie ebensogut der Sonne hätte befehlen können, vom Himmel niederzusteigen, eilte Marie mit der Dienerin davon, um den übermütigen Stammhalter zu retten, zu trösten und zu schelten.

»Ich kann nicht lange bleiben«, sagte Gwen, die unter dem eindringlichen Blick der dunklen Augen errötete. Ihr kam zu Bewußtsein, daß sie sich des Ungehorsams gegenüber ihrem Vater schuldig machte, doch als sie rasch ihre Hand zurückziehen wollte, hielt Joram sie fest.

»Pater Dunstabel geht es wieder recht gut«, sagte er.

»Bitte nicht.« Verstört von den Gefühlen, die seine Berührung in ihr auslösten, befreite Gwendolyn sich von seinem Griff und verschränkte die Hände hinter dem Rücken. »Papa wäre ... Ich darf nicht ... Was habt Ihr eben über den guten Pater gesagt?« fragte sie schließlich verzweifelt.

»Die *Theldara* meint, es wäre ein ... hm ... leichter Anfall gewesen«, brachte Joram stockend heraus. Auch er war das Opfer plötzlicher Wünsche und Begierden. »Es hat etwas mit Blutgefäßen zu tun, die sich verengen, bis das Gehirn nicht mehr ausreichend versorgt wird. Ich verstehe nichts davon, aber es hätte schlimme Folgen haben können. Unter Umständen wäre er für immer gelähmt gewesen. Es ist aber glimpflich abgegangen, die Heilerin hat gesagt, seine eigenen magischen Kräfte wären stark genug, eine vollständige Genesung herbeizuführen. Ich ... ich wollte Marie für ihre Hilfe danken«, fügte Joram schroff hinzu. Er hatte keine Übung darin, seine

Dankbarkeit zu bekunden. »Leider kam ich nicht dazu. Du kannst es ihr ausrichten, wenn du ins Haus zurückgehst.« Erneut wandte er sich nach einer knappen Verbeugung zum Gehen, und erneut ließ die kleine Hand auf dem Arm ihn innehalten.

»Ich habe zum Almin gebetet, daß er wieder gesund wird«, flüsterte Gwendolyn so leise, daß er sich zu ihr hinabbeugen mußte. Sie hatte vergessen, die Hand wegzuziehen, und er griff danach.

»Ist das alles, wofür du gebetet hast?« Seine Lippen streiften ihr goldenes Haar.

Gwendolyn spürte die Berührung, so zart sie auch gewesen war. Ihr ganzer Körper war sich plötzlich seiner Gegenwart bewußt; sie hob den Kopf und fand sich viel dichter bei Joram, als sie gedacht hatte. Der merkwürdige, süße Schmerz, der sich in ihr geregt hatte, als er ihre Hand festhielt, wurde stärker und erschreckender. Mit jedem Nerv spürte sie des Geliebten physische Nähe. Die Lippen, die ihr Haar berührt hatten, waren wie dürstend geöffnet. Seine starken Arme umschlangen sie und zogen sie in den Schatten eines Mysteriums, das sie nur ahnte, doch ihr Herz raste und drohte gleichzeitig stillzustehen.

Verstört wollte Gwendolyn sich befreien, doch er hielt sie fest.

»Bitte laß mich los«, bat sie schwach, mit abgewandtem Gesicht. Sie fürchtete sich, den Blick zu heben, er sollte nicht sehen, was ihre Augen schamlos offenbarten.

Doch statt zu gehorchen, drückte er sie fester an sich. Ihr schwindelte; sie glühte innerlich, und doch überliefen sie Kälteschauer. Seine Kraft vermittelte Geborgenheit und wirkte gleichzeitig beängstigend. Sie hob den Kopf, um ihn nochmals zu bitten, sie loszulassen ...

Die Worte blieben ungesagt. Irgendwie berührten

seine Lippen ihren zum Sprechen geöffneten Mund, und alles versank in einem tosenden Rausch.

Vielleicht hat der Almin doch kein offenes Ohr für die Gebete von Liebenden, sonst hätte er die beiden in dem duftenden, blühenden Garten herausgelöst aus der Wirklichkeit und dem unaufhaltsamen Strom der Zeit. So aber verstummte das Jammergeschrei des jungen Herrn Samuels, eine Tür schlug zu, und mit hochroten Wangen löste Gwendolyn sich aus Jorams Umarmung.

»Ich ... ich muß gehen«, stotterte sie und wich taumelnd einige Schritte zurück.

»Warte, nur ein Wort!« sagte Joram hastig und folgte ihr. »Wenn ... wenn meine Erwartungen sich nicht erfüllen und man mir das Erbe verweigert, wirst du mich dann immer noch lieben?«

Sie sah ihn an. Jungfräuliche Verwirrung, mädchenhafte Koketterie lösten sich auf vor der verzweifelten Sehnsucht, die sie in ihm erkannte. Ihre eigene Liebe wuchs und erstarkte und strömte hervor, um diese finstere Leere zu füllen, wie die Magie der Welt durch einen Katalyten in den hineinströmt, der ihrer bedarf.

»Aber ja!« rief sie, und sie war es auch, die jetzt seine Hand ergriff. »Vor einer Woche hätte ich vielleicht anders geantwortet. Gestern noch war ich ein Mädchen mit romantischen Tagträumen. Doch letzte Nacht, als ich wußte, daß ich dich verlieren könnte, merkte ich, daß es mich nicht kümmert, ob du arm bist oder reich. Papa sagt, daß ich jung bin und dich vergessen werde, wie ich andere vergessen habe. Doch er irrt sich. Was auch geschieht, Joram«, schloß sie ernst und trat näher an ihn heran, »du bist in meinem Herzen, auf immer und ewig.«

Joram senkte den Kopf, er konnte nichts sagen. Dies war kostbar, so kostbar, daß der Gedanke, es zu verlieren, ihn mit unsäglichem Grauen erfüllte. Es würde seinen Tod bedeuten. Und doch – er mußte sich ihr offenbaren. Er hatte es Saryon versprochen und auch sich selbst.

»Ich brauche dich, Gwendolyn«, sagte er rauh, entzog sich sanft ihrer Umarmung, behielt aber ihre Hand in der seinen. »Deine Liebe bedeutet mir alles! Mehr als das Leben ...« Er räusperte sich. »Aber du weißt überhaupt nichts von mir, von meiner Vergangenheit«, fuhr er in eindringlichem Ton fort.

»Das stört mich nicht«, begann Gwendolyn.

»Warte!« Joram biß die Zähne zusammen. »Hör mir bitte zu. Ich muß es dir sagen. Du mußt es verstehen. Siehst du, ich bin ...«

»Gwendolyn! Komm sofort ins Haus!«

Es raschelte zwischen den Geißblattsträuchern, und Marie kam zum Vorschein. Ihr sonst fast immer freundliches, heiteres Gesicht war zornig, als sie von der errötenden, aufgelösten jungen Frau zu dem bleichen, leidenschaftlichen jungen Mann blickte. Bei ihrem Auftauchen ließ Joram Gwendolyns Hand los, und die Worte erstarben ihm auf den Lippen. Marie bemächtigte sich ihrer Schutzbefohlenen und ging mit ihr zum Haus, nicht ohne unterwegs zu schimpfen und ihr heftige Vorwürfe zu machen.

»Aber du wirst doch Papa nichts sagen, oder?« hörte Joram Gwendolyn sagen. Der Duft des Flieders trug ihre Stimme zu ihm her. »Immerhin bist *du* einfach weggelaufen und hast mich allein gelassen. Ich möchte wirklich nicht, daß Papa auf *dich* böse ist ...«

Joram schaute ihnen nach, ohne zu wissen, ob er den Almin verfluchen oder Ihm danken sollte.

# Merlyns Hain

Merlyns Hain war das kulturelle Herz Merilons. Ein grünendes Ehrenmal für den Magier, der sein Volk aus der Dunklen Welt der Toten in diese Welt des Lebens geführt hatte, war es mit der Zeit zu einem Tummelplatz der Schönen Künste geworden. Die Grabstätte des Magiers bildete den Mittelpunkt der Anlage, umgeben von einem Ring aus Eichen, die geduldig über die Jahrhunderte hinweg Totenwache hielten; der freie Raum zwischen Bäumen und Grab war mit Rasen ausgekleidet wie mit grünem Samt. Der Grasteppich war weich und federnd, die Umgebung des Grabmals friedlich und still – vermutlich lag darin der Grund, daß nur wenige Leute sich je dorthin verirrten.

Außerhalb des Eichenkreises erstreckte sich der eigentliche Hain – genaugenommen eher ein Park, Rosenhecken, übersät mit Blüten in allen Farben des Regenbogens, bildeten einen riesigen Irrgarten um das Grabmal. In diesem Labyrinth gab es kleine Freilufttheater, wo Maler malten, Schauspieler agierten, Spaßmacher Kobolz schossen und jederzeit Musik zu hören war. Das Labyrinth an sich stellte keine Schwierigkeit dar – wer sich verirrt hatte, erhob sich in die Luft und flog über die trennenden Hecken hinweg (allerdings galt das als ›Mogelei‹). Hohe Robinien wurden täglich neu von den Druiden zu phantasievollen ›Wegweisern‹ durch das Labyrinth umgestaltet, dessen Grundriß sie gleichfalls täglich veränderten. Der Spaß bestand darin, den richtigen Weg zu finden; die Bäume gaben verschlüsselte Hinweise. Die Tatsache, daß alle Wege unfehlbar zum Grabmal führten, galt als Schwachpunkt der Anlage. Viele Angehörige des Adels hatten beim Kaiser Beschwerde deswegen geführt – mit der Begründung, das Grabmal sei nicht zeitgemäß, häßlich und deprimierend. Der Kaiser verhandelte mit den Druiden, aber die Druiden zeigten sich keinen Veränderungsvorschlägen zugänglich.

Ortskundige Besucher verzichteten deshalb darauf, den Irrgarten ganz zu erforschen. Es waren nur die uneingeweihten Besucher von außerhalb, die bis zum Herzen der Anlage vordrangen.

Der junge FeldMagus hatte schon von weitem die hoch aufragenden Eichen erspäht und sich zu ihnen hingezogen gefühlt; sie erinnerten ihn an die Wälder in der Nähe seines Heimatdorfs. Als er die Bäume erreicht hatte, wurde er des Grabmals ansichtig und betrat den heiligen Eichenkreis mit ehrfürchtiger Scheu. Zögernd legte er die Hand auf den schlichten Block aus weißem Marmor, den durch die Einwirkung von Magie keine Spur einer anderen Färbung verunreinigte. Er war anderthalb Meter hoch, drei Meter lang und wirkte auf den ersten Blick vollkommen glatt und schmucklos. Mit einem Gebet, das die Seelen der Verstorbenen beschwichtigen sollte, ließ der junge Mann die Hand über die Oberfläche des Steins gleiten, der die Wärme des sonnigen Tages gespeichert zu haben schien. Eine Atmosphäre tiefer Traurigkeit lastete über dem Ort, die Mosiah verstehen ließ, weshalb Besucher diese Gedenkstätte mieden.

Heimweh. Mosiah erkannte das Gefühl, das von ihm Besitz ergriff. Obwohl der greise Magier aus freiem Willen seine Heimatwelt verlassen hatte, um sein Volk in diese Welt zu führen, wo es ohne Angst vor Verfolgung leben konnte, war er hier nie heimisch geworden.

»Seine sterblichen Überreste liegen in dieser Erde begraben. Aber wo mag seine Seele weilen«, flüsterte

Mosiah. Er ging um die Grabstätte herum und strich dabei mit der Hand über den glatten Marmor. Am Kopfende angelangt, spürte er Vertiefungen unter den Fingerspitzen. Es war also doch etwas in den Stein graviert! Langsam umrundete er den Block und beobachtete die Schatten auf der Oberfläche des Steins. Vom Fußende aus vermochte er schließlich mit einiger Mühe auszumachen, was in den Marmor eingegraben war. Der Name des Magiers in altertümlichen Lettern, darunter etwas, das er nicht entziffern konnte. Und darunter ...

Mosiah holte tief Luft.

In die Stille hinein ertönte ein Kichern, er drehte sich um und sah Simkin hinter sich stehen, ein amüsiertes Lächeln auf dem Gesicht. »Wirklich, mein Junge, es ist das reine Vergnügen, bei dir Fremdenführer zu spielen. Du staunst mit offenem Mund und großen Augen, wie man es sich nicht besser wünschen kann, dazu über die absonderlichsten Dinge. Allerdings kann ich mir nicht vorstellen, was dich ausgerechnet an diesem trübsinnigen Winkel reizt ...« Simkin warf einen geringschätzigen Blick auf das Grabmal.

»Red nicht so«, sagte Mosiah unwillig. »Das gehört sich nicht an einem solchen Ort. Weißt du etwas darüber?« Er deutete auf das Grab.

Simkin zuckte mit den Schultern. »Ich weiß so viel, daß eins sich mit dem anderen vermischt. Frag mich einfach.«

»Warum ist da ein Schwert eingraviert?« Mosiah zeigte auf die vage erkennbaren Umrisse unter dem Namen des Magiers.

»Warum nicht?« Simkin gähnte.

»Eine Waffe der Unheiligen Kunst auf dem Grab eines Magiers?« fragte Mosiah ungläubig. »Er war doch kein Nigromant, oder?«

»Beim Almin, hat man euch nichts anderes beigebracht, als Kartoffeln zu stecken?« schnaubte Simkin. »Selbstverständlich war er *kein* Nigromant. Ein *DKarn-Duuk*, ein Hexenmeister von höchstem Rang. Der Sage nach hatte das Symbol des Schwertes für ihn eine besondere Bedeutung, deshalb wollte er es auf seiner Grabplatte haben. Es hing irgendwie mit einem König zusammen und einem Zauberreich, wo alle Tische rund waren und die Leute in Kleidern aus Eisen herumliefen, um auf die Suche nach Tassen und Tellern zu gehen.«

»Sei bloß still«, stöhnte Mosiah aufgebracht.

»Es ist die Wahrheit«, sagte Simkin hochnäsig. »Die Tassen und Teller hatten religiöse Bedeutung. Sie trachteten danach, ein komplettes Service zusammenzubekommen. Na, was ist? Willst du den ganzen Tag hier herumtrödeln, oder amüsieren wir uns? Die Illusionisten und Bildner sind im Pavillon zugange.«

»Ich komme mit.« Mosiah schaute in die von Simkin angedeutete Richtung. Prachtvolle, farbenprächtige Seidenbanner flatterten, von Magie gehalten, über den Köpfen der Menge. Er hörte Gelächter, Ausrufe des Staunens und der Bewunderung und immer wieder Beifallklatschen. Sein Herz schlug rascher beim Gedanken an die Wunder, die er gleich sehen würde, und doch, als er sich abwandte, empfand er einen Stich schmerzlichen Bedauerns. Es war so ruhig, so friedvoll ...

»Was ist mit dem Zauberreich passiert?« fragte er leise und strich wie abschiednehmend noch einmal über den warmen Marmor.

»Was immer mit verzauberten Reichen passiert, nehme ich an«, erwiderte Simkin träge, griff das orangefarbene Tuch aus der Luft und betupfte sich die Nase. »Jemand wachte auf, und aus der Traum.«

Scharen von Menschen liefen unter den bunten Seidenbannern und -draperien des Amphitheaters der Illusionisten durcheinander. Mosiah hätte sich niemals träumen lassen, daß so viele Leute sich zur gleichen Zeit am gleichen Ort aufhalten könnten, und er verharrte eingeschüchtert am Tor. Doch Simkin, der wie ein schillernder Vogel hierhin und dorthin flitzte, ergriff seinen Arm und bugsierte ihn mit verblüffender Leichtigkeit durch das Gewimmel. Er rempelte diesen an, wich jenem aus und streifte einen anderen, während er unablässig schwatzte und sich unbeirrt weiter nach vorne arbeitete.

»Pardon, alter Knabe. War das Euer Fuß? Ich dachte, es wäre ein Blumenkohl. Ihr solltet einen tüchtigen *Theldara* wegen dieser Zehen konsultieren ... Oh, nehmt keine Notiz von uns, wir wollen nur vorbei. Gefällt Euch diese Nuance? Ich nenne sie *Prune putride*. Ja, ich weiß, es entspricht nicht meinem üblichen Niveau, aber mein Freund und ich sind eigentlich inkognito hier. Pardon. Graf Richlow! Enchante! Wegen des Balles in der Stadt? War ich das? Tut mir schrecklich leid, alter Knabe. Muß gegen Euren Arm gestoßen sein. Wenn Ihr meine Offenheit verzeiht, der Weinfleck macht sich gut auf Eurem etwas tristen Habit ... Nun, wenn Ihr keine Phantasie habt, dann erlaubt mir ...« Simkin griff das orangefarbene Tuch aus der Luft. »Gleich seid Ihr wieder so fleckenlos wie der Ruf Eurer Gemahlin, alter Freund. Na, na, ist es meine Schuld, daß Ihr diese billige Marke trinkt, die sich nicht auswaschen läßt? Versucht es mit Zitronensaft. Er wirkt Wunder beim Haar der Gräfin, nicht wahr? Ah, Contessa! Entzückt! Und Euer Begleiter? Ich glaube, wir kennen uns noch nicht. Simkin, zu Diensten. Verwandt mit der Contessa? Ein Vetter? Ja, natürlich. Hätte ich mir denken können. Ihr seid ungefähr der achte Vetter, den ich bis jetzt das Vergnügen hatte zu treffen. Ich beneide die Contessa um ihre große Familie – und auch Ihr seid ungewöhnlich groß, lieber Freund, wahrhaftig. Ich mußte eben denken, Contessa, was für ein Zufall es ist, daß all Eure Vettern so groß sind, mit so blendend weißen Zähnen ...«

Köpfe wandten sich. Leute schauten sich um, lachten und zeigten mit den Fingern; einige schwangen sich höher hinauf, um besser sehen zu können; andere kamen näher, um sich an den bissigen Kommentaren des respektlosen jungen Mannes zu erfreuen. Hilflos in Simkins Kielwasser dümpelnd, wurde es Mosiah abwechselnd heiß vor Verlegenheit und kalt vor Entsetzen. Vergeblich zupfte er an Simkins Ärmel, vergeblich erinnerte er ihn mit leiser Stimme, daß sie doch vorgehabt hatten, sich ›unauffällig unters Volk zu mischen‹. Dieser Hinweis verführte Simkin nur zu noch unvernünftigeren Kapriolen – zum Beispiel wechselte er fünfmal in fünf Minuten die Kleider, ›um Verfolger abzuschütteln‹.

Mosiah, der sich angstvoll umsah, erwartete jeden Moment, die schwarzgekleideten Gestalten der *Duuk-tsarith* auftauchen zu sehen. Aber keine schwarzen Kapuzen reckten sich aus dem Gewoge der blumen-, feder- und juwelengeschmückten Köpfe, keine zeremoniell gefalteten Hände bewirkten Inseln unbehaglichen Schweigens. Nach und nach fiel die Anspannung von Mosiah ab, und er fühlte sich unbeschwerter. Vermutlich gab es bei diesem harmlos-fröhlichen Treiben keinen Grund für die Anwesenheit der gefürchteten Erzwinger.

Hätte der ahnungslose FeldMagus gefragt, wäre er von Simkin aufgeklärt worden, daß die *Duuk-tsarith* keineswegs vornehme Zurückhaltung übten, sondern auch hier wie überall zugegen waren, um diskret und unbemerkt zu lauschen und zu beobachten. Sobald die geringste Welle die glitzernde Oberfläche der Festlichkeiten kräuselte, griffen sie ein. Drei Studenten begannen in Champagnerlaune gewagte Lieder zu singen. Ein dunkler Schatten tauchte auf, als wäre eine Wolke vorübergezogen, und die Studenten waren verschwunden, um ihren Rausch auszuschlafen.

Eine Schauspieltruppe, die eine ihrer Meinung nach harmlose Satire über den Kaiser aufführte, wurde in der Pause mit so viel Geschick von der Szene entfernt, daß das Publikum in dem Glauben, das Stück sei zu Ende, ohne Verdacht zu schöpfen, weiterging. Ein Taschendieb wurde dermaßen prompt ergriffen, bestraft und wieder auf freien Fuß gesetzt, daß der arme Bursche glaubte, alles wäre nur ein fürchterlicher Alptraum gewesen, hätte nicht ein Blick auf seine um das Fünffache vergrößerten Hände ihn eines Besseren belehrt.

Mosiah merkte nichts von diesen Vorgängen. Er sollte nichts merken. Das Vergnügen der Menge durfte nicht gestört werden. Und so vergaß er seine Bedenken, vergaß seinen ärmlichen Aufzug und überließ sich der Schönheit, die ihn umgab. Es gelang ihm sogar mehr oder weniger, Simkin zu vergessen. Niemand schien an den kecken Beleidigungen oder skandalösen Anspielungen des flaumbärtigen Jünglings ernsthaft Anstoß zu nehmen. Er holte so viele Skelette aus verschlossenen Schränken, daß Mosiah glaubte, die Knochen klappern zu hören, doch auch wenn hier ein adliger Schnurrbart zitterte oder eine mit Rouge belegte Wange erbleichte, die Grafen und Barone, Comtessen und Prinzessinnen verbanden stillschweigend ihre Wunden und verfolgten schadenfroh, wie Simkin in seiner unnachahmlichen Manier das nächste Opfer erlegte.

Weil er wußte, daß er sich allein nicht zurechtfinden würde, blieb Mosiah in der Nähe seines geistvollen

Begleiters, doch bald erlahmte sein Interesse an den fein herausgeputzten Damen und Herren der Gesellschaft, die ihrerseits mit ihm nichts anfangen konnten. Sie musterten seine schlichte Kleidung, die sonnengebräunte Haut, die schwieligen Hände und schienen das Wahrgenommene gleich wieder auszuspucken, mit gespitzten Lippen, als hätte er einen üblen Geschmack hinterlassen.

»Warum nur ist Joram so versessen darauf, zu diesen Leuten zu gehören?« wunderte sich Mosiah, während Simkin stehenblieb, um wieder eine heitere Gruppe mit seinen wohlgezielten Nadelstichen zu beglücken. Das Heimweh, das Mosiah am Grab des Magiers empfunden hatte, regte sich wieder in ihm. Nie hatte er sich einsamer gefühlt als unter diesen Menschen, denen er völlig gleichgültig war. Er mußte an seinen Vater und seine Mutter denken, und Tränen stiegen ihm brennend in die Augen. Er unterdrückte sie in der Hoffnung, daß niemand etwas bemerkt hatte. Um nicht in Selbstmitleid zu versinken, richtete er seine Aufmerksamkeit auf die Bühne, die vor ihm schwebte.

Er riß die Augen auf, stieß einen tiefen Seufzer aus und war so überwältigt, daß er unversehens aus der Luft herniedergesunken war und in dem weichen Gras stand. Er war so verwirrt gewesen von den vielen Menschen, so damit beschäftigt, nach den *Duuktsarith* Ausschau zu halten, und so zornig über Simkins Possen, daß er an mehreren solcher Bühnen vorübergegangen war, ohne sie überhaupt zur Kenntnis zu nehmen. Aber dies – dies war herrlich! Etwas so Wunderbares hatte er sich nicht einmal in seinen Träumen ausgemalt.

Genaugenommen handelte es sich nur um eine Wassertänzerin. Sie war gut, aber keineswegs erstklassig, und ihr ganzes Publikum bestand nur aus

Mosiah, ein paar Kindern, einem alten, halbblinden Katalyten und zwei leicht berauschten Studenten. Die Kinder flogen bald gelangweilt davon. Der Katalyt hielt im Stehen ein kleines Nickerchen, und die Studenten machten sich auf die Suche nach dem nächsten gefüllten Becher. Doch Mosiah blieb wie gebannt stehen.

Die Bühne, eine Plattform aus Kristall, schwebte über einem der zahlreichen plätschernden Wasserläufe, die den Hain durchzogen – die Druiden hatten den Lauf des großen Stroms, der durch Merilon floß, verändert und ihn in den Hain geleitet, damit er die Pflanzen und Bäume nährte und den Besuchern zur Unterhaltung diente. Mittels ihrer magischen Kräfte lockte sie das Wasser unter ihrer Bühne aus seinem Bett und zu sich herauf, um als Partner bei ihrem Ballett zu fungieren.

Sie war ein junges Mädchen, mit langem Haar in der Farbe des Wassers, und in Wasser schien sie auch gekleidet zu sein: Das hauchdünne, nasse Gewand klebte an ihrem geschmeidigen Körper wie eine zweite Haut, während sie sich in den glitzernden Fontänen drehte und wand. Ihre Magie erweckte das Wasser zum Leben. Es fing sie auf und umschlang sie mit gischtenden Armen, folgte schmeichelnd jeder ihrer Bewegungen, bis sie mit ihrem Element zu verschmelzen schien.

Viel zu schnell war es vorüber. Mosiah hätte zusehen können, bis der Fluß austrocknete. Das Mädchen auf ihrer kristallenen Bühne wartete einen Moment und lächelte erwartungsvoll zu Mosiah hinunter, während das Wasser in silbrigen Bächen über ihren Körper rann. Als sie merkte, daß er keine Münzen hatte, die er ihr zuwerfen konnte, schüttelte sie ihr nasses blaues Haar zurück, ließ ihre Bühne aufsteigen und glitt auf der Suche nach einem dankbareren

Publikum weiter den Fluß entlang. Mosiah folgte ihr mit den Augen und stand eben im Begriff, ihr zu folgen, als er sich plötzlich von herbeiströmenden Menschen umgeben sah.

Überrascht stellte er fest, daß auch Simkin aufgetaucht war und neben ihm im Gras stand. Er hatte schon wieder seine Kleidung verändert. Jetzt trug er das buntscheckige Gewand und die Kappe eines Narren und – wie Mosiah zu seinem Schrecken bemerkte – deutete auf *ihn*.

»Hierhergebracht, edle Damen und Herren, mit gewaltigem finanziellem Aufwand und großem persönlichem Risiko, aus der finstersten, undurchdringlichsten Wildnis des Außenlands! Ich freue mich, dem verehrten Publikum präsentieren zu können: echt und ungeschminkt! ohne Netz und doppelten Boden! Das einzige Exemplar seiner Art in Merilon – ein Bauer!«

Die Menge lachte. Mosiah, dem das Blut in den Ohren rauschte, ergriff Simkin an einem vielfarbigen Ärmel. »Was soll das?« zischte er.

»Spiel mit, spiel mit!« flüsterte Simkin aus dem Mundwinkel. »Da drüben! Der *Kan-hanar*, der uns beim Tor beinahe hätte festnehmen lassen. Ich erzählte ihm, wir wären Schauspieler, weißt du noch? Also müssen wir uns auch dementsprechend benehmen!«

Unvermittelt versetzte er Mosiah einen Stoß. »Hilfe! Es greift mich an!« rief er. »Unberechenbare Kreaturen, diese Bauern, meine Damen und Herren. Zurück, sage ich! Zurück!« Simkin riß sich die mit Glöckchen behangene Kappe vom Kopf und schwenkte sie zum Jubel der Menge vor Mosiahs Gesicht wild hin und her.

Fassungslos versuchte Mosiah sich darüber klarzuwerden, ob er genug Leben hatte, um sich in Luft aufzulösen oder wenigstens seinen Peiniger zu erdrosseln, als dieser herangetänzelt kam und seine Nase streichelte.

»Seht ihr?« rief Simkin dem Publikum zu. »Ganz zahm. Am Schluß der Vorstellung werde ich meinen Kopf in seinen Rachen legen. Wach auf, Mosiah!« zischelte Simkin ihm ins Ohr. »Denk dran – herumziehende Schauspieltruppe! Der *Kan-hanar* schaut her. Den Karpfen imitierst du sehr glaubhaft, mein Junge, aber bald wird jemand riechen, daß etwas faul ist im Staate Merilon. Denk dir etwas Originelleres aus. Wir dürfen keine Aufmerksamkeit auf uns lenken ...«

»Ach nein? Dafür hast du ja gesorgt! Was, zum Teufel, soll ich denn bloß machen?«

»Bücklinge! Bücklinge!« Während er lächelte und sich verneigte und seine Kappe schwenkte, legte Simkin Mosiah die Hand auf den Nacken und zwang seinen ›zahmen Bauern‹, sich linkisch zu verbeugen. »Mal nachdenken«, brummte er dabei. »Kannst du dichten? Singen, tanzen, Witze erzählen? Verbeug dich. Nein? Ich hab's! Feuer schlucken! Das einfachste von der Welt. Du leidest doch nicht unter Blähungen, oder? Könnte gefährlich werden ...«

»Laß mich, verdammt noch mal, in Ruhe!« grollte Mosiah und machte sich mit einiger Mühe von Simkin los. Mit rotem Gesicht und feuchten Händen stand er vor der Menge, die ihn erwartungsvoll anstarrte. Sein Körper war kalt wie Eis; er konnte sich nicht rühren, brachte kein Wort heraus und vermochte nicht einmal, einen klaren Gedanken zu fassen. Als er den Blick über die Leute gleiten ließ, die vor ihm schwebten und auf ihn herunterschauten, entdeckte Mosiah den *Kan-hanar* – oder zumindest war es ein Mann im Gewand der *Kan-hanar*. Er wußte nicht, ob es derselbe war, mit dem sie am Stadttor verhandelt hatten, aber natürlich war es unklug, ein Risiko einzugehen. Wenn ihm doch nur etwas einfallen würde, das er tun konnte ...

»He, Simkin! Dein Bauer ist ein Versager. Bring ihn zurück ins Außenland ...«

»Nein, wartet mal! Seht doch! Was macht er da?«

»Ah, das ist schon besser. Er malt! Wie originell!«

»Was ist das?«

»Es ist ... Ja, meine Liebe, es ist ein Haus. In einem Baum! Wie herrlich primitiv. Ich habe gehört, daß die FeldMagi in solch kuriosen Unterkünften leben, aber ich hätte nie erwartet, es mit eigenen Augen zu sehen! Ist das nicht spaßig? Es muß sein Dorf sein, das er für uns malt ... Bravo, Junge! Bravo!«

In diesem Tenor ging es weiter, manchmal unterbrochen von Applaus.

Auch Simkin sagte etwas, aber Mosiah hörte es kaum. Er hatte kein Ohr dafür, denn er lauschte den Stimmen aus seiner Vergangenheit, um ein Bild zu malen, ein lebendiges Bild. Die Luft war seine Leinwand, das Heimweh sein Pinsel.

Die Zuschauermenge um den jungen Mann wuchs, als die von Mosiahs Zauberkraft erschaffenen Bilder in der Luft über seinem Kopf sich wandelten und zusammenfügten. Im selben Maße, wie sie deutlicher wurden und immer mehr Einzelheiten hinzukamen, verebbten das Lachen und Schwatzen des Publikums zu gedämpftem Raunen, bis endlich völlige Stille herrschte. Niemand regte sich oder sprach. Alle schauten zu, wie dieser junge Mann vom Lande den Bürgern Merilons, der Stadt des ewigen Frühlings, das Leben der FeldMagi vor Augen führte.

Sie sahen die Behausungen, die einmal Bäume gewesen waren: die Stämme von Druiden in primitive Wohnungen verwandelt, mit Dächern aus verwobenen und verflochtenen Zweigen. Eisige Winterstürme preßten den Schnee durch Risse und Spalten, während die Magi ihr kostbares Leben aufbrauchten, um die Kinder in Blasen aus Wärme zu hüllen. Sie sahen die Magi ihr karges Mahl verzehren, während hungrige Wölfe und andere Raubtiere um ihre Hütten strichen, weil sie das warme Blut witterten. Sie sahen eine Mutter ihr totes Kind in den Armen wiegen.

Der Winter lockerte seinen harten Griff und ließ die Wärme des Frühlings durch seine Finger rinnen. Die Magi zogen auf die Äcker hinaus, pflügten den immer noch halb gefrorenen Boden oder wateten bis zu den Knien im Schlamm, wenn der Regen kam. Dann schwebten sie über die Felder und streuten Samen auf die umgebrochene Erde oder pflanzten die gegen Ende des Winters vorgezogenen Setzlinge in die Erde. Die Kinder arbeiteten neben den Eltern, erhoben sich bei Sonnenaufgang und kehrten nach Hause zurück, wenn es dunkel wurde.

Zum Sommer gehörten das Roden von neuem Land, das Ausbessern der Winterschäden an den Hütten, das niemals endende Jäten und die Pflege der jungen Pflanzen, den ständigen Kampf mit Insekten und anderen Schädlingen um einen Anteil an der Feldfrucht, die sengende Sonne bei Tag und die oftmals heftigen Gewitter bei Nacht. Doch es gab auch die bescheidenen Freuden. Der Katalyt und seine kleinen Schützlinge während der Mittagsstunde auf dem Dorfplatz: Die Kinder tollten durch die Luft und lernten spielerisch den Gebrauch ihres Lebens, mit dem sie später ihr Brot verdienen würden. Es gab die wenigen friedvollen Augenblicke zwischen Abenddämmerung und Nacht, wenn die FeldMagi nach des Tages Arbeit zusammenkamen, um ein Schwätzchen zu halten. Es gab den Alminstag. Vormittags lauschten sie der dünnen Stimme des Katalyten, der ihnen einen Himmel der goldenen Tore und marmornen Hallen schilderte, in dem sie sich fremd fühlten; nachmittags schufteten sie doppelt so schwer, um die verlorene Zeit wettzumachen.

Der Herbst brachte den Bäumen prangende Farben und den FeldMagi harte Arbeit von früh bis spät, wenn sie die Früchte ihrer Mühen ernteten, von denen ihnen jedoch kaum etwas zugute kommen würde. Die Ariels kamen zum Dorf geflogen und brachten große goldene Scheiben. Die Magi häuften Mais und Kartoffeln, Weizen und Gerste, Gemüse und Obst auf diese Scheiben und sahen zu, wie die Ariels damit entschwanden, zu den Kornspeichern und Lagerschuppen des Fürsten, dem das Land gehörte. Anschließend betrachteten sie ihren kleinen Anteil und berieten, wie man damit über den Winter kommen sollte, dessen eisiger Atem sich bereits bemerkbar machte. Ihre Kinder hielten Nachlese auf den Feldern und bückten sich nach allem Vergessenen und Verschmähten, als wären es kostbare Edelsteine.

Dann schloß sich der Kreis. Der Schneesturm heulte um die armseligen Hütten, die Magi kämpften gegen Langeweile, Kälte und Hunger, der Katalyt saß in seiner Hütte, die Hände in Lumpen gehüllt, und las von der großen Liebe des Almins zu seinem Volk . . .

Mosiahs Schultern sanken herab, er neigte den Kopf. Die Bilder, die er an den Himmel gemalt hatte, verblichen, als seine Magie versiegte. Die Menge verharrte in tiefem Schweigen, und als Mosiah angstvoll den Blick hob, erwartete er Langeweile, Hohn und Spott auf den Gesichtern zu sehen. Statt dessen sah er Staunen, Verwunderung, Unglauben. Seine Zuschauer machten den Eindruck, als hätten sie ein Porträt des Lebens von Geschöpfen auf einem weit entfernten Planeten gesehen statt von Menschen wie sie selbst.

Mosiah sah Merilon zum erstenmal wirklich. Das Licht der Wahrheit erleuchtete die Stadt in seinen

Augen weit heller als der Schein der milden Frühlingssonne. Diese Menschen waren in ihr eigenes, verzaubertes Reich gesperrt, willfährige Gefangene in einem kristallenen Reich, das sie selbst entworfen und erschaffen hatten. Was würde geschehen, fragte Mosiah sich, wenn irgend jemand sie aufweckte?

Er schüttelte den Kopf und blickte umher, um nach Simkin Ausschau zu halten. Er wollte gehen, unbedingt diesen Ort verlassen. Aber plötzlich strömten Leute auf ihn zu, griffen nach seiner Hand und berührten ihn.

»Wunderbar, mein Lieber, absolut wunderbar. Was für ein entzückender, einfacher Stil. Und was für natürliche Farben? Wie schaffen Sie so etwas nur?«

»Ich habe wie ein Kind geweint! Welch eine drollige Idee, in einem Baum zu wohnen. Wirklich originell. Sie müssen unbedingt zu meinem nächsten Gala ...«

»Das tote Baby war ein wenig übertrieben. Ich mag es lieber etwas subtiler. Aber wenn Sie Ihre Bilder noch einmal präsentieren, würde ich es in ein ... vielleicht in ein Lamm ändern. Ja, das ist es. Eine Frau hält ein totes Lamm in ihrem Schoß. Da liegt mehr Symbolkraft drin, finden Sie nicht? Und wenn Sie die Szene mit ...«

Voller Erstaunen blickte Mosiah sich um. Während er irgendwelche Entschuldigungen stammelte, wich er zurück. Bis eine starke Hand seinen Arm umfaßte.

»Simkin!« rief Mosiah erleichtert. »Ich glaube, ich war noch nie so dankbar, dich zu sehen, doch ...«

»Ich fühle mich geschmeichelt, alter Knabe, aber du hast dich in eine üble Lage gebracht, und jetzt ist nicht der Zeitpunkt für Umarmungen und Küsse«, flüsterte Simkin drängend.

Mosiah hielt erschreckt Umschau.

»Da drüben.« Simkin deutete mit einem Kopfnicken die Richtung an. »Nein, nicht umdrehen! Zwei schwarzgewandete Beobachter haben sich entschlossen, auf Kunstkritiker umzusatteln.«

»Beim Namen des Almin!« Mosiah schluckte. »*Duuk-tsarith*!«

»Allerdings, und ich glaube, ihnen hat deine kleine Vorstellung weit mehr verraten als diesen Einfaltspinseln hier. Sie können Kunst und Wirklichkeit unterscheiden, und du hast dich ebenso deutlich als Feld-Magus zu erkennen gegeben, als wären dir Maiskolben aus den Ohren gewachsen. Vielleicht hätte das sogar weniger Verdacht erregt. Mir ist schleierhaft, wie du auf so eine verrückte Idee kommen konntest!« Simkin erhob die Stimme. »Wendet Euch an mich, Gräfin Darymple. Abendessen, Dienstag in einer Woche? Ich werde in seinem Terminkalender nachsehen müssen. Ich bin sein Manager, müßt Ihr wissen. Wenn Ihr uns jetzt einen Moment entschuldigen wollt ... Nein, Baron, ich kann wirklich nicht sagen, wo er diese schäbigen Kleider herzaubert. Wenn Ihr etwas Ähnliches sucht, probiert es in den Stallungen ...«

»Dir habe ich es zu verdanken, daß ich jetzt in der Klemme sitze!« erinnerte ihn Mosiah. »Aber das ist nicht mehr wichtig. Was sollen wir tun?« Er spähte angstvoll zu den schwarzen Kapuzen am Rand der Menschenmenge hinüber.

»Sie warten darauf, daß die Zuschauer sich verlaufen«, flüsterte Simkin und gab vor, an Mosiahs Hemd den Kragen zu richten, während er verstohlen die Hexenmeister beobachtete. »Dann schlagen sie zu. Hast du noch etwas Leben übrig?«

»Nichts.« Mosiah schüttelte den Kopf. »Ich bin erschöpft. Ich könnte nicht einmal Butter schmelzen.«

»Wir könnten diejenigen sein, die geschmolzen werden«, prophezeite Simkin grimmig. »Wie meint Ihr, Graf? Das tote Kind? Nein, da bin ich nicht Eurer

Meinung. Schockwirkung. Sichtliche Erschütterung. Ohnmächtige Frauen ...«

»Simkin, sieh doch!« Mosiah fühlte sich ganz schwach vor Erleichterung. »Sie sind weg! Vielleicht haben sie doch nichts gemerkt!«

»Weg!« Simkin reckte den Hals und schaute sich ernsthaft besorgt nach allen Richtungen um. »Mein lieber Junge, es ist mir von Herzen zuwider, dir einen Dämpfer aufsetzen zu müssen – oder war es ein Dampfer? –, aber das bedeutet, daß sie schon links und rechts neben dir stehen, mit ausgestreckten Händen ...«

»Mein Gott!« Mosiah klammerte sich an Simkins buntscheckigen Ärmel. »Tu doch was!«

»Ich werde etwas tun«, antwortete Simkin gelassen. »Ich werde ihnen geben, was sie haben wollen.« Er deutete mit dem Finger auf Mosiah. »Dich!«

Mosiah riß die Augen auf. »Du Bastard«, begann er wütend, dann verstummte er, wie vor den Kopf geschlagen. Das war *sein* Ärmel, an den er sich panikerfüllt klammerte.

In dem Ärmel steckte sein Arm, und dieser Arm führte zu seinem Körper. Wirklich und wahrhaftig war es sein eigenes Gesicht, das ihn anschaute und von einem Ohr zum anderen grinste!

Um ihn herum erhob sich lautes Stimmengewirr, Lachen, Jauchzen, erstaunte Rufe. Benommen drehte Mosiah sich herum und sah wieder sein Gesicht. Er sah sich über sich selbst in der Luft schweben. Wohin Mosiah auch schaute, er sah Mosiahs, so weit das Auge reichte.

»O Simkin, das ist dein Meisterstück!« rief Mosiah mit eindeutig weiblicher Stimme. »Geraldine – du bist doch Geraldine? Wir tragen diese herrlich romantischen primitiven Kleider! Und sieh dir nur diese Hosen an!«

»Spiel mit!« sagte der Mosiah, dessen Ärmel Mosiah immer noch in der verkrampften Faust hielt, und versetzte ihm einen aufmunternden Rippenstoß. »Dieser Zauber wird nicht lange halten und sie nur kurze Zeit verwirren. Wir müssen so schnell wie möglich verschwinden! Wirklich, Graf«, fuhr er mit erhobener Stimme fort, »schlichtweg brillant von diesem Simkin, denkt Ihr nicht auch?« Leiser fügte er hinzu: »Nun mach schon!«

»Äh ... hm, durchaus, Baron«, stammelte Mosiah in tiefem Baß und hielt sich dicht bei dem ehemaligen Simkin, der für ihn die letzte Verbindung mit der Wirklichkeit darstellte.

»Setz dich in Bewegung!« zischte Simkin/Mosiah und zog ihn mit zum Ausgang. »Das muß der Kaiser sehen«, verkündete er dabei laut. »Seine Majestät wird überwältigt sein von diesem Geniestreich Simkins, des unbestrittenen Meisters der Magie, des Königs der Kreativität ...«

»Übertreib es nicht«, knurrte Mosiah, der sich etwas gefaßt hatte, und bahnte sich einen Weg durch die Scharen seiner selbst, die ihn umdrängten.

Doch er blieb ungehört.

»Der Kaiser! Gehen wir zum Kaiser!«

Alle griffen sie den Ruf auf.

Lachend und schiebend begannen die Mosiahs nach den Karossen zu rufen. Andere Mosiahs zauberten Karossen herbei. Manche Mosiahs verschwanden einfach.

Transversalen öffneten sich in Mengen, gewaltige Tore ins Nichts, bis die Luft über dem Hain Ähnlichkeit mit einem von Mäusen zernagten Käse bekam. Mosiahs zu Hunderten traten hinein und stürzten die *Thon Li*, die Meister der Transversalen, in ungeheure Verwirrung.

»Weißt du«, meinte Simkin/Mosiah bescheiden,

griff ein orangefarbenes Tüchlein aus der Luft und betupfte sich damit die Nase, »ich *bin* ein Genie.«

Er trat in eine Transversale und zog einen anderen Mosiah hinter sich her. »Moment mal, alter Junge«, hörte einer der verstörten *Thon-Li* ihn fragen, »du bist es doch wirklich, oder etwa nicht?«

# Auf der Flucht

»Mosiah, dieser Narr!« schäumte Joram und lief aufgebracht hin und her. »Warum ist er aus dem Haus gegangen?«

»Ich finde, Mosiah hat bemerkenswert viel Geduld bewiesen. Schließlich kannst du nicht erwarten, daß er deine gärtnerischen Interessen teilt«, bemerkte Saryon zurechtweisend. »Er ist länger als eine Woche hier eingesperrt gewesen und hatte als Zeitvertreib nur die Bücher in Lord Samuels' Bibliothek, während du ...«

»Schon gut, schon gut«, wehrte Joram ab. »Erspart mir den Sermon.«

Seufzend, mit sorgenvoll gerunzelter Stirn, legte Saryon sich wieder zurück und zupfte nervös an der Bettdecke. Es war Abend und Mosiah noch immer nicht nach Hause zurückgekehrt. Nicht, daß irgend jemand im Haushalt ihres Gastgebers sich deswegen große Sorgen gemacht hätte. Schließlich war es ganz natürlich, daß der junge Mann sich die Sehenswürdigkeiten Merilons anschauen wollte und darüber vielleicht die Zeit vergessen hatte.

Joram nahm zusammen mit der Familie das Abendessen ein. Lord Samuels und Lady Rosamund begegneten ihm höflich, aber kühl, und es wurde nicht viel gesprochen. (Hätten sie von dem Vorfall im Garten gewußt, wäre es lebhafter zugegangen, aber Marie bewahrte das Geheimnis ihrer jungen Herrin.) Die Unterhaltung drehte sich fast ausschließlich um Simkin. Er sollte an diesem Nachmittag eine sensationelle Illusion in Merlyns Hain kreiert haben. Niemand wußte Genaues, aber in der Stadt war man schier aus dem Häuschen.

»Ich hoffe, Simkin ist morgen wieder da, um uns zum Ball zu begleiten. Du nicht auch, Joram?« wagte Gwen den jungen Mann zu fragen. Bevor er antworten konnte, mischte Lord Samuels sich ein.

»Du solltest jetzt auf dein Zimmer gehen, Kind«, sagte er kühl. »Morgen ist ein anstrengender Tag, du brauchst deinen Schlaf.«

»Ja, Papa.« Gwendolyn stand gehorsam auf und ging, allerdings nicht, ohne von der Tür aus einen letzten Blick auf den Geliebten zu werfen.

Joram nutzte die Gelegenheit, ebenfalls den Tisch zu verlassen; er entschuldigte sich mit seiner Sorge um den Katalyten.

Saryon war inzwischen aus seiner Bewußtlosigkeit erwacht. Er fühlte sich noch zu schwach, um aufzustehen, konnte aber im Bett sitzen und ein paar Löffel Suppe zu sich nehmen. Die *Theldara* war am Morgen bei ihm gewesen und hatte ihn für wiederhergestellt erklärt, aber dennoch Schonung empfohlen, die Fortführung der Musiktherapie, Kräuterdämpfe und Hühnerbrühe. Auch hatte sie deutlich zu verstehen gegeben, daß sie bereit war, über alles zu sprechen, das den Katalyten möglicherweise beschäftigte. Saryon akzeptierte die Musik, die Kräuter und die Hühnerbrühe, meinte aber bescheiden, daß ihn nichts beschäftigte, über das zu sprechen sich lohnte. Die *Theldara* hatte den Kopf geschüttelt und war gegangen.

Wieder und wieder überdachte Saryon das Dilemma, in dem er sich befand. In einem Fiebertraum sah er Joram als den Narren im Tarotdeck – am Rand einer Klippe wandernd, den Blick zur Sonne erhoben, während vor seinen Füßen der Abgrund gähnte.

Mehrmals fühlte Saryon sich versucht, ihm die Wahrheit zu sagen, die Hand auszustrecken, um zu verhindern, daß er stürzte, doch jedesmal wachte er vorher auf.

»Das würde ihm die Augen für die Gefahr öffnen«, murmelte der Katalyt vor sich hin, »aber würde er vom Rand der Klippe zurücktreten? Nein. Kronprinz von Merilon. Das wäre die Erfüllung seiner kühnsten Träume. Er würde lachen, wenn man ihn warnte, daß es sein Untergang wäre ... Nein«, beschloß der Katalyt nach langem Grübeln. »Nein. Ich werde ihm nichts sagen. Ich kann es nicht. Was kann ihm jetzt im schlimmsten Fall passieren? Die *Theldara* wird ihn als Hochstapler entlarven, doch Lord Samuels wird im Palast eine Szene vermeiden wollen. Ich werde Joram nehmen, und wir verlassen schnell und ohne Aufsehen die Stadt. Sharakan. Dorthin können wir gehen.«

Saryon hatte sich alles genau zurechtgelegt, doch jetzt war Mosiah verschwunden, ohne eine Nachricht zu hinterlassen ...

»Ihm muß etwas zugestoßen sein«, erklärte Joram. »Bei Tisch wurde viel über Simkin geredet. Irgendein Kunststück, das er sich wieder geleistet hat. Glaubt Ihr, Mosiah könnte bei ihm gewesen sein?«

Saryon hob müde die Schultern. »Wer weiß. Keiner im Haus hat ihn weggehen sehen, und Simkin ist schon seit Tagen nicht mehr hier gewesen.« Er schwieg einen Moment, dann sagte er: »Du solltest Merilon verlassen, Joram. Jetzt gleich. Wenn ihm etwas zugestoßen ist ...«

»Nein!« Joram hielt in seinem ruhelosen Umherwandern inne und starrte den Katalyten mit funkelnden Augen an. »Ich bin zu nah am Ziel! Morgen abend ...«

»Saryon hat recht, fürchte ich«, unterbrach ihn eine Stimme.

»Mosiah!« Mit grimmiger Erleichterung sah Joram, wie sich die Transversale öffnete und der Vermißte heraustrat. »Wo bist du ...« Die Worte erstarben ihm auf den Lippen. Ein weiterer Mosiah, dieser mit einem orangefarbenen Tuch um den Hals, war hinter dem ersten aufgetaucht.

»Ein hilfreiches Unterscheidungsmerkmal«, bemerkte der Mosiah mit dem Halstuch. »Man kennt sich ja langsam selbst nicht mehr. Auf Ehre«, fuhr er dann zufrieden fort, »dieses Leben eines Flüchtlings vor dem Gesetz fängt an, mir Spaß zu machen.«

»Was hat das zu bedeuten?« verlangte Joram zu wissen und starrte ratlos vom einen zum andern.

»Das ist eine lange Geschichte. Es tut mir leid, aber ich habe uns alle in große Gefahr gebracht.« Mosiah – der echte Mosiah – betrachtete seinen Freund niedergeschlagen. Im hellen Licht war er auch ohne Halstuch leicht von Simkin zu unterscheiden. Sein Gesicht war blaß und angespannt, er hatte dunkle Ringe unter den Augen. »Sie sind nicht hier gewesen, oder doch?« fragte er und schaute sich gehetzt um. »Simkin behauptet, sie würden mich unbehelligt lassen, solange ich noch en vogue bin.«

»Wer ist nicht hier gewesen?« fragte Joram aufgebracht. »Was soll das bedeuten – en vogue?«

»Die *Duuk-tsarith*«, antwortete Mosiah in kaum verständlichem Flüsterton.

»Erzähl uns, was geschehen ist«, forderte Saryon ihn auf. Seine Stimme klang heiser, Angst schnürte ihm die Kehle zu.

Hastig und ziemlich verworren, berichtete Mosiah, was in Merlyns Hain vorgefallen war. »Und überall laufen Kopien von mir herum«, sagte er abschließend und breitete die Arme aus, als wollte er die ganze Welt umfassen. »Als Simkins Zauber nachzulassen begann, erneuerten die Leute ihn von sich aus! Ich habe keine Ahnung, was die *Duuk-tsarith* jetzt tun oder denken ...«

»Sie werden eine Zeitlang verwirrt sein«, meinte Saryon ernst, »aber schon bald wieder zur Besinnung kommen. Natürlich haben sie dich mit Simkin in Verbindung gebracht. Ihr erster Weg wird in den Palast führen, um diskret Erkundigungen einzuziehen ...« Er schüttelte den Kopf. »Es ist nur eine Frage der Zeit, bis sie herausfinden, wer dich in der Stadt aufgenommen hat. Es stimmt, Joram. Du mußt fort!«

Beim Anblick von Jorams störrischem Gesichtsausdruck hob er die zitternde Hand. »Laß mich aussprechen. Ich sage nicht, daß du die Stadt verlassen sollst, obwohl es das ist, was ich dir am dringendsten raten möchte. Wenn du entschlossen bist, zum Ball des Kaisers morgen zu gehen ...«

»Ich bin entschlossen.«

»Dann bleib in Merilon. Aber wenigstens verbirg dich heute nacht außerhalb dieses Hauses. Es wäre schade«, fügte Saryon hinzu und bat den Gott, an den er nicht mehr glaubte, um Verzeihung für die Lüge, »das Erbe fast in der Hand zu haben und dann durch mangelnde Vorsicht alles zu verlieren. Ich denke ...«

»Nun gut! Vielleicht habt Ihr recht«, fiel Joram ihm ungeduldig ins Wort. »Aber wo soll ich mich verstecken? Und was wird aus Euch?«

»Du könntest dich verstecken, wo auch wir den ganzen Tag gesteckt haben – in Merlyns Hain«, schlug Simkin vor. »Vor Langeweile zu Tränen gerührt, übrigens.«

»Mir wird nichts geschehen«, erklärte Saryon. »Als Pater Dunstabel bin ich am wenigsten von euch allen gefährdet. Mein Fortgang würde höchstens Verdacht erregen. Wenn ich bleibe, gelingt es mir womöglich sogar, sie von eurer Spur abzubringen.«

»Ich weiß gar nicht, weshalb ihr euch alle Sorgen um unseren kahlen Freund macht«, warf Simkin ein.

Das schüttere Schnurrbärtchen hing ihm traurig über die Mundwinkel. »Ich bin's, der deprimiert sein sollte. Man stelle sich vor, ich habe einen Modetrend ausgelöst, den ich persönlich grauenhaft finde! Am Hof kleidet sich jeder, als wollte er sich mit den Schweinen suhlen oder auf dem Acker herumtollen.«

»Wir sollten uns auf den Weg machen«, drängte Mosiah nervös. »Ich werde das Gefühl nicht los, daß unsichtbare Augen mich belauern, unsichtbare Hände nach mir greifen! Das macht mich verrückt! Und ich für meinen Teil bin nicht dafür, daß wir uns im Hain verstecken. Ich finde, wir sollten die Stadt verlassen. Heute nacht noch, solange es noch ungefährlich ist. Es laufen immer noch Hunderte von mir auf den Straßen herum. Simkin kann uns alle in Mosiahs verwandeln, und in dem Durcheinander gelingt es uns bestimmt, unbemerkt aus dem Tor zu schlüpfen.«

»Nein!« Joram wandte sich verärgert ab, aber Mosiah trat vor ihn, so daß sie sich Auge in Auge gegenüberstanden.

»Dieser Ort ist nichts für uns«, sagte Mosiah eindringlich. »Merilon ist schön, herrlich, aber – nichts hier ist wirklich! Die Menschen sind nicht wirklich! Ich weiß, ich drücke mich nicht sehr verständlich aus ...« Er suchte nach Worten. »Als ich heute vor all diesen Leuten im Hain unsere Heimat entstehen ließ, kamen die Truggestalten unserer Freunde mir lebendiger vor als die Zuschauer um mich herum!«

»Die Menschen hier sind wie die Jahreszeiten in Merilon«, meinte Saryon leise, den Blick zur Zimmerdecke gerichtet. »Für sie ist immer Frühling. Ihre Herzen sind grün und hart wie die Knospen an einem jungen Baum. Sie haben nie im Sommer geblüht noch Frucht getragen im Herbst. Nie hat die kalte Hand des Winters sie berührt und ihnen Kraft gegeben ...«

Joram schaute finster von Mosiah zu Saryon. »Ein

FeldMagus, der sich als Katalyt, und ein Katalyt, der sich als Dichter entpuppt«, knurrte er.

»Ihr habt ja immer noch mich«, verkündete Simkin fröhlich. Er löste den Zauberbann über der Harfe und begann eine lebhafte Melodie zu spielen, die an den ohnehin gespannten Nerven der Zuhörer zerrte. »Ich bin der Fixpunkt des Wahnsinns in jeder normalen Situation. Viele Leute finden das beruhigend.«

»Hör auf damit!« Zornig legte Mosiah die Hand über die Harfensaiten. »Du wirst das ganze Haus aufwecken!«

Joram schüttelte den Kopf. »Ihr könnt sagen, was ihr wollt. Ich bleibe. Und du auch, Mosiah. Morgen abend wird sich meine wahre Identität herausstellen. Dann bin ich Baron Fitzgerald, und niemand kann mehr Hand an uns legen.«

Mosiah breitete verzweifelt die Arme aus und schaute zu Saryon. »Pater, könnt Ihr ihn nicht überzeugen?«

»Nein, mein Sohn«, erwiderte der Katalyt betrübt. »Ich habe es versucht ...«

Mosiah senkte nachdenklich den Kopf und schwieg eine Weile. Dann streckte er Joram die Hand entgegen. »Leb wohl, mein Freund. Ich gehe jetzt. Ich will zurück nach Hause ...«

»Nein, du gehst nicht!« rief Joram gereizt und ignorierte die ausgestreckte Hand. »Es ist viel zu gefährlich. Warte noch, wenigstens einen Tag. Ich komme mit in diesen Hain, wenn du es unbedingt willst.« Er drehte sich zu dem Katalyten herum. »Und morgen abend haben wir keinen Grund zur Sorge mehr! Ich weiß, daß alles gut wird!« Er ballte die Fäuste.

Mosiah holte tief Atem. »Joram.« Er schaute durch das Fenster in den mondhellen Garten hinaus. »Ich möchte wirklich gerne nach Hause ...«

»Und ich möchte, daß du bleibst«, unterbrach ihn

Joram. Er legte ihm die Hand auf die Schulter. »Ich bin auch nicht wortgewandter als du«, sprach er halblaut weiter. »Seit ich denken kann, bist du mein Freund gewesen. Du warst mein Freund, als ich keinen Freund wollte. Ich habe alles getan, um dich loszuwerden.« Sein Griff an Mosiahs Schulter verstärkte sich, als fürchte er jetzt, ihn zu verlieren. »Doch irgendwo tief in meinem Innern . . .«

Die Harfe gab einen plärrenden Mißton von sich. »Entschuldigung«, meinte Simkin beschämt und brachte die Saiten zum Schweigen. »Ich muß eingenickt sein.«

Joram biß sich errötend auf die Lippen. »Wie auch immer«, fuhr er mühsam fort, »ich möchte, daß du bleibst und wir gemeinsam das Ende der Geschichte erleben. Wie soll ich außerdem heiraten, ohne dich an meiner Seite zu wissen? Wo du immer gewesen bist . . .« Seine Stimme brach, er zog abrupt die Hand zurück und wandte sich ab. »Aber mach, was du willst«, sagte er schroff und starrte seinerseits aus dem Fenster.

Mosiah betrachtete seinen Freund in sprachloser Verwunderung. Nach einer Weile räusperte er sich. »Ich . . . ich glaube, ein Tag mehr oder weniger macht keinen großen Unterschied«, meinte er heiser.

Saryon konnte sehen, daß dem jungen Mann die Tränen in die Augen stiegen, und auch er war bewegt. Es gab keinen Zweifel an Jorams Aufrichtigkeit und der offensichtlichen Qual, die es ihm bereitete, einem anderen sein Herz zu öffnen. Und doch flüsterte eine hämische Stimme in Saryons Gedanken: Er benutzt ihn, benutzt dich, täuscht euch alle, um seinen Willen zu bekommen, wie er es bisher getan hat und auch in Zukunft tun wird. Vielleicht kann er nicht anders. Schließlich ist er ein Prinz von Merilon.

»Simkin«, Joram schaute in die Zimmerecke, wo

der Angesprochene neben der Harfe saß und sich eben ungeniert in sein orangefarbenes Seidentuch schneuzte, »ist der Hain ein sicheres Versteck?«

Simkin stieß einen abgrundtiefen Seufzer aus, seine Unterlippe begann zu beben, und dicke Tränen fielen auf das mißbrauchte Tuch.

»Was ist los?« erkundigte sich Joram ungeduldig, aber er konnte ein Lächeln nicht unterdrücken.

»Das erinnert mich an den Tag, als mein geliebter Bruder, Klein-Nathan, im Sterben lag. Nach dem Verzehr einer großen Menge gestohlener Erdbeertörtchen. Er leugnete natürlich, aber die Wahrheit stand ihm ins Gesicht geschrieben. Vielleicht waren auch nicht so sehr die Törtchen an seinem beklagenswert frühen Ende schuld als vielmehr die Karosse, die ihn überfuhr, als er nach Hause schwebte. Seine letzten Worte lauteten: ›Simkin, sie waren sauer!‹ Darin verbirgt sich ein tieferer Sinn, aber ich weiß nicht genau, was für einer.« Er wischte sich die geröteten Augen.

»Simkin ...« Jorams Stimme hatte einen unheilverkündenden Klang.

»Ich hab's! Unreif! Dieser Plan ist unausgereift! Andererseits«, meinte er nach kurzem Nachdenken, »das Versteck ist vielleicht *wirklich* sicher. Morgen haben wir den Hain ganz für uns. Alle Welt wird beim Palast zusammenströmen, um bei den Festlichkeiten dabeizusein. Die *Duuk-tsarith* werden alle Hände voll zu tun haben. Mosiah kann also unbesorgt zurückbleiben, wenn wir abends zum Ball gehen ...«

»Bleibst du denn nicht bei mir?« fragte Mosiah etwas zu rasch, um unbefangen zu wirken.

»Auf die Party verzichten?« Simkin war erschüttert. Er wedelte mit der Hand in Jorams Richtung. »Unser von Melancholie umwitterter Freund hier ist nicht unbedingt berühmt für seinen Charme oder seine höfischen Manieren. Er bedarf meiner Hilfe und Unterweisung; ich muß ihn durch den Irrgarten der Courtoisie geleiten, das trügerische Geflecht von Galanterie und Hypokrisie . . .«

»*Ich* werde auch bei ihm sein«, warf der Katalyt in ungewohnt bissigem Ton ein.

»Und niemand könnte darüber erfreuter sein als ich«, antwortete Simkin ernsthaft. »Im Vertrauen gesagt, wahrscheinlich bedarf es unserer vereinten Kräfte, ihn an den gesellschaftlichen Klippen vorbeizusteuern«, prophezeite er dann munter. »Abgesehen davon, falls einer es vergessen hat, die Einladung galt ursprünglich mir.«

»Dir wird schon nichts passieren, während wir fort sind«, sagte Joram zu Mosiah. »Und morgen nacht, sobald die *Theldara* bestätigt hat, wer ich bin, kommen wir zurück in den Hain, um dich abzuholen. Dann feiern wir alle zusammen hier meine Baronie und meine Verlobung.«

Morgen nacht kehren wir zu Mosiah in den Hain zurück und bewerkstelligen von dort unsere Flucht, dachte Saryon bei sich. Vielleicht nahm doch noch alles ein gutes Ende.

»Ich werde auf euch warten«, erklärte Mosiah, allerdings nicht besonders freudig.

Joram lächelte, ein freies, offenes Lächeln: Die dunklen Augen erhellte ein seltenes, warmes Leuchten. »Du wirst sehen«, versprach er, »alles wird gut. Ich werde . . .«

»Na, wir sollten uns auf den Weg machen.« Simkin sprang so plötzlich auf, daß sein Fuß sich in den Saiten verfing und eine schaurige Kakophonie hervorbrachte. Nach einem verbissenen Kampf gelang es Simkin, sich zu befreien. »Also los.« Er scheuchte Mosiah und Joram zur Tür wie Nachzügler einer Schafherde. »Mit unserem toten Freund hier können wir die Transversalen nicht benutzen, aber das macht nichts. Die Straßen sind bestimmt noch sicher, auch wenn ich annehme, daß die Zahl der Mosiahs inzwischen rückläufig ist.«

»Warte! Was werdet Ihr Gwen sagen – ich meine, Lord Samuels«, fragte Joram den Katalyten.

»Er wird ihnen sagen, daß ich dich abgeholt habe, um für die Aufführung morgen abend zu proben«, antwortete Simkin an Saryons Statt und zupfte Joram am Ärmel. »Es wird Zeit, alter Knabe. Nächtliche Schatten schleichen durch die Straßen, und manche von ihnen sind aus Fleisch und Blut!«

»Ich werde mit Gwendolyn reden«, versicherte Saryon mit einem schwachen Lächeln. Er begriff, worum es Joram wirklich ging.

Zu seiner Verwunderung trat der junge Mann an sein Bett, beugte sich zu ihm hinunter und ergriff seine magere Hand.

»Bis morgen abend«, sagte er fest. »Dann haben wir Grund zu feiern.«

»Wie die Gräfin d'Longeville anläßlich der Hochzeit zu ihrem sechsten Ehemann sagte«, bemerkte Simkin, während er Joram aus der Tür schob.

Saryon hörte, wie die leisen Schritte sich den Flur hinunter entfernten, dann tönte Simkins Stimme durch das stille Haus zu ihm zurück: »War es ihre Hochzeit? Oder seine Beerdigung?«

Nacht senkte sich über Merilon – so weit, wie man es ihr gestattete. Man erlaubte der Dunkelheit nur, die schlummernden Bürger zu benetzen, nicht, sie zu ertränken.

Obwohl Saryon schwach war und müde, trieb er ruhelos und gepeinigt auf der Oberfläche des Schlafs dahin.

Weder versank er in gnädiges Vergessen, noch gelangte er ans Ufer des Wachens.

Sein Zimmer war dunkel und still; die Harfe, die nicht mehr spielen mochte, stand mißmutig schweigend in der Ecke. Die Gobelins waren herabgelassen, um die schädlichen Einflüsse von Mond und Sonne abzuhalten. Die aromatischen Kräuter hatte man entfernt, als Saryon klagte, daß sie ihm Kopfschmerzen verursachten. Das einzige Geräusch, das die Stille unterbrach, war der schwere Atem des Katalyten.

Lautlos wie die Nacht selbst materialisierten sich zwei vom Scheitel bis zur Sohle in Schwarz gehüllte Gestalten in der Dunkelheit des Zimmers und schwebten zum Bett des Katalyten.

»Pater Dunstabel«, sagte eine leise weibliche Stimme.

Der Schlafende regte sich nicht.

»Pater Dunstabel«, wiederholte die Stimme eindringlicher.

Der Katalyt bewegte sich fahrig, drehte den Kopf auf dem Kissen, wie um die Störung abzuschütteln, und seine Hand zog die Bettdecke höher.

»Saryon!« rief die schwarzgewandete Frau.

»Ja?« Der Katalyt fuhr hoch und schaute sich verstört um. Zuerst konnte er nichts sehen – die Gestalten, die gleich dunklen Engeln über seinem Bett schwebten, waren eins mit der Nacht. Als er sie schließlich wahrnahm, traten ihm die Augen aus den Höhlen, und ein ersticktes Ächzen entrang sich seiner Kehle.

»Schnell«, befahl die Frau. »Damit er nicht einen zweiten Anfall erleidet.«

Ihr Begleiter hatte bereits die Beschwörungsformel gesprochen. Saryon erschlaffte, sein Kopf fiel zurück in die Kissen, und er sank in einen magischen Schlummer. Über seinen reglosen Körper hinweg tauschten der Hexenmeister und die Hexe befriedigte Blicke aus.

»Ich hatte Euch gesagt, daß die Kirche sich der Ihren annimmt«, sagte die Hexe. Sie deutete auf den Katalyten. »Er soll umgehend ins Baptisterium gebracht werden.«

Der Hexenmeister, die Hände der Ordensregel entsprechend gefaltet, nickte.

»Habt Ihr das Haus durchsucht?« fuhr die Hexe fort.

»Die jungen Männer sind fort.«

»Damit habe ich gerechnet.« Sie zuckte mit den Schultern; die fast unmerkliche Bewegung der Kapuze ihrer schwarzen Kutte deutete an, daß sie den Blick auf ihr Opfer richtete. »Das macht nichts«, meinte sie leise. Ein Wink der schmalen Hand. »Geht.«

Ihr Begleiter neigte den Kopf. Ein magischer Befehl, und der Körper des Katalyten erhob sich in die Luft. Fäden, dünner als Seidengespinst, schossen aus den Fingerspitzen des Hexenmeisters und woben Saryon in einen magischen Kokon. Der Hexenmeister sprach ein zweites Wort, und eine Transversale tat sich vor ihm auf; die *Thon-Li* hatten auf sein Zeichen gewartet. Auf eine knappe Geste hin schwebte der eingesponnene Katalyt von seinem Bett in die Transversale. Der Hexenmeister folgte ihm. Hinter den beiden schloß sich die Transversale rasch und lautlos.

Die Hexe verharrte noch in dem stillen Zimmer und gestattete sich den Luxus eines Augenblicks wohlverdienter Selbstzufriedenheit. Doch es gab noch viel zu tun. Sie legte die Innenflächen der Hände wie betend zusammen, hob sie an die Stirn und führte sie langsam nach unten, dabei murmelte sie geheime Formeln.

Ihr Äußeres veränderte sich. Nach wenigen Momenten stand die *Theldara*, die Saryon behandelt hatte, im Zimmer.

Die Hexe sprach laut vor sich hin, um Klang und Tonfall ihrer Stimme zu prüfen: »Lord Samuels, es tut mir leid, Euch sagen zu müssen, daß Pater Dunstabel während der Nacht einen Rückfall erlitten hat. Ich habe ihn in die Häuser des Heilens bringen lassen . . .«

# Postludus

Hände der Nacht ergriffen ihn, lähmten ihn mit ihrer Zauberkraft. Er reiste durch Korridore der Dunkelheit, die wie der in Dunkelheit mündeten. Dort lag er und wartete auf den Schrecken, von dem er wußte, daß er kommen würde. Eine Stimme rief seinen Namen; er kannte diese Stimme und wollte nicht auf sie hören. In panischer Angst griff er nach dem Amulett um seinen Hals, das ihn schützen konnte, aber es war nicht mehr da! Es war fort, und da wußte er, daß die Hände der Nacht es ihm genommen hatten. Ein Teil von ihm wehrte sich gegen das Erwachen, doch ein anderer sehnte sich danach, diesen quälenden Traum zu beenden, der schon sein ganzes Leben lang gedauert zu haben schien. Die Stimme klang nicht zornig, sondern freundlich und ein wenig sorgenvoll. Es war die Stimme seines Vaters, der den ungehorsamen Sohn ermahnte ...«

»Saryon ...«

»*Obedire est vivere. Vivere est obedire*«, murmelte Saryon wie im Fieber.

»Gehorchen ist leben. Leben ist gehorchen«, wiederholte die Stimme in bekümmertem Tonfall. »Die heiligste Regel unseres Ordens. Und du hast sie vergessen, mein Sohn. Wach jetzt auf, Saryon. Laß dir durch die Finsternis helfen, die dich umgibt.«

»Ja! Ja, hilf mir!« Saryon streckte die Hand aus und fühlte, wie sie mit festem Griff umfaßt wurde. Er öffnete die Augen, in der Erwartung, seinen Vater zu sehen, den sanftmütigen Zauberer, an den er sich kaum noch erinnern konnte. Statt dessen erblickte er Bischof Vanya.

Der Katalyt rang nach Atem und schnellte empor.

Er hatte eine verschwommene Erinnerung daran, gefesselt worden zu sein, und kämpfte gegen seine Bande, nur um verwirrt festzustellen, daß es sich um nichts weiter handelte als wohlriechende Laken und Decken. Auf den Wink des Bischofs näherte sich ein junger Druide dem Bett und drückte den gehetzt um sich blickenden Katalyten wieder in die Kissen zurück.

»Ganz ruhig, Pater Saryon«, sagte der Druide freundlich. »Ihr habt viel erlitten, aber jetzt seid Ihr zu Hause, und alles wird wieder gut – wenn Ihr Euch von uns helfen laßt.«

»Mein ... mein Name ist ... Ich heiße nicht Saryon«, brachte der verstörte Katalyt heraus und musterte seine Umgebung, während der Druide die weichen Kissen unter seinem Kopf zurechtlegte.

Er wurde nicht, wie er geträumt hatte, von schwarzgekleideten Gestalten in einem düsteren Verlies gefangengehalten. Er befand sich in einem sonnigen Zimmer mit blühenden Pflanzen. Zu Hause, hatte der Druide gesagt. Ja, dachte Saryon, und Tränen stiegen ihm in die Augen, so übermächtig war das Gefühl des Friedens und der Geborgenheit, das ihn erfüllte. Ja, ich bin zu Hause! Im Baptisterium ...

»Mein Sohn«, sagte Bischof Vanya, und die Trauer und Enttäuschung in seiner Stimme ließen Saryons Augen überlaufen, so daß Tränen über sein Gesicht rannen, das fremde Gesicht, das Gesicht eines anderen. »Besudele deine Seele nicht halsstarrig mit dieser Lüge. Ihr Gift hat sich von deinem Herzen bis in deinen Körper ausgebreitet. Ich möchte dir jemanden vorstellen.«

Saryon wandte den Kopf ab, als eine Gestalt in sein Blickfeld trat.

»Saryon«, sprach Bischof Vanya weiter, »dies hier ist Pater Dunstabel. Der *wirkliche* Pater Dunstabel.«

Mit geschlossenen Augen schluckte Saryon den bitteren Geschmack hinunter, der ihm in den Mund gestiegen war. Es war zu Ende. Er war verloren. Es gab nichts mehr, was er noch tun konnte, außer Joram zu schützen. Und das wollte er tun, auch wenn es ihn das Leben kostete! Was war dieses Leben schließlich noch wert? Nicht viel. Sogar sein Gott hatte ihn im Stich gelassen.

Er vernahm murmelnde Stimmen und hatte den Eindruck, daß Bischof Vanya sowohl den Druiden wie auch den Katalyten aus dem Zimmer schickte. Es kümmerte ihn nicht. Der Bischof wird jetzt nach den *Duuk-tsarith* rufen, dachte er. Sie verfügen über Mittel und Wege, erzählt man, die Gedanken eines Menschen zu lesen, in den Schädel einzudringen und die Wahrheit ans Licht zu zerren. Der Schmerz soll furchtbar sein, wenn man sich dagegen zur Wehr setzt. Wahrscheinlich werde ich es nicht überleben. Bei dem Gedanken fühlte er sich plötzlich wie von einer schweren Last befreit, und es machte ihn ungeduldig, daß nichts geschah. Worauf wartet ihr? Fangt endlich an! befahl er seinen Peinigern stumm.

»Diakon Saryon«, begann Bischof Vanya. Es überraschte den Katalyten, seinen alten Titel zu hören. Ihn überraschte auch der unverändert traurige Klang in der Stimme des Bischofs. »Ich möchte, daß Ihr mir sagt, wo wir diesen jungen Mann finden können, Joram.«

Aha! Darauf hatte Saryon gewartet. Entschlossen schüttelte er den Kopf. Jetzt werden sie gleich kommen, dachte er.

Statt dessen folgte nur Stille den Worten des Bischofs. Er hörte das Rascheln von Vanyas kostbaren Roben, als er sich auf seinem Sessel bewegte, und seine langsamen, schweren Atemzüge. Es waren die Atemzüge eines alten Mannes, kam es Saryon plötzlich zu Bewußtsein. Er hatte sich nie über das Alter des Bischofs Gedanken gemacht, aber wahrhaftig – er selbst war Mitte Vierzig und immer noch um einiges jünger als Vanya damals, zur Zeit von Saryons ›Sündenfall‹. Inzwischen mußte er wie alt sein? Siebzig? Achtzig? Immer noch Stille, unterbrochen von dem mühsamen Atem ...

Vorsichtig öffnete Saryon die Augen. Die Augen des Bischofs ruhten auf ihm – mit einem nachdenklichen Ausdruck, als könne er sich nicht entscheiden, was er tun sollte.

Als er seinen Superior jetzt mit größerer Aufmerksamkeit musterte, entdeckte er tatsächlich in dem vertrauten Gesicht Spuren des Alters. Merkwürdig, er hatte ihn erst vor einem Jahr gesehen. Vor weniger als einem Jahr. War es erst vor so kurzer Zeit gewesen, daß Vanya ihn in der armseligen Behausung in Walren aufgesucht hatte? Ihm kam es vor wie hundert Jahre ... Und es schien, daß diese hundert Jahre auch an seinem Bischof nicht spurlos vorübergegangen waren.

Saryon setzte sich auf und lehnte sich mit dem Rücken an das Kopfteil des Bettes, ohne den Blick von dem Kirchenfürsten abzuwenden. Er hatte Bischof Vanya erst einmal in seinem Leben erschüttert gesehen – bei der Prüfungszeremonie des neugeborenen Prinzen, bei Jorams Prüfung, als sich herausstellte, daß er ohne Magie war. Jetzt und hier entdeckte er den gleichen Ausdruck auf dem Gesicht des Mannes – Sorge, Betroffenheit ... Nein, es war mehr als das. Es war Furcht!

»Was hat das zu bedeuten? Warum schaut Ihr mich so an?« verlangte Saryon zu wissen. »Ihr habt mich belogen! Ich weiß es seit langem. Sagt mir die Wahrheit! Ich habe ein Recht darauf, sie zu erfahren! Im Namen des Almin!« rief der Katalyt plötzlich aus und beugte sich zitternd vor. »Ich verdiene, sie zu erfahren! Diese Angelegenheit hätte mich beinahe den Verstand gekostet!«

»Beruhigt Euch, Bruder«, mahnte Bischof Vanya streng. »Ich habe Euch belogen. Aber nicht aus freiem Willen. Ich habe gelogen, weil mich der stärkste und bindendste Schwur verpflichtet, dieses furchtbare Geheimnis niemandem zu enthüllen. Und doch werde ich jetzt zu Euch darüber sprechen, damit Ihr die Bedrohlichkeit der Situation erkennt und uns helft, die Gefahr abzuwenden.«

Verwirrt lehnte Saryon sich zurück.

Er traute dem Mann nicht. Doch wie er auch in den feisten Zügen forschte, er sah keine Anzeichen für Unaufrichtigkeit oder Hinterlist. Da war nur ein alter Mann, dick, mit blassen Hängebacken und plumpen weißen Händen, die ruhelos über die Armlehnen des Sessels strichen.

Bischof Vanya holte tief und stockend Atem. »Vor langer Zeit, nach dem Ende der schrecklichen Eisenkriege, herrschte Chaos in ganz Thimhallan. Ihr wißt es, Saryon. Ihr habt die Geschichtsbücher studiert, also kann ich mir die Einzelheiten sparen. Das war der Zeitpunkt, an dem wir Katalyten erkannten, daß sich uns die Möglichkeit bot, endlich die Kontrolle über die zersplitterte Welt zu ergreifen und mittels unserer Macht die Teile neu zusammenzufügen. Jeder Stadtstaat würde sich nach außen hin auch in Zukunft selbständig regieren, aber unter unserer wachsamer Aufsicht. Die *Duuk-tsarith* sollten unsere Augen und Ohren sein, unsere Hände und Füße.

Man könnte sagen, daß wir erfolgreich gewesen sind. Dem Krieg folgten Jahrhunderte des Friedens. Bis jetzt.« Er seufzte und rückte unruhig seinen massigen Leib in dem Sessel zurecht. »Sharakan! Diese Narren! Abtrünnige Renegaten, die Befreiung von der

Tyrannei ihres eigenen Ordens predigen, während der Herrscher sich mit den Adepten der Schwarzen Künste verbündet ...«

Saryon konnte fühlen, wie sein Gesicht vor Scham brannte. Jetzt war er es, der sich unruhig in seinem Bett bewegte, doch er wandte den Blick nicht von Vanya ab.

»Unter normalen Umständen hätte uns diese Entwicklung nicht über Gebühr beunruhigt. Es hat in der Vergangenheit schon Konflikte gegeben, aber sie wurden beigelegt, mit der Hilfe der *Duuk-tsarith,* der *DKarn-Duuk,* des magischen Wettstreits. Aber diesmal ist es anders. Diesmal spielt noch ein weiterer Faktor mit ... ein weiterer Faktor.«

Vanya verstummte erneut. Sein Gesicht, sein ganzer Körper legten Zeugnis ab für den Aufruhr, der in ihm tobte. Die ruhelosen Hände umkrampften die Sessellehnen; die Knöchel färbten sich weiß. »Was ich Euch sagen will, Pater Saryon, steht nicht in den Geschichtsbüchern.«

Saryon preßte die Lippen zusammen.

»Um erfolgreicher herrschen zu können, versuchten die Katalyten der Eisenkriege, in die Zukunft zu schauen. Wir haben weder die Zeit, noch besteht die Notwendigkeit, Euch zu erklären, wie das zu bewerkstelligen ist. Ohnehin besitzen wir diese Fähigkeit nicht mehr. Vielleicht ist es auch gut so. Ein Bischof jener Ära wagte jedenfalls mit dem Beistand des einzigen noch lebenden Theurgen dieses gewaltige Unterfangen, das ihn in direkten Kontakt mit dem Almin bringt. Es gelang, Saryon.« Vanya senkte ehrfürchtig die Stimme. »Dem Bischof wurde gewährt, einen Blick in die Zukunft zu tun. Doch was er kundtat, war nicht, was er erwartet hatte, was alle erwartet hatten. Dies sind die Worte, die er zu den staunenden Mitgliedern des Ordens sprach, die sich um ihn versammelt hatten. ›Dem Königshaus wird einer geboren werden, der tot ist und doch lebt, der wieder stirbt und wieder zum Leben erwacht. Und bei seiner Wiederkehr hält er in seinen Händen das Ende der Welt . . .‹«

Die Worte waren für Saryon ohne Bedeutung. Ihm war, als hörte er eines der Märchen, das die HausMagierin vor dem Zubettgehen zu erzählen pflegte. Er starrte den Bischof an, der ihn schweigend ansah, wohl wissend, das nichts, was er jetzt noch hinzufügte, Saryon die Tragweite seiner Worte eindringlicher vor Augen führen konnte, als wenn die Erkenntnis aus ihm selbst kam.

Er hatte recht. Das Begreifen traf Saryon wie ein Schwertstoß, der seinen Körper durchbohrte und ihn mitten in die Seele traf.

*Dem Königshaus geboren – einer, der tot ist – lebt – wieder stirbt – Zerstörung der Welt.*

»Im Namen des Almin!« stieß Saryon hervor. Das Schwert seiner Erkenntnis war bitter und tödlich wie Stahl. »Was habe ich getan? Was habe ich getan?« rief er in höchster Verzweiflung. Eine verwegene Hoffnung regte sich in seinem Herzen. Er lügt! Wie er zuvor gelogen hat . . .

Doch Vanyas Gesicht war nur von einer Empfindung geprägt: Furcht.

Saryon stöhnte. »Was habe ich getan?« wiederholte er untröstlich.

»Nichts, das nicht wiedergutzumachen wäre!« sagte Vanya drängend, beugte sich vor und griff nach der Hand des Katalyten. »Gebt uns Joram! Ihr müßt es tun! Auch wenn es kaum vorstellbar ist, aber die Prophezeiung erfüllt sich Stück für Stück. Er wurde als Toter geboren und lebt. Jetzt besitzt er Arkanum, die Waffe der Schwarzen Künste, das schon einmal unserer Welt beinahe den Untergang gebracht hätte!«

Saryon schüttelte den Kopf. »Ich weiß nicht«, rief er klagend. »Ich kann nicht denken ...«

Bischof Vanyas Gesicht färbte sich dunkelrot, die fleischigen Hände ballten sich zu Fäusten.

»Ihr einfältiger Narr!« begann er mit überschnappender Stimme.

Jetzt ist es soweit, dachte Saryon angstvoll. Jetzt wird er nach den Erzwingern rufen. Und was soll ich ihnen sagen? Kann ich ihn verraten, auch wenn die Dinge jetzt in einem neuen Licht erscheinen?

Doch es gelang Vanya, sich zu beherrschen. Er atmete mehrmals hintereinander tief durch die Nase, öffnete die verkrampften Hände und zwang sogar ein Lächeln auf sein Gesicht, das allerdings eher dem zu einer Grimasse erstarrten Lächeln eines Toten glich.

»Saryon«, sagte er mit hohler Stimme, »ich weiß, weshalb Ihr diesen jungen Mann beschützt, und es gereicht Euch zur Ehre, glaubt mir. Unseren Nächsten zu lieben und ihm zu helfen ist unsere vornehmste Pflicht auf dieser Welt. Ich verspreche Euch, Saryon, bei allem, das heilig ist; bei allem, woran ich glaube, daß dieser junge Mann nicht getötet werden wird.« Das rote Gesicht des Bischofs bekam weiße Flecken. »Wahrhaftig«, meinte er und wischte sich mit dem Ärmel seiner Robe den Schweiß von der Stirn, »wie könnten wir es wagen, ihn zu töten? Der wieder stirbt ... So lautet die Prophezeiung. Wir müssen dafür sorgen, daß er lebt. Das wird unsere Aufgabe sein ...«

Bei seinen letzten Worten wich der gehetzte Ausdruck aus Saryons Zügen. »Ja!« flüsterte er vor sich hin, »ja, das ist wahr. Joram darf nicht sterben. Er muß leben!«

»Schon damals war es mein Plan, ihn zu retten«, sagte Vanya leise und beobachtete Saryon unter halbgesenkten Lidern. »Man würde ihn gehegt und gepflegt haben, aber dieses elende, verrückte Weib ...« Er brach ab und hielt den Atem an.

Saryons Gesicht schien von innen heraus zu leuchten, er hatte die Augen zum Himmel erhoben. »Gütiger Almin«, sagte er, während Tränen über seine Wangen liefen. »Vergib mir! Vergib mir!« Er ließ den Kopf in die Hände sinken und spürte, wie mit den Tränen die Finsternis aus seiner Seele strömte, bis das schleichende Gift, das seine Lebenskraft aufgezehrt hatte, hinausgespült war.

Bischof Vanya lächelte. Er stand auf, trat an das Bett und setzte sich neben den weinenden Katalyten. Er legte ihm den Arm um die Schultern und zog ihn an sich.

»Dir ist vergeben, mein Sohn«, versicherte er salbungsvoll. »Dir ist vergeben. Und nun, Pater Saryon, sagt mir ...«

# Zwischen den Wolken

Am Boulevard de Fiacre standen Droschken und warteten auf Fahrgäste. Schön und bizarr bot die lange Reihe der Equipagen einen malerischen Anblick: geflügelte Eichhörnchen vor vergoldeten Nußschalen, Mäuse im Geschirr diamantbesetzter Kürbisse (diese Gespanne erfreuten sich bei jungen Mädchen besonderer Beliebtheit), dann die konservativeren und seriösen, von Greifen und Einhörnern gezogenen Karossen für Gildemeister und andere Gleichgesinnte, die weniger auffällige Transportmittel bevorzugten.

Ungeduldig, wie er war, hätte Joram gleich die erste Droschke am Stand genommen – eine Eidechse, mittels Magie in einen Drachen verwandelt –, Simkin jedoch, nachdem er ihn (sehr zum Verdruß des Eigentümers) eines erschreckend schlechten Geschmacks bezichtigt hatte, schlenderte an der Reihe der Kaleschen entlang und musterte jede einzelne mit kritischem Blick.

Ein schwarzer Schwan, von den *Kan-hanar* ins Riesenhafte vergrößert, fand schließlich Gnade vor Simkins Augen.

»Engagiert!« verkündete Simkin der Lenkerin von oben herab.

»Wohin soll's gehen?« fragte die junge, in weißes Schwanengefieder gehüllte Frau, die ihre Augen mittels Magie denen des Vogels angeglichen hatte.

»Zum Palast selbstverständlich«, gab Simkin in borniertem Tonfall zur Antwort und nahm mit nonchalanter Selbstverständlichkeit auf dem Rücken des Schwans Platz. Nachdem er es sich inmitten der glänzend schwarzen Federn bequem gemacht hatte, seufzte er zufrieden und winkte Joram, sich neben ihn zu setzen. Die Kutscherin betrachtete die beiden jungen Männer abwägend; ihre schwarzumrandeten Augen verengten sich mißtrauisch.

»Ich muß die offizielle Einladung sehen, um die Grenzwolke passieren zu dürfen«, meinte sie schroff, wobei ihr unfreundlicher Blick hauptsächlich Joram galt, der sich strikt gegen Simkins Anerbieten gewehrt hatte, ihn für den Anlaß herauszuputzen.

»Mein lieber Junge«, hatte Simkin bekümmert zu ihm gesagt, »du könntest *die* Sensation des Abends sein, wenn du dich mir anvertrauen würdest! Dieses prachtvolle Haar und die muskulösen Arme ... Die holde Weiblichkeit würde dir zu Füßen fallen wie vergiftete Tauben!«

Joram hatte zu bedenken gegeben, das sei möglicherweise ziemlich unangenehm, aber Simkin ließ sich nicht so ohne weiteres entmutigen.

»Ich weiß auch genau die richtige Farbe für dich: *Feuersglut*! Ein brennendes Orange. Es würde sich heiß anfühlen, mit züngelnden Flammen um die Fußknöchel als Tüpfelchen auf dem i. Natürlich müßtest du beim Tanzen vorsichtig sein. Bei einem Fest des Kaisers ist schon einmal ein Gast in Flammen aufgegangen – *Sodbrennen* war außer Kontrolle geraten ...«

Joram hatte *Feuersglut* dankend abgelehnt und statt dessen beschlossen, sich ähnlich zu kleiden wie Prinz Garald – in ein langes, schmuckloses Gewand mit schlichtem Kragen.

Als Stoff für das Gewand wählte Joram grünen Samt, Anja zu Ehren. Das zerschlissene grüne Kleid, das sie bis zu ihrem Todestag getragen hatte, war das einzige Relikt ihres glücklicheren Daseins in Merilon gewesen, und es schien angemessen zu sein, daß ihr Sohn in der Stunde seines Triumphs diese Farbe trug.

Joram fühlte sich Anja sehr nahe, als er mit der Hand über den weichen Samt strich. Vielleicht lag es daran, daß er sie letzte Nacht im Traum gesehen hatte und wußte, daß ihr ruheloser Geist keinen Frieden finden würde, bis das ihr zugefügte Unrecht wiedergutgemacht war. Wenigstens deutete er den Traum so. Sie hatte in der Haltung einer Bittstellerin vor ihm gestanden, mit flehend gefalteten Händen ...

»Na gut, wenn du als die wandelnde Personifikation eines nassen Lappens im Palast Einzug halten möchtest, dann will ich nicht zurückstehen«, hatte Simkin gesagt und mit einer Handbewegung sein protziges Galagewand, zu dem eine zwei Meter lange Hahnenfeder gehörte, gegen ein langes, schneeweißes Hemd ausgetauscht.

»Um Almins willen!« hatte Mosiah gestöhnt und Simkin angewidert betrachtet. »Dein vorheriger Aufzug war gräßlich, aber besser als das hier! Du siehst ja aus wie ein Sargträger.«

»Wirklich?« Die Vorstellung schien Simkin zu gefallen. »Dann bin ich ja genau richtig gekleidet für die Okkasion. Todestag des Kronprinzen und so weiter. Famos, ganz famos.«

Kein gutes Zureden vermochte ihn umzustimmen. Es bedurfte großer Überredungskunst, ihn davon abzubringen, noch eine weiße Kapuze über den Kopf zu ziehen, nach der Art jener, die die Verstorbenen in ihren kristallenen Särgen zur letzten Ruhestätte begleiten.

»Außerdem will ich im voraus entlohnt werden«, fuhr die Lenkerin fort. »Es ist ungewöhnlich, daß jemand eine Droschke mietet, um ihn zum Palast zu bringen. Die meisten von denen, die *eingeladen* sind, besitzen eigene Kutschen und haben meine Dienste nicht nötig.«

»Aber meine Liebe – ich bin Simkin!« erwiderte

Simkin, als wäre damit alles gesagt. Er ordnete sein weißes Gewand und wedelte dann mit dem orangefarbenen Seidentuch. »Allons!« kommandierte er.

Die Lenkerin zwinkerte mit ihren Schwanenaugen und starrte Simkin in sprachlosem Erstaunen oder sprachlosem Zorn an. Was es auch war, es machte nicht den geringsten Eindruck auf ihren unverfrorenen Fahrgast.

»Los doch!« sagte er ungeduldig. »Wir kommen zu spät.«

Nach weiterem kurzem Zögern nahm die Lenkerin ihren Platz auf den Schultern des riesigen Vogels ein, ergriff die Zügel und bedeutete dem Schwan, sich in die Luft zu erheben. »Wenn wir an der Grenze angehalten werden«, sagte sie düster, »tragt ihr die Verantwortung. Wegen zwei von eurer Sorte setze ich nicht meine Lizenz aufs Spiel.«

Beunruhigt folgte Joram mit den Blicken ihrer ausgestreckten Hand und schaute zum Himmel.

»In den Wolken gibt es mehr Augen als Hagelkörner«, erklärte Simkin gelassen, während der Schwan die Flügel ausbreitete, zu laufen begann und sich schließlich vom Boden abstieß. »Paß auf!« unterbrach er sich fürsorglich und hielt Joram fest, der bei dem plötzlichen Ruck fast über Bord gegangen wäre. »Ich habe vergessen, dich zu warnen. Der Start ist ein wenig schwierig, aber wenn man erst mal in der Luft ist, gibt es nichts Besseres als einen guten Schwan.«

»*Duuk-tsarith*?« fragte Joram, nicht auf ihr Transportmittel, sondern auf Simkins Bemerkung über die Wolken bezogen. Trotz ihrer flauschigen, rosig-weißen Harmlosigkeit erschienen ihm die Wolken plötzlich ebenso bedrohlich wie die brodelnden schwarzen Wetterhäupter, die den FeldMagi in jedem Sommer verheerende Gewitter ankündigten. »Werden sie uns anhalten? Was glaubst du?«

»Mein lieber Junge«, antwortete Simkin, lachte und legte ihm die schmale Hand auf den Arm. »Kein Grund zur Sorge. Schließlich bin ich bei dir.«

Als er Simkin anschaute, sah Joram, daß das flaumbärtige Gesicht seines Begleiters ruhig und gleichmütig war und seine Haltung so ungezwungen, daß er tatsächlich aufhörte, sich Sorgen zu machen. Doch ein Gefühl der Erregung blieb. In ihm brannte ein Feuer der Erwartung, neben dem Simkins *Feuersglut* zur Bedeutungslosigkeit verblaßt wäre. Joram wußte, daß sich an diesem Abend sein Schicksal erfüllen würde. Nichts würde ihn aufhalten, *konnte* ihn aufhalten. Seine Träume und Ambitionen wurden kühner mit jedem Flügelschlag, er vergaß seine Angst vor den *Duuk-tsarith* und starrte mit grimmigem Trotz auf die rosigen Wolken, die unter den gewaltigen Schwingen zu dünnen Nebelfetzen zerflatterten.

Die Wolken teilten sich, und Joram erblickte den Kristallpalast des Kaisers von Merilon. Umhüllt von einer silbrigweißen Aura, hing er gleißend vor dem Rot und Purpur des sterbenden Tages und überstrahlte sogar den Abendstern.

Bei der Schönheit des Anblicks wurde Joram die Kehle eng. Tränen brannten ihm in den Augen, und er neigte den Kopf – nicht aus Scham, sondern vor Demut. Zum erstenmal in seinem Leben fühlte Joram, wie der Stolz, der in seinem Herzen loderte, erstickt wurde, ausgetreten wie Funken auf dem Boden der Schmiede.

Er wischte sich mit der Hand über die Augen und betrachtete nachdenklich seine Finger. Es waren die Finger eines Edelmannes, lang, schlank und geschmeidig. Der Grund waren die Taschenspielertricks, in denen er sich seit frühester Kindheit übte. Und wie die Kunststücke selbst waren auch diese aristokratischen Finger eine Täuschung. Aus der Nähe betrachtet, waren die Innenflächen seiner Hände schwielig vom Umgang mit Hammer und Werkzeug, die Haut mit Brandwunden übersät. Ruß war so tief in die Poren eingedrungen, daß er vermutlich auf Simkins Magie zurückgreifen mußte, um sich davon zu befreien.

Genauso sieht meine Seele aus, dachte er mit plötzlich aufbrechender, bitterer Verzweiflung. Der Katalyt hat versucht, es mir zu sagen: verhärtet, narbig und verbrannt. Und ich bin so vermessen, zu diesen Höhen aufsteigen zu wollen.

Er hob den Blick zum Palast und sah nicht nur die Wunder Merilons ehrfurchtgebietend am Himmel glitzern, sondern auch Gwendolyn unerreichbar hoch über sich leuchten. Die schwarze Stimmung, die selbstzerstörerische Niedergeschlagenheit, die ihn lange verschont hatte, so daß er glaubte, sie hätte in seinem neuen Dasein keine Macht über ihn, erhob wieder ihr Haupt und drohte ihn zu übermannen.

Er machte eine abrupte Bewegung, angetrieben von dem vagen Impuls, sich von seinem fedrigen Sitz zu erheben und in die von dem Lichterspiel und Duft Merilons erfüllte Abenddämmerung zu stürzen. In diesem Augenblick legte sich Simkins Hand schmerzhaft fest um seinen Unterarm. Aufgeschreckt und zornig, daß er ungewollt etwas von den Vorgängen in seinem Inneren offenbart hatte, warf Joram seinem Begleiter einen finsteren Blick zu, doch offenbar hatte Simkin seinen emotionalen Aufruhr gar nicht bemerkt.

»Hör mal, alter Freund«, bemerkte er leicht verärgert, »könntest du vielleicht aufhören herumzuzappeln? Ich fürchte, unser gefiederter Untersatz fühlt sich belästigt. Ich habe das kalte schwarze Auge mit deutlichem Mißfallen auf mir ruhen gefühlt. Natürlich kenne ich deine Ansichten nicht, aber unter den Schnabelhieben eines gemieteten Transportmittels mein Leben auszuhauchen entspricht nicht meiner Vorstellung von einem dramatischen oder auch nur interessanten und überlieferungswürdigen Ende.«

Gelangweilt hob Simkin den Kopf und sah zu, wie andere Kutschen sich in weiten Spiralen dem Palast näherten. »Durch die Wolken zu purzeln übrigens auch nicht«, fügte er hinzu, ohne Jorams Arm loszulassen. »Es könnte beinahe der Mühe wert sein, um den Ausdruck auf den Gesichtern der *Duuk-tsarith* zu sehen, wie man graziös an ihnen vorüberschwebt, aber es dürfte ein reichlich flüchtiges Vergnügen sein.«

Joram holte tief Atem, und Simkin zog die Hand zurück; beides geschah ungefähr gleichzeitig, so daß Joram nicht sicher war, ob Simkin seine Absicht geahnt hatte oder wie gewöhnlich abstrus daherschwatzte. Gegen seinen Willen mußte Joram jedenfalls lächeln, und es gelang ihm, sich aus den Krallen des Ungeheuers zu befreien, das in der Tiefe seiner Seele lauerte, um in einem Augenblick der Schwäche Besitz von ihm zu ergreifen.

Nachdem er sich zwischen den schwarzen Federn bequem zurechtgesetzt hatte, betrachtete Joram den Palast mit zunehmender Gelassenheit. Er konnte inzwischen Einzelheiten wahrnehmen, und als sein Blick über die Mauern und Türme, Zinnen und Kuppeln glitt, verlor sich das Gefühl der Ehrfurcht. Aus der Ferne gesehen, war der kaiserliche Palast überwältigend schön, geheimnisvoll und für ihn unerreichbar. Doch aus der Nähe sah er, daß es ein Gebäude war, erschaffen durch die Kunst von Menschen, die sich nur dadurch von ihm unterschieden, daß sie Leben besaßen und er nicht.

Bei diesem Gedanken tastete er unwillkürlich nach dem Dunklen Schwert auf seinem Rücken, um sich seiner Realität zu vergewissern, als der Schwan sich mit einem letzten gewaltigen Flügelschlag steil in die Höhe schwang und die beiden jungen Männer auf den Kristallstufen vor dem Palast des Kaisers von Merilon absetzte.

# Die Neun Ebenen des Daseins

»Du hast versprochen, du würdest zu Fuß gehen!« sagte Joram. Er hielt Simkin am Ärmel des langen weißen Gewandes fest, als der sich wie eine dünne, schlanke Feder in die Luft erheben wollte.

»O Verzeihung. Hab's in der Aufregung vergessen.« Simkin ließ sich wieder auf die kristallenen Stufen sinken, doch er wirkte ein wenig vergrätzt. »Hör mal, alter Junge, ich könnte dir genug Leben verleihen, um auf den Schwingen der Magie einherzuschweben, wie der Dichter sagt ...«

»Nein«, wehrte Joram ab, »keine Magie. Ich will ich selbst sein. Man wird sich daran gewöhnen müssen, mich im Palast ein und aus gehen zu sehen.«

»Vermutlich«, bemerkte Simkin in zweifelndem Ton, aber dann wurde er wieder vergnügt. »Zweifellos wird man es für eine neue Marotte von mir halten. Apropos«, fügte er hinzu und versetzte Joram einen Rippenstoß, »sieh mal dort.«

»Mosiah!« stöhnte Joram, blieb stehen und runzelte die Brauen. »Der Idiot! Er war doch einverstanden, im Hain zu warten ...«

»Das tut er ja auch! Keine Ursache für einen apoplektischen Insult deinerseits!« beschwichtigte Simkin ihn lachend. »Das ist noch einer von denen, die ich gestern erschaffen habe – ein Nachzügler. Der Bursche muß außergewöhnliche Fähigkeiten haben, um meinen Zauber so lange aufrechtzuerhalten. Vielleicht hat er ihn kopiert! Der Flegel! Wie kann er es wagen? Ich hätte nicht übel Lust, hinzugehen und ihn in einen Ochsen zu verwandeln. Dann könnte er ja sehen, wie gut es ihm drunten auf dem Land gefällt ...«

»Vergiß es.« Joram hielt den Freund zurück. »Uns geht es um Wichtigeres.«

Nebeneinander schlenderten sie zwischen etlichen gepuderten und juwelenbehangenen Lakaien hindurch, die Joram mißtrauisch musterten, bis sie Simkins ansichtig wurden. Lachend und mit einem Augenzwinkern winkte man sie hindurch. Als sie die Flügeltüren durchschritten hatten, blieb Joram wie angelegentlich stehen und bemühte sich, nonchalant und selbstsicher zu wirken, als bewegte er sich in einer ihm vertrauten Umgebung.

»Wo sind wir, und wie geht es von hier aus weiter?« fragte er Simkin halblaut.

Mit sichtlicher Mühe riß Simkin den Blick von dem falschen Mosiah los und wandte seine Aufmerksamkeit ihrer Umgebung zu. »Wir befinden uns in der großen Eingangshalle. Da oben ist der Saal der Erhabenheit.«

Joram folgte Simkins Blick. Die Halle, in der er stand, war ein großer, zylindrischer Raum, einige hundert Meter hoch. Er durchstieß neun Stockwerke des Palastes und wurde von einer riesigen Kuppel gekrönt. Jedes Stockwerk hatte eine eigene Galerie, von der aus man ins Vestibül hinunter und in die Kuppel hinaufschauen konnte. Und jedes Stockwerk, bemerkte Joram, wurde von einer anderen Farbe dominiert, beginnend mit Grün.

»Die Etagen repräsentieren die Neun Ebenen«, erklärte Simkin und deutete in die Höhe. »Hier im Parterre ist es die Erde, deshalb das Flora-und-Fauna-Motiv. Als nächstes kommen Feuer, dann Wasser, dann Luft. Darüber Leben, da es dieser drei Elemente bedarf, um Leben zu erhalten. Es folgt Schatten, als Symbol für unsere Träume, und schließlich Zeit, der alle Dinge unterworfen sind. Endlich Tod – also Technologie und zu guter Letzt die Ebene der Seele – das

Leben im Jenseits. Und über all dem«, schloß Simkin mit einem verschmitzten Grinsen, »thront der Kaiser.«

Jorams Lippen verzogen sich zur Andeutung eines Lächelns.

»Verdammt!« brummte Simkin, während er den Kopf hin und her drehte. »Jetzt habe ich einen scheußlichen Knacks im Genick. Aber lassen wir das.« Er neigte sich zu Joram und fuhr in ernsterem Ton fort: »Du begreifst jetzt wohl, warum es unbedingt notwendig ist, daß ich dir Leben gewähre! Man erwartet von uns gewöhnlichen Sterblichen, daß wir durch die Neun Ebenen zum kaiserlichen Audienzsaal emporsteigen.«

Er deutete mit einer weitausholenden Gebärde auf die glitzernde Schar der Magi, die sie umwogte. Elegante, bizarre, mehr oder minder geschmackvolle Karossen langten vor dem grandiosen Portal aus Gold und Kristall an und entließen ihre Insassen, die wie Blumensamen anmutig in den Palast schwebten, wo sie Freunde begrüßen und Küsse, Klatsch und Neuigkeiten austauschten. Die Halle war erfüllt vom Gesumm ihrer Stimmen. Trotzdem ging es keineswegs laut oder geräuschvoll zu, und die Garderobe der Gäste – obwohl kostbar, prächtig und nuancenreich wie das Farbenspiel des Sonnenuntergangs – war überwiegend konservativ. Auch wenn man zu einem Ball geladen war, handelte es sich doch um ein Fest aus traurigem Anlaß. Ausgelassene Fröhlichkeit war verpönt, und von den Gästen wurde erwartet, daß sie bei der Begrüßung der Majestäten einige Worte des Beileids äußerten, anläßlich dieses achtzehnten Jahrestages der Geburt des Thronfolgers, des tragischen Verdikts und seines Todes.

Während er fasziniert das Schauspiel verfolgte und dabei Ausschau nach Gwendolyn hielt, bemerkte Joram, daß sämtliche Magi nach der Ankunft im

Vestibül zielstrebig und gemächlich plaudernd in die Höhe schwebten, vorüber an den Neun Ebenen des Daseins bis in die Kuppel, unter der das kaiserliche Paar seine Gäste empfing. Er bemerkte auch, daß Simkin recht hatte – es schien keine andere Möglichkeit zu geben, die oberen Stockwerke zu erreichen, außer vermittels Magie.

»Und wo findet das Fest statt?« fragte er und schaute sich in der mit Blumen und Bäumen ausgeschmückten Eingangshalle um.

Geschaffen aus Gold und Silber, Kristall und farbigen Juwelen, hatten die Blumen und Bäume keinerlei Ähnlichkeit mit irgendwelchen Pflanzen oder Gewächsen, die Joram sich erinnern konnte je im Leben gesehen zu haben. Das Licht künstlicher Sonnen von der Ebene des Feuers über ihnen gleißte auf den goldenen Blättern und den Früchten aus Edelsteinen, daß der Betrachter geblendet die Augen schloß. Der unnatürliche, starre, schweigende Wald vermittelte Joram ein unbehagliches, beklemmendes Gefühl; die flirrenden Lichtreflexe auf den silbernen Zweigen und farbigen Edelsteinfrüchten wirkten irritierend.

»Gefeiert wird selbstverständlich auf allen Ebenen«, antwortete Simkin achselzuckend. »Warum fragst du?«

Ein Schatten zog über Jorams Gesicht. »Wie soll ich denn in diesem Getriebe Lord Samuels finden oder Saryon oder sonst jemanden!« Er fuhr gereizt mit der Hand durch die Luft; die düstere Stimmung, die er vorhin hatte abschütteln können, kehrte zurück.

»Wenn du nur richtig zuhören wolltest!« Sein Cicerone seufzte ergeben. »Ich habe es dir ein dutzendmal erklärt! Jeder einzelne Gast wird dem Kaiser und der Kaiserin vorgestellt. Sämtliche Großkopfeten, Prominenten und Blaublütler klüngeln oben im Saal der Erhabenheit und registrieren, wer eingeladen, oder vielmehr, wer *nicht* eingeladen wurde, was viel unterhaltsamer ist. Dort bleiben sie, bis Seine Majestät höchstpersönlich zu verkünden geruht, daß die Lustbarkeiten beginnen mögen. Entweder findest du Lord Samuels da oben, oder er findet dich. Jetzt gib mir deinen Arm. Ich gebe dir etwas Magie, und auf geht's!«

Joram schüttelte grimmig den Kopf. »Hast du das Dunkle Schwert vergessen?« Er deutete auf seinen Rücken. »Deine Magie wird *ihm* zugute kommen, nicht mir!«

»Das gräßliche Ding hatte ich ganz vergessen«, meinte Simkin, während er sich grämlich nach allen Seiten umschaute. »Ich muß schon sagen, das ist alles unglaublich ennuyant. Keiner weiß, daß ich hier bin. Du kannst wohl nicht ... Warte!« Sein Gesicht erhellte sich. »Die Stiege der Katalyten!«

»Was?« fragte Joram, der seine Aufmerksamkeit dem Portal zugewandt hatte und jeden Neuankömmling in Augenschein nahm.

»Die Stiege der Katalyten, alter Junge!« Simkin war wieder bester Laune. »Sie sind ebensowenig imstande, sich auf den Schwingen der Magie zu erheben, wie du. Sie müssen Treppen steigen, um vor das Angesicht des Kaisers zu gelangen. Bischof Vanya selbstverständlich ausgenommen. Er verfügt über ein eigenes, speziell für ihn entwickeltes Beförderungsmittel – eine Taube pflegte es zu sein, bis Seine Bauchigkeit zu schwer wurde für den armen Vogel. Plattgedrückt, hat man mir erzählt. Im Palast gab es tagelang nichts anderes als Taube – gebraten, geschmort, als Ragout – Wovon sprachen wir?« Simkin hatte Jorams finsteren Blick bemerkt. »Ach ja. Treppen. Sie sind gleich da drüben, hinter der Eiche aus massivem Gold. Siehst du«, er deutete mit dem Finger, »einige Kollegen unseres Freundes Saryon rüsten sich zum Gipfelsturm.«

Man hörte die Geräusche ihrer Schuhe auf dem glatten Marmorboden, den zu beschreiten ihr Los war, als eine Gruppe von Katalyten die Treppe zu erklimmen begann, die vom Erdgeschoß in schier endlosen Windungen in die Höhe führte. Die frommen Brüder und Schwestern trugen den geziemenden Ausdruck von Ergebenheit und Demut zur Schau, auch wenn Joram hie und da verstohlene, neiderfüllte Blicke wahrzunehmen glaubte, die den mühelos vorüberschwebenden Magi galten.

Jorams Unbehagen verflog.

Er fühlte sich beinahe wie von Magie berauscht. Ohne noch ein Wort an Simkin zu verlieren, suchte er sich einen Weg durch den Wald aus edlem Metall und edlen Steinen, bis er vor der Treppe stand. Während er beiseite trat, um einem Katalyten den Vortritt zu lassen, schaute er die vielen hundert Marmorstufen hinauf, die sich über ihm in die Höhe schraubten, und nickte zufrieden.

»Es ist richtig, daß ich die Treppe hinaufsteige«, sagte er zu sich selbst, »wie es auch richtig ist, daß ich zum Gedenken an meine Mutter grünen Samt trage.« Er dachte an die Statue an der Grenze der Schattenwelt. »Mein Vater muß oft diese Treppe hinaufgestiegen sein, Saryon auch – vielleicht ist er in diesem Moment irgendwo da oben!«

Vor seinem inneren Auge sah Joram den Katalyten, hager und blaß von der kaum überstandenen Krankheit, mühsam Stufe um Stufe erklimmen. Er zögerte nicht länger und drängte sich an den langsameren Katalyten vorbei, angetrieben von dem Gedanken, daß Saryon vielleicht seine Hilfe brauchte. Mit der Kraft und dem Elan der Jugend nahm er die erste Etappe in Angriff und hätte dabei fast einen ältlichen Diakon umgerannt.

»Was, zum Teufel, habt Ihr auf unserer Stiege zu

suchen, Magus?« grollte der Mann, der bereits keuchte, obwohl noch acht Stockwerke vor ihm lagen.

»Eine Wette«, erklärte Simkin hastig, der neben Joram in der Luft schwebte. »Zwei Karaffen Wein, daß er's nicht bis ganz nach oben schafft.«

»Verfluchte närrische Lümmel!« brummte der Diakon, blieb auf dem Treppenabsatz stehen und funkelte Joram böse an. »Dazu kann ich nur sagen, junger Mann, daß Ihr die Wette bereits gewonnen habt, wenn Euer Freund in diesem Tempo weitermacht.«

»Kein schlechter Tip«, meinte Simkin halblaut, an Joram gewandt. »Du solltest dir deine Kräfte einteilen. Vermeide es, Aufmerksamkeit zu erregen. Ich treffe dich oben. Und auf keinen Fall darfst du den Saal der Erhabenheit ohne mich betreten, versprochen?«

»Ich verspreche es.«

Es klang vernünftig, doch Joram fragte sich, weshalb Simkin so großes Gewicht darauf legte. Er hatte keine Gelegenheit zu fragen, denn der flaumbärtige Bonvivant hatte sich bereits in die offenen Arme einiger lachender junger Frauen treiben lassen. Joram setzte seinen Aufstieg mit größerer Besonnenheit fort. Im fünften Stockwerk angelangt, war er froh darüber. Er legte eine Pause ein, lehnte schwer atmend am Geländer und fragte sich, ob seine Beine ihn bis ganz nach oben tragen würden. Er hielt immer noch Ausschau, hatte aber bisher weder Saryon noch irgend jemanden von Lord Samuels' Familie ausmachen können. Irgendwo hoch über sich hörte er Simkins Stimme, und dann erhaschte er einen Blick auf den Freund, dessen weißes Gewand kraß von den farbenprächtigen Roben der übrigen Gäste abstach.

»Ich nenne die Farbe *Leichenweiß*«, erzählte Simkin fröhlich einer Gruppe von Bewunderern. »Paßt grandios zu diesem netten kleinen Festchen, findet ihr nicht auch?«

Joram, der sich wieder in Bewegung setzte, fiel auf, daß Simkin nicht wie gewohnt mit allgemeinem Gelächter belohnt wurde. Einige der Magi schienen sogar unangenehm berührt zu sein und trennten sich von der Gruppe. Simkin schien es nicht zu bemerken. Er schwebte zur nächsten Gruppe, um dort die Geschichte seines jüngsten Triumphs zum besten zu geben, betitelt: ›Die Illusion der tausend Mosiahs.‹ Diesmal gab es herzliches Gelächter und Szenenapplaus; Joram schüttelte den Kopf, verbannte Simkin aus seinen Gedanken und konzentrierte sich darauf, seine Beine in Bewegung zu halten.

Das Treppensteigen hatte ihn nicht so sehr mitgenommen, daß er blind für seine Umgebung gewesen wäre. Sein Staunen über die Schönheit des Palastes wuchs mit jedem erreichten Stockwerk. Er schaute auf den goldenen, juwelensprühenden Wald hinab und konnte nicht begreifen, daß er ihn jemals kalt und tot gefunden hatte. Von oben gesehen, war es ein Märchenreich.

Flammen umzüngelten die Treppenstufen im Reich des Feuers. Unerträgliche Hitze waberte zwischen Mauern aus flüssiger Lava, bei deren Anblick Joram entsetzt den Schritt verhielt, bis er merkte, daß alles nur ein Trugbild war – bis auf die Hitze, die ihm den Schweiß aus den Poren trieb, so daß er froh war, die Ebene des Wassers zu erreichen.

Zur Gänze aus blauem Kristall bestehend und gestaltet wie der Boden des Ozeans, war diese Ebene mit den Phantasmen von Meeresgeschöpfen bevölkert. Licht aus unsichtbaren Quellen sickerte durch die blauen Kristallwände und vermittelte tatsächlich den Eindruck einer Unterwasserwelt – so glaubhaft, daß Joram sich dabei ertappte, wie er den Atem anhielt.

Nach Luft ringend, sah er sich auf der nächsten

Ebene mit einem Übermaß dieses Elements konfrontiert. Vier gigantische Köpfe mit aufgeblasenen Backen starrten einander von den vier Himmelsrichtungen an und schienen entschlossen zu sein, ihr jeweiliges Gegenüber ins nächste Reich zu pusten. Widerstreitende Böen und Wirbelstürme drückten Joram gegen die Wand und erschwerten das Treppensteigen zusätzlich.

Die Ebene des Lebens war dagegen ein willkommener Ort der Ruhe und Besinnung. Sie war den Katalyten geweiht, deren besondere Gabe es war, Leben zu gewähren, und Joram gesellte sich zu einer großen Anzahl von ihnen, die auf den hölzernen Bänken saßen und in der kirchenähnlichen, heiligen Stille innere Einkehr hielten. Er musterte ihre Gesichter in der Hoffnung, Saryon zu entdecken, aber der Katalyt befand sich nicht unter ihnen.

Er ist immer noch schwach, dachte Joram und fragte sich, ob für kranke Ordensbrüder spezielle Vorkehrungen getroffen wurden. Nun, wenn er weiter hier sitzenblieb, konnte er weder ihn noch sonst jemanden finden. Er stand auf und stieg weiter die Treppe empor.

Die Ebene der Schatten, die er als nächstes erreichte, war ein beängstigender Ort, den sowohl Joram wie auch die Katalyten und sogar die schwerelosen Magi ohne Aufenthalt durcheilten. Als Reich der Träume vermittelte sie weder einen Eindruck von Größe noch Form, sondern war zugleich riesengroß und winzig klein, rund und eckig, dunkel und hell. Grauenerregende und liebliche Silhouetten traten aus den unsteten Schatten hervor; Joram fühlte sich an Personen und Orte erinnert, ohne sie benennen oder einordnen zu können.

Trotz seiner schweren Beine beeilte er sich, dieses Stockwerk hinter sich zu lassen, und gelangte auf die

Ebene der Zeit. Im selben Moment hatte er vergessen, weshalb er gekommen war oder was er hier wollte, blieb stehen wie vor den Kopf geschlagen und starrte auf das Kaleidoskop der Bilder, das sich vor ihm immer wieder neu formierte. Diese Ebene präsentierte in bestürzend realistischen Illusionen die ungeheure Spannweite der Geschichte Thimhallans, aber die Szenen wechselten so rasch, daß sie vorüber waren, bevor man begriffen hatte, was sich abspielte. Die Eisenkriege kamen und gingen innerhalb eines Atemzugs. Joram sah Schwerter blitzen und wollte sie genauer betrachten, doch sie waren verschwunden, ehe ihm bewußt wurde, was er gesehen hatte.

Er begann sich unbehaglich zu fühlen, ruhelos, gehetzt, und mußte plötzlich daran denken, daß sein eigenes Leben ihm ebenso rasch entglitt und er nichts tun konnte, es zu halten. Betroffen ging er weiter und erreichte die Ebene des Todes.

Verblüfft schaute er sich um. Nichts. Absolut nichts. Diese Ebene war ein leerer Raum, ohne Anfang, ohne Ende, weder dunkel noch licht. Die Magi schwebten hindurch, gleichgültig, uninteressiert. Die Katalyten schleppten sich mit gesenkten Köpfen die Stufen hinauf, doch man merkte ihnen die Erleichterung an, bald oben angekommen zu sein.

»Das ergibt keinen Sinn«, murmelte Joram vor sich hin. »Warum ist es hier so leer? Tod, das Neunte Mysterium ...« Dann begriff er. »Natürlich! Technik! Und Technik ist angeblich in dieser Welt nicht existent. Doch früher einmal muß es hier etwas gegeben haben«, meinte er und spähte suchend in das Nichts. »Vielleicht die Erfindungen aus früherer Zeit, über die ich gelesen habe: die feuerspeienden Kriegsmaschinen; das Pulver, das Felsen zersprengt; die Apparate, die Worte auf Papier drucken. Vergessen, verschwunden, vielleicht für immer. Außer es gelingt mir, der verfemten Kunst wieder zu ihrem Recht zu verhelfen!«

Mit zusammengebissenen Zähnen nahm Joram die letzte Etappe in Angriff.

Es war die Ebene der Seele, das Leben nach dem Tode. Einst mußte sie unglaublich schön gewesen sein und dem Betrachter die Ruhe und den Frieden jener vor Augen geführt haben, die von diesem Leben ins nächste übergewechselt waren. Doch jetzt wirkte alles verblaßt, vage, als wären die Illusionen im Begriff, allmählich zu verblassen. Und in der Tat war es so. Die Gabe der Nekromantie – der Kommunikation mit den Gestorbenen – war in den Eisenkriegen verlorengegangen; wie sich im Lauf der Zeit herausstellte, endgültig. Daher hatte niemand mehr eine genaue Vorstellung davon, wie diese Ebene aussehen sollte.

Aus diesem Grund empfand Joram statt ehrfürchtiger Scheu nur Erschöpfung und Freude darüber, gleich das Ende der Treppe erreicht zu haben. Flüchtig dachte er daran, jedesmal diese Stiege erklimmen zu müssen, wenn er zur Audienz beim Kaiser gebeten wurde, und nahm sich vor, andere Mittel und Wege zu finden. Einen schwarzen Schwan vielleicht ...

Aus der Seelenwelt kommend, schritt er geradewegs in den Sonnenuntergang hinein und stand dann unter der Kuppel des Palastes, im Saal der Erhabenheit.

# Der Saal der Erhabenheit

Ohnehin wie betäubt von den Wundern, die er unterwegs gesehen hatte, blieb Joram auf der letzten Stufe überwältigt stehen.

Der Kuppelsaal, der auf dem Palast schwamm wie eine Luftblase auf Wasser, war kreisrund und bestand gänzlich aus Kristall – so rein und klar wie die Luft, die ihn umgab. Zwar ruhte er jetzt über dem Bezirk, den man die Aszendenz der Neun Mysterien nannte, konnte aber je nach Laune (eine Laune, der zu willfahren neununddreißig Katalyten und eine entsprechende Anzahl von *Pron-alban* sich zwölf Stunden lang bis zum Rand der Erschöpfung verausgaben mußten) zu jeder beliebigen Stelle neben, unter oder über dem Palast transferiert werden.

Nicht nur die Wandungen der Kuppel bestanden aus Kristall – so dünn, daß ein Antippen mit dem Fingernagel ein melodisches Klingen erzeugte –, sondern auch der Fußboden, und Joram, der immer noch auf der obersten Stufe der Stiege der Katalyten zögerte, hatte das beängstigende Gefühl, beim nächsten Schritt ins Leere zu treten.

Die Sonne war soeben untergegangen. Der Almin hatte seinen schwarzen Umhang fast über den ganzen Himmel gebreitet, und die *Sif-hanar* assistierten dem großen Magier bei der Erfüllung seiner Aufgabe, so daß die Feiernden die geheimnisvolle Schönheit der Nacht genießen konnten. Doch im Westen lüftete der Almin den Saum ein wenig, und das Rot und Purpur des ersterbenden Tages sickerte unter der Schwärze hervor wie ein Rinnsal aus Blut.

Trotzdem war es dunkel genug, daß Lichtkugeln im

Saal aufzuleuchten begannen. Dazwischen wogte die Gästeschar hin und her, fand sich zu Gruppen, driftete auseinander und bildete neue Konstellationen. Die Lichter – gedämpft, um nicht von der Glorie der heraufziehenden Nacht abzulenken – glänzten auf Juwelen und Seidenschleppen, spiegelten sich in lachenden Augen und auf fließenden Locken.

Nie hatte Joram das bleierne Gewicht seines eigenen leblosen Körpers stärker empfunden als in diesem Moment. Er wußte, wenn er sich hinauswagte in dieses verzauberte Reich, mußte der kristallene Boden unweigerlich unter seinem Fuß einbrechen, unter seiner plumpen Berührung würden die durchscheinenden Wände in Scherben fallen. Also verharrte er unentschlossen an Ort und Stelle und spielte mit dem Gedanken umzukehren, zurückzukehren in seine ureigene Dunkelheit, die ihm vertraut war, in der er sich geborgen fühlte.

Doch ein Katalyt, der wie ein stummer Schatten ein paar Stufen hinter Joram den Aufstieg bewerkstelligt hatte, schob sich mit einer gemurmelten Entschuldigung an ihm vorbei und schritt – so hatte es den Anschein – in den nächtlichen Himmel hinaus. Das Geräusch seiner beschuhten Füße auf der massiven Kristallplatte klang ermutigend und gab Joram den Anstoß, es ihm gleichzutun. Zögernd tat er ein paar tastende Schritte in den Saal hinein und blieb dann erneut stehen, diesmal überwältigt von der Unvergleichlichkeit des Anblicks, der sich ihm bot.

Über ihm und rundherum nahmen die Sterne ihren gewohnten Platz am Himmel ein, wie untergeordnete Höflinge, die kommen, um dem Herrscher ihre Reverenz zu erweisen. Unter seinen Füßen überstrahlte Merilon die armseligen Himmelslichter. Ihr Glanz war kalt und weiß und tot, während die Stadt wie ein schillerndes Fanal des Lebens die Nacht erhellte. Die

Gildehallen waren ein gleißendes Zentrum, um das sich der Funkenschwarm der übrigen Häuser scharte, wie Diamanten auf schwarzem Samt; hin und wieder lösten sich glitzernde Partikel aus dem Lichtermeer und schraubten sich zum Palast empor – weitere Karossen, die sich dem funkelnden Kometenschweif der nahenden Gäste zugesellten.

Und Joram stand über all dem.

Während sich in seinem Herzen Glück regte, über die Pracht und Herrlichkeit, die ihn umgab, regte sich in Jorams Seele die Ahnung der Macht. Erregung durchströmte prickelnd seine Adern; kein Wein war je so berauschend gewesen. Auch wenn sein Körper der Schwerkraft unterworfen blieb, seine Phantasie schwang sich kühn empor. War er nicht *Albanara*, dazu geboren, sich in diesem Glanz zu bewegen, geboren zu herrschen? Vielleicht schon in wenigen Stunden würden diese in Samt und Seide gehüllten Menschen, die jetzt noch gleichgültig vorübergingen, seine Nähe suchen und vor ihm auf die Knie fallen.

Nun, das war vielleicht ein bißchen übertrieben, gestand er sich mit einem ironischen Grinsen ein, das die Strenge seines dunklen Gesichts nicht milderte, aber den braunen Augen einen warmen Glanz verlieh. »Ich glaube nicht, daß die Leute vor einem Baron auf die Knie fallen. Ich werde dennoch verfügen, daß Untergebene in meiner Gegenwart zu Fuß gehen müssen, etwas anderes wäre unschicklich. Ich werde Simkin um Rat fragen müssen, wo immer er stecken mag ...«

Bei dem Gedanken an Simkin fiel Joram ein, daß er versprochen hatte, nicht ohne ihn vor den Kaiser zu treten, und er hielt ungeduldig nach ihm Ausschau. Nun, da er sein anfängliches ehrfürchtiges Staunen überwunden hatte, hörte er, wie an der von ihm am weitesten entfernten Stelle der Halle Namen aufgerufen wurden. Auch die Lichter strahlten dort am hellsten, und wie Blätter im Herbstwind wurden Gruppen von Magi in diese Richtung geweht. Bestrebt, besser zu sehen, und immer auf der Suche nach Lord Samuels und Saryon, ging Joram weiter in den Saal hinein und spähte in die Menge. Doch er durfte sich nicht zu weit von der Stiege entfernen, weil Simkin wahrscheinlich dort nach ihm suchen würde. Wo steckte der Kerl bloß! Nie war er da, wenn man ihn . . .

»Lieber alter Freund, steh nicht da und halt Maulaffen feil!« ertönte eine gereizte Stimme. »Dem Almin sei Dank, daß wir Mosiah nicht mitgenommen haben. Das Geräusch von zwei herabfallenden Kinnladen hätte den Palast bis in die Grundfesten erschüttert. Versuch um Himmels willen, eine ebenso gelangweilte Miene aufzusetzen wie alle anderen hier!« Mit wehender Ruhe und flatterndem Schnupftuch kam Simkin gemächlich von oben herabgeschwebt.

»Wo bist du gewesen?« wollte Joram wissen.

Simkin zuckte die Schultern. »Am Champagnerbrunnen.« Als er Jorams verdrossenes Gesicht sah, hob er mißbilligend eine Augenbraue. »Na, na! Bestimmt habe ich dir schon einmal gesagt, daß deine Physiognomie eines Tages angetan sein wird, kleine Kinder zu erschrecken, wenn du dir nicht abgewöhnst, die Leute mit Blicken erdolchen zu wollen. Ich mußte mir doch irgendwie die Zeit vertreiben während deines Aufstiegs durch die Neun Ebenen der Hölle. Jetzt weißt du, warum es in Merilon keine dicken Katalyten gibt. Na ja, fast keine.« Ein ziemlich rundlicher Angehöriger eben dieses Ordens, dem der Schweiß aus dem Haarkranz seiner Tonsur über das Gesicht strömte, bedachte Simkin mit einem schrägen Blick, während er stöhnend die letzte Stufe erklomm.

»Freut Euch, guter Pater«, meinte Simkin, brachte das orangefarbene Tuch zum Vorschein und bot es dem nach Luft ringenden Katalyten mit tröstlicher Gebärde dar. »Denkt an all das Schmalz, das Ihr verloren habt. Meiner Treu, wo Ihr geht und steht, glänzt es wie frisch gebohnert. Tuch gefällig, für die erhabene Denkerstirn?«

Der Katalyt lief noch röter an, stieß die Hand mit dem Tuch beiseite, murmelte etwas höchst Unfrommes und fiel auf eine in der Nähe stehende Bank.

Die Hände wie betend zusammengelegt, verneigte sich Simkin. »Danke gleichfalls, Pater.« Das Seidentuch flatterte, und der Katalyt war verschwunden.

Joram starrte ungläubig auf die leere Bank, als er ein Zupfen am Ärmel spürte.

»Und jetzt, lieber Freund«, meinte Simkin, »leih mir bitte dein Ohr.«

Seine Stimme klang beiläufig wie immer, aber als Joram ihn anschaute, entdeckte er einen ungewohnt harten Ausdruck in den blaßblauen Augen und wurde nachdenklich.

Simkin nickte leicht mit dem Kopf. »Ja, der Spaß beginnt. Weißt du noch, wie die Karten prophezeiten, du würdest König werden, und ich dir anbot, dein Narr zu sein? Nun, bis jetzt hast du den König machen dürfen, Freund. Wir sind dir gefolgt, ohne Widerspruch, ohne zu klagen, obwohl es mich um ein Haar die Freiheit gekostet hätte, den Katalyten das Leben und Mosiah sich versteckt halten muß wie ein Verbrecher.« Er sprach leise; bei den letzten Worten erstarb seine Stimme zu kaum mehr als einem Flüstern, dabei ließ er Joram nicht aus den Augen.

»Weiter«, forderte Joram ihn auf. Sein Tonfall war kühl und gelassen, aber sein Gesicht war dunkel geworden, und ein schwacher Anflug von Röte auf den Wangen ließ vermuten, daß der Pfeil getroffen hatte.

Simkins Lächeln wurde sardonisch. »Und jetzt,

Majestät«, fuhr er leise fort, den wachsamen Blick auf die Feiernden gerichtet, »müßt Ihr Euch der Führung Eures Narren anvertrauen. In den Händen Eures Narren liegt Euer Leben und das Leben derer, die Euch vertrauen. Ihr müßt meinen Anweisungen gehorchen, widerspruchslos. Sind wir uns einig, Sire?«

»Was soll ich tun?« fragte Joram schroff.

Simkin neigte sich dicht zu ihm. Sein Bart kitzelte Jorams Wange, der schwere Duft der Gardenienpomade in seinem Haar und der Champagneratem bereiteten Joram Übelkeit. Unwillkürlich wollte er zurückweichen, aber Simkin hielt ihn fest und wisperte eindringlich: »Wenn du den Majestäten vorgestellt wirst, darfst du unter keinen Umständen, ich wiederhole: unter *keinen* Umständen die Kaiserin ansehen. «

Er richtete sich auf, zupfte an seinem Bart und schaute sich nach allen Seiten um. Jorams verärgerte Miene entspannte sich zu einem angedeuteten Lächeln.

»Du *bist* ein Narr!« sagte er erleichtert und zog den Ärmel zurecht, an dem Simkin ihn festgehalten hatte. »Beinahe wäre es dir tatsächlich gelungen, mir einen Schreck einzujagen.«

»Lieber Junge!« Simkin musterte ihn mit solchem Ernst, daß Joram sich von einer unguten Ahnung ergriffen fühlte. »Was ich sagte, war kein Scherz! Verneige dich vor ihr, sag etwas Schmeichelhaftes, Unverfängliches. Aber halte die Augen niedergeschlagen: Wende den Blick ab. Schau Seine Ennuyanz an oder meinetwegen deine Schuhe. Vergiß nie: Auch wenn man die *Duuk-tsarith* nicht sieht, sie haben Augen und Ohren überall ... Und jetzt wird es Zeit, daß wir unseren Platz in der Reihe der treuen Vasallen einnehmen.«

Er hakte Joram unter und zog ihn mit sich. »Zu deinem Glück, mein dem Erdboden verhafteter Freund, ist jeder verpflichtet, sich bei der formellen Huldigung den Majestäten gehend zu nähern. Geziemende Demut, Ehrerbietung und so weiter, außerdem ist es teuflisch schwer, sich schwebend zu verbeugen. Die Gräfin von Blatherskill beherrschte diese Kunst auch nur mangelhaft. Sie knickte in der Taille ein, konnte nicht mehr anhalten und schlug einen prachtvollen Salto. Leider trug sie keine Unterwäsche – Skandal! Die Kaiserin mußte drei Wochen das Bett hüten. Seither gehen wir zu Fuß.«

Nebeneinander schlenderten sie zum vorderen Teil des Saals, inmitten anderer Magi, die um sie herum zu Boden schwebten wie glitzernde Schneeflocken. Joram war verwirrt und beunruhigt von Simkins Worten, aber der sonderbare Gefährte nahm keine Notiz von dem Unbehagen seines Freundes und schwatzte weiter von dem skandalösen Purzelbaum der unglücklichen Gräfin.

Joram schüttelte den Kopf. Als sie an der Bank vorbeikamen, auf der der beleibte Katalyt gesessen hatte, bemerkte er Simkins faunisches Grinsen.

»Übrigens«, fragte Joram und deutete mit dem Kopf auf die Bank, »was hast du mit ihm gemacht?«

»Ihn wieder ans untere Ende der Treppe versetzt«, antwortete Simkin träge und betupfte sich die Nase mit dem Tuch aus orangefarbener Seide.

Joram und Simkin reihten sich unter die Reichen und Schönen Merilons ein, die alle darauf warteten, dem Herrscherpaar ihre Reverenz zu erweisen, bevor man zum vergnüglichen Teil des Abends überging. Der tragische Hintergrund dieses Gedenktages ließ die Vorstellung von Musik und Lustbarkeiten eigentlich höchst merkwürdig erscheinen, und tatsächlich waren die Wartenden in der Reihe, die sich gleich einer seidenen, juwelengeschmückten Schlange über den Kristallfußboden wand, erheblich ernster und stiller als bei der Ankunft im Palast. Verstummt waren das heitere Lachen, die frivolen Neckereien, der Klatsch und die Elogen über Frisuren, Garderobe und heiratsfähige Töchter. Hier oben unter der Kuppel hielt man die Augen niedergeschlagen und dämpfte die Farben der Gewänder und Roben zu einer der schicklichen Varianten von *Leichenbittermiene,* wie Simkin ätzend bemerkte. Unterhaltungen wurden mit gesenkter Stimme zwischen Paaren geführt statt in lebhaften Gruppen.

Folglich herrschte gedämpfte Stille in diesem Teil des Kuppelsaals, unterbrochen nur von den Herolden, die mit klangvoller Stimme die Namen derer aufriefen, die als nächste vor das Antlitz der Hoheiten treten sollten.

So lang war die Reihe, daß Joram den Kaiser und die Kaiserin nicht sehen konnte, sondern nur den Kristallalkoven, in dem sie thronten. Um diesen Alkoven standen im Halbkreis all jene, die ihren Kotau bereits absolviert hatten und jetzt nach illustren oder amüsanten Persönlichkeiten in der Schar der Nachrückenden Ausschau hielten. Auch von der Gruppe der Zuschauer ertönte nur gedämpftes Stimmengemurmel, da man sich in der Gegenwart des kaiserlichen Paares befand, aber es herrschte unablässige Bewegung – Köpfe drehten sich, Hälse wurden gereckt, und man machte sich gegenseitig auf dies und das aufmerksam. Joram, der unverändert nach Lord Samuels und seiner Familie Ausschau hielt, stellte fest, daß Simkins Anwesenheit mit viel Kopfnicken und Lächeln zur Kenntnis genommen wurde. Angetan mit seinem weißen Gewand, stach der berüchtigte Tausendsassa von seiner Umgebung ab wie ein Eisberg im Dschungel, doch er verstand den Eindruck zu erwecken, sich dessen nicht bewußt zu sein.

Jorams Blick schweifte über die farbenprächtige Menge. Bei jedem goldblonden Kopf stockte er und auch bei jeder Tonsur, denn Joram hoffte auch, Saryon endlich zu finden. Doch es waren so viele Menschen hier, daß er es für nahezu unmöglich hielt, die Gesuchten zu entdecken.

Bestimmt hält sie nach mir Ausschau, dachte Joram und malte sich liebevoll aus, wie Gwendolyn auf Zehenspitzen über ihres Vaters Schulter lugte und mit wild pochendem Herzen jedem neuen Namen lauschte, um sich enttäuscht abzuwenden, wenn es nicht der war, auf den sie hoffte. Bei der Vorstellung packte ihn Ungeduld, sogar Furcht. Angenommen, sie gingen einfach! Angenommen, Lord Samuels wurde des Wartens müde. Angenommen ... Gehetzt schaute Joram an der langen Reihe entlang und verfluchte jeden greisen Herzog, der, von seinem Katalyten gestützt, einherschlurfte; verfluchte die beiden schwatzenden Matronen, die ständig vergaßen aufzuschließen und von ihren Hinterleuten angetrieben werden mußten. Alles in allem ging es ziemlich schnell voran, doch um Joram zufriedenzustellen, hätten sich die übrigen Aspiranten samt und sonders in Luft auflösen müssen.

»Hör auf zu zappeln«, murmelte Simkin und trat Joram auf den Fuß.

»Ich kann nicht. Erzähl was.«

»Gern. Irgendwelche Lieblingsthemen?«

»Das ist mir verdammt egal! Irgendwas!« erwiderte Joram unfreundlich. »Zum Beispiel: Was soll ich sagen, wenn ich dem Kaiser gegenüberstehe? Schöner Abend. Herrliches Wetter. Ich habe gehört, daß es hier seit zwei Jahren Frühling ist. Bestehen Aussichten, daß es demnächst Sommer wird?«

»Leise«, zischte Simkin hinter dem seidenen Schnupftuch. »Meiner Treu! Langsam wünsche ich mir, ich hätte doch Mosiah mitgenommen! Dies ist ein Gedenktag für den toten Prinzen. Selbstverständlich sprichst du dein Beileid aus.«

»Ach ja, richtig. Ich vergesse es immer wieder«, sagte Joram mürrisch, während sein Blick zum hundertstenmal durch den Saal wanderte. »Ich spreche also mein Beileid aus. Woran ist der Kleine übrigens gestorben?«

»Mein lieber Junge!« raunte Simkin schockiert. »Selbst wenn du in der tiefsten Provinz aufgewachsen bist, mußt du es nicht so deutlich merken lassen! Ich war der Ansicht, daß deine Mutter dir statt Märchen Geschichten aus Merilon zu erzählen pflegte. Ausgerechnet von dieser Affäre hat sie nichts gesagt?«

»Nein«, sagte Joram mit gerunzelten Brauen.

»Aha.« Simkin warf ihm einen schlauen Blick zu. »Ja, ich glaube, ich verstehe ... Ja, zweifellos. Du mußt wissen« – er rückte näher und verdeckte mit dem unvermeidlichen Seidentuch ihre Gesichter –, »das Kind ist nicht gestorben. Es war ganz lebendig, sehr lebendig sogar, wie ich aus zuverlässiger Quelle weiß. Hat während der Zeremonie geschrien wie am Spieß, bis es sich erbrechen mußte, auf den Ornat des Bischofs.« Simkin verstummte erwartungsvoll.

Ein fast greifbarer Schatten fiel über Jorams Gesicht.

»Verstanden?«

»Das Kind war tot geboren wie ich«, sagte Joram heiser. Er schaute zu Boden und krampfte hinter dem Rücken die Hände ineinander. Ihm fiel auf, daß er in dem Kristallfußboden sein Spiegelbild sehen konnte. Die Lichter Merilons tief unter ihm schienen durch seinen schemenhaften, transparenten Körper; das Gespenst seiner selbst erwiderte finster seinen Blick.

»Pst!« mahnte Simkin erneut. »Tot, ja. Aber wie du,

mein Freund?« Er schüttelte den Kopf. »Ein solches Kind hat es in unserer Welt noch nicht gegeben. Nach allem, was ich gehört habe, sagt tot bei weitem nicht genug. Der Kleine hat nicht nur bei einer der Prüfungen versagt, sondern bei allen dreien! Er besaß kein Leben, nicht den kleinsten Funken.«

Joram blickte nicht auf. »Vielleicht war er gar nicht so verschieden von manchen anderen, wie du glaubst«, murmelte er, während die Reihe der Wartenden vor ihm kürzer und kürzer wurde. Immer noch gefesselt von seinem gespenstischen Ebenbild über dem flimmernden Nachthimmel, bemerkte er weder Simkins raschen, durchdringenden Blick noch die sinnende Art, mit der er über seinen Bart strich.

»Was hast du gesagt?« Simkin gähnte affektiert und gab vor, sich in sein Tuch zu schneuzen.

»Nichts«, antwortete Joram und schüttelte sich wie aus einem bösen Traum erwacht. »Wie lange dauert das denn noch!«

»Geduld«, meinte Simkin. Er stieg eine Handbreit in die Luft, spähte über die Köpfe der vor ihm Stehenden hinweg und sank wieder zu Boden. »Schau, du kannst jetzt den Thron sehen und ab und zu das kaiserliche Haupt, wenn du Glück hast.«

Joram reckte den Hals und stellte fest, daß sie während ihres Gesprächs in der Tat ein gutes Stück vorangekommen waren. Er sah den kristallenen Thron und erhaschte mehrmals einen Blick auf den Kaiser, der in lebhafter Konversation mit den Umstehenden begriffen schien. Die Kaiserin, die zur Rechten ihres Gatten saß, weil die Herrscherwürde sich durch ihre Linie vererbte, blieb für ihn weitgehend unsichtbar. Aber der Kaiser war jetzt deutlich zu sehen, und Joram betrachtete interessiert das Bild, das sich ihm bot.

Der Thron, der Fußboden und der Alkoven aus Kristall verschmolzen zu einem flimmernden Nichts, als schwebte Seine Majestät inmitten der Sterne. Gekleidet in das lautere Weiß der Trauer, umflossen von blendender Helligkeit, war der Kaiser nicht nur Gefährte der Sterne, sondern überstrahlte sie alle. Nach dem Prunk und der Pracht, die er bis jetzt gesehen hatte, überraschte es Joram, daß sowohl der Alkoven wie auch der Thronsessel in klaren, schlichten Linien gehalten waren. Der Kristall umschmeichelte die Majestäten wie klares Wasser, nur ein Lichtreflex hier und da ließ erkennen, daß sie überhaupt der realen Welt zuzurechnen waren.

Dann mußte Joram lächeln. Er schaute durch die Halle und erkannte die Raffinesse dieser sublimen Einfachheit. Sogar die Ruhebank, auf die der bedauernswerte Katalyt gesunken war, bestand aus magisch zu beinahe vollkommener Transparenz verfeinertem Material. Nichts, schon gar kein lebloses Objekt, sollte die staunenden Untertanen von der einzig relevanten Realität ablenken – dem Kaiser und seiner Kaiserin.

Joram war inzwischen nahe genug, um Gesprächsfetzen verstehen zu können, wenn einzelne Stimmen sich über das Raunen der Menge erhoben, und er lauschte interessiert. Gewohnt, ein rasches und häufig negatives Urteil über andere zu fällen, hatte Joram den Kaiser bei seinem Besuch im Hause Samuels als einen Mann von schrankenloser Selbstgefälligkeit und Arroganz eingeschätzt, der – wie der Volksmund sagt – nicht imstande war, über seine eigene Nasenspitze hinauszusehen. Doch als er ihn jetzt sprechen hörte, sah Joram sich widerwillig gezwungen, sein Urteil zu revidieren.

Der Mann war scharfsinnig und intelligent, und wenn er sich kalt und reserviert gab, dann nur, um die nötige Distanz zu wahren. Er schien kaum des Herolds zu bedürfen, der ihm die Gäste ankündigte, und wirklich sprach er viele mit dem vertraulichen Spitznamen an statt mit dem offiziellen Titel. Er hatte darüber hinaus sogar für jeden ein persönliches Wort: Bei stolzen Eltern erkundigte er sich nach den Kindern, befragte einen Katalyten nach dem Fortgang seiner Studien, sprach über Vergangenes mit den Alten, über die Zukunft mit den Jungen.

Fasziniert von dieser phänomenalen Leistung, in Anbetracht der Hunderte von Menschen, mit denen der Kaiser jeden Tag zu tun haben mußte, beobachtete Joram ihn gebannt. Er erinnerte sich an seine Begegnung mit dem Kaiser und wie er sich einige Sekunden lang dessen ungeteilter Aufmerksamkeit ausgesetzt gesehen hatte. Joram wußte noch, daß er geschmeichelt gewesen war, sich aber eines gewissen Unbehagens nicht erwehren konnte, und jetzt wußte er auch, warum. Der Kaiser von Merilon hatte ihn sich eingeprägt, wie Saryon sich eine mathematische Gleichung einprägte. Selbst bis zu einem gewissen Grad befähigt, andere zu manipulieren, war Joram in der Lage, wahre Meisterschaft zu erkennen und zu würdigen.

Und doch – Joram wußte, daß es einen Menschen auf der Welt gab, für den der Kaiser sehr viel empfand. Das war die Kaiserin. Als Simkin und er wieder ein Stück vorrückten, wandte Joram sich von dem Herrscher Merilons ab und seiner Gemahlin zu. Sein ganzes Leben lang hatte er die Schönheit dieser Frau rühmen gehört, die sogar unter den anerkannten Beautés am Hofe unerreichbar blieb; eine Schönheit, die natürlich war und keiner Unterstützung durch Magie bedurfte. Simkins Warnung aber stachelte seine Neugier zusätzlich an:

*Nicht die Kaiserin anschauen!*

Diese Worte im Sinn, trat er unauffällig ein paar Schritte aus der Reihe, um einen Blick auf die Frau zu werfen, die auf dem Kaiserthron neben ihrem Gemahl saß. Wieder rückten die Wartenden ein Stück vor, und er hatte freie Sicht.

Joram hielt den Atem an. Simkins Warnung zerstob, und statt dessen besann er sich auf Anjas halbvergessene Beschreibung: ›Haar so schwarz und glänzend wie die Schwingen eines Raben, Haut so glatt und weiß wie das Gefieder einer Taube. Dunkle, strahlende Augen, ein Gesicht von klassischem Ebenmaß, wie von einem Meistermagier geschaffen. Sie bewegt sich mit der Anmut von Weidenzweigen im Wind . . .‹

Ein spitzer Ellbogen bohrte sich in Jorams Magengrube. »Laß das!« flüsterte Simkin, ohne die Lippen zu bewegen. »Nicht hinsehen!«

Ärgerlich und fast überzeugt, das Ziel eines von Simkins schwer durchschaubaren Scherzen zu sein, wollte Joram eine schroffe Antwort geben, aber dann bemerkte er wieder den merkwürdigen Ausdruck auf Simkins gewöhnlich unbekümmertem Gesicht – ernst, beinahe ängstlich. Inzwischen befanden sich nur noch ungefähr zehn Leute zwischen ihnen und dem Alkoven. Joram sah, daß alle es nach Möglichkeit vermieden, die Kaiserin direkt oder zu lange anzuschauen. Man streifte sie mit kurzen, huschenden Blicken, die sofort verlegen zur Seite irrten. Und obwohl jeder unbefangen auf die liebenswürdigen Erkundigungen des Kaisers antwortete, sanken die Stimmen zu einem unverständlichen Murmeln herab, sobald der Betreffende sich an die Kaiserin wandte.

Während sie Schritt für Schritt näherrückten und Jorams Augen von der Anstrengung der verstohlenen Blicke zu schmerzen begannen, mußte er sich eingestehen, daß diese Frau tatsächlich ein Geheimnis zu umgeben schien. Ihre vielgepriesene Schönheit verblaßte nicht, doch er fühlte sich davon nicht bezaubert, sondern unerklärlich abgestoßen. Die Haut war makellos, aber sie wirkte bläulich und durchscheinend. Die großen, dunkelbraunen Augen glänzten zwar, aber es war kein Glanz, der von innen kam. Es war der Widerschein von Licht auf Glas. Wenn sie sprach, bewegten sich ihre Lippen. Ihre Hände, ihr Körper bewegten sich, aber nicht so sehr mit der Biegsamkeit von Weidenzweigen als vielmehr mit der Perfektion des Puppenmachers.

Des Puppenmachers …

Ratlos wandte Joram sich an Simkin, aber der bärtige junge Mann tändelte mit seinem orangefarbenen Seidentuch und betrachtete den Freund mit einem leisen Lächeln.

»Geduld zahlt sich aus«, sagte er. »Wir sind die nächsten.« Und dann hatte Joram keine Zeit mehr, sich über irgend etwas Gedanken zu machen.

Er hörte wie aus weiter Ferne den Herold mit dem Stab auf den Boden pochen und mit klangvoller Stimme ausrufen: »Simkin, Gast von Lord Samuels …«

Der Rest seiner Worte ging unter im Lachen der Umstehenden; Simkin trieb offenbar wieder seine Possen, aber Joram war zu verwirrt und zu aufgeregt, um darauf zu achten. Er sah Simkin vortreten und in das weiße Licht eintauchen, das den Kaiser und die Kaiserin umgab.

Die Kaiserin. Joram fühlte, wie sein Blick unwiderstehlich von ihr angezogen wurde, aber schon verkündete der Herold: »Joram, Gast von Lord Samuels und Familie.«

Als er seinen Namen hörte, wußte Joram, daß er jetzt vortreten mußte, aber plötzlich überfiel ihn das Bewußtsein, daß Hunderte von Augenpaaren auf ihm ruhten.

Die Erinnerung an den Tod seiner Mutter stieg in

ihm auf. Auch damals hatten die Leute ihn angestarrt. Er wollte doch nur allein sein, in Ruhe gelassen werden. *Warum* schauten sie ihn an?

Der Kaiser und Simkin unterhielten sich. Joram sah es, hörte aber nichts. In seinen Ohren rauschte es wie Sturm in den Baumkronen. Er wünschte sich verzweifelt, fliehen zu können, war aber nicht imstande, sich von der Stelle zu rühren. Vielleicht wäre er bis in alle Ewigkeit dort stehengeblieben, wenn nicht der Herold – stets darauf bedacht, die Dinge in Fluß zu halten, und überdies daran gewöhnt, daß manche Leute in der Gegenwart Seiner Majestät vor Ehrfurcht erstarrten – ihm einen sanften Stoß versetzt hätte. Joram stolperte vorwärts und stand dem Kaiser von Merilon gegenüber.

Er besaß die Geistesgegenwart, Simkins Beispiel zu folgen und sich tief zu verneigen, dabei stammelte er zusammenhanglose Worte. Der Kaiser enthob ihn weiterer Peinlichkeiten, indem er einwarf: Ja, er könne sich erinnern, ihm im Hause von Lord Samuels begegnet zu sein, und hoffe, er habe einen angenehmen Aufenthalt im schönen Merilon. Dann winkte die kaiserliche Hand, und Joram wandte sich der Kaiserin zu. Aus den Augenwinkeln nahm er wahr, daß Simkin ihn beobachtete, und wäre es nicht undenkbar gewesen, hätte er geglaubt, daß sich die Lippen seines unberechenbaren Freundes unter dem schmalen Bärtchen zu einem Grinsen verzogen.

Joram verneigte sich befangen vor der Kaiserin, rang nach Worten und kämpfte gegen die Versuchung an, den Blick zu heben, um dieser Frau endlich ins Gesicht zu sehen, während er gleichzeitig den unwiderstehlichen Drang verspürte, aus ihrer Nähe zu fliehen.

Ein schwacher, widerlicher Geruch kam ihm zu Bewußtsein.

Die schönste Frau der Welt, behauptete man. Er wollte sich mit eigenen Augen überzeugen.

Joram hob den Kopf ...

... und starrte in die leblosen Augen eines Leichnams.

# Der Champagnerbrunnen

»Im Namen des Almin!« murmelte Joram fröstelnd und rieb sich die schweißfeuchten Hände. »Tot!«

»Mein lieber Junge, wenn dir dein und mein Leben lieb ist, sprich etwas leiser!« mahnte Simkin halblaut, während er mit entwaffnendem Lächeln einigen Bekannten zunickte. Er und Joram standen neben dem Champagnerbrunnen, wenn man Simkins Beteuerungen glauben wollte, der Ort, an dem Gwendolyn und Saryon bestimmt nach ihnen Ausschau halten würden. Dieser Bereich gegenüber dem Alkoven, wo der Kaiser hof hielt, bevölkerte sich immer mehr, als Festgäste einzeln oder in Gruppen herbeiströmten. Der Champagnerbrunnen war – wie Simkin erklärte – ein natürlicher Treffpunkt; heitere Grußworte und lautes Gelächter sprudelten ebenso reichlich wie das edle Getränk. Der Brunnen, mittels Magie erschaffen und erhalten von einer Gruppe als Lakaien verkleideter *Pron-alban*, war mehr als sechs Meter hoch. Er bestand aus Eis (um den Wein zu kühlen) und zeigte maritime Motive. Champagner strömte aus den Mäulern grünlich schimmernder, gefrorenen Meereswogen entstiegener Rosse; Champagner schoß zwischen den aufgestülpten Lippen glotzäugiger Kugelfische hervor; schneeige Nymphen boten dem Dürstenden Champagner aus frostigen Händen. Champagnerkelche schwebten in Reihe und Glied um den Brunnen in der Luft, füllten sich auf Wink oder Ruf und eilten, den redlichen Durst zu stillen, den man sich bei dem stundenlangen Defilee erworben hatte.

»Es ist Hochverrat, das auch nur zu denken, geschweige denn, es öffentlich auszusprechen«, fuhr Simkin fort.

»Wie ... wie lange schon?« fragte Joram mit einer Art morbiden Faszination, derselben Faszination, die bewirkte, daß seine Augen sich wie magisch von der Frauengestalt auf dem Kristallthron angezogen fühlten.

»Ein Jahr vielleicht. Niemand weiß es genau. Sie war lange Zeit bei schlechter Gesundheit, und ich muß zugeben, sie sieht jetzt besser aus als vorher.«

»Aber ... aber warum ...? Ich meine, ich wußte, daß er sie liebte, aber ...« Joram hob ein Glas an die Lippen, setzte es jedoch rasch wieder ab. Seine Hände zitterten. »Der Kaiser muß verrückt sein«, beantwortete er seine Frage selbst.

»Weit davon entfernt«, verneinte Simkin ruhig. »Siehst du den Mann in den roten Gewändern, der sich gerade dem Kaiser nähert?«

»Ein *DKarn-Duuk*? Ja.« Joram riß den Blick von der toten Frau los und richtete ihn auf den Mann, der sich niederbeugte, um dem Kaiser etwas zu sagen. Trotz der Entfernung hatte Joram den Eindruck einer hochgewachsenen, kraftvollen Erscheinung, gekleidet in die rote Kutte der Magi Bellorum von Thimhallan.

»Nicht *ein DKarn-Duuk. Der DKarn-Duuk'est* – Prinz Xavier. Er ist *ihr* Bruder und damit der nächste Kaiser von Merilon, sobald ihr Tod offiziell bekanntgegeben wird.« Simkin hob spöttisch sein Glas. »Finis für Seine Ennuyanz. Zurück auf sein Landgut in den sanften Hügeln von Drengassi oder wo immer das Land seiner Väter sein mag. Wenn ihm nichts Schlimmeres droht. Leute, die dem *DKarn-Duuk'est* in die Quere gekommen sind, haben ein merkwürdiges Talent, spurlos in irgendwelchen Transversalen zu verschwinden.« Simkin leerte das Glas in einem Zug.

»Wenn der Mann so mächtig ist, warum reißt er den Thron nicht einfach an sich?« wollte Joram wissen und überlegte, während er den Bruder der Kaiserin nachdenklich musterte, daß diese neue Welt, die er betreten hatte, ausgesprochen interessant zu sein versprach.

»Er weiß, daß Seine Majestät einen wichtigen – oder sollte ich sagen gewichtigen – Verbündeten zur Seite hat: Bischof Vanya. Wobei mir einfällt – es ist ungewöhnlich, daß Seine Korpulenz durch Abwesenheit glänzen, immerhin gibt es eine freie Mahlzeit. Ach, ich vergaß. Er kommt nie zu diesem Fest. Angeblich läßt sich der Anlaß nicht mit der Politik der Kirche vereinbaren. Wo war ich stehengeblieben?«

»Der Kaiser?«

»Ja, richtig. Es wird gemunkelt, daß Vanyas Stern mit dem des Kaisers aufgegangen ist und sinken wird. Der *DKarn Duuk* hat selbst einen Kandidaten, den er gerne auf dem Bischofsstuhl sehen möchte. Genaugenommen hätten wohl drei darauf Platz ... Also sorgen die Katalyten und Illusionisten mit vereinten Kräften dafür, daß die Kaiserin aussieht wie's blühende Leben, wenn du den Ausdruck entschuldigst. Und es *ist* ein Akt des Hochverrats, sich über ihre Gesundheit oder gar ihre schlechte Gesundheit zu äußern. Sie hält hof – wie immer, und die Crème de la crème Merilons und der benachbarten Stadtstaaten strömt herbei, um ihr zu huldigen – wie immer. Man vermeidet es, ihr ins Gesicht zu sehen, und beschränkt sich, wenn man sie anspricht, auf Belanglosigkeiten. Manchmal kommt es trotzdem zur Katastrophe.«

Simkin winkte einem anderen Glas, sich am Brunnen zu füllen und in seine Hand zu schweben. Nicht weit von ihnen stimmte ein Orchester verzauberter Instrumente den ersten Walzer an, und Simkin mußte sich zu Joram beugen, um weitersprechen zu können: »Ich werde nie den Tag vergessen, an dem die Hoheiten bei dem alten Marquis Dunsworthy zu Gast waren. Alles verlief ohne Zwischenfälle. Schließlich geleitet der alte Marquis das kaiserliche Paar zur Tür. Er verneigt sich und sagt: ›Beerdigt mich bald wieder ...‹ Nun ja, wie man sich denken kann, waren die *Duuk-tsarith* sogleich zur Stelle, und vermutlich werden sie keine Mühe gescheut haben, seinen letzten Wunsch zu erfüllen.« Simkin trank einen Schluck und betupfte sich geziert die Lippen mit seinem orangefarbenen Tüchlein.

Joram wollte etwas antworten, als er seinen Namen rufen hörte. Als er sich umdrehte, schaute er in blaue Augen voller Liebe und vergaß auf der Stelle, daß es Dinge wie Tod oder Politik auf der Welt gab.

»Joram!« sagte Gwendolyn schüchtern und streckte ihm die weiße Hand entgegen. Auch wenn sie sich der bewundernden Blicke einiger anderer junger Männer bewußt war, hatte sie doch nur Augen für den Mann, den sie liebte.

Gwendolyn hatte viele Stunden zusammen mit Marie und Lady Rosamund an ihrem Ballkleid gearbeitet. Sie hatte so oft die Farbe geändert, daß das Zimmer einer Behausung der *Sif-hanar* ähnelte, die Regenbögen zu erschaffen vermögen. Blumen sprossen auf den Ärmeln, dann bunte Vogelfedern, schließlich tauchten die Vögel selbst auf, doch Lady Rosamund erhob energisch Einspruch. Zu guter Letzt, nach vielen Tränen und endlosen Metern Spitze und einer letzten Panik in der Kutsche: ›So kann ich mich unmöglich sehen lassen!‹, entschwebte Gwendolyn zum Ball, die Erfüllung all ihrer Jungmädchenträume vor Augen.

Und der Lohn für den Aufwand? Er war größtenteils verschwendet. Joram hatte nur einen vagen Eindruck von zarten weißen Blüten auf goldenem Haar, weißem Hals und weißen Schultern und nur einer lockenden Ahnung von weichen weißen Brüsten. Ihre Schönheit bezauberte ihn, aber es war *ihre* Schönheit, nicht die des Kleides. Gwendolyn hätte Sackleinen tragen können, und ihr Bewunderer hätte es nicht gemerkt.

»Mylady. « Joram ergriff die schmale, weiße Hand, drückte sie ein wenig länger, als es schicklich war, küßte sie behutsam und gab sie nur widerstrebend frei.

»Ich ... das heißt, wir«, berichtete Gwendolyn errötend, »hatten Angst, du könntest vielleicht nicht in der Lage sein zu kommen. Wie geht es Pater Dunstabel? Wir haben uns alle große Sorgen gemacht.«

»Pater Dunstabel?« Joram starrte Gwendolyn verwundert an. »Was meinst du damit? Ist er nicht ...«

»Ihr müßt ihm verzeihen, gutes Kind«, mischte Simkin sich behende ein und schob sich zwischen Joram und Gwen. Mit dem Rücken zu seinem Freund, nahm er die Hand des Mädchens in die seine. Erst sah es aus, als wollte er sie an die Lippen führen, dann schien ihm die Mühe zu groß zu sein, und er begnügte sich damit, sie kraftlos umfaßt zu halten. »Eure Schönheit hat ihn völlig um den Verstand gebracht. Ich habe schon Katalyten mit intelligenterem Gesichtsausdruck gesehen. Nicht oft, aber gelegentlich. Da wir von Katalyten sprechen, aus Eurer Frage glaube ich schließen zu können, daß es unserem geschorenen Freund nicht allzugut geht. Das nimmt mich Wunder.«

»Aber hat Joram Euch nichts davon gesagt?« Gwendolyn versuchte, einen Blick auf Joram zu erhaschen, der zwischen Simkin und dem Brunnen eingeklemmt war.

»Liebes junges Fräulein«, näselte Simkin affektiert und verstellte ihr die Sicht, »vielleicht ein Gläschen Champagner? Nein? Nun, dann werde ich Euren mittrinken, wenn's Euch nichts ausmacht.« Zwei Gläser kamen herbeigeschwebt. »Wovon sprechen wir? Es ist mir entfallen ... Ganz recht, Pater Dunstabel. Nun ja, seht Ihr, ich bin den ganzen Tag in diesem stickigen Palast eingesperrt gewesen und mußte mir anhören, wie der *DKarn-Duuk'est* über den Krieg mit irgend jemandem jammerte und der Kaiser über die Steuern, und vor Langeweile sind mir fast Hörner gewachsen. Dann habe ich Joram hier getroffen, und wirklich, kleines Fräulein, könnt Ihr mir verübeln, wenn das letzte, worüber ich mich unterhalten wollte, die Gesundheit eines Priesters war?«

»Nein, vermutlich nicht ...«, begann Gwendolyn. Befangenheit und Verwirrung hatten ihre Wangen rosig gefärbt. Simkins Wortschwall hatte Publikum angelockt. Die Leute kamen näher, um zu hören, was für Frivolitäten er als nächstes von sich gab, und das junge Mädchen war sich überdeutlich der vielen Blicke bewußt, die auf ihr und ihrem Gesprächspartner ruhten.

Joram, der sich bemühte, in Gwendolyns Nähe zu kommen, wurde grob zur Seite gedrängt, und da ihm noch gerade rechtzeitig Simkins Warnung einfiel, keine Aufmerksamkeit auf sich zu lenken, war er gezwungen, ein, zwei Schritte zurückzuweichen. Derweil war Simkin der Mittelpunkt der allgemeinen Aufmerksamkeit.

»Nun, was ist unserem geschorenen Freund denn zugestoßen?« erkundigte er sich gleichgültig. »Meiner Treu!« Vor Entsetzen schnellten seine Augenbrauen bis zum Haaransatz hinauf. »Bischof Vanya hat ihn doch nicht etwa mit einem Sitzkissen verwechselt?« Unterdrücktes Lachen im Publikum und belustigte Rippenstöße. »Es wäre nicht das erste Mal. Ich erinnere mich an diese Katalytin, Schwester Suzanne hieß sie vor dem Unfall. Total geplättet, das arme Ding. So kam es zur Erfindung von Crêpe Suzette – oder war's Quiche Lorraine ...«

Das Gelächter wurde lauter.

»Davon weiß ich nichts. Bitte laßt mich los.« Gwendolyn versuchte, Simkin ihre Hand zu entziehen, doch ohne den Anschein zu erwecken, hielt er sie unbarmherzig fest und betrachtete sie mit einem Ausdruck schläfriger Erwartung, der allgemeines Kichern hervorrief.

Gwendolyn blieb nichts anderes übrig, als etwas zu sagen. »Ich ... wir wurden letzte Nacht geweckt, von der ... der *Theldara*, die Pater Dunstabel behandelt hatte. Sie sagte, sein Befinden hätte sich verschlechtert und daß sie ihn zum Haus der Heilung bringen würde.«

»Verschlechtert, ja? Ihr seht mich am Boden zerstört. Vom Kummer übermannt. Champagner zu mir!«

Das Publikum grölte.

»Simkin, laß mich ...«, warf Joram ein, dem es gelungen war, sich einen Weg durch die Menge zu bahnen, aber Simkin schnitt ihm kaltblütig das Wort ab und ergriff einen anderen jungen Mann am Arm – einen aus der vorderen Reihe der Zuschauer.

»Marquis d'Ettue. Enchanté.«

Der junge Marquis war gleichfalls entzückt.

»Hier ist eine junge Frau, die sich danach verzehrt, mit Euch zu tanzen. Es muß an Eurem garnelenfarbenen Jackett liegen. Die Frauen fliegen drauf. Meine Liebe, der Marquis.« Und bevor sie sich zur Wehr setzen konnte, wurde ihre Hand von Simkin an den nicht weniger erstaunten Marquis weitergereicht.

»Aber ich ...«, protestierte Gwendolyn schwach und schaute über die Schulter auf Joram.

»Simkin, verdammt noch mal ...«, versuchte Joram sich erneut Gehör zu verschaffen. Seine Augen funkelten vor Zorn, und er beherrschte sich nur mit Mühe.

»Das Vergnügen dieses Tanzes ...«, stotterte der Marquis.

»Was für ein schönes Paar. Nun aber los!« meinte Simkin heiter und schob die überraschte Gwendolyn förmlich in die garnelenfarbenen Arme des Marquis. »Oh, da bist du ja«, rief er dann aus und drehte sich mit gespielter Überraschung nach dem finster blickenden Joram herum. »Wo hast du nur gesteckt, mein Junge? Jetzt schwingt dein Herzblatt mit einem anderen das Tanzbein.«

Schadenfrohes Johlen.

Joram starrte ihn wütend an. »Wirst du ...«

»... dir in deinem Unglück tröstend zur Seite stehen? Selbstverständlich. Laßt uns einen Moment allein, ja?« wandte Simkin sich an die Menge, die sich bereitwillig zerstreute, allerdings nicht ohne viel Schmunzeln und Grinsen auf Jorams Kosten. »Champagner, bei Fuß!« Nachdem er einen Schwarm Gläser, die auf der Einfassung des schäumenden Brunnens gestanden hatte, herbeigewinkt hatte, schob er den Arm unter Jorams und zog ihn zur Wandung der Kristallkuppel, pflichtbewußt gefolgt von drei gefüllten Champagnerkelchen.

»Was soll das alles?« fuhr Joram ihn zornig an. »Ich suche stundenlang nach Gwendolyn, und du ...«

»Bester Freund, etwas leiser bitte«, mahnte Simkin. Die sorglose Leichtfertigkeit in seinem Gesicht erlosch wie eine Kerzenflamme. »Es war unbedingt nötig, mit dir über den Katalyten zu sprechen, ungestört und unter vier Augen.«

»Armer Saryon.« Er schüttelte den Kopf; eine steile Falte erschien zwischen den schwarzen Brauen. »Ich hätte ihn gestern abend nicht allein lassen sollen, aber die *Theldara* versicherte mir, er wäre auf dem Weg der Besserung ...«

»Das ist er auch«, unterbrach ihn Simkin.

Joram zuckte zusammen. »Was soll das heißen?«

»Das soll heißen, *sie* haben ihn, alter Knabe.« Simkin lächelte, aber es war ein für die Menge bestimmtes Lächeln. Während er an seinem Glas nippte, ließ er unruhig den Blick durch die Halle schweifen. »Und wir könnten die nächsten sein.«

Joram hatte plötzlich Schwierigkeiten zu atmen. Die Luft in diesem Raum war schon zu oft ein- und ausgeatmet worden. Sein Herz klopfte schmerzhaft. In seinen Ohren rauschte es, und wieder konnte er nichts hören.

»Nimm einen Schluck, die Leute schauen her. Vergiß nicht: Immer nur lächeln und immer vergnügt, denn wie's darinnen aussieht, geht niemand was an ...«

Joram sah, wie Simkins Lippen sich bewegten, und fühlte, wie ihm ein Glas in die Hand gedrückt wurde. Sein Mund war trocken, er trank, und der eisgekühlte Champagner rann erfrischend durch seine Kehle. »Bist du sicher?« fragte er, holte tief Atem und bemühte sich, die Fassung wiederzugewinnen. »Wenn er nun wirklich einen Rückfall erlitten hat ...«

»Es ging ihm ausgezeichnet, als wir gestern mit Mosiah das Haus verließen. Davon abgesehen, habe ich nie erlebt, daß ein oder eine *Theldara* mitten in der Nacht das plötzliche Bedürfnis gehabt hätte, einen Hausbesuch zu machen. Aber die *Duuk-tsarith* ...?« Simkin ließ den Satz in der Schwebe.

»Er wird mich nicht verraten«, sagte Joram leise.

Simkin zuckte mit den Schultern. »Man wird ihm keine Wahl lassen.«

Joram preßte die Lippen zusammen und ballte die Fäuste. »Ich gehe hier nicht weg! Nicht, ohne mit dieser Druidin gesprochen zu haben, die Lord Samuels mitzubringen versprach! Und außerdem werde ich schon bald ein Baron sein! Dann klärt sich alles auf.«

»Natürlich. Also gut, wenn du meinst. Ich wollte dir nur die Sachlage auseinandersetzen«, meinte Simkin leichthin, von einer Sekunde zur anderen wieder munter und vergnügt. »Wie du sagst: Was hat es schon zu bedeuten? Ein paar unangenehme Stunden für den Katalyten, weiter nichts. Ich habe gehört, daß sie ganz verrückt danach sind. Märtyrertum. Der Gerechte muß viel leiden und so weiter. Da, deine bezaubernde Freundin kehrt zurück – ich vermute, um dich zu Papi zu geleiten, nach dem Blick ihrer Taubenaugen zu schließen, die mit einem leider entschieden ungnädigen Ausdruck auf mir ruhen. Sag nichts mehr, ich gehe. Laß mich wissen, wann das gemästete Kalb geschlachtet wird – wir könnten dafür übrigens auf Bischof Vanya zurückgreifen. Und denk dran, alter Freund, du hast die ganze Nacht am Bett eines schwerkranken Katalyten gewacht. Adieu!«

Joram war von Herzen dankbar, als Simkin sich endlich in die Luft erhob und von der Menge aufgesogen wurde. »Gefällt es euch?« hörte Joram seine leiser werdende Stimme. »Ich nenne den Farbton *Leichenweiß* ...«

Im Saal wurde es merklich wärmer, und der Geräuschpegel stieg an.

Die Audienz war beendet, die Menschenmenge vor dem Alkoven begann sich zu zerstreuen, und statt der dem traurigen Anlaß gemäßen gedeckten Garderobe sah man jetzt wieder kräftige, heitere Farben. Joram lehnte die Stirn an den Kristall, schaute in die Nacht hinaus und wünschte sich verzweifelt in die kühle Dunkelheit hinaus, die so einladend wirkte, verglichen mit dem grellen Licht und der Hitze unter der Kuppel. Einen Moment lang schlug ihm das Gewissen wegen des Katalyten. Das Wort ›Märtyrertum‹ hatte ihn erschreckt. Bei der Vorstellung, was Saryon jetzt seinetwegen vielleicht erdulden mußte, schloß er die

Augen, und das Gefühl der Schuld drang wie ein spitzer Dolch in seine Seele.

Doch schon nach wenigen Atemzügen war Joram in der Lage, den Schmerz zu ignorieren. Eines Tages würde er es Saryon vergelten. Solange der Katalyt lebte, wollte er für ihn sorgen ...

»Joram?«

Und da war Gwendolyn und schaute zu ihm auf mit ihren blauen Augen, die seine Wunden sahen und sich danach sehnten, sie zu heilen. Er streckte die Arme nach ihr aus, ergriff ihre beiden Hände und drückte sie an seine heißen Wangen. Die Berührung ihrer kühlen Finger war wie Balsam für ihn.

»Joram, was ist denn?« fragte sie, erschreckt von dem grimmigen, gehetzten Ausdruck auf seinem Gesicht.

»Nichts«, erwiderte er sanft und küßte ihre Hände. »Nichts, wenn du bei mir bist.«

Gwendolyn errötete bezaubernd und befreite sich aus seinem Griff. Sie wußte, daß ihre Mutter nicht weit entfernt war. »Joram, Papa hat mich mit einer Nachricht zu dir geschickt. Ich wollte sie dir ausrichten, aber Simkin ...«

»Ja, ich weiß!« Eine dunkle Röte stieg ihm ins Gesicht, seine Augen schienen sie verschlingen zu wollen. »Was für eine Nachricht?«

»Er erwartet dich in einem der Nebengemächer«, sagte Gwendolyn stockend, eingeschüchtert von der plötzlichen Veränderung im Benehmen des jungen Mannes. Doch im nächsten Moment ließ die Aufregung über ihre Neuigkeit sie alle Bedenken vergessen. »O Joram!« rief sie und griff nun selbst nach seinen Händen. »Die Druidin ist bei ihm! Die *Theldara*, die deiner Mutter zur Seite stand, als du geboren wurdest!«

# Ein Kind aus Stein

Joram schritt hoheitsvoll durch die Menge. In seiner Phantasie war er bereits Baron, die liebliche Frau neben ihm seine Gemahlin. Wenige Leute schenkten ihm irgendwelche Beachtung, höchstens um sich zu wundern, weshalb er und das hübsche junge Mädchen zu Fuß gingen wie Katalyten. Aber das würde sich ändern, und zwar bald! Vielleicht schon in einer Stunde würde Lord Samuels an seiner Seite gehen – jawohl, gehen – und ihn als Baron Fitzgerald vorstellen. Guten Freunden würde er vielleicht zu verstehen geben, daß der Baron beabsichtigte, sich in naher Zukunft durch zarte Bande mit der Familie Samuels zu verbinden.

Dann wird man Notiz von mir nehmen, dachte Joram mit grimmiger Belustigung. Man wird sich nicht genug tun können, mich zu hofieren.

Ich werde Saryon finden, spann er seine Gedanken weiter, und ich werde den fetten Priester, der Saryon als Handlanger mißbraucht hat, um mich zu finden, zwingen, sich bei uns zu entschuldigen. Eventuell werde ich sogar sehen, was sich tun läßt, um ihn aus seinem Amt zu entfernen. Und dann . . .

»Joram«, unterbrach Gwendolyn ihn zaghaft. Der Ausdruck auf seinem Gesicht war so merkwürdig – aufgeregt, erwartungsvoll und doch gemischt mit einer düsteren Verbissenheit, die sie sich nicht zu erklären vermochte. »Zu Fuß kommen wir nicht mehr weiter.«

»Wo sind denn dein Vater und die Druidin?« fragte Joram, der plötzlich merkte, daß er in seiner Gedankenversunkenheit einfach blind drauflos gegangen war.

»Auf der Ebene des Wassers.« Gwen deutete in die Tiefe.

Sie standen auf der Galerie und schauten von hoch oben auf den goldenen Wald in der Eingangshalle hinunter. Es war ein atemberaubender Anblick: Jede der Neun Ebenen schimmerte in der ihr zugeordneten Farbe, mit der Ausnahme der Ebene des Todes, die grau und leer war. Die Festlichkeiten hatten sich inzwischen auf alle Stockwerke ausgeweitet; es herrschte ein lebhaftes Auf und Ab. Bei einem Blick zur Stiege sah Joram die Katalyten die letzten Stufen bezwingen. Ihre Schritte waren schleppend, ihr Atem ging schwer.

Das verhalf ihm zu der rettenden Ausrede.

»Du sollst jetzt auch meine Botin sein, Liebes«, sagte er zu Gwendolyn und ließ sie los, allerdings nur zögernd und mit Bedauern. Trotz seiner Geistesabwesenheit war er sich deutlich ihrer Wärme, ihres Duftes und der gelegentlichen Berührung ihres weichen Körpers neben ihm bewußt gewesen. »Du eilst voraus und sagst deinem Vater, daß ich komme. Ich gehe zu Fuß.«

Gwendolyn schaute bei diesen Worten dermaßen überrascht drein und betrachtete die Katalyten auf der Treppe mit solchem Mitleid, daß Joram unwillkürlich lächeln mußte. Während er zärtlich nach ihrer Hand griff, sagte er in Gedanken zu ihr: »Bald, Liebes, wirst du stolz sein, diese Stufen an der Seite deines Gatten hinaufzusteigen.« Laut meinte er: »Bestimmt siehst du ein, daß ich Pater Dunstabel heute unmöglich bitten kann, mir Leben zu gewähren, auch wenn der Anlaß noch so wichtig ist ...«

Gwendolyn errötete beschämt. Sie hatte tatsächlich nicht mehr an den bedauernswerten Katalyten gedacht. Natürlich hätte Joram sich an einen anderen Katalyten wenden können, aber es gab viele Magi, die sich ihrem langjährigen Katalyten so eng verbunden fühlten, daß es fast eine Art Ehebruch gewesen wäre, sich von einem anderen Leben gewähren zu lassen. Sie hob ihre wunderschönen blauen Augen zu ihm auf. »Selbstverständlich kannst du das nicht tun. Wie dumm von mir, das zu vergessen – und wie nobel von dir, ihm dieses Opfer zu bringen. «

Jetzt war es Joram, der errötete, denn er las die Liebe und Bewunderung in ihren Augen und wußte doch, daß er sie sich mit einer Lüge verdient hatte. Nicht so schlimm, beschwichtigte er sein Gewissen. Bald wird sie die Wahrheit kennen. Bald werden alle die Wahrheit kennen ...

»Eil dich, dein Vater wartet«, sagte er ziemlich schroff. Er führte sie zu der Öffnung in der kunstvoll gestalteten Balustrade, die von den Magi benutzt wurde, um den Saal der Erhabenheit zu betreten oder zu verlassen, und ließ mit einer leichten Verbeugung ihre Hand los. Sein Herz tat einen plötzlichen Sprung, als er sie anmutig ins Nichts hinaustreten sah, und es kostete ihn gewaltige Überwindung, stehenzubleiben und nicht in Panik die Arme auszustrecken, um sie vor einem – für ihn! – tödlichen Sturz in den goldenen Wald neun Stockwerke tiefer zu bewahren. Doch Gwendolyn schwebte mit zu ihm emporgewandtem Gesicht lächelnd in die Tiefe, anmutig wie eine Wasserlilie auf einem stillen Teich. Ihre Röcke bauschten sich im Luftzug wie Blütenblätter, das Unterkleid schmiegte sich an ihre Beine und hielt ihren Körper züchtig bedeckt.

»Ebene des Wassers«, sagte Joram leise zu sich, wirbelte herum, lief zur Treppe und hastete die Stufen hinunter. Beinahe hätte er in der Eile einen griesgrämigen Katalyten umgerannt – denselben, dem Simkin einen solch heimtückischen Streich gespielt hatte.

Die Treppe hinaufzusteigen war langwierig und

mühsam gewesen, hinunter ging es wie im Fluge. Ehe er sich's versah, hatte Joram die Ebene des Wassers erreicht und blieb nach Atem ringend stehen – ob vor Anstrengung oder wachsender Erregung, wußte er nicht.

Gwendolyn war nirgends zu sehen, und er wollte sich gerade ungeduldig auf die Suche nach ihr machen, als eine Stimme seinen Namen rief: »Joram, hier drüben!«

Als er sich umdrehte, sah er sie bei einer offenen Tür stehen, die er in der von trügerischem blauem Licht erfüllten Unterwasserwelt nicht bemerkt hatte. Zwischen Phantasmen von Meerjungfrauen und Schwärmen farbenprächtiger Fische hindurch gelangte Joram zur Tür. Er hoffte inständig, daß es sich bei diesem Seitenzimmer nicht um eine dunkle Grotte voller Krebse und Austern handelte.

Seine Befürchtungen erwiesen sich als grundlos. Offenbar beschränkten sich die Trugbilder auf den Bereich um die Galerie, denn Gwendolyn führte Joram in einen Raum, der sich in Lord Samuels' Haus hätte befinden können. Es war ein Ruhezimmer für Magi, die sich entspannen und ihr Leben nicht verausgaben wollten. Mehrere Sofas, bezogen mit phantasievoll gemustertem Seidenbrokat, standen akkurat angeordnet in dem gemütlichen Zimmer.

Auf einem dieser steifen Sofas kauerte eine zwergenhafte, eingeschrumpfte Frauengestalt, wie ein kleiner Vogel, der sich erschöpft auf den Polstern niedergelassen hatte. An der braunen Farbe und der feinen Qualität ihrer Gewänder erkannte Joram, daß sie eine Druidin von sehr hohem Rang war. Sie war alt – so alt, dachte Joram, daß sie schon seiner Mutter vor achtzehn Jahren als Greisin erschienen sein mußte. Trotz des Frühlingswetters und der Wärme in dem kleinen Raum saß sie dicht neben dem Feuer, das Lord Samuels durch Magie im Kamin entzündet hatte. Das braune Gewand bauschte sich um den mageren Körper wie das aufgeplusterte Gefieder eines frierenden Vogels, und vervollständigt wurde das Bild von der krallenähnlichen Hand, die unablässig an dem weichen Stoff kratzte und zupfte.

Lord Samuels stand mit auf dem Rücken verschränkten Händen neben dem Sofa auf dem Boden – ein Zeichen für die Bedeutung, die er dieser Unterredung beimaß. Er trug anläßlich des traurigen Feiertags gedeckte Farben, seine Kleidung war kostbar, aber nicht zu kostbar, was von den besseren Kreisen wohlwollend zur Kenntnis genommen wurde. Bei Jorams Eintritt verbeugte er sich steif; Joram ebenfalls. Die Druidin musterte den jungen Mann aus glitzernden Vogelaugen.

»Vielen Dank, Tochter«, sagte Lord Samuels, und nicht einmal die Schicksalhaftigkeit des bevorstehenden Gesprächs vermochte seinen Vaterstolz zu mindern. »Ich halte es für das Beste, wenn du uns jetzt verläßt.«

»Aber Papa!« rief Gwendolyn aus, doch als er kaum merklich die Stirn runzelte, seufzte sie ergeben. Nach einem letzten Blick zu Joram machte sie eine tiefe Verbeugung vor der Druidin, die zwitschernd und mit einer flatternden Handbewegung dankte, dann verließ sie das Zimmer und schloß leise die Tür hinter sich.

Lord Samuels belegte die Tür mit einem Zauber, um sicherzustellen, daß sie nicht gestört wurden.

»Joram«, sagte er gemessen, trat vor und deutete mit der Hand zur Seite, »erlaubt mir, Euch mit *Theldara* Menni bekannt zu machen. Die *Theldara* wirkte viele Jahre lang als leitende Druidin im Entbindungshaus des Baptisteriums. Sie hat jetzt die Ehre«, erläuterte er behutsam, »die *Leibtheldara* unserer geliebten Kaiserin zu sein, für deren unverändertes Wohlergehen wir täglich beten.«

Joram bemerkte, daß Lord Samuels ihn bei diesen Worten nicht anschaute; jeder, der von der Kaiserin sprach, tat es in wohlüberlegten Worten und mit abgewandtem Blick.

Auch Joram brachte es nicht über sich, der Druidin in die Augen zu sehen, und verneigte sich statt dessen besonders tief. Bei dem Gedanken, daß diese Frau einen Leichnam hegte und pflegte, empfand er einen überwältigenden Ekel.

Sein Magen krampfte sich zusammen, und fast glaubte er, in dem überheizten Raum den Geruch von Tod und Verwesung wahrzunehmen. Dennoch ertappte er sich dabei, wie er mit schrecklicher, morbider Neugier überlegte, mittels welcher Magie der Leichnam in seinem untoten Zustand erhalten wurde. Rannen statt Blut geheimnisvolle Elixiere durch das stumme Herz? Pulsierten magische Flüssigkeiten durch die Adern, bewahrten Kräuter die Haut vor Verwesung? Welche Zauberworte bewirkten, daß die starre Hand sich mit gräßlicher Anmut bewegte, welche alchimistischen Künste verliehen den gebrochenen Augen Glanz?

Er spürte beruhigend das Gewicht des Dunklen Schwerts auf seinem Rücken. »Ich habe einem Ding Leben eingehaucht, das kein eigenes Leben besitzt, und werde deshalb als Ketzer gebrandmarkt«, sagte er zu sich selbst. »Aber ist es nicht eine viel größere Sünde, das, was den Göttern gehört – wenn man an sie glaubt –, daran zu hindern, zwischen den Sternen seine wahre Bestimmung zu finden und in dem Gefängnis des Körpers eingesperrt zu halten?«

Er fürchtete, daß es ihm unmöglich sein würde, diese Frau anzusehen, ohne daß sein Blick den Widerwillen verriet, den er empfand. Dann ermahnte er sich streng, daß all das ihm völlig gleichgültig sein konnte. Was bedeutete ihm die Kaiserin? Es war sein Leben, das zählte, nicht der Tod von anderen.

Er richtete sich auf, warf das schwarze Haar zurück und schaute der Druidin gelassen, sogar mit einem kleinen Lächeln ins Gesicht. Sie stieß ein leises Krächzen aus, als hätte sie seine Gedanken gelesen und wäre erfreut, hob die Krallenhand und streckte sie Joram zum Kuß entgegen, doch obwohl er sie behutsam ergriff und sich darüber neigte, vermochte er sich um keinen Preis zu überwinden, die welke Haut mit den Lippen zu berühren.

Lord Samuels forderte Joram auf, Platz zu nehmen, und Joram gehorchte, auch wenn er viel lieber stehengeblieben wäre.

»Ich habe mit *Theldara* Menni bisher noch nicht über deine Angelegenheit gesprochen, Joram, da ich es aus Gründen der Ehre für geboten halte, ein so delikates Thema in deiner Gegenwart zu erörtern.«

»Vielen Dank, Mylord«, sagte Joram aufrichtig.

Lord Samuels neigte leicht den Kopf und fuhr fort: »Die *Theldara* war so gütig, meinem Freund, Pater Richar, zuliebe, in diese Unterredung einzuwilligen. Ich überlasse es Euch, junger Mann, ihr die Sachlage zu erklären.«

Die *Theldara* betrachtete Joram erwartungsvoll.

Joram hatte nicht damit gerechnet, seinen Fall selbst darlegen zu müssen, obwohl er Lord Samuels dankbar war, die Angelegenheit nicht bereits in der einen oder anderen Richtung beeinflußt zu haben, indem er in seiner Abwesenheit darüber sprach. Er wünschte sich, Saryon wäre da. Der Katalyt hatte die Gabe, komplizierte Dinge leicht verständlich auszudrücken. Joram wußte nicht, wo er anfangen sollte, außerdem hatte er Angst, denn zum erstenmal wurde ihm voll bewußt, was für ihn auf dem Spiel stand.

»Mein Name ist Joram«, begann er stockend. Er bemühte sich zu denken, die Bruchstücke zu einem Ganzen zusammenzufügen. »Der Name meiner Mutter war Anja. Sagt ... sagt Euch das etwas?«

Mit einem ruckartigen Kopfnicken schien die Druidin das Wort aufzupicken wie einen Brotkrumen, aber sie blieb stumm.

Ohne zu wissen, ob seine Frage bejaht oder verneint worden war, sprach Joram mühsam weiter. »Ich wuchs in einem Dorf der FeldMagi auf – und habe mein ganzes Leben dort verbracht. Aber meine ... meine Mutter sagte immer, ich wäre von vornehmer Herkunft und daß meine Familie in Merilon lebte. Sie – meine Mutter – erzählte mir, mein Väter wäre ein ... ein Katalyt. Sie hatten eine sündhafte Tat begangen – die körperliche Vereinigung ... Sie wurden entdeckt«, Joram konnte nicht verhindern, daß Bitternis in seinen Worten mitschwang, »und mein Vater wurde zur Wandlung verurteilt. Er steht bis zum heutigen Tag an der Grenze ...«

Er verstummte bei der Erinnerung an das steinerne Standbild und an die warme Träne, die auf ihn niedergefallen war, aber dann schüttelte er unwillig den Kopf und setzte seinen Bericht fort.

»Meine Mutter hat mich im Baptisterium zur Welt gebracht. Dann ergriff sie mit mir zusammen die Flucht. Ich weiß nicht, warum. Vielleicht hatte sie Angst. Oder vielleicht war es der beginnende Wahnsinn ...« Es fiel ihm schwer, das Wort auszusprechen. Wer hätte gedacht, daß der Weg so dornig sein würde. Er mochte weder Lord Samuels noch die *Theldara* ansehen, sondern starrte finster auf seine Hände, die er abwechselnd zu Fäusten ballte.

»Sie versprach mir, daß wir eines Tages nach Merilon zurückkehren und unser Recht fordern würden, aber sie durfte diesen Tag nicht mehr erleben. Ich verließ das Dorf, in dem ich aufgewachsen war – der Grund ist nicht von Bedeutung –, und habe seither im Außenland gelebt. Aber dann ergab sich die Gelegenheit, nach Merilon zu gehen und mein Geburtsrecht einzufordern.«

»Das Problem ist«, warf Lord Samuels ein, der merkte, daß Joram offenbar alles gesagt hatte, was er wußte, »daß keine Aufzeichnungen über die Geburt des jungen Mannes existieren. Das kommt vor.« Er machte eine wegwerfende Handbewegung. »Die Zahl der mittellosen und gefallenen Frauen, die ins Baptisterium kommen, um ihre Kinder zur Welt zu bringen, ist groß, und man kann sich vorstellen, daß in der Eile Unterlagen vertauscht werden oder verlorengehen. Oder – wie in Jorams Fall wahrscheinlich – die Mutter verließ das Baptisterium heimlich, und da sie befürchtete, verfolgt zu werden, vernichtete sie die Unterlagen entweder oder nahm sie mit. Wir hoffen jetzt, daß Ihr ihn als ...«

»In jener Nacht war Wehenmond«, krächzte die *Theldara* unvermittelt und schrill.

»Vergebung?« Lord Samuels blinzelte überrascht. Joram hielt den Atem an und hob den Kopf.

»Wehenmond«, wiederholte die alte Frau ärgerlich. »Vollmond. Als wir ihn am Himmel stehen sahen, wußten wir, daß das Entbindungshaus gleichfalls voll sein würde, und wir hatten recht.«

»Dann erinnert Ihr Euch?« Joram beugte sich erregt vor; er zitterte am ganzen Leib.

»Erinnern?« Die Druidin lachte heiser, dann hustete sie und wischte sich mit der abgezehrten Hand über den strichdünnen Mund. »Ich erinnere mich an Anja. Ich begleitete sie zur Wandlung.« Sie sagte es mit einigem Stolz. »Es ging ihr schlecht, und ich wußte, es würde der Tod des ungeborenen Kindes, wenn nicht gar der Tod der Mutter sein, sie zu zwingen, der Vollstreckung beizuwohnen. Aber sie wollten es so. Es war Gesetz.« Die Greisin duckte sich wärmesuchend tiefer in ihre Gewänder.

»Sprecht weiter!«

Joram verspürte das Bedürfnis, sie vom Sofa zu heben und schützend auf Händen zu tragen, so kostbar erschien sie ihm.

Die Druidin starrte in die Flammen, zwitscherte und zirpte vor sich hin und tastete mit der Krallenhand über die Sitzpolster, bis sie plötzlich ruckartig den Kopf hob und Joram ansah.

»Ich hatte recht«, sagte sie schrill. Ihre Stimme hallte durch das Zimmer. »Ich hatte recht.«

»Recht? Was meint Ihr?«

»Tot geboren, natürlich!« Die Druidin verzog ihren Mund. »Das Kind wurde tot geboren. Und nicht nur das.« In ihre Augen trat ein genießerisches Funkeln, die schrille Stimme senkte sich zu einem gespenstischen Raunen: »Das Kind war im Leib der Mutter zu Stein geworden! Zu Stein – genau wie der Vater! Nie zuvor habe ich so etwas gesehen!« Sie legte den Kopf schräg, um zu Lord Samuels aufzuschauen und zu sehen, welchen Eindruck ihre Worte machten. »Nie! Es war eine Strafe!«

Joram erstarrte. Er hätte das Kind sein können – oder der Vater.

»Ich verstehe nicht.« Seine Stimme brach. Lord Samuels, der sich im Hintergrund hielt, machte eine Bewegung, aber Joram wandte den Blick nicht vom Gesicht der *Theldara* ab. Er hatte aufgehört zu zittern; nichts regte sich mehr in ihm, nicht einmal sein Herz.

Die *Theldara* schien mit ihren knochigen Händen nach etwas zu greifen und herauszuziehen. »Wenn sie tot zur Welt kommen, die armen Würmchen, sind ihre Körper ganz weich und schlaff. Aber nicht Anjas Kind.« Die Druidin nickte zu jedem Wort. »Die Augen starrten ins Nichts. Kalt und hart wie Stein. Es war eine Strafe!«

»Das kann nicht sein!« Seine eigene Stimme klang Joram fremd in den Ohren.

Die Druidin reckte den Kopf vor und deutete mit dem dürren Finger auf ihn. »Ich weiß nicht, welcher Mutter Sohn Ihr seid, junger Mann, aber gewiß nicht Anjas. Oh, sie war verrückt! Ohne Frage.« Der vogelähnliche Kopf ruckte auf und nieder. »Und ich sehe jetzt, daß sie tat, was wir immer vermuteten – sie stahl ein Kind aus dem Hort für die Waisen und Verstoßenen und gab es für das ihre aus. Das haben die *Duuk-tsarith* gesagt, als sie uns befragten, und jetzt sehe ich, daß es so gewesen ist.«

Joram konnte nichts erwidern. Die Worte der Greisin erreichten ihn wie im Traum. Er war nicht fähig, etwas zu sagen oder in irgendeiner Weise zu reagieren. In demselben Ton hörte er Lord Samuels in strengem Ton fragen:

»Die *Duuk-tsarith*? Dann wurden also Nachforschungen angestellt?«

»Nachforschungen?« Die alte Frau krächzte. »Das kann man wohl behaupten! Sie mußten kommen, um Anja das tote Kind aus den Armen zu reißen. Sie hatte es in eine Decke gegeben, wärmte ihm mit der Hand die Füßchen und versuchte es zu nähren. Sobald wir in ihre Nähe kamen, fauchte sie uns an. Scharfe Krallen wuchsen aus ihren Fingern, ihre Zähne wurden zu einem Raubtiergebiß. Sie war eine *Albanara.*« Die Druidin zog fröstelnd die Schultern hoch. »Sie hatte große Macht. Nein, wir konnten nichts tun. Also riefen wir die *Duuk-tsarith*. Sie kamen, nahmen das Kind und versenkten Anja in einen magischen Schlummer. Wir ließen sie allein, und in jener Nacht ist sie geflohen.«

»Aber warum gibt es darüber keine Aufzeichnungen?« forschte Lord Samuels beharrlich. Joram starrte die Druidin an, aber seine Augen waren ebenso starr und tot wie die des steinernen Kindes.

»Oh, es gab Aufzeichnungen!« Die Druidin wirkte gekränkt. »Während meiner Zeit führten wir genau Buch. Die *Duuk-tsarith* nahmen sie mit, sobald wir am nächsten Morgen entdeckt hatten, daß Anja verschwunden war. Fragt sie nach Euren kostbaren Aufzeichnungen. Nicht, daß sie dir viel nützen werden, armer Junge«, fügte sie, an Joram gewandt, mitleidig hinzu.

»Dann seid Ihr sicher, daß dieser junge Mann« – Lord Samuels nickte in Jorams Richtung –, »aus dem Hort entführt wurde?« Sein Gesichtsausdruck war nicht mehr ungehalten, sondern bekümmert und mitfühlend.

»Sicher? Ja, wir waren alle sicher.« Die Druidin öffnete den Mund zu einem zahnlosen Grinsen. »Die *Duuk-tsarith* sagten, es wäre so, und deshalb waren wir sicher. Ganz sicher, Mylord.«

»Aber wurde nachgezählt? Fehlten irgendwelche Kinder?«

»Die *Duuk-tsarith* behaupteten es«, raunte die alte Frau, und die tausend Runzeln und Falten in ihrem spitzen Gesicht vertieften sich. »Die *Duuk-tsarith* behaupteten es.«

»Aber habt Ihr Euch selbst überzeugt?« versuchte Lord Samuels nochmals, eine klare Antwort zu erhalten.

»Armer Junge«, war alles, was die *Theldara* sagte. Wieder fixierte sie ihn mit ihren glitzernden Vogelaugen. »Armer Junge.«

»Schweigt!« Joram erhob sich schwankend. Seine Miene war düster; er hatte sich, ohne es zu merken, in die Lippe gebissen und blutete. »Schweigt«, knurrte er wieder und starrte die *Theldara* mit solchem Haß an, daß sie sich in die Polster drückte und Lord Samuels hastig dazwischentrat.

»Joram, bitte«, versuchte er zu beschwichtigen, »beruhigt Euch! Denkt nach! In dieser Angelegenheit gibt es vieles, das keinen Sinn ergibt ...«

Aber Joram konnte ihn weder sehen noch hören. Sein Kopf dröhnte, als wollte er zerspringen. Taumelnd, halb blind schlug er mit den Fäusten gegen seine Stirn und raufte sich die Haare.

Lord Samuels sah die blutigen Haarbüschel, den beginnenden Wahnsinn im flackernden Blick des jungen Mannes und wollte ihm begütigend Einhalt gebieten. Mit einem wilden Aufschrei stieß Joram ihn zurück und hätte ihn fast zu Boden geschleudert.

»Mitleid!« keuchte Joram. Er konnte nicht atmen. »Ja, bemitleidet mich! Ich bin niemand!« Wieder zerrte er an seinen Haaren. »Lügen! Alles Lügen! Tot ... Tod ...«

Er fuhr herum, stolperte durch das Zimmer und tastete blindlings nach der Tür.

»Sie wird sich nicht öffnen, Joram, ich habe den Bann verstärkt. Ihr müßt bleiben und mir zuhören. Noch ist nicht alles verloren! Weshalb das große Interesse der *Duuk-tsarith*? Befassen wir uns genauer ...« Vielleicht in der Absicht, Joram durch einen Zauber aufzuhalten, bewegte Lord Samuels sich unauffällig auf ihn zu.

Joram schenkte ihm keine Beachtung. Er bemühte sich, die Tür zu öffnen, aber der Bannspruch hinderte ihn daran. Es war eine unsichtbare Barriere, für ihn unüberwindlich, auch als er mit der flachen Hand und den Fäusten dagegen schlug. Nur von dem Gedanken beherrscht, dieses Zimmer zu verlassen, in dem er zu ersticken drohte, zog Joram das Dunkle Schwert aus der Hülle auf seinem Rücken und schwang es gegen die Tür.

Die aus Arkanum geschmiedete Klinge erwachte, die Lebensimpulse ihres Meisters durchströmten den metallenen Leib, und sie begann Magie zu absorbieren. Der Zauberbann auf der Tür zerschellte, so wie das Holz sich spaltete, als die Klinge hindurchdrang. Die *Theldara* begann zu schreien – ein dünnes, schrilles Wimmern –, während Lord Samuels, von Staunen und Furcht gelähmt, tatenlos zusah. Ohne zu ahnen, daß das Schwert ihm sein Leben aussaugte, fühlte er ratlos, wie er schwächer und schwächer wurde. Das Dunkle Schwert traf keine Auswahl, sein Schöpfer verstand es nicht gezielt einzusetzen und wußte kaum etwas von seinem wahren Potential. Es absorbierte unterschiedslos alle Magie in der Nähe und vergrößerte damit seine eigene Macht. Das Metall begann ein seltsames, bläulich-weißes Glühen zu verströmen, das den Raum erhellte, während durch das Wirken des Schwertes das Feuer im Kamin allmählich erlosch und die magischen Lichtkugeln auf dem Sims darüber unstet flackerten, bevor sie endgültig verschwanden.

Lord Samuels vermochte sich nicht zu rühren. Sein Körper fühlte sich fremd und schwer an, als wäre er plötzlich im Fleisch eines anderen Menschen gefangen, dessen Glieder ihm nicht gehorchten. Er stierte, wie in einem Alptraum gefangen, vor sich hin, unfähig zu begreifen, was mit ihm geschah, unfähig, etwas zu tun.

Die Tür fiel zerschmettert zu Boden. Auf der anderen Seite, angestrahlt von dem pulsierenden Leuchten des gleißenden Schwertes, stand Gwendolyn.

Sie hatte gelauscht, beseelt von einem bunten Reigen heiterer Träume, während sie sich ausmalte, wie sie Überraschung vortäuschen wollte, wenn Joram herausgestürzt kam, um ihr die frohe Kunde zu bringen. Die heiteren Träume waren zu Nachtmahren geworden: Kinder aus Stein; die bemitleidenswerte

Mutter, die den kalten starren Körper zu wärmen versuchte; die finsteren Gestalten der *Duuk-tsarith*; Anja, die mit einem gestohlenen Kind auf den Armen in die Nacht hinausfloh.

Schritt um Schritt war Gwendolyn von der verschlossenen und durch einen Bann versiegelten Tür zurückgewichen, die Hand vor dem Mund, um nicht aufzuschreien und sich zu verraten. Die Ungeheuerlichkeit dessen, was sie mit angehört hatte, sickerte in ihr Bewußtsein wie das unsaubere Wasser einer rasch steigenden Flut. Das Mädchen, das sie war, begriff nur vage. Solche Dinge wie Zeugung und Geburt waren in ihrem abgeschirmten, behüteten Leben tabu gewesen. Aber die Frau in ihr verstand. Seit Jahrtausenden weitervererbte Instinkte befähigten sie, den Schmerz und die Qual nachzuempfinden; Einsamkeit, Kummer, Trauer mitzufühlen und sogar zu begreifen, daß Wahnsinn – wie ein kleiner Stern in der unfaßlichen Schwärze des nächtlichen Himmels – Trost spenden konnte.

Gwendolyn hatte Jorams verzweifelten Aufschrei gehört, den Ausbruch von Haß und Wut, und sie wäre gerne fortgelaufen. Aber die Frau harrte aus, und die Frau war es, der Joram sich gegenübersah, als die Tür zu seinen Füßen in Trümmer fiel. Das Schwert in der Hand, starrte er sie grimmig an. Das weiße, feindselige Glühen der Waffe spiegelte sich in den blauen Augen, die ihm aus dem leichenblassen Gesicht entgegenschauten.

Bei der Erkenntnis, daß sie alles gehört hatte, empfand er unerwartet ein überwältigendes Gefühl der Erleichterung. Er konnte das Entsetzen in ihren Augen lesen. Dem würde Mitleid folgen, dann Abscheu. Nun gut. Warum es nicht beschleunigen? Es wäre so viel leichter, sie zu verlieren, wenn er einen Grund hatte, sie zu hassen. Dann konnte er aufatmend in der Dunkelheit versinken und sicher sein, daß er niemals wieder auftauchen würde.

»Nun weißt du es also!« Er sprach leise, aber sein Ton war so feindselig wie die grelle Aura des Schwertes. »Du weißt, daß ich nichts bin, ein Niemand!« Mit verzerrtem Gesicht hob er das Dunkle Schwert und sah das weißglühende Leuchten in den weitaufgerissenen Augen der jungen Frau irrlichtern, die im Blau der Unterwasserwelt vor ihm stand. »Du hast einmal gesagt, daß es dich nicht kümmern würde, wer oder was ich bin, Gwendolyn. Daß du mich liebst und mit mir gehen würdest.« Langsam wechselte er das Schwert in die linke Hand und streckte ihr die rechte entgegen. »Dann komm.« Er lachte hämisch. »Oder waren deine Worte Lügen wie die Worte all der anderen?«

Sein beißender Hohn sollte sie abschrecken und verleiten, sich von ihm abzuwenden. Doch Gwendolyn durchschaute ihn; sie erkannte den grenzenlosen Schmerz hinter der trotzigen Fassade und wußte, wenn sie ihn zurückwies, würde er in die ausweglose Wüste seiner Verzweiflung fliehen und sich vom Sand verschlingen lassen. Er brauchte sie. Wie sein Schwert die Magie der Welt aufsaugte, so verzehrte sein Hunger nach Liebe alles, was sie zu geben hatte. »Nein, es war keine Lüge«, antwortete sie fest und ruhig.

Sie ergriff die ausgestreckte Hand. Joram schaute sie fassungslos an, ein Opfer widerstreitender Gefühle. Einen Moment lang sah es aus, als würde er sie zurückstoßen, aber sie blickte mit dem Ausdruck unerschütterlicher Liebe zu ihm auf.

Joram senkte das Schwert. Er ließ den Kopf hängen und begann zu weinen – ein rauhes, krampfhaftes Schluchzen, das seinen ganzen Körper schüttelte. Gwendolyn legte die Arme um ihn und drückte ihn an sich, als wäre er ein Kind.

»Komm, wir müssen fort von hier«, flüsterte sie. »Dieser Ort ist jetzt gefährlich für dich.«

Joram klammerte sich an ihr fest. Hoffnungslos verirrt in seiner lichtlosen Finsternis, kümmerte es ihn nicht, wo er sich befand, noch verschwendete er Gedanken an seine Sicherheit. Er wäre zu Boden gesunken, hätte Gwendolyn ihn nicht gestützt.

»Komm!« wiederholte sie drängend.

Er nickte wie betäubt und vertraute sich willenlos ihrer Führung an.

»Gwendolyn! Nein! Mein Kind!« rief Lord Samuels ihr flehend hinterher. Er setzte seinen ganzen Willen darin, die Lähmung, die ihn befallen hatte, zu überwinden, aber das Dunkle Schwert hatte ihn seiner Lebenskraft beraubt, so war er dazu verurteilt, hilflos zuzuschauen.

Ohne einen Blick auf ihren verzweifelten Vater führte Gwendolyn den Mann davon, den sie zu lieben beschlossen hatte.

# Auf die Unvernunft!

Im ungewissen darüber, was sie tun oder wohin sie sich wenden sollte, führte Gwendolyn Joram zur Ebene des Feuers. Dort, in einer Nische, die im Lee des Infernos glutrot wabernder Trugbilder von undurchdringlicher Dunkelheit erfüllt zu sein schien, suchten die beiden Zuflucht, zuckten bei jedem Geräusch zusammen und wagten kaum zu atmen.

»Wir müssen fort, bevor die *Duuk-tsarith* anfangen, nach uns zu suchen, wenn sie es nicht schon tun«, flüsterte Gwen. »Wie lange wird der Bann, der auf meinem Vater liegt, anhalten?«

Joram hatte etwas von seiner Selbstbeherrschung wiedergewonnen, obwohl er sich immer noch an Gwendolyn klammerte. Den Arm um sie gelegt, drückte er sie an sich; sein dunkler Kopf ruhte auf ihrem goldenen Haupt, seine Tränen trockneten in ihrem goldenen Haar.

»Ich weiß es nicht«, gestand er verbittert und betrachtete das Dunkle Schwert in seiner Hand. »Aber bestimmt nicht lange. Dieses Schwert ist für mich noch ein Mysterium.«

Gwen warf einen scheuen Blick auf die häßliche, ungeschlachte Waffe und erschauerte. Schützend zog Joram sie an sich, uneingedenk der Tatsache, daß er selbst es war, vor der er sie zu schützen suchte.

Sie verstand ihn nicht, aber sie nickte trotzdem. Zu ihrer Angst und Verwirrung, der beginnenden Reue über ihren Entschluß und den Gewissensbissen wegen des Kummers, den sie ihrer Familie bereitete, gesellte sich das beunruhigende Gefühl einer schmerzlichen Wonne, die sie in Jorams Armen fand. Sie wünschte sich, dort bleiben zu können, an sein heftig schlagendes Herz geschmiegt. Aber dieser Gedanke erfüllte sie mit einer unnennbaren Angst, die sich schwer und kalt in ihrer Magengrube regte. Und alles beherrschend war die sehr reale und unmittelbare Furcht vor Entdeckung.

»Wenn es uns gelingt, aus dem Palast zu entkommen«, fragte sie, »wohin gehen wir dann?«

»Zu Merlyns Hain«, antwortete Joram prompt. Plötzlich sah er alles klar und deutlich vor sich. »Mosiah wartet dort auf uns. Wir schleichen uns zum Stadttor ...« Er unterbrach sich stirnrunzelnd. »Simkin. Wir brauchen Simkin! Er kann uns helfen. Dann, sobald wir diese verfluchte Stadt hinter uns gelassen haben, gehen wir nach Sharakan. «

»Sharakan!« Gwendolyns Augen weiteten sich erschreckt.

Joram schenkte ihr ein kurzes, beruhigendes Lächeln. »Ich kenne den Kronprinzen von Sharakan«, sagte er. »Er ist mein Freund.« Er verstummte, sein Blick ging ins Leere. Vielleicht war Garald nicht sein wirklicher Freund. Nicht mehr – da sich herausgestellt hatte, daß er ein Niemand war. Nein. Er schüttelte den Kopf. Immerhin besaß er das Dunkle Schwert. Er wußte über Arkanum Bescheid und wie man es bearbeitete. Damit war er Jemand. »Ich werde aus Arkanum Waffen schmieden«, flüsterte er. »Wir stellen ein Heer auf. Ich kehre nach Merilon zurück.« Seine Hand krampfte sich um den Schwertgriff. »Und dann werde ich mir nehmen, was immer ich haben will! Auch dann bin ich Jemand!«

Als er Gwendolyns Zittern spürte, schaute er in ihre blauen Augen. »Hab keine Angst«, murmelte er, während seine zornige Erregung langsam verebbte. »Alles wird gut, glaub mir. Ich liebe dich. Ich würde nie etwas tun, das dich schmerzt.« Er küßte sie liebevoll auf die Stirn. »In Sharakan werden wir heiraten«, fügte er hinzu und merkte, wie sie ruhiger wurde. »Vielleicht kommt der Prinz selbst zu unserer Hochzeit ...«

»Meiner Treu!« ertönte eine Stimme aus der phantasmagorischen Waberlohe, von der sie umgeben waren. »Man stelle sich vor – da sucht der Schwarze Tod nah und fern, und ihr treibt hier in aller Seelenruhe neckische Spielchen!«

Joram wirbelte mit stoßbereiter Klinge herum. »Simkin«, stöhnte er, als er wieder frei atmen konnte. »Was fällt dir ein, dich so anzuschleichen!« Er senkte die Waffe und wischte sich mit dem Rücken der Schwerthand den Schweiß vom Gesicht. Gwendolyn, die er bei seiner erschreckten Reaktion an die Wand gedrückt hatte, schob sich hinter ihm hervor.

»Meine lieben Turteltauben«, meinte Simkin leichthin, »ich kann euch versichern, daß etwas viel Gräßlicheres und Häßlicheres als ich sich mit größter Wahrscheinlichkeit jeden Moment an euch heranschleichen wird. Man hat Alarm gegeben.«

Joram lauschte. »Ich höre nichts.«

»Kein Wunder, alter Knabe.« Simkin glättete seinen Bart. »Wir sind hier im Palast, erinnerst du dich? Nicht empfehlenswert, Seine Majestät zu beunruhigen oder die zarte Gesundheit der Kaiserin zu gefährden. Doch seid versichert, daß Augen äugen, Ohren lauschen und Nasen schnuppern. In den Transversalen herrscht Hochbetrieb.«

»Wir sind verloren«, flüsterte Gwen, und Tränen liefen ihr über die Wangen.

»Nein. Ganz im Gegenteil«, entgegnete Simkin. »Euer Narr ist hier, um euch vor eurer Narrheit zu retten. Klingt gut. Muß ich mir merken.« Er legte affektiert den Kopf zurück und schielte an seiner langen Nase entlang auf Gwendolyn. »Du wirst einen ganz herzigen Mosiah abgeben, Mädel. Haute Couture, gewissermaßen. Ich darf ›Du‹ sagen? Vielen Dank. Die Formalitäten müssen wir leider ausfallen lassen, aber aufgeschoben ist nicht aufgehoben.« Augenzwinkernd schüttelte er das orangefarbene Seidentuch aus, das plötzlich aus dem Nichts erschienen war, hatte es Gwen über den Kopf gelegt, bevor sie protestieren konnte, und sprach ein, zwei Worte, dann zog er mit einem lauten »Abrakadabra!« das Tuch schwungvoll zurück.

Mosiah schmiegte sich an Joram und wischte sich die Tränen aus dem Gesicht. Er schaute an sich herab, stieß einen entsetzten Schrei aus und richtete den verstörten Blick auf Simkin.

»Charmant«, bemerkte Simkin, der ihn zufrieden und mit einem kaum merklichen boshaften Funkeln in den Augen musterte. »Es ist das Neueste in Sachen Mode, müßt ihr wissen. Dernier cri.«

Errötend wollte Joram den Arm von den Schultern des scheinbaren jungen Mannes nehmen. Der junge Mann war in Wirklichkeit jedoch ein verängstigtes junges Mädchen. Es war Gwendolyn, die sich bis jetzt stark gezeigt hatte, als sie den verstörten Joram aus dem Zimmer führte. Sie war es gewesen, die ein Versteck fand, sie hatte Jorams Kopf an die Brust gedrückt und ihn getröstet, doch jetzt ließen ihre Kräfte sie im Stich. Der Gedanke an die *Duuk-tsarith,* diese Alptraumgestalten, die mit kalten, unsichtbaren Händen ihre Opfer ergriffen, um sie an unbekannte Orte des Schreckens zu verschleppen, hatte sie zu sehr erschüttert. Und jetzt befand sie sich plötzlich in einem fremden Körper. Der kräftige junge Mann barg das Gesicht in den Händen und begann haltlos zu schluchzen.

»Verdammt noch mal, Simkin!« brummte Joram, während er unbeholfen die Arme um Mosiahs breite Schultern legte und sich des unbehaglichen Gefühls nicht erwehren konnte, daß es sein Freund war, den er zu trösten versuchte.

»Also wirklich, so geht das nicht«, äußerte Simkin mit einem tadelnden Blick auf Mosiah. »Reiß dich zusammen, alter Knabe!« Er versetzte ihm einen aufmunternden Schlag auf den Rücken.

»Simkin«, fauchte Joram zornig, aber Mosiah fiel ihm ins Wort. »Er hat recht.« In den blauen Augen, mit denen er/sie zu Joram aufsah, glomm sogar ein kleiner vergnüglicher Funke hinter dem Tränenschleier. »Es geht mir gut. Wirklich.«

»Guter Junge!« lobte Simkin gönnerhaft. »Und jetzt, Meister des finsteren Blicks, müssen wir für dich das gleiche tun ... Hoppla, klappt nicht.« Das Seidentuch flatterte unschlüssig in der Luft. »Das verflixte Schwert. Steck's weg.«

Widerwillig und mit gerunzelter Stirn folgte Joram der Aufforderung, verstaute das Schwert in der Hülle auf seinem Rücken und verbarg es unter seinen Gewändern. »Was jetzt?« fragte er Simkin ironisch. »Mich kannst du nicht in Mosiah verwandeln, nicht, solange ich das Schwert trage.« Als er Simkins Augen aufleuchten sah, fügte er rasch hinzu: »Und ich werde mich nicht davon trennen!«

»Hm.« Simkin machte ein niedergeschlagenes Gesicht, dann zuckte er die Schultern. »Dann versuchen wir eben unser Bestes, alter Freund. Ein Wechsel der Garderobe wird genügen müssen. Nein, keine Widerworte.«

Eine schwungvolle Bewegung mit dem orangefarbenen Tuch, und Joram trug ein ebensolches Sargträgergewand wie Simkin.

»Zieh die Kapuze tief ins Gesicht«, meinte Simkin wohlgemut und befolgte seine eigene Anordnung. »Und schaut nicht so verbissen drein, ihr beide. Ihr seid Gäste bei einem Ball am Kaiserpalast von Merilon. Man erwartet, daß ihr tödlich gelangweilt ausseht und nicht zu Tode erschreckt. Ja, das ist besser«, sagte er und beobachtete kritisch, wie Mosiah sich mit dem orangefarbenen Tuch die letzten Tränenspuren aus dem Gesicht wischte und Joram die geballten Fäuste öffnete.

»Wenn alles gutgeht«, fuhr er dann gelassen fort, »haben wir nur eine wirklich schwierige Hürde zu überwinden – ohne angehalten und ausgefragt zu werden, durch das Portal zu kommen . . .«

»Das Portal!« Zwischen Jorams Brauen erschien eine steile Falte. »Es gibt doch bestimmt andere Ausgänge.«

»Heilige Einfalt!« Simkin verdrehte die Augen. »Was würdet ihr ohne euren Narren tun? Man erwartet, daß ihr durch die Hintertür verschwindet. *Duuktsarith* werden bei jedem Mauseloch aus dem Boden sprießen wie Pilze nach einem warmen Regen. Am Portal dagegen haben wir es womöglich nur mit ein paar Dutzend von ihnen zu tun. Und wir werden uns nicht hinaus*schleichen*! Nein, wir schwanken durchs Tor – drei angeheiterte Festgäste, die sich in der Stadt noch einen schönen Abend machen wollen.«

Als er Mosiahs blasses Gesicht sah, fügte Simkin fröhlich hinzu: »Keine Sorge. Wir schaffen's! Niemand wird Verdacht schöpfen. Schließlich halten sie nach einer hübschen jungen Frau und einem finsteren jungen Mann Ausschau und nicht nach zwei Sargträgern und einem FeldMagus.«

Mosiah rang sich ein mattes Lächeln ab; Joram schüttelte den Kopf. Ihm gefiel das alles nicht, aber vermutlich gab es keinen anderen Ausweg. Ihm fiel auch kein besserer Plan ein, überhaupt einen Gedanken zu fassen bedeutete eine ungeheure Anstrengung. Die Wirklichkeit drohte ihm mehr und mehr zu entgleiten, und eigentlich war es ihm ganz recht so.

»Gehe ich recht in der Annahme«, erkundigte sich Simkin nach kurzem Schweigen und schaute Joram forschend an, »daß es mit der Baronie nichts geworden ist?«

»Ja«, antwortete Joram kurz. Dem ersten Schock des Begreifens war ein dumpfer, pochender Schmerz gefolgt, der ihn sein ganzes Leben lang begleiten würde. »Anjas Kind wurde tot geboren«, sagte er mit ausdrucksloser Stimme. »Sie stahl ein anderes aus dem Hort für Waisen und Verstoßene ...«

»Aha«, meinte Simkin ungerührt. »Der kleine Nemo, hm? Na, alles bereit?« Er musterte seine Truppe. »Können wir? Oh, beinahe hätt' ich's vergessen! Champagner zu mir!« rief er.

Ein melodisches Klingeln und Klirren antwortete ihm, und ein ganzes Bataillon schäumender Gläser kam herbeigeschwebt und ordnete sich hinter ihm zu Zweierreihen.

»Jeder eins«, verkündete Simkin, drückte Mosiah ein Glas in die Hand und Joram ebenfalls. »Vergeßt nicht: Frohsinn, Heiterkeit, Übermut!«

Er leerte sein Glas auf einen Zug. »Austrinken, austrinken!« befahl er. »Jetzt! Vorwärts! Marsch!« Mit einem Fingerschnippen beorderte er das orangefarbene Seidentuch hoch in die Luft, um ihnen als stolzes Banner vorauszuwehen, dann bedeutete er Joram und Mosiah, sich bei ihm einzuhaken.

»Auf die Unvernunft!« rief Simkin, und nebeneinander torkelten sie in das künstliche Flammenmeer hinein, gefolgt von den fröhlich klingenden Champagnergläsern.

# Dernier cri

Mosiah – der echte, kauerte in Merlyns Hain im Schatten der Bäume und starrte unbehaglich in die Dunkelheit. Er war alleine, außer ihm befand sich keine Menschenseele in dem Park – eine Tatsache, die er sich seit Einbruch der Dunkelheit mindestens einmal alle fünf Minuten beruhigend wiederholt hatte. Leider ohne großen Erfolg. Er fühlte sich alles andere als beruhigt. Simkin hatte recht gehabt, als er sagte, nach Sonnenuntergang käme niemand hierher. Mosiah konnte verstehen, warum nicht. Bei Nacht verwandelte sich der Hain. Er zeigte sein wahres Gesicht.

Wenn die Sonne aufging, schmückte sich Merlyns Hain mit allen Blumen, Girlanden und Wundern, die ihm zu Gebote standen. Er breitete weit die Arme aus, um seine Bewunderer willkommen zu heißen. Sollten sie die zarten Blüten abreißen und gleich darauf achtlos zu Boden fallen lassen, wo sie verwelkten und zertreten wurden. Sollten sie Unrat in die kristallklaren Teiche werfen und das Gras niedertrampeln. Sollten sie sich in hohlen Lobpreisungen und Begeisterungsausbrüchen ergehen, die ihren geschwätzigen Mündern entströmten wie übelriechende Luft. Doch wenn es dunkelte – nach getaner Schuldigkeit –, zog sich der Hain die Decke der Nacht übers Haupt, lagerte sich um Merlyns Grabmal und leckte seine Wunden.

Mosiah, als FeldMagus ebenso empfänglich für die Gedanken und Gefühle der Pflanzen wie ein Druide, konnte den Zorn um sich herum wipsern hören, den Zorn und die Trauer.

Den Zorn verströmten die lebenden Dinge im Hain; die Trauer, so erschien es Mosiah, kam von den Toten. Aus diesem Grund fühlte er sich bei dem Grabmal

Merlyns seltsam geborgen und strich trostsuchend über den glatten Marmor, der selbst in der Kühle der Nacht seine Wärme bewahrte. Von diesem Zufluchtsort aus spähte er in die Schatten, lauschte angestrengt und sagte sich immer wieder, daß er allein war.

Doch Mosiahs Unbehagen wuchs. Die gewöhnlichen Leute der Wildnis jagten ihm Schauer über den Rücken, und der kalte Schweiß trat ihm auf die Stirn. Ächzende Bäume, raschelndes Laub, knarrende Zweige – alles hatte einen unheilvollen, drohenden Klang. Er war ein Eindringling, der die brütende Ruhe des Hains störte, und er war nicht willkommen. Also wanderte er neben dem Grabmal auf und ab, hielt ein wachsames Auge auf den Wald gerichtet und fragte sich gereizt, wie lange es wohl dauerte, Baron zu werden.

Um sich abzulenken, stellte er sich Joram in seinem neuen Dasein vor, als Herrn großer Besitztümer, seine liebliche Frau zur Seite, umgeben von einer Schar Dienstboten, die auf seinen kleinsten Wink herbeieilten. Mosiah lächelte, aber es war ein Lächeln, das mit einem Seufzer endete.

Leben mit einer Lüge. Von Kind an hatte Joram mit einer Lüge gelebt, und nun würde er es weiterhin tun, *mußte* es tun. Joram mochte großartig verkünden, daß Reichtum Freiheit bedeutete, aber Mosiah besaß gesunden Menschenverstand genug, um schmerzlich genau zu wissen, zu den schweren Ketten, die sein Freund bereits trug, würden neue hinzukommen. Daß sie aus Gold waren, machte es nicht besser. Joram würde nie zugeben, tot zu sein. Er würde nie zugeben, den Verwalter getötet zu haben.

Und dann – was erwartete die Kinder, die sie vielleicht haben würden? Kopfschüttelnd zeichnete Mosiah mit den Fingerspitzen die Umrisse des in die Marmorplatte gravierten Schwertes nach. Würden sie ohne Magie sein, wie ihr Vater? Würden sie ein Dasein im verborgenen führen müssen, wie so viele Tote? Würde sich die Lüge von Generation zu Generation weitergeben?

Vor seinem inneren Auge sah Mosiah, wie sich ein dunkler Schatten über die Familie breitete, zuerst über Gwendolyn, die tote Kinder zur Welt bringen würde, ohne zu ahnen, weshalb. Dann die Kinder, die eine Lüge lebten – Jorams Lüge. Vielleicht würde er sie die Schwarzen Künste lehren. Vielleicht herrschte bis dahin Krieg mit Sharakan. Die Technologie würde ihren Platz in der Welt zurückerobern und Tod und Verderben mit sich bringen. Mosiah schauderte. Er fühlte sich in Merilon nicht wohl, er mochte die Leute hier nicht und auch nicht ihre Art zu leben. Die Pracht und Herrlichkeit, die ihn anfangs überwältigt hatte, stach ihm jetzt zu grell in die Augen, aber das lag ja vielleicht an ihm und nicht an den Bewohnern Merilons. Sie verdienten es nicht ...

Eine Hand berührte von hinten seine Schulter.

Er fuhr herum, aber es war zu spät.

Eine Stimme flüsterte, der Zauber tat seine Wirkung.

Das Leben, das Mosiah entströmte, wurde von dem Hain gierig aufgesogen, als der junge Mann hilflos zu Boden stürzte, seiner magischen Kräfte beraubt von der Hand der schwarzgewandeten Gestalten, die hinter ihm aufgetaucht waren. Aber Mosiah hatte bei den Adepten der Schwarzen Künste gelebt und während dieser Zeit monatelang ohne Magie auskommen müssen. Er war sogar schon einmal von diesem Bann getroffen worden. Die Schockwirkung war vermindert, und die Nullmagie vermochte ihn nicht völlig zu lähmen.

Er war klug genug, seine Feinde nichts davon merken zu lassen. Bäuchlings im kühlen, feuchten Gras liegend, den Kopf zur Seite gedreht, bemühte er sich, seiner Angst Herr zu werden und neue Kräfte zu sammeln, die ihm aus seinem Innern zuflossen, nicht von der Magie der Welt um ihn herum. Als er spürte, daß sein Körper ihm wieder gehorchte, mußte er gegen den panischen Impuls ankämpfen, aufzuspringen und zu fliehen. Er hatte keine Chance. Sie würden ihn mit einem stärkeren Zauber niederschmettern, den er nicht mehr abzuschütteln vermochte.

Also blieb er bewegungslos liegen, und während die letzten Nachwirkungen des Zaubers verflogen, beobachtete er seine Angreifer, hielt seine Furcht im Zaum und zerbrach sich verzweifelt den Kopf darüber, was er tun sollte.

Natürlich waren es die *Duuk-tsarith*. So gut wie unsichtbar in der Dunkelheit des Hains, hoben sich die schwarzen Gestalten von dem weißen Marmor des Grabmals deutlich ab. Es waren zwei, und sie unterhielten sich so dicht neben Mosiah, daß er mit der ausgestreckten Hand die Säume ihrer Gewänder hätte berühren können. Beide ignorierten den jungen Mann, denn sie hatten keinen Grund, an der Wirksamkeit ihres Zaubers zu zweifeln.

»Sie haben also den Palast verlassen?« fragte die kehlige, gefühllose Stimme einer Frau, bei deren Klang Mosiah ein Schauer über den Rücken lief.

»Ja, Herrin«, erwiderte ein Hexenmeister. »Man ließ sie entkommen, wie von Euch angeordnet.«

»Und es gab keine Schwierigkeiten?« Die Hexe schien deswegen besorgt zu sein.

»Nein, Herrin.«

»Lord Samuels, der Vater des Mädchens?«

»Man hat sich um ihn gekümmert. Er beharrte darauf, Fragen zu stellen, doch gelang es, ihn zu überzeugen, daß er damit das Wohlergehen seiner Tochter gefährden könne.«

»Unausgesprochene Fragen wurzeln im Herzen und tragen verderbliche Früchte«, antwortete die Hexe mit einem alten Sprichwort. »Nun, damit werden wir uns befassen, wenn es soweit ist. Allerdings will mir scheinen, daß wir diese Fragen mit der Wurzel ausreißen und durch das Pflänzchen der Wahrheit ersetzen müssen, das zu gegebener Zeit welken und verdorren wird. Die Entscheidung liegt selbstverständlich bei Bischof Vanya, aber bis ich Gelegenheit habe, mit Seiner Heiligkeit zu sprechen, nehmt auch das Mädchen in Obhut.«

Es erfolgte keine Antwort, nur ein leichtes Zittern der schwarzen Kutte dicht vor Mosiahs Gesicht verriet ihm, daß der Hexenmeister sich gehorsam verbeugt hatte.

Mosiah lauschte angestrengt auf jedes Wort. Über dem dringenden Wunsch, zu erfahren, was geschehen war, vergaß er seine Furcht. Wie war es möglich, daß sie Joram entdeckt hatten? Das Dunkle Schwert schützte ihn. Und wie ist es möglich, daß sie mich entdeckt haben? dachte Mosiah plötzlich. Nicht nur das, sie haben uns auch miteinander in Verbindung gebracht. Keiner wußte von diesem Treffpunkt, außer ...

»Sie sind auf dem Weg hierher?« fragte die Hexe mit einem Anflug von Ungeduld.

»Der Verräter hat es gesagt«, antwortete der Hexenmeister. »Wir haben keinen Grund, ihm nicht zu glauben.«

Verräter! Eine würgende Übelkeit ergriff von Mosiah Besitz, und der bittere Geschmack von Galle stieg ihm in den Mund. Das war also die Antwort. Sie waren verraten worden, und jetzt lief Joram in eine wohlvorbereitete Falle. Aber wer hatte alles ausgeplaudert? Das Bild eines bärtigen jungen Mannes, der affektiert mit einem orangefarbenen Seidentüchlein wedelte, stieg vor Mosiah auf. Simkin! Er schluckte krampfhaft. Tränen der Wut brannten ihm in den Augen. Und wenn es das letzte ist, was ich tue – ich bringe dich um!

Ruhig, immer mit der Ruhe, befahl sein Verstand. Es gibt noch eine Chance. Du mußt Joram finden, ihn warnen ...

Mosiah zwang sich, seinen Haß zu vergessen und nur an eins zu denken – Flucht. Vorsichtig bewegte er eine Hand und hielt dabei den Atem an, vor Angst, die *Duuk-tsarith* könnten etwas bemerken. Aber sie waren in ihr Gespräch vertieft und vertrauten darauf, daß ihr Zauber den jungen Mann gefangenhielt. Mosiah ließ die Hand verstohlen über den Boden wandern, und sein Herz machte einen Sprung, als er die rauhe Oberfläche eines abgebrochenen Zweigs ertastete. Unwichtig, daß es ein Werkzeug war, daß er einem Ding Leben geben würde, das kein eigenes Leben besaß.

Seine Hand schloß sich um die Waffe. Er hob behutsam den Kopf und schaute nach oben. Günstiger konnte es gar nicht sein. Der Hexenmeister wandte ihm den Rücken zu. Ein rascher Schlag über den Kopf, den schlaffen Körper als Schild benutzen, um den Bannspruch der Hexe abzuwehren. Mosiah umklammerte den Stock. Sein Körper spannte sich. Er sprang auf ...

Kijranken mit spitzen Dornen sprossen aus dem Boden und schlangen sich um Arme und Beine des jungen Mannes. Mit einem Schmerzensschrei ließ Mosiah den Stock fallen, als die Ranken sich enger zusammenzogen und die Dornen in seine Haut trieben. Er fiel hin und wand sich vor Schmerzen am Boden, genau zu Füßen des Hexenmeisters, der sich umdrehte, ihm einen verdutzten Blick zuwarf und dann fragend die Hexe anschaute.

»Ja, Ihr seid unachtsam gewesen«, sagte sie, und ihr Untergebener senkte zerknirscht den Kopf. »Ich werde später über Eure Buße entscheiden, jetzt ist unsere Zeit bemessen. Ich kenne das Gesicht des Jungen. Nun muß ich seine Stimme hören.«

Sie kniete sich neben Mosiah, berührte ihn mit der Hand, und die Dornen verschwanden. Mit einem röchelnden Aufatmen drehte Mosiah sich auf den Rücken und rang nach Luft. Blut quoll aus hundert kleinen Stichwunden, lief seine Arme hinunter und versickerte in seinen Kleidern.

»Wie ist dein Name?« fragte die Hexe in kaltem Ton, während sie das schweißglänzende, schmerzverzerrte Gesicht ihres Gefangenen zu sich drehte und aufmerksam studierte.

Mosiah schüttelte den Kopf oder versuchte es wenigstens; er brachte nur ein krampfhaftes Rucken zustande.

Die Hexe sprach ein Wort, und ihm stockte angstvoll der Atem, als die Dornen an den Ranken erneut zu wachsen begannen, aber diesmal berührten sie nur seine Haut, ohne sie zu verletzen.

»Noch nicht«, sagte die Hexe. Sie konnte von seinem blassen Gesicht ablesen, was er dachte. »Aber sie werden wachsen und wachsen, Haut und Fleisch und Organe durchdringen und dir einen langsamen Tod bereiten. Nun frage ich dich nochmals: Wie ist dein Name?«

»Warum? Welchen Nutzen habt Ihr davon?« Mosiah stöhnte. »Ihr kennt ihn längst!«

»Mir zuliebe«, antwortete die Hexe und sprach wieder ein Wort. Die Dornen wuchsen ein winziges Stück.

»Mosiah!« Er warf gepeinigt den Kopf hin und her. »Mosiah, verdammt! Mosiah, Mosiah, Mosiah . . .«

Dann begriff er schlagartig ihren Plan, trotz der

Schmerzen, die seinen Verstand lähmten. Zu spät. Entsetzt sah er mit an, wie die Hexe sich in Mosiah verwandelte. Ihr Gesicht – sein Gesicht. Ihre Kleider – seine Kleider. Ihre Stimme – seine Stimme.

»Was tun wir mit ihm?« fragte der Hexenmeister kleinlaut. Offenbar hatte er seinen Fehler noch nicht verwunden.

»Verfrachtet ihn in die Transversale, und schickt ihn ins Außenland!« befahl die Hexe in Mosiahs Gestalt und stand auf.

»Nein!«

Mosiah sträubte sich gegen des Hexenmeisters starke Hände, die ihn vom Boden zerrten, aber bei der geringsten Bewegung bohrten sich die Dornen tiefer in seinen Körper, und er krümmte sich mit einem qualvollen Aufschrei zusammen. »Joram!« brüllte er aus Leibeskräften, als er sah, wie sich der schwarze Schlund der Transversale im Unterholz öffnete. »Joram!« Er wünschte sich verzweifelt, gehört zu werden, doch im Herzen wußte er, daß es aussichtslos war. »Flieh! Es ist eine Falle! Flieh!«

Der Hexenmeister stieß ihn in die Transversale, die sich augenblicklich um ihn zu schließen begann. Die Dornen stachen in sein Fleisch, Blut rann warm über seine Haut. Er konnte einen letzten Blick auf die Hexe werfen, die ihn mit ausdruckslosem Gesicht – seinem Gesicht! – beobachtete.

Dann breitete sie lächelnd die Hände aus.

»Dernier cri«, hörte er sich sagen.

# Die Illusion der tausend Mosiahs

»Ich will da nicht hineingehen«, sagte Gwendolyn leise und schaute ängstlich in die flüsternde Dunkelheit von Merlyns Hain.

»Du – du und ich – wir beide«, lallte Simkin, torkelte gegen Joram und hätte ihn fast aus dem Gleichgewicht gebracht.

Verärgert hielt Joram den Freund fest, als dessen Beine einknickten und er zu Boden zu sinken drohte. Simkin warf ihm die Arme um den Hals und flüsterte: »Stink langweilsch da drin um die Scheit.«

»Und du sollst auch nicht hineingehen«, fügte Gwendolyn hinzu. Die Nachtluft machte sie frösteln. Auch wenn die Magie der *Sif-hanar* Merilon einen ewigen Frühling bescherte, war es unter dem dichten Laubdach des Parks erheblich kühler als in der Stadt. Oder vielleicht herrschte in dem Hain bei Nacht eine Kälte, die selbst die Zauberkraft der *Sif-hanar* nicht zu besiegen vermochte.

»Warum konnte dein Freund uns nicht hier draußen erwarten?«

»Er ist auf der Flucht«, erklärte Joram in schroffem Tonfall und stützte Simkin, der mit trunkener Ernsthaftigkeit um sich blickte, »genau wie wir. Unser Leben verläuft von jetzt an nach anderen Regeln!«

Er hatte sie nicht maßregeln wollen, aber sein Zorn und seine Enttäuschung waren bei dem Flug auf dem Rücken des schwarzen Schwans zu Merlyns Hain wieder in ihm aufgestiegen. Dazu kam die düstere, abweisende Atmosphäre des Hains und sein Ärger über Simkin, der in weiser Voraussicht sämtliche Champagnergläser geleert hatte.

»Keine Schpurn – hinterlaschn«, verkündete er mit erhobenem Zeigefinger.

Gwendolyn senkte betrübt den Kopf. Sie hatte ihre eigene Gestalt zurückerhalten, und als Joram den schmalen, zerbrechlichen Körper ansah und den verletzten Ausdruck auf ihrem Gesicht bemerkte, wurde ihm bewußt, daß er mehr denn je darauf bedacht sein mußte, das dunkle Tier in seiner Seele an der Kette zu halten.

»Steh auf!« fauchte er Simkin an und hievte ihn auf die Füße.

»Aber ja, Käpt'n.« Simkin salutierte, vollführte eine graziöse Pirouette und sank ins Gras.

Joram würdigte ihn keines Blicks, sondern nahm Gwendolyn tröstend in die Arme. »Es tut mir leid«, sagte er leise. »Verzeih mir.«

»Nein, ich bin es, die sich entschuldigen sollte.« Sie versuchte ein tapferes kleines Lächeln. »Du hast ganz recht. Ich muß mich daran gewöhnen, an solche Dinge zu denken.« Sie schob Joram von sich, straffte die Schultern und warf den Kopf zurück. »Ich gehe mit dir zu Mosiah.«

»Nein, das brauchst du nicht.« Joram lächelte ein halbes Lächeln, das von der Dunkelheit verschluckt wurde. »Du bleibst hier bei Simkin ...«

»Bleib bei mir und liebe mich«, rezitierte Simkin aus dem Grase, »sieh, wie der Blumenkohl blüht!«

» ... oder vielleicht kommst du doch besser mit mir.«

»Ja, bitte laß mich mitkommen«, flehte Gwendolyn. »Ich habe auch keine Angst. Nicht mehr. Ich möchte, daß du stolz auf mich bist«, schloß sie niedergeschlagen.

»Ich bin stolz auf dich! Und ich liebe dich«, sagte Joram, beugte sich nieder und streifte ihren Mund mit seinen Lippen. Ihre Nähe war Balsam für die Wunde, die in seiner Seele schwärte. »Also gut. Es ist auch nicht weit – Mosiah wartet beim Grabmal auf uns. Wir holen ihn ab und lesen auf dem Rückweg diesen lästerlichen Trunkenbold auf. Durch das Stadttor kommen wir ebenso leicht wie aus dem Palast, und schon sind wir unterwegs nach Sharakan!«

»Was für ein Trunkenbold?« fragte Simkin und schaute sich indigniert nach allen Seiten um. »Wenn ich eins nicht leiden kann, dann isses jemand, der nicht weiß, wann er genug hat . . .«

Schon nach den ersten Schritten beschlich Joram und Gwendolyn dasselbe Gefühl des Unbehagens und der grundlosen Furcht, das auch Mosiah empfunden hatte. Sie hielten sich an den Händen gefaßt, und während sie schweigend nebeneinander hergingen, hofften beide, Mosiah bald zu finden, um diesem Ort möglichst schnell den Rücken kehren zu können. Stille lastete über dem Hain. Nicht die Stille friedvoller Ruhe, sondern die Stille angehaltenen Atems, die Stille des im verborgenen lauernden Jägers. Ein Flüstern hätte diese Stille zerrissen wie ein Schrei. Jedes Klopfen ihrer Herzen dröhnte wie Trommelschlag. Obwohl Joram sich fast lautlos bewegte und Gwendolyn den Boden gar nicht berührte, sondern eine Handbreit darüber schwebte, kam es ihnen vor, als würden sie ebensolches Getöse verursachen wie eine ganze Armee.

Dem Lauf des Flusses folgend, der tagsüber munter plätschernd dahinfloß, sich aber jetzt so heimtückisch und lautlos zwischen seinen Ufern wand, fanden sie ohne Mühe den Weg durch das Labyrinth und erreichten schließlich das Zentrum des Hains.

Das Grabmal Merlyns erhob sich einsam in der Mitte des Eichenrings; der weiße Marmor schimmerte kälter und bleicher als der Mond am nächtlichen Himmel. Unwillkürlich rückten die Liebenden enger zusammen und hielten sich fester bei den Händen. Joram war sich plötzlich seines weißen Gewandes bewußt, das in der Dunkelheit förmlich leuchtete. Sobald er ins Freie hinaustrat, war er ein leichtes Ziel für mögliche Feinde.

Nicht, daß es einen Grund zur Furcht gab, ermahnte er sich. Was für eine Gefahr sollte ihnen hier drohen? Sie waren aus dem Palast entkommen ...

»Warte!« raunte er Gwen ins Ohr und verharrte in den Schatten der Bäume, die sie beide mit einem Mantel aus Dunkelheit umhüllten. Sie warteten, beobachteten, wagten kaum zu atmen. Die Lichtung schien verlassen zu sein. Auch bei dem Grabmal regte sich nichts. Oder doch? War da eine Gestalt? Die Entfernung war zu groß, um etwas Genaues erkennen zu können ...

Jorams Hand sehnte sich danach, das Dunkle Schwert zu ziehen, aber er wagte es nicht. Das Schwert würde sofort anfangen, seiner Umgebung Leben zu entziehen, und sowohl Gwens magische Kräfte aufsaugen wie auch Mosiahs. Es würde aber der vereinten Zauberkraft dieser beiden bedürfen, um aus der Stadt zu gelangen, denn mit Simkin, dachte Joram bitter, war vorläufig nicht zu rechnen.

»Ich glaube, da ist dein Freund!« flüsterte Gwendolyn und drückte Jorams Hand.

»Ja.« Joram versuchte die Dunkelheit mit den Blicken zu durchdringen, und sah eine Gestalt an der ihnen zugewandten Seite des Grabmals auftauchen. »Ja, du hast recht! Das ist Mosiah. Nein, du wartest hier auf uns.« Er ließ ihre Hand los und setzte einen Fuß in die Lichtung.

»Joram!« Gwen bekam seinen Ärmel zu fassen und hielt ihn fest.

»Was ist denn, Liebes?« Seine Stimme klang sanft. Als er den Kopf wandte, bemühte er sich um einen geduldigen Gesichtsausdruck, aber es gelang ihm nicht, sie zu täuschen, denn sie ließ die Hand sinken.

»Nichts«, antwortete sie mit einem zitternden Lächeln, das in der geisterhaften Helligkeit des Marmorgrabmals kaum zu sehen war. »Nur wieder meine törichte Angst. Aber beeil dich bitte.« Ihre Lippen waren so steif, daß sie sie kaum zu bewegen vermochte.

»Ich werde mich beeilen«, versprach er, schenkte ihr ein beruhigendes Lächeln, wandte sich ab und schritt in die Lichtung hinaus.

»Mosiah!« wagte er leise auszurufen.

Die Gestalt drehte sich ruckartig herum und spähte in die Nacht. Joram hob die Hand. Dann, als er die Gestalt zögern sah, fiel ihm ein, daß Mosiah nichts von dem Kleiderwechsel ahnte, der aufgrund der Ereignisse dieses Abends notwendig geworden war. Er konnte inzwischen den Freund genau erkennen und schob die Kapuze zurück, um Mosiah sein Gesicht zu zeigen.

»Ich bin es, Joram!« sagte er lauter. Seine Zuversicht wuchs beim Anblick der vertrauten Züge.

Bei seinen Worten zog ein Grinsen über Mosiahs Gesicht, und er stieß einen weithin hörbaren Seufzer der Erleichterung aus.

Mit ausgebreiteten Armen eilte er ihm entgegen, und bevor Joram wußte, wie ihm geschah, sah er sich dankbar an die Brust gedrückt.

»Im Namen des Almins, es tut gut, dich zu sehen!« sagte Mosiah und hielt ihn umschlungen. »Wo sind die anderen?«

»Gwen wartet dahinten, unter den Bäumen«, antwortete Joram, erwiderte unbeholfen die Umarmung seines Freundes und versuchte dann unwillkürlich, sich zu befreien. »Simkin hat einen fürstlichen Rausch. Wir müssen aus Merilon fliehen«, fügte er hinzu und wunderte sich, daß Mosiah ihn nicht loslassen wollte. »Es ist nicht viel Zeit! Wir sind in Gefahr. Jetzt laß mich ...«

Er vermochte seine Arme nicht zu bewegen. Mosiah drückte sie ihm unerbittlich an den Leib und starrte mit einem kalten Lächeln in sein Gesicht, während sich in seinen blauen Augen der fahle Schimmer des Grabmals spiegelte. »Mosiah!« Eiskalte, lähmende Furcht stieg in Joram auf. »Laß mich los!« Mit einem plötzlichen Ruck wollte er die Umklammerung sprengen, aber es nützte nichts. Die Kraft, die ihn hielt, begriff er plötzlich, war nicht die eines Menschen, sondern Magie.

Er war unter einen Bann geraten!

Joram wand und drehte sich, um vielleicht das Dunkle Schwert erreichen zu können, aber ihn verließen rasch die Kräfte, während die Arme ihn fester und fester umschlangen.

Schon bald war es kein Ringen mehr um die Waffe, sondern ein Ringen um jeden Atemzug. Dem Ersticken nahe, starrte Joram verständnislos in das Gesicht seines Freundes. Von irgendwoher ertönte der Schrei einer Frau und verstummte abrupt. Er versuchte zu sprechen, doch er hatte keinen Atem. Die Dunkelheit von Merlyns Hain senkte sich über seine Augen.

Der Tod war sehr nahe, und er hörte auf, sich zu sträuben, um der Qual ein Ende zu machen.

Geübt darin, den rechten Augenblick zu erkennen, lockerten die Arme ihren Griff. Mosiahs Gesicht lächelte und sprach ein Wort, dann war Mosiahs Gesicht verschwunden, und in dem letzten Moment, bevor er die Besinnung verlor, sah Joram die ausdruckslosen Züge einer in schwarze Gewänder gehüllten Frau, die ihn festhielt und behutsam zu Boden sinken ließ. Wie aus weiter Ferne hörte er sie eine Warnung an einen nur verschwommen sichtbaren Begleiter richten:

»Nicht das Schwert berühren!«

# Der Prozeß

Diakon Dulchase erwachte mit einem unwilligen Schnaufen aus tiefem Schlaf und wälzte sich herum, in dem Bestreben, der Hand zu entkommen, die ihn an der Schulter gepackt hielt und schüttelte.

»Dann komme ich eben verspätet zum Morgengebet«, brummte er, wühlte sich tiefer in die Matratze und vergrub den Kopf im Kissen. »Sagt dem Almin, er soll ohne mich anfangen!«

»Diakon!« sagte eine befehlsgewohnte Stimme drängend und hinderte ihn beharrlich daran, wieder einzuschlafen. »Wacht auf. Bischof Vanya läßt Euch rufen.«

»Vanya!« wiederholte Dulchase ungläubig. Der nicht mehr junge, ewige Diakon kämpfte sich aus den Tiefen seines gerechten Schlummers empor und blinzelte in die Lichtkugel, die in Kopfhöhe der schwarz vermummten Gestalt vor seinem Bett in der Luft schwebte. »*Duuk-tsarith*!« murmelte er und bemühte sich, sein verschlafenes Gehirn zur Aufnahme seiner Tätigkeit zu bewegen.

Die plötzliche Woge der Angst beim Anblick des Erzwingers trug in bemerkenswerter Weise dazu bei, doch als Dulchase endlich die Beine unter der Decke hervorgezogen und über den Bettrand geschwungen hatte, war die Angst zynischer Belustigung gewichen. Diesmal haben sie mich beim Schlafittchen, dachte er und tastete mit einer Hand nach seiner Kutte, die er abends auf das Fußende des Bettes geworfen hatte. Was kann es denn gewesen sein? Bestimmt meine Bemerkung über die Kaiserin bei dem Fest gestern abend. Ach, Dulchase. Man sollte meinen, in deinem Alter wüßtest du es besser!

Seufzend streifte er sich die Kutte über den Kopf, doch die kalte Hand des Hexenmeisters gebot ihm Einhalt.

»Was denn jetzt noch?« schnappte Dulchase, denn er war überzeugt, daß er nichts mehr zu verlieren hatte. »Reicht es nicht, daß Seine Heiligkeit sich neuerdings bemüßigt fühlt, mitten in der Nacht einem in Ehren ergrauten Diakon wegen eines harmlosen kleinen Bonmots das bischöfliche Mißfallen auszusprechen, soll ich auch noch splitternackt vor ihn treten?«

»Es wurde befohlen, daß Ihr in formellem Ornat zu erscheinen habt«, erwiderte der *Duuk-tsarith* monoton. »Ich habe ihn mitgebracht.«

Als er näher hinsah, bemerkte Dulchase, daß der Hexenmeister seinen besten Ornat über dem Arm gefaltet trug, und zwar so tadellos wie ein perfekter HausMagus. Dulchase musterte erst das Kleidungsstück und dann den Hexenmeister.

»Von einem Vergehen Eurerseits ist nicht die Rede gewesen«, fuhr der Hexenmeister mit seiner tonlosen Stimme fort. »Der Bischof erwartet, daß Ihr euch beeilt. Die Angelegenheit ist dringend.« Der Hexenmeister schüttelte das lange Gewand sorgfältig aus. »Ich bin bereit, Euch behilflich zu sein.«

Benommen erhob sich Dulchase, und es bedurfte nur eines kurzen Wortes, um ihn in die formelle Robe zu kleiden, die er nicht mehr getragen hatte seit der Zeremonie anläßlich der offiziellen Bekanntgabe des Todes des neugeborenen Thronfolgers. »Welche – welche Farbe?« fragte der verwirrte Diakon und strich sich mit der Hand über den Schädel, den damals noch eine Tonsur geziert hatte, mittlerweile war er kahl wie die Felsen des Baptisteriums, in dem er lebte.

»Welche Farbe, Pater?« wiederholte der *Duuk-tsarith.* »Ich verstehe nicht ...«

»Welche Farbe für den Ornat?« erklärte Dulchase

gereizt. »Jetzt ist es noch *Trauerblau,* wie Ihr seht. Handelt es sich um einen Todesfall? Dann ist die Farbe richtig. Oder eine Hochzeit? Dann ändere ich sie in . . .«

»Es handelt sich um einen Prozeß«, unterbrach ihn der *Duuk-tsarith* kurz angebunden.

»Aha.« Nachdenklich und verwundert machte er ohne große Eile Gebrauch von dem Nachtgeschirr in der Ecke seiner kleinen Zelle, und es entging ihm nicht, daß selbst der disziplinierte Hexenmeister zunehmend unruhig wurde. Die Finger der Hände, die als sichtbares Zeichen unerschütterlicher Selbstbeherrschung in steinerner Ruhe vor dem Leib gefaltet sein sollten, zuckten nervös. Der Diakon schnaufte erleichtert, ordnete umständlich den zeremoniellen Habit und änderte die Farbe zu dem neutralen Grau, das für Gerichtsverhandlungen vorgeschrieben war. Derweil versuchte sein inzwischen hellwacher Verstand zu enträtseln, was vor sich ging.

Ein mitternächtlicher Ruf von Bischof Vanya. Als Sendbote ein *Duuk-tsarith* und nicht ein Novize – wie gewöhnlich. Er sollte nicht bestraft werden, sondern zu Gericht sitzen. Er trug den formellen Ornat, den er seit achtzehn Jahren nicht mehr angelegt hatte – fast auf den Tag genau achtzehn Jahre, fiel ihm ein, denn am vergangenen Abend war er noch auf der Gedenkfeier anläßlich des Todes des jungen Prinzen zu Gast gewesen.

Leider brachten die spärlichen Fakten den Diakon der Lösung des Rätsels keinen Schritt näher. Von schier unerträglicher Neugier gepackt, drehte er sich zu dem wartenden *Duuk-tsarith* herum, der im letzten Moment ein erleichtertes Aufatmen unterdrücken konnte.

Ein junger Hüpfer, dachte Dulchase und grinste innerlich. Laut sagte er: »Nun, dann wollen wir mal«, und ging zur Tür. Zu seiner Überraschung spürte er wieder die kalte Hand auf dem Arm.

»Die Transversale, Pater«, sagte der *Duuk-tsarith*.

»Zu den Gemächern Seiner Heiligkeit?« Der Diakon runzelte die Stirn. »Ihr mögt neu hier sein, junger Mann, doch Ihr solltet wissen, daß es verboten ist ...«

»Wenn Ihr mir bitte folgen wollt, Pater.« Der *Duuk-tsarith*, vielleicht pikiert über die Anspielung auf seine Jugend, war offensichtlich am Ende seiner Geduld angelangt. Eine Transversale öffnete sich in Dulchases Zelle, die kalte Hand schob ihn hinein. Das flüchtige Gefühl, eingezwängt und zusammengedrückt zu werden, überkam ihn, dann stand er in einer riesigen Grotte, der Legende nach von der Hand des großen Magiers, der sie in diese Welt geführt hatte, in das Herz des Berges gegraben.

Dies war die Halle des Lebens. (Der ursprüngliche, aus ferner Vergangenheit überlieferte Name hatte ›Halle des Lebens und Todes‹ gelautet, um beiden Aspekten der Welt Gerechtigkeit widerfahren zu lassen. In jüngerer Zeit war man damit zunehmend weniger einverstanden, und nach der Vertreibung der Nigromanten wurde die Halle offiziell umbenannt.) Ob die Legende nun die Wahrheit berichtete oder nicht, tatsächlich schien die Grotte aus dem Granit herausgeschöpft worden zu sein wie das Fruchtfleisch aus einer Melone. Im Mittelpunkt des Baptisteriums gelegen, beherbergte die etliche hundert Meter hohe kuppelförmige Höhle den Born des Lebens, aus dem die Magie der Welt hervorströmte wie unsichtbares Wasser. Die rohe Felsendecke schmückten Rippenbögen aus poliertem Stein; vier gigantische Furchen in der Felswand im vorderen Teil der Halle waren als die Finger Merlyns bekannt und bildeten vier Alkoven, in denen bei offiziellen Anlässen die vier Reichskardinäle thronten. Eine weitere Furche im Gestein, an der gegenüberliegenden Seite der riesigen Höhle, bezeichnete man einigermaßen respektlos und inoffiziell als Merlyns Daumen. Hier saß der Reichsbischof, seinen Kardinälen gegenüber. Zwischen ihnen erstreckten sich Reihe um Reihe steinerner Bänke von einer Wand zur anderen. Für die kalten und harten Sitzgelegenheiten hatte man eine noch viel respektlosere Bezeichnung geprägt, die bei neuen Novizen für lebhaftes Geflüster und Gekicher sorgte.

Gewöhnlich wurde der gewaltige Kuppelsaal von der in der Wölbung tanzenden Lichtern der in den Diensten der Katalyten stehenden Magi erleuchtet. Doch in dieser Nacht hatte man die Lichter nicht zum Leben erweckt. Dulchase ließ den Blick verständnislos durch die ungeheure leere und finstere Halle schweifen.

»Im Namen des Almin!« hauchte er und tastete unwillkürlich nach einem Halt, als ihm aufging, wo er sich befand. »Die Halle des Lebens! Ich bin nicht mehr hier gewesen, seit – seit ...«

Sein Gedächtnis bewältigte mühelos den Sprung achtzehn Jahre in die Vergangenheit, obwohl er in letzter Zeit häufig Mühe hatte, sich an Dinge zu erinnern, die erst tags zuvor geschehen waren. Das war ein Indiz dafür, daß man alt wurde, hatten freundliche Mitbrüder ihm versichert. Man neigte dazu, in der Vergangenheit zu leben. Na und? Weshalb auch nicht! Die Vergangenheit war verdammt viel interessanter als die Gegenwart. Obwohl sich in diesem Punkt offenbar eine Veränderung anbahnte, dachte er und schaute sich nach allen Seiten um.

»Wo sind die anderen?« fragte er in scharfem Ton den jungen *Duuk-tsarith,* der ihn mit der Hand auf dem Arm zwischen den Steinbänken hindurch zu Merlyns Daumen führte.

Wenigstens vermutete der Diakon, daß sie diese

Richtung eingeschlagen hatten, nach seiner vagen Erinnerung an den Grundriß der unterirdischen Halle zu urteilen. Der Hexenmeister ging auf einem Pfad aus Licht voran, das seiner ausgestreckten Hand entströmte, und Dulchase stolperte hinter ihm her. Der Born des Lebens befand sich im Zentrum der Halle, wenn er sich recht erinnerte; und tatsächlich, da war er, umgeben von einer schwachen, phosphoreszierenden Helligkeit. Davon abgesehen, herrschte in der Felsenhöhle tiefe Finsternis, bis unvermutet vor ihnen ein einzelnes Licht aufflammte. Blinzelnd versuchte Dulchase auszumachen, woher es kam, doch er war so geblendet, daß er nur die Silhouetten einiger Gestalten erkannte, die es im Vorübergehen verdunkelten.

Zum letztenmal war Dulchase hier gewesen, um der Verhandlung gegen einen männlichen Katalyten beizuwohnen, der angeklagt war, sich mit einer jungen Frau aus adligem Hause – Tanja oder Anja – körperlich vereinigt zu haben. Dulchase schüttelte wehmütig den Kopf. Damals war die Halle überfüllt gewesen mit Angehörigen seines Ordens. Sämtliche Katalyten aus dem Baptisterium aus Merilon und der Heimatstadt des Angeklagten waren aufgefordert worden teilzunehmen. Der Bischof hatte ausführlich und plastisch die Einzelheiten des fraglichen Verbrechens geschildert, um seiner Herde eindringlich das Verabscheuungswürdige einer solchen Sünde vor Augen zu führen. Ob er die beabsichtigte abschreckende Wirkung erzielte, konnte nie festgestellt werden. Man wußte aber, daß nicht ein Katalyt während der drei Tage dauernden Verhandlung einschlief, und unter den Novizen herrschte eine dermaßen fiebrig erhitzte Atmosphäre, daß einen Monat lang das Abendgebet von einer auf zwei Stunden verlängert wurde.

Unzweifelhaft hinterließ das Urteil der Wandlung – bei dessen Vollstreckung anwesend zu sein alle aufgerufen waren – einen erheblich nachhaltigeren Eindruck. Dulchase träumte immer noch gelegentlich von dem tragischen Ereignis. Wieder und wieder sah er die eine Hand des Mannes sich in einem letzten haßerfüllten Aufbäumen zu einer trotzigen Faust ballen.

Ärgerlich wegen dieser unwillkommenen Erinnerungen, die dieser Ort heraufbeschwor, blieb Dulchase stehen. »Einen Moment«, sagte er störrisch. »Ich bestehe darauf zu erfahren, was eigentlich vor sich geht. Wohin bringt Ihr mich?« Er schaute sich in der dunklen Halle um. »Wo sind die anderen? Weshalb gibt es kein Licht?«

»Bitte kommt doch näher, Diakon Dulchase.« Eine liebenswürdige Stimme, die dennoch keinen Widerspruch duldete, hallte durch die Kuppel. Jetzt erkannte Dulchase, daß das Licht wie auch die Stimme von derselben Stelle kamen – Merlyns Daumen. »Bald werdet Ihr alles begreifen.«

»Vanya«, murmelte Dulchase. Er fröstelte und dachte sehnsüchtig an sein warmes Bett.

In der seit Jahren leerstehenden Halle war es kalt, es roch nach feuchtem Gestein und schimmeligen Wandbehängen. Er mußte niesen, wischte sich mit dem Kuttenärmel über die Nase und vertraute sich wieder der Führung des jungen *Duuk-tsarith* an, bis er – blinzelnd wie eine Eule im hellen Tageslicht – vor Seiner Heiligkeit stand, dem Bischof des Reichs.

»Mein lieber Diakon, wir entschuldigen uns für die Notwendigkeit, Eure Nachtruhe zu stören. «

Bischof Vanya erhob sich – ein unerhörtes Phänomen in der Gegenwart eines bescheidenen Diakons; eines Mannes, der seit vierzig Jahren Diakon war und vermutlich als Diakon sterben würde, bedingt durch seine scharfe Zunge und die bedauerliche Unfähigkeit, seine Gedanken für sich zu behalten. Es wurde gemunkelt, daß Dulchase längst seinen Platz in der Reihe der steinernen Beobachter an der Grenze zur Schattenwelt eingenommen hätte, hätte er nicht die Protektion einer gewissen einflußreichen Familie bei Hofe genossen. Diese leutselige Respektsbezeigung von seiten des Bischofs war daher mehr als erstaunlich. Dulchase verneigte sich tief und war noch im Begriff, den ersten Schock zu verarbeiten, als Vanya ihm wahrhaftig die Hand entgegenstreckte, nicht etwa, damit er den Bischofsring küßte, sondern ihm wurde die Ehre zuteil, die fleischige Hand des Bischofs berühren zu dürfen.

Wenn ich jetzt tot umfalle, fahre ich wahrscheinlich schnurstracks zum Almin auf, dachte der Diakon sarkastisch, aber dann führte die Hand des Bischofs mit so viel ehrfürchtiger Scheu, wie er in seinem Alter noch zu heucheln vermochte, an die Stirn, auch wenn er den Gedanken nicht loswurde, daß er aussehen mußte, als hätte er Blähungen. Die Hand fühlte sich unangenehm an, wie ein toter Fisch, und die Finger zitterten leicht in seinem Griff. Vielleicht entzog Vanya sie ihm deshalb mit unziemlicher Hast, trat zurück und wuchtete den schweren, in rote Gewänder gehüllten Leib auf den schmucklosen Thron in dem Alkoven. Das Licht entstammte einer unsichtbaren Quelle in der Felswand hinter dem Thron, bemerkte Dulchase verständnisinnig. Auf diese Weise blieb das Gesicht des Bischofs im Schatten, während er das Mienenspiel seiner Gesprächspartner genau beobachten konnte.

Dulchase, dessen Augen sich an die Helligkeit gewöhnt hatten, stellte fest, daß der *Duuk-tsarith*, der ihn hergeführt hatte, verschwunden war, oder aber er stand unsichtbar in den Schatten. Soweit Dulchase also sehen konnte, befand sich außer ihm und dem Bischof nur noch eine weitere Person in der Halle – ein gleichfalls nicht mehr junger Katalyt in einer abgeschabten roten Kutte, der zusammengesunken auf einem offenbar eilig herbeigezauberten steinernen Sitz neben dem Bischofsthron kauerte. Er hielt den Kopf gesenkt. Alles, was Dulchase von ihm zu sehen vermochte, war schütteres graues Haar, das in wirren dünnen Strähnen über der kränklich blassen Kopfhaut hing. Dieser Mann hatte sich bei der Begrüßung Dulchases durch den Bischof nicht gerührt, sondern war still sitzengeblieben und starrte auf eine Art, die Dulchase bekannt vorkam, auf seine Schuhe.

Er versuchte, einen Blick in das Gesicht des Mannes zu werfen, doch von seinem Standpunkt aus war es unmöglich, und er wagte nichts zu tun, um seine Aufmerksamkeit zu erregen, solange er nicht aus der Gegenwart des Bischofs entlassen war. Als er zu Vanya schaute, sah er, daß Seine Heiligkeit sich von ihm abgewandt hatte und der unbelebten Dunkelheit winkte.

Es überraschte Dulchase nicht, daß die Dunkelheit reagierte und sich zu der Gestalt des jungen *Duuk-tsarith* verdichtete. Der schwarz vermummte Kopf neigte sich, um Vanyas geflüsterten Worten zu lauschen. Dulchase nutzte die Gelegenheit, um sich dem Fremden zu nähern.

»Bruder«, redete er ihn freundlich und mitfühlend an, »ich habe den Eindruck, es geht Euch nicht gut. Kann ich etwas ...«

Der fremde Katalyt hob den Kopf. Ein hageres Gesicht schaute ihn an, der Klang einer freundlichen Stimme hatte bewirkt, daß die tief in den Höhlen liegenden Augen sich mit Tränen füllten.

Was Dulchase noch sagen wollte, erstarb ihm auf den Lippen. Nur ein Wort brachte er heraus:

»Saryon!«

Buchstäblich erschlagen von Überraschung, Neugier und wachsender Furcht, sank Dulchase auf den für ihn bestimmten Steinsitz, der sich auf den Befehl eines außerhalb des Lichtkreises stehenden *Duuk-tsarith* rechts neben Bischof Vanya materialisiert hatte. Saryon saß links von dem Kirchenfürsten. Neugier und Überraschung waren erklärlich – schließlich hatte er keine Ahnung, um was es ging. Die Furcht dagegen hatte subtilere, weniger klar ersichtliche Ursachen, doch schließlich begriff er, daß sie von dem gequälten Ausdruck auf Saryons Gesicht verursacht wurde – ein Ausdruck, der den Mann in einer Weise verändert hatte, daß Dulchase sich wunderte, ihn überhaupt wiedererkannt zu haben.

Obwohl er erst Mitte Vierzig war, sah er älter als Dulchase aus. Seine Haut war fahl, aschgrau im Licht von Merlyns Daumen. Die Augen mit dem gutmütigen, leicht geistesabwesenden Blick des weltfremden Gelehrten waren jetzt die Augen eines Menschen, der in der Falle saß. Dulchase beobachtete, wie Saryon nach einem Fluchtweg Ausschau zu halten schien, seine Augen huschten hierhin und dorthin, doch immer wieder richteten sie sich voller Verzweiflung auf Bischof Vanya.

Und genau das war der Grund für Dulchases Furcht. Älter und welterfahrener als der geniale, aber versponnene Mathematiker, sah Dulchase keine Rettung für Saryon in des Bischofs glatten, selbstgefälligen Zügen. Und die Berührung dieser fischigen Hände! Dulchase konnte sich des plötzlichen Gefühls nicht erwehren, daß er zu lange gelebt hatte ...

Er rückte auf dem Sessel hin und her, der nichts von seiner Körperwärme annehmen wollte. Seit seinem Eintreten war eine halbe Stunde verstrichen, und niemand hatte ein Wort gesprochen, abgesehen von den

*Duuk-tsarith* mit ihren geflüsterten Beschwörungen. Dulchase schaute auf Saryon, Saryon schaute auf Vanya, und der Bischof schaute mit gerunzelter Stirn in die Düsternis der riesigen Halle.

»Wenn das nicht bald ein Ende nimmt, sage ich etwas, das mir noch leid tun wird«, sagte Dulchase zu sich selbst. »Ich weiß es. Was, zum Teufel, ist mit Saryon los? Der Mann sieht aus, als hätte er mit Dämonen gerungen! Ich ...«

»Diakon Dulchase«, wandte Bischof Vanya sich unvermittelt an ihn. Der überaus liebenswürdige Tonfall erregte sofort Dulchases Mißtrauen.

»Euer Eminenz«, erwiderte er, um einen ebenso weltmännischen Tonfall bemüht.

»In Zith-el ist die Position des HausKatalyten der königlichen Familie vakant«, fuhr Vanya fort. »Hättet Ihr daran Interesse, mein Sohn?«

Mein Sohn, mein Sohn, höhnte Dulchase in Gedanken, während er den Bischof musterte. Vielleicht bist du alt genug, um mein Vater zu sein, aber ich bezweifle, daß diese feisten Lenden je irgendwelche Nachkommen gezeugt haben ... Sein Gedankengang stockte, als ihm klar wurde, was der Bischof gesagt hatte. Er starrte Vanya mit zusammengekniffenen Augen an, weil das grelle Licht durch irgendeinen magischen Kunstgriff genau auf sein Gesicht fiel.

»Königlicher Katalyt«, stammelte er. »Aber – aber – dazu muß man Kardinal sein, Euer Eminenz. Ihr könnt unmöglich ...«

»Oh, aber ich kann!« versicherte ihm Vanya großartig und wedelte mit der plumpen Hand. »Der Almin hat mir Seinen Willen in dieser Sache kundgetan. Ihr habt ihm viele Jahre treu gedient, ohne eine Belohnung zu erwarten. Jetzt, im goldenen Herbst Eures Lebens, ist es nur recht, daß Ihr diesen Posten bekommt. Die Dokumente sind bereits aufgesetzt, und sobald diese geringfügige Angelegenheit, die hier zur Verhandlung steht, bereinigt ist, werden wir sie unterzeichnen. Dann steht Eurer sofortigen Abreise nichts mehr im Wege.«

Vanya schenkte Saryon, der ihn immer noch mit Augen ansah, in denen seine ganze Seelenpein zutage trat, keinerlei Beachtung, sondern unterhielt sich mit Dulchase, als wären sie beide allein in der großen Halle. »Zith-el ist eine reizende Stadt«, fuhr er im Plauderton fort. »Ein bemerkenswerter Zoo. Sie haben sogar einige Zentauren dort – in sicheren Käfigen natürlich.«

HausKatalyt! Kardinal! Dies einem Mann, dem man ständig vor Augen gehalten hatte, daß er nur durch die Fürsprache seines einflußreichen Gönners nicht als armseliger FeldKatalyt durch die Ackerfurchen stapfte. Dulchase konnte riechen, daß etwas faul war; eigentlich hatte er es von Anfang an gerochen. *Diese geringfügige Angelegenheit,* hatte Vanya gesagt. *Die Dokumente unterzeichnen ...*

Dulchase schaute zu Saryon, um von dieser Seite vielleicht einen Hinweis zu bekommen, aber der Katalyt hatte den Blick wieder auf seine Schuhspitzen gesenkt, während sein Gesicht noch zerquälter aussah als zuvor. »Ich – ich weiß nicht, Heiligkeit«, sagte Dulchase unschlüssig, um Zeit zu gewinnen, bis er herausfand, was er hier verkaufen sollte. »Es kommt alles so überraschend und dann mitten in der Nacht ...«

»Ja, es tut mir leid, aber diese Sache ist dringend. Ihr werdet den versäumten Schlaf im Palast nachholen können. Es besteht auch keine Notwendigkeit, sofort eine Entscheidung zu treffen. Tatsächlich wäre es vielleicht gut zu warten, bis diese kleine Angelegenheit bereinigt ist.« Vanya schwieg und wandte Dulchase sein Vollmondgesicht zu, das allerdings im

Dunkeln blieb. »Zufriedenstellend bereinigt, wenn der Almin Unsere Gebete erhört.« Dulchase lächelte bitter, denn Vanya hatte fromm die Augen zum Himmel erhoben. Der gute Bischof ging also davon aus, daß sein alter Diakon gekauft und verkauft werden konnte. Nun, so unrecht hatte er nicht, gestand Dulchase sich ein. Jeder Mensch hat seinen Preis. Dulchases Blick richtete sich auf Saryons verhärmtes Gesicht. In diesem Fall war der Preis aber vielleicht ein wenig zu hoch.

Vanya, der offenbar glaubte, die Übereinstimmung sei hergestellt, winkte befehlend. »Bringt den Gefangenen.« Die Dunkelheit hinter ihm geriet in Bewegung. »Jetzt wird sich aufklären, weshalb Ihr aus Eurem warmen Bett gezerrt worden seid, Kardinal – wollte sagen, Diakon Dulchase«, sagte der Bischof und faltete die Hände über dem umfänglichen Bauch. Eigentlich eine belanglose Gebärde, aber Dulchase sah, wie die Knöchel der verschränkten Finger sich weiß färbten vor der Anstrengung, vollkommene Gelassenheit zu demonstrieren.

Dulchase löste den Blick von Vanya und richtete ihn voller Sorge auf Saryon. Bei dem Wort ›Gefangener‹ war der Katalyt so in sich zusammengesunken, als wolle er mit dem Sessel aus Stein verschmelzen. Er sah dermaßen elend aus, daß Dulchase aufspringen wollte, um nach einem Druiden zu verlangen, aber die plötzliche Eruption grellen Lichts ließ ihn erstarren.

Drei gleißende, knisternde Reife aus Energie materialisierten sich vor Bischof Vanya. Neben ihnen erschien der junge *Duuk-tsarith,* und gleich darauf nahmen die Umrisse eines weiteren Neuankömmlings innerhalb der flackernden Reifen Gestalt an. Sie umschlossen die muskulösen Arme des offenbar jungen Gefangenen und seine Beine, ohne jedoch seine

Haut zu berühren. Trotz der Entfernung konnte Dulchase die Hitze dieser Energiefesseln spüren und krümmte sich unwillkürlich bei der Vorstellung, was passieren würde, sollte der Mann versuchen zu entkommen.

Es sah allerdings nicht danach aus, als trüge der Gefangene sich mit dem Gedanken an Flucht. Er wirkte benommen und hielt den Kopf gesenkt; langes schwarzes Haar fiel in strähnigen Locken auf seine Schultern und verdeckte sein Gesicht. Achtzehn Jahre etwa, schätzte Dulchase, während er neiderfüllt und mit Bedauern den wohlproportionierten, muskulösen Körper betrachtete. Wir sind hier, um über diesen Jungen zu Gericht zu sitzen. Aber warum? Die Sache fällt in die Zuständigkeit der *Duuk-tsarith*. Oder ist er ein Katalyt? – Nein, unmöglich. Kein Katalyt hat je solche Muskeln gehabt ... Und warum nur wir *drei*? Und warum *wir* drei?

»Ihr fragt Euch, Diakon Dulchase, was das alles zu bedeuten hat«, ergriff Bischof Vanya endlich das Wort. »Erneut müssen wir Eure Nachsicht in Anspruch nehmen. Ihr seid der einzige, fürchte ich, der im dunklen tappt. Diakon Saryon ...«

Bei dem Klang dieses Namens hob der Gefangene ruckartig den Kopf. Er warf das schwarze Haar zurück, schaute blinzelnd in das helle Licht, und sobald seine Augen sich daran gewöhnt hatten, blickte er sich suchend um.

»Pater!« rief er mit gepreßter Stimme und trat unwillkürlich einen raschen Schritt nach vorn. Es zischte und roch nach verbranntem Fleisch. Der junge Mann hielt mit zusammengebissenen Zähnen den Atem an, gab jedoch sonst keinen Laut von sich.

Verwundert darüber, daß der Gefangene Saryon kannte, verblüffte dessen Reaktion Dulchase noch mehr. Saryon wandte den Blick ab und hob zitternd die Hand – nicht wie ein Mann, der einen Angriff abwehrt, sondern wie jemand, der glaubt, einer Berührung unwürdig zu sein.

»Diakon Saryon«, sprach Bischof Vanya ungerührt weiter, »ist über die Sachlage informiert, und ich werde jetzt auch Euch darüber aufklären, Diakon Dulchase. Wie Ihr wißt, verlangt das Gesetz Thimhallans, daß bei Fällen, die einen Katalyten betreffen oder eine Bedrohung des Staatswesens, ein Gremium von Katalyten zusammentrifft, um die Rechtsprechung zu übernehmen. Alle anderen Fälle werden von den *Duuk-tsarith* verhandelt.«

Dulchase hörte nur mit halbem Ohr zu. Er kannte das Gesetz und hatte bereits vermutet, daß es sich hier um eine Bedrohung des Staatswesens handeln mußte, auch wenn er sich nicht recht vorzustellen vermochte, welcher Art die staatsgefährdenden Umtriebe gewesen waren, deren dieser junge Mann sich schuldig gemacht haben sollte.

Statt Vanyas Ausführungen zu folgen, studierte Dulchase den Gefangenen. Und kam allmählich zu der Auffassung, daß er durchaus eine Bedrohung darstellen konnte.

Die dunklen, braunen Augen fixierten Saryon mit verzehrender Intensität. Die schwarzen Brauen verrieten ein leidenschaftliches Naturell; das feste Kinn; das ansehnliche düstere Gesicht; das üppige schwarze Haar, das in wirren Locken auf die Schultern fiel; die stolze Haltung, der furchtlose Blick – vor ihm stand eine wahrhaft bemerkenswerte Persönlichkeit, jemand, der den Lauf der Gestirne zu ändern vermochte, wenn er es wollte.

*Wo habe ich ihn schon einmal gesehen?* fragte sich Dulchase mit dem nagenden Ärger eines Menschen, der sich vergeblich an etwas zu erinnern versucht, von dem er weiß, daß es in seinem Unterbewußtsein begraben liegt, sich aber nicht herauslocken läßt. *Ich kenne diese aristokratische Haltung des Kopfes, das glänzende Haar, den herrischen Blick* ... Aber woher?

»Der Name des jungen Mannes ist Joram.«

Dulchase wandte seine Aufmerksamkeit wieder dem Bischof zu. Nein, dachte er enttäuscht, der Name sagt mir gar nichts. Und doch ...

»Es werden mehrere Anklagen gegen ihn erhoben; die Sicherheit des Reichs gefährdet zu haben ist nicht die geringfügigste davon. Das ist der Grund, weshalb wir hier Gericht halten. Vielleicht wundert Ihr Euch, daß wir nur zu dritt sind, Diakon Dulchase.« Bischof Vanyas Stimme bekam einen grimmigen Klang. »Ihr werdet es begreifen, wenn ich erst alle bestürzenden und erschreckenden Fakten dieses Falles dargelegt habe.

Joram!« Der Bischof sprach mit scharfer, kalter Stimme, in der Hoffnung, die Aufmerksamkeit des Gefangenen auf sich zu lenken, aber er hätte genausogut ein krächzender Papagei sein können, so wenig Beachtung schenkte ihm der junge Mann. Sein Blick hing unverwandt an Saryon, der ihn nicht erwiderte. Von den beiden, dachte Dulchase, machte eher der Katalyt den Eindruck eines Gefangenen ...

»Joram, Sohn der Anja«, wiederholte der Bischof in verärgertem Tonfall. Der Hexenmeister bewirkte mit einem Wort, daß die Reifen sich enger zusammenzogen. Widerwillig, aber furchtlos richtete der Gefangene die dunklen Augen auf den Bischof. »Du bist des Verbrechens angeklagt, die Tatsache deines Todes verheimlicht zu haben. Bekennst du dich schuldig oder nichtschuldig?«

Joram gab keine Antwort, sondern reckte trotzig das Kinn vor. Bei dieser Bewegung überlief Dulchase ein Schauer. Er kannte diesen Jungen.

Der Hexenmeister sprach wieder ein Wort. Die Reifen flackerten, es folgten dieses entsetzliche Zischen und der Geruch nach verbrannter Haut, dann stöhnte der junge Mann schmerzhaft auf.

»Ich bekenne mich schuldig«, sagte Joram, aber er sagte es stolz, mit lauter, fester Stimme. »Ich wurde tot geboren. Es war der Wille des Almin – das hat mich jemand gelehrt, den ich respektiere und achte.« Wieder schaute er Saryon an, der in seinem Stuhl saß wie jemand, der sich nie wieder erheben wird.

»Joram, Sohn der Anja, du bist des Mordes angeklagt an dem Verwalter des Dorfes Walren. Du bist angeklagt des Mordes an einem Hexenmeister vom Orden der *Duuk-tsarith*«, fuhr Vanya nachdrücklich fort. »Wie bekennst du dich in diesen Fällen?«

»Schuldig«, antwortete Joram wieder. Das ernste Gesicht verschloß sich. »Sie verdienten den Tod«, fügte er leise hinzu. »Der eine tötete meine Mutter. Der andere war ein Verbrecher.«

»Deine Mutter hat den Verwalter angegriffen. Der Verbrecher, wie du ihn zu nennen beliebst, war im Interesse des Staatswohls tätig«, entgegnete Bischof Vanya streng. Der junge Mann erwiderte nichts, sondern starrte ihm herausfordernd und trotzig ins Gesicht.

»Das sind gewichtige Anklagen, Joram. Die Vernichtung von Leben, aus welchem Grund auch immer, gilt vor dem Almin als fluchwürdigste aller Sünden. Alleine dafür könntest du zum Weg in die Schattenwelt verurteilt werden . . .«

Diese Worte endlich drangen bis in Saryons Bewußtsein und rissen den Mann aus seiner Erstarrung.

Er hob den Kopf und warf einen raschen, bedeutungsvollen Blick auf den neben ihm sitzenden Bischof. Dulchase bemerkte den Funken Willenskraft in den stumpfen Augen – Schreck und Zorn hatten die

Glut unter der Asche zu neuem Leben entfacht. Der Bischof aber schien Saryons heftige Reaktion nicht wahrzunehmen.

»Dennoch verblassen diese Anklagen vor den Verbrechen gegen den Staat, um deretwillen du vor diesem Gericht stehst ...«

Deshalb also nur wir drei, sinnierte Dulchase. Staatsgeheimnis und so weiter. Und mir will er mit dem Kardinalspurpur den Mund stopfen.

»Joram, Sohn der Anja, du wirst beschuldigt der Kollaboration mit den Adepten des Neunten Mysteriums, beschuldigt des Studiums verbotener Schriften ...«

Dulchase war Zeuge, wie Jorams Blick in ungläubiger Bestürzung zu Saryon flog. Er sah, wie der glimmende Funke in den Augen des Katalyten erstarb und wie die breiten Schultern des jungen Mannes herabsanken und er aufstöhnte. Es war nur ein leises Stöhnen, aber so schmerzerfüllt, daß es Dulchase das Herz zerriß. Der eben noch stolz erhobene Kopf wandte sich ab, das schwarze Haar verdeckte das Gesicht, als versuchte der junge Mann, sich gegen die Welt abzuschirmen.

»Joram! Vergib mir!« rief Saryon plötzlich und streckte flehend die Hände aus. »Ich mußte es ihnen sagen! Wenn du nur wüßtest ...«

»Diakon!« unterbrach ihn Vanya mit angespannter, beinahe schriller Stimme. »Ihr vergeßt Euch!«

»Ich bitte um Vergebung, Heiligkeit«, murmelte der zurechtgewiesene Katalyt und sank wieder in sich zusammen. »Es wird nicht mehr vorkommen.«

Der Bischof beugte sich vor. Er atmete schwer, seine kurzen, stumpfen Finger tasteten über die Armlehnen des Thronsessels. »Joram, Sohn der Anja«, sprach er weiter, »du wirst beschuldigt des verdammenswürdigen Verbrechens, den Fluch des Arkanums wieder über diese Welt gebracht zu haben! Arkanum, der unreine Auswurf des Fürsten der Tiefe, das schon einmal fast unseren Untergang herbeigeführt hätte. Du bist angeklagt, eine Waffe aus diesem dämonischen Erz geschmiedet zu haben! Joram, Sohn der Anja, was sagst du zu diesem Vorwurf?«

Den letzten, mit erhobener Stimme gesprochenen Worten folgte Stille. Eine laute Stille zwar, aber dennoch Stille. Vanyas Keuchen, Saryons hastige Atemzüge, das Knistern der glühenden Reifen – all das versuchte, die Stille zu durchdringen, und vermochte es nicht. Dulchase zweifelte nicht daran, daß der junge Mann schweigen würde. Er sah die Feuerringe sich enger und enger zusammenziehen und wandte rasch den Blick ab. Joram würde eher verbrennen, als sich ein Wort entreißen lassen. Saryon, der das gleichfalls erkannte, sprang mit einem hohlen Schrei auf die Füße. Der *Duuk-tsarith* warf einen fragenden Blick auf Vanya, um zu erfahren, wie weit er gehen sollte.

Der Bischof fixierte Joram mit kaltem Zorn. Er öffnete den Mund, doch eine neue Stimme, die wie Öl in die gespannte Atmosphäre träufelte, kam ihm zuvor.

»Euer Eminenz«, sagte die Stimme aus der Dunkelheit, »ich kann es dem jungen Mann nicht verargen, daß er sich weigert zu antworten. Schließlich nennt Ihr ihn nicht bei seinem richtigen Namen. ›Joram, Sohn der Anja.‹ Wer ist das? Ein Bauer? Ihr müßt ihn mit seinem wirklichen Namen ansprechen, Bischof Vanya, dann wird er sich eventuell herablassen, auf Eure Anklagen etwas zu erwidern.«

Ein Blitz hätte neben Vanya einschlagen können – die Wirkung wäre nicht verheerender gewesen als der Klang dieser Stimme.

Auch wenn der Gesichtsausdruck des Bischofs im Gegenlicht nicht zu erkennen war, der Schweiß, der sich unter dem Rand der schweren Mitra abzeichnete, sagte genug. Die plumpen Hände erschlafften, die Finger krümmten sich wie die Beine einer erschreckten Spinne.

»Nennt ihn bei seinem richtigen Namen«, fuhr die geschmeidige Stimme fort. »Joram, Sohn der Kaiserin Evenue von Merilon. Oder sollte ich sagen, der *verstorbenen* Kaiserin von Merilon ...«

# Der Prinz von Merilon

»Lieber Neffe«, grüßte Prinz Xavier und neigte im Vorübergehen ironisch den von der roten Kapuze verhüllten Kopf. Vor dem Thron des Bischofs blieb er stehen. Der eben noch von ungewissem Zwielicht erfüllte Felsensaal war jetzt hell erleuchtet. Mit dem Auftauchen des mächtigen Hexenmeisters hatten sich Lichter unter der Kuppel materialisiert, die ein anheimelndes, gelbliches Licht verbreiteten. Damit war Bischof Vanya die Möglichkeit genommen, sein Gesicht in den Schatten zu verbergen. Jedermann konnte es sehen, und jedermann sah die Wahrheit.

Dulchase preßte die Hand auf die Herzgegend. Noch ein solcher Schreck, dachte er, und ich falle tot um. Und vielleicht nicht nur ich.

Bischof Vanya hatte zu einem pompösen Widerspruch angesetzt, aber seine Worte verdorrten unter dem vernichtenden Blick des *DKarn-Duuk'est* zu Staub. Anders als der bemitleidenswerte Saryon, der immer schmaler und blasser zu werden schien, quoll der Bischof förmlich auf. Seine weiße Haut wurde fleckig, Schweiß rann ihm in Strömen über das Gesicht. Er lehnte sich weit zurück und atmete, während der stattliche Bauch wogte und die Hände kraftlos an dem roten Ornat zupften. Er sagte nichts, sondern starrte den Hexenmeister mit hervorquellenden Augen an. Prinz Xavier erwiderte den Blick gelassen, die Hände nach der Ordensregel ruhig vor dem Leib gefaltet. Doch zwischen den beiden Männern wogte auf Gedankenebene die Schlacht; die Luft knisterte vor unausgesprochenen Attacken und Gegenattacken, als jeder abzuwägen versuchte, wieviel der andere wußte und welchen Nutzen er daraus ziehen konnte.

Gefangen in den flackernden Ringen, die Schachfigur, um die sie beide kämpften, befand sich Joram in einem Zustand ratloser Verwirrung, der Dulchase unwiderstehlich zum Lachen reizte. Er hatte das Gefühl, am Rand eines hysterischen Anfalls zu stehen, und es gelang ihm gerade noch rechtzeitig, ein schrilles Kichern in ein mißglücktes Räuspern umzuwandeln, das den jungen *Duuk-tsarith* neben dem Gefangenen veranlaßte, ihm einen scharfen Blick zuzuwerfen.

Dulchase wußte jetzt, wo er diese Augen schon gesehen hatte, die aristokratische Haltung des Kopfes, den herrischen Blick. Der Junge war seiner Mutter wie aus dem Gesicht geschnitten. Joram las die Wahrheit in Vanyas Gesicht, wie jeder der Anwesenden, dennoch irrte sein Blick zu Saryon, um dort Bestätigung zu finden. Seit dem offensichtlich unerwarteten und unerwünschten Auftauchen des *DKarn-Duuk'est* hatte der Katalyt zusammengesunken dagesessen, den Kopf in den Händen vergraben. Er spürte die stumme Frage des jungen Mannes, hob das eingefallene Gesicht und schaute geradewegs in die dunklen, zwingenden Augen.

»Es ist wahr, Joram«, sagte er leise und auf eine Art, als wären sie beide allein in dem riesigen Saal. »Ich wußte es schon lange – so entsetzlich lange!« Er brach ab und schüttelte den Kopf. Seine Hände zitterten.

»Ich begreife das nicht!« Jorams Stimme klang rauh, erstickt. »Wie ist das möglich? Warum habt Ihr mir nicht die Wahrheit gesagt? Beim Almin!« Er fluchte verbittert. »Ich habe Euch vertraut!«

Saryon stöhnte. »Es geschah zu deinem Besten, Joram! Du mußt mir glauben! Ich – ich habe falsch gehandelt, aber ich wollte dein Bestes. Du kannst es nicht verstehen«, schloß er fahrig. »Es ist kompliziert ...«

»Das ist es in der Tat, Schwestersohn«, warf Prinz Xaxier unvermittelt ein und wirbelte mit solcher Verve herum, daß seine Gewänder aufzüngelten wie tanzende Flammen. Er schob mit beiden Händen die rote Kapuze auf den Rücken, wandte sich Joram zu und studierte interessiert das Gesicht seines jungen Verwandten. »Du kommst nach unserer Seite der Familie – deiner Mutter und meiner –, und das ist leider der Grund für die mißliche Lage, in der du dich befindest. Hätte das Blut dieses Schwachkopfs, deines Vaters, die Oberhand behalten, wärst du in deinem Heimatdörfchen geblieben und zufrieden gewesen, für den Rest deiner Erdentage Unkraut zu jäten.«

Ein Wink, und die Feuerreifen, die Joram zu beinahe völliger Bewegungslosigkeit verurteilt hatten, verschwanden. Geschwächt von Angst und Übermüdung, taumelte Joram und wäre beinahe gestürzt, doch er fing sich rechtzeitig und blieb hochaufgerichtet stehen. Er zehrt nur noch von seinem Stolz, dachte Dulchase bewundernd. Dieselbe Bewunderung malte sich auf dem Gesicht von Prinz Xavier.

»Der junge Mann ist erschöpft. Ich nehme an, er wurde seit seiner Ergreifung gestern nacht im Gefängnis festgehalten?« fragte er, an Bischof Vanya gewandt.

Vanya nickte wortlos.

»Hast du gegessen und getrunken?« Der *DKarn-Duuk'est* schaute wieder Joram an.

»Ich brauche nichts.«

Prinz Xavier lächelte. »Selbstverständlich nicht, aber du solltest dich wenigstens hinsetzen. Es wird noch eine Zeitlang dauern.« Erneut streifte sein Blick den Bischof. »Ich denke, einige Erklärungen sind angebracht. «

Bischof Vanya beugte sich vor, die hektischen roten Flecken auf seinem Gesicht verblaßten allmählich. »Wie habt Ihr es herausgefunden?« rief er heiser und krallte die fleischigen Hände um die Armlehnen des Thronsessels. »Und was habt Ihr alles herausgefunden?«

»Geduld«, gebot der *DKarn-Duuk'est*. Er vollführte eine Handbewegung, und zwei weitere steinerne Sitze wuchsen aus dem Boden. Auf einem davon lud er Joram ein, Platz zu nehmen. Der junge Mann betrachtete erst den Sitz mißtrauisch, dann mit nicht geringerem Mißtrauen seinen Onkel. Prinz Xavier nahm es mit einem schmalen Lächeln zur Kenntnis, ohne es entweder zu akzeptieren oder von sich zu weisen. Statt dessen hob er wieder befehlend die Hand, und Joram setzte sich abrupt, als hätte sein geschwächter Körper für ihn die Entscheidung getroffen.

Der *DKarn-Duuk'est* glitt anmutig auf den Steinsessel neben seinem Neffen und verharrte etwa einen Fingerbreit über dem Sitz in der Schwebe – weil es bequemer war oder um seine magischen Kräfte zu demonstrieren, vermochte Dulchase nicht zu entscheiden, aber eins wußte der bejahrte Diakon genau: daß es für ihn an der Zeit war, den Rückzug anzutreten.

Nachdem er sich mit knirschenden Gelenken erhoben hatte, legte er die Hand auf sein Herz und wandte sich demütig an den Bischof.

»Eminenz«, begann er und nahm befriedigt zur Kenntnis, daß Prinz Xavier beim Klang seiner Stimme zusammenzuckte, »ich bin ein alter Mann. Ich habe sechzig friedliche Jahre erleben dürfen und fand Ausgleich für ein nach Ansicht mancher eintöniges Leben in der Beobachtung der nie endenden Torheiten meiner Mitmenschen. Meine Zunge ist mein Fluch gewesen, das gebe ich freimütig zu. Bei zahlreichen

Gelegenheiten konnte ich es mir nicht verkneifen, meinen Kommentar zu diesen Torheiten abzugeben. Darum bin ich Diakon geblieben und werde auch ganz zufrieden sein, als Diakon zu sterben. Nur sollte es bis dahin noch ein Weilchen dauern, wenn Ihr versteht.«

Der *DKarn-Duuk'est* schien die Szene amüsant zu finden; um seine schmalen Lippen spielte ein Lächeln. Bischof Vanya schaute erheblich ungnädiger drein, aber Dulchase befand sich in der angenehmen Lage zu wissen, daß sein geistliches Oberhaupt sich in erheblich größeren Schwierigkeiten befand, als sie ihm jemals drohen konnten, und deshalb ließ er sich nicht beirren.

»Ich werde von Alpträumen heimgesucht«, fuhr er fort, »aber dank eines glücklichen Naturells vergesse ich sie bei Tagesanbruch sofort. Heute nacht scheine ich wieder von einem solchen Traum geplagt zu werden. Er ist besonders schlimm, und ich sehe voraus, daß er noch schlimmer werden wird.« Dulchase verneigte sich ehrerbietig. »Wenn Ihr gestattet, Eminenz, gehe ich wieder ins Bett und versuche aufzuwachen, bevor es soweit ist. Ganz gewiß wird keine Erinnerung an diese Vorgänge in meinem alten Gehirn haften bleiben. Ihr alle seid Phantome, und als solche wünsche ich Euch gute Nacht, Eminenz.« Er verbeugte sich vor dem Bischof. »Hoheit.« Verbeugung vor dem *DKarn-Duuk'est*. »Majestät.« Eine tiefere Verbeugung vor Joram, der ihn mit einem ganz eigenen Lächeln ansah, das nicht die Lippen berührte, aber den braunen Augen einen warmen Schimmer verlieh.

Dulchase zog fröstelnd die Schultern hoch. Ja, ich muß gehen, dachte er niedergeschlagen, kehrte der tragischen Szene den Rücken und tat einen Schritt in Richtung der Wendeltreppe im jenseitigen Teil der Halle. Sie führte im Innern des Berges nach oben und versprach ein Wiedersehen mit seiner gemütlichen Zelle.

Doch Prinz Xaviers Stimme hielt ihn auf. »Ihr habt mein volles Verständnis, Diakon, glaubt mir«, sagte er kühl. »Aber es ist zu spät, um diesem Traum noch entfliehen zu können, fürchte ich. Außerdem seid Ihr Mitglied dieses Tribunals. Eure Stimme ist unverzichtbar. Und« – obwohl er mit dem Rücken zu ihm stand, wußte Dulchase, wem der Blick des *DKarn-Duuk'est* bei diesen Worten galt –, »ich brauche Zeugen. Deshalb werdet Ihr die Güte haben, gleich hier aufzuwachen und Euren Platz wieder einzunehmen.«

Dulchase erwog, noch einen letzten Versuch zu wagen, doch als er den Mund öffnete, sah er, wie sich die Augen des Hexenmeisters fast unmerklich verengten. »Ja, Hoheit«, murmelte er deshalb und ließ sich verdrossen auf seinen Sitz fallen.

»Nun, wo anfangen?« Prinz Xavier legte die Fingerspitzen zusammen und tippte gegen seine dünnen Lippen. »Es stehen mehrere Fragen an. Ihr, Heiligkeit, verlangt zu wissen, wieviel ich weiß und wie ich es herausgefunden habe. Du, lieber Neffe, hast gefragt: *Wie ist das möglich?* und wolltest damit vermutlich ausdrücken: *Wie ist es möglich*, daß du hier bist, wenn alle Welt sowie die *meisten* Bewohner des Baptisteriums dich für tot und gestorben halten. Mit allem gebührenden Respekt, Heiligkeit, werde ich zunächst die Frage meines lieben Neffen beantworten. Immerhin ist er mein Souverän.«

Prinz Xavier verneigte sich respektvoll und begegnete, als er sie wieder hob, Jorams finsterem Blick. »Nein«, beantwortete er die unausgesprochene Frage, »es ist kein Scherz. Alles andere als das. Ich meine es ernst, *todernst*, versichere ich dir.« Das Lächeln in den Mundwinkeln verschwand. »Du mußt verstehen, Joram, der Anspruch auf den Thron von Merilon vererbt sich in der Familie der Kaiserin, deiner Mutter, die uns beklagenswerterweise verlassen hat, um in die Schattenwelt einzugehen, in das Reich des *Todes*.« Der *DKarn-Duuk'est* legte besondere Betonung auf das letzte Wort und beobachtete, wie seine Zuhörer unwillkürlich zusammenzuckten. »Ein tragischer Verlust, der *bald* öffentlich bekannt gemacht werden wird.« Er nickte Vanya zu, der schnaufend Luft holte und ihn in ohnmächtigem Haß anfunkelte. »Du, Joram, bist jetzt Kaiser von Merilon.« Er seufzte und lächelte versonnen. »Genieße deine Herrschaft, solange du Gelegenheit dazu hast. Sie wird von kurzer Dauer sein. Denn als der Bruder Ihrer Majestät bin ich der nächste Anwärter auf den Thron.«

Jorams gerunzelte Stirn glättete sich, ein Funkeln trat in die dunklen Augen.

Er hat verstanden, dachte Dulchase und legte verzweifelt die aufgestützte Hand über Stirn und Augen. Im Namen des Almin, dann geht es um Mord . . .

Ein dumpfes Stöhnen Saryons verriet, daß auch er verstand. »Nein«, begann er verstört, »das könnt Ihr nicht tun. Ihr . . .«

»Schweigt!« befahl Prinz Xavier barsch. »Euer Part ist beendet. Ihr habt Eure Rolle schlecht gespielt, aber das war in vieler Hinsicht nicht Euer Fehler. Der Mann, der die Fäden zog, hat sich nicht ans Manuskript gehalten. Und jetzt, Schwestersohn, werde ich deine Fragen beantworten, sowohl um deinetwillen als auch zum Nutzen jener, die hier zu Gericht sitzen und über dein Schicksal entscheiden werden.«

Dulchase seufzte tief und wünschte sich auf den Grund des Borns.

»Was ich weiß«, fuhr der *DKarn-Duuk'est* fort, »ist das Resultat der Fragen, die ich heute nacht vielen Leuten gestellt habe. Unser verehrter Bischof wird es sich nicht nehmen lassen, da bin ich sicher, mich zu korrigieren, sollte ich in diesem oder jenem Punkt irren. Achtzehn Jahre ist es her, da unterlief Seiner Heiligkeit, dem Reichsbischof, eine Nachlässigkeit. Es war nur eine kleine Nachlässigkeit.« Der Hexenmeister machte eine wegwerfende Handbewegung. »Ein Kind verschwand. Diese kleine Nachlässigkeit sollte aber verheerende Auswirkungen haben. Das Kind, das verlorenging, war kein gewöhnliches Kind, sondern der totgeborene Prinz von Merilon. Drei von Euch – pardon«, Prinz Xavier schenkte Joram ein unangenehmes Lächeln, »vier von euch, nahmen an der Zeremonie teil, in deren Verlauf das Kind offiziell für tot erklärt wurde. Dein Vater, der Kaiser, wandte sich von dir ab, wie man es von ihm verlangte, aber meine Schwester, deine Mutter, weigerte sich. Sie kniete neben deiner Wiege und vergoß kristallene Tränen, die auf deinem Körper zerschellten und blutende Wunden verursachten.«

Joram legte die Hand auf seine nackte Brust. Dulchase bemerkte die weißen Narben dort und schloß, von Erinnerungen übermannt, die Augen.

»Durch das gute Zureden des Kaisers ließ die Kaiserin sich schließlich bewegen, ihren Sohn Bischof Vanya zu übergeben, dessen Pflicht es war, das Kind ins Baptisterium zu bringen und die Totenwache zu halten. Einige Tage später traf im Palast die Nachricht ein, es sei vollbracht. Alles trauerte, nur ich natürlich nicht.« Er nickte Joram zu, der die Geste ingrimmig lächelnd erwiderte.

»Du gefällst mir, Schwestersohn«, meinte Prinz Xavier anerkennend. »Wirklich schade. Wo war ich stehengeblieben? Ach ja. Vanyas Nachlässigkeit.«

Der Bischof stieß ein Zischen aus, das sich anhörte, als würde heißer Dampf aus einer magischen Kugel entweichen.

Ohne ihn zu beachten, fuhr Prinz Xavier fort: »Seine

Heiligkeit brachte das Kind ins Baptisterium. Begleitet wurde er vom Befehlshaber der Palastgarde, der als Zeuge fungieren sollte. Vanya trug das Kind in die Kammer der Toten und legte es auf den Steintisch. Es war noch in der Zeit, bevor in Merilon mehr und mehr Leblose Kinder zur Welt kamen, und der Prinz war allein in der Kammer. Dann unterlief Vanya eine große Dummheit, Neffe. Er ging und stellte keinen Posten vor die Tür. Warum? Dazu kommen wir gleich. Geduld. ›Alle Dinge kommen zu dem, der warten kann‹, wie das alte Sprichwort sagt.«

Mit einem Wink zauberte Prinz Xavier eine wassergefüllte Kugel herbei und trank. »Eine Erfrischung, Majestät?«

Joram schüttelte den Kopf, ohne das Gesicht des Hexenmeisters aus den Augen zu lassen. Den Katalyten bot der *DKarn-Duuk'est* kein Wasser an, sondern sprach ein befehlendes Wort, und die Kugel verschwand. »Das Kind blieb also allein zurück, unbewacht. Die Handlungsweise des Bischofs war durchaus erklärlich. Nie hatte dort eine Wache gestanden, so tief im Herzen des Baptisteriums. Und was gab es denn schon zu bewachen? Ein Kind, das sterben sollte? O nein!« Prinz Xaviers kalter Stimme widerfuhr eine Veränderung, sie bekam einen volleren, reicheren Klang und jagte seinen Zuhörern einen erregten Schauer über den Rücken.

*»Ein Kind, das leben sollte!«*

# Die Wahrheit wird dich befreien ...

Aus der Richtung von Merlyns Daumen ertönte ein erstickter Laut.

»O ja, Vanya«, erklärte Prinz Xavier, »ich weiß von der Prophezeiung. Die *Duuk-tsarith* sind loyal – loyal dem Staat gegenüber. Als dem Oberhaupt ihres Ordens klar wurde, daß jetzt *ich* den Staat repräsentiere, hat die Hexe mir alles berichtet. Ja, du bist erstaunt, Neffe. Bis jetzt war alles leicht zu begreifen. Hör gut zu, denn ich zitiere jetzt die Prophezeiung, deren Inhalt früher nur Bischof Vanya und den *Duuk-tsarith* bekannt war.«

Mit gedämpfter Stimme sprach der *DKarn-Duuk'est* die Worte, die Dulchase von diesem Augenblick an Tag und Nacht verfolgen sollten.

»Dem Herrscherhaus wird einer geboren werden, der tot ist und doch lebt, der sterben wird und wieder leben. Und bei seiner Wiederkehr hält er in den Händen das Ende der Welt . . .«

Prinz Xavier verstummte, er schaute zu Joram. Der junge Mann war bleich, die vollen Lippen blutleer. Aber in seinem Gesicht zuckte kein Muskel, und er schwieg.

»Das ist der Grund, weshalb ich dich verraten habe!« Die mühsam zurückgehaltenen Worte sprudelten aus Saryon heraus wie Blut aus einem durchbohrten Herzen. »Ich hatte keine Wahl! Seine Heiligkeit hat mir die Augen geöffnet. Das Schicksal der Welt lag in meinen Händen!« Er hielt diese Hände im Schoß versteckt, als schämte er sich ihrer, und richtete den flackernden Blick auf Joram.

Was hofft er dort zu finden? dachte Dulchase mitleidig. Vergebung? Verständnis? Er musterte Jorams hartes Gesicht. Nein, nicht dort. Nicht in dem finsteren Abgrund dieser Seele.

Doch einen Moment lang glaubte er sich Lügen gestraft zu sehen. Jorams Lider zuckten, die zusammengepreßten Lippen bebten, es sah aus, als wolle er sich dem Katalyten zuwenden, der ihn voll sehnsüchtiger Erwartung beobachtete. Aber der ihm angeborene und vom Wahnsinn zum Übermaß gesteigerte Stolz bewirkte, daß die Augen trocken blieben, der Starrsinn die Oberhand behielt. Er kehrte sich noch deutlicher von Saryon ab, der seufzte und ergeben die Schultern sinken ließ, während Joram seine ungeteilte Aufmerksamkeit dem *DKarn-Duuk'est* widmete.

»Ich werde fortfahren«, sagte der Hexenmeister mit einem Anflug von Ungeduld, »vorausgesetzt, es gibt keine weiteren Unterbrechungen mehr. Ihr begreift nun, weshalb der Prinz nicht sterben durfte. Er mußte leben – oder es bestand die Gefahr, daß die Prophezeiung in Erfüllung ging. Und doch mußte man ihn für gestorben halten, denn es war unvorstellbar, daß eines Tages ein Toter den Thron Merilons besteigen könnte. Du erkennst Vanyas schwierige Lage, Schwestersohn?« Prinz Xavier breitete die Hände aus; sein einschmeichelnder Sarkasmus brannte wie Gift. »Ich weiß nicht, was er mit dir vorhatte, Joram. Wie sahen Eure Pläne aus, Bischof? Wollt Ihr es uns verraten?«

Von Vanya erfolgte keine Antwort, abgesehen vom Geräusch seines schnaufenden Atems.

Der *DKarn-Duuk'est* zuckte mit den Schultern. »Unwichtig. Vermutlich wollte er dich in einer geheimen Zelle im Baptisterium gefangenhalten, bis ihm eine bessere Lösung einfiel. Aha, ich sehe, daß ich der Wahrheit ziemlich nahe gekommen bin.«

Dulchase sah, daß an der Wange des Bischofs ein Nerv zu zucken begann.

»Was immer er vorgehabt haben mag, ihm war kein Erfolg beschieden. Er hatte absichtlich die Kammer unbewacht gelassen, denn er wollte nachts den Prinzen unbemerkt an einen sicheren Ort schaffen. Stell dir sein Entsetzen vor, lieber Neffe, als er zurückkehrte und feststellen mußte, daß der Prinz verschwunden war!«

Dulchases Phantasie reichte aus, um es sich vorstellen zu können.

»Unser Bischof geriet aber nicht in Panik. Es gelang ihm, durch unauffälliges Herumfragen genügend Anhaltspunkte zu sammeln, um vermuten zu können, was geschehen war. Eine Frau namens Anja hatte ein totes Kind zur Welt gebracht. Als die *Theldara* der Mutter die traurige Nachricht brachten und ihr das Kind zeigten, verlor sie den Verstand. Sie weigerte sich, es wieder herzugeben. Die *Theldara* riefen die *Duuk-tsarith* zur Hilfe, um ihr das Kind wegzunehmen. Mit Hilfe ihrer magischen Kräfte gelang es ihnen, und sie ließen Anja unter einem Schlafzauber zurück. Aber sie konnte sie täuschen. Ich habe gehört, Neffe, daß du ein geschickter Taschenspieler bist, und du sollst es von der Frau gelernt haben, die du als deine Mutter kanntest. Das überrascht mich nicht. Sie beherrschte diese Kunst so meisterhaft, daß sogar die scharfsichtigen und mißtrauischen Mitglieder meines Ordens sich täuschen ließen.

Genaues fand Bischof Vanya natürlich nicht heraus, doch er folgerte, daß die Frau das Krankenzimmer verließ und auf der Suche nach einem Weg hinaus durch das Baptisterium irrte. Durch Zufall geriet sie in die Kammer der Toten, und dort fand sie ein Kind, ein lebendiges Kind! Sie riß es an sich, und im Schutz der Nacht gelang es ihr zu fliehen. Bis Vanya entdeckte, was geschehen war, hatte die mächtige Zauberin ihre Spuren verwischt.

Du siehst, Schwestersohn, jahrelang lebte Bischof Vanya mit dem Wissen, daß irgendwo dort draußen der Thronfolger Merilons unerkannt heranwuchs. Was er auch unternahm, es gelang ihm nicht, dich aufzuspüren. Die einzigen, die von dem Geheimnis wußten, waren die *Duuk-tsarith,* die ihn bei der Suche unterstützten. Alle Berichte über lebende Tote wurden sorgfältig nachgeprüft. Der erste, der alle Kriterien erfüllte, warst du, Joram. Sie wurden durch den Mord an dem Verwalter auf dich aufmerksam. Die Beschreibung deiner Mutter paßte auf Anja, du warst im richtigen Alter.

Aber Vanya mußte sichergehen. Er wird sich gefreut haben, als du ins Außenland geflohen bist, das hat ihm die Sache erleichtert. Ein Hexenmeister – einer der besten des Ordens, du kanntest ihn unter dem Namen Blachloq – war bereits dort, als Agent provocateur bei den Nigromanten. Dieser Mann wurde beauftragt, nach dir Ausschau zu halten. Seine Leute hatten dich bald gefunden, und er ließ dich von da an nicht mehr aus den Augen.

Doch wieder einmal steckte der Bischof in einer Bredouille. Er wagte nicht, dich ins Baptisterium bringen zu lassen, wo die Wände Augen und Ohren haben. Er hatte zu viele Neider und Feinde, die nur darauf warteten, seinen Platz einzunehmen. Vanya kam zu dem Schluß, daß es klüger war, dich bei den Nigromanten zu lassen, bewacht nicht nur von dem Hexenmeister, sondern auch noch von einem Katalyten.« Der *DKarn-Duuk'est* wies auf die zusammengesunkene Gestalt Saryons. »Aber Vanya hatte nicht damit gerechnet, daß du Arkanum entdecken könntest. Es schien, daß langsam die Prophezeiung sich erfüllte. Du warst – oder sollen wir sagen, du *bist* – zu gefährlich.«

Prinz Xavier verstummte, allem Anschein nach in

Gedanken versunken. Niemand sonst sprach. Vanya saß auf seinem Stuhl und strich ruhelos mit den Händen über die Armlehnen, während er den *DKarn-Duuk'est* fixierte wie ein glücklicher Kartenspieler seinen Gegner, um auszuloten, was dieser als nächstes ausspielen wird. Joram schien vor Müdigkeit und der Erschütterung über die immer neuen Enthüllungen kaum noch bei Besinnung zu sein. Er starrte aus stumpfen, glasigen Augen ins Leere. Saryon war im Begriff, in seinem Elend zu versinken. Dulchase empfand Mitleid mit ihm, aber es gab nicht viel, was er für ihn tun konnte.

Der alte Diakon hatte Kopfschmerzen, er zitterte vor Kälte und Nervosität, so daß er die Zähne zusammenbeißen mußte, damit sie nicht klapperten. Außerdem war er zornig, weil er in diese absurde, lebensgefährliche Situation hineingezogen worden war. Er wußte nicht, wem er glauben sollte. Eigentlich glaubte er keinem. Einiges an der Geschichte stimmte vermutlich. Der Junge war der Sohn der Kaiserin – dieses Haar und diese Augen logen nicht.

Aber – eine Prophezeiung über das Ende der Welt? In jeder Generation gibt es irgendeinen Propheten, der der Menschheit verkündet, das Ende sei nahe. Was es mit dieser Prophezeiung auf sich hatte, wußte Dulchase nicht, doch er konnte es sich denken. Irgendein alter Knabe ernährt sich ein Jahr lang von nichts anderem als Honig und Insekten, fängt an, schwarze Punkte vor den Augen zu sehen, und hat schließlich eine Vision vom Weltuntergang. Schlechte Verdauung, sonst nichts. Und jetzt, ein paar hundert Jahre später, kostete das Geschwafel diesen Jungen das Leben.

Dulchase vergaß, wo er sich befand, und schnaufte angewidert.

Der Laut fuhr in die Stille wie ein Donnerschlag.

Jeder im Raum zuckte zusammen, und alle Augen richteten sich auf den alten Diakon.

»Grippaler Infekt«, murmelte er und wischte sich mit großem Aufwand die Nase am Kuttenärmel ab.

Zu seiner Erleichterung ergriff Bischof Vanya die Gelegenheit, sich zu Wort zu melden. »Wie habt Ihr es herausgefunden?« fragte er den Hexenmeister nochmals.

Prinz Xavier lächelte. »Versucht Ihr immer noch, Eure Haut zu retten, Eminenz? Ich kann es Euch nicht verdenken. Sie hält eine große Menge Fett zusammen, das andernfalls unsere Augen noch mehr beleidigen würde. *Wer weiß sonst noch Bescheid?* denkt Ihr. Sind sie in der Position, Euren Platz einzunehmen. Bin *ich* in der Position, ihnen zu helfen, Euren Platz einzunehmen?«

Die Farbe von Vanyas Gesicht hatte sich mittlerweile in ein kränkliches Grau verändert. Er setzte zu einer Erwiderung an, doch Prinz Xavier hob Einhalt gebietend die schmale Hand. »Kein großes Gehabe, lieber Bischof. Verschont mich damit. Ihr könnt Euch beruhigen. Zwar bin ich in der Position, Euch zu ersetzen, habe jedoch nicht die Absicht – selbstverständlich vorausgesetzt, daß es gelingt, eine für Euch und mich gleichermaßen akzeptable endgültige Lösung für *unser* Problem zu finden. Aber darüber sprechen wir noch. Ein Herr des gehobenen Mittelstandes hat mich gestern abend aus Sorge über das Verschwinden seiner Tochter aufgesucht.«

Joram hob ruckartig den Kopf.

Prinz Xavier wandte sich von dem scheinbar besänftigten Kirchenfürsten ab und seinem jungen Verwandten zu. »Ja, lieber Neffe, ich wußte, das würde dein Blut in Wallung bringen.«

»Gwendolyn!« sagte Joram mit brüchiger Stimme. »Wo ist sie? Was hat man ihr angetan? Beim Almin!«

Er ballte die Fäuste. »Wenn man ihr ein Leid zugefügt hat . . .«

»Ein Leid zugefügt?« Der *DKarn-Duuk'est* hob die Augenbrauen. »Du solltest uns ein Minimum an gesundem Menschenverstand zutrauen, Joram. Was würde es uns nützen, dieses Mädchen zu quälen, dessen einziges Verbrechen darin besteht, sich ausgerechnet in dich verliebt zu haben?«

Kopfschüttelnd fuhr Prinz Xavier mit seinem unterbrochenen Bericht fort. »Lord Samuels kam auf meine Bitte hin zu mir in den Palast. Natürlich hatte ich bemerkt, daß die *Duuk-tsarith* mit meiner Ansicht nach ungewöhnlichem Eifer nach diesem jungen Mann suchten. Ebenso natürlich war ich begierig, den Grund zu erfahren, und Lord Samuels antwortete bereitwillig auf jede meiner Fragen. Er erzählte mir alles, was er über Joram wußte, und auch von der befremdlichen Aussage der *Theldara*. Trotzdem blieb manches unklar, das meine Neugier anstachelte. Weshalb waren die Unterlagen verschwunden? Warum behaupten, ein Kind wäre aus dem Waisenhort entführt worden, wenn es ganz offensichtlich nicht der Fall war?

Ich ließ sofort die Großmeisterin der *Duuk-tsarith* kommen. Zuerst wich sie mir aus. Als ich zu verstehen gab, wieviel ich bereits wußte, und die Vorteile einer Kooperation im Vergleich zu den Nachteilen falsch verstandener Loyalität andeutete, entschloß sie sich zur Zusammenarbeit und erzählte mir alles, was ich wissen wollte. Du brauchst dir keine Sorgen zu machen, Neffe. Dein Liebchen ist in den Schoß ihrer Familie zurückgekehrt und vergießt wahrscheinlich Ströme von Tränen wegen deiner Gefangennahme. Eine Prüfung steht ihr noch bevor, die zwar schmerzlich, aber notwendig ist. Man sagt, daß es in der alten Welt üblich war, ein krankes Glied abzutrennen, um den Körper zu retten. Sie ist jung. Sie wird über den Verlust hinwegkommen, insbesondere wenn sie erfährt, daß der Mann, den sie liebte, ein Toter war, schuldig des Mordes an zwei Bürgern dieses Landes und der Beschäftigung mit den Verbotenen Künsten.«

In Bischof Vanyas fleckiges Gesicht kehrte die Farbe zurück. Er räusperte sich bedeutungsvoll.

»Aber ja, Eminenz«, meinte Prinz Xavier, und die schmalen Lippen kräuselten sich zu einem höflichen Lächeln, »ich werde Euer Geheimnis bewahren. Es liegt im allgemeinen Interesse, nichts darüber verlauten zu lassen. Es gibt natürlich eine Bedingung.«

»Die Kaiserin«, sagte Vanya.

»Exakt.«

»Ihr Hinscheiden wird morgen bekanntgegeben«, nickte der Bischof steif. »Schon lange haben wir den Kaiser in dieser Richtung zu beeinflussen versucht, da es Unrecht ist, der armen Seele die ewige Ruhe zu verweigern, die sie ersehnt. Aber der Kaiser widersetzte sich unserem Wunsch. Es besteht doch kein Zweifel, daß der Kaiser wahnsinnig ist?«

»Kein Zweifel«, bestätigte der Hexenmeister trocken.

Der Bischof nickte erleichtert und befeuchtete sich die trockenen Lippen.

»Da wäre noch eine Kleinigkeit.«

Vanyas Miene verdüsterte sich. »Und zwar?« fragte er mißtrauisch.

»Das Dunkle Schwert ...«

»Niemand«, donnerte Vanya auffahrend, »niemand wird dieses Schwert der Verdammnis berühren!« An seinen Schläfen traten die Adern hervor, die Augen traten ihm aus den Höhlen. »Nicht einmal Ihr, *DKarn-Duuk'est*! Das Schwert wird bei der Urteilsvollstreckung gezeigt werden, als Beweis für die Schuld dieses jungen Mannes, um anschließend ins Baptisterium zurückzukehren und dort für immer zu bleiben, an einem sicheren, geheimen Ort!«

Des Bischofs Ton ließ keinen Zweifel daran, daß Prinz Xavier beim Pflügen eines frisch gerodeten Ackers unvermutet auf einen riesigen Felsbrocken gestoßen war. Er ließ sich aus dem Weg schaffen, aber dazu brauchte es Zeit und Geduld. Vorläufig war es einfacher, das Hindernis zu umgehen, also zuckte der Prinz gleichgültig mit den Achseln und verneigte sich zustimmend.

»Ihr habt mein Schwert, aber was wird aus mir?« meldete Joram sich zu Wort. Ein bitteres Lächeln glitt über seine Züge. »Es scheint, daß Ihr vor einer unlösbaren Aufgabe steht. Ihr könnt mich nicht töten – das hieße das Schicksal herausfordern. Und doch könnt Ihr es nicht wagen, mich am Leben zu lassen. Es sind schon zu viele ›Nachlässigkeiten‹ passiert. Werft mich ins tiefste Verlies – nicht eine Nacht werdet Ihr schlafen können, ohne Euch zu fragen, ob es mir nicht doch gelungen ist zu entfliehen.«

»Du wächst mir von Minute zu Minute mehr ans Herz, Schwestersohn«, meinte Prinz Xavier und erhob sich mit einem bedauernden Seufzen. »Dein Schicksal liegt, fürchte ich, in den Händen der Katalyten, denn du bist eines Verbrechens gegen den Staat angeklagt. Und mir will scheinen, daß Bischof Vanya eine Lösung für dieses dornige Problem gefunden hat. Meine Arbeit hier ist getan, Eminenz.« Der *DKarn-Duuk'est* neigte den Kopf zu einer angedeuteten Verbeugung. »Ehrwürdige Brüder.« Er nickte Saryon zu, der Vanya mit weitaufgerissenen, entsetzten Augen anstarrte, und Dulchase, welcher es vermied, dem ausdruckslosen Blick des Prinzen zu begegnen.

Nachdem er die weite Kapuze seiner kostbaren roten Robe über den Kopf gezogen hatte, wandte der *DKarn-Duuk'est* sich abschließend an Joram.

»Steh auf und sag deinem Onkel Lebwohl, Schwestersohn«, forderte er ihn auf.

Joram warf trotzig das schwarze Haar zurück, bevor er widerwillig gehorchte. Er stand auf, aber er machte keine weitere Bewegung. Er verschränkte die Hände hinter dem Rücken und schaute an seinem Onkel vorbei in den dämmrigen Hintergrund der großen Halle.

Prinz Xavier trat an ihn heran und umfaßte mit seinen schmalen weißen Händen die Schultern seines Neffen. Instinktiv wollte Joram zurückzucken, doch er beherrschte sich, um kein Schauspiel zu bieten.

Lächelnd beugte der *DKarn-Duuk'est* sich vor. Er näherte den verhüllten Kopf Jorams Gesicht und küßte ihn bedächtig erst auf die linke Wange, dann auf die rechte. Jetzt zerbrach die mühsam bewahrte Haltung des jungen Mannes, unkontrollierbarer Widerwille schüttelte ihn bei der Berührung der kalten Lippen.

Er riß sich los und rieb heftig seine bloßen Arme, wie um einen Ekel abzustreifen.

Eine Transversale öffnete sich hinter Prinz Xavier, er trat hinein und war verschwunden. Mit ihm verschwanden die Lichter, die er herbeigezaubert hatte. Der größte Teil der Halle lag wieder im Dunkeln, abgesehen von der schwachen, geisterhaften Helligkeit über dem Born des Lebens und dem harten, grellen Licht, das hinter dem Bischofsthron hervorströmte.

Obwohl immer noch sichtlich erschüttert, schien Vanya allmählich seine Fassung wiederzugewinnen. Auf seinen Wink löste sich der junge *Duuk-tsarith* aus den Schatten. Er sprach ein Wort, und Joram stand wieder in der gnadenlosen Fessel der drei feurigen Reifen, deren unstetes Flackern die Dunkelheit mit einem gespenstischen Schimmer erfüllte. Der Bischof starrte den Gefangenen schweigend an und atmete laut schnaufend durch die Nase.

»Heiligkeit«, begann Saryon und erhob sich schwankend von seinem Stuhl, »Ihr habt versprochen, er würde nicht getötet werden.« Er rang die zitternden Hände. »Beim Blut des Almin habt Ihr geschworen . . .«

»Fallt auf die Knie, Bruder Saryon«, antwortete Bischof Vanya streng, »und bittet um die Vergebung Eurer eigenen Missetaten.«

»Nein!« schrie Saryon auf und warf sich nach vorn.

Vanya stemmte seine Leibesfülle aus dem Thronsessel in die Höhe, stieß den Katalyten beiseite und trat vor den jungen Mann hin. Joram betrachtete ihn wortlos, das ihm eigene schattenhafte Lächeln um den Mund.

»Joram, Sohn der . . .« Vanya geriet aus dem Konzept. Das Lächeln seines Gefangenen verbreiterte sich triumphierend, während das Gesicht des Bischofs vor Zorn rot anlief. »Du hast recht, junger Mann!« sagte er mit schwankender Stimme. »Wir wagen es nicht, dich am Leben zu lassen. Wir wagen es nicht, dich zu töten. Wie du ein Toter unter den Lebenden gewesen bist, soll dir ein lebender Tod zuteil werden.«

Dulchase hielt es nicht auf seinem Sitz, er sprang auf. *Nein!* wollte er rufen, *damit will ich nichts zu tun haben!*, aber seine Kehle war wie zugeschnürt. Zum erstenmal in seinem Leben ließ sein flinkes Mundwerk ihn im Stich.

Man hatte ihn in die Falle gelockt. Er wußte zuviel. Er würde nach Zith-el gehen, in die Stadt mit dem bemerkenswerten Zoo . . .

Saryon fiel mit einem wilden Schrei vor dem Bischofsstuhl auf die Knie.

Vanya schenkte keinem der beiden Katalyten Beachtung, doch Jorams Blick streifte flüchtig den buchstäblich am Boden zerstörten Saryon und kehrte gleich wieder zu Bischof Vanya zurück.

»Joram – für schuldig befunden in allen Punkten der gegen dich erhobenen Anklage, wirst du hiermit verurteilt, die Strafe der Wandlung zu erleiden. Bei Tagesanbruch wird man dich zur Grenze bringen, auf daß dein Leib zu Stein werde, deine Seele aber leben bleibe, um für alle Ewigkeit im Kerker deines Leibes Buße zu tun. Tot und doch lebendig sollst du als Wächter an der Grenze stehen und ins Jenseits schauen immerdar.«

# Obedire est vivere

Es klopfte leise an der Tür.

»Pater Saryon?« rief eine gedämpfte Stimme.

»Ist es Zeit?«

Es gab keine Fenster in der kleinen Kapelle. Das helle Licht des neuen Tages mochte die Welt draußen überfluten, aber es drang nicht in die dämmrige Abgeschiedenheit dieses Refugiums.

»Ja, Pater«, antwortete die Stimme schüchtern.

Langsam hob Saryon den Kopf. Er hatte den Rest der Nacht kniend auf dem Boden einer der Hauskapellen des Baptisteriums verbracht und Trost im Gebet gesucht. Jetzt schmerzte sein Rücken, die Knie waren steif. In den Beinen war längst jedes Gefühl erstorben.

Hätte man das nur auch von seinem Herzen sagen können!

Saryon legte die Hände um die Balustrade vor dem Altar und machte schwerfällig Anstalten aufzustehen. Ein ersticktes Stöhnen drang über seine Lippen, als mit dem Schmerz von tausend spitzen Nadeln das Blut wieder zu kreisen begann. Er versuchte die Beine zu bewegen und merkte, daß er zu schwach war. Müde legte er die Stirn auf den Handrücken und kämpfte gegen die aufsteigenden Tränen an.

»Du, der du mir alles andere versagt hast, gewähre mir die Kraft zu gehen«, betete er verbittert. »Wenigstens diesmal will ich ihn nicht im Stich lassen. In der Stunde seiner größten Not will ich bei ihm sein.«

Mit beiden Händen umfaßte er die Balustrade, biß die Zähne zusammen und stemmte sich auf. Ein paar Augenblicke wartete er schweratmend, bis er sicher war, daß seine Beine ihn trugen.

»Pater Saryon?« fragte die Stimme wieder mit einem besorgten Unterton. Jemand kratzte an der Tür.

»Ja, ich komme«, rief Saryon. »Wozu die Eile? Das Schauspiel beginnt noch früh genug, oder könnt Ihr es nicht abwarten?«

Mit schlurfenden Schritten durchquerte der Katalyt den kleinen Raum und fiel ermattet gegen die Tür.

Nachdem er Atem geschöpft und sich mit der Hand den Schweiß von der Stirn gewischt hatte, fand Saryon endlich die Kraft, das magische Siegel zu lösen, mit dem er in der Nacht die Tür gesichert hatte. Es war kein starker Zauber, der Katalyt hatte ihn mit dem wenigen Leben, das ihm zu Gebote stand, selbst gewirkt, und doch mangelte ihm jetzt beinahe die Kraft, ihn aufzuheben. Schließlich gelang es doch, und die Tür öffnete sich lautlos.

Das blasse Gesicht einer Novizin spähte hindurch. Ihre Augen waren groß und ängstlich. Beim Anblick der verhärmten Züge Saryons biß sie sich auf die Lippen und senkte den Blick.

»Ich war in Sorge um Euch, Pater. Das ist alles.« Sie strich sich mit der zierlichen Hand über die Augen und fügte stockend hinzu: »Ich will nicht dabeisein, aber es wurde befohlen ...« Sie verstummte kläglich.

»Es tut mir leid, Schwester.« Saryon hatte das Gefühl, schon wieder Schuld auf sich geladen zu haben. Er fühlte sich sterbensmatt. »Die Nacht war – lang.«

»Ja, Pater. Ich weiß.« Sie hob den Kopf und schaute ihm ins Gesicht. »Ich habe den Almin um Kraft gebeten. Er wird mir beistehen.«

»Wie schön für Euch!«

Saryons hämischer Tonfall, die unverhohlen hervorbrechende Verbitterung erschreckten das junge Mädchen, das ihn bestürzt ansah. Saryon mußte seufzen. Er wollte sie erneut um Verzeihung bitten und tat es doch nicht. Ihre Verzeihung war bedeutungslos; sie konnte ihn nicht erlösen von der Schuld. Niemand konnte es, außer diesem einen ... Und dessen Verzeihung würde er nie erlangen, verdiente er nicht!

»Ist das ...« Die furchtsamen Augen der Novizin glitten zu dem formlosen schwarzen Gegenstand auf dem Rosenholzaltar, der im matten Schein ihrer Lichtkugel kaum zu erkennen war.

»Das ist das Schwert.«

Deshalb das magische Siegel an der Tür. Nur eine Person hatte man für geeignet gehalten, der Hüter dieser Waffe der Finsternis zu sein.

»Dies ist ein Teil Eurer Strafe«, hatte Bischof Vanya verkündet. »Da Ihr geholfen habt, dieses Werkzeug der Adepten des Neunten Mysteriums zu erschaffen, wird die Waffe in Eure Obhut gegeben, um sie zu bewahren, solange Ihr lebt. Natürlich werden Mitglieder unseres Ordens den Auftrag erhalten, es zu untersuchen und zu studieren, um möglichst viel über seine verwerfliche Natur herauszufinden. Von Euch wird erwartet, daß Ihr den mit dieser verantwortungsvollen Aufgabe Betrauten all Euer Wissen auf diesem Gebiet zur Verfügung stellt.«

Demütig hatte Saryon den Kopf geneigt und die ihm auferlegte Buße angenommen, in dem festen Glauben, damit seine Seele zu reinigen und den inneren Frieden zu finden. Dieser Friede war ihm jedoch nicht zuteil geworden.

Der schmerzliche Ausruf Jorams: »Ich habe Euch vertraut!« hatte sich als Flammenschrift in seine Seele eingebrannt. Der Schmerz würde ihn begleiten bis zu seinem Ende.

Die Flamme dieser Schuld war es, die seine Gebete an den Almin verzehrte – Gebete um Gnade, um die Vergebung seiner Sünden. Die Worte wehten wie Asche von seinen Lippen, sie stiegen aus seinem Herzen, das als schwarzer, verkohlter Klumpen in seiner Brust lag.

Die Novizin schaute zu dem Fenster am Ende des Ganges, in dessen Geviert die Sterne langsam verblaßten.

»Pater, wir müssen gehen.«

»Ja.« Saryon wandte sich ab und ging mit schleppenden, mühevollen Schritten zum Altar.

Das Dunkle Schwert lag dort wie etwas, das fremden Göttern geopfert wurde. Das Licht in der erhobenen Hand der Novizin schimmerte sanft auf dem polierten Holz des kunstvoll gestalteten Altars, doch von dem schwarzen Metall der Waffe wurde es eingefangen und gierig verschlungen.

Es kostete Saryon Überwindung, das Schwert zu berühren. Unbeholfen schob er es in die kostbare Hülle, die Prinz Garald einst Joram geschenkt hatte, und hätte es beinahe fallen gelassen. Dann neigte er den Kopf, faßte das Schwert mit beiden Händen, hob es empor und sprach das inständigste Gebet seines ganzen bisherigen Lebens:

»Gütiger Almin, ich erbitte nichts für mich. Ich bin verloren. Steh Joram bei! Hilf ihm in deiner unendlichen Gnade und Barmherzigkeit, das Licht zu finden, zu dem er so verzweifelt strebt!«

Der einzige Laut in der Kapelle war das erstickte, mitleidsvolle ›Amen‹ der jungen Novizin.

Die schwere, mißgestaltete Waffe in den Armen, machte Saryon sich auf seinen schweren Gang.

# Die Grenzlande

Die Grenzlande.

Das Gestade der Welt. Schneebedeckte Gipfel, Kiefernwälder und kristallklare Flüsse gehen über in sanfte Hügel, fruchtbare Ebenen und betriebsame Städte. An diesen Gürtel der Zivilisation knüpft welliges Grasland an, das spärlicher wird und schließlich erstickt unter kahlen, windgepeitschten Dünen aus rieselndem Sand. Wer diese Einöde durchquert, gelangt schließlich zu der grauen, wogenden Nebelwand des Jenseits, der Schattenwelt. Auf der Grenze zwischen dem Reich der Lebenden und dem Reich der Toten stehen die Beobachter, die mit ihren blicklosen Steinaugen unverwandt ins Jenseits schauen.

Es sind Menschen, schuldig geworden und durch Magie verwandelt zu zehn Meter hohen Standbildern aus Stein, denen trotzdem Leben innewohnt. Die Männer und Frauen stehen in einer langen Reihe nebeneinander, fast alle sind Katalyten.

Wonach mögen sie Ausschau halten, diese schweigsamen Gestalten, von denen manche seit Jahrhunderten dem mahlenden Sand trotzen? Was würden sie tun, sollte sich in den wogenden Nebelschwaden etwas materialisieren? Niemand weiß es, die Antworten sind seit langem in Vergessenheit geraten. Da draußen gibt es nichts, es ist das Reich des Todes. Und aus diesem Reich ist nie jemand zurückgekehrt.

Im Osten Thimhallans gelegen, werden die Grenzlande als erste von den Strahlen der aufgehenden Sonne berührt. Der perlgraue Schimmer des frühen Morgens versickert in einer Nebelschicht, die selbst der himmlische Feuerball nicht zu verdampfen vermag. Die Sonne steigt höher über den Horizont, wo der Nebel ausdünnt und der klare blaue Himmel beginnt. Hat sie sich aus dem Reich des Todes freigekämpft, überschüttet sie dankbar das Land mit ihrem Licht und bringt den Lebenden von Thimhallan einen neuen Tag.

Zu diesem Zeitpunkt, wenn die Sonne dem Nebel entstieg und die ersten Strahlen die Erde berührten, sollte das Urteil vollstreckt werden.

Daher war es im grauen Licht der frühen Morgendämmerung, daß die Teilnehmer und Zuschauer der tragischen Zeremonie sich am Ort des Geschehens einzufinden begannen. Fünfundzwanzig Katalyten werden gebraucht, um dem Scharfrichter Leben für die Durchführung der Wandlung zu gewähren, und diese Männer und Frauen trafen als erste ein. Das Gesetz besagte, daß alle Teile Thimhallans zu ihrer Zahl beitragen sollten, um die gesamte Bevölkerung zu repräsentieren, aber diesmal ging alles mit solcher Eile vonstatten, daß die ausgewählten Katalyten alle aus dem Baptisterium kamen. Viele der Jüngeren hatten die Zeremonie nie erlebt, die meisten der Älteren hatten sie vergessen. Man sah sie verschlafen aus den Transversalen stolpern, diesen oder jenen mit einem aufgeschlagenen Buch in der Hand, um noch rasch die Formeln zu überfliegen.

Als nächstes traf der Scharfrichter ein. Er war ein Magus, einer der ranghöchsten Angehörigen des Ordens der *Duuk-tsarith*, und stand mit all seinen Fähigkeiten ausschließlich im Dienst der Katalyten. Zu seinen Obliegenheiten gehört nicht nur, die Sicherheit des Baptisteriums zu gewährleisten, sondern er übernimmt auch solche Pflichten. Dem Anlaß gemäß nicht in das Schwarz seines Ordens, sondern in das Grau der Gerechtigkeit gekleidet, trat der Henker schweigend aus der Transversale. Er war allein; sein Gesicht lag im Schatten der Kapuze. Von den Katalyten wurde er scheu gemieden – er beachtete sie nicht. Die Hände in den weiten Ärmeln seiner Kutte gefaltet, stand er selbst regungslos wie aus Stein gehauen im Sand, überdachte vielleicht noch einmal die komplizierte Beschwörung oder sammelte die beträchtlichen mentalen und physischen Kräfte, die erforderlich sind, um sie durchzuführen.

Als nächstes erschienen zwei *Duuk-tsarith,* die einen gut gekleideten, offenbar wohlhabenden Mann eskortierten, der jedoch einen zutiefst bekümmerten Eindruck machte, sowie eine junge Frau, die dem Zusammenbruch nahe zu sein schien. In offenbar namenloser Angst vor den schwarz vermummten Erzwingern klammerte sie sich an ihren Vater, und als sie der steinernen Wächter ansichtig wurde, stieß sie einen herzzerreißenden Schrei aus. Ihr Vater stützte sie, denn sonst wäre sie gefallen und nie mehr aufgestanden.

Etliche Katalyten beobachteten kopfschüttelnd die Szene, und einige der Älteren traten vor, um Trost und Segen des Almin zu spenden, aber das Mädchen schrak vor ihnen ebenso zurück wie vor den *Duuk-tsarith,* barg das Gesicht an der Brust des Vaters und weigerte sich, sie anzusehen.

Die Hexenmeister, die Vater und Tochter begleiteten, führten sie zu der Stelle, an der ein Symbol hastig in den Sand gemalt worden war. Beim Anblick des Zeichens – ein Rad mit neun Speichen – schwanden dem Mädchen die Sinne, und ein *Theldara* mußte gerufen werden.

Der Kardinal, der als nächster aus dem Schlund einer Transversale auftauchte, dachte erst im letzten Augenblick daran, das silberverbrämte weiße Gewand seines Amtes in das silberverbrämte graue

Gewand des Rechts umzuwandeln. Während er sich zu einer Gruppe älterer Katalyten gesellte, die ihn ehrerbietig begrüßten, warf er einen prüfenden Blick auf die Nebelschwaden, die langsam von einem inneren Licht erhellt zu werden schienen, und krauste unwillig die Stirn. Man hörte ihn verärgert bemängeln, daß der Zeitplan nicht eingehalten werde. Er rief die als Spender von Leben ausgewählten fünfundzwanzig Katalyten zusammen und postierte sie im Kreis um das Symbol des Speichenrades. Nachdem alle ihre Plätze eingenommen und ihre Kutten grau gefärbt hatten, verneigte sich der Kardinal vor dem Scharfrichter, der mit gemessenem Ernst in die Mitte des Kreises trat.

Alles war bereit. Via Transversale unterrichtete der Kardinal das Baptisterium, und nach einem Moment atemloser Spannung öffnete sich das Tor ins Nichts. In Erwartung der Entourage des Bischofs reckte man die Hälse, aber es war nur der *Theldara*, der die junge Frau behandeln sollte. Das sorgte für eine kleine Ablenkung. Stärkende Mittel wurden verabreicht, und gleich darauf konnte sich das Mädchen wieder erheben.

Im Kreis der Katalyten machte sich Unruhe breit – der Kardinal setzte eine finstere Miene auf und merkte sich die frechsten Missetäter für eine gehörige Strafpredigt vor. Doch ihre Geduld wurde belohnt. Wieder tat sich eine Transversale auf – ein Raunen durchlief die Menge. Etwas völlig Unerwartetes geschah.

Der Kaiser entstieg der Transversale. Während aller Augen erstaunt auf ihm ruhten, erschien nach einem weiteren Flimmern in der Tiefe der Transversale die Kaiserin auf einem von weißen Vogelschwingen getragenen Stuhl. Ihre Augen blickten starr ins Jenseits; nachdem wenig später ihr Tod offiziell bekanntgegeben worden war, wollte jeder den Ausdruck sehnsüchtigen Verlangens in ihrem Blick gesehen haben, als verzehrte sie sich nach der ewigen Ruhe, die man ihr verwehrte. Das Herrscherpaar war ohne Eskorte gekommen, der Kaiser schwebte über dem Sand und schaute sich erwartungsvoll um.

Dem Kardinal blieb vor Erschütterung der Mund offenstehen, die Katalyten warfen sich untereinander fragende und erstaunte Blicke zu. Sogar das verstörte Mädchen wurde aufmerksam, es hob den Kopf, betrachtete das kaiserliche Paar und wandte sich schaudernd ab. Nur der Scharfrichter wirkte unberührt, sein verhüllter Kopf bewegte sich nicht, er schaute starr geradeaus. Endlich setzte der Kardinal sich zögernd in Bewegung, obwohl er keine Ahnung hatte, was er mit dem hohen Besuch anfangen sollte. Glücklicherweise tat sich in diesem Moment wieder eine Transversale auf und entließ Bischof Vanya nebst dem *DKarn-Duuk'est* auf die Richtstätte. Das Rot und Purpur ihrer Roben sah aus wie Blut vor dem Hintergrund aus weißem Sand.

Beide konnten ihre Verblüffung über die Anwesenheit des Kaisers und seiner Gemahlin nicht verhehlen.

»Was will er hier?« fragte Bischof Vanya den Prinzen aufgeregt flüsternd.

»Keine Ahnung«, erwiderte Xavier gelassen. »Vielleicht sucht er ein wenig Zerstreuung. «

»Die Wände des Baptisteriums haben Augen und Münder«, raunte der Bischof leise, aber scharf. »Er könnte die Wahrheit erfahren haben.«

Einen Augenblick sah es aus, als wäre Prinz Xavier im Begriff, seine berühmte Contenance zu verlieren, was den Bischof mit inniger Genugtuung erfüllte. Er neigte sich zur Seite und zischte: »Wenn der Junge redet, wenn er im Beisein des Kaisers alles ausposaunt . . .«

»Das wird er nicht«, fiel ihm Vanya ins Wort. Die Lippen selbstzufrieden gespitzt, richtete er die in Fettwülste eingebetteten Augen bedeutungsvoll auf Lord Samuels und seine Tochter, die verloren außerhalb des Kreises der Katalyten im Sand standen.

Xavier begriff, was der Bischof andeuten wollte, und faßte sich. »Hat man dem Jungen gesagt, daß sie hier sein wird?«

»Nein. Wir hoffen, der Schock, sie zu sehen, wird ihn zum Schweigen veranlassen. Sollte er trotzdem den Mund aufmachen, hat der Katalyt Saryon Anweisung, ihn zu warnen, daß er das Mädchen in Gefahr bringt.«

»Nun ja«, war alles, was der Hexenmeister erwiderte, aber es klang bedrohlich genug. Bischof Vanya fühlte sich lebhaft an eine bestimmte Schlangenart erinnert, die angeblich ihre Opfer warnt, bevor sie zustößt. Auch er verzichtete darauf, noch etwas zu sagen.

Die veränderten Umstände machten eine Tribüne notwendig, auf der die Majestäten Platz nehmen konnten, um das Schauspiel zu verfolgen. Auch Bischof Vanya und der *DKarn-Duuk'est* würden dort zusammen mit dem Kardinal sitzen. Ursprünglich hatten die drei Herren auf jeden Aufwand verzichten wollen, um die Sache möglichst schnell zu einem Ende zu bringen.

Das war nun unmöglich geworden. Mehrere *Duuktsarith* wurden durch eine Transversale herbeibeordert, um die Tribüne zu errichten. Unverhohlen gereizt, gewährte der Kardinal den Erzwingern Leben und spähte immer wieder in die Nebel des Jenseits, die von Moment zu Moment heller schimmerten.

Aber die Hexenmeister verstanden das gewährte Leben bestmöglichst zu nutzen, und von einem gesprochenen Wort zum Wink einer Hand war die

Tribüne vollendet. Die Luft verdichtete sich zu einer Unzahl weicher Kissen, ein seidener Baldachin schwebte vom Himmel herab wie eine verirrte Wolke, und bald saßen die Majestäten, der Bischof, der *DKarn-Duuk'est* und die anderen auf ihren Plätzen. Von ihrer erhöhten Warte aus hatten sie freie Sicht auf den Scharfrichter und das Symbol des Rades im Sand. Im Hintergrund wogten und wallten die Nebel des Jenseits im Licht des frühen Morgens.

Mit einem Seufzer der Erleichterung gab der Kardinal Anweisung, den Gefangenen zu bringen.

# Der Verzicht

Wieder öffnete sich eine Transversale, diesmal in der Mitte der im Kreis aufgestellten Katalyten.

Saryon trat heraus, das Dunkle Schwert auf den Armen. Der Kardinal war entsetzt – die feierliche Zeremonie durch ein Werkzeug des Bösen zu entweihen! – und schaute fragend seinen Bischof an.

Vanya stand auf und verkündete in entschiedenem Ton: »Es ist beschlossen worden, daß Diakon Saryon an der Seite des Scharfrichters stehen soll, das Dunkle Schwert in den Händen, damit der letzte Blick des Delinquenten auf diesen fluchwürdigen Gegenstand fallen möge, den er in Verblendung erschaffen hat.«

Der Kardinal neigte ergeben das Haupt. In den Reihen der Katalyten wurde erregt geflüstert, ein Verstoß gegen die Disziplin, dem ein scharfes Zischen des Priesters ein sofortiges Ende machte. Alles war wieder still, so still, daß jeder das Raunen des Windes hörte, der über den Sand strich, auch wenn nur Saryon verstand, was er sagte. Schon einmal, vor langer Zeit, hatte er den Wind so klagen gehört:

»Der Prinz ist tot . . .«

Zum letztenmal öffnete sich die Transversale. Flankiert von zwei *Duuk-tsarith,* trat der Gefangene heraus.

Joram hielt den Kopf gesenkt, das wirre schwarze Haar verdeckte sein Gesicht. Er war gezwungen, sich langsam und vorsichtig zu bewegen – die knisternden Ringe aus tödlicher Energie umspannten wieder seinen Oberkörper. Häßliche rote Striemen zeichneten sich auf seiner Haut ab – auf der Tribüne erzählte man sich halblaut, daß der junge Mann einen letzten törichten Versuch gemacht hatte, seinem Schicksal zu entfliehen. Es schien, daß er seine Lektion gelernt hatte, denn seine Haltung verriet dumpfe, blinde Verzweiflung. Die *Duuk-tsarith* führten ihn zu dem Speichenrad im Sand und bedeuteten ihm, genau in der Mitte stehenzubleiben. Er bewegte sich mechanisch, ohne eigenen Willen. Der Bischof fühlte, wie sein Blick unwillkürlich von dem jungen Mann zu seiner toten Mutter huschte. Die Ähnlichkeit war bestürzend, und Vanya schaute rasch zur Seite. Ein Schaudern überlief ihn, sogar die Wülste über dem Kragen seines Ornats bebten.

Der Delinquent war jetzt in die Obhut des Scharfrichters gegeben, der mit einer kaum merklichen Geste die beiden *Duuk-tsarith* aufforderte, den Kreis zu verlassen.

»Joram!« rief eine brüchige Stimme im Rücken der Katalyten. »Joram! Ich ...« Die Worte erstickten in einem krampfhaften Schluchzen.

Joram hob den Kopf, sah, wer es war, der seinen Namen gerufen hatte, und richtete den Blick auf den Scharfrichter. »Bringt sie weg! Laßt sie wegbringen!« sagte er heftig. In seinen Augen flackerte eine düstere, matte, ersterbende Glut. Die Muskeln seiner Oberarme spannten sich, er ballte die Hände zu Fäusten, und statt den Kreis zu verlassen, traten die *Duuk-tsarith* wachsam näher.

»Laßt mich mit ihm sprechen«, bat Saryon.

»Ich verzichte auf Euren Sermon, Katalyt!« rief Joram. »Für mich selbst verlange ich nichts!« Er hob die Stimme, deren schriller Klang verriet, daß er sich dicht am Rand des Wahnsinns bewegte. »Schafft das Mädchen weg! Sie ist unschuldig! Bringt sie weg, oder ich schwöre beim Almin, daß ich die Wahrheit herausbrüllen werde, bis meine Zunge zu Stein – ah!« Joram schrie auf. Die Feuerreifen hatten sich zusammengezogen und versengten seine Haut.

»Bitte!« flehte Saryon.

Die Kapuze des Scharfrichters bewegte sich leicht. Er winkte, und die *Duuk-tsarith* wichen zurück. Saryon legte das Dunkle Schwert vor dem Magus nieder, richtete sich auf und stapfte durch den weichen Sand zu Joram. Der junge Mann sah ihm entgegen, in seinen Augen stand bitterer Haß, und als der Katalyt nahe genug war, spuckte er ihm auf die Füße. Saryon krümmte sich, als hätte man ihn ins Gesicht geschlagen.

»Mit dem nächsten Atemzug nenne ich den Kaiser ›Vater‹«, drohte Joram mit zusammengebissenen Zähnen. »Sagt ihnen das, Verräter. Wenn man sie nicht gehen läßt ...«

»Joram, begreifst du denn nicht?« unterbrach ihn Saryon leise. »Aus diesem Grund ist sie hier! Um dein Wohlverhalten zu gewährleisten. Man hat mir aufgetragen, dir zu sagen, daß – solltest du reden – sie das gleiche Schicksal erleiden wird wie deine ... wie Anja: von der Familie verstoßen und aus der Stadt verbannt.«

Saryon sah das Feuer in Jorams Seele aufflammen und befürchtete einen Moment lang, die Flammen könnten alles verzehren, was in dem jungen Mann gut und edel war.

*Was kann ich sagen?* dachte der Katalyt verzweifelt. *Leere Phrasen retten ihn nicht. Nur die Wahrheit kann das. Aber sie könnte ihn auch über den Rand in den Abgrund stürzen, und das Mädchen reißt er mit.*

»Ich habe dich gewarnt, mein Sohn«, sagte Saryon und schaute unerschrocken in die funkelnden Augen. »Ich habe dich gewarnt, daß du Kummer und Leid über sie bringen wirst. Über uns alle. Du wolltest nicht hören. Du warst so ausschließlich von deinem eigenen Schmerz in Anspruch genommen, daß du den Schmerz anderer nie empfunden hast. Fühle ihn jetzt,

Joram. Fühle ihn und freue dich seiner, denn er ist das letzte, was du jemals fühlen wirst. Dieser Schmerz wird deine Erlösung sein. Ich wünschte bei Gott, sie wäre mir vergönnt.«

Einen Moment herrschte Stille, nur unterbrochen vom Raunen des Windes und Jorams heftigem Atmen. Dann hörte Saryon ein Stocken in diesen Atemzügen und blickte hastig auf. Der selbstzerstörerische Haß in den Augen wurde von Tränen hinweggespült. Ein Schluchzen erschütterte den Körper. Joram sank auf die Knie.

»Helft mir, Pater!« Die Tränen würgten ihn. »Ich habe Angst! Solche Angst!«

»Weg damit!« befahl Saryon den *Duuk-tsarith* und deutete mit einer heftigen Bewegung auf die glühenden Ringe. Die Hexenmeister blickten ratsuchend auf den Scharfrichter, der ungeduldig nickte. Die Zeit drängte.

Im Nu waren die Reifen verschwunden.

Saryon kniete neben Joram nieder und legte die Arme um ihn. Der muskulöse Körper versteifte sich abwehrend, aber dann vergrub Joram den Kopf an der Schulter des Katalyten und schloß die Augen – vor dem Anblick des Scharfrichters, dem Anblick der steinernen Beobachter, dem Anblick seiner toten Mutter, die, ohne es zu wissen, mit ansah, wie ihr toter Sohn zu ewigem Leben verurteilt wurde. Er konnte es nicht ertragen. Die Angst, die ihn in den dunklen Stunden der Nacht gepeinigt hatte, überwältigte ihn.

Bis in alle Ewigkeit hier zu stehen, wachend, träumend, ohne je Ruhe zu finden …

»Helft mir!«

»Mein Sohn!« Saryon wiegte den von auswegloser Verzweiflung geschüttelten Körper und strich über das lange schwarze Haar. »Denn du bist mein Sohn! Ich habe dir das Leben geschenkt. Und jetzt schenke ich es dir zum zweitenmal!« Er verstärkte seinen Griff um die Schultern des jungen Mannes. »Halte dich bereit!« flüsterte er eindringlich.

Hände packten Saryon, die *Duuk-tsarith* zogen ihn von Joram weg und drängten ihn beiseite. Sie ergriffen den jungen Mann, zerrten ihn auf die Füße und schoben ihn wieder in die Mitte des inzwischen bis zur Unkenntlichkeit zertrampelten Rades im Sand. Sie nahmen ihn zwischen sich, hielten seine Arme und zwangen ihn, den Scharfrichter anzusehen.

Joram drängte die Tränen zurück und ignorierte seine Bewacher. Sein Blick ruhte verständnislos auf Saryon, und er bemerkte die ungewohnte Entschlossenheit in dessen verhärmtem Gesicht, als er zögernd und mit scheinbarem Widerwillen das Schwert in seiner Lederhülle vom Boden aufhob. Er hielt es vor sich, die Hand dicht unterhalb der Parierstange.

Joram, der ihn genau beobachtete, sah, wie Saryon mit einer raschen Bewegung die Klinge in der Scheide lockerte, und schaute verstohlen in die Runde, um sich zu vergewissern, daß niemand etwas bemerkt hatte. Keinem war etwas aufgefallen. Alle Augen hingen an dem Scharfrichter. Joram straffte sich – für was? Er hatte keine Ahnung, wie Saryons Plan aussehen mochte.

Der junge Mann hörte Gwendolyn schluchzen; er hörte die Katalyten skandieren, als sie sich dem Leben der Welt öffneten. Sie faßten sich an den Händen und leiteten ihre vereinten Kräfte dem Scharfrichter zu, der in den Sprechgesang einstimmte. Joram verschloß sich den Stimmen, verschloß sich jedem Geräusch, wie er zuvor die Augen vor den Bildern verschlossen hatte, die ihn bedrängten. Mit seinem ganzen Selbst konzentrierte er sich auf Saryon. Er wußte, wenn er es zuließ, würde die Furcht ihn übermannen.

Bischof Vanya erhob sich schwerfällig von seinem

gepolsterten Stuhl. Mit lauter, sonorer Stimme, die das Singen und Beten und den Wind übertönte, trug er die Anklage vor.

»Joram.« Er unterließ es, die Namen der Eltern zu nennen, und warf einen unbehaglichen Seitenblick auf den Kaiser, um dessen Mund ein schattenhaftes Lächeln spielte. »Joram – du bist ein Toter, der unter den Lebenden einhergeht. Du wirst beschuldigt, zwei Einwohner Thimhallans getötet zu haben. Des weiteren wirst du des abscheulichen Verbrechens beschuldigt, mit den Adepten des Neunten Mysteriums paktiert und während deines Aufenthalts bei ihnen eine Waffe des Bösen geschaffen zu haben. Ein Tribunal von Katalyten hat dich dieser Verbrechen für schuldig befunden. Das Urteil lautet, daß du, zu Stein verwandelt, hier an der Grenze der Welt stehen sollst, eine ständige Warnung für all jene, die sich heute oder künftig versucht fühlen mögen, dieselben dunklen Pfade zu beschreiten, auf denen du gewandelt bist. Dein letzter Blick wird auf das Werkzeug des Bösen fallen, das du erschaffen hast. Sobald das Urteil vollstreckt ist, wird das Symbol der verderbten Künste, deren Verlockung du erlegen bist, auf deine Brust geprägt werden. Der Almin gebe, daß du in den langen Jahren, die kommen werden, deine Missetaten bereust und Vergebung erlangst vor Seinem Angesicht. Möge Er deiner Seele gnädig sein. Scharfrichter, waltet Eures Amtes.«

Joram hörte die Worte, und einen Atemzug lang kämpfte er mit sich und der Wut, die in ihm aufwallte, bis er glaubte, die Wahrheit müsse aus ihm herausplatzen. Es verlangte ihn danach, den frömmelnden Ausdruck von den Gesichtern zu wischen, sie erschlaffen und erbleichen zu sehen. Sein Blick fiel auf den Kaiser, seinen Vater, und eine wilde Hoffnung regte sich in ihm. Er wird mir helfen! dachte er. Er weiß, wer ich bin, deshalb ist er hier! Er ist gekommen, um mich zu retten!

Plötzlich wurde Jorams Blick abgelenkt – wie von einem gehauchten, nur für seine Ohren bestimmten Wort. Er starrte gebannt auf seine tote Mutter. Der Leichnam saß bewegungslos auf der Tribüne, die toten Augen blicklos und starr in dem durchscheinenden Gesicht. Joram begriff und seufzte lautlos. Er sah, daß sein Vater ihn überhaupt nicht wahrnahm, sondern durch ihn hindurchschaute, und nicht durch das geringste Zeichen gab er zu erkennen, daß er wußte, um wen es sich bei dem jugendlichen Delinquenten handelte. Immer noch lag das melancholische Lächeln um seinen Mund, das erschienen war, als Vanya auf die übliche Nennung der Familiennamen verzichtete.

*Du bist mein Sohn,* hallten die Worte des Katalyten in seinem Bewußtsein wieder. *Ich habe dir das Leben geschenkt.*

Der Sprechgesang des Scharfrichters wurde lauter. Er hob die Hände.

Saryon trat neben ihn, an seine linke Seite, wie man es die Katalyten lehrt zu tun, wenn sie mit ihrem Magus in den Kampf ziehen. Er hielt das Schwert unter dem Griff mit beiden Händen umfaßt und hob es langsam in die Höhe.

Joram, der ihn nicht aus den Augen ließ, bemerkte, daß Saryon nicht eigentlich das Schwert festhielt, sondern nur die Lederhülle. Sein Puls ging schneller, ein Prickeln lief durch seinen Körper. Kaum, daß er ruhig stehenbleiben konnte. Er wandte den Blick nicht von Saryon und dem Schwert ab. Die *Duuk-tsarith,* die ihn festgehalten hatten, zogen sich bis zu den im Kreis aufgestellten Katalyten zurück.

Joram stand allein im Sand.

Mit einem lauten Ruf, der von seiner Kapuze gedämpft wurde, verlangte der Scharfrichter nach

Leben. Die Katalyten konzentrierten ihre gesamte Energie auf den Hexenmeister und begannen, die Magie der Welt in sich aufzunehmen. Dann öffneten sie ihre Exeunts und ließen das Leben in ihn einströmen. So stark war die gebündelte Magie der vielen Katalyten, daß sie als blaue Flamme um ihre Leiber und gegenseitig verschränkten Hände züngelte und schließlich als knisternder Lichtbogen von ihnen auf den Scharfrichter übersprang.

Durchflutet von Macht, deutete er mit beiden Händen auf Joram. Wenn er jetzt sprach, dann, um die Beschwörung zu beginnen, die Wandlung einzuleiten.

Der Scharfrichter holte tief Atem; die Ränder seiner grauen Kapuze zitterten. Er sprach die erste Silbe des ersten Wortes, und im selben Augenblick warf Saryon sich zwischen ihn und Joram. Der Blitz, der aus der Hand des Hexenmeisters zuckte, traf den Katalyten. Er stöhnte auf vor Schmerz und versuchte, einen Schritt zu tun, doch ein ungeheures Gewicht fesselte ihn an den Boden.

Seine Füße waren bis zu den Knöcheln weißer, massiver Stein.

»Mein Sohn!« schrie Saryon, den zwingenden Blick unverwandt auf Joram geheftet. »Das Schwert!« Mit letzter Kraft, während die schreckliche, kalte Taubheit bis zu seinen Knien stieg, schleuderte er die Waffe in Jorams Richtung. Aber Joram rührte sich nicht, sondern schaute Saryon an, betäubt und vor Entsetzen gelähmt.

»Joram, flieh!« rief Saryon mit schmerzerstickter Stimme. Er krümmte sich vor unsäglicher Qual.

Schatten, die er aus den Augenwinkeln näher kommen sah, brachten Joram zur Besinnung. Zorn und Trauer veranlaßten ihn zu handeln. Er bückte sich, zog mit einer fließenden Bewegung das Schwert aus der Scheide und wirbelte zu den Angreifern herum.

Was Garald ihn gelehrt hatte, zeigte seine Wirkung. Joram schwang die Klinge gegen die beiden *Duuk-tsarith,* in der Absicht, sie vorläufig in Schach zu halten, bis er Gelegenheit fand, die Situation einzuschätzen. Doch er hatte die dem Schwert innewohnende Macht nicht in Betracht gezogen.

Das Dunkle Schwert erwachte in einer Atmosphäre, die erfüllt war mit dem Leben, das von den Katalyten in den Scharfrichter überströmte. Nach diesem Leben dürstend, begann das Dunkle Schwert die Magie aufzusaugen. Der blaue Lichtbogen sprang zischend und flackernd von dem Scharfrichter zu der Klinge aus schwarzem Metall. Die Katalyten schrien erschreckt auf, viele versuchten, ihr Exeunt zu schließen, aber es war zu spät. Das Dunkle Schwert gewann mit jeder Sekunde an Macht, es hielt die Zuflüsse mit Gewalt offen und riß alles Leben an sich.

Die Hexenmeister, die herbeiströmten, um Joram Einhalt zu gebieten, sahen in tiefer Schwärze ein grelles blaues Licht aufflammen. Eine Kugel reiner Energie traf sie mit der Gewalt einer explodierenden Sonne, und die schwarzgewandeten Körper vergingen in einem gleißenden Blitz.

Das Dunkle Schwert summte triumphierend in Jorams Händen. Blaue Lichtadern wanden sich, von der Klinge ausgehend, um den Körper des jungen Mannes wie glühende Ranken. Betäubt von der ungeheuren Explosion und dem plötzlichen Verschwinden seiner Gegner, starrte Joram das Schwert ungläubig und verständnislos an. Dann wurde ihm bewußt, welch gewaltige Macht er in den Händen hielt. Mit dieser Waffe konnte er die Welt erobern! Mit dieser Waffe war er unbesiegbar!

Er stieß einen Schrei unbändigen Triumphs aus, fuhr zu dem Scharfrichter herum –

– und wurde Saryons ansichtig.

Die Beschwörung tat ihr Werk. Die Macht des Dunklen Schwerts vermochte sie weder aufzuheben noch zum Stillstand zu bringen.

Saryons Füße, Beine und Unterleib bestanden aus weißem Stein. Die Starre kroch weiter in seinem Körper hinauf, Joram konnte ihr Fortschreiten mit den Blicken verfolgen.

»Nein!« flüsterte er hohl und ließ kraftlos das Schwert sinken.

Der *DKarn-Duuk'est* schrie irgend etwas. Bischof Vanya brüllte wie ein weidwundes Tier. Verschwommen nahm Joram wahr, daß Transversalen sich öffneten, schwarze Gestalten hervorströmten wie Ameisen. Das waren sie für ihn – Insekten, mehr nicht.

Joram stürmte auf Saryon zu und umklammerte seine Arme.

Der Katalyt hob bittend die Hände. Die ungeheure Anstrengung, die es ihn kostete, malte sich auf seinem Gesicht.

»Flieh!« Dies letzte Wort gelang es ihm hervorzustoßen, bevor sein Zwerchfell erstarrte und ihn der Stimme beraubte. »Flieh«, beschwor er Joram mit den Augen, durch einen Schleier von Schmerzen.

Zorn lohte in Joram auf. Er wandte sich dem Scharfrichter zu, der, seiner Kraft beraubt, auf die Knie gefallen war. Die Beschwörung hatte ihn einen Großteil seines Lebens gekostet, und das Schwert trank den Rest. Dennoch hob er den Kopf und schaute mit dem Ausdruck beherrschter Gelassenheit zu Joram auf.

»Nimm den Bann zurück!« verlangte Joram und hob drohend das Schwert. »Oder ich schwöre beim Almin, daß ich dir den Kopf von den Schultern schlage!«

»Tut, was Euch beliebt«, antwortete der Hexenmeister müde. »Die Beschwörung, wenn sie einmal zu wirken begonnen hat, kann nicht rückgängig gemacht werden. Nicht einmal die Macht dieser Waffe der Finsternis vermag das zu ändern.«

Vor Tränen blind, hob Joram die Klinge, um seine Drohung wahr zu machen. Der Hexenmeister rührte sich nicht. Zu erschöpft, um sich zur Wehr zu setzen, erwartete er den Tod mit grimmigem Mut.

Joram hielt inne. Aus irgendeinem rätselhaften Grund fühlte er sich veranlaßt, den Blick von dem knienden Scharfrichter abzuwenden und seine Umgebung zu betrachten. Die meisten Katalyten waren kraftlos zu Boden gesunken, einige hatten die Besinnung verloren und lagen wie tot im Sand. Die *Duuk-tsarith* verharrten unschlüssig an den Rändern des auseinandergebrochenen Kreises. Sie wußten nicht, was sie tun sollten. Kaum, daß sie aus der Transversale herausgekommen waren, hatten sie gespürt, wie ihnen das Leben ausgesaugt wurde. Keiner wagte sich Joram zu nähern, solange das Schwert noch seine umheimliche Macht besaß.

Ihre Furcht spiegelte sich in der fleckigen Haut Bischof Vanyas und den ängstlichen Augen von Prinz Xavier. Joram lächelte das lakonische, angedeutete Lächeln, das sein Gesicht verdüsterte statt erhellte. Niemand konnte ihn jetzt aufhalten, und sie wußten es. Mit dem Dunklen Schwert vermochte er die Transversalen seinem Willen untertan zu machen, konnte gehen, wohin es ihm beliebte, und wenn er es nicht wollte, würde man ihn niemals wieder aufspüren.

Ein Geräusch ertönte selbst in der Totenstille, die ihn umgab, kaum vernehmlich. Es war ein Seufzen, der letzte Atemhauch aus Lungen, die zu Stein erstarrten.

Abrupt ließ Joram das Schwert sinken. Ohne den Scharfrichter zu beachten, in dessen Augen flüchtige, wenn auch verständnislose Erleichterung aufleuchtete, ohne die *Duuk-tsarith* zu beachten, die sprungbereit auf ihre Chance zum Eingreifen lauerten, wandte Joram ihnen allen den Rücken und ging langsam durch den tiefen Sand auf Saryon zu. Als er vor ihm stand, sah er, daß der gesamte Körper zu Stein geworden war, bis auf Kopf und Hals. Als Joram sanft über die Wange des väterlichen Freundes strich, konnte er fühlen, wie sie unter seinen Fingerspitzen erkaltete.

»Ich begreife jetzt, was ich tun muß, Pater«, sagte er leise und bückte sich nach der Lederscheide, die vor den steinernen Füßen des Katalyten im Sand lag.

Er nahm das Dunkle Schwert und barg es in der Scheide, bevor er es behutsam und ehrfürchtig in die ausgestreckten Arme des Katalyten legte.

Eine einzelne Träne rann über Saryons Gesicht, dann färbten die Augen sich weiß und erstarrten. Die Wandlung war vollzogen. Vom Scheitel bis zur Sohle war lebendes, atmendes Fleisch zu kaltem, hartem Stein geworden. Aber der Ausdruck des Gesichts verriet erhabenen Frieden, die leicht geöffneten Lippen sandten den Dank der von Schmerz und Schuld befreiten Seele zum Almin empor.

Getröstet von diesem Anblick, legte Joram für einen Moment seine Hand auf die steinerne Brust. »Gewährt mir ein wenig von Eurer Kraft, Pater«, sagte er leise.

Dann drehte er sich herum und schaute herausfordernd in die bleichen, angsterfüllten Gesichter, die sich ihm zuwandten.

»Ihr nennt mich tot!« rief er. Sein Blick fiel auf die Kaiserin. Der Magie beraubt, die dem Leichnam den Anschein von Lebendigkeit verlieh, lag die tote Frau zusammengesunken zu Füßen ihres Gemahls, der sie keines Blickes würdigte. Nach dem leeren Ausdruck auf seinem Gesicht hätte er selbst eine Leiche sein können.

Joram legte den Kopf zurück und schaute zum Himmel. Die Sonne hatte sich aus den Nebeln des Todes befreit und schien auf die Welt in ehrfurchtgebietender, gleichgültiger Pracht. Der junge Mann seufzte. Es hatte das Echo von Saryons letztem Atemzug sein können.

»Doch ihr seid es, die gestorben sind«, meinte er traurig. »Diese Welt ist gestorben. Ihr habt von mir nichts zu befürchten.«

Er machte auf dem Absatz kehrt und entfernte sich mit festen, bedächtigen Schritten von der Statue Saryons. Auch wenn er es nicht sah, konnte er hören, wie hinter ihm die Hexenmeister in Bewegung gerieten. Sie brauchten das Dunkle Schwert nicht mehr zu fürchten, das schwarz und leblos in Saryons starren Händen lag. Trotzdem beschleunigte Joram seinen Schritt nicht. Der Almin war mit ihm, kein Sterblicher konnte ihm etwas anhaben.

»Ergreift ihn!« Bischof Vanyas Stimme war heiser vor Angst, denn er begriff plötzlich, was Joram beabsichtigte. Der *DKarn-Duuk'est* sprang mit wutverzerrtem Gesicht von der Tribüne.

»Haltet ihn auf, um jeden Preis!« kreischte er, seine roten Gewänder umflatterten ihn wie blutige Schwingen.

Die schwarzvermummten *Duuk-tsarith* schleuderten Joram ihre Bannsprüche nach, aber die meisten waren zu geschwächt von der Macht des Dunklen Schwerts. Oder vielleicht haftete dem Meister des Schwertes noch etwas von dieser Macht an, denn die Magie glitt an Joram ab, ohne etwas zu bewirken. Er schaute sich nicht einmal um, sondern ging einfach weiter. Ein kalter Wind wehte ihm die schwarzen Locken aus dem Gesicht; Nebelschwaden ringelten sich Fangarmen gleich um seine Fußknöchel, doch unbeirrt setzte er seinen Weg fort.

Nur eine Stimme ließ ihn einen Atemzug lang innehalten. Es war die Stimme einer Frau. »Joram«, rief sie. »Warte!«

Gwendolyns Vater wollte entsetzt seine Tochter zurückhalten, aber sie war verschwunden. Später behaupteten manche, die dabeigewesen waren, sie hätten genau in diesem Moment einen Blick auf ein weißes Kleid erhascht und Sonnenlicht auf goldenem Haar schimmern gesehen, bevor die Erscheinung von den Nebelschwaden verhüllt wurde.

Joram ging weiter. Die Nebel des Jenseits trieben heran und nahmen ihn auf, dann war er nicht mehr zu sehen. Die grauen Schwaden rollten heran wie Meereswogen und brachen sich lautlos am sandigen Gestade der Welt.

Unter denen, die am Gestade zurückgeblieben waren, brach ein unbeschreiblicher Tumult aus. Bischof Vanya griff sich mit einem erstickten Aufschrei an den Hals und stürzte bewußtlos zu Boden.

Der *DKarn-Duuk'est,* der seine Beute entkommen sah, rannte zu der Statue und versuchte, ihr das Schwert zu entreißen. Der Katalyt aus Stein hielt es jedoch fest, womöglich aufgrund irgendeiner Eigenschaft des Metalls, das eine Verbindung mit dem Stein eingegangen war. Oder vielleicht lag es an der Scheide, denn die Runen darauf verströmten ein heiliges, silbernes Leuchten.

Lord Samuels lief verstört am Gestade auf und ab und rief nach seiner Tochter. Er stürzte sich auf die *Duuk-tsarith* und flehte sie um Hilfe an. Die schwarzgewandeten Erzwinger musterten ihn kalt, wenn auch nicht ohne Mitgefühl, befreiten sich aus dem Griff seiner Hände, begaben sich in die Transversalen und kehrten zu ihren alltäglichen Pflichten zurück.

Die Katalyten halfen sich gegenseitig aufzustehen, die stärkeren stützten die schwachen. In größeren und kleineren Gruppen stapften sie mühsam durch den Sand zu der Transversale, die sie zurück ins Baptisterium bringen würde.

Der Scharfrichter erhob sich schwerfällig und hinkte zu dem *DKarn-Duuk'est* hinüber. Der Hexenmeister starrte immer noch verlangend auf das Dunkle Schwert im unnachgiebigen Griff der Statue.

»Soll ich diese Statue auf dasselbe Maß vergrößern wie die übrigen, Mylord?« fragte der Scharfrichter und deutete mit einem Kopfnicken auf die lange Reihe der zehn Meter hohen Beobachter.

»Nein!« knurrte Prinz Xavier. Seine Augen glitzerten. »Es muß eine Möglichkeit geben, das verdammte Schwert zu bekommen!« Er strich mit den Fingerspitzen über den Griff. »Irgendeine Möglichkeit . . .«, murmelte er.

Transversalen öffneten und schlossen sich in rascher Folge. *Theldari* brachten den bewußtlosen Bischof zurück ins Baptisterium. Der Leichnam der Kaiserin wurde, in weißes Linnen gehüllt, zum Palast geschafft. Der *DKarn-Duuk'est,* umgeben von *Duuktsarith* und in Begleitung des Scharfrichters, begab sich in die verborgene, geheimnisumwitterte Bastion seines Ordens, um dort unverzüglich intensive Nachforschungen über die besonderen Eigenschaften von Arkanum anzustellen. Lord Samuels kehrte voller Kummer nach Hause zurück, um seiner Frau die Nachricht von ihrem unersetzlichen Verlust zu überbringen.

Bald stand nur noch der Kaiser in dem von Fußspuren aufgewühlten Sand. Niemand hatte das Wort an ihn gerichtet. Als man den Leichnam seiner Gemahlin aufhob und forttrug, hatte er nicht einmal hingesehen. Er verharrte regungslos wie eine Statue und starrte unverwandt in die Nebelschwaden, auf den Lippen ein melancholisches Lächeln.

Joram war ins Jenseits eingegangen, und der Wind flüsterte über den Dünen: »Der Prinz ist tot ... Der Prinz ist tot ...«

# Coda

Die Abenddämmerung senkte sich über die Grenzlande und tauchte die Nebelschwaden in ein Farbenspiel von Rot und Rosa, Purpur und Orange.

Der Sand war leer, abgesehen von der Statue, die dort stand und ins Reich des Todes blickte. Auch der Kaiser war schließlich gegangen, wenn auch keiner wußte, wohin. In den Palast war er nicht zurückgekehrt, und man suchte fieberhaft nach ihm, weil die Totenfeier für seine Gemahlin beginnen sollte.

Eine Palme schüttelte und streckte sich und gähnte herzhaft.

»Meiner Treu«, klagte sie verdrießlich. »Ich bin ganz steif. So eine Dummheit, im Stehen einzuschlafen. Noch dazu in der prallen Sonne. Garantiert habe ich mir den Teint ruiniert!«

Ein Beben durchlief Stamm und Wedel, als die Palme ihre Gestalt veränderte. Zum Vorschein kam ein junger Mann unbestimmbaren Alters in einem extravaganten Anzug, bestehend aus hautengen Culottes über seidenen Strümpfen sowie knielangem Rock aus Samt. Darunter eine Weste aus gleichem Stoff.

»Perfekt für die Beisetzung. Ich nenne es wohl *Pest und Putrefaktion*«, erklärte Simkin, zauberte einen Spiegel herbei und begutachtete kritisch seine Erscheinung. Besondere Aufmerksamkeit schenkte er seiner Nase. »Tatsächlich ein Sonnenbrand. Jetzt kriege ich wieder Sommersprossen.« Mit einer ärgerlichen Gebärde ließ er den Spiegel verschwinden, dann schob er die Hände in Taschen und schwebte übelgelaunt am Gestade entlang.

»Vielleicht sollte ich mir am ganzen Leib Tupfen

zulegen«, bemerkte er ins Blaue hinein. Vor der Statue des Katalyten hielt er still und sank langsam tiefer, bis er auf dem Boden stand.

»Parbleu«, äußerte er nach einer Weile aufrichtig bewegt. »Ich *bin* beeindruckt! Eine bemerkenswerte Ähnlichkeit! Perfekt!«

Er wandte sich von der Statue ab und betrachtete die Nebel des Jenseits, deren farbiger Schimmer zum düsteren Grau der Nacht verblaßte, als das Zwielicht die Welt aus seinem ersterbenden Griff entlassen mußte. Während die wirbelnden Schwaden gegen das Ufer brandeten, schienen sie jedesmal etwas weiter vorzudringen. Simkin schaute eine Weile zu, lächelte vor sich hin und kraulte seinen Bart.

»Auf zum dritten Akt«, murmelte er.

Er griff das orangefarbene Seidentuch aus der Luft und knotete es um Saryons steinernen Hals. Vergnügt summend, musterte er sein Werk, dann verschwand er in der hereinbrechenden Dunkelheit. Zurück blieb die Statue. An ihrem Hals flatterte das orangefarbene Banner – ein kleines Flämmchen in der Dunkelheit.

**Hier endet das zweite Buch der Saga um das Dunkle Schwert.**

**Der dritte Band**

# Der Herrscher von Merilon

**erzählt von Jorams Rückkehr aus dem Reich des Schattens und von einer Gefahr, wie sie die Welt noch nicht gesehen hat.**

**Band 20 330**
**Roger Taylor**
**Das Lied des Glaubens**
**Deutsche Erstveröffentlichung**

Das kleine Land Canol Madreth wird offiziell von einem gewählten Parlament, dem Heindral, regiert – inoffiziell von der Kirche Ishrythans. Eines Tages verwandelt sich der bisher harmlose Bruder Cassraw in einen gefährlichen Demagogen, der eine ganz neue, primitive und blutrünstige Religion predigt. Nur sein langjähriger Freund, Bruder Allyn, ahnt die dunkle Wahrheit. Eine Macht ist am Werk, uralt und geheimnisvoll, die Macht des Pfeifers, der droht, das ganze Land ins Chaos zu stürzen ...

Epische Fantasy im Stil Tolkiens vom Autor des TRAUMFINDERS und des HAWKLAN-Zyklus. Ein in sich abgeschlossener Roman, ein echter Leseschmöker für alle Fantasy- Fans.

BASTEI LÜBBE

**Sie erhalten diesen Band im Buchhandel, bei Ihrem Zeitschriftenhändler sowie im Bahnhofsbuchhandel.**